TRUDE MARSTEIN

Jag hade så mycket

Översättning Lotta Eklund

ALBERT BONNIERS FÖRLAG

Översättningen har utgivits
med stöd av Nordiska ministerrådet

Nordiska
ministerrådet

www.alskapocket.se

ISBN 978-91-0-018465-0

ORIGINALETS NORSKA TITEL Så mye hadde jeg
ÖVERSÄTTNING Lotta Eklund
OMSLAGSFORM Sofia Scheutz
OMSLAGSBILD Hanna Wendelbo
FÖRSTA SVENSKA UTGÅVA Albert Bonniers Förlag 2019
TRYCK ScandBook UAB, Litauen 2020

Tack,

Genom att välja en pocket från Bonnierförlagen bidrar du till vårt arbete för ett bättre klimat.

Vi vill vara en aktiv del av samhället och ta vårt ansvar för en hållbar utveckling. Därför bidrar vi till Naturskyddsföreningens arbete för fler skyddade havsområden, hållbara fiskemetoder och att utsläppen av plast samt övergödande och giftiga ämnen till havet stoppas. Välmående hav med en rik biologisk mångfald är en mycket viktig miljöfråga och ovärderligt för vår livskvalitet.

Vår vision är att ge ut böcker där man tagit hänsyn till miljön i varje steg av produktionen – och vi strävar efter att bli ännu bättre. Vi har därför valt att trycka alla våra böcker på FSC®-märkt papper. FSC står för Forest Stewardship Council® och är en oberoende, internationell organisation som verkar för socialt ansvarstagande genom ett miljöanpassat och ekonomiskt livskraftigt bruk av världens skogar. FSC:s regelverk slår bland annat vakt om hotade djur och växter, om hållbart och långsiktigt bruk av jorden och om säkra och sunda villkor för dem som arbetar i skogen. Vi strävar också efter att minska transporter genom samordnad distribution och tryck på tryckerier nära Sverige.

Vi stödjer

Naturskyddsföreningen

FSC®

JORD OCH VANILJ

Augusti 1973

Så varmt det är, så lång den här sommaren har varit. I vardagsrummet blänker allt, fyrkanter av solljus ligger över soffryggen med dallrande bladskuggor från lönnen, en fluga borrar mot fönsterglaset. Moster Liv sitter och bläddrar i fotoalbum längst ut på stolsitsen, alltid på väg att resa sig för att göra något annat. Hennes saker ligger utspridda: ett nagellack på telefonbordet, en grön stickad sjal på en stol. Och pappas tidning på vardagsrumsbordet, gränsen mellan ljus och skugga skär snett över förstasidan.

Pappa har pratat med moster Liv om rosorna som är fulla med löss och om mamma som ligger till sängs med migrän, och moster Liv har lyssnat, i kanske en halvtimme. Bekymrat, fundersamt, med handen i sidan. När jag var liten trodde jag att moster Liv alltid lyssnar och tar emot allt som händer, fast utan att trösta, men så småningom har jag börjat fatta att hon tröstar på sitt eget sätt. I mitt rum hänger en affisch med två flickor som sitter tillsammans på en gunga, och under står det: *Delad glädje är dubbel glädje, delad sorg är halv sorg.*

Moster Liv ser på foton från sommaren när Benedikte levde. Ett är på moster Liv och Halvor på stationen med den stora barnvagnen med Benedikte i, fotot är skarpt gulorange i ena hörnet. Halvor ser inte speciellt glad ut över att ha blivit storebror, han står några steg åt sidan och bakom moster Liv, som ler stort och håller i vagnen med båda händerna. På ett annat kort ligger Benedikte på skötbordet och Elise står böjd över henne.

»Akta nacken, nacken«, sa mamma hela tiden när vi fick hålla Benedikte, särskilt jag.

»Det går bra, hon får väl tåla lite«, sa moster Liv.

Det finns ett foto på alla oss barn också, Elise håller Benedikte och stöttar huvudet ordentligt, Kristin står bredvid henne, där framme står Halvor och jag. Jag kan inte ens föreställa mig hur vi lekte ihop på den tiden: att vilja samma saker och tänka likadant. »Där kommer Knoll och Tott«, brukade pappa säga. Vi är lika långa på fotot fast Halvor är ett år äldre än jag. Nu är han fjorton och jag tretton och han är mycket längre än mig, och starkare, vi är som två främlingar för varandra. Det finns inga foton på Benediktes begravning i albumet, men hemma hos moster Liv finns ett, en pytteliten kista.

I går lovade moster Liv att hon skulle göra franska flätor på mig, men plötsligt var det så sent, mamma sa att jag måste gå och lägga mig. »I morgon då«, sa moster Liv.

Mamma har stigit upp, hon knäcker ägg i mixerbunken, men efter en stund kommer moster Liv in i köket och tar över, med fingrarna röda av hallon.

»Vila du, Else«, säger hon. »Jag kan göra det där.«

Mamma protesterar lätt, men moster Liv ger sig inte, det gör hon aldrig.

»Men du är alldeles svettig, Else«, säger hon, »kära hjärtanes, gå och lägg dig.«

Moster Liv har sommarklänning med tunna band, solbrända axlar, tusentals gyllene strån samlade i hästsvansen med en av mina gamla snoddar med röda plastkulor. Och det drar en irritation genom mig, över moster Liv, över sättet hon är snygg på, liksom snygg av en slump utan att veta om det, och att det vinner över mammas snygghet, men sedan är det ju mamma jag är irriterad på, för det där gammalmodiga sättet hon är snygg på, det funkar inte att vara snygg på det där lugna, gammalmodiga sättet.

En gång när jag var liten sa jag: »Du är världens sämsta mamma, jag skulle önska att vi hade moster Liv som mamma.« Då grät mamma högt i sina händer, stående framför gardinerna i vardagsrummet, och jag skämdes som en hund.

Det är andra gången moster Liv och Halvor är här i sommar. I mellantiden har vi varit i stugan och på en campingplats och ett tivoli i Sverige. Mamma hade migrän i stugan och på campingen, och hon fick ett nytt migränanfall i går och har legat till sängs nästan hela dagen. Det ligger ett rosa skimmer runt alla hallonsyltburkarna på köksbordet. Två påsar tomatsoppa ligger där, mamma tycker inte om påsmat. Moster Liv gillar bekvämligheten, alla goda smaker. Hon häller pulver ur en påse, slutar hälla, och häller lite till. Lite till.

Jag byter till stallkläder i badrummet. Det ena bröstet är större än det andra, det gör inget, det kommer att jämna ut sig. Men det skaver på den bröstvårtan när jag rider så jag sätter på ett pappersplåster, det är dags att skaffa bh. Moster Livs necessär står på bänken, hennes tandborste är röd, hon har en fuktkräm som ser dyr ut. En gång sa mamma till pappa att moster Liv lägger för mycket pengar på smink och kläder. »Det är väl för karlarnas skull«, la hon till.

Ridbyxorna sitter åt i midjan. På väg till mitt rum öppnar jag dörren till Halvors och moster Livs rum och där ligger Halvor, på rygg på sängen.

Han har handen nere i shortsen.

Han slänger sig över på mage, och kortet han höll i andra handen ramlar ner på madrassen, men jag såg vilket det var. Det var kortet på Elise och hennes kompis Randi i sjuksköterskedräkter som en av de två killarna på sjuksköterskeskolan tog med polaroidkamera. Jag drar igen dörren, en skymt av moster Livs öppna resväska på golvet, den blommiga klänningen och blusen som nästan är genomskinlig, jag går till mitt rum med händerna för ansiktet och skrattar och är svettig under armarna, jag trycker ner ansiktet i kudden så hårt jag kan, sedan reser jag mig, då ser jag pappa genom fönstret när han drar omkring trädgårdsslangen nere på gräsmattan och flyttar vattenspridaren några meter, det rinner droppar i mina armhålor. Pappa går bort till Elise i hallonhäcken, de säger något och Elise ler. Vattenstrålarna vippar över, de når ända fram till staketet, jag får lust att rusa igenom som när jag var liten, strålarna som tvärt bryter av den oändliga hettan. Halvor och jag har nästan vuxit upp ihop, jag kunde få honom att flytta pyttesmå dockor över golvet och prata med pipröst, eller vara min slav när vi byggde sommarstuga på soptippen. Allting måste ta slut, nya saker måste hända.

Det speciella med det där kortet är att det nästan inte går att se att det är Elise. På fotot sitter Randi på Elises skrivbordsstol medan Elise sitter högre upp och bakom Randi, i fönsterkarmen. Hon har foten på elementet, dräktkjolen är samlad i knät så att det utsträckta låret är naket nästan ända upp. Det är ett långt och slätt lår. Elise har ansiktet bortvänt, första gången jag såg det trodde jag det var två sjuksköterskekompisar till henne, men jag kände igen väckarklockan med siffror som lyser i mörkret som Elise fick i present när hon fyllde arton.

Det är stickande sol i trädgården, bärbuskar som glittrar och hänger, röda och svarta vinbär, och den långa hallonhäcken, det går så fruktansvärt långsamt att plocka, i dag orkar jag inte, jag plockade en bunke full med hallon i går, men pappa sa: »Den där är inte full, Monika.« Jag skulle få en krona för varje full bunke jag plockade, nu vet jag inte vad jag får. Knerten kommer rusande mot mig och vill bli klappad. Det ligger smulor efter moster Livs tigerkaka i en glassburk på altanbordet, jag samlar ihop med fingrarna och stoppar i munnen. En rubinglöd i saften i tillbringaren, ett ihållande slurkljud från termoskannan.

Elise har alltid sparat alla pengar hon får. En krona är tio stora, fyrkantiga godisar, eller en chokladkaka, eller tjugo hallonkarameller. Elise står och står i hallonhäcken, Kristin smet iväg, hon sa att hon hade bestämt med André. Det var det första jag hörde mamma säga till moster Liv när hon och Halvor kom: »Jag skulle gärna ha lite hjälp med att sylta och safta igen.«

»Det ska du få«, sa moster Liv, »jag tänkte nog att det var dags för det.«

Jag hör mixern surra genom altandörren, moster Liv kommer ut.

»Ska du till stallet, Monika?« säger hon. »För vi äter soppa och pannkakor klockan fyra, det sa jag till Kristin också, hon är ute och svärmar. Vi ska med åttatåget i dag, Elise tar samma tåg som Halvor och jag.«

»Han som äger stallet vill hela tiden att jag ska rida Blue Sky«, säger jag. »Det är en travhäst som är uppstallad där.«

»Är den stor?« säger moster Liv.

»Jätte«, säger jag, »och tjurig.«

Nu täcker moster Livs ansikte och hals och bröst mer och mer av det jag ser, hennes armar och axlar. Djupt inne i moster Livs ansikte ser jag mammas, bakom de våta framtänderna och de kraftiga ögonbrynen och skuggorna vid näsvingarna och på tvären mellan hakan och underläppen. Mammas drag är på samma gång mjukare och skarpare, det är mindre kött på benen, tunnare hud. Moster Livs hår är rufsigt, mammas är slätkammat snett över pannan som en gardin. Moster Liv är snyggare än mamma när hon pratar och skrattar, men om de sitter lugnt och allvarligt bredvid varandra är det mamma som är snyggast.

»Men det där med flätorna, det rann visst ut i sanden«, säger moster Liv.

Hon lärde sig göra franska flätor när hon bodde i Amerika som ung, franska flätor och amerikanska pannkakor, men mamma vill bara ha vanliga, norska, tunna pannkakor.

Nu ser moster Liv på mig som om hon glömt ge mig något hon vet att jag verkligen behöver, hon stryker mig över håret, slätar till det, lägger det bakom örat, ler. Jag skulle ha tvättat det och har inte ens borstat det.

»Vad proffsig du ser ut«, säger hon. »Riktiga ridbyxor. Men är det inte väldigt varmt?«

»Jo, men om jag har shorts skaver stigbyglarna mot vaderna.«

»Usch«, säger moster Liv. »Lilla Monika och de stora hästarna. Jag tycker det är lite otäckt. Du måste ta det försiktigt, de är nyckfulla djur. Din moster är orolig för dig. Finns det inget i världen som skrämmer dig?«

*

När mamma och moster Liv växte upp blev mormor hela tiden stött och lämnade huset. Hon gick ifrån det hon höll på med, tvätt, matlagning, sina döttrar. Varenda gång var morfar tvungen att gå ut och leta, medan mamma och moster Liv var ensamma hemma; på vintern satt de på köksbänken och tittade ut över gardinkappan. Mamma slickade på fingrarna och stoppade ner dem i sockerskålen, och varannan gång fick moster Liv slicka av fingrarna, varannan gång slickade hon av dem själv. Det har moster Liv berättat.

En gång var moster Liv och mamma ensamma en hel natt när morfar cyklade omkring och letade efter mormor, han kom hem med henne på pakethållaren tidigt på morgonen; det var på mammas tolvårsdag. Systrarna hade inte lagt sig i sina sängar, de hade somnat i soffan i vardagsrummet. De vaknade av cykeln i gruset, och när de hörde ljudet av mormor som grät som ett barn, smet de uppför trappan. Morfar var tvungen att trösta och lugna mormor hela dagen, och det blev inget födelsedagsfirande.

»Jag som sett fram emot det så förfärligt«, sa moster Liv,

»och det var ingen som hade en aning om varför mormor blivit så förolämpad, jag tror inte ens morfar visste.«

Men när jag frågade mamma förnekade hon att det hade hänt.

»Men moster Liv sa det«, sa jag.

»Men Monika, när jag var tolv var moster Liv fyra. Hur skulle hon kunna minnas detta så tydligt?«

»Men har det hänt?«

»Moster Liv har alltid haft livlig fantasi«, sa mamma.

Luften i stallet är varm och fuktig, färsk hästgödsel, Blue Sky står i hörnboxen och nickar med huvudet medan jag mockar de tomma boxarna, vippar öronen framåt och sedan bakåt, full av energi. Till slut öppnar jag Blue Skys box för att ta ut honom så att jag kan mocka där också. Han lägger öronen bakåt och visar tänderna och det vita i ögonen. Han trippar med bakbenen, försöker vända rumpan mot mig, knuffar till vattenkaret med magen. Jag tar tag i grimman. Hjärtat dunkar så jag känner det när jag leder ut honom i gången och sätter fast honom i krokarna, och jag vet att skräcken gör att jag får en särskild svettlukt som bara hästar kan känna. Jag kör in grepen under tornet av hästbajs.

Det är svårt att tänka medan man springer. Jag önskar att jag hade tänkt mig för innan jag började springa över skolgården på Åses order. Jag önskar att jag inte hade svarat så gällt och falskt när Ingeborg sa att hon skulle ha sommarfest i trädgården med *nästan* alla tjejerna i klassen. Nu är det över två månader sedan min och Anne Lovises vänskap tog slut. Det började med den hemliga klubben som Ingeborg och Åse hittade på, med möten i ett bås på tjejtoan på rasterna. Det fanns inte plats för alla och Anne Lovise och Vibeke fick inte vara med. »Spring«, ropade Åse, och vi sprang som hästar i panik. Men Anne Lovise gav sig inte, hon försökte tvinga sig med. Varje gång det ringde ut rusade hon över skolgården för att försöka tränga sig in innan vi stängde och låste dörren, som om hon gång på gång *ville* ha det där nederlaget. Jag stod och hoppades att hon inte skulle hinna. Där var vi, åtta varma kroppar hoptryckta, andades spänt i otakt, bruset från en toalett, svettiga, fnissiga, och alldeles röda i ansiktet. Åtta minuter, sju, sex, fem. Vem vill vara med i en klubb där ingen vill ha en? Fröken såg inget: sista dagen före sommarlovet tackade hon för sex fina år med ett härligt gäng och en sammanhållning hon sällan sett maken till, hon önskade oss lycka till i högstadiet och på livets väg. Anne Lovise stod framför mig, det var längre avstånd åt alla håll runt hennes kropp än runt någon av de andras, hon hade blå klänning och en tunn guldkedja glittrade i nacken, hon avskyr Vibeke som pesten; Vibeke är värre än ingenting.

Jag ser Cato komma över gårdsplanen medan jag lägger mer halm i Blue Skys box. Jag tar tag i skottkärran och kör bort den till luckan ut mot gödselhögen. Cato kommer mot mig med långsamma, långa steg. Jag tippar skottkärran mot öppningen, slutar inte, han kliver in på betonggolvet. Jag ställer ifrån mig skottkärran och drar upp byxorna i midjan så att jag känner sömmen i skrevet.

Det är halm på golvet, Cato pekar på en ledgrimma och en tom saftflaska i ett hörn, mer behövs inte för att jag ska gå och städa undan, fast det inte är jag som har stökat till.

»Du klär i de där ridbyxorna«, säger han.

Jag knipsar loss Blue Sky och släpper in honom i boxen igen, tar tre fång pressat hö ur en boll och släpper ner över grinden. Han tar en bunt med läpparna, nickar med huvudet för att lossa den från resten och börjar tugga. Cato rufsar om Fiona i manen. »Tösen min, du är så fin du«, säger han sakta och mjukt. Sedan sätter han på kassettbandspelaren.

Blue Sky tuggar, blinkar, nappar åt sig mer hö. På anslagstavlan sitter lappen om kattungarna. Cato har sagt åt Irene:

»Jag dränker dem om du inte gör dig av med dem.« Musklerna spänns i olika delar av kroppen när jag borstar med den breda kvasten i snabba hårda tag framåt, i den åtsittande tröjan, och hö och halm virvlar och flyger upp framför mig.

Catos effektivitet, händerna som får hästarna att göra som han vill. Och jag blir tuffare och tuffare, och räddare och räddare. Jag är som gelé, hela kroppen är som gelé. När jag vänder med kvasten svänger jag in i Catos hand, höften in i hans hand, som knotiga grenar på ett träd, skäggstubb och varma andetag mot halsen, läpparna stryker mot min kind, och sedan är de borta, ett hånfullt och ursäktande läte ur hans strupe. Han ville kyssa mig, men innan jag hunnit förstå det ångrar han sig och vill ändå inte kyssa mig. Hela hans tag släpper och Cato ser ut genom den öppna dörren och upp på himlen, som för att kolla vädret. Han öppnar munnen, en halv gäspning, sneda, stora tänder. För Ragnhild kommer, i ridbrallor, ledande Tabris, hon ser ut som om hon både är femton och sextio, men hon är fyrtiotvå. Kort, brunt hår, rödmosig i ansiktet, byxlinningen delar av magen i två så att det ser ut att göra ont. Ur kassettspelaren strömmar musik, jag står med kvasten i handen. Ragnhild släpper in Tabris i boxen, han går ett varv runt sig själv och börjar tugga hö med tränset på, och Ragnhild går efter och tar av honom det, då ruskar han på huvudet. Sedan vänder sig Ragnhild mot Cato och frågar om allt är bra.

»Allt väl, Cato?«

Ragnhild knäpper upp båda spännena på sadeln så att den ramlar ner under magen på Tabris.

Och den bedövade, nakna känslan i munnen av kyssen som inte blev av. Hela kroppen som försöker förstå vad som hände, inte hände.

»Rider du Blue Sky en sväng?« säger Cato till mig.

»Tror inte jag hinner«, säger jag. »Min moster är på besök.«

Ett ras av skeva, gula tänder när han ler brett och ser på mig när jag ställer ifrån mig kvasten bredvid tvätthon.

Ragnhild kommer ut ur boxen med sadeln över armen och säger:

»Jag kan ta honom en liten sväng.«

Miramis hoppar ur lådan och springer över golvet och ut, och hennes ungar sätter igång med sin pipkör. I går ställde Anne Lovise en av kattungarna på betonggolvet för att se om den hittade till sin mamma, den kröp jättelångsamt bortåt med magen mot golvet och pep, svansen rakt upp och ett rosa rumphål, efter en stund kom mamman skuttande och mjauande och bar tillbaka den i huvudet, och jag sa: »Är du helt knäpp?«

Det verkar som om Anne Lovise blir en sämre person ju fler som inte gillar henne, hon går runt och låtsas som om hon inte bryr sig, men det är klart hon bryr sig.

Det luktar pannkakor ända ut på altanen, Halvor ligger i hammocken och läser en serietidning. Moster Liv bär en trave tallrikar över gräsmattan. En myrstig går från gräsmattan uppför de två trappstegen och slutar vid en fläck på altanen, det är spilld saft, en mörk seg hinna, myrorna rör sig runt den.

Moster Liv kommer upp på altanen, nappar åt sig Halvors serietidning och daskar honom i ansiktet med den, han kämpar för att få tag i den igen. Hon brukar tjata om att han ska läsa böcker, »som dina kusiner, titta så mycket Monika läser.« Ja, jag läser alla Kristins böcker, nu läser jag *Kurragömma med lyckan*. Knerten står med spänt koppel och piper efter mig, jag går bort och klappar honom. Han gillar hästlukten och slickar mina händer.

Mamma ligger fortfarande och kommer inte att märka om jag inte duschar efter stallet. Jag byter till t-shirt och jeanskjol och tvättar händerna noga. Mamma vet när jag kommer för sent till skolan, när jag har tagit choklad i skåpet, när jag har köpt godis på väg till skridskodammen, men ingenting om det som räknas. Hur min skoldag är. Lång. Att jag gruvar mig för högstadiet. Världen som inte är god, inget bra ställe att vara på, och att jag vet att den är allt och det enda. Ingen annanstans att ta vägen. Inget annat att göra.

Vi sitter i skuggan av huset, luften står helt still. Mamma har kommit upp, hon har kortärmad blus med krage och blå kjol. Moster Liv tar mer tomatsoppa, hon har gjort franska flätor på Elise. Knerten ligger under pappas stol, han ser död ut.

»Var är Kristin?« säger pappa.

»Hon skulle komma hem till fyra«, säger moster Liv.

Pappa tittar på klockan. Moster Liv samlar ihop sopptallrikarna och bär dem över gräsmattan och in.

»Är du redo för skolan igen, Halvor?« säger pappa, och Halvor rycker på axlarna.

»Sådär«, säger han. Halvor ska börja åttan.

»Jag längtar efter att få börja med betyg«, säger jag. »Undrar vad jag får i norska.«

»Du får jobba på med matten«, säger pappa till Halvor.

Det är visst si och så med Halvors betyg, han bryr sig inte. Pappa har hjälpt honom med matten i sommar, men det är inte lätt, för Halvor är inte direkt tacksam för hjälpen han får.

Moster Liv kommer ut igen med pannkaksfatet.

»Sätt dig, Monika, ta det lugnt«, säger Elise. Jag tar en pannkaka mellan fingrarna och lägger den på min tallrik.

Mamma lyfter sitt vattenglas och dricker. Humlor surrar i rosenrabatten, Elises lår är slanka, långa under klänningen, den har skjortkrage och tryckknappar från halsen ända ner till låren. Halvor har avklippta jeansshorts med ljusblå fransar, det är långa svarta hårstrån på hans ben. Mamma brer hallonsylt på en pannkaka.

»Känns det bättre?« säger pappa till mamma med handen på hennes underarm. Mamma nickar.

»Skönt att se att du har lite aptit«, säger pappa.

»Ja, jag orkade nästan inte soppan«, säger mamma, »jag är inte så förtjust i de där påssopporna.«

Jag tar en pannkaka till, mamma ser på mig eftersom jag lutar mig så långt över bordet efter hallonsylten. Elise frågar pappa om de har tänkt åka till stugan på höstlovet. Knertens huvud dyker upp mellan mina ben, jag river av en bit pannkaka och ger honom, och pappa tittar strängt på mig.

»För om inte så undrar jag om jag och Randi kunde åka upp«, säger hon.

»Ensamma där uppe? Med vedeldning och gasolspis?« säger pappa.

»Det ansvaret kan vi ta«, säger Elise.

Halvor tittar till vänster om tallriken medan han äter. En gång var Halvor hos oss på sportlovet när moster Liv var i Bergen med en väninna, han ramlade och slog i huvudet när han åkte skridskor med mig och Anne Lovise, han fick hjärnskakning. Han satt på en köksstol i täckbrallor och kräktes i en hink, mamma ringde efter pappa på jobbet så att han kunde komma hem och köra Halvor till sjukhuset. Mamma började skala potatis medan vi väntade på pappa, Halvors kropp lutade åt sidan på köksstolen. »Går det bra, Halvor?« sa mamma medan hon vred potatisskalaren runt, runt på potatisen. Kvällen innan hade jag hört mamma säger till pappa: »Han saknar sin mamma, han är en liten morsgris.«

Moster Liv frågar Elise om sjuksköterskeskolan. Hon är klar med första året, nu är det två kvar.

»Har du satt några sprutor än?«

»Nej, faktiskt inte«, säger Elise. »Men det kommer nog.«

Hon berättar om studenterna, att det bara är två killar och att de förstås får en massa uppmärksamhet.

»Är de snygga då?« frågar moster Liv. Elise kisar, ler, skakar på huvudet. Mina fingertoppar glänser av fett. Halvors lår skakar.

»Inte i min smak i alla fall«, säger Elise.

Jag reser mig och lutar mig över bordet efter pannkaksfatet.

»Kan du inte be någon skicka fatet, Monika?« säger pappa.

Men jag har fått tag i en pannkaka med tummen och pekfingret, drar loss den och släpper den på min tallrik och dimper ner på stolen.

»Det är egentligen ganska farligt att rida den hästen jag rider hos Cato nu«, säger jag medan jag tar sylt till pannkakan.

»Åh, gud, jag vill inte ens höra talas om det«, säger moster Liv. Pappa ser inte på mig, han tar en pannkaka till, lägger ut den så att den exakt täcker tallriken. Jag tar tag om Elises arm.

»Undrar du var ett kort är? Det på dig och Randi?«

»Vadå för kort?« säger Elise.

Halvor ser ner i sin tallrik, den är kladdig av hallonsylt.

»Det där kortet«, säger jag, »när ni har sjuksköterskedräkterna på.«

Halvor ser på mig, det är som ett spjut genom kroppen, något hotfullt och ett hat jag aldrig sett förut.

»Jaha, ja, vart har det tagit vägen?«

När vi var små, på soptippen, öppnade han gylfen och visade mig vad som kunde hända med den, och jag var fascinerad, jag ville se det om och om igen, färgen, storleken, retningen, att den växte, herregud.

»Nej, för om du undrar vart det har tagit vägen«, säger jag till Elise. Nu ler jag från öra till öra, som om jag säger något roligt, att jag framför något som ska underhålla andra. Jag är som en clown, jag kunde ha hoppat på ett ben, snurrat. Men jag skärper mig för att se vad som händer, vad allt ska leda till. Den hoprullade pannkakan på pappas tallrik är uppskuren, en spiral, ett snigelhus, glänsande hallon. Pappa håller gaffeln lugnt i handen. Ingen reagerar, men Halvor reagerar. Halvor säger:

»Jag *visste inte* att det var Elise.«

Pappa rör inte pannkakan, men nu lyfter Elise sitt glas och dricker vatten.

Och ställer ifrån sig glaset.

»Åh, jaså«, säger jag till Halvor. »Tyckte du att det var ett fint kort? Det tycker jag. Jag tycker faktiskt det är jättefint. Jag fattar om du gillar att titta på det. De har så fina dräkter på sig, jättefina vita uniformer.«

En märklig rädsla, att jag gör något jag inte förstår och att alla tror att jag förstår mer än jag gör. Solen gör tallen nästan orange, det är upplysta hålrum in mot stammen.

»Kan du *sluta* nu«, säger Halvor. »Faan ta dig.«

Pappa har lagt ifrån sig gaffeln och ser på mig; han ser inte på Halvor som skriker faan, han ser på mig.

»Monika, varför är du så *jobbig* hela tiden?« säger Elise.

»Va?« nästan skriker jag. »Vadå?«

Elise vänder sig mot pappa.

»Ja, men får vi åka till stugan?« säger hon. »Om inte ni ska? Vi är förstås jätteförsiktiga och så. Vi längtar efter några dagars fjälluft.«

Pappa har en massa hår på sidorna men nästan inget högst upp; få men väldigt tjocka hårstrån, som hästtagel, ligger snett över hårbottnen. Pappa ser inte på Elise, han ser på mig, och han lutar sig ännu närmare, jag kan inte blinka, mina ögon kommer att torka ut innan jag blinkar, han drar andan för att säga något, men då säger Elise: »Vi kan skruva till gasolflaskan efter varje gång vi använder den«, och pappa flyttar blicken från mig.

»Vi får prata om saken«, säger han till Elise.

Fläckarna av sol och skugga rör sig fram och tillbaka över vardagsrumsväggen. De glider och hoppar lite, uppåt och neråt. Sedan kommer ett vindkast och tar tag i grenarna utanför fönstret och mönstret löser upp sig och allt blir ljust, sedan mörkt, sedan ljust, sedan glider allt tillbaka i ett mönster av ljus och skugga, det finns och händer i vilket fall som helst, livet, som plötsligt är totalt förändrat och som kan ändra sig flera gånger på samma dag, eller jag som hela tiden förändras och aldrig mer kan bli densamma. Jag sitter alldeles lugnt och andas alldeles lugnt, och de där bladen, darrandet och fladdrandet, utan uppehåll. Det enda hoppet ligger i att jag kommer att fortsätta och fortsätta att förändras. Jag är barfota och tånaglarna är jätteskitiga.

Pappa klappar Knerten i dörröppningen och säger: »Åja, så fin du är, ja, du har ett bra hundliv du.« Jag ropar på Knerten, men Knerten bara vänder på huvudet och ser på mig innan han svansar iväg efter pappa. Nu är jag någon som ingen gillar och ingen litar på. Mamma och pappa rör sig förbi mig utan att se mig. Som om de hoppas att det ska gå över, den där känslan jag ger dem, och att någon annan ska ta hand om mig under tiden, eller att jag ska klara mig själv, det hoppas de på. De har inte ens bett mig duka av eller diska. Moster Liv är snäll mot mig, men det är en sorgsen snällhet. Mina händer luktar häst, smutsigt och sött, lukten tränger igenom. Elise är stressad och frånvarande, hon packar, hon ska tillbaka till Oslo och sjuksköterskeskolan och jag vill inte att hon ska åka.

Ingen reagerar när Kristin kommer hem, alldeles för sent, för hon har varit hos André. Hon ser sårig ut runt läpparna. Hon står lutad över köksbänken och äter pannkakor med socker, utan att äta soppa först. Häromdagen hörde jag Kristin säga till moster Liv:

»Tror du att mina bröst har slutat växa?«

»Du är ju väldigt slank«, sa moster Liv. »Om du får lite mer hull på kroppen blir nog brösten lite större. Men de är fina nu också.«

Det står fem fotoalbum i hyllan, i nummer fyra är jag bebis. Allt fanns innan jag kom. Vändåtta, Spader Dam. Jag kommer ihåg det smackande, slafsiga ljudet av kort mot kort mot bordsskiva, jag ville inte att någon skulle försvinna, men Elise försvann, och snart försvinner Kristin.

Både Elise och Kristin fick mens när de var tretton, det kommer att hända mig också de närmaste månaderna.

Jag tittar i det femte albumet medan Kristin äter pannkakor, det är fyra nästan likadana kort på mormor som håller Benedikte. Mormor är på ålderdomshem, hon går nästan inte upp ur sängen och hon känner inte igen oss när vi hälsar på, en gång trodde hon att Elise var mamma. När mamma var femton dog morfar, resten av mammas ungdom var helt svart på grund av det. Moster Liv, som var sju då, kom mycket bättre ur det, har mamma sagt. »Moster Liv har dessutom ett ljusare sinne än jag«, sa hon.

Mormor var trettiosju när morfar dog, hon hittade aldrig kärleken igen – det var så mamma sa. Ingen kunde mäta sig med morfar, mormor var den sortens människa som älskade en enda gång i livet, och sedan blev det inte mer. Så sorgligt, tänkte jag, och, det var ju också en kärlek, när hon stack ifrån honom hela tiden.

Det finns ett kort på oss tre systrar från Kristins tioårsdag. Det har varma färger, mycket gult och rött. Jag är sex på kortet och tar upp stora delar av förgrunden, med sjörövarhatt och skrikgrimas, uppspärrade ögon, jag är oskarp, har ett glas apelsinläsk i handen, och fast kortet är kornigt är det som om jag kan se hur det skvalpar i glaset. Elise och Kristin står i bakgrunden och är skarpa, Elise var söt redan då, håret är uppsatt och hon har röd klänning, Kristins klänning är blå, hon håller på att öppna en present, hon böjer ner huvudet mot bröstet och ler. Elise är lika gammal som jag är nu, men jag tänker på henne som nästan vuxen. En vas med blommor, raka gardiner i fönstret bakom och en skrålande sjörövarflicka.

Kristin sa en gång: »När du var liten måste vi vara knäpptysta när du hade lagt dig, smyga, du vaknade så lätt och då blev du helt plötsligt omöjlig. Jag minns hur vi öppnade chipspåsen.« Hon visade, i slowmotion. »Om det så bara prasslade pyttelite så stod du plötsligt i trappan, arg som en furie.« Men varför skulle de öppna chipspåsar när jag hade gått och lagt mig?

Ibland kan jag säga något som får pappas ögon att lysa

och honom att vända sig om med ett leende han inte kan kontrollera, jag som är yngst och säger så finurliga saker. Han har kallat mig prinsessan som aldrig blir svarslös.

Det finns *ingen* vid bordet som det är så synd om som Halvor, men det är mer synd om mig. När jag låg på sjukhus med sprucken blindtarm för fem år sedan kom den ena efter den andra in i mitt rum och sa: *Stackare. Stackars dig. Stackars Monika.* Men det var inte så synd om mig då. Pappa kom till slut, han hade åkt ifrån oss den sommaren, försvunnit i fem veckor, men nu var han här, han sa: *Min stackars lilla tös.* Då tyckte jag synd om Kristin som var stor, och frisk. Mamma hade sagt: »Monika, nu får du sluta tjata om den där magen. Jag ger snart upp om du fortsätter tjata.« Jag bar det stora täcket från bilen till stranden, Kristin bar kylväskan med saft och bröd och mjukost och kex, och jag grät, och mamma satte alla tio fingertopparna mot pannan och sa: »Det finns inget jag kan göra, Monika. Sluta gnälla om magen. Det går över.« Moster Liv var mindre hos oss den sommaren än annars, Halvor hade fått plats på sommarkollo i tre veckor och vi var inte på någon semester över huvud taget, och på sätt och vis saknade jag moster Liv mer än pappa, för det fanns så många tydliga tecken på att hon inte var där: jag saknade glasspinnarna i frysen, köttbullar på spett, lemonad med en massa socker och citron. Jag tänkte mycket på Halvor på kollot med alla okända barn, jag kunde inte tänka mig att jag skulle kunna trivas där, jag kunde inte fatta hur moster Liv kunde skicka iväg honom dit. När moster Liv var hos oss var det dålig stämning mellan henne och mamma, jag hörde moster Liv skälla på mamma på altanen för att hon inte ville prata om att pappa hade åkt. »Tänk på barnen, Else«, sa moster Liv. »Vad tror du händer i huvudet på dem? Hur ska de kunna förstå vad som händer? Ser du inte hur påverkad Monika är, hon äter ju nästan ingenting.« Mamma grälade och grät tyst. Hon sa:

»Jag vill inte att du ska berätta det för mor. Det får du inte.« Sedan åkte moster Liv och jag fick ont i magen, mer och mer.

När jag vaknade på sjukhuset efter operationen var rummet ljust och det låg vindruvor och choklad och ostbågar och tidningar på nattduksbordet, solen sken in på garderobsdörrarna och mamma sa med gråten i halsen: »Är det något du vill ha?« När jag vaknade nästa gång var solen på garderoben borta och pappa satt på stolen vid fönstret; från och med då trodde jag bara att allt skulle bli bra. Han hade varit borta i över en månad och ingen visste var han var, nu satt han orubblig på en stol med blanka stålrörsben, och jag började prata, om sjukhuset och sköterskorna och hur det var att vakna ur narkosen, om cykeln som hade punktering och om att börja skolan igen till hösten, jag sa att norska var mitt favoritämne men att det ändå var bättre att ha sommarlov. »Men åh, nu gör det ont i såret«, sa jag och började gråta, och pappa reste sig och gick för att hämta en sjuksköterska eller läkare.

Jag står på trappan och ser på när pappa lyfter upp en back läsk ur bilen och ställer den i garaget, han bär in påsen med socker till mer syltning i köket. Sedan lägger han moster Livs och Halvors och Elises väskor i bagageluckan. Moster Liv kramar mig så hårt och länge när hon säger hej då, hon släpper inte, hon luktar stekt smör och en parfym som påminner om när vi åkte med Holger Danske när jag var sju år – engelsk konfekt och grön läsk – hon kramar så hårt, som ett straff, eller uppfostran, jag släpper inte förrän du ber om nåd, jag släpper inte förrän du förstår vad du har gjort. Sedan släpper hon. Elise har lång hals och frånvarande blick och glömmer att krama mig. Hennes panna är stor under de hårda flätorna, hon ser inte vuxen ut. Jag undrar vem av dem som kommer att sitta ensam och vilka som kommer att sitta ihop, förmodligen kommer Halvor att sitta ensam med Kalle Anka-tidningarna medan moster Liv och Elise sitter bredvid varandra och pratar hela vägen. Om moster Livs nya kille och sjuksköterskeskolan. Om mammas migrän, om vad pappa har att brottas med, om mig. Jag kunde ha ringt Anne Lovise, sagt: det var dumt, eller: det är bara dumt, nu slutar vi, men vad är dumt, hon har ju sagt de där sakerna och gått över skolgården, alla de där paradisteckningarna, vi kunde ha varit två som alltid ställde upp för varandra, men jag ringer henne inte. Hon har sagt att mamma är en dålig musiklärare, att hon aldrig borde ha blivit lärare, att Gunnar hade sagt att hon hade börjat gråta för att några elever började prata på lektionen.

Jag kan fråga Kristin om hon vill spela schack eller whist, men hon kommer att säga nej.

Ingen har skickat mig i säng, jag går självmant och lägger mig. Jag hör mamma och pappa prata där nere. Jag fortsätter att läsa *Kurragömma med lyckan.*

Stinas pappa får inget förnyat arbetsavtal, han blir desperat och dricker hela kvällen tills han nästan är medvetslös och blåröd i ansiktet, och på natten slutar hans hjärta slå. Mamman gråter inte på begravningen.

Om Anne Lovise och jag inte blir kompisar igen måste jag börja om mitt liv, eller vara ensam om allt som hittills funnits i livet när jag var sju, nio, elva, tolv. Svältkatastrof på soptippen, en näradrunkningsolycka i fjorden. Svenskt tuggummi med ananassmak, en liter oblandad saft uppkräkt bakom ett träd, blodfärgad. Försvara allt, om det blir nödvändigt, eller förneka. Rhododendron i hörnet av trädgården, med skuggiga, jordvåta hålrum, och vi blir äldre och äldre och förstår mer och mer, allt vi haft tillsammans, en förlorad betydelse, en betydelse som irrar i ett rum som ingen befinner sig i.

Telefonen ringer där nere, klockan är halv elva, jag har kommit mer än halvvägs i boken, jag ligger vaken i sängen och hör pappa svara:

»Hej Liv. Ja, ja, det är bra, skönt att höra.«

En gång ska allt detta tillhöra en annan tid, jag ska flytta långt bort, kanske inte ens vilja komma och hälsa på.

»Och tågresan gick bra?« säger pappa, och: »Ni är alltid välkomna tillbaka.« Jag hör spridaren utanför mitt fönster, ljudet av vattnets rörelser, gräshoppsaktigt.

ODÖDLIGHET

September 1980

Elise gifte sig med en sex år äldre tandläkare när hon var tjugofem, de fotograferades på Vindebron, Elise kastade en ros i vattnet för lycka och välgång. Två år senare fick de ett barn, en pojke. De hyr en lägenhet ovanför en guldsmed, men har precis köpt ett hus alldeles nära mamma och pappa, med brun nålfiltsmatta i nästan alla rum.

Under tårpilen vid Akerselva berättar Frank att han inte kan binda sig med mig nu. Det finns ett antal skäl. Nu har träden börjat tappa bladen, de hängande grenarna över oss är omväxlande gula och gröna, marken är torr och hård och full av löv och kvistar, och änderna paddlar runt i en ring nere i ån.

»Jag är bara tjugofyra«, säger han och blåser rök upp i luften, »och du är bara tjugo. Jag är ingen familjeman. Jag behöver frihet.«

Jag svär på att vi passar ihop. Jag är inte heller någon familjekvinna. Jag vill också ha frihet. Jag blir arg, och det är så skönt när sorg och förtvivlan måste vika sig för ilska. Jag har legat med Frank, många gånger, och det skulle jag inte ha gjort om jag hade vetat att detta skulle hända, inte legat med honom och inte frågat Elise om jag fick ta med honom till Jonas dop. Ibland har det verkat som om jag nästan har haft mer lust än han. Ibland har han hejdat sig och tittat på mig med ett frågande leende, som: Är du okej? Är du vid dina sinnens fulla bruk? Och om jag någon gång inte haft lust: samma frågande leende, allt okej? Han andades hett in i mitt öra och drog med mig i samma andning ända tills jag helt försvann i den, och när jag hämtat mig var hans ansikte långt borta och han log, nej flinade, hej, är du där? Där var du!

Och säg mig, snälla: Skulle jag vara naturlig och gå naken genom rummet, eller skulle jag absolut inte det? För jag vet inte, jag fattar ingenting.

Allt det där vill jag säga till honom, men jag kan inte, det kan inte uttryckas i ord.

Frank har partier på kinderna utan skäggväxt, anorak med ficka på bröstet. Nu knipsar han iväg sin fimp ut i ån och tar ifrån mig min och kastar den efter. Han tar tag i en av de tunna hängpilskvistarna över oss, mjuk som ett snöre, han rycker loss den och tvinnar den mellan sina händer, låter den glida över mitt ansikte och sticker in handen under min tröja.

Jag är inte arg länge. Bara otroligt ledsen.

»Jag kommer att sakna dig«, säger han. Han ser mig in i ögonen som rinner över av tårar medan han mjukt stryker tummen över min bröstvårta.

Och skammen som gungar tillsammans med sorgen, att jag sa till Elise: »Kan jag ta med min kille till dopet?« Bara minen i hennes ansikte utlöste ett skred av övertalning från mig. »Det här känns så rätt. Jag har aldrig varit så förälskad.« Jag sa att vi hade pratat om att flytta ihop. Han har till och med sagt att han vill ha barn med mig.

»Jag tycker du ska ta det lugnt«, sa Elise då. »Vi vill jättegärna träffa Frank, men det blir kanske lite väl mycket att träffa honom för första gången på Jonas dop?« Nej, nej, jag höll inte med. Dessutom var det inget problem att träffas innan, Frank och jag kunde åka ner till Fredrikstad när som helst. »Men vill Frank redan följa med dig på barndop då?« sa Elise.

Så sent som i förrgår gjorde Frank en massa saker som förtrollade mig, han öppnade ölflaskor med tändaren i sin säng, blåste mig i naveln, berättade om vaniljkexen han älskade som barn; allt han gjorde gav mig en känsla av att han var helt perfekt för mig och alltid skulle vara det.

»Jag kommer att sakna dig«, säger Frank igen medan han andas ut.

Men sedan, när vi reser oss och går upp till vägen är det som en lätthet i hans kropp, en glädje i rösten, som om han är befriad. Han säger att han hoppas att våra vägar ska korsas i en inte alltför avlägsen framtid. Jag förstår inte vad han menar och börjar fråga honom, men när han svarar märks det tydligt att det inte betyder något.

»Livet kan ta så många vägar«, säger han.

Vi kommer upp till asfalten och förbi några parkerade bilar, han kramar om mig och säger ett laddat »lycka till, Monika«, som något jag ska ta med mig genom livet.

Det börjar regna, asfalten blir fläckig av dropparna. Frank går iväg längs Seilduksgata, befriad från allt som har tyngt honom. Det stiger en lukt av nyfuktad asfalt. Spårvagnen kommer nerför Thorvald Meyers gate och skymmer Frank, och när den har åkt förbi är han borta, som försvunnen ut i tomma luften, och allt som återstår är bristen på Frank. Regn över långsamt körande bilar, träden i parken, affärerna, en grön soptunna, skyltarna, Frukt & tobak, Bingo, Skor. Två män söker skydd under en markis, utanför ett tvätteri spänner en kvinna fast ett regnskydd på en barnvagn, duvor rör sig i stackato över asfalten.

När Elise och Jan Olav skulle fotograferas på bröllopsdagen kom det en oväntad regnskur som lika snabbt gick över, och solen kom tillbaka. På ett av korten märks det tydligt att Elise tittar upp i luften, oroligt, blir det mer regn?

Kristin jobbar i en klädaffär på Karl Johan medan hon pluggar juridik, hon har en ny kille, Amund, jag träffar henne aldrig. Hon får tjugo procent på allt i affären, men det hjälper inte mycket med de höga priserna. Jag tror att hon har tänkt ta med Amund till dopet.

Jag vill inte ringa henne. Jag vill inte ringa mamma heller.

Jag har inte varit hos moster Liv sedan jag flyttade till Oslo, fast moster Liv genom mamma har tjatat om att jag måste komma och hälsa på. Nu framstår moster Livs lägenhet som dit jag vill, en räddning. Som att knacka på en dörr och skulle den gå upp är jag räddad, om jag kommer innanför den där dörren. Söt och sur lemonad, vändåtta på sängen.

Jag går in i en telefonkiosk och slår upp Liv Mauritzen, hon bor på Hasleveien, jag hittar den på en karta över Oslo centrum längst bak i katalogen. Rutan i telefonkiosken är repad och disig, det ligger godispapper på det knottriga stålgolvet. Det är inte långt dit. Det känns som att gå utanför mitt eget liv, utanför den värld jag känner till, där jag måste ta ansvar för mina handlingar, att de inte ska få konsekvenser.

Jag går i regnet, under halvtak och ut, förbi människor med paraplyer, jag har bara vindjacka, den är inte vattentät. Jag känner en diffus oro över att jag kanske inte utan vidare kan gå ut igen om jag går in, men jag orkar inte gå hem till mig, till hyresrummet hos familjen i Tåsen. De har lila vävda gardiner som är fördragna hela dagen, ljuset skiner in genom tyget. Pappan går nästan alltid i träningsoverall och mamman i långa städrockar, tonårsdottern skriker och svär, det är en lukt av rå lök eller svett i lägenheten som jag är rädd ska sätta sig i mina kläder och saker. De har sagt att jag får använda telefonen, men jag tycker inte om det. Dottern brukar sitta i köket och lyssna, hon har lugg som växer ner i ögonen. Jag har en egen hylla i skafferiet, där har jag gula tepåsar, knäckebröd, spaghetti à la Capri. I en plastlåda i kylen har jag ett paket fårkorv.

Första gången jag var hemma hos mamma och pappa när jag hade flyttat hemifrån sa mamma: »Pappa trodde att tiden skulle gå långsammare när ryggsäckarna och träningsbagarna och skorna i hallen var borta och ni inte längre springer upp och ner och överallt och skriker och grälar och pratar i telefon, men det har blivit tvärtom. Tiden går mycket fortare efter att huset blev tomt.« Pappa tittade upp, han sa: »Jag hinner knappt lösa lördagskorsordet förrän det är lördag igen.«

De sa det som om det var objektivt, som om tiden verkligen går fortare, vad har de fått ut av livet? Jag stod där på vardagsrumsgolvet, vi skulle äta fårikål. Det var oktober med lukt av tång och saltvatten, lukt av nytvättade sängkläder, nybryggt kaffe, kokt kål, en ekonomiflaska fuktkräm. Skolukten i hallen. Det sista året jag bodde hemma kom jag ofta hem till pianomusik. Samma stycken om och om igen. Men jag tyckte inte om det, jag frågade om hon inte kunde sluta spela när jag kom hem, jag fick ont i huvudet av det. Men när hon fällde ner locket på pianot och reste sig för att laga middag fanns det varken smärta eller självmedlidande i ansiktet. Hon verkade lätt. Hon hade slutat jobba. De sista av mina tre år som ensambarn lagade hon då och då rätter hon aldrig förut lagat, blomkålsgratäng med curry, krustader med fiskfärs och räkor, och hon såg förväntansfullt på pappa och mig när vi satte oss till bords. »Jodå«, sa pappa, »det var gott det här.« Som om han inte hade förväntat sig att hon kunde laga något gott, som om ätbart var allt han hoppades på. Men hon blev inte stött, hon fortsatte le, och så var det hela sista året jag bodde hemma.

Det spöregnar, vindjackan är genomblöt och håret, det rinner vatten längs trottoarkanten, mina skor är blöta. Vid trafikljusen på Carl Berner tänker jag att jag kan ändra mig, gå hem till mitt hyresrum och klara mig själv. Regnet har gått igenom kläderna på ryggen, håret droppar, det rinner över ansiktet. Jag räknar till elva bilar med viftande vindrutetorkare och en spårvagn innan jag får grön gubbe.

Jag känner igen tegelväggen och de gulaktiga plastknapparna på Hasleveien. Moster Liv släpper in mig med porttelefonen och jag börjar gråta i trappan på väg upp bland alla grå och gula nyanser, förbi namnskyltar i mässing och dörrar utan namnskylt, tills jag kommer upp på fjärde våningen.

Det kommer regnvatten och tårar på moster Livs ullkavaj. Hon ser yngre ut än jag minns, ännu gladare, fortfarande sommarbrun, ett guldhjärta om halsen. Så glad att se mig, och så bekymrad.

»Och som det regnar«, säger hon. »Ta av dig jackan och häng den över en stol. Sedan måste du berätta vad det är som har hänt.«

Det luktar kaffe och moster Liv. Katten, Mons, ligger hoprullad i soffan bredvid en ljusblå stickning. Ett paket Petterøes på soffbordet bredvid moster Livs cigaretter.

»Det är Kåres tobak«, säger moster Liv. »Min pojkvän.«

Då hulkar jag högt och säger att min kille har gjort slut.

»Åh, älskade vän«, säger moster Liv.

Jag berättar för moster Liv hur kär jag har varit, hur jag helt enkelt bara kunnat glömma bort att tentaläsa och kuggade på första juridikkursen före sommarlovet, och att det inte kommer att gå till jul heller. En lång stund kan jag inte prata på grund av alla hulkningar.

»Se här«, säger moster Liv. »Här ska du få ett glas portvin.«

Moster Liv häller upp portvin i glas med fot, hon räcker mig det ena.

Sedan tänder hon en cigarett och jag tar fram mitt eget paket. Moster Liv rynkar på ögonbrynen och ler och frågar om jag röker; det finns något förmanande i rösten, men också en ton av uppskattning, jag växer, blir mig själv, lägger mig till med vanor och ovanor, liknar kanske henne lite. Hon tänder min cigarett innan hon tänder sin egen, vi blåser ut var sitt moln.

»Jag vet inte om det är advokat du ska bli, Monika«, säger hon. »Finns det inte advokater så det räcker i släkten? För min del tycker jag du ska bli något mer spännande.«

Men *vadå*? Hur blir man något spännande? Jag vill klamra

mig fast vid henne och böna om hjälp till något spännande, att hon ska visa mig vad jag vill.

Jag pratade med Elise om vad jag ville bli, på bröllopet. Hon hade tagit av sig slöjan men några av rosorna satt fortfarande kvar i håret och jag hade minst fem gånger hört någon kalla Elise en fantastisk brud, en ovanligt vacker brud, och så vidare. Det stod tomma glas och kaffekoppar och fulla askfat på borden, presentbordet innehöll mer än jag trodde var möjligt att önska sig till ett hem. Köksmaskin, vinglas, duntäcken, middagsservis, kastrullset, lexikon, väggklocka, handdukar, tavlor, salladsbestick.

Jag sa till Elise att jag ville göra något som berör människor.

»Berör? Hur då?« sa Elise.

»Något som betyder något«, sa jag. »Något som påverkar och lämnar spår.«

Hennes tänder var så vita, de är vitare än mina. Som barn smet jag alltid undan så mycket som möjligt medan Elise aldrig smitit undan från något över huvud taget, och det tror jag aldrig att hon kommer att göra heller.

»Betyder något«, sa Elise. »Som till exempel?«

»Något som kan göra livet bättre för andra, kanske«, sa jag.

»Livet bättre för andra«, sa Elise, och så var jag bara en ogenomtänkt och självupptagen lillasyster som inte visste ett skit om livet.

Jan Olav lutade sig över henne bakifrån och viskade något i hennes öra, och Elise log, lyfte sin hand och tog hans som låg på hennes axel, vred på huvudet och viskade något tillbaka. Jag såg mig omkring i lokalen, festen var inte slut, det retade mig att Jan Olav redan ville därifrån, Elise hade aldrig varit vackrare. Klockan var bara halv ett, Elise pussade Jan Olavs hand medan hon såg på mig med sin mest öppna och förstående systerblick. Första gången jag träffade Jan Olav hade han fritidskläder på sig, han och Elise hade varit i stugan. Han klev ur bilen, jag visste att han var tjugonio, sex år äldre än Elise, och att han var tandläkare. Bilen var mörkgrön, glänsande ren, men med två gula björklöv under ena vindrutetorkaren. Elise stod bredvid honom i mammas grå anorak och väldigt röda kinder, väldigt kär, och jag såg på mannen som redan då var nästan skallig, och förstod det inte.

»Men sjuksköterska eller lärare då?« sa Elise. Jag skakade på huvudet. Jag passar inte som något av det, det är för enformigt.

»Jag vill göra något som inte alla gör«, sa jag. »Något som kan betyda något för fler, många. Något som stannar kvar.«

»Mm«, sa Elise. »Du vill bli odödlig.«

Jag drog in andan för att säga något, men då sa Elise: »Kom bara ihåg att studielånen ska betalas tillbaka.«

Nu stod Jan Olav halvvägs nedböjd över oss med Elises underarm i handen, tummen mot huden på handleden där blodådrorna lyste igenom, den vita spetsen satt åt runt hennes hud. Han kunde bara ta med henne. Bröllopsnatt, en ungflicksdröm, jag hade aldrig haft den drömmen. Jag tänkte på Elises alla drömmar och tankar under hela barndomen och ungdomen som nu hade placerats i Jan Olav, och i vad Jan Olav hade att erbjuda, och jag undrade om det alls skulle vara möjligt för honom att infria dem. Om det trots allt skulle ligga en rad grusade drömmar och förhoppningar kringströdda. Men jag kunde inte tro annat än att de skulle hålla ihop livet ut, tills döden skiljer dem åt, nu har de varit gifta i två och ett halvt år och fått sitt första barn, jag kan inte föreställa mig något passionerat mellan dem nu, och tänk då om tio, femton, tjugo år?

Ovanför dörröppningen mellan vardagsrummet och köket hänger ett stort fat där det står *Kärleken uthärdar allt. Allt bär den, allt tror den, allt hoppas den.* Moster Liv har sagt: »Jag är inte religiös, men just det där citatet är ett av de mer allmängiltiga i Bibeln.« Moster Liv är öppen. Jag visste inte om mamma var kristen eller inte, jag visste aldrig hur mamma röstade när det var val, om hon alls röstade. Vad hon gillade och gillar, förutom kaffet på ett särskilt sätt, lugna barn, Bach, Beethoven, Evert Taube. Pappa röstade på Arbeiderpartiet, och moster Liv röstade också på Arbeiderpartiet. Allt pappa gjorde för mamma, och allt han sa till henne, var som en plikt eller något han skulle prestera som kunde misslyckas, något som mamma tog för givet och krävde och aldrig var riktigt nöjd med. Varje gång han började prata med moster Liv var det som om han kom hem och kunde slappna av och säga vad han ville.

Jag kände igen citatet i prästens tal när Elise och Jan Olav stod framför altaret.

»Vi har samlats här i dag för att fira kärleken.« Elise hade bara axlar och smal midja i det stora kyrkorummet. »Inför Guds ansikte är vi samlade till vigsel mellan er båda, med en bön om välsignelse över er, och för att dela er glädje.« Moster Liv hade hjälpt Elise med klänningen och slöjan, moster Liv kan fnysa åt bröllop och utsmyckningar och krimskrams, men också rycka in i det när det förväntas av henne, och då med hela sig. Hon flätade in rosor i Elises hår och slöja med tunn ståltråd.

»Se på din dotter«, sa moster Liv hemma hos mamma och pappa före kyrkan.

Pappa skakade på huvudet och sa att Elise var den vackraste brud han någonsin sett. Elise skrattade och föste undan honom, chockerad, som om det var en omöjlig sak att säga, och det var det, var det någon i rummet som tänkte på mamma? Mamma var inte där. Det luktade grönsåpa i hela huset.

»Se på mina händer«, hade moster Liv sagt kvällen innan och hållit fram dem, röda och fnasiga efter att noggrant ha skurat av golv och trappa och städat badrummet och toan i källaren.

Moster Liv häller upp mer portvin åt mig. Ett nytt utbrott av gråt genom kroppen, men nu känns gråten mer lättande än tyngande.

»Det är inte säkert att han är ditt livs stora kärlek«, säger moster Liv. »Det vet ju inte jag. Men även om han vore det så vet jag att man kan leva bra utan sin stora kärlek. Det känns bara inte så just nu och ett tag framöver. Men sedan går det över. Det finns inte bara en enda rätta. Du kommer att få ett bra liv ändå, det är jag övertygad om.«

Det är en del frågor jag aldrig har ställt till moster Liv, och om jag tidigare hade tänkt att hon skulle uppfatta dem som påträngande och sensationslystna, kändes det nu som om jag borde ha ställt dem för länge sedan. I tonåren var hon den jag anförtrodde mig åt, men det var för det mesta mig vi pratade om; i den åldern var det inte lika naturligt för mig att fråga om hennes liv, och jag har glömt vad jag var så nyfiken på som barn.

Pappa brukade säga att moster Liv är stark som en oxe. »Hon tål allt«, sa han. Ingenting kan knäcka henne. Sviken och övergiven av två barnafäder, för att därefter förlora sin faderlösa lilla dotter i plötslig spädbarnsdöd. Benedikte hade ingen pappa, ingen visste var bebisens pappa fanns. »Hade jag vetat det skulle jag berätta«, hade hon sagt när hon var gravid, och pappa sa att han gärna skulle kontakta honom för att få honom att ta ansvar, men sedan blev det inget ansvar att ta längre. Bortsett från begravningen, som kostade skjortan och som mamma och pappa hade betalat. Mamma verkade inte lika imponerad över moster Liv, kanske tyckte hon att moster Liv bara undvek att hantera alla nederlag och förluster i sitt liv.

Dagen efter att Benedikte hade dött körde pappa till Oslo för att hjälpa moster Liv med allt, och två dagar senare tog han med moster Liv och Halvor hem till Fredrikstad. Medan vi väntade höll mamma på att höja och sänka värmen på kastrullen med fårikål, som länge hade varit klar. Bordet var dukat. Hon torkade av köksbänken en gång till.

Skatorna tjattrade så att vi nästan inte kunde höra något annat. Det regnade, gräsmattan var full av gula och röda löv. Bilen rullade in på gruset och stannade, och moster Liv, Halvor och pappa klev ut samtidigt, ur var sin bildörr. De såg alldeles vanliga ut. Halvor hade brun jacka och gröna gummistövlar, skrubbsår på hakan, en karta bokmärken i handen som han strax skulle ge till mig, och en påse full med fotbollskort. Han var sju år, jag var sex. Två skator som hade suttit på taket eller i ett träd flaxade iväg över oss och försvann. Mamma snubblade nerför trappan i regnet och över gruset mot moster Liv med händerna framsträckta, som om hon precis hade fått det fruktansvärda beskedet om att Benedikte var död. Elise stod på trappan med tårar på kinderna, Kristin väntade där inne. Hon hade frågat mamma om moster Liv skulle få en ny bebis och mamma hade sagt att det trodde hon inte, och att Kristin inte skulle få för sig att fråga moster Liv om det.

Moster Liv hade med sig sin hembakta tigerkaka som hon brukade, hon och mamma kom överens om att städa tvättrummet i källaren tillsammans. »Det är skönt att ha något för händer«, sa moster Liv. Halvor och jag var som vanligt mot varandra, han behövde ingen specialbehandling. Mamma grät mycket, det var för det mesta moster Liv som tröstade mamma, bara tre gånger såg jag moster Liv gråta. Den ena gången var för att hon hade haft mössa på Benedikte på natten. Men mamma sa: »Jag hade alltid mössa på mina, spädbarn ska inte ligga med bart huvud.« Och om värken i brösten: »Ta dig en varm dusch och försök klämma ut lite, men inte så mycket att du håller igång det.« Mammas gråt var lågmäld, ofta ljudlös och långvarig, moster Livs gråt kom i plötsliga hulkningar, ofta samtidigt som hon pratade, som om den överrumplade henne. Tredje gången jag såg moster Liv gråta höll pappa om henne på glasverandan, det är kallt där på hösten, vi förvarar läsk och öl under soffbänken, moster Liv såg ut att kämpa mot gråten, försöka komma undan. Det regnade och blåste, gula löv från trädet i trädgården hamnade på fönstret och gled ner. Jag försökte dela tigerkakan i gränsen mellan det gula och det bruna, och sparade det bruna till sist. »Lilla vän«, sa mamma, och jag visste inte om hon menade mig eller Benedikte eller moster Liv, och sedan började hon gråta igen, jag blev ledsen. Jag hade sett fram emot att vara med och byta blöjor. När de var hos oss i augusti hade jag gått med Benedikte i barnvagn fram och tillbaka på grusgången med dansande solfläckar på suffletten och myggnätet.

Sorgen över Frank är som ett tjockt rep som rycks genom kroppen. Regnet öser ner utanför, moster Liv pratar med sin mörka, raspiga röst. Frank har sagt att han vill tågluffa med mig och nämnt en restaurang där han vill att vi ska äta, det är säkert. På ett hotell, med stekt kulpotatis. Tänk om jag hade svarat i telefonen tidigare? Innan den hann ringa och ringa inne hos familjen i går när ingen var hemma, sedan kom de hem och svarade, och knackade på hos mig. Jag öppnade och gick ut i hallen, det var fettfläckar på spegeln över telefonbänken och dottern stod kvar i hallen och pillade med att få upp jackan på kroken.

En gång jagade Frank mig genom Vigelandsparken och välte omkull mig på gräsmattan och kysste mig, och sedan ville han att vi skulle härma skulpturerna. Han ville bära mig på olika sätt, först skulle jag ligga på rygg över hans rygg, sedan skulle jag ligga hopkrupen i hans famn som en bebis, jag kunde aldrig slappna av och släppa loss så mycket som han gjorde, eller skratta så naturligt.

»Det är Frank, jag behöver prata med dig.«

Jag tänkte igenom möjligheterna att förhindra det som höll på att hända, innan jag förstod vad det var.

Eller tänk om jag inte hade svarat då heller.

»Monika?« sa Frank i telefonen.

»Ja, jag är här«, sa jag, med glad röst. Varför svarade jag med den där glada rösten?

Moster Liv pratar om det som finns omkring oss. Om regnet som slår mot rutan. Om att tvätta golv, sticka en tröja, se på teve, om Kåres favoritost. Om portvinsflaskan hon fått av Kåre i födelsedagspresent.

»Men böcker då? Du tycker ju så mycket om att läsa. Kanske kunde du bli bibliotekarie?«

»Jag vet att det är fånigt«, gråter jag, »men jag tror inte jag någonsin kommer att bli så kär i någon.«

»Jag förstår«, säger moster Liv. »Och kanske kommer du att minnas Frank och det ni hade resten av livet, och kanske har du glömt bort honom om ett par veckor. Det betyder inte att inte känslorna var äkta. Förälskelser är nyckfulla.«

Hon står framför fönstret med stor putrumpa och händerna på höfterna. Och så slutar det regna. Ljudet av regn tystnar åtminstone.

»Kåre kommer snart«, säger moster Liv, »men det är bara trevligt om du är här när han kommer.«

Sist jag var hemma hade mamma fått höra om moster Livs nya kille och hon sa till pappa: »Ja, ja, vi får se hur det går den här gången då.«

Jag vill fråga moster Liv: Vad gillar du på teve, vad äter ni för frukost, men alla meningar ligger för tungt i mig. Men jag vill verkligen veta vilka frukostrutiner de har, vad de gör på kvällarna, om de skrattar åt samma program, om de stänger av teven och pratar med varandra och vad de pratar om då.

Katten går över golvet och moster Liv säger:

»Och Mons börjar bli till åren.«

Jag vill att moster Liv ska ha det bra.

Jag hoppas att hon har ett bra liv.

Mons är randig, grå, brun och svart i ett vackert ormskinnsliknande mönster. Moster Liv frågar om Elise och bebisen, om han mår bra.

Jag nickar.
»Han är helt underbar«, säger jag.
Jag kommer att tänka på resväskan, jag vill se den, och jag vill inte se den. Moster Liv har sparat en del av Benediktes kläder – spädbarnströjor med spetskragar och band, sparkbyxor, ett stickat täcke, små virkade sockor. Hon har allt i en liten resväska av konstläder. Halvor brukade visa mig den när jag var här som barn. Jag tänkte mig en porslinsdocka med blek hy och stirrande ögon när han öppnade den där väskan. De har inga foton på Benedikte som död. Andra skulle ha haft det, men de ville inte, det hörde jag moster Liv säga flera gånger. »Vi valde att inte göra det.« Och en gång sa hon: »Och hon var verkligen inte söt«, och sedan skrattade hon och sa: »Det är viktigt med lite galghumor; ska man överleva så måste man kunna skoja om det.« Hon hällde smet till tre amerikanska pannkakor i pannan, de jäste och svällde med tusen små luftbubblor. »Nej, vad jag menar är att hon var så oändligt mycket vackrare i levande livet, och det är så vi vill minnas henne.«

»Så söt, han har börjat skratta«, säger jag till moster Liv. »Elise och Jan Olav har köpt hus, jättenära mamma och pappa.«
Och där rullas en pytteliten lycka ut i mig, vid tanken på en levande liten systerson med mjuka kinder och sprattliga ben. Han bet med tandlös mun runt min käke.
»Ja, jag hörde det, att de orkar, tänk att bo så nära sina föräldrar. Vilket namn blev det nu igen då?«
»Det blir Jonas«, säger jag.
»Jonas«, säger moster Liv. »Jag får ta mig en sväng till Fredrikstad och titta på honom igen. Annars ser jag ju honom på dopet, men då är vi nog många om honom. Jag håller på att sticka en liten kofta. Hinner de flytta in i nya huset före dopet?«
»Jag vet inte«, säger jag.
Sedan sjunker det i mig igen. Inte en tanke kan tänkas utan

att det har med Frank att göra. Moster Liv ser på mig med lugnt bekymrad blick och häller lite mer portvin i mitt glas.

Festen fortsatte när Elise och Jan Olav hade gått och lagt sig på bröllopsnatten. Jan Olavs lillebror var inte snygg, ändå flörtade jag med honom. Pappa stod i dörren och såg besvärat på mig när jag vek mig och kastade huvudet bakåt och skrattade åt något Tor Arne sa, och jag tänkte: Jag är bara så glad, det är inte vinet. Mamma och pappa skulle åka, det var många som skulle övernatta hos oss, moster Liv och Halvor och Kristin hade redan åkt, Kristin hade hjärtesorg, Amund hade gjort slut. Pappa sa: »Kom, nu ska vi hem«, och jag gjorde en rörelse med huvudet av irritation och överlägsenhet och livsglädje, och tappade balansen och blev tvungen att stödja mig mot väggen. Pappa såg inte på mig, han såg på mamma medan de rörde sig ut mot taxin, och sedan vände han sig om i dörren och vinkade mig till sig. Brudparet på tårtan lutade åt brudens håll, det såg ut som om hon stöttade, nästan bar brudgummen; någon hade tagit en stor bit av översta våningen. Så konstigt det var att se på den lilla tunna figuren och längta efter att vara i den situationen, så klassiskt, ordinärt och fullständigt begränsat. Elise liknade på pricken, det gjorde inte Jan Olav. Klänningen var helt vit, och huden så blek. Elise och Kristin blir nästan inte bruna på somrarna, men jag blir brun nästan med en gång, jag har ärvt pappas pigment. Jag stod och tittade på plastdockan och kände djup kärlek och respekt för min storasyster, allt hon hade varit för mig under hela min barndom, hon var en sagoprinsessa, helt igenom god och vacker, och nu försvann hon. Jag stirrade på det lilla dockansiktet och önskade Elise ett långt och bra liv, jag önskade henne det med Jan Olav, men jag var tveksam till om det var att önska henne allt gott.

Jag gick ut till mamma och pappa i taxin.

När vi kom hem var det tyst, alla lamporna var släckta men

grannarnas utelampa sken in mellan krukväxterna på fönsterbrädan i vardagsrummet. Mamma hade bäddat åt Kristin på en madrass i mitt rum, hon sov på mage med öppen mun. På skrivbordet låg en gul överstrykningspenna och ett fotokuvert, det var inte mina saker. Jag öppnade fönstret och rökte en cigarett innan jag la mig, jag var ledsen, eller snarare sentimental, Elise kunde ha fått vem som helst, jag fattade inte vad hon skulle med Jan Olav till, jag grät tyst. Jag såg på bokhyllan och böckerna jag hade läst i tonåren: *Karin väljer väg, Prinsen och halva kungariket, Livs hemlighet, Grete på egen hand, Grete har lyckan med sig.* Jag tänkte på ett liv fyllt av olika upplevelser, ett liv där jag utvecklades och förverkligade mig själv och hela tiden gjorde det jag ville, och lyckades. Jag föreställde mig att stå på en scen och tala till en församling. Resor utomlands, jobb och semestrar. Jag föreställde mig bostäder med parkettgolv och stora fönster där jag kunde ha middagar och fester. Jag såg mig öppna en flaska vin och hälla upp två glas, och det var nagellack på mina naglar. Barn, en pojke och en flicka som sprang över golvet i lackskor. En julgran jag klädde på parkettgolvet tillsammans med en man. Blanka kulor, korgar. Stora tallar, glittrande vattenytor, en stig med fuktig jord, skinande vita sängkläder. På den tiden kände jag mig säker på flera saker om mitt framtida liv. Jag visste att jag skulle få barn, jag visste att jag skulle stå på en scen och framföra något eller hålla föredrag, och jag visste att jag skulle komma att inreda ett hus ungefär som jag ville ha det, och att det ekonomiska inte skulle vara något som begränsade mig särskilt mycket.

I hallen, medan jag klär på mig, säger moster Liv att jag är välkommen när som helst.

»Det var synd att Kåre inte hann träffa dig«, säger hon, »du får komma tillbaka snart.«

Jag nickar. Jeansjackan är fortfarande blöt i nacken.

»Nu kommer hösten att rusa iväg«, säger hon. »Kom och ta ett glas portvin med din moster när du känner för det.«

På byrån står en lampa jag känner igen hemifrån. Jag minns att mamma ville slänga den för flera år sedan, men att pappa sa att de kunde fråga Liv om hon ville ha den, och mamma sa: »Det är väl ingen som vill ha den lampan.«

Luften är frisk efter regnet när jag kommer ut och går ner till Carl Berner, det glänser i grönsakernas starka färger utanför affären på hörnet.

Två kvinnor med barnvagn, en man och en hund, en vit bil, en gul folkvagn. Goda framtidsutsikter, ett oändligt antal möjligheter. Falla och resa sig, det är okej att göra fel. Jag har livet framför mig. Ett vindkast får ett stort träd att släppa tusen tunga regndroppar på mig.

Men på väg bort på Christian Michelsens gate lämnar jag tillståndet jag varit i inne i moster Livs lägenhet, ett slags barndomstillstånd, det släpper taget. Allt jag kunde tillåta mig för att jag var som ett barn, utan skam, utan skuld. Jag är vuxen och jag tackade inte och bad inte om ursäkt. Vuxen och hjälplös, med en oviss framtid och kan inte ens ta hand om mig själv.

DET MAN TRODDE PÅ FÖRR

December 1983

Det är milt när jag kommer ut från Østbanestationen, juldekorationerna på Karl Johan glänser regnvåta. Jag har så mycket avbruten och upplöst julstämning i mig, känner att jag inte riktigt kan känna. En full man ligger på en trappa, jag stannar till för att se om han lever, och ja, bröstkorgen rör sig, en gulnad nättröja under skjortan som glipar mellan två knappar. Innan pappa körde mig till stationen spelade mamma piano, rak i ryggen, håret samlat i en knut i nacken, det stod brända mandlar och pepparmintskulor i skålar på pianot. Elise och Jan Olav pratade om hur mycket granen hemma hos dem redan barrade.

Jag tar spårvagnen upp till Sorgenfrigata, det luktar instängt i lägenheten, glödlampan i hallen har gått och det är mörkt. Dörren till köket är öppen, det står disk på bänken, ett paket te har ramlat ner på golvet. Fläktelementet står på i hallen bredvid Ninas skinnstövlar, en har vält, en står upp.

»God jul i stugan«, ropar jag inåt lägenheten och Nina svarar:

»Ho-ho!«

Det står tomma ölflaskor sedan före jul på soffbordet, en vinflaska på golvet och en i fönsterkarmen, det ligger en massa fimpar i askfatet och skivor utan omslag på golvet. En hög kläder är nedtagna från torkställningen och utlagda i soffan. Nina sitter i den gröna loppisfåtöljen och ser på film, på teven får en man i en bar en whisky och tar en klunk. Mellan soffan och stereon ligger Ninas tröja i en hög.

Då vänder sig Nina om. En blandning av förtvivlan och jubel väller upp i mig.

»Åh«, säger jag. »Ditt hår. Du har permanentat dig.«

»Mormor var så trött på att det hängde ner i ögonen att hon betalade«, säger Nina. »Ser det hemskt ut?«

»Nej!« säger jag. »Jättefint!«

»Men det är nästan bränt i topparna«, säger hon och drar i de nästintill krusiga lockarna.

Hon sträcker armarna bakåt, tröjan glider upp och blottar magen, hon har jeans med skärp, naveln syns lite ovanför spännet och jag lutar mig fram och kramar om henne. Det luktar något kemiskt och parfym.

»Tusen tack för boken«, säger jag. »Den hade jag önskat mig, men det visste du.«

»Tusen tack för boken«, säger hon. »Jag visste inte att jag önskade mig den, men det gjorde tydligen du! Den ser jätteintressant ut.«

Jag sätter mig i Rickards farfars ljusbruna fåtölj.

»Roar kommer«, säger jag. »Vid åttatiden.«

Hon gör en clownaktig ledsen-grimas.

»Ska jag vara ensam en hel kväll till?«

Jag säger att jag tror att Tollef kommer hem i dag. Hon säger att det inte är samma sak.

»I morgon kan vi gå ut«, säger jag. »Jag har rätt mycket vin. Var är Truls?«

»I Voss«, säger hon. »Till efter nyår. Jag stod inte ut med att vara kvar en enda dag till.«

»Har han sett håret?« säger jag.

Nina skakar på huvudet.

»Jag gjorde det i går«, säger hon. »Han älskar mig i vilket fall, jag hade kunnat färga det rosa.«

Hon pekar på vardagsrumsväggen.

»Färgen tog slut«, säger hon.

Pensel och roller står i vattenhinken, vattnet är lika rött som färgen. Det var jag som fick idén att måla vardagsrummet rött. Jag ringde ägaren och övertalade henne att betala för färgen. Tollef och Rickard var skeptiska.

»Vet ni hur smutsig den där juteväven är?« sa jag.

»Ska du måla över smutsen då?«, sa Rickard.

»Ni borde åtminstone tvätta med soda innan ni målar«, sa Tollef.

Nu står jobbet halvgjort. Vi har kladdat ner listerna och två av väggarna behöver en strykning till. Husägaren hade först lovat betala, sedan ändrade hon sig och nu har vi slut på färg.

Roar kommer ofta sent på kvällen eller på natten och sticker igen efter ett par timmar. Jag sover lätt och vaknar när han låser upp, det gör Rickard också. Roar luktar rester av aftershave, matos, rester av andra platser, människor, sammankomster, han kommer till mig i stället för att gå hem. Skäggstubben har börjat tränga fram och ska snart bort igen, hemma i huset i Kjelsås. Han brukar lukta svagt av alkohol.

Rickard tycker inte om det. En främmande man som låser upp mitt i natten. Att ge nycklar till en främmande man.

»Han är inte direkt främmande«, sa jag.

»Jag vet ingenting om Roar«, sa han då. »Ingenting. Tror du verkligen du känner honom?«

»Han föreläser på Blindern«, sa Tollef.

»Okej, är det en garanti?« sa Rickard.

Nina bryr sig inte.

Jag föreställer mig syrenkvistar, en vägg full av böcker och en vas som Ann gjorde när hon gick en kurs i porslinsmålning. Såpskurade golv. Allt Roars klagande på Ann, allt dyrkande av henne. Beskrivningar av hur hon blir barnsligt glad av att ha olika saker i badvattnet: färger, dofter, pulver som får det att fräsa och bubbla. Att hon tycker om Shakespeare, Tarjei Vesaas, Bjørg Vik. Som om hon är en avliden, som om han har förlorat henne. Hon tömmer nästan aldrig diskmaskinen, kommer inte ihåg att handla det de har slut på, hon kan lämna smutsiga kaffekoppar överallt i huset, i fönsterkarmar, bokhyllor, på golvet bredvid en stol, eller på golvet bredvid badkaret. Hon kan bli så trött på barnen att hon måste gå ut ur rummet och lämna dem åt Roar. Roars beskrivningar av Ann är frustrerade, lyckliga, hjälplösa, och han tar på mig, smeker mig medan han pratar, i långa meningar. »Jag tycker väldigt mycket om Ann«, säger han. »Men du gör något med mig som jag inte kan stå emot, och det gör mig förtvivlad.«

När jag öppnar min väska känner jag tvållukten från Anne Lovises julklapp.

»Jag fick så menlösa julklappar av min barndomskompis«, säger jag.

Ninas trosor, Rickards t-shirtar, handdukar ligger i soffan. Vem ska byta lampa i hallen? Det är över en månad sedan den gick sönder. Det är jordgubbste och mandarintvålar och rökelse med jullukt, barnsliga tramsklappar som luktar underbart, oemotståndligt, en lukt av barndom, semester, jul, affärsgator, och ett ögonblick gungar längtan efter Anne Lovise i bröstet, men det jag längtar efter finns inte längre, hon finns inte som den personen längre, och den som längtar finns inte heller.

»Är du riktigt kär?« säger Nina.

»Ja, och nej«, säger jag.

Nina lägger huvudet medlidande på sned.

»Stackars dig«, säger hon, »ska jag massera dina axlar?«

Jag sätter mig mellan Ninas ben och hon börjar klämma och knåda på senor och muskler i axlarna.

»Det ska göra ont«, säger hon.

Jag andas djupt och försöker ignorera smärtorna. Jag frågar om hon inte saknar Truls.

»Egentligen inte«, säger hon. »Truls och jag är ju inte så väldigt beroende av varandra.«

Hon knådar axlarna så jag stönar.

»Det blir ingen kärnfamilj av oss i första taget«, säger hon i stackato medan hon jobbar på. Hon säger:

»Jag kan inte komma på en enda sak som jag saknar i det här hemmet, som jag skulle ha fått i en kärnfamilj, inte en enda. Eller som jag fick hemma hos min familj. Sällskap, någon att prata med, tröst och omtanke när jag behöver, trygghet, allt det har jag mycket mer av här än jag hade hemma.«

»Ja, jag med!«, säger jag, »Jag med! Sex dagar hemma med Elises småpojkar var ett vaccin mot att få barn.«

»Jag ska åtminstone inte ha barn före trettio«, säger Nina. »*Stackars* din kusin.«

Ja, det är det pappa så ofta har sagt: »Det är synd om Halvor.« »Stackars Halvor.« Halvor kom oanmäld och hälsade på här en mörk novemberdag med två sexpack i en Berganryggsäck och en krukväxt i en plastpåse. Det hade gått minst två år sedan jag träffade honom. Han hade halvlångt hår, skäggstubb, röd skjorta.

»Vi behöver inte dricka dem nu«, sa han om ölen.

Det började regna.

»Fin kåk«, sa han. Genom väggen hörde jag Nina och hoppades att hon skulle komma ut och sätta sig hos oss. Jag kunde bjuda henne på en öl.

Tallrikar med orangea matrester efter Rickards spaghetti stod på köksbänken. Vi öppnade var sin öl, satt vid köksbordet. Regnet smattrade så att det hördes och forsade över rutan, det öste verkligen, vi kommenterade det flera gånger. Halvor berättade att han skulle bli pappa. »Inte direkt planerat«, sa han.

Mamma hade redan berättat det för mig.

»Vad blir jag då?«, sa jag.

»Jag tror det är det som blir tremänning«, sa Halvor.

»Tre-män-ning?«, sa jag. »Nu blir jag nog lite förnärmad.«

Vi öppnade öl nummer två och jag visste att om vi skulle öppna tre och fyra skulle det bli för sent att säga att jag måste plugga, det kunde bli värre och värre. Och det var en tanke som slog mig: Ju trevligare detta är, ju trevligare jag är mot Halvor, desto högre risk att detta upprepas, det är farligt att uppmuntra honom, som att mata en hemlös katt.

Och jag tänkte: Vad tror han egentligen? Att han kan komma här och tränga sig in i mitt liv som inte ens har plats för Anne Lovise?

Men det var andra och oförenliga känsloskalor när mamma sa: »*Fruktansvärt.* Fruktansvärt att Halvor går i sin pappas fotspår. Ett barn behöver både en mor och en far. Man ska tänka sig noga för innan man sätter barn till världen.« Jag kunde inte hålla med henne och tog så smått Halvor i försvar, jag orkade inte med att Halvor skulle utsättas för mammas missnöje. Men sedan var jag tvungen att erkänna den där patetiska skymten av glädje för mig själv, över att *man ska tänka sig noga för innan man sätter barn till världen*; det måste betyda att mamma och pappa hade tänkt sig för, svarat ja, tre gånger.

Halvor pekade på alla kryddorna i kryddhyllan.

»Det är Rickards«, sa jag.

»Vad har han dem till?« sa han.

»Vet inte«, sa jag. Jag ryckte på axlarna. »Mat.«

Halvor nickade.

»Han har oregano när han gör spaghetti med köttfärssås«, sa jag.

Nina kom in och räddade mig, hon fick en öl och Halvor blev pratsammare och berättade att han skulle börja på EDB-skolan.

»Är inte det dyrt?« sa Nina.

Halvor nickade men sa att det var ganska lätt att få jobb sedan.

Nina sa att hon kände en som hade gått där.

»Fick han jobb efter?« frågade jag. Nina log och brast ut i skratt och sa:

»Nej, men det finns det nog många anledningar till.«

Halvor berättade på ett överraskande roligt sätt om ett hyresrum han varit och tittat på, en tant hade gått runt i rosa morgonrock och visat honom från rum till rum. »Här är köket, med utsikt mot den gröna bakgården«, sa Halvor med ljus röst. »Här är badrummet, det är helt okej förutom att spolningen är lite trög just nu, man får trycka ner den en extra gång.«

Vi skrattade.

»Här är ditt rum, alltså – om du vill ha det … Och här är mitt sovrum, jag tycker som du ser om murriga färger …«

Vi skrattade och skrattade, och jag tänkte än en gång på det där med att ge katten mat. Halvor pekade på sitt bröst och sa: »Med riktig klyfta. Och läppstift. Hon var minst fyrtio år.«

Efteråt stod Halvor i hallen, på knä framför mig, med tummen nedtryckt mellan sko och häl för att få på sig gympaskorna. Sedan reste han sig. Vi hade druckit tre öl var, Nina hade druckit en. Fem öl stod kvar i kylen.

Halvor hade verkat så glad och lätt, en stor missförstådd glädje, han hade ju trasslat till det ordentligt. Jag hörde dörren slå igen där nere. Jag ville helst ha så lite som möjligt med honom att göra. Plötsligt kom han in i mitt liv, och det ville jag inte.

En gång när jag var liten frågade jag mamma om moster Liv var fattig, och mamma sa att fattigdom inte bara handlade om pengar, utan lika mycket om vilka val man gjorde i livet. »Hur som helst, moster Liv har inte *så* lite pengar«, sa hon. »Då hade hon ju inte kunnat åka till sin pojkvän i Bergen hela tiden, eller fått högfjällssolbränna eller ätit köpebröd i stället för att baka.«

Life on Mars högt på stereon, regn utanför, och alla tomflaskorna, det går inte längre att föreställa sig att det är mellandagarna.

»Rickard har lånat ut badrumsvågen till sin syster, så nu har jag ingen aning om ifall jag har gått upp under julen«, säger Nina, högt för att överrösta musiken.

»Varför har han gjort det?« säger jag.

»Hon skulle visst banta.«

Sedan sätter hon sig upp i soffan.

I dörren står Tollef, så omärkligt som bara han kan, med grön ryggsäck och den lätta böjen på nacken, märkbart irriterad på musiken men glad att se oss, han kramar om båda två, men sedan är han sur över röran, och vardagsrumsväggarna, och musikvolymen, och vi förstår det, vi förstår honom så väl.

»Förlåt!« säger jag och Nina i kör. Tollef går bort till stereon och skruvar ner volymen.

»Men jag *älskar* den låten«, säger Nina och slår ut med händerna.

Tollef slår ut armarna mot väggen.

»Tycker du att vi är dåliga på att måla, säg om du tycker att vi är dåliga!« säger Nina.

»Ni måste ju måla så att det täcker helt«, säger Tollef.

»Ja, men vi behöver mer färg«, säger jag.

»Kan det gå på den gemensamma kassan, tro?« säger Nina.

»Det kan det väl«, säger Tollef, »men uppriktigt sagt har varken jag eller Rickard haft lust att måla vardagsrummet rött, och en av anledningarna till att vi, åtminstone jag, motvilligt gick med på det var att det inte skulle kosta oss något.«

Nina suckar. Tollef drar fingret över något på den vita golvlisten.

»Det där är inte färg«, säger jag. »Tomatsås kanske, eller jordgubbssylt.«

»Eller mensblod«, säger Nina, och nu får hon Tollef att skratta, och jag släpper ut mitt eget skratt.

»Har ni haft en bra jul?« säger han.

»Jag vet inte vad en bra jul är«, säger jag.

»Jadå, jodå, bra jul«, säger Nina.

»Tack för boken«, säger jag till Tollef.

»Tack för tofflorna«, säger han, »dem behövde jag.«

Det drar en ånger eller skam genom mig, varför trodde jag att filttofflor skulle passa som julklapp till Tollef?

»Boken verkar väldigt bra«, säger jag.

Han gav mig *Sveve over vatna* av Ragnar Hovland.

»Den är så rolig«, säger Tollef, »det är något av det roligaste jag har läst.«

Nina kavlar upp tajtsen och studerar sin vad.

»Rakar du verkligen benen?« säger hon.

»Då och då«, säger jag.

»Gillar Roar det?« säger hon.

»Det tror jag väl«, säger jag. »Rakar du dina?«

»Nix«, säger hon. »Skulle aldrig falla mig in. Truls får ta mig som jag är.«

Jag gick på Roars kurs om den modernistiska romanen. Det fanns en luft och akustik i föreläsningssalen som blåste genom skallen när jag klev innanför dörren. När Roar kom in var allt bara form och inte innehåll, hans röst, enstaka lösgjorda meningar, om *Odysseus*: »Inblickarna i dessa personers tankeliv är stundtals förbluffande intima«, och om *På spaning efter den tid som flytt*: »I den högborgerliga miljö Swann befinner sig kan ett utsvävande sexualliv vara socialt förödande, och särskilt för kvinnor.« Långsamma steg fram och tillbaka. Han hade nästan alltid skjorta och jeans när han föreläste. Engagerad och nästan lite andfådd när han, som en utvikning, tog upp madame Bovary i droskan: »Vill hon bli sedd? Vill hon bli sedd?«

Första natten med Roar var på ett hotellrum, vi gick från Chateau Neuf och korsade Sorgenfrigata, fortsatte längs

Bogstaveien och tog in på ett hotell på en av tvärgatorna. Det fanns ingenting i hur han gick fram till receptionen och pratade med mannen bakom disken som fick mig att tänka att det var något han brukade göra. Han sa: »Åh, du är vacker. Går det att vara så vacker? Få se på dig.« Alla mina komplex försvann, jag var bara fin. På morgonen åt vi frukost tillsammans, hans hand runt en kaffekopp, samma fingrar som han haft inne i mig på natten. En anställd tappade en bricka med glas, de gick i tusen bitar med dunder och brak, och Roar sa: »Det ser ut som om någon har strött diamanter över golvet.« Ljuset genom fönstren över alla borden och diamanterna på golvet, hans fingrar när han drack kaffe, och under möten längre fram: skrev en lapp till Ann , fipplade med bilnycklarna, bläddrade i en tidning eller bland papprena till en föreläsning, fumlade och slet i mina kläder och ville få av dem. Och jag satt rastlös och skakade med låren på stolen i frukostmatsalen, eller tuggade på blyertspennan i föreläsningsbänken och kunde inget annat än att alltid vara i det tillståndet, och kunde inte längre koncentrera mig och plugga som jag skulle. Roar var lugn och gick in och ut ur det där tillståndet och gjorde sitt jobb och var pappa och make när han var hemma hos familjen. Men utom sig när han träffade mig. Vi tog en drink i baren på hotellet innan vi gick upp till rummet, pianomusiken som plötsligt satte igång, liksom bara uppstod, och samtidigt verkade väldigt arrangerad, tidsinställd. Det var som ett löfte om skönhet och evighet, och vi såg varandra i ögonen med ironi och glädje, och samtidigt en våldsam betydelsetyngd.

Tollef vispar ihop ägg till en omelett, med lök och paprika från kylen. Kniven är så slö att han måste vrida på den för att den ska komma igenom yttersta löklagret, flagorna glider isär, jag känner löklukten. Jag har diskat, Nina har städat vardagsrummet. Det är två timmar tills Roar ska komma.

Tollef kräver ett slags respekt, kanske mest för att det är

som om han inte bryr sig om respekten. Det första jag tänkte när jag träffade honom var att det fanns något värdigt över honom, men sedan var det som om den där värdigheten var trots något, och jag kunde inte komma på vad det skulle vara. Han får mig att tänka på en kille jag gick i gymnasiet med som satt i rullstol och var helt oberörd av det, alltid.

På tavlan bredvid kylen står det: *Tollef: panta flaskor, dammsuga. Monika: städa badrummet (före jul!!!)* Längst ner står det: *Nina skyldig Rickard 28 kr.* Det står också ett halvt utsuddat meddelande: *Monika ska ringa moster Liv.* Jag har inte ringt henne, jag har inte haft tid. Det har varit examen och fester och Roar, och en backgammonturnering som tog alla lediga kvällar. På min hylla i kylen står en stor bägare körsbärsyoghurt, en jarlsbergost, en tub majonnäs och tre öl. Det är mögel på osten.

»Kära Tollef, kan jag få en bit omelett av dig?« säger jag.

Tollef nickar.

»Jag håller på och skriver en artikel om våldtäkt«, säger han.

»Det har inte med studierna att göra?« säger jag.

»Nej, det är för Universitas«, säger han.

»Hur kan det intressera dig?« säger jag.

»Du kanske har lust att skriva något för Universitas?« säger han. »Vi behöver kvinnor.«

»Menar du det?« säger jag. »Vad skulle jag skriva om då?«

När jag hade muntlig tenta var julgranen redan uppochnervänd på universitetet. Jag var glad att det inte var Roar som examinerade mig; jag blev förhörd om *Den gudomliga komedin* och fick inte fram något mer än att Dante var *kär* i Beatrice, det var så pinsamt. Men sedan ryckte jag upp mig och fick väl godkänt. Jag stod i telefonkiosken på institutionen och hörde dämpat skrammel från kafeterian och ringde mamma och var gråtfärdig. Hon gratulerade, hon sa att hon längtade efter att få berätta för pappa. Men glädjen var nog halvhjärtad, för vad ska jag egentligen ha det till? Vad ska jag bli?

»Kan du inte bli lärare?« har pappa sagt, men jag vill inte bli lärare. Nu ska jag först ta grundkurserna, sedan påbyggnad, sedan får vi se.

Pappa satt med handen runt ägget och kniven i andra handen och vit- och blårandig skjorta och sa: »Litteraturhistoria, ja, vad blir du då?« Det var morgonen efter att jag hade berättat att jag ville läsa litteraturhistoria, och det kändes som något en tonåring eller väldigt ung flicka skulle säga, och som inte kunde tas på allvar.

»Att älska är viktigt«, sa Roar sista gången vi träffades innan jul. »Jag kan inte leva utan det.« Han smekte mig över kroppen i långa tag, han sa: »Vet du vad, Ann och jag har inte älskat med varandra på nästan fyra månader. Vi borde egentligen lämna varandra. Det borde vi nästan.«

Han sa det som om han tänkte högt, inte som om han sa något som var av största intresse för mig, och verkligen inte som om han gav mig några löften eller hopp. Roar såg på mig som om jag med något annat än min ungdomlighet skulle lindra smärtan i att hans fru inte längre låg med honom, som om jag skulle rädda honom.

»Har ni inte?« sa jag. Han skakade på huvudet.

Vi låg med varandra på bäddsoffan, eller älskade, Roar sa älska. Brunt tyg, min fot mot soffryggen.

»Brukar du följa med unga kvinnor hem?« sa jag mot hans hals.

»Du är inte så ung«, sa han. Jag var glad att han sa det. Samtidigt som jag kände en förlust, något hade gått förlorat som jag aldrig skulle få tillbaka.

»Paul de Man dog i går«, sa han. »Han blev sextiofyra.«

»Åh, nej«, sa jag.

Jag berättade för Roar om hur det bröt ner mig att åka till mina föräldrar och vara där över julen, hur förstörd jag blev, ett långt tag.

»Det är som om jag kliver ur mitt liv«, sa jag, »och blir rädd att inte komma in i det igen.« Men redan när jag sa det kände jag suget dit och visste ju att jag såg fram emot julen i Fredrikstad fast jag visste att jag skulle bli besviken och rastlös, jag kunde tänka fram julstämningen tydligt och exakt, varje doftelement, granbarr, klementiner, revbenssvål, surkål, men ändå uppstod den aldrig, jag kommer aldrig mer att uppleva den som när jag var barn.

Jag köpte två buketter nejlikor på Østbanestationen, en till mamma och en till Elise. Mamma hämtade mig på stationen i Fredrikstad med Forden.

»Oj«, sa hon när hon fick se mitt hår. »Det var kort.« Jag lutade mig framåt och såg mig i backspegeln.

»Tycker du inte jag passar i det?« sa jag.

»Jo. Väldigt ovant i alla fall«, sa mamma.

Mamma backade utan att använda spegeln, sträckte på nacken åt alla håll. Vi körde förbi järnaffären. Parken, lekplatsen. Där jag satt med Anne Lovise och kedjerökte ett helt paket Prince. Alltsammans snöfritt. Och mamma sa igen:

»Det är ju synd att vi inte fick någon snö.« Hon sa att moster Liv inte skulle komma i år eftersom hon skulle vara med sin nya pojkvän, på Carl Berner.

»Kunde han inte följa med?« sa jag.

»Jo, givetvis«, sa mamma. »Men de ville visst vara ensamma.«

Mamma kastade en blick på kopplingen, som om någonting inte stämde. Hon sa att Anne Lovise hade tittat förbi, med barnvagn, att hon skulle komma tillbaka senare för att träffa mig.

»En vacker liten pojke«, sa mamma.

Jag såg fram emot att träffa henne, och jag såg fram emot att få se bebisen. En gång sa jag till henne i mammas och pappas hammock: »Du måste flytta till Oslo! Du måste övertala

Frode!« Om jag hade menat det skulle jag ha sagt det en gång till. Allt som är Anne Lovise blir dämpat när hon kommer till Oslo. Om hon strosar på Karl Johan, eller bara sätter ner foten på perrongen på stationen, töms hon på allt som är Anne Lovise. Det finns småsaker med Frode som det är svårt att överse med, hans hästsvans och hur trånga t-shirtar han har. Jag är precis där jag vill vara, med studierna och kollektivet, Rickard och Nina och Tollef och alla som kommer på besök, det stora köksbordet som vi äter grytor runt, och Ninas farbrors teve som vi hyr videor till så vi kan se film efter film, och spela Amerikanare och Monopol med dem, och studierna, inget av detta passar Anne Lovise särskilt bra in i med sina pärlörhängen och det tunna, ljusa raka håret och parfymlukten.

Anne Lovise kom hem till mamma och pappa på annandagen, bebisen sov hela tiden hon var där och jag sa:

»Åh, jag måste få träffa honom igen snart, jag måste få se hans ögon!«

Som om det var något avgörande. Jag frågade med samma dämpat upphetsade röst om jag fick lyfta upp honom fast han sov, »Ja, ja, bara ta upp honom«, sa hon, den lilla kroppen hängde från händerna i ett S, han trutade och snörpte på munnen och knöt nävarna framför mina tummar.

Jag undrade om Anne Lovise hade tänkt på Pål Martin nu när hon själv hade barn. Pål Martins föräldrar dyrkade sitt barn, med skygglapparna på, de trodde att alla tyckte att Pål Martin var lika fantastiskt underbar som de själva tyckte, men Anne Lovise och jag var två tuggummituggande tonåringar som var intresserade av killar, smink, kläder. De hade sovrum i källaren med spindlar som pilade över golvet. Pål Martin sov på magen med rumpan i vädret, napp i munnen som guppade när han sög. Det var hål i nappskivan där små hudblemmor putade ut. Vi satt på övervåningen och såg en film på teve, det var *Psycho* och vi hade på ljudet högt. Vi hade fått chips och godis. Då och då tjöt vi av skräck. Vi kastade chips på varandra och välte läsk och tjafsade och bråkade om vem som skulle torka upp. När filmen var slut stängde vi av teven och då hörde vi Pål Martin, ett svagt ylande. Jag gick nerför källartrappan, jag var rädd efter filmen och svettig, varm om kinderna, armarna sved efter att Anne Lovise hade nypt mig. Pål Martin låg på mage på sitt täcke, det luktade illa, han hade bajsat på sig och ansiktet var rött och svullet. Det gick en hulkning genom kroppen. Jag bar in honom i badrummet och la honom på skötbordet i det skarpa ljuset, och han snyftade till igen. Anne Lovise kom in och sa:

»Blä, det stinker!« Hon stod böjd över handfatet och låtsades kräkas.

Pål Martins ögon var öppna, han låg med händerna på vardera sidan om huvudet, följde mitt ansikte med blicken medan jag tvättade honom, emellanåt drog en snyftning genom kroppen. Det var svårt att få honom ren, det var bajs i alla veck, det kom bajs på handduken. Blodet dunkade och dunkade i mitt huvud, min röst var mjuk och darrig, vattnet var brunt när jag sköljde trasan. När jag knöt den nya blöjan pekade Pål Martin på sin mun och sa: »boti«. Det betydde »nappen«, det var ett av de få ord han kunde. Jag hittade nappen på golvet under hans säng, bredvid en svart, dammig herrstrumpa.

Tollef torkar av köksbänken och sköljer trasan och torkar igen medan han berättar om julen i Meråker med en alkoholiserad pappa och en nervsjuk mamma.

Det är något som är för stort eller för litet i Tollefs ansikte. Något som inte hänger ihop och som ger honom ett tragiskt eller sorgset drag.

»Det är åtminstone förutsägbart«, säger han, »han dricker sig alltid full på semestrar och helger.«

»Roar kommer«, säger jag. Tollef nickar.

Jag har öppnat en flaska vin. Jag har hittat en kvartsfull påse jordnötter täckta av saltdamm. Jag har bytt sängkläder, jag har dammat, jag har duschat och rakat mig under armarna och klätt på mig det Roar tycker mest om, det han gett mest komplimanger för, den vita blusen och en kort röd kjol och svarta strumpbyxor. Tollef säger att hans syster vägrar komma hem till jul nu när hon har fått barn.

»Det gör mamma förtvivlad«, säger han, »hon är helt maktlös, hon har inget inflytande över pappa.«

»Det låter hemskt«, säger jag, »jag fattar inte att hon inte bara slänger ut honom.«

Jag gör en dum rörelse med händerna – kasta ut honom. Det är brödsmulor på bänken, en kniv med jordnötssmör på skärbrädan.

»Om han inte kan sluta dricka«, säger jag.

»Ja. Det är ju just det, han klarar inte av det. Så det där med att kasta ut honom, det är ju att kasta ut honom, i minusgrader, han skulle ju inte sluta dricka för det, inte förrän han frös ihjäl.«

»Men stackars din syster«, säger jag.

Smöret smälter medan jag brer ut det på brödskivan. Jag lägger på en bit omelett och biter över en tredjedel. Tollef är egentligen bra på att laga mat, särskilt enkla rätter av det han har i kylen. Han slänger aldrig mat.

»Jag tror inte han kan sluta dricka«, säger Tollef, »jag tror det ligger utanför hans förmåga.« Det hänger en örtplansch över det lilla ljusblå bordet. Basilika, lagerblad, körvel, gräslök, dill, isop, libbsticka, mynta.

»Men ångrar han sig och är ledsen?« säger jag.

»Det blir på något sätt för dumt att ångra något man vet att man kommer att göra om och om igen«, säger Tollef. »Nej, han är inte precis någon Jeppe-figur. Men föraktar sig själv djupt och innerligt, det gör han nog, utan att det märks. Men jag tror mamma vet det.«

När jag klev över tröskeln till Elises och Jan Olavs hus, eller redan vid grinden, kom behovet att tala om hur jag hade det för Elise. Elise tackade för nejlikorna och satte dem i en blå vas. Jag hade inte så lång tid på mig, Jan Olav var ute och köpte julgran och jag skulle snart vara tvungen att gå hem till mamma och pappa. Jonas sov förmiddagstupplur i sin säng där uppe, Stian låg på mage på ett täcke på golvet och gnagde på en gummileksak. Nejlikorna stod där och sträckte på sig och Elise tackade än en gång. Hon hade socker i en gul skål, tepåsar i en blå burk, en lampa över köksbordet av glaserad keramik med blå vindruvsklasar och gula citroner. Jag la mig på golvet bredvid Stian, det ryckte i hans kropp och han gjorde ett ljud, som om han ville komma närmare mig. Jag strök honom över huvudet, de få hårstråna var förvånansvärt sträva.

»Det är väldigt mycket nejlikor på sjukhuset«, sa Elise. »Jag vet inte varför, men nästan alla besökarna har med sig nejlikor.«

Jag kunde se lite av mammas och pappas hus från vardagsrumsfönstret.

Medan jag hjälpte Elise att lägga julkakor i en burk berättade jag om Roar.

»Hm«, sa Elise. »Nu blir jag orolig.«

Ytterdörren gick upp, ett kölddrag in från hallen, och sedan stod Jan Olav där med julgranen. Den inte särskilt långa mannen med handen om det höga trädet, båda blanka av regn. Elise tjöt till och hjälpte honom att manövrera in trädet genom vardagsrummet och ut till matsalen. Elise tog emot allt som kom in, styrde saker och ting dit de skulle; trädet in i matsalen, julkakorna ner i kakburken. Mjölken in i kylen, barnen i säng. Dagarna gick sin gilla gång, ingenting glömdes, ingenting försummades. År efter år samma sak, stämningar som brer ut sig och fyller deras hus och dem.

»Men tänker du inte på att du kan förstöra en familj?« sa

Elise tyst medan Jan Olav skruvade fast julgransfoten. Han satt på huk, stönade och reste sig.

Jag hade redan berättat för Kristin om Roar, och Kristin tog det mycket bättre, det hade jag lust att säga till Elise. Kristin hade bara sagt: »Det är hans ansvar och det har inget med kön eller ålder att göra, hade det varit du som var gift och inte han hade det varit ditt ansvar.«

Jan Olav stod och granskade granen en bit ifrån, han gick fram och vred lite på den. Hängde av sig jackan, gick igenom hallen och ut i vardagsrummet. Jag nickade mot honom.

»Fin gran«, sa jag. Han stannade till, såg på mig som om han trodde jag hade gillrat en fälla åt honom. Sedan nickade han.

»Ja«, sa han. Han såg avvaktande ut, som om han funderade på att berätta om graninköpet men kom på bättre tankar. Sedan hörde vi Jonas på övervåningen, långdragna klagande ljud. Jan Olav ropade till Elise och pekade mot trappan.

Roar kommer kvart över åtta. Jag släpper in honom, han har blanka herrskor, våta av nysnön, han sitter på huk och knyter upp de tunna skosnörena.

»Det här är den bästa julen jag har haft på länge«, säger han. Han reser sig upp.

»Ann och barnen är hos Anns faster i Kongsvinger, jag kan övernatta. Mina strumpor är blöta. Jag har saknat dig så.«

Han kan övernatta.

Sedan kysser han mig. Det är mörkt i hallen, han står i motljus, bakom honom står en sopkvast och en skyffel och två hopvikta papperskassar mellan en stol och väggen. Det är som om han gör det han gör med mig mot sin vilja, han liksom drunknar, försvinner i hjälplöshet och ånger och förtvivlan, känslor som trots sin styrka aldrig kan mäta sig med passionen, de förlorar gång på gång mot den starkaste känslan, den enda känslan som räknas här i livet.

»Åh«, säger han.

Han vrider på lampkontakten och jag säger: »Vi har inte fått bytt glödlampan än.«

Vi passerar köket där Tollef och Nina sitter, en kort stund har de ansiktena halvvägs mot Roar och mumlar ett kort hej, Tollef nickar också. Udda kaffekoppar, glasburken med pulverkaffe, Nina äter alltid äpplen. Under ögonblicket när vi passerar är de förvirrat medvetna om hur de ser ut, eller om att se ut som om de inte bryr sig om det. Nina sitter bakochfram på stolen med en oskuldsfull min och tar ett bett av sitt äpple. Roar ger ifrån sig en nick av välvilja, spelat intresse, respekt, men det är bara mig han respekterar och är intresserad av.

»Vet du hur underbar du är?« säger Roar inne på mitt rum. »Hur underbart det är att komma hit efter tre julmiddagar i rad? Det är så fruktansvärt tråkigt. Du hade gått därifrån i protest.«

»Varför skulle jag gå därifrån?« säger jag. Han ler.

»Du hade inte stått ut«, säger han. »Alla ytliga samtal. Du klär i kort hår.«

Jag stryker händerna över mitt hår.

»Jag har aldrig älskat med en kvinna som har så kort hår förut«, säger han. Han säger att jag är så fin i den kjolen, att jag har snygga ben. Han brukar kalla mig Hans Castorp när jag sover länge och det tar lång tid innan jag vaknar på morgonen. Han har även kallat mig Penelope, när jag sitter hemma och väntar på honom. »Men jag är inte trogen mot dig«, säger jag då. »Jag bara ligger med dig medan jag väntar på den rätte.«

Jag häller upp rödvin i glasen, Roar lyfter upp sitt och luktar. Det händer att han granskar mig, fascinerad över något jag har sagt eller hur jag har sagt det, men sedan är det som om det återigen går upp för honom att det bara är för att jag är ung som han förväntar sig mindre av mig.

Han ställer ifrån sig glaset och håller om mig och kysser mig. Han håller näsan intill min näsa och säger: »Det har hänt en sak som jag inte väntade mig. Mitt och Anns kärleksliv har fått en renässans.«

Jag har sett foton på henne, i Roars plånbok, Ann, med halvlångt rufsigt hår och exklusiva sjalar. Han säger det som om det är något jag ska bli glad över, något jag borde vara glad över, å hans vägnar. Något var dåligt i hans liv, i hans äktenskap, och nu har det blivit bra. Kärlekslivet har fått en renässans.

Ann har större bröst än jag. Och smalare ben. Jag vet inte hur hennes mage ser ut, men hon har ju fött två barn.

Roar tar sitt glas. Han säger något om en moster och en öronlappsfåtölj. Sedan blir han lite generad. Han ställer ifrån sig glaset och kysser mig på halsen och i hårfästet och på pannan och munnen och säger: »Det gör det knappast mindre härligt att älska med dig.«

Vi klär av oss. Jag vill släcka lampan, men han säger: »Nej, jag vill se dig.«

Det känns som länge sedan sist. Han kysser mina bröst, hans örsnibbar är illröda.

»Har jag blivit tjockare eller smalare sedan före jul?« säger jag.

Nina ropar något till Tollef där ute. Jag hör inte att han svarar.

»Du är i vilket fall ännu härligare«, säger Roar.

Han lägger sig över mig, nu tillhör vi bara varandra, nu känner vi samma sak.

När jag var tonåring ville jag ofta hitta på ett litet vänsterprassel åt mamma, en ljuspunkt i hennes glädjelösa tillvaro, ett underbart, hemligt äventyr, vem skulle den utvalda vara? Mitt förstahandsval var en av pappas kolleger som brukade hälsa på hos oss, Leif, han var lång, luktade after shave och hade grått hår i tinningarna. I fantasierna ingick en tårpil och ett lusthus, och mamma skulle vara lika tystlåten som vanligt, men klok och ömsint och stillsamt liderlig. Hon skulle sitta vid frukostbordet med sin familj, hälla upp en kopp kaffe till pappa och leende be mig se upp för smöret på smörknivsskaftet, och glöda inombords på grund av Leif.

»Åh. Åh«, säger vi i kör in i munnarna på varandra.

»Jag begriper inte vad du ska med mig till, gamle gubben«, viskar Roar, »vill du inte hitta en ung, snygg man som kan bli pappa till dina barn?«

Men då skakar jag på huvudet. »Jag tror inte jag vill ha barn.«

»Det är klart du ska ha barn«, säger Roar, »alla snygga kvinnor bör få barn, det är ett brott mot mänskligheten om du inte får några. Du är intelligent också. Vacker, intelligent, rolig.«

Jag skakar ännu mer på huvudet, känner mig mer och mer som ett trotsigt barn.

Då håller han mitt huvud och kysser mig och fortsätter rörelsen ut och in, det är skönare och skönare och jag börjar gruva mig för att det ska ta slut.

Det går snabbt för honom och han drar sig ur med ett klagande ljud och sprutar på min mage, och än en gång känner jag den sårade, ansvarslösa besvikelsen, nästan gråtfärdig, en önskan om att han ska tappa kontrollen, bara falla, inte kunna stå emot.

Efteråt säger Roar: »Det här är inte rätt, det är det inte. Men underbart. Alla män över fyrtio borde få sig en ung älskarinna.« Sedan välter han sig av mig och säger »åh« upp mot taket. Jag vill bara vara glad. Jag vill inte bli sårad av saker han säger, jag vill ha det bra.

Roar och Ann har varit gifta i elva år. De har två döttrar: Sofia är nio och Tyra sex. Han är nitton år äldre än jag. Å ena sidan har han järnkoll, en absolut auktoritet och erfarenhet och överblick som inte går att rucka, å andra sidan en total brist på kontroll, fullständigt hjälplös. Hela hans liv kan falla ihop vilket ögonblick som helst, vad ska han göra. Och han lägger sina stora, starka armar runt mig. Denna dubbelhet hos

Roar ger mig trygghet på alla tänkbara sätt. Han vet mer om livet än jag någonsin kommer att veta; han vet mer om säkerhet och risker, lycka och elände. Han vet inte alltid vad han ska göra med allt detta, men han har erfarenheterna.

Jag försökte berätta för pappa om *Odysseus*, men jag kände att han inte hängde med. Det var för mycket som hände runt honom. En kort stund verkade det som om han försökte, innan han gav upp. Elise satte på en kastrull vatten till barngröten mitt i julmiddagsförberedelserna, hon stod på köksgolvet och vaggade Stian rytmiskt, medan Kristin rörde i surkålen i en annan rytm än Elises vaggande. Jonas for omkring på en leksaksbil stor nog att sitta på, han sköt ifrån med fötterna i golvet.

»Jag kan ta honom«, sa jag och sträckte fram händerna mot Stian, men just då sa mamma: »Monika, kan du vika servetter?«

Elise la ifrån sig Stian på golvet och drog ut snöret på speldosan, och det ena plinget efter det andra vindlade ut och bildade en melodislinga i stackato, en bit av en melodi som upprepades om och om igen. När jag var liten kunde jag vika servetter till solfjädrar, men jag har glömt och viker dem bara tvärs över, diagonalt. Pling plong, de pärlande tonerna från speldosan, det ofullbordade, oförlösta, våldsam skönhet som brusade fram innan den dog ut, och sedan började om, brusade fram, och dog ut. Löften om ett hav av skönhet och trygghet som bröts, om och om igen. Trygghet och skönhet som stannade till, drogs tillbaka, och sedan började melodislingan om, satsade på övertalning om trygghet och skönhet. Vila i detta, var trygg. Och sedan, stopp. Och så om igen. Kristin låg på knä bredvid honom. Stian stod på händer och knän och svajade som en knubbig kalv. Jag väntade på att pappa skulle fråga henne: Hur är livet som biträdande jurist? Är de snälla mot dig?«

»Han börjar snart krypa«, säger Kristin, »se!« En sträng saliv släppte taget om Stians underläpp. Det puttrade stora bubblor i surkålen. Det stod röda julstjärnor i krukor överallt, och nötter i en stor mässingsbunke och brända mandlar i en skål, här var allt som det skulle. Jan Olav stod vid köksbänken och öppnade ett paket grötpulver och Elise sa: »Jan Olav är så stolt över gröten han gör. Han vispar länge och häller i lite i taget. Han säger att den får en klumpfri och krämig konsistens!«

Jan Olav såg glad och tacksam och lite undrande ut medan han vispade med gaffeln, men mest tacksam, eller som någon som är nöjd med att ha glidit in i ett mönster, ett rikt liv, med konventioner och små avbrott i konventionerna, och humor, och som fann sig i detta med en självklarhet och förundran och glädje.

Roar säger att det finns en turkisk affär i Grünerløkka som säljer *auberginer.*

»Har du smakat på det? Har du någonsin ätit moussaka? Det är en grekisk rätt.« Han säger att han har en grekisk kokbok. Han säger att Ann gjorde moussaka säkert sjutton gånger en höst när de kommit hem från en semester i Grekland, på Santorini.

»Sjutton?« säger jag.

»Kanske inte sjutton«, säger han och ler och kysser mig på halsen.

»Är det gott?« säger jag.

»Underbart«, säger han.

Hans näsa är bred och svagt böjd, och blank. Kanske kommer han att lämna Ann någon gång.

»Tycker du jag är viril för att vara över fyrtio?« säger han.

»Väldigt viril«, säger jag. Han pratar hela tiden mer om sig själv än om mig. Han kommer inte att gå ifrån Ann. Han säger att han och Ann ska gå på jazzkonsert nästa vecka med ett vänpar. Jag har tänkt på helt vanliga saker, som att köpa tomater på väg hem från jobbet, vika handdukar och lägga i skåpet. Stora saker, konfirmationer, bröllop, barndop. Uppklädda låsa ett hus tillsammans och gå på en grusgång och sätta sig i en bil från var sin sida. Han pratar om en kommande semesterresa till Marocko. Om de behöver vaccinera sig, det har han tagit reda på att de gör.

»Sova här med dig hela natten«, viskar han mot min hals.

Jag ska aldrig köpa med mig tomater på väg hem från jobbet. Eller toapapper. Jag ska aldrig äta middag med hans barn. Sofia och Tyra. Jag ska inte hålla tal på deras konfirmationer. Inte hjälpa till med läxor. Inte få egna barn med honom.

»Jag skulle vilja resa någonstans med dig«, säger jag.

»Ja«, säger han direkt. »Vart vill du resa?«

»Rom, kanske«, säger jag. »Eller Paris.«

Han tar min hand, drar upp den till munnen och kysser den och säger: »Tänk om jag kunde ligga här med dig hela tiden. Aldrig gå upp ur den här sängen.« Hans andetag är lugna, det låter som om han har det bra.

LÅNGTRANSPORT

Mars 1987

Elise hittade en poncho på marknaden i Arguineguín i går. Den är rektangulär, vävd i en ylleblandning, röd, gul, svart och vit. Elise bredde ut ponchon och granskade den. Jag tänkte nej. Hon höll upp ponchon framför Jan Olav. Han nickade, snett, likgiltigt, med t-shirten våt av svett. Elise såg på mig. Jag nickade. Vita tygband spända över gången mellan bodarna skulle hålla solen borta, men det hjälpte inte mot värmen.

»Kan du inte vänta, den går ingenstans«, sa Jan Olav.

Men Elise ville inte vänta.

»Du måste pruta«, sa Jan Olav.

Sedan köpte hon ponchon. Gav ifrån sig sedlarna, vek ihop ponchon, strök svetten ur pannan. Jag såg känslan av förlust, och fall, självförvållat. Ett trots, en längtan efter något ouppnåeligt, de stackars försöken att sätta upp mot Jan Olavs vilja och med hela kroppen tigga om att han skulle acceptera och respektera och älska henne och alla hennes egenskaper och nycker. Medan jag stod där smög sig en sorg å Elises vägnar in i en hård och fast lycka över livet jag själv lever, livet jag ännu inte har kört in i ett hörn, parkerat, och inte kommer att parkera. Det var ett kaos av handlande, svettiga, apatiska människor, och den brännheta solen sken på det förlorade paret, det var så jag tänkte på dem: förlorade, fast de förmodligen skulle hålla ihop tills någon av dem dog.

»Jättefin«, sa jag. Det kändes viktigare att gå emot Jan Olav än att vara ärlig. För om jag var emot ponchon gick jag in i ett samförstånd med Jan Olav, och det kunde jag inte. Nu sitter Elise med en poncho som inte gör henne någon rättvisa.

Jan Olav äter sin andra portion ägg och bacon, själv äter jag rostat bröd och frukt och yoghurt. Mamma har tagit fram korsordet, det har blivit en mani.

»Ni sover för länge för att se hur snabbt det ljusnar på morgnarna«, säger Elise. »När Stian vaknar är det alldeles mörkt. Vi klär på oss, och sedan är det plötsligt ljust.«

»Det är för att vi är nära ekvatorn«, säger Jan Olav, »solen går rakt ner och rakt upp. I Norden går solen ner snett.« Han tar mammas korsord och penna och visar.

Pappa kommer tillbaka till bordet med två kaffe, han ställer den ena framför moster Liv. Det är fortfarande kyligt, Elise har på sig den nya ponchon, hon har skickat iväg Jonas och Stian till en organiserad bollek. Jan Olav frågar om jag ska följa med på båtturen sedan. Jag gör en min av att fundera på saken, landar i ett nej. Bob har frågat om jag vill följa med och bada, och det vill jag. Jan Olav granskar mig.

»Jag tar en lugn dag«, säger jag.

»Ingen båttur för mig heller«, säger Kristin. »I dag blir det till att kura.«

»Du då, Ivar«, säger Elise. Hon vill helst att alla ska vara med på allt.

»Jag tror jag stannar på hotellet och kurar med Kristin«, säger Ivar, och Kristin börjar skratta. Mamma säger att det nästan ser molnigt ut. Jan Olav skakar på huvudet.

»Det är bara morgondis«, säger han. »Bara morgondis«, säger han igen, sedan fortsätter han med att granska mig.

»Så, var ska du tillbringa dagen, då, Monika?« säger han. Han är fortfarande bränd av solen, i pannan och under ögonen. Snart ska han ta på sig badshortsen igen, som har en isydd underbyxa av genomskinligt nät, och varje gång han sitter med benen isär ser jag hans kuk, oformligt hopklämd med pungen, jag fattar inte att inte Elise har sett det och sagt ifrån, jag ser den hela tiden.

»Förädla på nio bokstäver«, säger mamma. »Andra bokstaven är a, sista kanske g.«

En bagatell ledde till ett uppbrott mellan mig och Tollef, det var något med en dörrmatta, det kunde förefalla övergående, men det visste jag att det inte var. Problemet var att jag kunde känna en djup kärlek för en del av hans egenskaper som jag andra gånger kunde förakta med samma, eller ännu starkare, intensitet, och så småningom var jag tvungen att erkänna för mig själv att jag inte kunde kontrollera det där föraktet, jag hade inte kontroll. Det är fyra veckor sedan jag flyttade ifrån Tollef, jag har hittat ett hyresrum på Sankthanshaugen från mitten av april, för tillfället bor jag hos Nina och Truls i Grefsen, jag måste sova i samma rum som deras dotter, hon vaknar tidigt. Varje morgon står Nora med rosa pyjamas i sängen och händerna om spjälorna och bönfaller mig språklöst om att jag ska lyfta upp henne, men jag är för trött. När Nina eller Truls har hämtat henne, när kvittret och babblet har övergått i gnäll och gny, kan jag för det mesta somna om igen, jag behöver min sömn om jag ska bli klar med uppsatsen någon gång. Jag ville förklara detta för Nina men förstod att jag inte skulle klara det. I gengäld har jag ofta Nora i knät och sjunger med henne på eftermiddagarna, och en kväll var jag barnvakt så att de kunde gå på bio, hon är en festlig unge.

Roar ville plötsligt ha med mig till Paris, alldeles innan Gran Canaria-resan, jag var tvungen att ställa in mötet med min handledare, och det var andra gången i rad jag ställde in. Jag landade på Fornebu elva timmar innan jag skulle tillbaka dit för att ta flyget till Las Palmas. Jag kom hem till Nina med taxfree-vin och grät, över Tollef, över Roar, och över mitt liv i största allmänhet. Tillsammans med Roar hade jag köpt en ost i en liten affär vid Montmartre, och två flaskor vin och en flaska vodka på flygplatsen, allt la jag i Ninas kyl innan jag i en hast packade om, la mig och sov i tre timmar, klev upp och tog bussen till Fornebu där jag träffade hela familjen. Mamma fyller sextio i april och Jan Olav och Elise har organiserat resan med alla till Gran Canaria för att fira henne.

De andra har samlats i sittgrupperna vid baren innan de ska på båtturen. Moster Liv har blå klänning med gula citroner och blå sandaler. Jonas och Stian har var sin liten tetra med sugrör. Mamma frågar mig en gång till om jag inte ska med.

»Vi ska gifta oss nästa år«, säger Kristin till moster Liv. »För närvarande lever vi i synd.«

»Usch, då«, säger moster Liv.

»Ska du vara med den där Bob?«, säger Elise, och i ett typiskt infall av ofrivillig förtrolighet nickar jag skälmskt. Hon flyttar snabbt blicken till en av sina söner och blinkar långsamt.

»I tingshuset«, säger Kristin.

»Ja, där håller jag med er«, säger moster Liv. »Jag tror de har väldigt fina ceremonier, och man kan klara sig bra utan någon Gud eller Jesus vid sådana tillfällen.«

Men jag vet att mamma har sagt att hon tycker att ska man gifta sig, då ska man göra det ordentligt eller så kan man låta bli. Pappa brukar säga: »Kyrkan är bra på ceremonier.«

»Ska ni ha stort bröllop?« säger jag. Kristin ser inte på mig, hon ser på moster Liv.

»Vi försöker hålla det litet«, säger hon, »men det är inte lätt. Vi blir åtminstone drygt femtio, och då har många strukits.«

Efter att jag gjorde slut med Tollef har det funnits något reserverat i de andras inställning till mig. Först och främst ogillandet; jag drog in denne man i familjen och tvingade dem att involvera sig med honom, innan jag kastade ut honom igen. Därefter ett milt förakt eller en överlägsenhet: trodde jag att jag var kär i honom? Tillräckligt kär för att flytta ihop och introducera honom för familjen, och så var jag det ändå inte? Det var en inrotad känsla av att aldrig bli tagen på allvar. Och slutligen, allt överskuggande och det som gjorde mest ont: likgiltigheten. Tollef är inte en människa som väcker starka känslor.

Tollef är inte särskilt snygg, men jag har alltid gillat hans klokhet. Eftersom hans pappa var alkoholist har Tollef alltid varit försiktig med alkohol. När pappan dog släppte han lite på kontrollen, men jag har aldrig sett honom tappa den. Efter en lång sommar var Tollef och jag de enda i kollektivet under en och en halv vecka i augusti, innan terminen började, de andra var bortresta eller hemma hos föräldrarna. Det hade varit en vidrig sommar, Roar var på Sørlandet med sin familj, han hade avslutat ett halvår på Göteborgs universitet före sommaren; det senaste halvåret hade jag varit mer i Göteborg än i Oslo, och övergången till sommaren var så hemsk. När jag kom in i lägenheten efter en avskyvärd vecka i Fredrikstad var det bara Tollef som var hemma. Han hade varit i Aten, hade campari och rödvin, och vi drack. Jag berättade om Roar, med självironi.

»Mitt liv är kaos«, sa jag. Jag blev full. Jag ville inte tänka på Roar i sin sommarstuga, de solbrända döttrarna och Ann med stråhatt och nagellack på tårna. Jag mindes saker han sagt om det där stället, ett getingbo och en hörnsoffa, en badbrygga. Jag tänkte: Det är inget av det där jag inte kan vara utan. Inget som har med honom och mig, oss, att göra. Men sedan blev det allt jag tänkte på: vi där tillsammans. Träpanel, takstockar, krispiga sängkläder. Kvällssol och vin. Jag berättade för Tollef om allt Roar sagt, Tollef skakade kort på huvudet och hällde upp campari och apelsinjuice åt mig. Jag frågade om han hade läst några bra böcker under sommaren. Han hade läst Dag Solstads *Gymnasielärare Pedersen* och Kjell Askildsens senaste novellsamling. Jag hade läst Askildsens men inte Solstads. »Läsandet har varit min enda tröst«, sa jag. »Och rödvin«, la jag till och höjde glaset med campari och juice.

Det var en kväll som jag tänkte att jag alltid skulle komma att minnas, den gick i vågor och innehöll så många olika stämningar och känslor. Vi skrattade mycket. Jag grät lite. Vi pratade och pratade. Vi läste högt för varandra ur *Sveve over vatna*, då skrattade vi så att vi nästan inte kunde andas.

»Du som är en sån språkexpert, sa jag«, läste Tollef med entonig röst. *»Det är en grej jag har undrat över. Det där med kringelikrokar. Jag vet ju vad en krok är. Men vad är en kringel? Munk pekade på en kringel. Det där är en kringel, sa han. Det borde du ha vetat.«*

Senare läste jag högt ur *Jan van Huysums blomsterstykke* från litteraturhistoriens grundkurs, kanske den vackraste bok jag läst, och Tollef höll med. *»Katharina og Johan, begge disse sammenbøyde, i hinanden så førnøyde, morgenrøde, morgenfriske, roser som isammen hviske – Katharina og Johan.«* Jag mindes hur jag hade tänkt på Benjamin och Anna – rosenknoppen och förgätmigejen – som Halvor och mig, jag som lägger armen om min tvillingbror, och jag grät lite till, över Halvor som precis fått barn med en kvinna som inte ville ha honom. Då höll Tollef om mig. Vad var det som skilde moster Liv och Halvor från oss? Köpebröd och köpesylt, moster Livs billiga parfym, och sättet hon vek lakan och handdukar på. Jag var full, och fruktansvärt sentimental.

Sedan kysstes vi. Jag tänker fortfarande på det som en kväll jag aldrig ska glömma.

Bob är från Kolbotn, han har blå badshorts och blonda rastaflätor. En man går runt på stranden och säljer kalla drickor ur en kylväska, han mässar: *Coca-Cola, Seven-Up, Fanta, beer.* Vi badar vid flaggorna som varnar för stora vågor, och vågorna är stora, jag har bara bikinitrosorna på mig. Bob sträcker sig efter mig, fångar mig, och jag låter mig fångas. Han säger att jag är fin i lite kläder. Han säger att han gillar mig med blött hår.

»Nu tror jag att du behöver något att dricka«, säger han. Vi går tillsammans längs stranden, han berättar om jobbet som lastbilschaufför, det är så långt bort, nästan komiskt, och samtidigt exotiskt, och i kombination med hur han pratar med mig växer det fram en avlägsen lust att bara sitta bredvid honom på de upphöjda sätena med den vida utsikten över en bred, grå väg och landskapet, bara sitta där. Glömma allt och alla runt mig, alla framtidsplaner. Köra och köra, be honom stanna för att jag måste kissa, i diket eller på någon smutsig bensinmack. Korv med bröd, ljummen cola, tuggummipaket, illaluktande armhålor som jag tvättar i kallvatten i små handfat eller i en förorenad bäck som rinner genom ett betongrör under vägen. Drickaflaskor med avskavd etikett som vi fyller med vatten på bensinmackarna. Tömmer askkoppen. Själva närvaron av Bob så tydlig. Dunkande kött och blod under varm hud. Hans hårfäste, handlederna, de gyllene håret på smalbenen, läpparna svullna och lite torra och den blanka slemhinnan inne i munnen, röken i hytten, rutan nedvevad. Tända cigaretten för honom med cigarettändaren. Överraskande frågor, om min barndom, hur var min första skoldag? Om var jag har varit. Om första gången jag onanerade. Jag föreställde mig hans hand, frånvarande men erfaren nere i mina jeansshorts, knogen mot blygdbenet. Sex på de smutsiga sätena när vi stannade, och jag kunde känna lukten av otvättade kroppar när jag tänkte på detta, av inrökt bil och bensin.

Jag har nästan inte fått något läst, tiden går så fort, jag ville ta en paus från uppsatsen och bara njuta av skönlitteraturen, Jan Olav kommenterade att resväskan var tung när han så chevalereskt lyfte upp den på bagagebandet åt mig.

Jag flyttar upp solglasögonen i håret. Jag är så brun. Bob lutar sig fram över sangriaglaset. Ett skuggspel av hans flätor över bordsskivan. Han har sagt att han tycker om självständiga och sensuella kvinnor, och att det lyser lång väg om mig att jag är en sådan. Han sa: »Jag såg det på sättet du går, din gångstil och hur du håller blicken, du drar inte undan den, och att du gick i klänning utan bh under. Brukar du det?«

Jag släpper loss leendet, min hand upp mot ansiktet. Bob ser på mig som om han ser på ett gulligt djur, han säger: »Du är fruktansvärt attraktiv. Jag gillar att du badar och solar topless.«

Jag svettas i solen, i de korta vindkasten känner jag att jag är fuktig: på halsen, i hårfästet, mellan brösten, i knävecken. Jag har tagit av mig sandalerna.

»Vad händer om jag gör såhär«, säger Bob, och sedan lägger han handen över min, det går en stöt av varmt eller kallt genom mig, som att spilla ut en piña colada i knät. Hoppa ner i bassängen, och vattnet är varmare än du trodde. Han låter handen ligga, utan att röra den.

»Eller«, säger han och lyfter handen. Han lägger båda händerna över mina, och kramar dem. »Såhär«, säger han. »Är det okej?«

Hur skulle jag kunna säga att det inte är okej? Han har stora, bruna händer, runt ena handleden sitter två läderremmar och ett silverarmband.

»Jag kan känna ditt hjärta dunka ända ut i händerna«, säger han. Hans ögon är lysande blå, det är som om han är så medveten om den blickens påverkan att han inte kan tillåta sig att hålla min blick för länge. Han drar den till sig, men sedan glider den upp igen, liksom grabbigt trotsigt eller nyfiket eller på djävulskap.

»Du har så vackra fingrar, spelar du piano?«

Jag skakar på huvudet.

Jag har hört mamma säga när hon och pappa har gäster: »Jag var ju ett slags underbarn, allt som fanns i mitt huvud var att spela piano.« Pappa tyckte om att mamma spelade piano, men jag tror inte att han tyckte om att hon pratade om det på det där sättet. Men: »Se på mammas händer«, kunde han säga när hon spelade, »är de inte vackra?« När han höll tal till mamma på fiskrestaurangen i förrgår drog han fram pianospelandet som något väsentligt. »Vad var det jag blev förälskad i? Nackens lutning när du böjde dig över tangenterna.«

Men jag blir bara irriterad när jag tänker på mammas krumma rygg vid pianot.

»Eller kanske är det mitt eget hjärta jag känner«, säger Bob. Han släpper min ena hand och lägger handflatan mot sitt bröst, det blir tyst. Sedan säger han: »Ka-dunk ka-dunk ka-dunk.«

Det flimrar över Bobs hand, ljuset här under parasollet är rödaktigt.

»Nu kommer din familj«, säger Bob. Jag drar långsamt åt mig båda händerna.

De sju människorna kommer gående under palmerna, fem stora och två små. Jag känner ett plötsligt styng av något jag inte vet om det är tillgivenhet eller irritation över synen av Stian som rusar i sicksack. Och en tung leda inom mig, allt detta styrande och ställande, alla samlade här, och uppsatsen som väntar där hemma. Tollef och jag som inte är tillsammans längre och som slutade så sorgligt, men inte kunde ha slutat på något annat sätt. Ingen dramatik, ingen passion, ingen sorg; eller möjligen en sorg hos Tollef som redan fanns där, som präglade hela hans liv, som var livet, som under en tid blev ännu djupare, eller kanske för alltid.

Och så Roar, jag måste sluta träffa honom, igen.

»Vi kanske ses senare?« säger jag och reser mig.

»Säg inte kanske«, säger Bob. »Jag måste träffa dig senare. Jag får se till att hitta Tomas till dess, han börjar bli trött på att semestra ensam.«

Min familj kommer närmare. Jag höjer handen och vinkar, tillmötesgående, med en underliggande irritation och sarkasm. Ett behov av att straffa dem, såra dem, låta dem förstå att jag inte håller med eller respekterar någonting de står för, nästan inget.

De omringar mig och sätter sig på var sin stol.

»Vilken fin tur«, säger moster Liv. »Till och med din mamma blev sjösjuk, och din moster brände sig.« Hon pekar på sitt ansikte. Hon är svettig, några av citronerna på klänningen under armarna och på magen är mörkgula av fukt.

»Det går över snart«, säger mamma, »jag har nog ätit för lite i dag.«

»Har du fått dig en beundrare?« säger moster Liv till mig.

»Vad har han gjort med sitt hår?« säger mamma.

Jag skakar på huvudet.

»Jag tycker det är festligt«, säger moster Liv. »Det är såna där som negrer har, eller hur?«

Himlen är som en skummjölksyta, en antydan till blekblått. Alla palmerna blåser åt vänster, så symmetriskt att det inte verkar naturligt. Dammigt över havslinjen.

»Det var förvånansvärt höga vågor«, säger Jan Olav. Moster Liv ser sig omkring efter Stian eller Jonas för att dra upp någon av dem i knät, jag minns hur jag själv blev uppdragen i hennes knä nästan tills jag var tonåring. Halvor vägrade alltid att sitta i sin mammas knä. Jag tyckte så förfärligt synd om moster Liv som hade förlorat en flickbebis i rosa sparkdräkt, allt hon hade kvar var en sjuårig pojke med stripigt hår som alltid hade intorkat snor under näsan och luktade kiss. Jag kunde inte föreställa mig hur man kunde älska ett sådant barn; jag tänkte att man kunde vara snäll mot det, tycka synd om det, men inte älska det. »Min lillasyster dödde«, hörde jag honom säga en gång till Anne Lovise och två andra av mina kompisar. Moster Liv hade vaknat av att det var tyst, det var så hon sa. Och där hade lilla Benedikte legat, livlös i spjälsängen. Jag sprang iväg över asfalten i Halvors fotbollsskor och han ropade efter mig att dobbarna blev slitna, men jag hörde inte. Jag minns känslan när jag hade sparkat av mig skorna och satt andfådd och såg på Halvor som studerade dobbarna, pillade på dem med fingret, jag kände förakt, självupptagenhet, jag skulle på födelsedagskalas samma eftermiddag, hade ny klänning. Jag höll på och frågade honom: Har du inga vänner? Är du fortfarande lika dålig i skolan, har du verkligen lärt dig läsa? Men han bodde ju i Oslo, han hade inga vänner i Fredrikstad, han hade bara mig, och han och moster Liv var där veckor i sträck på somrarna. Nu är Halvor tjugoåtta och jobbar på Norska mejerier och har en dotter på tre i en annan stad, Kongsberg eller Tønsberg. Moster Liv brukar säga: »Det är mycket som inte är lika lätt för Halvor som för andra.«

Moster Liv har Stian i knät, hon håller om honom och sjunger lågt mot hans hals och han går med på det. Mamma har berättat att hon nästan inte får träffa sitt barnbarn, Amandas mamma är motvillig till att Halvor ska få umgås med dottern, och dessutom träffar moster Liv tydligen inte Halvor så ofta. »Men hon har hår som en ängel och en sådan där liten rosenmun, lilla Amanda«, säger moster Liv.

Ja, jag såg henne när hon var nyfödd. Halvor hade ringt, Nina hade svarat och sagt att han förstås gärna fick komma och hälsa på med dottern. Så när jag kom hem från Blindern en måndag i maj var han där, då hade han fått lov att gå ut med dottern i vagnen. Det var precis när Tollef och jag hade blivit ihop, och jag var rädd att Tollef skulle komma hem och avslöja det för Halvor, för jag hade inte berättat det hemma än. Det var en otroligt liten bebis, som sov hela tiden. Halvor frågade om jag ville följa med på en barnvagnspromenad någon dag och jag sa att jag måste kolla lite först, att det var så mycket att plugga. Tollef kom hem när Halvor skulle gå, det blev en märklig stämning men Tollef avslöjade ingenting.

»Vad dum du var mot din kusin«, sa Nina den kvällen. Hon låg på rygg i soffan med fötterna på armstödet. Håret svallande över den gröna sammetskudden.

»Dum?« sa jag. Tollef vände sig om och såg på mig, Rickard kom in med en stor bunke chips, jag sträckte ut armen och lät handen följa bunken runt soffan, men han höll upp den.

»Stackars kille«, sa Nina. »Bebis och utan jobb och allt. Han verkade helt tappad.« Hon la båda händerna över bröstet. »Han väckte mina moderskänslor.«

Jag kände en irritation över Halvor som ibland kunde blossa upp i ett raseri. Om jag hade *kunnat* ge Halvor något av det jag hade så vet jag inte om jag hade gjort det, det berodde på vad det skulle ha kostat, men jag *kunde* inte. Det är inte så det funkar.

»Jag kan ju inte umgås med honom som välgörenhet«, säger jag. »Vi har vuxit ifrån varandra, och det gjorde vi egentligen innan vi fyllde tio. Vi har ingenting gemensamt. Jag bara fattar inte varför han ska hålla på och ta upp kontakten igen. Han är som en blodigel.«

Då skrattade Nina, och jag började själv skratta, det var helt klart en överdrift, han hade varit där två gånger med ett halvårs mellanrum.

Jag hade känslor för Halvor som jag visade upp och berättade om för Nina och Tollef och Rickard som något slags underhållning, och jag hade andra känslor för Halvor som var hemskare, men inte lika elaka, jag kunde inte förklara något av det för Nina eller Tollef. När vi la oss den kvällen föreslog Tollef att vi skulle bjuda Halvor på middag någon dag, men jag sa nej, skakade på huvudet, nej.

Bob är i poolen med barnen igen, Jonas och Stian och tre, fyra andra. Han är haj, undervattensmonster. Jag ser på när han slänger den stora hårmassan bakåt och kommer upp ur vattnet. Det står tre rader solsängar i en halvcirkel på andra sidan poolen. De flesta är tomma, folk är på utflykter och på stranden. Bakom stolarna en stenmur, bakom den palmer, och där bakom havet. Mamma är omväxlande entusiastisk och utmattad, jag skulle önska att hon kunde hitta ett mellanläge. Det verkar som om hon blir trött av alla utflykter Jan Olav och Elise planerar. Hon har köpt en stråhatt, hon sitter på solsängen med stråhatten på sig och korsordet i knät. Jag läser *Lolita*, Humbert Humbert har legat med Lolita och sedan tagit tillbaka något han lovat henne när han var kåt, och Lolita gråter i hans famn medan hon nyper honom, och Humbert Humbert ler nöjt. Han är så hemsk, men sedan är det som att jag förstår honom, förstår begäret.

»Titta på pojkarna«, säger mamma och ler mot Jan Olav. »Nu har de roligt.«

Hon vänder sig mot mig och frågar om jag har det bra.

»Ja«, säger jag. »Ja, jag har det bra.«

»Och uppsatsen?« säger mamma.

»Jag älskar att jobba med den«, säger jag. »Det är nästan så att jag inte vill att det ska ta slut, att jag ska bli klar.«

»Du måste ju börja jobba någon gång också«, säger mamma.

Ja, det vet jag ju. Det vet hon att jag vet. En uppblåsbar krokodil ligger halvvägs under en solsäng; på Bobs solsäng en blå handduk och ett par solglasögon. Hans kompis ligger på solsängen bredvid, jag har nästan inte pratat med honom.

»Jag skriver om ovanligt levande kvinnor i litteraturen som måste dö«, säger jag. »Eller kvinnor som upplevs som väldigt besvärliga och nästan groteska, men som egentligen bara är väldigt levande, eller de vill leva livet på sitt sätt.«

Mamma ser med stel blick över poolen på barnen som håller igång.

»Är det helt slut med Tollef?« säger hon.

»Ja«, säger jag.

»Ingen chans att ni hittar tillbaka till varandra?«

Jag gör ett barnsligt nekande ljud med strupen medan jag skakar på huvudet.

»Kom ihåg att du inte är ung för evigt«, säger mamma.

Jan Olav har rest sig, han kommer fram och tar boken ur mitt knä.

»Vad läser du?« säger han. Han tittar på omslaget. »*Lolita*. Borde jag läsa den? Vad handlar den om?«

»Den är bra«, säger jag. »Den handlar om en man som har begär för en tolvårig flicka. Han kidnappar henne på sätt och vis, och reser omkring med henne på motell över hela USA. Och ligger med henne.«

»Uschiamej«, säger mamma.

Jan Olav kliar sig på låret. Barnen försöker klättra på Bob i poolen, får tag i en arm eller i huvudet och drar ner honom.

»Och det konstiga är att man får sympati för honom«, säger jag, »det är nästan så jag önskar att det ska sluta med att han får henne för alltid. För det är så bra skrivet.«

Mamma ser på mig.

»Det låter inte som någon trevlig bok«, säger hon.

Bob dyker ner igen och barnen guppar upphetsade och förvånade på ytan i sina flytutstyrslar, bara Jonas kan simma, Stian har orange armringar. Jan Olav räcker mig boken.

»Så bara för att han skriver bra är det okej att huvudpersonen våldtar unga flickor?« säger han.

»Hm, nej«, säger jag, »eller, det är svårt att förklara.«

»Vad pratar ni om?« säger Elise.

Nu kommer Bob upp igen, i hög fart, Stian tjuter av glädje, ett okontrollerat skratt bubblar fram ur mig, som en rap, Jonas går loss på Bob med båda armarna.

Att bli ihop med Tollef var en känsla av att ha flyttat ihop i och med den första kyssen, eftersom vi ju redan bodde tillsammans. Jag följde konturen av Tollefs överarm med fingret, på ovansidan, och sedan på undersidan. Det var som om jag sa till mig själv: Okej, det där huvudet känner jag, nu ska jag lära känna kroppen. Jag behövde inte berätta för mamma och pappa än. Vi satt i soffan tillsammans. Vi stod i köket tillsammans och lagade mat. Vi gick promenader, tog en öl i Grønland, vi kom hem och in i lägenheten tillsammans. Och jag frågade mig: Vad väntar vi på? Det var något jag väntade på. Ordet praktiskt dök ständigt upp i huvudet, att det här var ju praktiskt, och i nästa stund: Hur ska vi lösa detta praktiskt?

Tollef hade varit en god vän, sedan började vi ligga med varandra. Det var en känsla av att komma hem, men till ett tidigare hem, som att flytta tillbaka efter att ha flyttat hemifrån. Mina lår var väldigt bruna. Tollef hade magra, bleka axlar. Jag såg hela situationen utifrån, som om jag var en av de andra i kollektivet. Monika och Tollef. Det var något ingen kunde ha några invändningar mot på något plan. Men hade han gått i t-shirt hela sommaren, hade han inte fått någon sol på kroppen? Jag tänkte på ett medelålders par jag sett på Karl Johan, med en vuxen son med Downs syndrom, sonen gick mellan dem med djupa rynkor i ansiktet och öppen mun. Par som smög sig runt varandra i en lägenhet full av veckotidningar och damm och påssoppor och skrumpna äpplen, par som gick promenader tillsammans på bestämda tider på morgnarna. Hällde upp vatten åt varandra vid middagsbordet, öppnade en chokladkaka och bröt i bitar. Allt detta tog de för givet, och de kände inte till något annat. Jag tänkte på hur pappa gnuggar saltet av jordnötterna innan han ger dem till mamma, för att det inte är bra för hennes blodtryck, och hur mamma alltid tar vad hon vill från pappas tallrik, som om det är hennes, kransekaka, en tomatklyfta, den sista biten biffstek, och å andra sidan skrapar hon över det hon inte vill ha från sin tallrik till pappas. Nina sa, när hon hade fått reda på om mig och Tollef: »Jag för min del har gått med ett leende på läpparna hela dagen, jag.«

Mamma sa: »Ja-a, var det han uppifrån Trønder? Det verkar väl vara en trevlig kille?«

Och Kristin, på ett kafé på Glasmagasinet, med vallmofrön på läpparna: »Det var en överraskning, det hade jag inte trott.«

Jag tror Tollef har det bättre utan mig, men att förhållandet kanske kunde ha tagit slut på ett snyggare sätt. Tollef är den lugnaste, mest välbalanserade varelse som finns, ändå kunde han göra så att jag blev galen av frustration. Han hade gardiner som hans mamma valt ut och satt upp och som jag inte stod ut med, och mest av allt ville jag ha tröst av Tollef för de orimliga känslor jag hade för hans mamma och hennes gardiner. Ibland var det något med mig som gjorde att jag klämdes in i ett hörn, av mig själv, och inte kunde ta mig därifrån. Det enda jag visste var att jag var upprörd, hur tillgjort det än kunde verka. Jag behövde att han skulle förstå mig då, förstå att jag föraktade honom och inte stod ut, jag ville att han skulle le lite överlägset och ändå tycka om mig. Och det gjorde Tollef.

Mitt rum är städat. De enkla linjerna och rena ytorna, mjuka färger, nästan ingen färg över huvud taget, och så få prylar. Svala kvadratiska kakelplattor på golvet. Allt luktar rengöringsmedel, allt glänser. Jag ser på mig själv i helkroppsspegeln i badrummet, jag är så brun, huden ser betsad ut. Jag sätter på vattnet i duschen och tar av mig bikinibyxorna, huden lyser nästan vit i kontrast. Mitt hår har bleknat i solen och är fylligare av saltvattnet, jag ska låta bli att tvätta det för att behålla volymen.

I Paris blåste det och var kallt, det var elva grader, även hotellrummet var kallt. Roar fick ett samtal hemifrån den första morgonen, han blev tvungen att åka hem en dag tidigare på grund av en betydelselös begravning.

»Jag får inte ens tänka på saken«, sa han. »Det spelar ingen roll vad jag vill.«

Det betydde att jag skulle vara kvar i Paris ett dygn på egen hand, utan honom, och flyga hem ensam.

Roads ansikte i sorgsna veck. Ett glasspapper flög över gatan, tre duvor landade. Tomma stolar utanför en trottoarservering, ett par som drack öl, en servitris flyttade över en kopp och en skål från bordet till en bricka som hon bar på vänster arm. Vi hade sett Sacré-Coeur. Vi åt croissanter och drack café au lait, Roar suckade tungt med jämna mellanrum.

»Då tror jag att jag också vill åka tidigare«, sa jag.

»Biljetterna är fruktansvärt dyra«, sa han.

Under en röd markis med »Creperie« i vitt stannade Roar och kysste mig. Vi gick till hotellet för att ha sex. Rummet var fortfarande kallt, det var inget liv i elementet. Roar hade ringt till receptionen på morgonen och en ung man med släta kinder kom upp, skruvade på elementet, knackade på rören med knogarna, sa att nu skulle rummet bli varmt. Men rummet hade inte blivit varmt.

Jag satt på Roar i den lysande vita hotellsängen. Jag gungade, vaggade, höjde mig och sänkte mig, försökte hitta det som kändes allra bäst utan att riktigt lyckas, och jag låtsades få orgasm, och då fick han också det. Sedan kände jag ett väldigt starkt lugn, och sedan kände jag när det övergick i oro. Hörde smättljuden när Roar drog av sig kondomen och knöt ihop den.

Jag tog på mig den korta, svarta klänningen med halvlånga ärmar och öppen rygg, läppstift, läderstövlar med höga klackar. Roar fick ur sig ett överraskat och uppmuntrande läte som jag inte kopplade ihop med honom, och som jag inte trodde jag tyckte om, men på något märkligt ödesmättat sätt kändes det som om jag inte hade något val, jag var tvungen att gilla det. Jag tänkte: Så lite jag nöjer mig med. *Så* lite. Jag såg det framför mig som något konkret, ett litet paket att hålla i händerna: Detta var jag nöjd med. Jag sminkade mig framför honom och skrattade medan jag sminkade mig, Roar nynnade på *April in Paris*. Men det var mars, och kallt.

Efter två år utan kontakt hade Roar stått utanför min dörr, strax före jul, allt i livet hade varit bra den hösten, Tollef och jag såg filmer på Cinemateket och satt och drack rödvin på Grei Kafé och diskuterade filmerna efteråt; jag var alltid intresserad av vad Tollef tyckte. Men så stod Roar utanför dörren till vår tvårummare, i rimfrost som glittrade av den lilla solstrimman mitt på dagen, som i en film, med tre rödbruna långstjälkade rosor och en diktsamling, Dylan Thomas, han var tvungen att gå med en gång, det hängde en liten droppe från hans näsa och han förstörde allt. Fast han såg gammal ut, fast han hade byxor med pressveck och den där droppen under näsan, och fast det var vansinne att dyka upp sådär utanför min dörr, mitt liv, jag förstod inte hur han kunde tillåta sig. Det gick åtminstone inte att fortsätta bo med Tollef efter detta, och sedan hände det där med dörrmattan, en fundamental skillnad i hur vi uppfattade humorn, eller bristen på humor, i en färgglad dörrmatta med »welcome« i skrivstil. Tollef och jag hade bjudit hem kompisar på en förjulmiddag, men nu ville jag ingenting hellre än vad som helst med Roar, vad som helst: sitta på en bänk i fuktigt decemberväder och hålla handen och prata om allt som inte gick och aldrig skulle gå, sitta och anmärka på honom och höra honom spakt försvara sig. Tollef och jag åkte till Ikea och köpte nya täcken, vi hade planerat det länge. Vi köpte nya sängkläder också, och fyra ljusblå muggar och handdukar, och den där dörrmattan. Jag hade ont i magen på väg hem, vi hade ätit köttbullar, Tollefs gamla Cortina sjöng på sista versen.

Jag hänger upp bikinin och handduken på balkongen, tar med nyckeln och går bort till Elises och Jan Olavs rum, jag hoppas Elise fortfarande är ensam, hon gick tillbaka före de andra.

Jag hoppar in genom dörren och tar henne i armen.

»Du är nästan aldrig ensam«, säger jag med skojgnällig röst, hänger henne i armen. »Jag får aldrig ha dig för mig själv. Aldrig, aldrig, aldrig.«

Hon håller på att städa undan barnens kläder. Tittar på en t-shirt med ketchupfläckar och lägger den i en hög smutskläder.

»Du är alltid med Jan Olav«, säger jag, »han låter dig aldrig vara ifred.« Nu skrattar hon lågt, ett skratt som innehåller något som liknar stolthet.

Hon ser på mig och tar på min arm och säger: »Du blir så brun!« Och sedan frågar hon: »Har du haft det bra med Bob?«

Jag rynkar på näsan och skakar på huvudet.

»Han har så mycket hår på bröstet«, säger jag. »Jag tror att jag tycker det är lite äckligt.«

Det rycker i Elises axlar.

»Vad är det som är så äckligt med det?« säger hon med en ovanlig upprördhet, och det slår mig att Jan Olav har hårig bröstkorg, men jag fattar inte att Jan Olav kan ha något med detta att göra, jag tycker det är idiotiskt att jämföra Jan Olav med Bob, eller att över huvud taget tänka på Jan Olav i de banorna.

Jan Olav har flint, enorma lårmuskler, han gillar att cykla, han gillar att se på fotboll på teve.

Jag vill berätta för Elise om Roar trots att jag vet vad hon kommer att säga, hon säger alltid samma sak. Ändå berättar jag om och om igen, om all attraktion, och all saknad.

»Du säger det ju själv«, säger hon. »Att det aldrig kommer att bli annorlunda. Vill du inte ha en riktig man som du kan bo och få barn med? Varför gjorde du slut med Tollef? Vad var det för fel på honom?«

»Skäll inte på mig«, säger jag med ynklig röst och ser på henne med hundögon tills hon ler.

»Det finns ju gott om män i Oslo«, säger hon. »Roar är en illusion. Du vet ingenting om vardagslivet med Roar. En man som kan göra något sådant mot sin fru.«

Det finns något darrigt längst in i hennes röst. Som säger att hur mycket hon än bryr sig om mig är hon medveten om att jag är en dålig människa. Och att den enda anledningen till att hon orkar prata med mig om detta, orkar med detta tema, är att hon är min syster.

»Jag fattar inte att vi ska hem redan i morgon«, säger Elise. »Det har gått så fort.«

Det hörs ett brak och sedan kommer Jonas och Stian in genom dörren med handdukar och badleksaker och en fotboll som smäller i kakelgolvet och småstudsar och rullar bort till hörnet. Och bakom dem kommer Jan Olav. Jag låtsas att jag ska fånga Stian, han tjuter och springer in i badrummet.

Elise har städat undan barnens kläder, nu ser hon sig om efter något annat att göra, hon är trött på mig. När Elise börjar dammtorka eller skura ugnen eller vika kläder när jag är hemma hos henne i Fredrikstad, då visar hon sitt förakt eller sin likgiltighet. Hon blottar sitt liv utan skam, demonstrerar att så är det, och så ska det vara, detta är det riktiga livet. Hon kan göra det när jag berättar att jag träffat en ny man. Åh, jaså, säger hon, när får vi träffa honom då? Och sedan trycka ut Yes på spisen. Och detta »vi«. Hon och Jan Olav, en institution. Intresset en formalitet, eller rutin. Elise som skrapar loss ett Bamseplåster från enköksstol med en matsked. Stoppar ner näsan i en matlåda för att känna om den sura lukten är borta. Elise har blivit allt jag aldrig vill bli, och ändå anförtror jag mig åt henne om Roar, och ber om råd, och kanske har Elise själv en känsla av att ha blivit allt hon inte ville, men samtidigt av att inte ha något annat att göra än att klamra sig fast vid detta som hon inte ville bli, eftersom det var i en annan tid hon inte ville allt detta, och den tiden finns inte nu, nu har hon bara detta: ett krävande yrke som sjuksköterska som tar all energi och inte ger något tillbaka, ett hus med trädgård två hus ifrån sina föräldrars, två söner med hår som växer i de märkligaste virvlar och som det inte går att få ögonkontakt med. Och Jan Olav.

Nu måste jag iväg, nu sitter Jan Olav där, bredbent i soffan.

»När ska vi äta?« säger jag. »Har du gjort upp med mamma och pappa?«

Stian tittar fram ur badrummet, jag gör en attack med händerna som klor, och han hoppar tillbaka. Elise säger att vi ska träffas där nere klockan sex. Jag sätter upp håret i hästsvans och lämnar rummet där Jan Olav sitter i soffan med en öl, med allt synligt mellan låret och det orangea badshortstyget, jag går genom korridoren med terrakottakakel och öppna valvgångar mot havet.

Pappa bär Stian på axlarna från hotellet till restaurangen, solen står stor och orange strax över horisonten. Det är som om pappa har allt mindre uppmärksamhet på mig för varje år som går, som om besvikelsen över mig håller på att minska och att han snart kommer att sluta förvänta sig något av mig.

Kristin säger att hon är hungrig som en häst. »Jag är så trött på att vara stor som ett hus«, säger hon. »Och jag saknar att dricka massor av vin!«

»Det är nog värt det ska du se«, säger moster Liv.

»Och så ska den ut alldeles innan jordgubbssäsongen«, säger Kristin, »och jordgubbar får man inte äta när man ammar.«

Vi går på samma restaurang som första kvällen, mamma tyckte så mycket om servitören och de rödrutiga dukarna. Moster Liv har rutiga byxor, och Jan Olav kommenterar att byxorna liknar duken. Moster Livs ben var ett samtalsämne när jag var liten, att hon hade så snygga ben, och mamma höll på och frågade pappa vad han tyckte om dem när hon och Halvor hade åkt hem. Moster Liv visade nästan alltid upp sina ben, i korta kjolar eller åtsittande byxor.

Servitören delar ut menyer, pappa och Jan Olav kommer överens om vin och beställer.

Elise säger: »Jag tror jag är bäst på människor, och Karin är nog bäst kunskapsmässigt, och det kanske är viktigare när man ska vara avdelningsföreståndare, jag vet inte.«

Hon trycker ihop två plastbitar i en leksak och räcker den till Jonas.

»Så nu är ni på sätt och vis i konflikt?«

»Där det finns kvinnor finns det konflikter«, säger Jan Olav.

Det verkar inte som om Elise hör vad han säger. Jag föreställer mig vad Elise skulle ha sagt: Jag kan inte ödsla mitt liv på att bli förolämpad av klumpigheter, han menar inget illa med det. Med en viss mänsklig klokhet, bara en aning höjd över genomsnittets, lyfter hon sig ur förödmjukelser eller finner sig i dem, men hon väljer att undgå konfrontation.

Och Jan Olav fortsätter: »Det ska väl två till för att starta en konflikt. Det var åtminstone min barndoms budskap.« Hans knä skakar under menyn, han ser sig om efter servitören.

Servitören kommer med två flaskor vin och häller de små glasen nästan fulla.

»Det bästa är väl att bara göra ditt jobb så bra du kan och inte bry dig«, säger mamma.

Jan Olav väcker en ilska i mig som är så stark, och så berättigad, men som inte har något mål eftersom han aldrig skulle förstå den, knappt uppfatta den, och skulle han uppfatta den skulle han inte ta åt sig. Han gör som han gör, opåverkbar. Det är som att vara arg på någon från Jehovas vittnen, eller en programledare. På en sten eller ett hus, eller en martyr. Jag bryr mig lika mycket om Jan Olav som jag bryr mig om ett Jehovas vittne eller en martyr.

Jag tänker: Säger han något mer om kvinnor och konflikter, eller något om hönskackel, eller skator, då exploderar jag, då säger jag ifrån. Servitören kommer för att ta beställningar, mamma tittar upp på honom med ljusblå, tindrande ögon, Jan Olav pekar på menyn och pratar, mitt hjärta dunkar. Men hur skulle jag säga ifrån, vad skulle jag säga, vilken sorts utbrott skulle det bli, vad hade jag tänkt mig? Det skulle inte gå.

Solen sjunker ner under havsytan. Och sedan en liten glipa klarsyn: Tollef skulle ha varit här, med oss. Han kan vara ganska kul. Jag tror att pappa och Tollef skulle ha gillat varandra om de fått chansen att bekanta sig. Tollef hann inte visa upp alla sina goda sidor, man måste känna Tollef för att förstå att hans humor är bra. Vi kunde ha haft väldigt roligt tillsammans, egentligen helt fantastiskt. Vi kunde låtsas ha helt andra ståndpunkter än våra egentliga, och föra långa diskussioner där vi aldrig släppte våra roller. En av oss kunde få en idé efter att ha läst en tidningsartikel, eller så satte vi igång samtidigt som vi såg något på teve eller hörde något på radion. Alla främmande aspekter som dök upp i Tollef under de där samtalen gjorde något bra med mina känslor för honom. För det var inte alltid så enkelt som att vi låtsades tycka tvärt om, ofta både tyckte vi och tyckte inte som vi argumenterade, och jag visste aldrig riktigt var jag hade Tollef.

En kvinna skrattar högt och gällt. Pojkarna beställer hamburgare igen. Varje gång har de plockat bort det lilla salladsbladet och tomatskivan, och varje gång har Elise sagt åt dem att äta upp det. Elise tar på sig ponchon.

»Är det ylle?« säger mamma.

»Femtio procent«, säger Elise.

»Du klär i den«, säger mamma. »Underbara färger.«

Det skiner igenom att Kristin inte är överförtjust i ponchon; hon är märkligt dålig på att ljuga för att vara advokat. »Den ser så skön ut«, säger hon.

Jan Olav har uppfattat att de pratar om ponchon. Han säger: »Det är inte det att jag tycker den är ful, för det tycker jag inte. Men jag bara undrar om du kommer att använda den?«

»Hon använder den nu«, säger jag.

»Jag skulle ha haft en sådan«, säger Kristin och stryker sig över den stora magen. »Jag går snart inte i några av mina kläder längre.«

Elise säger något om solkräm. Skyddar faktor tolv verkligen dubbelt så bra som faktor sex. Stian brände sig i dag. Jag känner en sorg, i allt, över allt. Jag fattar att jag inte har någon framtid med Roar, men jag tror inte jag har någon bra framtid utan honom heller.

Jag har inte sett Bob sedan i förmiddags.

När Tollef och jag bestämde oss för att bli sambor på riktigt, flytta ifrån kollektivet och in i vår egen lägenhet, ångrade jag mig med detsamma, en dubbel ånger, ånger över vad jag hade känt och vad jag inte kände, som om jag kunde styra känslorna, som om något hade kunnat vara annorlunda. Att flytta ihop var en alldeles för välbekant idé, som att äntligen göra något jag tänkt många gånger men varje gång slagit ifrån mig som en dålig idé. Det var en för enkel lösning, lösningen kunde inte vara så enkel. Men lösningen på vadå? Lösningen på tomheten, ensamheten, på känslan av att livet rusade iväg utan mening och riktning, att få in mening i livet, och riktning! Tollef åt mackor med gurkskivor till frukost. Han kokade potatis till middag flera gånger i veckan. Tollef var den enda människan i världen jag kunde säga ord som tomhet och ensamhet till, mening och riktning, han reagerade inte med större allvar än han skulle; men även i det fanns dubbelheten, vi drev vänligt med oss själva och med det som kunde rasa ihop och efterlämna något som jag inte visste vad det var.

Jonas och Stian har börjat springa omkring mellan borden. Ljuden och rörelserna avbryter alla samtal och tankar fast jag intalar mig att de inte är mitt ansvar och att jag bara ska stänga dem ute.

»Barnen kan inte vara uppe såhär sent«, säger Jan Olav till Elise. »Det kommer inte att gå att vara i närheten av dem i morgon, flygresan blir en mardröm.« Moster Liv tar tag i Stian och drar upp honom i knät och kramar honom och vaggar honom fram och tillbaka, men han slingrar sig som en orm och hon blir tvungen att släppa ner honom igen. Jag häller mer vin i mitt glas, frågar Elise om hon ska ha, men hon skakar på huvudet.

»Men vad kan Halvor göra«, säger moster Liv till pappa och Kristin. »Han träffar ju nästan inte sitt barn.«

Stian trycker sig in mellan moster Liv och bordet, och sedan mellan Kristin och bordet för att komma undan Jonas, och Jonas följer efter.

»Jag skulle inte råda honom att göra rättssak av det«, säger pappa. »Det kan snabbt kosta en förmögenhet, och tyvärr är det nog så att mamman automatiskt har en mycket starkare ställning.«

»Men det betyder ju inte att han ska resignera!« säger Kristin, med den upphetsning hon får i diskussioner med pappa, som flera gånger har fått mig att tro att pappa är orolig över hennes uppträdande i rättssalen.

»Lugna er nu«, säger Elise till sina söner, »Jonas, Stian, ta det lugnt.«

»Det är viktigt för barn att ha kontakt med sin pappa«, säger Kristin. »Det tror jag rätten i allt högre grad kommer att ta hänsyn till framöver.«

»Jonas«, säger Elise, »kan du vara snäll och lyssna? Stian! Stian!«

Jag minns vad moster Liv sa när vi var små: »Er pappa är inte så intresserad av pengar och makt som många andra advokater, han är en snäll advokat och inte girig. Sådana växer inte på träd.«

»Det här funkar inte, Elise«, säger Jan Olav.

Det fanns nästan något tjänarinneaktigt över moster Liv när de var hos oss hela somrarna när vi var små och hon hjälpte mamma, med oss, med huset, med bärplock och syltning. »Men vem hjälper vem?« sa mamma till pappa. »Vi ger Liv och Halvor ett familjeliv, vi ger dem kost och logi, vi ger dem semester.«

Pappa höll sig lugn när det gällde moster Livs livshistoria, men för mamma var det inte lika okomplicerat. Det var som om det låg med i beräkningen att hon *hade kunnat* se ner på moster Liv, men inte gjorde det. Moster Liv var utlämnad åt mammas storsinthet.

Moster Liv berömde mammas och pappas goda smak, möblerna och tapeterna. Hon berömde båten och stugan, och maten när det inte var hon som hade lagat den. Inte överdrivet, hon kunde skoja om torra kotletter och ge råd om såser. Men det fanns en genomgående välvilja, tacksamhet. »Det är något som inte stämmer«, sa mamma till pappa. »Det är som om det inte finns någon avundsjuka och bitterhet, men hur är det möjligt? Tror du det är möjligt, Peder?« Pappa tittade upp från tidningen.

»Det är trevligt att ha Liv här«, sa pappa. »Hon är en plusvariant.«

Mamma tystnade. En kvinna utan förmåga att vara lycklig. Varför så mycket missnöje och skvaller? Var fanns hennes egen lycka när hon la så mycket tid på andras olycka? Det var som om hon hade en klåda som bara gav med sig när hon kunde baktala moster Liv.

Jag funderar på att göra något överraskande, jag kan fantisera om att öppna ett litet matställe eller en bar. Tänka ut gångbara koncept, samarbeta med bra människor. Låta jobb och fritid glida ihop, vänner och kolleger. Hitta på nya drinkar. Vara tvungen att vända på dygnsrytmen. Sakta men säkert bli framgångsrik så att familjens irritation och oro kommer på skam. Det är något med Elise, hon tittar på mig och sedan höjer hon vinglaset, men det är tomt och hon sträcker sig efter flaskan och fyller på. Och där kommer Bob. Han sicksackar mellan uteserveringarna, får syn på oss, lyser upp och lämnar sin kompis. Han slingrar sig mellan borden och fram till vårt. Han ger Elise komplimanger för hennes örhängen och hon tar upp handen och börjar pilla på det ena. Sedan slår hon ut med armen.

»Sätt dig!« säger hon.

Jag försöker ge henne en diskret tacksam blick, men hon ser inte på mig, hon tittar ner, med ovanligt mascaratunga ögonfransar, sedan ser hon ut över havet och sedan bort på Bob. Bob ser sig omkring på de andra och möter tillräcklig välvilja för att sätta sig, bredvid mig, mittemot Elise. Stian och Jonas ligger på mage under bordet, de leker en lek.

Bob har med sig cigaretter och bjuder runt, men pappa och jag har våra egna. Bob vinkar på servitören och beställer en flaska vin och ett glas. Han ser runt på oss andra och säger: »Ni har glas?«

Det står redan en nästan full flaska vin på bordet.

Jag tänder en cigarett. Bob röker Lucky Strike.

»Har ni det bra här?« säger han.

»Underbart«, säger moster Liv.

Bobs vinflaska kommer. Servitören dukar av tallrikarna.

»Ni är en skön familj«, säger Bob. »Jag älskar familjer. Min familj umgås inte tillräckligt för att kunna kallas familj.«

Han håller fram cigarettpaketet mot Elise.

Elise sträcker ut handen.

»Åh, nu fick jag lust på en cigarett«, säger hon.

Det drar något över Jan Olavs ansikte, inte irritation, inte besvikelse, ett slags tvivel med en aning svek, att ha blivit sviken. Bob håller fram paketet mot henne.

»Du röker väl inte, Elise«, säger Jan Olav. Elise ler med ett kast genom hela kroppen som slutar med att hon skakar håret bakåt så att luggen delar sig i pannan.

»Jag brukade röka jättemycket«, säger hon. »Men det var innan jag träffade dig.«

Det syns att hon har rökt förut, en kort stund är det något hopkurat och girigt över henne när hon hårt suger på cigaretten och vänder sig bort från Jan Olav, som om hon vill skydda cigaretten och njutningen och allt som är gott mot honom.

»Du klär i att röka«, säger Bob och stirrar leende på Elise med huvudet i handen.

»Det är väl ingen som klär i att röka«, säger mamma.

»De enda gångerna jag saknar att röka«, säger Elise, »är när jag skriver julkort.«

»Jag kan inte ta bara en cigarett«, säger moster Liv. »Tar jag en i dag blir det tjugo i morgon.«

Bob häller upp mer vin, till sig själv och till moster Liv. Pappa pekar på flaskan vi redan har.

»Vilka festliga flätor!« säger moster Liv. »Hur har du gjort dem?«

Bob ler med glänsande tänder och fingrar på håret.

»Det är en frisör i Oslo som gör dem«, säger han. »En schysst bög med tatueringar och ring i näsan.«

»Du milde tid«, säger moster Liv och ler.

Skålen med Jonas efterrätt är halvfull, smält glass av flera sorter. En pommes frites mellan mitt vinglas och saltkaret. Jan Olav kommenterar det återkommande skrattet från kvinnan vid grannbordet:

»Hon skrattar som nyskilda kvinnor i fyrtioårsåldern skrattar. För att övertyga alla runt omkring, och sig själv, om att hon har ett bra liv, mycket bättre än när hon var gift.«

Han får Bob att skratta och verkar nöjd med det.

Bob pekar på Elise och säger: »Du klär i den där ponchon. Du ser ut som en indianflicka. Med sin fredspipa.«

Det var plötsligt varmt i luften i Paris, det var fullt av folk på uteserveringarna och jag sa: »Hur kan du åka ifrån det här vädret?« Men det skulle ha varit han som sagt det: Hur kan jag åka ifrån det här vädret? Åka ifrån dig i det här vädret? Det luktade hotelltvål om hans händer. Han svarade med den suveränitet jag hatar, inte med sorgsenheten och oron jag älskar; när han går sönder av känslorna han har för mig, det var sådan jag ville ha honom, det jag ville att han skulle visa. Han var inte förtvivlad över att åka, han tyckte inte synd om sig själv utan om mig, han sa:

»En enda dag går fort. Du kommer att ha det bra. Och så får du kanske sett Louvren.«

Uppmuntrande och bussigt, faan i helvete. Jag ville inte se Louvren, inte utan honom. Jag ville inte se Eiffeltornet, inte ens på håll. Roar klev in i en taxi, han såg bekymrad ut, som en pappa över sitt barn.

Jag vandrade ensam på gatorna i Paris. Champs Elysée. Jag såg män i basker och män i keps. Jag hade ingen lust att äta något, men jag satte mig och beställde ett glas vin och såg ut genom fönstret medan jag drack i små klunkar. Jag tänkte att jag kanske hade det tillräckligt eländigt för att skriva en dikt, och jag hittade en penna och ett kvitto i väskan, men jag klarade inte av att skriva någon dikt, jag la francen på tygduken och reste mig och fortsatte gå. Stenläggningen tog slut vid en kraftig lång träsarg mot Seine, på denna sarg satt fyra unga människor med ryggsäckar och baguetter och rödvin, en kvinna och tre män, den ena mannen såg öppet och vänligt på mig, men jag gick vidare.

Jag såg ner i Seine, så brun. Jag föreställde mig mamma säga: Jag har alltid älskat er som ni är. Jag har aldrig tänkt så mycket på era prestationer. Jag har aldrig haft förväntningar ni inte har infriat. Jag har aldrig varit riktigt besviken eller riktigt orolig över någon av er. Men hon har aldrig sagt något sådant. Och jag tror inte hon tänker så. Sist jag var hemma, strax efter att jag hade flyttat ifrån Tollef, ställde hon en äppelkaka på bordet. Bruna, torra äppelbitar prickiga av kanel och med skrynkliga skal.

»Jag tycker inte så mycket om äppelkaka«, sa jag, »jag har aldrig gjort det.«

»Nej, men du skulle ju kunna tycka om det lite i dag«, sa mamma medan hon la skedar ovanför assietterna, en efter en, skedbladet åt vänster. Det finns ett oändligt antal sätt att göra henne besviken, jag är alltid den som skapar besvikelse. Mamma och pappa hade skaffat mikrovågsugn. Mamma sa att pappa värmde kalla kaffeskvättar.

»Och du?« sa Elise.

»Jag tinar upp stora köttbitar«, sa mamma. »Men även bullar«, la hon till. »En minut i mikrovågsugnen så blir de som nybakta.«

En desperation växte inom mig där jag satt med familjen i mitt barndomshem, en känsla av att ha åsikter och tankar som avvek totalt från de andras, och av att aldrig kunna vara mig själv.

På något konstigt sätt är rädslan att göra Elise besviken större än rädslan att göra mamma besviken. Men när jag verkligen tycker att jag lyckas är det sällan på ett sätt som Elise skulle berömma, ändå använder jag Elises beröm som mål för min framgång. Kristin kan skryta om mig och mitt som en förtäckt protest mot mamma och pappa. Om hon vill göra ett väldigt litet uppror, för att inte helt förlora sig själv efter att ha uppfyllt mammas och pappas samtliga drömmar för sina barn, med advokatutbildning och advokatman och barn i magen, ställer hon sig upp och försvarar mig i någon idiotisk fråga. Något som kanske verkar ännu mer korkat eller skrattretande av Kristins stöd, som till exempel att jag har ett mycket friare liv som inte äger en lägenhet och inte har en »sluten« utbildning, som hon kallar det. »Det är ju inte så att man nödvändigtvis blir något bestämt av att studera på Blindern«, kan hon säga som något positivt, men utan att förklara det positiva i att inte bli något bestämt.

Jag häller mer vin i mitt glas, pappa ser på mig. Elise försöker föra ett samtal med Bob, men nu har hon båda pojkarna hängande över knäna, tjatiga och gnälliga, Bob verkar väldigt intresserad av sjuksköterskeyrket, och hon berättar. Han säger något om att »rädda liv«, men Elise säger:

»Ja, åtminstone göra livet så drägligt som möjligt mot slutet. Men för närvarande är jag avdelningssjuksköterska och då blir det inte lika mycket direktkontakt med de döende. Det saknar jag faktiskt.«

Stian ger upp försöket att få Elises uppmärksamhet och börjar gråta högt.

»Ser du«, säger Jan Olav. »Det var precis det här jag pratade om.«

Saker som händer hänger alltid ihop med det Jan Olav har sagt.

»Jag tror vi får bryta upp«, säger Jan Olav.

Han reser sig, försöker få kontakt med servitören men ger upp och kommer överens med pappa om att lösa det senare.

Elise har rest sig och står där i ponchon med ett barn hängande i armen.

»Hej då, Månstråle«, säger Bob.

Jag får en sista skymt av Elises ansikte, ser en längtan jag inte sett förut, hon vill också prata med Bob, hon vill vara här med oss, det är som om jag inte förstått att hon kan ha sådana behov. Som om det är viktigt för henne, att hon en kort stund ogillar hela sitt liv. Sedan försvinner hon bland alla människor, med sin man och sina barn. Svälja besvikelser, skjuta undan all längtan, hon är hans för eviga tider vad som än händer, och det måste hon hela tiden ta konsekvenserna av.

Moster Liv pratar med Bob om lumpen; Bob var vapenvägrare precis som Halvor.

Bob har håriga, muskulösa, solbrända underarmar, han skrattar mycket. Pappa är tyst. Servitören glider förbi vårt bord, en familj med tre barn har betalat och reser sig för att gå, det ena barnet hänger i pappans famn.

»Det låter ju tjusigt att försvara sitt land«, säger tant Liv, »men om det betyder att ta livet av folk är det inte så tjusigt, som jag ser det.«

»Jag skulle inte kunna döda en kattunge«, säger Bob. »Men jag är inte kategoriskt emot att döda, jag skulle bara verkligen inte kunna göra det själv.«

»Nu tar jag med mig din dotter till en cocktailbar«, säger han till pappa.

Pappa har slutat gilla honom, eller också är det mig han inte gillar.

»Kom«, säger Bob. Och hans hand är framför mig. Uppkavlad ljusblå skjortärm.

Pappas skeptiska, bekymrade blick. Inte över vad som kan hända mig, utan över min karaktär.

Vi går några hundra meter till en bar med kulörta glödlampor längs en uppspänd lina. Det är mest turister i baren, men några ser lokala ut. Jag drar gummibandet ur håret och kammar igenom med fingrarna. Bob lyfter upp en av mina lockar och säger:

»Vilken färg har du egentligen på håret?«

Han säger att Tomas har kärat ner sig i en lokal tjej som jobbar i baren på grannhotellet. »Så nu kan jag vara med dig med gott samvete«, säger Bob. En servitör kommer och Bob beställer drinkar.

Han är så lätt att prata med, jag berättar om frustrationen över familjen, om barnen som tjatar, om mammas hjälplöshet och moster Liv som blandar sig i allt, om Jan Olav. Jag berättar om Jan Olavs shorts.

»Så han visar upp hela kuken?« säger Bob. Jag skrattar.

»Han kanske vet om det«, säger Bob. »Fantiserar om att du blir kåt av det.«

Jag skrattar. Musiken är en känd listlåt, texten så långt ifrån mig och mitt liv och situationen jag är i, och så smäktande och intensivt innerlig att den nästan tippar över i en sanning som liksom är omöjlig att säga emot, en gåshudskänsla som beror på vämjelsen över det banala i texten och framförandet, samtidigt är jag rörd, nästan förälskad, inte särskilt förälskad. Drinken heter *Sex on the beach*. Sockerfrost på glaskanten och ett litet pappersparaply, och Bobs finger över mina läppar. Sedan kysser vi varandra. Åh, ja, jag har druckit mycket vin.

Att kyssa Bob är som väntat, känslan av att sjunka in i något hemtamt och samtidigt främmande, och intensivt, starkt, behagligt: Jag har kyssts förut, men inte med honom. Varför ville jag så gärna hångla med Bob fast jag egentligen nästan inte tycker om honom? Han får mig att bli en annan. Men när jag tänker mig att jag ska förklara eller försvara det jag kommer att göra, för Elise eller Nina, med att han fick mig »att bli någon annan«, då slutar jag leta efter anledningar. Någon annan, vem då, vem skulle det vara? Dessutom sa jag något liknande om Tollef för bara två år sedan, och jag kände samma sak då, att gå ur mig själv och vidga mina möjligheter.

Hela tiden ett behov av att överraska mig själv, det får inte gå för lång tid utan att jag överraskar mig själv. Bob håller mitt huvud mellan sina händer och kysser mig på pannan, håller mitt huvud så hårt att händerna darrar och mitt huvud skakar, en kontrast mellan greppet och hans ansikte som är leende och avslappat, Bobs ömma desperation. Allt jag egentligen inte tycker om får ett eget, skruvat, nästan överjordiskt eller omänskligt värde, detta är höjt över all annan betydelse i världen, i livet. Som en konstupplevelse, en förvrängd fulhet som blir vackrare än skönhet.

»Heter du Bob«, frågar jag. »Egentligen?«

»Inte riktigt«, säger han. »Bjørn Olav Pettersen.«

»Men det blir ju inte Bob«, säger jag. Han ler och kisar och säger:

»Nästan. Jag kan inte kalla mig Bop.«

Hans ansikte rör sig i en båge mot mitt och han börjar kyssa mig igen. Sedan reser han sig och drar upp mig och ut genom dörren.

Blått ljus blinkar. Utanför en av restaurangerna står en ambulans, och inne i ett provisoriskt tält jobbar två ambulansmän med en kvinna som ligger på marken. Hon är nästan naken, hon är enorm. Bröstet väller ner på sidorna, det blir kraftiga och snabba efterverkningar av händerna på han som gör hjärtkompressioner, kroppen är som en stor geléklump, som en bulldeg. Han trycker händerna mot hjärtat, en upprepad vågrörelse genom kroppen. Allt helt ljudlöst. En ambulansman sitter på knä utanför tältet med händerna på låren, som om han har gett upp före de andra och betraktar dem som fortfarande håller på.

»Har du någonsin sett en död människa?« säger jag till Bob.

»Jag tror jag har det nu«, säger han.

Han flagar på näsan, under flagorna är huden illröd.

Tältet är upplyst av något slags arbetslampa, de som jobbar med kroppen syns både genom öppningen och som skuggor på tältduken. De som sitter på restaurangen och äter och dricker har långsamma rörelser och bortvända ansikten som oavbrutet dras mot tältet. Förutom två, kanske en far och en dotter, pappan tar kort på dottern; hon ler mot kameran medan hon mal peppar över sin pasta med en stor pepparkvarn.

Vi går vidare, Bobs hand nuddar min. Jag är bedövad, en blandning av skräck, upprördhet, medlidande, men också avsky: Jag hoppas innerligt att jag aldrig kommer att låta min kropp förfalla på det sättet.

»Jag dog nästan själv en gång«, säger jag, »blindtarmen sprack när jag var åtta, jag låg medvetslös på intensiven, de trodde jag skulle dö. Det fick pappa att komma tillbaka till mamma fast han hade lämnat henne.«

»Jösses«, säger Bob. »Och sedan levde de lyckliga tillsammans?«

»Lyckliga och lyckliga«, säger jag. Bob skrattar och jag skrattar också. »Jag tror åtminstone de kommer att leva ihop tills döden skiljer dem åt«, säger jag.

Vi rör oss mellan det mörka havet och ljusen från alla barer och restauranger.

»Du inspirerar mig«, säger han. »Jag får lust att skriva musik igen.«

Mamma sa en gång till pappa: »Jag vet inte om jag någonsin har varit riktigt lycklig.« Det var på altanen, på sommaren, pappa gick uppför trappan till mamma som satt där, han hade vissna blommor i händerna som han knipsat av från plantorna i rabatterna. »Jag har aldrig känt att jag hittat min plats i livet«, sa hon. Pappa blev stående med handen knuten.

Bob tar med mig till ett ställe vid en mur bredvid ett strandkafé, mellan ett låst kylskåp och en trave surfingbrädor. Hans flyg går dagen efter vårt. Det är lite molnigt, vi sätter oss. Det ligger en plastgrej som jag inte vet vad det är bredvid min hand. Det handlar inte om att ha lust eller inte ha lust, det är en nyfikenhet på vad som ska hända.

»Jag tror du är kvinnan i mitt liv«, säger Bob. Och jag vet att det är dumheter, men känslorna han har här och nu är inga dumheter. Bob håller mig och kysser mig, det finns något hjälplöst över hur han andas som får mig att tänka på Gunnar på soptippen i Fredrikstad, sex på ett oskyldigt och primitivt sätt, liksom ursprungligt. Steget direkt efter två barn som leker och utforskar. Gunnar gick bakom mig uppför sopberget med sina långa armar och muskulösa vader. Vid horisonten mötte soporna himlen. En reseskrivmaskin låg upp och ner på en gammal dörr. Mina vita skor balanserade på omväxlande hårt och mjukt material, det luktade målarfärg, ruttna grönsaker, pappersblöjor. En fransig presenning, jag snubblade in i en lampskärm. Och där hittade jag mitt ställe. Jag hade inte varit där på två eller tre år. Anne Lovise och jag hade byggt något slags koja, och den var praktiskt taget orörd. Delar av en köksbänk, ett bilsäte, en hylla jag ställt uppsvällda och trasiga böcker i, *De levande döda, Allt för barnet*, en gammal fläckig madrass, kiss och mensblod. Flera sneda stolar, en saknade två ben. Det var kallt och det blåste. Det var inte första gången jag låg med någon, men det var första gången jag låg med Gunnar. Jag som kunde rida ett varmblod i galopp, och Gunnar som hade cykel med bockstyre.

Bobs nacke luktar svagt av hav och pålägg och schampo.

»Vad skön du är, väldigt, väldigt skön«, säger han.

Jag ler mot hans axel. Om jag vänder huvudet åt sidan ser jag bara sand, framför ljuset i horisonten och den svarta himlen. Jag är en sinnlig människa, sinnligheten kommer jag alltid att ha. Vilken variationsrikedom mellan varje enskilt sandkorn, hela färgskalan, halvt genomskinliga, vackert rundade, en ofattbar mängd. Och därefter en tydlig tanke: Den här situationen måste stoppas. Men det tar lång tid, jag kysser honom och låter honom ta på mig, länge, innan jag säger: »Ska vi gå tillbaka till hotellet?« Bob nickar, ligger stilla med pannan mot min axel i fem sekunder, och reser sig och drar upp mig.

Jag var med Roar på en visning i Tåsen i februari. Ann var i Köpenhamn med två väninnor och Roar var tvungen att gå utan henne. Det var en villa på över tvåhundra kvadrat med tre toaletter och öppen spis, och bastu i källaren. Parkett, burspråk. Föräldrarnas sovrum med utgång till en balkong. Roar ville se bastun en gång till. Jag stod kvar i gången mellan köket och vardagsrummet och väntade. När Roar kom upp från källartrappan hajade jag till. Jag trodde han var snygg. Men han var tunnhårig. Rumpan var bred och stod ut när han gick. Och jag tänkte: Stanna i den känslan, låt den inte glida iväg. Men den gled iväg.

»Vad tycker du?« frågade han när vi gick därifrån. Han hade tagit med sig prospektet. Vi gick österut tills vi kom till Akerselva och följde den neråt. Vad var det han förmedlade? Han måste köpa det där huset med Ann, men han ville till Paris med mig. Fröströken vällde ur munnen på honom.

»Jag är inte så intresserad av bastun«, sa han, »men Ann tyckte visst det var helt fantastiskt.«

Vattnet hade fryst längs kanterna på Akerselva, vattenströmmen var smalare.

»Ann är en väldigt naken person«, sa han medan han glodde ut i luften. Änder paddlade med fötterna vid iskanten, doppade huvudet i vattnet på jakt efter något.

»Det blir fint att åka till Paris med dig«, sa han. »Det ser jag fram emot.«

Han pratade om lån. Om Anns nya jobb. Barnens skola.

»Sofia är tuff som ett lokomotiv«, sa han, »men hon har ändå en öm punkt, okänd för de flesta. Jag vet inte hur det blir för henne att börja i högstadiet.«

Det låg en luftig och krasigt spröd ishinna på en vattenpöl vid våra fötter, som spets, hundkäx, brudslöjor. Varje liten sten täckt av gnistrande frost. Roar tog ett andetag; allt han sa var viktigt för honom. Sedan såg han på mig, som om jag skulle tycka något om det. Involvera mig, fast jag inte fick involvera mig. Tycka något om Sofia och hennes ömma punkt, Sofia på högstadiet. Jag var bara en tjugosjuåring som han låg med. Jag var bara en ung älskarinna, och jag var inte så ung längre.

Innanför hotelldörrarna säger Bob:

»Jag delar rum med Tomas.«

»Åh. Jaså«, säger jag.

»Ska vi gå till ditt rum?« säger han.

»Åh. Nej. Det funkar inte. Vårt flyg går ganska tidigt, mamma eller pappa kommer och väcker mig.«

»Men om jag sticker innan?«

Jag skakar på huvudet och ler. Han nickar och ler tillbaka. Vi ser på varandra länge medan vi ler.

»Hur tror du det går för hon med hjärtstoppet?« säger jag.

»Inte så bra«, säger Bob.

»Hon liknade en målning av Lucian Freud«, säger jag.

»Vem?« säger Bob.

»En brittisk konstnär«, säger jag. »Han målar bleka, feta människokroppar.«

Bob håller på med något i fickan, och sedan lyfter han upp händerna bakom min nacke och försöker knäppa ett smyckelås. Han biter sig i läppen medan han fumlar, och sedan sitter det. Det blänker i hans ögonglober.

»Det var egentligen till min syster, men nu blir det till dig«, säger han med hes röst.

»Är du säker?« säger jag.

Han kysser mig länge.

»Hej då, vackra du«, viskar han. »Jag ska skriva en låt om dig.«

Han går baklänges, släntrar leende uppför den lilla gången mot första raden med solsängar, det blänker turkost i den stora poolen. Det är något bedrägligt med honom, men jag kan inte sätta fingret på det, om det bara är det där med namnet.

Jag ser honom gå förbi lamporna i rabatterna med kaktusar och blommor. Det blåser i palmerna. Sedan försvinner han i mörkret och jag går upp till mitt rum.

Jag hör avlägsen musik från baren medan jag ligger utan att kunna sova. Varje gång jag tänkte på Tollef är det som något vasst genom kroppen. Tollef som hade investerat i mig, som hade tänkt vara med mig resten av livet. Jag som betraktade mina nagelband, Tollefs fantasiplaner som han inte kunde hålla för sig själv: en helg i Köpenhamn, gå mellan vandrarhem i fjällen, trevliga och omständliga saker som innebar planering och packning, han la ut texten, och hejdade sig, kastade sig ut, och besinnade sig, begeistring, ånger, stryka med fingret längs min käke, och avbryta rörelsen, sucka och se genom köksfönstret ner på parkeringen, och sedan förtvivlan, och jag som både ville vara med i den förtvivlan, eller vara föremål för den, och komma bort ifrån den. Och jag visste åt vilket håll det gick, mot glömska och försoning och förlåtelse av mig själv; om några månader är det så att säga ur världen. Tollef fortsätter oförtrutet att plugga, parallellt med sorgen. Nina säger att han läser ännu mer än förut och nästan aldrig är social.

Nästa morgon går jag upp i god tid till frukosten. I poolområdet står samma man som varje morgon går runt och spolar kakelplattorna, putsar alla ytorna tills de glänser. Han mumlar *hola* ner mot sina fötter, ser inte på mig. Havslinjen till vänster och rakt framför mig en skog av sammanslagna parasoller, och sedan poolerna och solsängarna och fler parasoller, byggnader i fjärran, hotell efter hotell, och sedan palmerna, och bakom dem bergen, och jag känner hur innerligt jag hatar Gran Canaria och hatar att Elise älskar det. För att det är så smaklöst och så konkret och så begränsat.

Jag går ut genom hotellgrindarna och ser på havet. Långt där borta går ett par i sanden nere på stranden, hand i hand.

Skum på vågtopparna. En man håller på att öppna sin fullproppade affär. Han säljer glass, chips, drickor, och allt möjligt av plast, leksaker, köksredskap, badskor, örhängen, han visar med händerna att han vill att jag ska köpa något. Kattmasker, leopardmönstrade tajts för småflickor.

Nu ser jag att paret på stranden är Elise och Jan Olav, de tar stentrappan upp mot mig. Elise är ivrig på ett sätt jag inte sett henne på flera år, eller kanske aldrig. Hon berättar att Jan Olav har hämtat en bunt prospekt på lägenheter här nere. Hon är alldeles sprallig, som en liten flicka.

Jag går tillbaka till hotellet med dem och in i frukostmatsalen, de andra sitter redan vid ett bord, vi sätter oss där, Elise lägger ut prospekten. Sedan ser hon på mig.

»Bob?« frågar hon.

»Åh, nej«, säger jag. »Över huvud taget inte. Han är inte min typ.«

Kristin ler mot mig.

»Var har du varit i natt?« säger hon när Ivar och mamma hör på.

»Jag förstår inte vad du menar«, säger jag, stramare än jag tänkt.

Jag ser inte Bob vid frukosten, det är för tidigt. Jag har en svag vibration eller ett ljud i bakhuvudet, det är drinkarna efter allt det där vinet. Jonas och Stian äter pannkakor med nutella för sista gången, och Kristin, hon har också ätit pannkakor varje morgon, gjort ett litet nummer av det.

»Jo, det är tillräckligt rent«, säger Jan Olav. »Men allt går så långsamt.«

»Långsamt?« säger moster Liv. För första gången ser jag att moster Liv färgar håret, en nyansskillnad några millimeter från hårbottnen.

»Spanjorerna är ett trögt folkslag«, säger Jan Olav. »Det är väl klimatet som gör dem lite omständliga, även intellektuellt. Allt funkar inte lika bra, om man säger så.«

»Nåja, vi får ju våra behov tillfredsställda här nere i alla fall«, säger moster Liv.

Pappa skär sig igenom sin ägg och bacon-frukost, han möter inte min blick, han säger: »Kom ihåg att jag har ditt pass. Ska jag ha det tills vi kommer till flygplatsen?«

Jag säger att jag kan ta det själv, men jag hoppas att han ändå ska behålla det, jag är så tung i huvudet, så ofokuserad.

Stian sjunger en barnsång, och Elise stämmer in.

»Ska vi ta och hoppa ner igen, kille ville vipp bom bom.«

Jan Olav skrattar. »Snacka om att byta tonart«, säger han, »du tvingar ju över honom i en annan.«

En man kommer gående med tre juiceglas i händerna, han är tvungen att kliva över Stian som ålar runt på golvet.

»Ivar ska göra pannkaksfrukost åt mig där hemma så att jag blir successivt avvänjd«, säger Kristin. »Annars blir det abstinens.«

Elise sitter och bläddrar i prospekten, Jonas brer nutella ur en liten ask på en pannkaka, han rullar ihop med fingrarna och börjar äta, Elise har bränt sig på näsan och kinderna, hon blinkar med jämna mellanrum medan hon bläddrar och jag ser att Jan Olavs stora, håriga hand tar tag runt Elises och kramar om den, det är nästan outhärdligt att se på.

Jag har tagit med ett äpple från frukosten som jag äter när vi står i skuggan utanför hotellet och väntar på bussen. Jan Olav ser mitt smycke, jag har stått och fingrat på det utan att tänka på det. Äpplet är tamt, smaklöst.

»Vad är det du har köpt nu då?« säger han.

»Va?« säger jag.

»Pärlor?« säger han. »Silver?«

»Jag vet inte om det är äkta pärlor«, säger jag, »eller äkta silver, men det spelar ingen roll, jag gillar det.«

Jan Olav frågar vad jag betalade och jag höftar en summa. Han tycker att jag har blivit lurad.

»Lurad?« säger jag.

»Jag tror du har gjort ett dåligt köp«, säger han. »Du måste pruta.«

Och när han ändå är igång: Varför köper du inte en lägenhet, det är ju så himla dyrt att hyra.

»Att hyra är att slänga pengarna genom fönstret«, säger han. »Att köpa lägenhet är en investering. Du förlorar pengar för varje månad som går.«

Som om han ger mig ett gott råd. Elise berättade en gång att Jan Olav hade pratat om att hjälpa mig med ett litet lån, men jag hörde inget mer om saken.

Pappa öppnar resväskan och lägger ner solglasögonfodralet. Och det är som om jag vaknar till och ser mig själv och allt med Bob ur ett perspektiv utan attraktionen, från ett torrt ställe. Nu blir det skönt att komma hem. Uppsatsen. Jag ska försöka behålla vänskapen med Tollef. Jag vill inte bo med honom och jag vill inte ligga med honom, men jag står inte ut om jag inte får fortsätta prata med honom, ingen förstår mig som han.

»Vad säger du?« säger Jan Olav. »Tror du att din syster skulle trivas i en lägenhet på Gran Canaria? Hon gillar att bli lite bortskämd, förstår du. Hon gillar lyx.«

Jag förstår inte om han pratar illa om henne eller om han anförtror mig något betydelsefullt och vill ha min hjälp; hur som helst lägger han sig till med en förtrolighet som vi över huvud taget inte har.

Jag slipper svara, för bussen kör in framför hotellet.

Jag vill ofta hjälpa Elise med ett av barnen, men jag är alltid för sent ute, mamma och moster Liv är där direkt, de sitter redan på bussen med var sitt barn i knät, Jan Olav viker ihop Stians paraplyvagn och ser till att chauffören lägger den i bagageutrymmet. Jag kliver på bussen och sätter mig i det lediga sätet bredvid Elise, Jan Olav kan sitta med pappa.

En lördag när jag just hade flyttat ifrån Tollef satt Nina och Truls och jag och drack. Vi drack rödvin, vodka och gammeldansk. Men redan när klockan var halv elva ville Nina gå och lägga sig. Hon skyllde på att Nora vaknade så tidigt. Men jag fattade inte problemet, om Nora vaknar tidigt, än sedan? Då blir väl Nina trött, men än sedan? Det var väl inget värre med det.

»Stanna!« sa jag, »stanna!«

Men hon gick. Truls hällde upp mer gammeldansk åt mig och jag drack, och vi pratade om att jag ska på en The Cure-konsert i höst, han ville också gå men han fick det inte att funka. Truls sa med stor sorg: »Det händer något med kvinnor när de får barn.«

Jag förstod vad han menade. Han menade att han hade förlorat något, en förlust. Om han hade sagt det på ett osympatiskt, obehagligt sätt hade det varit enkelt. Manschauvinistiskt. Strategiskt, för att uppnå något. Jag kunde ha satt honom på plats, varit avvisande, demonstrerat min lojalitet gentemot Nina. Men det gjorde han inte, han sa det med stor sorg och förtvivlan. Han ville att livet skulle vara något annat, att det skulle vara enklare att tycka och göra det rätta. Det handlade inte om att göra eller inte göra något, all skada var redan skedd eftersom han kände som han kände.

Vi kör genom ett torrt landskap, bort från havet och bort från palmerna, lera, sand, sten. Om och om igen börja om, bygga upp mitt eget, skapa ett liv, pressa in betydelse i saker och ting, kaffet på morgnarna, ensamma kvällar med uppsatsen, vänner, gå ut och ta en öl, gå på bio, samma liv om och om igen, från grunden, tills jag glömmer längtan efter den enda känslan som ingenting kan konkurrera med, känslan av att fullständigt hänge sig åt passionen, eller tills den känslan dämpar sig lite.

KALL

November 1990

Nu sitter de och jobbar med övningarna. Jag har den torra känslan av krita på fingertopparna. Min egen handstil, mina egna uträkningar täcker tavlan, det är en av de första riktigt kalla dagarna utomhus, en dubbeltimme i matte närmar sig slutet och sedan är dagen över. Lågmälda suckar och antydningar till stön. Så tyst. Det är textuppgifter och jag reser mig och går mellan bänkraderna. När jag passerar Morgan ser jag att han inte har gjort någonting. Jag pekar på första meningen och det går en utdragen suck genom Morgans stora kropp, hans penna ramlar ner på bänken med ett torrt klink. Det är fyra och en halv vecka kvar till jul och sedan kommer Eldrid tillbaka och därmed är mina månader som mattevikarie, som jag inte har formell kompetens för, slut. Morgan har ljusblå, rena jeans och fjunmustasch, hopsjunken rygg, en bönande blick, om att få slippa, nåd, det är så tungt, så tungt, det stora huvudet med fett hår, jag tänker på hans mamma och hans rum och sängen med skrynkliga lakan och mackorna han äter till frukost, mjölkmustascherna han torkar av på ärmen, videokassetterna han stoppar in i boxen på kvällarna. Inte barn, långt ifrån, och långt ifrån vuxen. Jag försöker hitta något jag kan ta som utgångspunkt, men han har inte ens börjat, pappret är blankt.

»Rune, Espen och Anne«, säger jag lågt. Morgan håller tillbaka ännu en suck.

»Rune, Espen och Anne är sammanlagt hundra år », säger jag.

Morgans blick på mig, inte oartig eller likgiltig, men så tom.

»Rune är åtta år äldre än Anne. Förstår du?«

Vidöppna, helt tomma ögon. Jag lägger pennan på bänken, den har trubbig spets och är full av bitmärken.

Han lyfter huvudet när jag rätar på mig och går vidare. Som att lämna ett barn. Eller befria en fånge.

Det är en speciell stämning av bristande koncentration i klassrummet, men när jag ser ut över bänkraderna har de flesta blicken där de ska. Jag går vidare till Cecilie, hon sitter med benet böjt under sig och en läppstiftsfläck i änden på blyertspennan. Jag vet att det är få elever, till och med i den här årskursen, som kan ta ansvar för sin egen inlärning. Jag vet att jag inte kommer att kräva något mer av Morgan, och snart tar mitt uppdrag som vikarie slut och jag kan koncentrera mig på min egen klass och norska och engelska.

Jag möter Øystein vid mitt skrivbord. Øystein går i skrynkliga skjortor, gärna rutiga, gärna flanell. Han har sin sons sten- och snäcksamling utspridd i halva bokhyllan hemma hos sig, och köksväggen är full av barnteckningar, han har flera tiopack kondomer i sängbordslådan. Han har en lång och hårig överkropp, och ett skägg som mamma förmodligen skulle ha kallat erbarmligt.

»Ska du hem?« säger han.

»Ja, jag tar med mig den här«, säger jag och visar bunten med norskaprov.

Han undrar om jag vill följa med hem och ta en kopp *te*.

»Kommer inte Ulrik i dag?« säger jag.

»Jo, jag måste hämta honom på förskolan före fem. Men det är ju mer än två timmar dit.«

Vi går hem till honom. Han bor i en lägenhet på tredje våningen i Sagene. Det ligger en grön yllemössa på golvet i hallen, regnkläder och skor, en krukväxt full av damm. Röriga bokhyllor, böcker och tidningar instoppade på tvären. En kladdig apelsinmarmeladburk på köksbänken.

»Det gick lite snabbt här i morse«, säger Øystein.

Det pirrar i hela kroppen, i händerna och läpparna.

Ett foto på Øystein och sonen och mamman till sonen, på kylen. *Janna*. Ett A4-papper med vikmärken och information om sommaravslutningen på förskolan. Och på väggen bredvid en kalender från Norsk Lærerlag, en bild på två killar som hoppar twist.

»Har Helle varit här?« säger jag.

»Ja, en gång«, säger han. »Är det ett problem?«

»Naturligtvis inte«, säger jag. Han kastar en blick på klockan på väggen och slår armarna om mig.

Efteråt sitter jag i Øysteins kök och ser på när han skalar potatis och sätter kastrullen på spisen, och det känns som om det inte finns någonting jag hellre vill än att vara med om detta. Han har köttfärsbiffar i en papperspåse, låter dem glida ur påsen ner i stekpannan, sedan sänker han värmen på potatisen.

»Det gäller att ha allt klart«, säger han. »När Ulrik kommer hem är han så trött och hungrig och minsta väntan kan utlösa en katastrof.«

»När vill du att jag ska träffa Ulrik?« säger jag.

Då tar han en påse grönsaker ur frysen. Majs, ärter, morötter. Starka färger, proppfulla med vitaminer, de rutiga köksgardinerna. Tallriksunderlägg med Pippi och Emil.

»Inte än«, säger han.

Han har havregryn och chokladpålägg i skafferiet, plastmuggar med svampar och kaniner på, barnschampo i badrummet. Jag hör inte hemma hos Øystein, men det betyder inte att jag inte kan komma att göra det. Jag passar inte in i vardagsvuxenlivet, vet knappt vad man gör med sakerna. Har inte använt en potatisskalare på så länge jag kan minnas.

Han stänger av plattorna och går ut i hallen.

»När tror du att jag får träffa honom?« säger jag med neutral röst.

Øystein har berättat om Ulrik, om skridskoåkning och trotsanfall, att han klipper luggen själv, stal choklad i skåpet efter att ha avlett Øystein genom att påstå att det ringde på dörren, att Øystein spelade Memory med honom i tre timmar utan att tröttna, och jag tänkte bara: Jag vill träffa det där barnet, jag vill betyda något i hans liv. Jag vill att han ska komma ihåg mig som vuxen. Det kan stå kvar en tallrik med en halväten macka med makrill i tomat när jag kommer, ett tomt mjölkglas. En legobil på soffbordet. Ett par kalsonger med apor bredvid tvättkorgen i badrummet. Det känns som om jag alltid kommer strax efter att Ulrik lämnat platsen, att han precis hunnit föras ut genom en bakdörr.

Helle har varit med Øystein och sonen och åkt skridskor på Ullevål stadion. När jag frågade Øystein om just detta svarade han att det var enkelt, det var för att han inte såg henne som något flickvänsmaterial.

»Var det trevligt då?«

»Helle frös så om tårna«, sa han.

Han såg på mig och log. Vi kanske båda tänkte att jag knappast var någon som brukade frysa om tårna.

»Ulrik träffar ju ofta mina vänner«, sa han. »När det gäller dig vill jag tänka mig för ordentligt. Jag tror kanske att det här betyder lite mer.«

Øystein tar på sig den randiga halsduken som hans syster har stickat, sätter ner ett knä åt gången på golvet och knyter vinterkängorna.

»Vi har gott om tid, Monika«, säger han.

Men så känns det inte. Han säger att han måste gå långsamt fram. Långsamt, långsamt. Det känns som om jag står och hoppar på stället, att jag inte klarar att stå still och inte har någonstans att göra av mig.

Vi gör sällskap nerför trapporna och över bakgården, ute på Mariedalsveien ska vi åt olika håll. Men då säger han: »Jag berättade för Vegard om oss. Hoppas det är okej. Han bad mig ta med dig på middag på lördag, vill du det? Det är ett par lärare från skolan plus några andras, men Helle kommer inte.«

Det är precis vad jag vill. Kristin har bett mig vara barnvakt i helgen, jag har sagt att jag ska fundera på det.

Øystein kysser mig, han trycker en vantklädd hand hårt mot min korsrygg.

»Men är det så att du är helt ointresserad av att vara barnvakt?« säger Kristin när jag säger att det inte går i helgen. »Det är ju ett mycket bättre sätt att lära känna sina syskonbarn, att vara ensam med dem. Då kan du påverka dem som du vill.«

Jag förstår att hon och Elise har pratat om mig.

»Nästa helg då?« säger Kristin och jag blir irriterad, nu pressar hon mig. Trots att jag vet att det är Ulrik-helg och att jag förmodligen är ledig hela helgen. Jag säger att jag kanske ska på trettioårsfest, men att jag ska ta reda på det och höra av mig. Det är nästan sant, eller det kunde vara sant.

När jag skulle börja jobba som lärare rådde Kristin mig att skriva klart uppsatsen i stället.

»Om du lägger den på is blir det svårt att ta upp det igen.«

»Men jag behöver göra något konkret nu«, sa jag. »Jag har slutat vara intresserad av det jag skriver om.« Jag hade just lämnat Tollef för andra gången och var ganska utom mig, kunde inte sitta lugnt och sansat, hade redan sökt till en pedagogikkurs när jag pratade med Kristin, det kändes som en försäkring.

»Vad är det du skriver om nu igen?« frågade Kristin.

»Krävande kvinnor i litteraturen som straffas med döden«, säger jag. »Eller, det låter lite banalt när jag säger så. Jag får aldrig titeln att stämma. Handledaren har sagt att det är väldigt spännande.«

»Kan du inte bara skriva klart den även om du inte är så särskilt intresserad?« sa Kristin.

Jag smackade med tungan och skakade på huvudet som en tonåring och sa att jag behövde miljöombyte, att jag hade bestämt mig.

Jag sa att jag nog var mindre plikttrogen än hon, att jag var intresserad av att göra det jag kände för.

Hon sa att jag skulle få mycket högre lön som lektor än som adjunkt.

Jag stod inte ut längre, jag måste bort från läsesalen på Blindern, alla pappershögar med olika versioner av olika delar som jag hade tappat överblicken över, alla försök att pressa in kvinnorna i de jämförande modeller jag kämpat med att tänka ut, det hade vuxit mig över huvudet, jag måste komma bort från det.

»Jag bryr mig inte så mycket om lönen«, sa jag.

Första gången jag låg med Øystein var på en konferens för åttondeklasslärare i Lillestrøm, vi bodde på hotell, jag tog tåget med Helle, Vegard och Øystein. En kvinna från kommunen i randig trikåklänning pratade om mobbning, att barn kan vara elaka och att man måste ha metoder för att fånga upp saker som inte får hända. Jag satt och tittade ut över raderna av lärare, tolv från min egen skola och femtio, sextio från andra, och jag tänkte: Alla här är människor jag inte kan identifiera mig med.

Øystein räckte upp handen efter ett inlägg och ställde en fråga:

»Men kan det inte också vara smart att förvänta sig att barnen tolkar skämtsamma kommentarer i all välmening? Som just skämt?«

»Jo«, sa Line Mikkelsen. »Det är en väldigt bra synpunkt.«

Det fanns chokladkex på brickor, upplagda som välta dominobrickor, ett lite tafatt fruktfat. Kannor med kaffe eller tevatten. Helle antecknade, bet på bläckpennan, antecknade.

Över ett glas vin på Helles rum före middagen anförtrodde hon mig att det hade »hänt en grej« mellan henne och Øystein. Hon hade blivit sårad av honom. Jag satt på rummets enda stol, Helle på sängkanten. Hon hoppades fortfarande, och det var hon arg på sig själv för. »För jag tror egentligen inte det är något att hoppas på. Man borde hålla sig långt borta från den mannen«, sa hon, han bara lekte med henne och ändå kunde hon inte sluta hoppas.

»Varför kan jag inte bara sluta hoppas?«

Hon hade en kungsblå klänning med urringning, för uppklädd för middagen.

Hon frågade om jag ville ha mer vin, det var vitt, ljummet och lite sött. Jag gav henne rådet att dra sig tillbaka lite eftersom det kunde väcka hans intresse, jag sa det som en generell levnadsregel, jag hade ingen aning om det som skulle hända mellan Øystein och mig.

»Hur relevant är det att använda blommor som bild för ett skolbarn«, sa jag efter lite vin under middagen. »Blommor är ganska passiva skapelser, barnen ska väl bidra med lärande och utveckling?«

Øystein nickade.

»Det var mycket jag inte höll med om«, sa han, »det där med att jobba ihop mot ett gemensamt mål, till exempel. Är det verkligen det vi gör? Är det vad läraryrket går ut på? Det handlar väl snarare om att varje enskild lärare ska hjälpa varje enskild elev att nå sitt individuella mål.« Han stoppade ner näsan i vitvinsglaset, den var för stor för den smala öppningen.

Jag tillhör inte de lärare som brinner för arbetet. Jag pratade med Øystein om det när vi hade börjat ligga med varandra, jag tycker att lärare är något man blir när man kommer på att man inte kan bli något annat. Øystein håller inte med, åtminstone inte för sitt eget vidkommande, han har ju själv så att säga känt ett »lärarkall«. Jag tror honom, jag tror att det finns undantag, men jag tror inte att det gäller flertalet lärare. Om jag bara inte hade tagit åt mig av varje enskild elevs hopplöshet. Jag förstår hopplösheten alltför väl.

Efter middagen var det bar och dans och känslan av meningslöshet höll i sig även om alkoholen hjälpte en del. Det stod en flygel i baren och framåt natten började en av föredragshållarna spela. »Streets of London« och »Flickan i Havanna«. Jag gillar låtarna, men de känslor de väckte – och det var ganska många – ville jag ha för mig själv, det var inget jag kunde dela med tillfälliga lärarkolleger eller andra, jag trodde inte heller att det rörde sig om samma känslor. Mamma spelade de där visorna på piano. Känslorna de gav hängde ihop med min barndom, mina reflektioner, mitt känsloregister. Alkoholruset lockade och tvingade fram dem, gjorde mig mer sentimental och mottaglig för meningslösa känslor, men samtidigt mer på min vakt, skeptisk till de känslor som började rycka och dra i kroppen. Jag dansade med Øystein, med en tramsig och ironisk distans till allt omkring mig. Golvet var klibbigt på vissa ställen. Och sedan var det något som hände, en kontakt ägde rum, *poff*. Som gjorde att jag kunde se allt jag ogillade omkring mig med en annan blick, se det komiska, vackra, underliga i dessa människor med sina pedagogiska kall och sina alkoholberusningar och sina valhänta sociala ansträngningar, det hände något fint rakt framför mig, jag var kittet i något fint, tillsammans med Øystein: Allt blev fint. Det gjorde mig inte till en av dem, men det banade väg för en samhörighet med Øystein.

Senare förväxlades några glas i baren, Vegard dansade kind mot kind men någon från en annan skola, jag såg Helles rygg när hon gick ut på balkongen med en okänd man, och strax därpå stod Øystein och jag vid en ismaskin i hotellkorridoren, två Monet- och Manetmålningar i mässingsramar, och det snurrade för mig medan jag förklarade att vi inte kunde gå till mitt rum, vi måste gå till hans, »men varför det?« frågade han.

»Därför att mitt ligger vägg i vägg med Helles.«

Han granskade mig med ett snett leende.

»Hm«, sa jag.

»Ja, jag har haft en liten flört med Helle«, sa han.

»Och nu tänkte du ha en liten flört med mig?« sa jag charmerande och leende.

Han la huvudet på sned och log.

»Vad tycker du om det?« sa han.

Senare sa han att han tyckte jag tog det bra. Jag var så *cool*.

En dörr gick upp och en man kom ut och gick åt andra hållet.

»Tja, jag har väl inte så mycket åsikter om det«, sa jag. »Men har du liksom något på gång med henne?«

Han skakade på huvudet.

»Helle är en snygg kvinna«, sa han, efteråt, i sängen på hans hotellrum, »men det var aldrig helt rätt mellan oss. Det blev en del missförstånd«, sa han.

Och jag tyckte ju om att han var ärlig. Och han sa:

»Jag hade väl egentligen föreställt mig något mer än en flört med dig.«

Jag lämnade hotellet tillsammans med Helle när konferensen var slut nästa dag, många av de andra hade redan åkt. Jag hade en stigande oro, en brist på överblick. Vad jag la i det, vad Øystein la i det, hur Helle skulle ta det när hon fick reda på det. Det var något som hade hänt utan att jag hade tänkt igenom det i förväg. Det var han som tog initiativet. Jag var bara någon som reagerade långsamt. Eller som generellt reagerade snabbt och positivt och inte la så mycket tid på att ställa om. Jag insåg att om någon försökte kyssa mig så var min naturliga reaktion att besvara kyssen, och om jag då inte tänkte snabbt så fanns det ingen väg tillbaka.

Helle hade en liten vinröd weekendväska. Vi gick förbi en affär med barnskor i fönstret, en korvkiosk, en bokhandel med böcker i tunna stålställningar på utsidan. Något bärnstensliknande i ett snöre runt Helles hals och i öronen, hon hade håret i ett spänne uppe på huvudet. Jag tänkte på Øystein, att han var stabil, en ordentlig, vuxen man. Skild, men det var inte hans fel. Vi hade legat med varandra och det var något jag kände väldigt starkt att jag ville göra igen.

På torget på väg hem sa Helle: »Øystein har behandlat mig som luft ända sedan vi låg med varandra. Säg åt mig att jag ska glömma honom och inte tänka mer på honom.«

»Det vore nog smart«, sa jag.

»Säg det«, sa hon.

»Glöm honom!« sa jag. »Tänk inte mer på honom!« Och jag viftade med händerna framför ansiktet på henne som för att fösa bort minnena om Øystein.

Jag visste inte när det blev för sent att erkänna för henne vad som hade hänt och höll på att hända, men jag kände att det var för sent då, eller för tidigt, jag visste ju inte om det skulle hända något mellan oss.

Det var väldigt mycket folk på perrongen när vi klev av tåget, jag var frusen och stel. Helle tog ner sin lilla resväska från hyllan och virade en halsduk om halsen. Vi gick i trängseln nerför de två trappstegen, jag såg en skymt av Øystein och Harald. En man med hatt gick leende med raska steg på utsidan av människomassan. Helle vände sig mot mig och såg på mig med en innerlighet som jag inte förstod var den kom ifrån. Vad hade vi delat? Utan att jag varit medveten om det? Hon kramade om mig och tackade för en jättefin resa. Och jag var tvungen att säga: »Lycka till.« Och: »Hoppas det ordnar sig.« Jag tänkte: Nu jobbar jag läsåret ut, fram till sommarlovet, och sedan måste jag hitta på något helt annat.

Något helt annat, tänkte jag på väg ner till t-banan, men vad, vad, och sedan, ett sug, en okänd rädsla, en hand på axeln som drog mig bakåt när jag stod i rulltrappan, men en glädje i rädslan, jag visste direkt att det var Øystein. Ja, Øystein, något plötsligt och redan bekant i hans ansikte mot mitt.

»Följ med mig hem.«

Hem till honom i Sagene. En extas bestående av blockljus och glesa persienner och duntäcke med trasigt påslakan, lukten under hans arm och tvålen i badrummet, andetagen mot örat, det kalla draget när han tog bort munnen; var för sig återkallade dessa minnen extasen, medan jag duschade, på väg till jobbet, eller när jag ensam la mig i min säng. Och fortfarande. I förra veckan på lärarrummet fick Helle reda på om oss, jag hade väntat på att hon skulle nämna Øystein igen och att jag skulle säga det. Då sa hon: »Vet du om Øystein ska med på after worken? Det går inte att förstå sig på honom.« Och då sa jag: »Jag måste säga en sak.« Och sedan berättade jag. På slutet sa jag: »Förlåt, förlåt, förlåt.«

»Åh«, sa hon, och sedan stoppade hon sin ljusblå matlåda i väskan och gick ut ur rummet. Hon har pratat med mig efter det, varit vänlig men kylig.

På väg till skolan torsdag morgon blåser det hårt, marken är ett sammanhängande täcke av löv, träden praktiskt taget kala, och jag tänker på Morgan och matematiken, det är som en konkret händelse som kan placeras exakt i tiden: *Där* halkade Morgan av. Eller där släppte jag honom. En röd och en blå bil lyser upp med påfallande klara färger i gråvädret på Ullevålsveien, en vit folkvagn rullar sakta förbi när jag går in genom skolgrindarna. Jag tänker på Roars gamla, ljusblå folka. I många sammanhang dyrkade han det osnobbiga, och han var till exempel väldigt stolt över att han inte brydde sig ett dugg om att ha en tjusig bil.

Jag brukade ge Elises söner mattefrågor, huvudräkning, till exempel »hur mycket är åtta gånger åtta gånger åtta?« Jag har förstått att det är Stian som har siffersinne, Jonas som är äldst är trögare, men det var ändå Jonas som aldrig gav sig, trots att han sällan kom fram till något svar, åtminstone inte det rätta. Stian löste det snabbt, eller också orkade han inte, gick ut ur rummet full av nonchalans eller självsäkerhet. Jag har tyckt att jag ofta fick en speciell kontakt med Jonas de gånger vi blev sittande med ett mattetal som han inte kunde svaret på, kvällssolen genom vardagsrumsfönstret som träffade honom i ansiktet, han kisade och satte handen för ögonen, men han flyttade sig inte, fortsatte tänka bakom handen, ända tills han gav upp, antingen med fel svar, och det var som om han visste att det var fel, eller utan att ha kommit fram till något alls.

En dag sa Elise till mig att hon hade funderat på om Jonas upplevde det som lite jobbigt att gång på gång komma till korta gentemot mig. Jag trodde hon hade fel, jag uppfattade det helt annorlunda. Men Elise nickade, bättre vetande.

»Nu senast verkade det som om han oroade sig lite för att du skulle komma«, sa hon. Det behövde hon inte ha sagt, det kunde hon ha besparat mig. Flera kvällar i rad i sängen innan jag somnade gnisslade jag tänder i skam och förödmjukelse och ett medlidande, både med Jonas och mig själv.

Øysteins rutiga skjorta in genom dörren till lärarrummet, ett hugg i bröstet och därefter en undran, men vad är det med *honom* då? Han ler, kramar min axel när han går förbi. Gunnhild vid ena långbordet, med Aftenposten framför sig, lyfter på huvudet, sedan bläddrar hon i tidningen, hon är nyfiken, vill följa med i vad som händer. För min del kan hela världen få veta.

Lärarrummet är stort, långsträckt, med höga fönster längs ena väggen och två långbord. Bara att gå med en nyckelknippa i korridoren på väg till klassrummet, så kommer allt det andra. Någon har satt upp gardiner för att det måste vara gardiner här, och någon har satt upp en tavla med ett ökenlandskap, eftersom de tyckte att det måste sitta en tavla här, men ingenting är genomtänkt och ingenting är snyggt; det står en gammal sekretär här, malplacerad mellan två dörrar, den är avskavd och sliten och vacker i sig, men den passar inte ihop med den övriga interiören; tavlan hänger över sekretären. På bordet en krukväxt med rosa blommor i en blå kruka, en glasskål med värmeljus. Det är bara ett lärarrum, men frånvaron av estetiskt sammanhang ger mig en deprimerande känsla. Bristande estetisk omsorg. Estetisk enfald.

Øystein gillar att ta en fredagsöl med kolleger. Han gillar att se Gudfadernfilmerna om och om igen. Han gillar Hemingway och John Steinbeck, Dag Solstad och Jan Kjærstad. Han längtar efter att hans son ska bli tillräckligt stor för att spela Monopol, fast han föraktar kapitalismen. Han gillar att dricka kaffe och läsa tidningar tillsammans med mig vid sitt köksbord på morgnarna. Ibland sover vi hemma hos mig, då är han orolig och rastlös på morgonen; kaffet är fel – bryggkaffe i stället för kokkaffe – toan är främmande, vägen till jobbet en annan och längre.

En slarvig mjukhet i skägg och hår och kläder, han går med raggsockar i skinnsandaler på skolan. Samma mjukhet i alla möbler och gardiner hemma, heltäckningsmatta. I badrummet en nästan genomskinlig tvål formad som en groda. Den har en lukt som påminner om att vara hos moster Liv när jag var liten. Här kan jag stanna, här vill jag stanna, och jag kan föreställa mig att det skulle kunna gälla resten av livet.

Vi har hela lördagen tillsammans, vandrar omkring på stan, gatorna är redan julpyntade. Øystein säger att han äntligen har tagit sig igenom Ibsenpjäsen. *Vildanden.*

»Det var tungt«, säger han. »Men vi kom igenom. Jag firade med klassen, hade med mig Maryland Cookies, det hade de förtjänat. De var så uthålliga.«

Han tar mig i armen för att stanna mig så att en kvinna med barnvagn kan passera. Steen & Strøm är kantat av tusentals små lampor.

Ja, det är tungt. Jag har gått igenom *Vildanden* med min egen klass, och även om jag den här gången emellanåt själv blev lite berörd av pjäsen och personerna, kändes det som mil ifrån att förmedla denna berördhet till de femtonåriga eleverna. Jag sa till Tollef, som jag vet högaktar Ibsen och särskilt *Vildanden*: »Du är min bästa och enda vän«, och Tollef log sårat och sa att han trots allt var glad att han hade mig som vän.

Øystein och jag slingrar oss mellan lastpallar med julstjärnor och hyacinter på Stortorget.

»Jag gjorde det så enkelt som möjligt«, säger Øystein, »och jag lät det skina igenom att det var en tålamodsprövande text även för mig.«

Vi går Torggata mot Youngstorget, då och då tar den ena av oss den andras hand, men vi håller aldrig länge förrän någon av oss släpper, han har vantar, jag har vantar. Øystein tar min hand och släpper den och säger:

»Jag har Ulrik i jul, men från och med annandagen är jag tillgänglig för dig, bara så du vet«, och jag säger:

»Bra att veta. Om jag inte skulle ha andra planer.«

Han rycker mig intill sig och håller om mig på Torggata under girlangerna med röda hjärtan och kysser mig.

»Jag håller ...«, säger han och ser på mig med kisande ögon. »Möjligen på att bli kär i dig.«

Gatstenen på torget, bodar med frukt och grönsaker och alla möjliga saker till salu, smycken, skärp, halsdukar och sjalar och tomteluvor, begagnade LP-skivor och kassetter. Ett surrande lugn när drömmen ser ut att bli bekräftad och infriad och lyckan börjar falla på plats, i trygghet, och all behärskning och alla försök snart kan ställas in.

»Kär«, säger Øystein igen, liksom för sig själv. »Ja, jag tror det.«

Telefonen står och ringer när vi kommer in genom Øysteins dörr. Den slutar ringa innan han hinner svara. Det luktar lite instängt i lägenheten, det brukar det göra.

En gång för några veckor sedan sa Øystein plötsligt, som något helt självklart: »Jag är sugen på fler barn, ja. Är inte du sugen på barn?« medan han la skinka på en macka.

Det stockade sig i halsen, jag sa ingenting. Det var morgonen efter fjärde gången jag sov över hos honom, och jag hade varit lika grundligt påpasslig med kondom som förut.

»Men det är ingen brådska«, sa han, och: »När tiden är mogen.« Då såg jag mamma framför mig, hon tittade på mig när jag gick med en enorm mage över gräsmattan i sommarklänning.

Telefonen börjar ringa igen och den här gången svarar han.

»Va?« säger Øystein, och: »Nej! Ja. Okej. Ja.«

Jag förstår att det är Ulriks mamma och att någonting har hänt.

Det sitter barnteckningar på panelväggen med häftstift. Ett i varje hörn, en teckning saknar ett och hörnet pekar ut i rummet. Teckningar med hus och blommor, bilar, och en häst.

»Ja, ja, ja, jag kommer på en gång«, säger Øystein. »Ja.«

Jag sätter mig på en köksstol. Det är intorkade matrester på köksbordets ena hörn, gröt eller müsli, det går nästan ihop med träet.

Øystein lägger på luren, han kommer och sätter sig mittemot mig.

»Ulrik har ramlat ner från ett träd«, säger han. »Han har hjärnskakning och ligger på sjukhus.« Øystein flyttar på en sockerskål, en toarullstomte, lutar sig framåt och ser på mig, den starka solen når nätt och jämnt över ett hustak och in genom fönstret, mellan bladen i krukväxten och över hela hans ansikte, han kisar, tappar min blick, hittar den igen och tar min hand.

»Då blir det nog ingen middag för mig i kväll«, säger han.

Ett ofrivilligt ryck i min hand så att den far ur hans, jag hade önskat att det inte ryckt till.

»Jag måste åka«, säger han. Jag nickar och ler ett ynkligt leende.

Han drar på sig skorna, går tillbaka till telefonen och slår ett nummer.

»Vill du gå ändå?« säger han med handen över luren. Jag skakar på huvudet.

»Hej Vegard«, säger han in i luren. »Monika och jag måste lämna återbud i dag. Ulrik har ramlat från ett träd och ligger på sjukhus. Nej då, inget allvarligt, en lätt hjärnskakning verkar det som.«

Han tar bilnycklarna från en krok i hallen men erbjuder sig inte att köra mig hem. Solen har gått ner och horisonten är orange i väster. Hans bil står på Maridalsveien, han kysser mig och säger att han ska ringa.

Jag går hem till Frydenlundgata, låser upp och går uppför trapporna. Det är varmt och instängt i lägenheten, jag öppnar fönstret och får in den kalla vinterluften, knyter ihop soppåsen och ställer den ute i trappuppgången.

Det är bara en middag med gemensamma kolleger. Det är inget annat. Vi skulle ha varit där som par och det har jag sett fram emot, skrattretande mycket.

Jag tänker på Ulrik, jag ser honom framför mig med ett enormt bandage om huvudet. Där sitter de, Øystein och Janna, vid hans sjukhussäng. Jag tänker på vad de pratar om när Ulrik sover: Ulrik. Situationen där och då. Ulrik över huvud taget, hans utveckling, hur han kommer att anpassa sig till förändringar i livet: att föräldrarna får nya partners. Kanske berättar Øystein om mig. Janna säger kanske att hon tycker vi ska gå långsamt fram och Øystein håller med, allt för att bevara den goda stämningen mellan dem i sjukhusrummet. Eller också berättar han inte om mig, tycker inte det är någon idé att göra det än. Sedan pratar de kanske om sitt förhållande. Om vad som gick snett, om vad som kunnat vara annorlunda. Men nu är det för sent. Och så kanske det pyttelilla tvivlet, att det blir hängande i luften, bland lysrör, sjukhusgardiner, blank metall och lackat trä, för man kan kanske inte veta om något verkligen är för sent.

Jag börjar ringa runt.

»Jag måste hitta på något«, säger jag, »vill du ta en öl? Kan jag komma över en sväng?«

Nina säger: »Vi har några vänner här på middag, avslappnad stämning, det är bara att komma! Tollef är också här!«

Truls och Tollef håller på att duka av när jag kommer. Nina står i köket med stor mage och fördelar myntablad på sex efterrätter.

»Vi har en efterrätt över«, säger hon, »Sofias man ligger hemma i influensa. Men ta lite gryta först. Nora har inte somnat än, hon blir säkert överlycklig om du går in och säger hej.«

Tollef ger mig en kram och jag hälsar på de två sista vid bordet, Sofia har jag träffat förut, hon är uppenbart gravid hon också, Nina säger: »Vi ska ha med två veckors mellanrum! Men min mage är dubbelt så stor som hennes.«

Hon den andra heter Kajsa och är svensk.

»Vi är ihop«, säger Tollef, »det är ganska nytt.«

Jag vänder mig mot honom, behåller leendet. Han har vit skjorta i ett grovt tyg, håller en efterrätt i vardera handen.

Jag tänker att det finns ju sidor hos Tollef som de flesta skulle tycka var irriterande, det är inte bara jag som är en dålig människa. Men Tollefs dåliga sidor är inte som andras dåliga sidor, tar man ett steg åt sidan är de inte dåliga över huvud taget. Det var kanske det mest utmanande med att vara ihop med Tollef. Jag har ju trott att Tollefs livssorg skulle göra honom till ensamvarg ett tag, kanske hela livet, åtminstone en period, det är uppenbart så jag har trott. Jag vänder mig mot Kajsa igen, söt, egentligen snygg.

»Så trevligt«, säger jag, »väldigt trevligt att träffa dig.«

Telefonsvararen blinkar när jag kommer hem från Nina och Truls, det är två meddelanden, det sprakar i mig av lycka eftersom jag tror att minst ett av dem måste vara från Øystein. Det första är från Anne Lovise, en lång harang om att allt går i ett fast hon är halvtidssjukskriven och Andreas och Therese är i skolan och på förskolan varje dag, och att hon mår så illa att hon inte står ut med att vara i sin egen kropp, och att hon längtar efter att gå i jeans och dricka sig full igen, och kan vi inte se till att träffas någon kväll, fast hon blir skittrött klockan nio?

Jag glömde gå in till Nora, kom på det alldeles för sent, då sov hon, med rosa nagellack på fingrarna.

Det andra meddelandet är från mamma, hennes röst tindrar genom bruset, som om hon står rakt framför mig och pratar. *Hej Monika, det är mamma. Hoppas allt är bra. Jag har precis haft ett långt samtal med Elise, där har hela familjen utom Jan Olav haft magsjuka, men annars står allt bra till. Det var väl egentligen inget särskilt, jag ville bara höra hur du har det. Vi hörs. Piip.* Så oändligt långt ifrån varandra vi är, på alla möjliga sätt. Avståndet mellan Oslo och Fredrikstad, avståndet i tid, timmarna som gått sedan hon talade in meddelandet. Dessutom fanns det ett avstånd i att jag sitter på golvet, i skräddarställning, i kjol och läderstövlar, tunga kinder, mascara under ögonen, och hon som satt hemma på telefonbänken när hon ringde men som nu ligger hemma i sovrummet och sover, bredvid pappa. Vad tänker hon om sin yngsta dotter? Mammas sängbord och väckarklockan med självlysande siffror, en korsordstidning, läsglasögon. Jag som är över trettio och barnlös och full, på rumpan på golvet på Frydenlundsgata i Oslo, hon som har fått tre barn och uppfostrat dem, och fyra barnbarn.

Jag tänker på att lägga sängkläder med spyor i tvättmaskinen, gå och lägga mig och vänta på nästa urladdning, bli väckt igen av ett barn som kräks och veta att det är din uppgift att ta hand om det, men veta att allt är på plats, att man kan slappna av. Att det finns fasta regler för vad man ska göra, och att det bara är att göra det. Dag efter dag efter dag.

Det tjuter i huvudet när jag har lagt mig. Mörkret består av pyttesmå på något sätt lysande partiklar, jag är full fast jag hade bestämt mig för att inte dricka så mycket. Jag lånade cigg efter cigg när jag själv hade slut, av Kajsa och av Truls. Kajsa läser konsthistoria, och vad var det egentligen jag tänkte mig när jag började läsa litteratur? Jag hade i vilket fall som helst inte tänkt sluta som lärare. Kajsa hade böjd näsrygg och liten mun, tjockt, mörkt, långt hår, hon var snygg på ett annorlunda sätt, hon jobbade extra på ett konstgalleri.

Allt jag minns att Nina sa är: »Vi måste hitta ett större ställe, jag blir tokig på att bo såhär trångt«, och: »Åh, nu är det väldigt mycket rök här, tror ni det skulle gå att minska på rökningen bara lite?«

Klockan är halv två och jag fattar inte varför inte Øystein har ringt, jag ligger och tänker mig hur Tollef och Kajsa klär av sig och lägger sig i Tollefs säng, jag föreställer mig Kajsas kropp: rumpan, brösten, allt.

Några månader efter att jag hade flyttat ifrån Tollef bad jag honom att ta tillbaka mig. När jag flyttade ifrån honom, strax efter jul det året, sa han: »Jag tror att du gör fel.« Och: »Jag tror att jag kan ge dig ett bra liv.« Och jag kände en förtvivlan som innehöll både ilska och medlidande; bra liv, ja, han hade säkert rätt, eller jag visste att han hade rätt, men det var inte ett sådant bra liv jag ville ha, eller åtminstone inte då. Sedan började jag träffa Roar igen och åkte till Paris med honom, och sedan var det Gran Canaria och Bob. Men nu då? tänkte jag. Kanske nu? Kanske var det på tiden? Det kändes väldigt lockande och som ett stort ansvar att ha makt över Tollefs lycka.

Kristin och Nina hade på var sitt håll försökt övertala mig att sluta träffa Roar, dessutom la Roar all tid och kraft på att flytta till huset i Tåsen och mitt liv kändes väldigt tomt och fritt från störande element och känslor, städat.

Jag hade varit ute och tagit några öl med Nina och vi hade pratat om Tollef. Jag åkte till honom i stället för att åka hem, ringde på klockan tolv. Han släppte in mig och jag stod i hallen och bad honom ta tillbaka mig.

Tollef betraktade mig på håll.

»Vad är det som har fått dig att ändra uppfattning?« sa han. Men han hade redan tagit min hand och strök mig över underarmen med lugna rörelser, och jag kände bara en enda sak, att jag ville ligga med honom, så fort som möjligt.

Det kändes så nödvändigt, när jag väl hade tagit beslutet och kastat mig ut i det, att göra det med så stor entusiasm och öppenhet som möjligt, så öppet att jag la ut texten om känslor jag inte varit medveten om att jag hade, men som kändes sanna när jag pratade om dem. När vi låg på hans säng, fortfarande påklädda, med ansiktena mot varandra och viskade in i varandras munnar. Jag berättade om sorg och saknad, om att ha fått en insikt om att jag behövde honom. Jag sa att jag hade tänkt mycket på det han sagt om att han kunde ge mig ett bra liv. »Och något i mig visste redan då att det var sant«, sa jag, nu grät jag. Jag pratade om Roar, det tvångsmässiga, jag framställde mig som offer utan att använda ordet offer. Jag sa: »Jag fattar inte var jag hade skallen, jag fattar inte att jag kunde göra det, han är nitton år äldre än jag, Tollef, han är ingen bra man. Att tänka på vad han har utsatt sin fru för.«

Jag pressade in hans lår mellan mina ben.

Sedan låg vi med varandra och jag var så full av passion att Tollef måste hålla fast mig och lugna ner mig och säga »schh, schh«.

När något liknande händer i en film eller bok är det alltid höjt bortom allt tvivel att uppbrottet är ett misstag, som en kortslutning i hjärnan, vansinne eller psykiatri – av den romantiska sorten, men ett beslut tvärt emot all logik och allt förnuft, innan huvudpersonerna blir sig själva igen och hittar fram till en insikt som alltid är rätt, sett ur alla perspektiv, och som varar för evigt, otvetydigt, och filmen eller boken tar slut i det lyckliga slutet.

Nästa morgon började med en känsla av kärlek, men Tollef måste gå tidigt, han skulle leda ett grupparbete. Han kysste mig på ett avvaktande, granskande sätt, och jag tänkte, nästan gråtfärdig: Du måste ju tro på det om det ska gå! Det går ju inte om du inte tror på det! Han sa: »Kylskåpet är nästan tomt, jag handlar på vägen hem.« Sedan kramade han mig hårt, som om han inte litade på att jag skulle vara kvar när han kom tillbaka. »Sov lite till«, sa han, »jag är glad att du är här.«

Jag kunde inte somna om.

Brödet på köksbänken låg i en papperspåse och var torrt flera centimeter in. Jag började leta i Tollefs köksskåp, tranbärskapslar, kokosmjölk, salta kex, jag hittade en skrynklig påse müsli, lättmjölk i kylen, och jag åt vid köksbordet. Varje gång en bil körde förbi på vägen utanför förändrades ljuset lite på köksväggen, och jag kastades in i en känsla av tillfälligheter och fåfänga i livet och världen. Jag blev varse ljud, någon ropade, på en hund? *Kevin. Kevin.* Bussljud, tut. Jag var inte lycklig och jag var orolig, men det fanns ingen saknad eller ånger, bara tomt åt alla håll, en tomhet jag trodde att jag kunde leva med ett tag, det var som att sätta ett kryss i almanackan, jag satte det fem veckor framåt, andra juni. För jag visste att jag inte kunde leva på obestämd tid med den tomheten. Andra juni skulle jag tillåta mig själv att säga åt Tollef att jag hade misstagit mig, älskade, älskade du, jag är så ledsen, det gick inte, men jag försökte, jag ville så gärna.

Inte innan. Fram till dess skulle jag gottgöra allt jag kunde för hur illa jag behandlat honom, och skulle komma att behandla honom. Jag tänkte att det inte skulle se så illa ut om ingen visste om det, om jag lyckades låta bli att berätta för någon vad jag hade planerat. Jag lovade mig själv att aldrig berätta det för någon, inte ens om jag skulle få behov av det. Känslor kan man inte styra.

GRÖN GUBBE

Maj 1994

Øystein ringer mig på jobbet och säger att en av fastighetsmäklarna har ringt och sagt att det ligger ett bud på lägenheten på Vogts gate.

»Det var den med badkar och stort kök, men en del trafikbuller«, säger han. »Budet ligger på sexhundratio.«

»Oj«, säger jag.

»Ska jag faxa in ett på sexhundratjugo?« säger han.

»Det får du avgöra«, säger jag. Först känns det som att stå utanför mig själv och glädjen och betrakta den, men efter en stund är det snarare som att vara så djupt i glädjens kärna att jag inte kan tänka och bedöma. Dataskärmen lyser framför mig. Jag skriver om livförsäkring, jag försöker få en bestämd livförsäkring att framstå som attraktiv och nödvändig.

Vi var på två visningar i torsdags, vi hade Ulrik med oss och på det ena stället trodde mäklaren att jag var hans mamma och tittade på mig när Ulrik satte sig i soffan och rapade. Och jag föreställde mig att vi bodde där och att han satt där och rapade medan jag stod i köket och stekte fiskpinnar med stor mage, det var inte någon särskilt negativ syn. Ett av sovrummen var stort och ljust med inbyggda garderober, och så fanns det två mindre. Gården var stor, med sittgrupper och en lekplats.

Så fort jag lagt på luren ringer telefonen igen, det är Roar, han säger: »Det är Roar.« Det tutar absurt utdraget från en bil nere på gatan, jag försöker höra vad Roar säger, han säger att han ringer från en telefonkiosk alldeles intill.

Först säger han något om reklam och att jag är en »fascinerande och outgrundlig kvinna«.

»Jag hör inte vad du säger«, säger jag.

»Jag har tänkt igenom hela mitt liv, bit för bit«, säger Roar. Sedan säger han något jag inte hör.

Jag ser på mina kolleger vid skrivborden, med sina teckningar och datorer, kaffekopparna och häftapparaterna och de små burkarna med gem och gummiband, Heidi och Kim, Gabriella och Martin. Plötsligt är allt osäkert, är detta människor som bryr sig om mig? Som skulle vara glada för min skull? Stötta mig och lida med mig om allt skiter sig?

»Jag står utanför, du måste komma ut annars kommer jag in«, säger Roar och det hotliknande får huden över hela kroppen att dra ihop sig i en rysning, och därefter en ström av värme mot skrevet.

»Jag kommer om fem minuter«, säger jag.

Jag har nästan inte tänkt på honom på tre år. Jag ser på texten på skärmen, jag ser två halva meningar: *tillsammans och bygga upp något av betydelse* och *livet ger och livet tar,* och jag minns inte vad texten handlar om. Åh nej, tänker jag, nej. Jag ser mig själv plocka upp det ena rödvinsglaset efter det andra ur en kartong och ställa dem i skåpet. Jag får en bild av Øysteins syster i huvudet, och en nagelklippare, en leksakstraktor och en bok om astronauter, och en om dinosaurier. Ulriks tånaglar brukar vara smutsiga och han har lort mellan tårna. Det är så mycket som ska in i kärlekskonceptet, och det fria flytet försvinner, viktlösheten. Hur ofta känner jag mig lycklig? Hur ofta är jag kåt? Jag kan inte minnas senast jag var kåt, jag minns att jag stod på knä vid sängen på Øysteins sida och försökte väcka honom när vi hade varit på middag hos Vegard och Elisabeth, jag hade druckit lite för mycket och var kåt på ett trotsigt sätt, eller mest trotsig. Och Øystein hade druckit för mycket och somnat och gick inte att få liv i, det är det sista jag minns av kåthet.

Binda ihop krafter till något större står det på anteckningsblocket bredvid tangentbordet, och några stödord efter tankstreck: *engagemang, tillhörighet, utveckling, trygghet*, och sedan, med patetiska versaler: KÄLEK. Utan r, jag har stavat kärlek fel.

»Kopian«, säger Gabriella och håller upp ett papper. Hon har flera glittrande armband på vänster underarm. Hon viftar med pappret i långsamma rörelser. Tyget i hennes blus har retat mig, nästan genomskinligt, tätt, tätt med små ryska dockor som inte syns förrän man kommit alldeles nära, och då ser man samtidigt hennes bh innanför. Kim brukar skratta åt hur rörigt jag har det på mitt skrivbord. Papper, gem, tomma cigarettpaket. Vilket papper är det Gabriella har tagit kopia på, och vad har det med mig att göra?

Telefonen ringer igen, jag lyfter luren. Det är Øystein.

»Budgivaren har höjt till sexhundratrettio«, säger han, »det gäller till klockan tre. Ska vi säga sexhundratrettiofem? Eller ska vi låtsas ha mycket pengar och säga sexhundrafemtio?«

Det känns som om illamåendet mer sitter i huvudet än i magen.

»Men var inte den andra egentligen finare?« säger jag.

»Nej«, säger Øystein, »det var den här vi tyckte var finast.«

»Men dyrast också«, säger jag.

»Ja, men det klarar vi«, säger Øystein. »Vegard säger att det är bästa tiden att köpa, priserna går bara uppåt nu. Jag tycker vi ska gå till sexhundrafemtio och se vad som händer. Där går gränsen.«

Jag säger okej, jag överlåter det åt honom.

»Jag måste till lektionen nu«, säger Øystein.

Mitt ansikte i spegeln på toan är en bild av en ung älskarinna som inte är så ung längre. Roar har sagt något om mina färger, men nu är jag osäker på om han sa att jag har fina färger eller om jag drog in färger i hans liv. Det var tur att jag hade den här tröjan på mig i dag, och att det bara är en vecka sedan jag var hos frissan.

I trappan på väg ner föreställer jag mig Øysteins ansikte. På varje våningsplan hans ansikte mot den vita väggen. Händerna och fötterna. Leendet, när det spricker upp. Ulrik. Snor, feta fingeravtryck, kalsonger med kisskvättar i. Det går bättre och bättre, i korta stunder känner jag en samhörighet och iver mellan Ulrik och mig och då blir jag så glad, nästan lycklig, att det är som om jag går för långt i ömsintheten. Jag tänker nej, jag bestämmer mig för nej, jag stålsätter mig. Nej.

Den nästan korta gestalten, i skjorta och grå blazer. Roar står och lyser Roar, på asfalten, bredvid en papperskorg. Han bara tar mig i armbågen, som att bli översprungen av en häst. När han frågar om jag vill följa med till Köpenhamn finns det inte en enda muskel som spänner sig i protest. Det är bara: Ja. I en jämn och slät rörelse. Stadsljuden och stadsrörelserna runt mig ger inget motstånd, jag känner mig väldigt fri. En pudel går i koppel framför en tant, den stannar och luktar på Roars sko. Två kvinnor med var sin barnvagn, en kostymklädd man som kommer ut ur en taxi. Helt avslappnad, ja, jag följer med.

»Jag vill leva med dig hela livet«, säger han, nästan mumlar, gnälligt, som ett barn som uttrycker ett omedelbart behov. Han säger det som något som är helt sant, men som inte nödvändigtvis kommer att vara sant om ett år eller ett dygn. Men han har aldrig sagt det så tydligt och bestämt som nu.

»Lova att inte skratta«, säger han. »Jag läste Virginia Woolf igen. Den fullkomligt outhärdliga skönheten i språket fick igång en ström av reflektioner, jag måste förklara senare. Jag insåg att jag inte kunde leva utan dig. Eller att jag inte är villig att släppa taget om möjligheten. Om den finns. Skratta inte.«

Men Elise fick en son i går och jag ska hälsa på henne på sjukhuset i morgon.

Och jag måste skriva klart försäkringstexten, och en text om salta kex, båda ska vara klara i morgon.

Och tänk om vi vinner budgivningen.

»Vi sticker nu«, säger han. »Vi köper allt du behöver.« Han står där med löften om ett sagolikt överflöd, eller om att ta hänsyn till det praktiska. Jag ser framför mig hur jag står i en affär och plockar åt mig papperstrosor ur en hylla. Ett par per dag, men hur många dagar? Tandborste, deo. Oberoende av hem, av relationer, av trygghet, av önskningar och drömmar om barn. Jag har inga förpliktelser. Jag tänker på att Øystein ville att jag skulle klippa Ulriks naglar, att jag skulle torka honom i rumpan när han var på toaletten, »ta hand om honom«, som hästarna i Catos stall när jag var tonåring, kratsa hovarna, borsta svansen. »Det är bra för dig att göra något med honom«, sa Øystein. Cato brukade säga att unga tjejers pysslande och grejande hade en lugnande effekt på hästarna. »Jag blir själv lugn av att titta på er«, sa han med tillgjort sömniga ögon och knäckte liksom ihop i knäna.

Men jag måste till en parfymaffär också, jag måste ha smink. Välja ut mascara, rouge, och låta Roar betala eftersom han insisterar. Lycklig? Jag måste ha mina saker, mina kläder. Jag lämnade ett rörigt kök i morse, jag räknade med att komma hem före Øystein. Den finaste bh:n måste jag ha. Trosor med spets. Den blå kjolen. Sedan tänker jag på läsning, hur få böcker jag har läst på sistone. Roar försöker kyssa mig.

»Vet du att jag har en sambo och styvson och allt möjligt?« säger jag. »Vet du det? Vi håller på att köpa lägenhet.«

Han bara ser på mig, som om det är information som inte har med honom att göra.

Jag säger att jag inte kan åka iväg på det där sättet, att det inte går eftersom min syster fick barn i går och att jag ska hälsa på henne i morgon, och sedan är det Ulriks skolavslutning, men den är inte så viktig, Ulrik spelar en man som går över scenen med en leksakshund i koppel.

Jag säger att jag måste ha några dagars betänketid. Då ser Roar på mig med ett förundrat lugn, avvaktande som om han funderar över att sätta in stöten som kommer att övertala mig, en förvissning om att han kan det. Är det inte det här jag har önskat och drömt om i hela mitt vuxna liv?

»För om jag följer med dig«, säger jag.

»Så är det för gott«, säger han, men han säger det så snabbt och med så stor övertygelse att han gör det till en annan talhandling, en avsikt, en vilja, inte ett löfte. Men vilken betydelse har löften, jag har ingen respekt för löften, det piper för grön gubbe igen, skolelever, en gammal tant. Jag säger att jag ringer honom i morgon. Det känns inte som mer hederligt än att åka med en gång, snarare mer fegt. Alla möjliga förmildrande omständigheter, alla förbehåll, alla hänsyn jag tar påminner om att jag har en vilja; att bara åka hade varit som att bli kidnappad, vara utlämnad åt krafter större än jag själv.

Mamma ringde i går kväll och berättade att Elise hade fött – i Oslo – de hade inte hunnit hem till Fredrikstad. De hade övernattat hos Kristin och Ivar efter en middag, och så hade värkarna börjat så smått under natten och ökat så snabbt att de inte ville ta risken att åka hem, så de hade åkt till Ullevål.

Jag visste inte ens att de var i Oslo.

»Och då var Elise redan öppen sju centimeter!« sa mamma.

Det blev en pojke till, men mamma sa att Elise hade låtit glad i telefonen. Under denna långa, tunga graviditet, svullna ben och foglossning, hade jag i Elises blossande ansikte sett förväntningar om att hon äntligen skulle få en dotter.

»Hur är det med er då?« sa mamma. »Händer det något?«

»Inte än«, sa jag.

»Ta det bara lugnt«, sa mamma, »det blir när det blir. Hälsa Øystein så gott.«

Ljuset genom persiennerna gnistrar, Gabriellas slitna hår lyser, och det blänker i delar av hennes skrivbord. Jag ringer sjukhuset och ber om förlossningsavdelningen och frågar efter Elise. Elise hörs i telefonen och jag säger att jag väldigt gärna vill komma och se på lillskrotten redan i dag, att jag inte kan vänta. Hon hade sagt till mamma att det skulle passa bättre i morgon, men nu säger hon ändå att det bara är att komma. Hon verkar så glad över min otålighet.

»Men då meddelar jag Kristin att hon också kan komma«, säger Elise, »Kristin var också väldigt sugen på att få se honom, kan du inte höra med henne och komma samtidigt?«

Jo, naturligtvis kan jag det.

»Han är väldigt, väldigt fin«, säger hon. »En blandning av Jonas och Stian. Han ser så klok ut, som om han fattar vad det är han just gett sig in i.«

Øystein ringer igen, strax före halv fyra.

»Vi tappade den«, sa han.

Och då blir jag nog besviken, eller åtminstone inte lättad.

»Han den andre höjde till sexhundrasextio, och jag tror han hade ännu mer att lägga. Och *så* fin var den inte. Det finns ett par lägenheter med visning på torsdag, vi hittar nog snart något.«

»Ses vi hemma till middag?« säger jag. »Jag ska till Elise på Ullevål.«

»Jag trodde vi skulle dit tillsammans i morgon?« säger Øystein.

»Vi kan gå dit i morgon också om du vill«, säger jag. »Jag ska bara upp en liten sväng i dag.«

Sedan lägger jag på. Bakom persiennerna ligger parken med björkar i knopp, bakom björkarna ligger världen öppen, den öppnar sig, allt jag vill kan gå i uppfyllelse, ett enkelt grepp, ett livsskifte. Bara byta ut det. Ut, och sedan in. Ingenting binder mig till Øystein, ingenting. Livmodern är ren och tom, det är fyra månader sedan missfallet. Jag tänker på mina kläder i garderoben, toalettsakerna i badrummet och böckerna runt omkring, hoprafsat på en halvtimme, jag tänker på lägenhetsvisningarna och budgivningarna, och vilken otrolig tur det är, allt som har hänt och inte hänt. Vi har inte ens bostadslån ihop. Jag har faktiskt inte träffat hans pappa. Mina möbler står i mammas och pappas förråd, jag har inte så många.

En gång strax efter att jag hade flyttat ihop med Tollef träffade jag Ann och Roar på gatan, och Roar stannade och presenterade oss för varandra. Allt Roar sa om mig, om min uppsats, gick in genom Anns ena öra och ut genom det andra. »Hur går det med uppsatsen, är du klar snart?« sa han till mig, och jag slog ut med händerna på ett konstigt sätt för att visa hur den växte. »Jag ser fram emot att få läsa«, sa Roar. Ann drog i Roars arm. Hon sa, i framåtlutat förtroende som en liten flicka, eller som om jag var en liten flicka: »Du förstår, jag är så vansinnigt kissnödig!« Hon såg sig över axeln som om det skulle dyka upp en toalett. Och Roar log sitt överlägsna leende, som om vi båda var småflickor. Sedan lugnade sig Ann, jag kände att hon granskade mig i några sekunder innan hon blev stressad igen och Roar bröt upp, nu skulle han ta med henne till en toalett.

»Vi har barnledigt«, sa han medan han vände sig om för att gå, »vi njuter av friheten.«

Hur gamla kan hans döttrar vara nu?

De gick iväg bortåt Bogstadveien, han i sin svarta vinterrock, hon i en beige kappa. Det var marssol efter sent snöfall, ett intensivt gnistrande överallt. Snörester som genomskinlig frigolit med avgaser på. En luftig besvikelse, en blandning av lättnad och skam. Hennes strumpor gnistrade också, och örhängena, ett område med saliv på underläppen. Den fulla blåsan. Anns delikata och feminina kroppslighet. Hur skamlös hon var. Roar som hade levt med detta i alla år, Ann som kliver upp på morgnarna och går ut i badrummet och kissar med öppen dörr. Ann som måste kissa på bilresor, han måste stanna bilen för att Ann måste kissa. Han är uppgiven, men på ett ömsint sätt. Hon sitter på huk med inåtvänd blick. En gång när hon var gravid kissade hon på sig när hon hostade. Det har Roar berättat. Och medan han berättade la han handen över ansiktet med sin karaktäristiska rörelse med tummen och långfingret på ögonbrynen och drog ihop dem. Så gjorde han när han kände mycket. Han kände mycket.

»Hon var gravid med Sofia«, sa han. »Vi skulle på bio, men då var det bara att gå hem igen.«

Jag visste så mycket om Ann, hon var som ett bortskämt barn, en diktatorisk storasyster, en försummande mamma. Roar var så hjälplös, så hopplöst älskande, han hade inget försvar.

»Jag skulle behöva byta ett par ord med dig«, säger Kim, nästan ropar. Det sticker i kinderna, tungan är bedövad, men jag pratar, och tänker, och pratar igen. Avveckla, tänker jag, nu är det bara att avveckla. Det hade på sätt och vis varit lättare om det inte hade varit så enkelt, bättre om det kostat lite. Vi har börjat begränsa mängden dricka för Ulrik på kvällarna för att han inte ska kissa i sängen, *vi*. Vi har bjudit hem Øysteins vänner och mina vänner på lunch sjuttonde maj, den måste vi ställa in. Värre än så är det inte.

»Är du ledsen?« sa Øystein, om och om igen. Jag hade varit gravid men fått missfall, och vi hade förlorat vår drömlägenhet efter en lång budgivning. Sedan dess har vi förlorat fler drömlägenheter, jag har vant mig. Och vant mig vid att få mens månad efter månad. Jag sa att jag var lite besviken. »Det förstår jag«, sa han. Øystein ser alltid på mig när det är något fel.

Bara tre veckor var jag medveten om att jag var gravid, gick omkring på gatorna och på jobbet och klev upp på morgnarna och var gravid. Tre kalla januariveckor. Kom hem och kysste Øystein med det i magen.

Det var som om jag motarbetade mig själv med allt jag ville och hoppades på, och att varje besvikelse samtidigt var en lättnad, en fördröjning, en paus. Lukten av hans andedräkt, hur han drar upp jeansen lite för högt i midjan. Ulrik som är överallt när han är där, med ljud och lukter, fotot i hallen med Øystein på skidor. Kristin tycker så mycket om Øystein, och han tycker om Kristin, och Ivar, men det är inte mitt ansvar; Ulrik och Njål är nästan lika gamla och älskar att leka ihop, vi har varit i stugan som två familjer. På kvällen, i den inbyggda sängen, sa jag till Øystein: »Jag älskar dig«, och han kramade mig länge, och efter en stund sa han: »Jag älskar dig också.« Det var en glipa i myggnätet vid fönstret. Det var de rutiga gardinerna. Lukten av skog och myr, lukten av Øystein. Jag tänkte på att jag inte var orolig under sekunderna mellan mitt och hans »jag älskar dig«, att jag kände mig säker.

Söndagsmorgonen var Øystein bakfull efter whiskyn han och Ivar hade druckit, och han tog två tabletter innan vi gick ut och gick. Ulrik såg på honom och jag sa: »Pappa har lite ont i huvudet.«

»Hur kan det hjälpa att svälja ett piller?« sa Ulrik. Jag förklarade att blodet fraktade det bedövande medlet tills det hamnade där det gjorde ont i kroppen.

»Kan det hjälpa mot sorg också?« sa Ulrik, och Kristin och Øystein och jag skrattade.

När jag sa upp den fasta anställningen som lärare och började jobba som copywriter förstod jag på Øystein att han knappast hade blivit kär i mig om jag hade jobbat i reklambranschen när han träffade mig. Men att han kunde leva med det nu. Även om det fick honom att undra över skillnader i värderingar, hur olika vi egentligen var. Var jag verkligen någon han ville ha barn med? Det var uppenbart att han kom fram till ett ja.

»Jag hade inte trott att du skulle jobba med reklam, det hade jag inte trott.«

Jag är bra på det, bra på rubriker, de dämpade retoriska frågorna med en aning patos, bra på att hitta en avslutande mening som inte är för stilig, men inte heller för slapp. Inte för ironisk, inte för pompös, den perfekta balansen, använda något av mig själv, men inte för mycket.

»Du är ju så bra på att skriva«, sa Øystein. »Ska du inte försöka skriva en roman i stället? Eller artiklar och krönikor för tidningar? Om något som intresserar dig?«

»Men det här intresserar mig«, sa jag då.

»Sylt och tvål och pensionsförsäkringar, intresserar det dig?« sa han, men sedan log han som för att ta udden av det han sagt, om jag uppfattat det som en pik.

»*Gör huden mjukare*«, sa han. »*Torkar inte ut huden.*«

Bilden säger nästan alltid mycket mer än texten. Och bilderna är lika varandra, kvinnor och barn och en och annan pappa med ljust hår i suddigt ljus. *Doftar milt av sommarblom och renaste idyll.*

På väg hem ser alla andras liv så enkla ut, de kan kliva på spårvagnen, hålla sina matkassar och väskor, bara göra de enkla sysslorna dag efter dag, men jag skulle ju aldrig ha velat byta med någon, aldrig.

Jag får lust att ringa Tollef, han är den klokaste jag känner. Kajsa och Tollef fick en son i fjol, Sigurd. Men Tollef är så oändligt förstående och tolerant, och om han säger åt mig att stanna hos Øystein kommer det att vara så fruktansvärt att inte lyssna på honom, för då är det inget tvivel om att han har rätt.

Tollef kallar de sista veckorna vi var ihop efter första uppbrottet för »bonustiden«. Lätt sarkastiskt, det får han. Men en gång sa han: »Jag hade det bra under bonustiden, jag visste att den var begränsad och var beredd på uppbrottet, jag slappnade av.«

Han satt med Sigurd i knät och klädde på honom, vi hade träffats på kafé. Det var märkligt att se honom putta in de små armarna i den pyttelilla jackan. Øystein och jag höll på att försöka få barn och jag såg på bebisar på ett nytt sätt.

»Visste du att det skulle bli så?« sa jag. Tollef nickade medan han drog ner mössan över Sigurds stora kala huvud. Då blev jag sårad.

»Men det visste inte *jag*!« sa jag.

Øystein och Ulrik har inte kommit hem än. Det står smutsdisk efter frukosten på köksbänken, det gör det varje dag, det är så det är här. De rutiga köksgardinerna kan jag stå ut med, men jag har inte tänkt att de ska med till den nya lägenheten.

Jag ställer in glas och muggar och assietter i diskmaskinen.

Jag tänker på hur Øystein ser mig och accepterar allt som är jag, för att det är jag, för att han älskar mig och att vi har försökt få ett barn tillsammans, att han gillar att jag tjuvlånar hans pyjamasbyxor och kommer in barfota i dem till köket på morgnarna. Att jag torkar av köksbänken på ett särskilt sätt, snabbt och slarvigt, smulor på golvet och smulor som blir kvar på köksbänken, och att jag inte sköljer av trasan på det vanliga sättet. Att jag kan bli trött av en helg med Ulrik och behöva tröst och beröm när den är över, att jag kan få ryck när jag inte har en aning om vad jag vill med livet och tycker att jag har gjort en massa felaktiga val.

Eftersom Øystein tvekade när jag med skojröst sa att jag ville bli hans flickvän accepterade jag utan bråk alla hans furumöbler och de alltför hemtrevliga gardinerna i hans lägenhet. »Det är lite komplicerat«, sa han, »vi är ju kolleger.« Jag svarade: »Om jag hade varit din elev hade det varit komplicerat.« På den tiden hade jag inte berättat om Roar.

Øystein har sagt: »Du träffade mig när jag var som mest osympatisk. Jag har aldrig känt mig särskilt attraktiv, och plötsligt var det två kvinnor som stod i kö för att få mig, och detta när jag inte ens visste om jag var färdig med Janna. Jag skötte det inget vidare. Jag blev hänsynslös och självupptagen.«

Åh. Ja. Efter det försökte jag se bakom de vänliga rynkorna och det snälla leendet. När det osympatiska och hänsynslösa försvann var det något som gick förlorat.

Dörren går upp och det är Øystein, och Ulrik, med ett lokomotivaktigt flöjtljud och ryggsäck och fotbollsutrustning, som kommer in i hallen. Skor med kardborreknäppning. Øystein går fram och pussar mig. Han säger ofta: Hur har reklambranschen varit i dag? Men inte i dag, i dag säger han: »Det var ju skittrist att vi inte fick lägenheten.«

Ulrik tar tag i min arm och säger att han ska vara kapten för fotbollslaget ända till nästa match. Ulrik ler fortfarande med hela ansiktet så fort han ser mig, han gillar mig.

Betraktat ur rätt synvinkel kan allt jag har visat och gett Øystein vara bedrägeri, hela det familjelivsaktiga, jag som låtsades tycka om att bygga med lego med Ulrik, det gjorde jag inte, jag hade tråkigt när jag gjorde det, jag tyckte inte om att stå framför bänken och göra omelett till kvällsmat, och varm choklad, vispa ihop kakaon med mjölken. Jag vill åka till Köpenhamn och Paris med Roar och äta på restaurang.

Øystein klipper upp ett paket korv och ställer stekpannan på spisen. Det hänger ett kort på Øystein i hallen, i skidspåret med anorak. Jag tycker också om att åka skidor, i princip, och jag skulle gärna ha följt med på en tur, men det är något självgott och överlägset med hans min på det där kortet, en man som så gärna vill ingå kompromisser. Som förmodligen med glädje skulle sänka tempot för min skull. När han frågade om jag tyckte om att åka skidor fick jag en känsla av att bli besiktigad, att jag framställde mig själv som en annan än jag är.

Fräsandet och den där lukten av stekt korv. Ulrik sitter vid köksbordet och gör läxor, han håller pennan på fel sätt men Øystein har gett upp om att säga till honom. Jag går fram och frågar vad han gör.

»Jag skriver substantiv«, säger han. »Det är samma som saker, och så ska vi rita sakerna.«

Och jag ser sakerna som Ulrik har ritat, med färgpennor, enkla och tillgjorda teckningar med orden skrivna i blyerts under, *bil, rymdskepp, kåbåj* och *pistol*.

»Jag är den sämsta killen i klassen«, säger Ulrik och tittar upp på Øystein, och sedan på mig. Och det är omöjligt att utläsa något i hans röst, den säger ingenting om vad han känner, hur han mår av att vara den sämsta killen i klassen.

»Någon måste vara det också«, säger Øystein. Han skyfflar över korven på ett fat.

Något jag tycker har varit svårt är att Øystein och Ulrik luktar nästan likadant. Först och främst tvättmedlet Øystein använder, och matoset de båda blir inpyrda i eftersom köket saknar fläkt, men det finns dessutom en manslukt hos Øystein och en barnlukt hos Ulrik som smittar av sig på varandra, så att den lilla pojken luktar lite skägg och svett och något skogsaktigt, och Øystein får ett drag av Ulriks lukt: kaviar, mjölk och smutsiga underkläder.

»Jag är dålig på att läsa«, sa Ulrik när han precis hade börjat skolan. »Jag är dålig på att skriva bokstäver. Alla andra kan, men inte jag.«

Och på frågor om enkla mattetal, tolv minus nio:

»Jag vet inte. Jag har ingen aning.«

Ulrik har en obetydlig roll i pjäsen, han är så att säga statist. Øystein brukar säga: Alla kan inte vara bäst på allt. Men det verkar inte som om Ulrik är bra på någonting, han verkar inte kunna skärpa sig, han har ingen motor, ingen drivkraft.

Ibland har jag känt att jag förstår honom på ett speciellt sätt. Han kan komma skuttande mot mig med huvudet före, för att bli kelad med. Han är en liten människa med ett långt liv framför sig, och han måste ha en tro på att bra saker ska hända, jag har känt ett ansvar för den tilltron.

Pappa ville få med Halvor upp på Ranten en gång när vi var i stugan allihop utom Elise, jag var kanske tolv. Men Halvor ville inte. Moster Liv och Halvor hade åkt buss från Oslo och pappa hämtade dem när han hade kört upp mamma, Kristin och mig till stugan. På hemvägen satt jag i moster Livs knä ända ner till busstationen, för att pappa skulle slippa köra två gånger.

»Jag tycker att du ska följa med, Halvor«, sa mamma. »Morbror Peder har ju inga söner, det är bara flickor runt honom.«

Men Halvor hade ont i foten och huvudet och ville bara ligga i våningssängen och läsa serier.

Till slut sa moster Liv: »Men finns det ingen tåga alls i dig, Halvor?« Inte argt utan mer som om det gick upp för henne hur tafatt han var, som om hon där och då gav upp honom lite, att hon därefter kanske skulle tjata lite mindre om läxorna och om att ta sig ut när det var fint väder. Kvällen innan hade vi spelat Monopol och jag vann. Halvor hade varit en dålig förlorare. Han hade haft Rådhusplassen och ändå inte köpt Ullevål Hageby när han hade chansen, för att han var för snål, eller dum.

Så småningom förstod pappa att han måste välja någon annan. Kristin hade mens och låg inne på sängen med en varmvattensflaska som moster Liv hade ordnat åt henne. Sedan var det jag. Jag skakade på huvudet ungefär samtidigt som jag gäspade. Redan då kändes det som att tacka nej till något som skulle få betydelse för hela mitt liv, på rent trots, för att straffa honom för något jag inte visste vad det var. Att jag inte skulle stå beredd när han ville något, jag var ingen hund. Men jag tyckte synd om oss alla och jag var sur på alla, inklusive mig själv.

»Då får väl jag följa med då«, sa moster Liv till slut. »Jag kan nog behöva gå av mig lite av römmegröten från i går.«

Øysteins hår växer i en virvel på bakhuvudet där det börjar bli tunt. Han dukar bordet med gamla tallrikar. Jag har börjat göra saker på Øysteins sätt – skölja av tallrikarna innan jag ställer dem i diskmaskinen, skära bröd på ett särskilt sätt; jag har vant mig vid hans hembakta bröd. Det ligger en påse bebiskläder i garderoben, kläder som jag köpte när jag var gravid, neutrala färger eftersom jag inte visste vilket kön det var. Jag kan inte lämna kvar den, kan inte ta med den, om jag flyttar. Och så är det dildon, köpt i upphetsning tillsammans med den jag vände allt begär till på den tiden: Øystein. Hemburen, jag var så kåt att det kändes som att försvinna in i ett annat verklighetstillstånd, och använd tillsammans med honom i ett helt eget och internt projekt som ingen annan någonsin skulle få inblick i – även om jag berättade för Nina – ska jag ta med mig den? Eller låta den bli kvar hos Øystein, eller ska jag slänga den? Det verkar drastiskt att slänga den.

Øystein ställer frågor om Elises bebis, längd och vikt, amning. Ulrik tar mat, han släpar ärmen i ketchupen men jag kan ingenting göra, och på sätt och vis bryr jag mig inte heller. Det är som att sitta inbäddad i bomull och betrakta allt de gör. Øystein dricker vatten med hela handen runt glaset och huvudet bakåtböjt, adamsäpplet guppar, han tömmer glaset. Allt de brukar göra utan att jag är involverad, och kanske aldrig varit, och kanske heller aldrig blir. Och det är en helt annan sorts bekymmer. Ett bekymmer som inte får fäste någonstans och varken kan dementeras eller bekräftas, och som det inte går att göra något åt. Jag är så ensam, så fullkomligt ensam i allt. För om Øystein och jag fick barn tillsammans skulle det bli samma sak. Och det jag tror att jag ser och förstår av Ulriks ensamhet i världen är kanske något fullkomligt oanvändbart, något som bara finns för att plåga mig, och om jag fick ett eget barn med Øystein skulle jag bli ännu mer plågad.

»Tycker du det är jobbigt med Elises bebis«, frågar Øystein.

Jag skakar kraftigt på huvudet.

»Det skulle inte vara konstigt om du tyckte det«, säger han, »när du själv går med en ouppfylld bebisdröm.«

Jag försöker förklara att det är två olika saker och Øystein ser ut att förstå, han förstår nästan alltid när jag försöker förklara något för honom.

När Elise blev gravid för tredje gången anförtrodde hon mamma och mig, liksom halvt på skoj, hur *innerligt* hon önskade sig en flicka, hur *hemsk* tanken på en pojke var. Då satt vi på altanen hemma hos Elise och Jan Olav.

»Jag har inte moderskärlek så att det räcker åt en pojke till«, sa Elise.

»Åjo«, sa mamma, »du har så mycket kärlek, det finns alltid så det räcker åt en till.«

Jonas och Stian rusade runt på gräsmattan med var sitt svärd, otroligt högljutt, och det var som om mamma sa: Kan du älska de där så mycket som du gör finns det inga gränser för vad du kan älska. Men då tänkte jag: Men om Elise då och då känner ett litet tvivel, att hon inte alltid är säker på hur mycket hon älskar dem?

Första gången jag såg Ulrik sitta på golvet och ta på sig benskydd och fotbollsstrumpor kände jag en ömhet som växte varje gång jag träffade honom och tillbringade tid med honom. Jag var så kär i Øystein och i allt som hade med honom att göra, de smaklösa möblerna, de omaka muggarna, hans handstil och skratt, och ölbryggandet i badrummet, och Ulrik. Och när jag kände ömheten för allt detta var det som om den var instängd, jag ville berätta om den, för Øystein, och för Elise, så fort som möjligt. Jag ringde Elise och sa att förälskelsen övergått i något annat, kanske på sätt och vis kärlek. Och Elise reagerade som en stolt mamma som hade lyckats uppfostra sitt barn. Jag ringde henne och berättade om Ulrik, vad han hade sagt och gjort. Och sedan blev jag gravid. Då grät Elise i telefonen. Mamma grät inte, hon verkade rädd att ta ut glädjen i förskott. Tiden gick så långsamt. Jag såg foton på fostrets utveckling i en bok.

»Herregud, den har redan näsborrar«, sa jag. Øystein var så glad, han ville ligga med mig, försiktigt. Jag kunde ligga med honom, men huvudet var någon annanstans, ingenstans. Øysteins andedräkt luktade metall och kokt potatis, händerna luktade lim, russin. Varje morgon luktade det främmande runt mig, trappstegen var främmande, känslan av en av Øysteins skedar i munnen, ostlukten i kylen, jag var själv en främling i spegeln och svetten under armarna luktade främmande.

Träden har fått knoppar. En skolorkester övar inför sjuttonde maj, den brötiga och pinsamma musiken blir starkare, de är på väg mot mig, jag slipper undan när bussen kommer. Framme vid Ullevål sjukhus har jag mer än en halvtimme att slå ihjäl innan jag ska träffa Kristin. Jag köper en ljusblå sparkdräkt som sitter fast på en pappskiva i kiosken, och *Den engelske patienten* i pocket, men jag betvivlar att Elise kommer att läsa den. Jag tror att hon skulle ha gillat den om hon haft tid och ro att läsa koncentrerat. Jag köper en chokladkaka också, och ett paket cigaretter, jag vet att jag kommer att börja igen, eller räknar med det. Jag dricker en kaffe i kafeterian i entrén. Korridorer med grå vinylgolv och tassande patienter i sjukhussärkar, och där får jag syn på Kristin. Hon har skaffat lugg och jag är inte säker på att hon klär i det.

Elise kommer hoppande på kryckor i sjukhuskorridoren, på grund av foglossningen, bredvid henne går Jan Olav och drar på bebisen i rullsängen. Hon ler stort och tappert:

»Jag passar nog bäst som pojkmamma.«

Vi sätter oss i soffan i entréhallen, jag får bebisen i knät. Han är tung, med tjurnacke, och tyst. Håret växer i ett v över hjässan i pannan, ögonen glider långsamt fram och tillbaka.

»Hej«, säger jag. »Lilla vän.«

»Vi fick en liten huvudstadsmedborgare den här gången«, säger Jan Olav.

Jag räcker över honom till Kristin som sitter med öppna händer.

»Åh. Jag blir sugen på en till«, säger hon. »De luktar så gott.«

»Han är väldigt pigg«, säger Elise.

Hon sitter lutad mot Kristin och ser på sin bebis med ett leende.

»Vi tror han ska heta Sondre«, säger hon, »vad tycker ni om det?«

»Jättefint«, säger vi båda två, nästan i kör.

Bebisen rör händerna långsamt mot varandra så att fingertopparna möts nästan exakt, och sedan isär igen. Långsamt, trögt. Nu ser jag Jan Olav se på sin yngste son som gör de där rörelserna, och han säger:

»Han ser ut som något i havet, en sjöstjärna eller manet.«

Det är mycket jag inte vet om Jan Olav. Och jag tänker på hur ofta Elise har något avvaktande eller otåligt eller bönfallande över sig när Jan Olav pratar, som om hon hoppas att något ska hända, att han ska koppla om, plocka fram något helt annat, något hon vet finns, hon har sett det; som om hon håller andan.

På tandkliniken som Jan Olav och hans pappa driver såg jag en gång Jan Olav lugna en livrädd tonårsflicka. Jag hade ingenting där att göra, inte i behandlingsrummet, men Gunilla i receptionen skickade in mig, jag skulle ge honom ett par läderstövlar jag hade bytt åt Elise, och jag stod där och såg på Jan Olav och hans patient, jag tyckte jag kunde få det eftersom Gunilla hade skickat in mig. Tonårsflickan gjorde sig till, spelade räddare än hon var. Men Jan Olav var uthållig, hade en varm humor och en viss stränghet tillsammans med en omtanke jag aldrig sett honom visa någon av sina söner, eller Elise.

»Och så måste du lova en sak«, sa han. »Börja skölja med fluor. Det är viktigt när man har tandställning. Det kommer du inte att ångra. Har du börjat med killar än? Nej. Men det dröjer nog inte så länge. Och då ska du ha snygga tänder, åtminstone om det är upp till mig.«

Äntligen reser sig Jan Olav och ska åka, hem till Fredrikstad, till Jonas och Stian som har varit ensamma hemma och ätit fryspizza till middag, och jag säger så fort han hunnit utanför dörren:

»Det är något jag måste berätta.«

Och när jag säger vad som håller på att hända ser Elise skeptisk ut. Hon säger:

»Hur kan du göra så? Gör det inte. Det får du inte göra.« Hon håller på och flyttar bebisen från den ena axeln till den andra. Hon säger att jag måste försöka bli gravid igen, att det här är min sista chans.

»Du är trettiofyra«, säger hon.

Men hon är ju fyrtioett och har just fått barn. Elise pratar bara, som så ofta, på autopilot, enligt några gamla invanda föreställningar som hon aldrig behöver ifrågasätta eller friska upp, eller också vill hon inte, eller förstår inte att hon bör. Bakom den beskäftiga blicken bubblar det kanske av föreställningar och nyfikenhet: sex med någon annan än Jan Olav? Börja om? Göra något annat? Låta bli att putsa besticken blanka med en handduk. Låta bli att gå omkring i huset och knipsa av vissna blad på krukväxterna, skaka och vika Jan Olavs boxershorts. Låta bli att få barn nummer tre när livet redan innan var överfullt av barn.

»Men tänk om jag inte har lust att ligga med honom?« säger jag. Elise säger något om att bara tänka på sig själv, men det är ju absurt. Skulle jag ligga med Øystein och bli gravid som något slags självuppoffrande projekt? För hans skull? För barnets skull? Får man inte barn av just egoistiska skäl?

Hon tar ett djupt andetag, flyttar sig i stolen och får ett plågat uttryck i ansiktet, hon mumlar med tillkämpad värdighet att hon spruckit och blivit sydd, och det syns att hon förstår att hon inte har någon övertalningsförmåga nu, att det är uppenbart för oss alla att detta inte är ett liv att trakta efter, jag tänker mig att hon ska säga: Det här är inte representativt. Att få barn är så oändligt mycket mer och annat än detta. Med armrörelser i stackato, som om hon placerar en låda, det här är inte representativt.

Nu sitter hon bara där med munnen mot bebisens tinning.

»Det tog över ett år när jag och Ivar började försöka tills jag blev gravid med Njål«, säger Kristin. »Det kan bli för sent.«

»Jag ska hur som helst inte ha barn med Roar«, säger jag. Irriterad röst. Min syster sitter här och har precis fött.

»Ska du inte ha barn då?« säger Kristin.

»Måste man ha barn?« säger jag. »Man kan väl ha ett bra liv utan att få barn?«

Det blir tyst.

»Givetvis«, säger Kristin. Jag förstår att ingen av dem tycker att mitt liv ens kommer i närheten av att vara tillräckligt bra och spännande för att försvara att välja bort barn.

»Jag är bara rädd att du kommer att ångra dig när det är för sent«, säger Elise.

Jag tar ett djupt andetag. Upprört, i protest. Sedan släpper jag långsamt ut luften och sjunker in i den lycka som inte angår någon annan än mig och Roar.

»Hur länge blir du kvar på sjukhuset?« säger Kristin.

»Jan Olav kommer upp igen i morgon med pojkarna, och det kan hända att vi följer med hem redan då. Men förmodligen onsdag eller torsdag«, säger Elise.

Bebisen är fortfarande vaken och har fortfarande inte gett ett ljud ifrån sig.

»Säg till om du behöver sova över«, säger Kristin.

Efteråt står jag på sjukhusområdet med Kristin och röker, och jag pratar så det forsar. »Vad ska jag göra?« säger jag. »Vad ska jag göra?«

»Men du kände väl inte så innan Roar ringde?« säger Kristin.

»Jo, det gjorde jag!« säger jag. »Jag bara förträngde det så gott jag kunde.«

Hon klär inte i lugg, en ambulans kör lugnt förbi, utan blåljus.

»Jag tycker otroligt mycket om Øystein«, säger hon.

»Ja-a«, säger jag gnälligt, »det gör jag också, jag tycker så väldigt mycket om honom!«

Kristins ansikte drar ihop sig i en blandning av vänlighet och motvilja.

»Då tycker jag ju att valet ger sig självt«, säger hon. »Och Njål och Ulrik går väldigt bra ihop också.«

Vi skiljs åt utanför sjukhusgrindarna. Kristin kramar om mig, säger att det bara är att ringa om jag vill prata mer. Sedan går hon.

Jag är genomtrött och full av energi på samma gång. Jag är så arg på Elise att jag skulle kunna gråta. Med utgångspunkt i några lösryckta konventionella sanningar, en glädjelös moral, drar hon slutsatsen att jag gör fel, handlar fel, är fel. Hon vill förenkla hela mitt själsliv, ta bort känslorna en efter en, passionen, förälskelsen, förtvivlan, och slutligen det dåliga samvetet. Nu Monika, nu är du fri, nu kan du stanna hos Øystein. Kom ihåg kärleken, den kan vara så mycket, Øystein ger dig ett bra liv. Och då är det ett rum tömt på livsglädje och spänning som ska vara mitt liv för alltid. Komma hem till Øystein gång på gång. Hänga av sig jackan på giraffkroken eller zebrakroken. Borsta tänderna i badrummet. Krypa ner i sängen, vänta på att Øystein ska komma med sin oändligt kärleksfulla och uthålliga ståkuk som outtröttligt försöker göra mig gravid. Det är inga problem med Øystein. Han får alltid erektion, han får alltid utlösning, han är aldrig frustrerad, han är alltid förstående om jag tycker något i mitt liv är svårt. Jag går längs Kirkeveien under de höga lönnkronorna med tusentals gröna knoppar, mot det jämna trafikbruset, trettiofyra år och barnlös, förmodligen barnlös för resten av livet.

När Ulrik har lagt sig kommer Øystein in i köket där jag försöker få loss ett ägg som jag har stekt på alldeles för hög värme. Jag blev vrålhungrig. Mitt huvud är inte med, eller jag passar inte för att laga mat, passar förmodligen inte som mamma heller, jag skrapar med stekspaden och Øystein säger:

»Jag tror du förstör beläggningen i stekpannan med den där.«

»Va?« säger jag.

»Teflonet«, säger han, och sedan kramar han om mig och kysser mig.

Det där sättet han förmanar mig på, aldrig strängt, aldrig irriterat, bara upplysande, vänligt. Nu säger han:

»Det är något som skaver i dig.« Och det är en känsla av att bli sedd rakt igenom. En känsla av att smälta. Så jag vänder mig om och han drar mig intill sig.

Men något mer händer inte. Han som håller om mig, jag som bara står där med stekspaden i handen.

Sedan är det bara att fortsätta med att steka det där ägget. Köksluckor i furu med fettfläckig lack som aldrig blir riktigt rena, bänk och kyl fulla av klibbiga flaskor med såser och oljor och dressingar.

I december hängde Øystein upp adventsstjärnan i köksfönstret, han gjorde toarullstomtar med bomullsskägg tillsammans med Ulrik. En gång sa jag till Øystein:

»Dina bröd förstör mina morgnar, de bara smular, det går inte att skära en hel skiva!« Men han behövde bara se på mig så sjönk jag ihop i insikten om min egen orimlighet, som var så grundläggande och förödmjukande att jag inte kunde göra reda för den, jag *visste* att han förlät mig och accepterade mig som jag var.

»Jag blir hela tiden bättre på att baka«, sa Øystein. Och sedan höll han om mig och sa: »Ha tålamod med mig.« Men det han menade var: Jag har tålamod med dig, och det kommer jag att fortsätta ha i eviga tider.

Jag tänker att jag inte behöver göra det. Då är det som om möjligheten slår mig för första gången, att jag inte behöver lämna Øystein för Roar, trots att möjligheten finns. Jag kan välja att stanna, här, med de här framtidsutsikterna: flytta till en större lägenhet, mitt eget ställe, få barn, mitt barn, Ulriks lillasyster eller lillebror; göra sådant som de flesta jag känner har gjort: gå fram och tillbaka över golvet med ett spädbarn över axeln, tvätta den svarta navelstumpen med klorhexidin tills den ramlar av. Men det är ändå som om det är långt mellan tanken och att göra det valet.

Roar stod på gatan och såg på mig med en blick som var dramatisk och sorgsen och sa: »Jag kan helt enkelt inte leva utan dig.« Vad trodde jag, att han skulle dö? Att det var sant? Jag trodde kanske inte att det var sant, men jag är rädd för att förstå att det inte är sant, som om jag måste skynda mig att agera innan jag kommer på det, skynda mig att ta honom på orden.

EN TID OCH EN PLATS

September 1995

Jag kommer ut från pappershandeln Andvord med påsen med Torunns kolstift i ena handen och kassen från vinmonopolet i den andra, går över Stortorget för att komma ut i solen, det är stora kontraster mellan septembersolen och de kalla skuggrummen, både kylan och värmen är lika förvånande, varje gång. Där står Øystein, utan skägg, när jag går över spårvagnsspåren, rakt utanför dörrarna till Glasmagasinet, skaljacka, den gröna med huva. Det är blå himmel, bladen på träden har börjat gulna.

Först är det som en stelhet i kroppen som tyder på att han tänker fortsätta gå, inte prata med mig, hans blick är långt bakom mig, någon matar duvor, någon säljer blommor. Spårvagnen kommer i sin låsta bana och vi står där mellan huset och spårvagnen, något lossnar i honom och han lutar sig mot mig och kramar om mig med den skägglösa kinden. Men ingen sorg eller smärta i honom, allt är utbytt, han har bytt ut allt i livet som hade med mig att göra, han har ett annat liv. Nej, det är bara jag som är utanför allt, för det han hade när vi träffades har funnits kvar hela tiden, det var jag som var tvungen att förändra allt, och förändra igen när jag flyttade ut; Øystein och hans liv är ganska opåverkade av att jag kom in i det och sedan försvann igen. Envis som berget med ögonbryn som växer ihop över näsan, men skägget har han tagit bort, skägget som under de där åren dolde hur snygg han faktiskt är.

»Ska vi ta en kaffe?« säger jag. »Har du tid för en kaffe med mig, eller lust?« Øystein är inte motsträvig, inte ens det. Träden framför domkyrkan är bitvis gula. Han skulle så gärna ha tagit en kaffe med mig, men han ska träffa Ulrik för att köpa slalomskidor. Och sedan? Ingenting. Bara:

»Fint att se dig, Monika.«

»Tar Ulrik spårvagnen ensam!« säger jag. »Hälsa! Hälsa Ulrik.«

»Det ska jag«, säger Øystein. Det känns som om jag vecklar ut hela kroppen och hela medvetandet: så tillgänglig är jag för dig nu. Då ser han på mig. Han ser på mig som om jag vore ett barn som vill ha tröst efter att ha förstört sin egen födelsedag, men nej, dessvärre, det där barnet kan inte tröstas, det är ohjälpligt. Han fortsätter bort på Grensen, en våg av förtvivlan far genom kroppen, och sedan en ny våg, och en till.

Det första jag tänkte när Kim i juni sa att han och Helena skulle fira sin femtonåriga bröllopsdag med en stor fest, var att jag ville ta med Roar.

»Vi gifte oss i augusti 1980, men festen blir i september, när alla har hunnit hem från semestern. Vi ska bjuda femtio stycken«, sa Kim.

Roar och jag behövde göra något tillsammans, vi träffade aldrig andra människor. Det var på en fredagsöl efter jobbet strax före sommaren, Roar var på bio med yngsta dottern och jag hade inget annat att göra. Det kommenterades att jag sällan följde med; jag tillbringade nästan all tid med Roar, och det hade jag gjort hela året sedan jag flyttade ifrån Øystein.

»Jag måste säga att det har varit femton fina år«, sa Kim. »Jag ser fram emot nästa femton. Ni får inbjudningskorten efter helgen.« Kim tände sina cigaretter med tändstickor, han hade rökt två på raken, det var bara tre tändstickor kvar i asken. Jag öppnade och stängde asken. Han sa: »Jag kan rekommendera giftermål.«

»Jag vet inte om det är det smartaste för oss«, sa jag, och också: »Grattis, femton år, det är länge, imponerande.«

Och sedan gick jag hem till Roar med den idiotiska tanken i huvudet att gifta mig med honom, som om det skulle finnas något som helst orakelmässigt över Kim. Tänk om jag skulle fria? Det gick jag och tänkte på genom Slottsparken och uppför Hegdehaugsveien till Roars lilla lägenhet på Grønnegata. Roar stod i badrummet och sköljde med fluor, spottade i handfatet och sa:

»Tyra och jag behövde verkligen göra något ihop.« Han berättade vilken film de sett, det var Tyra som hade valt. *Broarna i Madison County.*

»Det är konstigt«, sa Roar medan han tvinnade tandtråden mellan fingrarna. »Tyra säger att Ann verkar ledsen, att hon ofta gråter.« Han tryckte upp den spända tandtråden mellan tänderna och drog ner den igen. Han skakade på huvudet:

»Det bara förvånar mig att hon är så ledsen«, sa han.

På måndagen låg det en inbjudan från Kim på mitt skrivbord på jobbet.

Lördag 16 september är det stor fest hos Kolstads. Femton fantastiska år, vi ser fram emot nästa femton!

Fyrverkerier och sprutande champagneflaskor. Det var den nittonde juni, samma dag som Roar berättade att han ville gå tillbaka till Ann.

Jag tar bussen till Trondheimsveien och går sista biten hem till Torunns lägenhet. Torunn sitter ute på loftgången, blommorna i krukorna är fortfarande frodiga.

Jag berättar för henne om mötet med Øystein.

»Jag förstörde hela mitt liv«, säger jag, »när det var som mest lovande.«

Torunn nickar, men sedan skakar hon på huvudet.

»Ditt liv är inte förstört«, säger hon.

Jag var ett darrande asplöv när jag flyttade in här. Jag uppfattade hela världen och allt omkring mig som meningslöst och ovänligt, varorna i affären, ett räcke på en bro, mina egna välbekanta möbler och saker: sekretären, sandalerna, fuktkrämens lukt. Allt osade av påstådd betydelse, betydelse förbehållen alla andra. Torunn fick ner mig på jorden. »Se på sakerna«, sa hon, och »känn på dem, livet är inte enkelt, men man måste inte göra det onödigt komplicerat.«

Jag ger henne kolstiften.

»Men skulle du vilja ha tillbaka honom?« säger hon. »Om du kunde?«

Jag nickar, skakar på huvudet, nickar igen.

»Jag förstår«, säger Torunn. Hon stoppar ner handen i påsen och tar upp kolstiften och tackar.

»Förut tecknade jag mycket med rödkrita«, säger hon. »Det är lite som att teckna med kol, fast fetare, trögare.«

Inför Torunn har jag skämts över att jobba med reklam, men skam är fel ord, det är mer en önskan om att göra bättre, visa att jag kan något annat, är något mer.

»Jag glömde köpa strumpbyxor«, säger jag. »Har du några jag kan låna?«

»Jag ska se«, säger hon. »Men egentligen fattar jag inte vad du ska med strumpbyxor till, dina ben är så snygga och bruna och det är så underbart varmt, indiansommar.«

Jag förklarar att vi ska vara ute en del av kvällen. I partytält, men ändå. Hon frågar om jag känner mig redo att gå på fest.

»Ja, faktiskt«, säger jag.

»Det gläder mig att höra«, säger hon.

När jag flyttade ifrån Øystein stod han och såg på när jag packade ner kläderna i en resväska och en bag, och frågade om jag ville ha hjälp, han kliade sig i håret och plockade upp ett cerat från golvet, höll det framför mig, men la till slut ifrån sig det på köksbordet när jag inte tog emot. Han gjorde ingenting för att få mig att stanna. Han blev inte arg. Han föreslog inte att vi skulle ligga med varandra en sista gång. Jag stod på golvet i en randig tröja med vid halslinning som gled ner över ena axeln, osäker, förtvivlad, men med insikten att jag trots allt tyckte om honom, och redan då att jag skulle ångra mig. Men att det var ödet. Det anser jag bestämt att det var, det låg utanför min makt. Øystein tog på sig den ena flippfloppen framför teven, den andra vid soffan, och gick in i köket. Krävde ingenting, gav ingenting, och då tänkte jag: Du gör det lätt för mig, du gör det så lätt för mig. Jag åkte raka vägen hem till Roar med mina väskor, till lägenheten han hade hyrt på Grønnegata, han hade skalat räkor, väldigt många lite fransiga räkor, en stor tallrik var, men inga tillbehör förutom en skivad långfranska och en tub majonnäs, och han hade öppnat en flaska vitt vin som det bara var hälften kvar i när jag kom.

Roar drack te med citron och socker varje morgon, jag kom vagt ihåg det, hur länge han stod i duschen, att han lät skäggstubben ligga kvar i handfatet, att han alltid var kall om händerna, och nu fick jag försöka leva med det. Jag brukade reta honom för sockret i teet, då log han med smala ögon. De första veckorna tog han på mig hela tiden. Han frågade hela tiden om jag ville ha något. Vin? Oliver? Vattenmelon? Choklad? Vill du att jag ska slicka dig? Han pratade med sin dotter i telefon medan han kramade min hand med sin lediga. Vi var jämt ute och åt, han brydde sig inte om att vi båda skulle upp tidigt till jobbet, »sova kan vi göra i ett annat liv«, sa han. Han sa meningar som: Jag vill veta allt om dig. Jag känner att vi har ont om tid. Vi har förlorat många år. Jag tänkte jämt: Elise fick inte rätt. Och: Undrar om Elise kommer att få rätt. Jag växlade mellan de två tankarna.

På kvällen den dagen jag fick inbjudningskortet till Kims och Helenas kristallbröllop låg Roar på rygg i sängen bredvid mig, takfönstret ovanför, blå himmel, en av de ljusaste juninätterna, vi hade pratat om sommaren, vad vi skulle göra, vart vi skulle åka, det var en oro som växte. Det var som två grafer där mina repliker blev längre och längre och hans kortare och kortare. Ju mer medveten jag blev om hans tystnad och butterhet desto mer övertygande och långrandig blev jag i mina utläggningar om vad vi skulle kunna göra. Vi kunde ta bilen bara – hans – och köra iväg. Ner till Europa. Stanna när vi ville, sova var vi ville, äta vad vi ville, och hela tiden ha massor av sex, älska överallt. Tyskland, Frankrike, Italien. Jag pratade och pratade. Berättade om tips från dem på jobbet. Och jag tänkte att jag hade förstått det långt innan han sa det, trots att det kändes som om ett isflak trycktes ner över mig.

Som om Roars mimik övergick till slow motion. Och även rörelserna, när han lyfte armen, vände sig halvvägs mot mig.

»Jag har inte mått så bra på sista tiden, jag har tänkt och tänkt.«

»Har du tänkt?«

»Jag tror kanske det är bäst att jag går tillbaka till Ann.« Sedan la han händerna för ansiktet och hulkade: »Det här blir för mycket för mig. Förlåt.«

Det jag sa, det var som att lyssna på en gnällig tonåring, jag hörde det inte förrän meningarna kom ut ur mig, i ett helt annat tonfall än det jag hade planerat – vilket var kyligt, sofistikerat, undrande.

Jag fattar inte.

Hur länge har du vetat det här?

Har jag gjort något fel?

Vet du vad du gör med mig nu?

Ska du bara göra slut?

Ska du bara göra slut?

Svaren gav sig av sig självt, eller betydde ingenting.

Han såg på mig med tårar i ögonen och en nästan motsägelsefull min. Som om han bönföll mig. Som om jag ingenting fattade, och det gjorde jag ju inte. Som om jag inte ville honom väl. Det gjorde jag inte heller. Jag hade avstått från att få barn, reproducera mig, själva meningen med livet.

»Jag har inte behandlat dig bra«, sa Roar. »Jag skulle inte ha tagit kontakt med dig igen. Jag är ledsen för allt som har hänt. Förlåt.«

Som om han ångrade sig. Som om han sa: Jag menade det inte. Förlåt för allt det fina. Förlåt för passionen. Och för den bubbla vi befunnit oss i under ett år. Poff. *Men vad är det vi har gjort?* tänkte jag. Allt jag ville göra med honom, all den tid vi hade förlorat. Nu kändes det som om vi detta år i stort sett hade legat i den här sängen, eller suttit på Valkyrian och druckit öl och ätit dagens. På Valka, eller på kinakrogen, vi lagade nästan aldrig mat.

»Ann och jag måste göra det här sista försöket innan vi stänger dörren för gott«, sa han. »Det är vi skyldiga flickorna.«

»Men de är ju praktiskt taget vuxna«, sa jag.

För första gången var han skarp i tonen, sa något om sårbar ålder.

»Men jag väntar inte«, sa jag, alldeles för snabbt, jag kunde omöjligt ha hunnit tänka efter, det var ett uttalande utan trovärdighet.

»Jag vet det och jag förstår det«, sa han, lika snabbt, lika självklart.

Och det där ordet »flickorna« satt kvar i mitt huvud, allt det rymde, från att den första föddes, eller att Ann blev gravid med henne, till nu, det per definition viktigaste i livet. Och jag tänkte på sättet många män håller i spädbarn, i sina stora händer, med stort avstånd från kroppen, som något främmande de gärna vill ta hand om utan att riktigt veta hur. Framför mig såg jag Sofia och Tyra som småflickor komma rusande mot Roar och vilja bli upplyfta. Tjocka bara ben. Och Tyra som satt vid köksbordet i den lilla lägenheten på Grønnegata och inte alls kände sig hemma, huvudet nedböjt och fett hår som delade sig i nacken, och läxstenciler som låg kvarglömda i huset i Tåsen, eller när vi åkte till stugan, mammas och pappas stuga, hur malplacerad och vilken black om foten hon var.

Roar sa att det inte var så att känslorna för mig hade svalnat, det fick jag inte tro. När han sa det lyste det upp inom mig, av något idiotiskt hopp, som om det som fick honom att säga så var något okontrollerbart litet väsen som skulle kunna växa och tränga ut den andra övertalningen. Inget hopp, sa jag till mig själv, nu skärs allt av tvärt.

»Du kommer alltid att betyda något särskilt för mig, Monika«, sa han.

Inget hopp. Jag var tvungen att tänka det tre gånger. Han kysste mig torrt på munnen. Än en gång blinkade det till av optimistiskt hopp i huvudet, sedan inte längre. Molnen rörde sig över himlen utanför takfönstret. Det var tretton månader efter att han hade sagt att han inte kunde leva utan mig. Jag ångrade idiotiska saker, som att jag inte hade sugit av honom tre dagar tidigare när han hade antytt att han gärna ville det, att jag inte hade köpt hans favoritjuice på länge. Jag såg mig omkring i hans lilla lägenhet, och det gick upp för mig att den där känslan av att dela allt, absolut allt med honom, att det bara gällde det mentala; praktiskt var det otroligt lätt att lämna varandra, vi delade ingenting och det var inte mycket jag hade i lägenheten. Toalettsaker och kläder, några böcker, en gammal fåtölj efter mormor. Jag låg och tänkte att jag måste kliva upp och klä på mig och gå därifrån, jag tänkte att han sannolikt aldrig hade älskat mig, men den tanken gjorde så ont, och det kunde lika gärna vara så att han älskade mig för mycket.

Kristin hämtade mig med båda pojkarna i bilen och tog med mig till Fredrikstad. Jag satt i framsätet och hörde på Klas Klättermus i bilstereon medan jag såg ut på gröna åkrar och gröna träd, jag tänkte att sommaren snart skulle övergå i höst, det skulle bli jul, och nyår, det skulle bli februari och påsk och vår, och alla rum jag gick i och alla gator jag gick på och alla samtal jag deltog i, allt som fanns skulle vara i stället för Roar, vara utan Roar, det skulle vara ett skallrande icke-Roar i allt jag såg och hade och gjorde. Roar-löst. Utan-Roar-världen. När vi kom fram hade mamma bäddat i mitt gamla rum, det åt norr med rhododendronbuskar över halva fönstret. Det var ett blekt och kallt lampljus där och rester av Kalle Anka-klistermärken på sängen, gråluddiga kanter, och mamma på sängkanten som när jag var liten, rynkorna mellan ögonbrynen, två på längden och en snett på tvären. Jag var i den djupaste förtvivlan, men hon hanterade det som om det var en smula feber eller en förkylning eller lite överdriven självömkan. Det var som om hon tyckte att hon egentligen inte skulle trösta, att hon gjorde mig en björntjänst när hon gjorde det, jag var trettiofem, jag måste ta mig upp på egen hand. Och det där lilla tvivlet, är det för sent? Lärde vi inte det här barnet att resa sig?

»Jag skulle hälsa från moster Liv«, sa hon. »Hon kunde inte begripa varför du inte har ringt henne, hon sa att det kunde du alltid göra, mitt i natten om så skulle vara.«

Ja.

»Lilla vän«, sa mamma. »Ska du komma och äta lite? Men rök inte här inne är du snäll. Gå ut på altanen om du måste röka.«

Och Elise kom upp och sa: »Åh, fy sjutton. Vilken skitstövel.«

Jag gick nerför trappan med cigarettpaketet i handen, Gard hade en mask på sig, han lekte något med Stjärnornas krig. Mamma dukade bordet till middag. Sondre kröp över golvet, snabbt och mekaniskt, som en uppdragen leksak, och hans skratt lät också mekaniskt. Sedan gick en okänd man genom vardagsrummet i träningsbyxor, men det var Jonas som hade vuxit något enormt sedan jag såg honom sist, och blivit femton. Gard sa: »Om jag tar av masken kan jag inte andas för jag har bara ett slemansikte under.«

Han hade inte lärt sig säga r än. Jag sträckte ut handen och lättade på Gards mask. Gard drog väsande andetag med handen över halsen. Uppspärrade ögon, vindlande ögon. Jag släppte masken igen och Gard andades normalt. Jag lyfte på masken, Gard väste, jag släppte, och Gard kunde andas igen. Jag tänkte »The horror! The horror!« i *Mörkrets hjärta*, Roar som sa att det var dåligt översatt: »Skräck! Skräck!«

När vi firade pappas sjuttioårsdag i februari kunde inte Roar vara med eftersom Sofia fyllde år, och det var då min familj bestämde sig för att det där inte var något att tro på. De verkade tvivla på att det var sant att hon fyllde år, att han hade två döttrar. Kristin och Elise var där med man och sammanlagt fem barn, jag satt där ensam, jag såg ung ut och hade ärmlös klänning, det var allt jag hade; den fortfarande gifta, åldrande pojkvännen, eller vad han nu var, som var kvar i Oslo, var enligt deras sätt att se värre än ingenting. Moster Liv och Halvor var där, båda utan partner och utan Amanda, jag både ville och ville inte att moster Liv skulle fråga om mitt liv, men hon frågade inte om något, förutom ett ytligt »är det bra med dig?« Men Kristin frågade. »Men har han separerat? Har han inte ens separerat?«

Tollef hjälpte mig att flytta när jag kom tillbaka från Fredrikstad; han fällde halva baksätet, sedan gick fåtöljen in i bilen. Jag grät hela tiden, på kylskåpet satt inbjudningskortet till Kims fest som jag hade velat gå på med Roar. Roar stod med sitt sorgansikte, han sa knappt hörbart att han var på väg till Tvedestrand, att han måste ta igen sig. Sedan la han handen över ansiktet och drog hårt neråt.

»Jag mår så hemskt«, sa han dämpat bakom handen. Tollef stannade till i bärandet av fåtöljen och såg aggressivt skeptiskt på mig, hade han hört rätt? Hans knogar var vita runt stolens armstöd. Jag fick nästan ett behov av att försvara Roar, för jag trodde honom, trodde att han mådde hemskt.

Vi körde raka vägen till Rodeløkka. Torunn är en konstnärskompis till Kajsa, hon hade ett rum på Fjellgata som just blivit ledigt för uthyrning. Torunn tecknar med kol och allt i lägenheten har ett tunt lager koldamm. Vi delar kök och badrum. Det hade varit dotterns rum, men Torunn sa: »Inga barn ska bo hemma när de blivit vuxna, det var riktigt skönt att få ut henne.«

Hjärtesorgen golvade mig totalt. På jobbet gick jag som en zombie i två veckor, och sedan var det sommarledigt och det var ännu värre. Allting saknade mening. Allt omkring mig hade något fåfängt, enfaldigt över sig, något provocerande banalt och meningslöst – det var i det den värsta skräcken låg, för jag behövde ju alltihop, människorna och omgivningarna, och nu mer än någonsin. Tollefs mjuka panna, Ninas slarviga diktion, färska bakverk, kallt vitt vin, en reklamaffisch för en ny film. Torunn kokade olika sorters te till mig och var behagligt icke-invaderande omsorgsfull. Hon gjorde havresoppa som hon sa var lätt att äta när man inte ville äta något, och energirik på flera plan. Jag låg och vred mig i sängen på nätterna eftersom ingenting i mitt liv var meningsfullt, det kändes som om ingenting någonsin skulle göra mig glad igen.

»Jag fattar att det var ditt livs stora kärlek«, sa Torunn, som ett konstaterande, och när hon sa det blev jag förtvivlad, men samtidigt kändes det som om sådana tankar måste komma ut för att jag skulle ta mig vidare.

Då och då tittade Kajsa förbi, hade med sig choklad eller druvor eller en flaska vin, som till en patient, och satt med oss på loftgången. En gång hade hon med sig Sigurd, han var ett och ett halvt och ville bara gå i trapporna. Kajsa berättade att hon var gravid igen. Jag var trettiofem och kände jag mig ibland som en gammal tant, en gammal nucka som nöjt sig med ett händelselöst liv utan några uppfyllda ambitioner på något plan, och det var inte enbart en jobbig känsla. Inga krav eller förväntningar, jag var ointresserad av mig själv. Det kändes välförtjänt, rimligt, och sunt. Resignerat, men inte på något depressivt sätt. Jag var fullt kapabel att glädjas över Kajsas och Tollefs lycka.

Snart sov jag gott om nätterna. Tänkte på Roar med allt mindre smärta. Jag gick korta promenader och såg unga människor som hade picknick och drack öl i Sofienbergparken. Jag satt i köket och betraktade Torunn som stod framför de stora fönstren i det som var en kombination av vardagsrum och ateljé, hon ritade korta streck med kolet, *ksjt ksjt ksjt ksjt*, alla de vackra sommardagarna.

I augusti drack jag vin med Nina på loftgången, jag kände mig som en matt och nöjd konvalescent, någon som hade kommit ut på andra sidan, en bättre sida. I Ninas ansiktsuttryck kunde jag läsa både skam över vem hon blivit, som om hon hade svikit mig, och lättnad över att slippa mitt vacklande, riktningslösa liv. Hon pratade om hur tröttsamt hennes liv var, hur hon höll på att gå in i väggen, krascha, allt genomgående på ett energiskt sätt och med en säkerhet och självinsikt om var hon befann sig i livet som lät henne vara inte bara överlägsen utan också beundrande och en gnutta missunnsam:

Det är så mysigt här. Torunn verkar väldigt cool.

Herregud, tänk att ha en sådan frihet.

Ibland, tanken på att jag inte ska ligga med någon annan än Truls i hela livet ...

Jag vill gå ut och dricka mig full med dig, ofta! Mitt liv är bara barn och hushållsarbete.

På något märkligt sätt hade jag själv ett slags energi, en annan än hennes, jag hade det bra. Jag har det bra. Jag kunde berömma hennes liv och vara avundsjuk på det, men egentligen var jag inte det, jag vill ha lugn och ro, jag vill vara ensam.

Eller, Nina och jag vill vara lika, vi står inte ut med att vara olika. Vi har varit vänner i femton år, vi bryr oss så mycket om varandra och behöver varandra, vi vill önska oss och tycka om samma saker.

Torunn berättade att hennes dotter nästan inte vill ha med henne att göra. Det började när hon var tonåring, nu är hon tjugoåtta och tar avstånd från sin mamma utan att ha förklarat vad det är hon tar avstånd från. Det enda Torunn sa var att dottern hade bott hemma alldeles för länge. Jag har träffat henne en gång, hon kom förbi för att hämta posten. Torunn hade sagt till mig: »Hon har bett mig skicka den till henne, men hon får faktiskt komma och hämta den själv.«

Jag hade tittat igenom kuverten, de låg på bänken i flera veckor, ett och annat nytt tillkom: studielånen, en elräkning, och ett med maskinskriven skrivstil från svenska ambassaden. När dottern kom, hon hette Juni, blev jag förvånad över hur lik hon var sin mamma som typ. Lång, vid kjol, långt rakt hår i mittbena. Hon stod ute på loftgången och ville inte komma in, men odramatiskt. Jag hörde vad hon sa genom den öppna dörren, hon hade inte tid, skulle någonstans. Sedan gick ytterdörren igen med ett klick och Torunn skred in och satte på vattenkokaren och frågade om jag ville ha te.

Jag har sett fram emot Kims och Helenas kristallbröllopsfest, jag går i övre änden av Sofienbergparken med två vinflaskor i en påse och en bukett av Torunns loftgångsblommor. Jag tar spårvagnen till Grefsen, jag känner mig lättare än på länge. Nu går jag av spårvagnen och tänker *asfalt*. Jag korsar ett litet grönområde och tänker *gräs*. Papperskorgar. Träd. Staket, godispapper. Godispapper. Räknar stenplattor, utan sorg, utan den fruktansvärda ledan. Undviker att trampa på skarvarna. Jag har rött nagellack.

En gång åt jag lunch med Kim och Helena och äldsta dottern på kafé, de praktiserade fri barnuppfostran och hade ett barn som inte kände till några gränser, och en gång tog Helena ett djupt andetag för att säga till eller ursäkta eller skratta bort, medan hon sneglade på dottern, men sedan gick luften ur henne, jag fick en skymt av en förtvivlan som inte ens hon orkade dölja, och jag förstod att de hade målat in sig i ett hörn, att det inte fanns någon väg tillbaka, de stod inte ut med sitt barn och de skämdes djupt. De hade en son också, men honom hade de lämnat bort, de kunde förmodligen inte gå på kafé med båda samtidigt. Hon var gravid med barn nummer tre.

Festklädda människor rör sig över gräsmattan. Kim och Helena har en trädgård med äppelträd i septemberskymningen, en gungställning och en sandlåda, och ett stort vitt tält. Dörren står öppen. Så vackert septemberljuset är, det glöder. I hallen står ett paraplyställ med bara ett paraply, det hänger en rosa regnjacka bland mörka rockar och jackor. Helena tar emot, hjärtligt, och drar med mig in.

I köket står en man och skär citroner i skivor. Köket är enormt, det hänger en stor ljuskrona i taket. Det står brickor med plockmat på bänken, en knubbig tonårsflicka försöker få kontakt med Helena. Jag hör någon säga »horisontalt delat«. Strax efter, från ett annat håll, ropar någon överförtjust: »Nej! Det är inte sant!« Och sedan ett högt skratt i två korta attacker. Citronskäraren har muskulösa solbrända underarmar och uppvikta skjortärmar, jag ser på hans fingrar, höger hand, ingen ring, sedan lyfter han upp vänster hand, ingen ring, han saknar ett finger, eller två led på ena fingret, långfingret. Helena går i högklackat över köksgolvet och häller vatten i en vas åt Torunns blommor.

»Det här är Geir«, säger hon, »praktiskt taget direkt från Sardinien. Han heter Geir, men han kan inte handhälsa.« Sedan skrattar hon. Geir håller upp två citronglänsande händer, ingen genans över det saknade fingret. Helenas repliker sjunger genom luften:

»Vi har satt honom på att skära citroner! Han är kock så vi tyckte att det var bra att kunna utnyttja den kompetensen lite, vi vill ju helst hålla en professionell nivå på citronskärandet. Geir, det här är Monika, hon är jobbarkompis med Kim. Du ska få något att dricka, Monika!«

Han är i min ålder, lång, överkroppen lutad över köksbänken. Det är mycket liv i ansiktet, men på ett behärskat, sympatiskt sätt. Jag tänker en konstig tanke: Han verkar glad över att träffa mig. Äntligen kom jag.

»Vi väntar fortfarande på ganska många«, säger Helena. »Jag tror att det blir väldigt fullt, för det är egentligen ganska fullt redan.« Geir håller kvar mig med blicken och nickar kort, försäkrande eller bekräftande.

Kock, tänker jag, jag tror jag skulle kunna vara ihop med en kock.

Det glittrar i ljuskronan, den rör sig nästan omärkligt, en tom jordnötspåse faller från bänken ner på golvet. Helena lägger citronskivorna i en stor skål. Hon säger, full i skratt, till Geir som har greppat ännu en citron och satt kniven mot den:

»Jag tror det räcker.«

LILLA VÄN

April 1997

När Maiken ser ner på sina händer ligger ögonfransarna täta och långa mot kinderna. När hon var nyfödd hade hon knappt några ögonfransar, de gick nästan inte att ana, men så plötsligt, när hon var runt åtta veckor hade de vuxit i antal och tjocklek och längd, kinderna hade blivit tjockare, och hon började le. Nu ser hon på sina händer som håller om en träleksak med en bjällra inuti, sedan koordinerar hon dem och för upp leksaken mot munnen samtidigt som hon höjer blicken och ser rakt på mig, hon gapar och ler och dreglar, och det glänser i saliven och i den skramlande metallbjällran inne i träleksaken.

Mamma har flera gånger sagt att moster Liv tjatar om att jag måste komma och hälsa på och visa upp Maiken. »Hon har inte sett henne sedan i julas, hon vill så gärna träffa henne! Kan du inte svänga förbi?« Det kunde jag, jag kände till och med en pirrande glädje vid tanken på att hälsa på hos moster Liv med Maiken. Jag tänkte på mitt liv – så rikt, och på hur lite det skulle kosta mig att titta förbi moster Liv med barnvagnen, hur mycket det skulle betyda för henne. Ett överenskommet besök hade blivit inställt för att Maiken blev förkyld, och det har hunnit bli april innan jag äntligen kommer iväg till moster Liv.

Jag går med barnvagnen, det tar bara tjugo minuter från Markveien. Maiken ligger på rygg i vagnen och håller min blick och säger: »Agai. Agaiagaiagai.«

»Vart ska vi?« säger jag, och sedan svarar jag: »Vi ska till moster Liv!«

Maiken har på sig en randig jacka i blått och lila som moster Liv har stickat, och en vit bomullsmössa. Jackan är noppig, det syns att den är använd. Ibland lyser solen på suffletten och dämpar och förstärker ljuset där nere. Varje gång solskenet träffar suffletten drar Maikens ögon ihop sig pyttelite.

»Vi ska till moster Liv!« säger jag. Hon granskar mig, det rycker i överläppen som om hon vill svara. Hennes ögon glider igen, och öppnar sig. Hon somnar innan vi är framme. Bleka, orörliga ögonlock, hela hon blir glasaktig när hon sover, alla de tunna ådrorna över ögonlocken och pannan.

Det luktar chokladkaka i moster Livs lägenhet. Jag har inte varit här på väldigt länge, lägenheten är renoverad sedan sist, med målad glasfibertapet som rundar av alla skarpa hörn och ger hela lägenheten en mjuk prägel. Vardagsrummet är gult, soffan ljusblå.

»Så du fick inte med dig Geir?« säger moster Liv. »Nej, han jobbar väl såhär dags.«

»Det blir ju i stort sett kvällar när man driver restaurang«, säger jag, »men i dag står han faktiskt och kokar oxbuljong.«

»Oxbuljong«, säger moster Liv, »få se, nej men se på dig, det här är en flicka som har vuxit.«

Maiken har vaknat. Hon ligger där lång och tjock och fyller nästan hela vagnen. Det är dags att byta till sittvagn.

»Känner du igen jackan?« säger jag, men moster Liv hör inte vad jag säger.

Hon ger mig en present, inslagen i rosa papper med vitt snöre.

»Jag hoppas den inte har blivit för liten«, sa hon, »de här småttingarna växer ju så fort.«

Jag lyfter upp Maiken och lägger henne på golvet. Hon välter runt och kryper iväg, och visar hur lång tid som gått.

»Det är en klänning, rosa som pappret, somrig.«

Oanvändbar, tänker jag omedelbart. Klänningen kommer att vara för liten till sommaren, om den inte redan är det.

»Så *söt*«, säger jag. »Tusen tack.«

Det är så annorlunda här, en särskild charm och mystik har försvunnit, kanske är det bara jag som blivit äldre. Ingenting i lägenheten är vare sig nytt eller gammalt, förutom en broderad kudde i soffan och en porslinsfigur i fönsterkarmen, ett föl, och en tavla med en skuta i storm på väggen ovanför soffan som jag inte har sett förut.

Moster Liv dukar fram koppar och assietter på bordet, det puttrar i kaffebryggaren.

»Du dricker kaffe?« säger hon.

»Ja«, säger jag. »Jag klarade inte ens av lukten när jag var gravid, men nu har kaffesuget kommit tillbaka för fullt.«

»Jag avskydde också kaffe som pesten under båda mina graviditeter«, säger moster Liv.

Hon ställer en kaka på bordet och trycker igenom tårtspaden. Jag tar för mig. Sedan lyfter hon upp Maiken i sitt knä.

»Monika, det här är ju helt fantastiskt«, säger hon med starkt strålande ansikte. Hon har två kvisslor på hakan som är täckta av täckkräm. »Ditt liv«, säger hon. »Se vad du har fått!«

Hon håller Maiken under armarna och vrider och vänder på henne som om hon är en vinst i ett tivolilotteri. Som om hon förväntar sig att jag ska vara tacksam, gentemot livet? Som om hon tycker att jag har fått något som det aldrig var självklart att jag skulle få.

»Hur är det med Halvor?« säger jag.

»Jo då«, säger moster Liv. »Det är mycket dumheter med Halvor. Nu har jag nästan tappat tron på att han ska få rätsida på sitt liv. Och som Bent säger: Han kanske inte *vill* få rätsida på det?«

Kopparna är gula med en bred grön rand längs kanten, keramik.

Moster Liv säger: »Du och jag har ju inte heller varit riktigt enligt formulär 1A. Men vi har ju fått ordning på våra liv!«

Hon fortsätter att hissa Maiken upp och ner.

Jag har haft en sådan tur. *Jag har haft en sådan tur.*

»Jag skulle gärna se att Halvor var en mer stabil pappa«, säger moster Liv. »Amanda är tretton nu, en söt tjej, men hon skulle behöva en pappa som var lite mer närvarande. Charlotte och jag har så småningom fått en toppenrelation. Hon har ju fått en liten med en ny man, de bor i Ammerud, och Amanda är allt som oftast hos mig.«

Jag har träffat Amanda en enda gång sedan hon var nyfödd, då var hon kanske fem, sex år, på en julmiddag hos Elise och Jan Olav; Halvor hade med henne dit. Hon gjorde inte mycket väsen av sig, lekte med sina tremänningar, klättrade på uppmaning upp i moster Livs knä ibland, med frånvarande blick. På natten var jag uppe på toan, då hörde jag henne ropa, ynkligt men ganska genomträngande: »Jag är törstig. Jag är töö-ö-örstig.« När jag kom in till henne såg hon på mig och sa: »Jag måste ha vatten.« Hon satt upp i sängen i bara underbyxor. Jag gick till badrummet och tömde ett tandborstglas och fyllde det med vatten. Amanda tog plastglaset och höll det med båda händerna och drack i stora klunkar. Hon hade en sårskorpa på armbågen, ett guldsmycke runt halsen, ett hjärta, precis ett sådant som Elise, Kristin och jag hade när vi var små, det såg tokigt ut mot den lilla bröstkorgen. Våt underläpp när hon räckte mig glaset utan ett ord. Sedan la hon sig ner igen.

Det var så svårt att prata med Halvor den dagen. Han var högljudd och självsäker, men samtidigt inte närvarande. Ville diskutera alla möjliga ämnen, något om Irak och kärnvapen, men uppenbarligen utan att ha insikter i det; pappa försökte ta honom på allvar, men det var inte mycket substans i Halvors utläggningar, och så småningom blev pappa irriterad.

Det är något med hur moster Liv pratar om Halvor, som om Halvor inte var en fullt utvecklad eller riktig människa. Det är som om ingen egentligen tror på något i hans liv, hans planer och drömmar, Amandas sexårständer och läsförmåga, eller en äkta persisk matta i hans tvåa i Rødtvet, hans förhållande till musik, eller att han har en ny flickvän, eller ett nytt jobb, eller ska flytta, eller resa. Allt är bara fixa idéer, amatörmässigt, på *skoj*. Som om allt han gör bara är för att få uppmärksamhet.

Moster Liv berättar att Halvor ringde henne före jul för att han skulle bjuda några kompisar på pinnekött, och så hade han glömt att vattna ur köttet.

»Han var så förtvivlad!« säger hon. »Så fullständigt på botten. På grund av lite pinnekött! Kan du förstå dig på det? Saker som andra människor tar med jämnmod, eller åtminstone hanterar på ett eller annat sätt, blir helt omöjliga för Halvor.«

Hon skakar sorgset på huvudet.

»Men han ringer ju bara när saker och ting är besvärliga«, säger hon. »När det är kris, då behöver han sin mamma.«

Sedan lättar det för henne.

»Hur har ni det«, säger hon. »Har du det bra med Geir?«

Jag berättar om Geirs projekt, om restaurangen.

»Han var ett år på Sardinien, alldeles innan vi träffades«, säger jag. »Så han har med sig en massa inspiration därifrån.«

Det är som om jag har gått och hoppats på något slags förtrolighet med Halvor i vuxen ålder, att kunna berätta för honom hur jag föraktade honom som liten, men också tyckte synd om honom, som något som hänt i en annan tid, att vi var andra människor nu och mer lika. Men nu är vi ännu mer olika än vi var som barn. Ändå är det som om jag fortsätter att vänta på att samstämmigheten ska träda in, att det fortfarande är för tidigt och att jag måste ha tålamod, att Halvor inte är tillräckligt vuxen, men förr eller senare kommer att bli det. Det är lättare för Elise och Kristin, de är äldre än han och kan vara mer överseende.

Maiken sitter i moster Livs knä. De leker baka, baka liten kaka.

»*Rulla rulla liten bulla*«, sjunger moster Liv.

»Han är intresserad av influenser från utländska kök«, säger jag. »Särskilt det italienska.«

»*Mjöla den, och pricka den, och skjuts in i ugnen!*«

Så energiskt hon sjunger, och gällt. Maiken betraktar moster Liv utan att le, men hon verkar inte heller orolig. Ibland tittar hon bort på mig, som för att jag ska bekräfta att detta är ofarligt, och ett ögonblick känner jag mig osäker på hur jag ska göra det, bekräfta tryggheten från ett avstånd.

»Men det har ju varit enormt mycket byråkrati och papper«, säger jag. »Trögstartat. Men de verkar få ordning på det. Det är bara att det blir så många ensamma kvällar för Maiken och mig.«

»Ja, det är väl så det blir«, säger moster Liv. »Hur går det för dina systrar då? Jag hör inte av dem heller så ofta. Men de har nog med sitt. Nu är väl Elise tillbaka på hundra procent på jobbet också?«

Ja, Elise hade verkat trött någon gång i vintras när jag var hos mamma och pappa med Maiken. Jag gick över till henne, hon log ansträngt mot Maiken och sa till mig: »Vi kommer dit på middag om en stund, jag lovade egentligen mamma att hjälpa till, men här har det gått i ett. Du kanske kunde fråga om hon behöver hjälp? Det är bara lite kaos här just nu.« Vi stod i tvättrummet alldeles innanför ytterdörren, Elise pekade på tvättmaskinen: Sondre hade trillat med overallen i hundbajs, jag hörde metall klirra mot metall inne i trumman, skymten av något rött och blått. Elise sa: »Just nu har jag lust att åka ifrån hela den norska vintern. Jan Olav har pratat om lägenhet på Gran Canaria varenda jävla vinter i evigheter, det blir ju aldrig av.«

Jag tror det är den enda gången jag hört Elise säga »jävla«. »Jävlig« en och annan gång, men inte »jävla«.

Låg sol in genom fönstret lägger sig som brandgula slöjor över möblerna och moster Livs konturer, hennes hår glänser, det ser friserat ut, halvlångt och konstgjort fylligt, nyfönat. Maiken stirrar så intensivt på mig.

»Eh eh eh?« säger Maiken och ser på mig som om hon väntade på svar.

»Ja!«, säger jag, »se!«

»Hejsan, hejsan lill-Maiken!« säger moster Liv och klappar i händerna.

»Jobbar du fortfarande på Televerket«, frågar jag.

»Ja, det heter ju Telenor nu«, säger moster Liv. »Men bara sextio procent, det är därför jag har ledigt tisdagar och torsdagar.«

Maiken lutar sig fram och ser på mig.

»Eh eh eh?« säger hon igen, stirrar enträget på mig, kan jag inte svara?

»Jag hittade några kort på mamma«, säger moster Liv, »din mormor. Som ung. Hon var på pricken lik Elise. Jag visste att Elise och mamma var lika, och Elise liknar ju Else, men att se korten på mamma är som att se Elise.«

»Titta«, säger hon och ger mig flera svartvita foton.

Ja, det är som att se Elise.

»Hon var egentligen snygg«, säger jag.

»Ja, det var hon faktiskt«, säger moster Liv.

Men hon hade kunnat vara vem som helst, gamla porträttfoton är så anonyma. Håret mörkt och uppsatt, blek och ren hy, bluskrage. En gång var hela familjen på semester i Danmark och mamma och moster Liv hade övertalat mormor att följa med. Jag hörde mamma säga i telefonen: »Men du träffar ju nästan aldrig dina barnbarn. Nej, det gör du inte.« Vi tog Holger Danske till Århus. Det var på den tiden när Halvor var så mammig att han måste sova i samma rum som moster Liv på hotellet, och då fick jag dela rum med mormor. Vi var på Tivoli Friheden och på en lång vit strand, och på naturhistoriska museet.

Mormor var så uppklädd med strukna blusar och raka kjolar och scarf i halsen, men när hon bytte till nattlinne på hotellrummet var det som om hon inte visste hur kort och tunt och genomskinligt det var, och hur överväldigande och omöjlig denna syn var för mig som var sju år gammal. Allt syntes under nattlinnet, ingenting hölls på plats, det var långa bröst och magvalkar, jag såg till och med skuggan av en platt buske nedanför magen, då hade hon inga underbyxor. Och låren var stora och magra på samma gång. Och sedan, innan hon la sig under täcket, stoppade hon in tummen i munnen och vippade ut löständerna och la dem i ett glas vatten. Jag låg lamslagen och häpen en lång stund innan jag somnade.

»Vi fick en inbjudan till gratis middag på den pakistanska restaurangen i bottenvåningen här«, säger moster Liv. »De ville hänga upp en neonskylt på väggen och vi skulle få en middag som tack. Men Bent var inte så intresserad av pakistansk mat, för att uttrycka det milt. Han är av den konservativa sorten när det gäller mat. Det betyder inte att han är fördomsfull. Mitt liv har tillräckligt mycket upplevelser, säger han. Min gom vill ha mat den känner igen.«

Moster Liv lutar sig över assietten och tar ett bett av kakan.

»Pakistanierna har i alla fall kommit för att stanna«, säger hon medan hon tuggar. »Till och med Rennas ägare är pakistanier. Det finns nästan inga norrmän här längre, bara jag och Bent och alla gamla tanter. Det gör mig ingenting. Inte Bent heller.«

Då ser jag servetthållaren jag gjorde till henne när jag var liten, längst in på köksbordet, vid väggen, i faner med *Till moster Liv julen 1971* inbränt. Jag ska just kommentera den, eftersom jag känner att jag måste, men plötsligt blir jag så matt, känner mig så trött, och jag vet vad hon kommer att svara och vad jag kommer att svara därefter, så jag låter det vara.

»Tänk att jag förlorade en sådan här«, säger moster Liv. Jag får omedelbart ett brännande sug i bröstet, ett motstånd. Framför mig ser jag kvällarna vid teven, moster Liv och Bent, shoppingrundor på Tybring-Gedde, plastlådor med matrester under lampan över köksbänken.

»Alla mödrars värsta skräck«, säger hon, »kan du förstå att det hände mig?« Sedan tar hon ett djupt andetag, flyttar upp ena handen till Maikens huvud och pussar henne på håret.

»Då är det viktigt att ha ett jobb«, säger hon, med hög röst. »Något att ta sig upp för på morgnarna. Få iväg tankarna på något annat. Jag var så själaglad över att jag kunde gå tillbaka till jobbet genast, trots att de egentligen inte hade väntat tillbaka mig på länge. Det var jag så tacksam för.« Hon lyfter upp ena handen och säger: »De här fingrarna var tvungna att ha något att ta tag i. Då jobbade jag på centralen, det var ett stressigt jobb må du tro.«

Sedan blir rösten innerlig och intensiv och blicken flyttar sig från Maikens ansikte till mitt:

»Den lilla, lilla kistan. Hon hade en virkad mössa på sig. Hon var det viktigaste i mitt liv. Det är omöjligt att komma över förlusten av ett barn.«

Den ena handen ligger mot Maikens bröst, den andra mot hennes rygg. Moster Livs röst blir energisk, nästan glad, men samtidigt frånvarande:

»Jag tålde inte att se en barnvagn på ett halvår. Jag vägrade. Jag gick gågatan nästan i blindo, varje gång en barnvagn passerade blundade jag. Jag var en fara för omgivningen!«

Moster Liv har en förvånad, nästan chockerad min, munnen är halvöppen och halvt leende; chockerad över sitt eget uppförande, eller chockerad över sin egen tragedi, eller båda delarna samtidigt. Hur många har hon berättat det här för under årens lopp? Vilket gensvar förväntar hon sig av mig, av hennes systerdotter som just har fått ett eget barn – en dotter?

»Det var tur att jag hade Halvor«, säger hon. »Han höll mig uppe. Han skulle ha sin chokladmjölk och sina kaviarmackor och sin godnattvisa fast det kändes som om världen hade gått under.«

Jag har alltid varit nyfiken på hur moster Livs sorg har varit, hon har inte pratat om den så att jag har hört. Nu berättar hon om den, men på ett konstlat, liksom inövat sätt. Och jag är inte nyfiken längre. Jag vill inte veta mer nu, eller, inte på det här sättet, så nära att jag kan se porerna på näsan och tänderna medan hon pratar, och kvisslorna på hakan lyser igenom krämen.

En lycka väller fram vid tanken på att komma hem och äta middag med Geir och stoppa Maiken i säng. De stora fönstren, badrumskaklet, kökspersiennerna, tallrikarna. Maiken som ligger på rygg i spjälsängen och stirrar på mig som sjunger *När trollmor har lagt de elva små trollen* medan hon rytmiskt suger på nappen och då och då sparkar med benen under täcket; jag måste alltid gå in och lägga på henne det igen när hon har somnat. Och det finns inget fult i mig för att jag inte orkar vara här så mycket längre, jag fylls av ett självmedlidande som jag inte skäms över, jag gör mitt bästa och ingen kan klandra mig för att jag längtar efter när det är över, att jag känner en lättnad, något liknande en räddning vid tanken på att få gå hem med Maiken igen, jag känner att jag nästan blir deprimerad av att vara här. »Vad ska vi hitta på?« sa Geir i går när han strök mig uppför låren och kysste mig på halsen, »jag har långtråkigt, har du något förslag på vad vi kan göra?« Att få barn har inte förstört vårt sexliv som det gör för så många.

Moster Liv fortsätter att prata med mig och se på mig, hjälplöst och ihärdigt, men nu har hon övergått till andra teman, akupunktur, psykomotorisk behandling. Denna reumatism.

»Jag har ju inte haft så mycket till övers för alternativmedicin«, säger hon. »Men det är värt att prova det som finns när smärtorna inte ger med sig, tycker du inte?«

En särskild sorts ensamhet i hennes blick, jag vill inte möta den blicken på det sätt som krävs, hon söker samhörighet, förståelse, en alldeles särskild samstämmighet som jag aldrig i världen kan ge henne. Som om jag vore skyldig henne något.

Jag tänker på den där gången när jag gick hem till henne för en herrans massa år sedan, när jag var tjugo och hysterisk för att Frank i trean på juridiken hade gjort slut efter ett fyramånadersförhållande, hur hjälplös jag var. Jag var någon helt annan än jag är nu. Jag var nästan ett barn då.

Jag drar upp tröjan och börjar amma Maiken fast hon inte visar tecken på hunger. Maiken är inte intresserad, hon släpper bröstet hela tiden och ser sig omkring, fingrar och slår på bh:n, drar upp armarna mot mitt ansikte. Den busiga minen, den blottade bröstvårtan glänser av saliv, en oönskad intimitet med moster Liv som jag bara kan skylla mig själv för; det är jag som sitter här med en bebis och naket bröst. Jag gick upp elva komma sex kilo, tre veckor efter förlossningen var tio av dem borta.

Jag knäpper bh:n.

»Om du skulle behöva barnvakt till henne ställer jag gärna upp«, säger moster Liv.

Hon ser på Maiken med ömhet i blicken, vi är släkt. Jag har mamma, och jag har en svärmor, jag har inte kapacitet, jag har heller inget som kan kallas tacksamhetsskuld, eller pliktkänsla, jag vill inte att hon ska göra något för mig. Jag är här för att visa upp min dotter, hennes systers barnbarn.

Jag säger att det var jättetrevligt att träffas och att hon måste komma och hälsa på oss på Markveien och att hon ska hälsa till Bent. Sedan är jag på väg mot frihet och frisk luft, först trappuppgången med en metallisk och cementaktigt sval lukt, och sedan den tunga dörren ut till våt asfalt, bark, avgaser, Carl Berner i april. Moster Liv ser på mig medan jag sätter fast insatsen i underredet, hon har Maiken på armen. Moster Livs lilla, nästan omärkliga fördröjning när jag sträcker armarna mot Maiken för att lägga henne i vagnen irriterar mig. Hon står och vinkar när jag går.

Det växer tussilago i diket vid fotbollsplanen på Dælengata, det är varmt ljus i barnvagnen av solen mot suffletten. Maiken somnar igen.

Jag går diagonalt genom Birkelunden, två alkisar sitter på en bänk i solen, gräset börjar bli grönt. Jag kastar en blick in i ett kafé på Thorvald Meyers gate och får syn på en kvinna i studentålder sitta böjd över en bok och läsa medan en man ställer en kopp framför henne, och hon tittar upp på honom och jag får den där känslan av förlust igen, en generell ångest, jag vet aldrig vad det är jag har förlorat, var jag helst hade velat hejda mig och stanna, med Tollef, med Øystein, med Roar, eller i uppehållen mellan dem, ensam, helt fri. Jag kan längta tillbaka till kollektivet på Sorgenfrigata också. Jag tänker på det halvår Roar jobbade på universitetet i Göteborg, han bodde i ett rum i ett gammalt tegelhus med grönskande gård och trädgårdsmöbler i järnsmide, och jag var där i flera långa perioder. Jag satt ute på gården tills det blev för kallt och rökte och pluggade, jag hade redan börjat tänka på uppsatsämnen, jag läste *Anna Karenina, Madame Bovary, Svindlande höjder*, skrev och skrev i marginalen, jag ser mig själv med Roars blick när jag tänker på det, han stod och såg på mig länge åt gången med sitt sorgsna leende: »Du är helt uppslukad, det är fascinerande att se«, sa han, »jag längtar efter att få läsa din uppsats när den tiden kommer.« Men det blev aldrig någon uppsats att läsa. Vi åt croissanter till frukost och drack vin varje kväll. Det fanns inga åldrar eller åldersskillnader eller biologiska klockor, det var nästan som om tiden inte fanns, jag hade inga förpliktelser, jag var övertygad om att jag skulle kunna leva ett helt liv på det sättet.

Två hundar leker på Olav Ryes plass, det ser inte ut som om ägarna känner varandra. Den ena är en fågelhund, den andra en liten brun som jag inte vad det är. Geir har frågat om vi kanske skulle skaffa hund när Maiken blir äldre. Jag är inte främmande för tanken. Han vill flytta någon annanstans också, han vill ha mer plats, fler barn, tryggare grannskap.

Maiken har huvudet år sidan så att mössan sitter snett och

blottar örat, jag drar i mössan så den täcker. Maiken naglar fast mig, till Geir, till lägenheten, till vårt liv tillsammans, och om jag känner att livet tagit fel riktning och har lust att ändra den, då kan jag inte det. Nu är det för sent, tänkte jag när jag gick gravid med Maiken, nu är mitt liv utstakat, jag tänkte på allt jag kunde ha gjort om inte, allt jag inte kunde göra nu, bara det att inte kunna ta en cigarett. Men allt detta glömde jag så fort Maiken kommit ut, eller jag glömde det redan dagen efter att tanken tänkts, känslan känts. Men ibland har jag ett behov av att saker och ting ska gå undan, att det här med att få barn och se dem växa upp ska gå undan.

Jag drar vagnen baklänges in i trappuppgången, knäpper loss insatsen och skjuter in underredet under trappan, bär insatsen uppför trapporna som är målade med tjocka lager blank, grågrön färg. Att komma hem är som att komma hem, anknytning. Lukten, och Geir framför köksbänken, förklädet på. »Herregud vilken tur jag har som träffade en kock«, brukar jag säga. Dessutom är han den jag haft bäst sex med i hela mitt liv, bra sex kan förena två människor mer än något annat. Jag minns första gången sex var riktigt skönt, i Gunnars föräldrars säng, de hade heltäckningsmatta och en roddapparat på golvet, de var i Trondheim hela helgen. Jag var sexton. Jag var så full av starka känslor på den tiden, helt omöjliga att förmedla, det fanns ingen förhoppning om att någonsin kunna förmedla dem till någon, men så kunde jag plötsligt det. Vi kände samma sak, allt stämde. Så enkelt kunde det vara, så bra kunde det vara på ett så enkelt sätt. Allt världen bestod av för ögonblicket – förvirring, nostalgi, oro – samlades till en helhet, och en liten stund blev allt bra. Inga lösa trådar, inget oförsonligt eller besvärligt fanns. Jaså, det här är livet; så kan livet vara, tänkte jag. Vi gick upp och drack läsk och åt ostmackor, och sedan la vi oss och låg med varandra igen. Gunnar följde mig hem långt senare än när jag skulle vara hemma, till staketet längst ner i trädgården, och vi kunde inte sluta kyssas. Det lyste bärnsten i en krossad flaska i gräset, huset såg dött ut, framtiden såg bara ljus ut.

Geir har gjort spaghetti carbonara, jag har faktiskt aldrig ätit det förut, han tror mig nästan inte. Maiken får barnmat på burk, hon sitter i barnstolen och är orange över hela ansiktet. Jag förstår inte varför han inte lagar mat från grunden till henne, han som är kock. Jag berättar för Geir om besöket hos moster Liv. Sedan orkar jag nästan inte berätta, det blir för mycket att sätta in honom i. Jag trodde jag skulle känna en tillfredsställelse i att ha varit där, ha fått det avklarat, men jag känner motsatsen, något skaver. Något jag glömt, eller något som inte blev som jag tänkt, men utan att kunna sätta fingret på vad.

»Det är liksom äggbitar i, eller vad jag ska kalla det?« säger jag.

Geir bekräftar. »Det är ju äggula i«, säger han.

Jag petar med gaffeln. Geir ler.

»Som koagulerar i kontakt med den heta spaghettin«, säger Geir.

Jag nickar. Geir börjar skratta.

»Tycker du om det?« säger han.

Jag säger att jag tror det. Tror att jag gillade middagen.

»Moster Liv var liksom lite klängig«, sa jag. »Maiken blev lite kvävd.«

»Hon ska inte ligga på mage«, sa jag till moster Liv hemma i Fredrikstad när Maiken var tre veckor gammal.

»Va?« sa moster Liv. Och hon fortsatte med rörelsen att lägga Maiken på mage i insatsen, ordnade de små armarna och knytnävarna runt huvudet. Det var en känsla av att armbåga mig fram och förbi för att rädda Maiken, som om plötslig spädbarnsdöd kunde inträffa efter trettio sekunder på mage. Jag vände över Maiken på rygg.

»Nyfödda ska inte ligga på mage«, sa jag. Moster Liv fick ett uppgivet, förvånat uttryck.

»Varför inte?« sa hon, och det blev värre, det blev så mycket värre än om jag bara hade sagt det rakt ut. Både Elise och Kristin var där och moster Liv vände sig till den ena erfarna mamman efter den andra och sa:

»Ni la väl era pojkar på magen, gjorde ni inte?«

Elise lyfte upp Sondre och snusade på honom, om han behövde ny blöja.

»Det är något nytt«, sa Kristin. »En forskare som har kommit på något. De ändrar sig hela tiden.«

Geir ligger på rygg på golvet och lyfter Maiken upp och ner över sig med snabba rörelser och Maiken hisnar och tjuter av skratt, den ena strumpan håller på att ramla av. Hon har valkar på insidan låren, under armarna, i nacken. Vi byter på henne på ett täcke ovanpå tvättmaskinen, vi tvättar av rumpan under kranen. När Elise såg det sa hon: »Tänk om hon sparkar in i varmvattenkranen?« När vi flyttar till något större får Maiken eget rum. Jag kan mycket väl få fler barn. Det jag trodde skulle innebära en omskakande förändring av livet har bara varit en omärklig övergång, det är som om Maiken alltid har funnits, jag minns inte längre hur det var att inte ha henne, att kunna sova när jag ville, gå ut när jag ville.

När jag skulle föda Maiken la jag allt i personalens händer, barnmorskans, undersköterskornas, narkosläkarens, som om jag drog dem till mig och genast litade på dem, men allt var så tidsbegränsat, snart skulle jag vara utskriven och hemskickad med ett nyfött barn och aldrig träffa dem igen. Att vara så hjälplös, ligga på rygg och bli undersökt, få beröm för att öppningen var stor, få sjukhusskjorta och band runt handleden med namnet på, och beröm för hur jag andades under värkarna. Jag ville att de skulle veta allt om mig och förstå det och acceptera det, hela barndomen och hela mitt liv, allt.

Barnmorskan var yngre än jag, slank, snygg, hon använde klyschor, men det gjorde ingenting. Hon var den tryggaste jag kunde tänka mig, hon hörde bara till där och skulle fortsätta att göra det hon gjorde när jag hade åkt därifrån. Det fanns något jag inte kunde ta in, inte orkade tänka på: att jag var ensam om denna händelse, som jag skulle minnas resten av livet. De vitklädda med de mjuka, snälla, trygga ansiktena var inte tillsammans med mig i detta. De kunde tänka på sin lunch och på när arbetspasset tog slut och vad de skulle göra på kvällen. Blåbär i frysen, nytt badrum till jul. Jag råkade höra barnmorskan säga till undersköterskan att hon hade slutat med socker i teet. Och sedan sa den ena till den andra, liksom över huvudet på mig: »Hon den här är trygg och lugn«, och jag svällde av stolthet och ville inget hellre än att vara ännu bättre, duktigare. Långt där bak någonstans Geir med grön hätta på huvudet. Jag var nära döden, närmare livet än någonsin, men mitt eget, helt ensam, inte ens Maiken delade den livskänslan, hon var från första stund en egen, annan individ, skild från mig, hon visste ingenting om vad som pågick och hur det skulle gå. Maiken hade vit tröja och blöja, hoptejpad där fram. Mörk, mörk blick. Långa böjliga naglar. Hud och läppar liksom vätskefyllda, transparenta. Jag la ner henne i rullsängen. Ansiktet var spetsigt, samlat, hoptryckt. Moderskärleken fanns där direkt. Hade jag varit rädd att den inte skulle det? Den fanns där från första stund. Jag sträckte ut kroppen i sängen, kände en svagt dunkande värk i underlivet, hörde gny från sängen bredvid och den andra mammans lugnande ljud.

LÄGGA SITT LIV I NÅGONS HÄNDER

Oktober 2000

Jag tänker inte ofta på Halvor, men när jag gör det är det först tungt, som om jag har något framför mig, något trivialt som jag måste få undan men inte orkar sätta igång med, vilket följs av en vånda, överrumplande och nästan outhärdlig, men sedan går det över. Sista gången jag träffade Halvor var på en pub i Grünerløkka tre månader innan han dog. Jag var ute med Geir och några kompisar, och vi träffades av en slump. Han var där med sin flickvän, hon verkade otrevlig och klängig, väldigt mycket yngre än han. Jag var berusad och glad och drog in Halvor och hans flickvän i sällskapet. Efter en stund tog Halvor upp något ur fickan och sa:

»Jag har två biljetter till Massive Attack på Rockefeller i maj.«

»Nää«, sa jag, »det är inte sant!«, även om mitt intresse för Massive Attack huvudsakligen hörde till en förgången tid. Jag njöt av den bild jag föreställde mig att Geir fick av mig i den stunden. Att överraska varandra, att upptäcka nya sidor hos den andra när man är rädd att allt är sagt och gjort. Maiken var femton månader och jag hade länge känt att blöjor och barnmat tog en för stor del av min identitet och mitt liv, men ett par månader tidigare hade jag börjat som frilansjournalist, jag hade fått några artiklar publicerade och kände att allt höll på att förändras. Jag väntade på en förskoleplats.

»Vill du följa med?« sa Halvor. Jag vände mig snabbt mot Geir och knäppte händerna:

»Den konserten måste jag bara gå på«, sa jag, och sedan såg jag på Halvors flickvän. »Men Vanja då?«

»Vanja gillar inte Massive Attack«, sa Halvor.

Sedan tog han livet av sig. Och jag hade den där konserten att vifta med.

»Vi skulle ha gått på konsert ihop«, sa jag. »Nu i maj. Vi hade en jättekul kväll ihop! Väldigt fin.«

Det sa jag till moster Liv, och till Kristin. Jag ville säga det till pappa, men något höll mig tillbaka.

Det var så mycket jag ville berätta om, från så lång tid tillbaka, som inte spelade någon roll längre, jag kände mig som ett barn som ingen hade tid att lyssna på när det var allvar. Jag var uppjagad, orolig, med en ständig känsla av en gråt som kittlade och irriterade och som jag bara ville häva ur mig och bli av med. Det är två och ett halvt år sedan.

Jag köpte radhus i Ulsrud med Geir i augusti, jag köpte krukväxter som står i fönstren i vardagsrummet, en avklädd docka ligger på bordet med ena benet i vädret, dockan och bordet speglar sig i vardagsrumsfönstret. Från övervåningen hörs det att Geir lägger Maiken, rinnande vatten, tandborsten mot Maikens tänder, Geirs röst, Maikens röst.

»Men jag måste inte kissa.«

»Jo. Du ska alltid kissa innan du går och lägger dig.«

»Men pappa, Flux. Har du glömt Flux?«

Elise och Jan Olav och Sondre kommer i morgon, Elise ville se huset och det var den spark jag behövde för att få gjort en del av det som var kvar: hänga upp fler tavlor, köpa toaborste och tvålpump till toan i källaren, och matta till gillestugan. Vi åkte till Ikea och köpte matsalsbord, men det får vi först om sex till åtta veckor så vi får sitta runt köksbordet även den här helgen. Det har regnat större delen av hösten, jag har promenerat i Østmarka i regnkläder med Maiken och Geir, och jag har stått i vardagsrummet och tittat ut på regnet, vänt mig om och tittat på väggarna och taket och planerat inredningen. Jag har sagt till Geir: »Vi får bara bestämma hur mycket vi vill fixa till och om vi ska göra det på en gång.« Radhusen är från sextiotalet.

Jag kurar ihop mig i soffan så att Geir kan komma och lägga sig bakom.

»Du verkar stressad«, säger Geir. Han gnuggar näsan mot min nacke.

»Det blir lammgryta i morgon«, säger han. »Okej?«

Geir hade egentligen hellre velat göra en thaigryta, men jag var inte säker på att det skulle falla dem i smaken, de är ganska konventionella med maten.

»Och de ska inte utmanas lite?« sa Geir, men det handlade inte om att jag ville vara till lags. Jag ville bara att vi skulle ha det så trevligt som möjligt, jag har utmanat så det räcker i mitt liv.

»Är det okej om jag har i lite dill?« säger han.

»Dill klarar de«, säger jag. »Håll om mig.«

Geir lovar att han ska göra allt han kan för att inte behöva åka in till restaurangen i morgon kväll. Han tror inte att de andra klarar sig utan honom en enda fredagskväll.

»Du är inte oersättlig«, säger jag.

»Inte?« säger han.

»Jo«, säger jag, »jo, du är absolut oersättlig, jag klarar mig inte utan dig i morgon kväll.«

»Det hoppar runt en skadad skata i vår trädgård«, säger Yvonne nästa dag, i förskolans hall. »Ena vingen är helt utfälld, som ett vrängt paraply.«

Yvonne är vår närmaste radhusgranne, redan ett slags väninna, vi brukar röka ihop ute på terrassen. Det blåser och är molnigt, men det regnar inte, än så länge, mörka moln rör sig över himlen. Maiken och Hanna går bakom oss och slår på brännässlorna i diket med pinnar.

Jag berättar för Yvonne att min andra syster och hennes man ska komma; Kristin har hon redan träffat.

»Liknar ni varandra?« säger Yvonne.

»Inte det minsta.«

Yvonne och Kalle har bott i sitt radhus i nästan fyra år. Vi lärde känna dem redan de första veckorna, det var flickorna som fann varandra när vi höll på att flytta in. Hanna är fem, ett år äldre än Maiken.

Geir var ungefär lika positiv som jag när Kalle och Yvonne bjöd in oss på middag strax efter inflyttningen. De hade affischer från konserter och konstutställningar på väggarna, en stor kruka vass i hallen, bokhyllor fulla av böcker, stolar från Ikea, och ett gammalt ärvt matsalsbord.

Geir sa om Yvonne: »Jag tycker hon är väldigt kul. Hon verkar liksom lite hämmad och ordentlig, och då får hennes lite på gränsen-humor mer effekt. Jag gillar henne.«

Jag uppfattade det hämmade hos Yvonne som lite kokett, men det spelar ingen roll, jag gillar henne jag också. Och jag gillar Kalle, han är geolog, jobbar på botaniska trädgården i Tøyen, har arbetskläder när han kommer hem, byxor med benfickor och reflexväst, han ser inte särskilt akademisk ut. Yvonne sa: »Han älskar att bli uppfattad som arbetare. Det är en omvänd snobbism.«

Flickorna åt oftare och oftare hemma hos varandra, och en kväll, över en öl på terrassen, kom vi på att de tog reda på vad det var för mat i de båda hemmen och vem som hade de bästa glassarna i frysen, och så höll de sig där det var godast. Då sa Kalle: »Två små eklektiker.« Han höjde ölflaskan och tömde den och ställde den på bordet. Det vällde upp en skarp fröjd inom mig, jag lyftes upp i en högre sfär. Två världar som möttes, att det var möjligt. Efter att ha slagit mig till ro med att det inte var det. Det påminde om när jag fick syn på en Thomas

Mann-bok instucken på tvären i Kristins och Ivars bokhylla, jag kippade nästan efter andan, det var Ivar som hade läst. Ivar, den tystlåtne, trevlige advokaten med grått stänk i håret och skjorta och v-ringad tröja.

Yvonne frågar hur det är med Anne Lovise. Jag berättar att det är bra, att det har ordnat sig.

»Frode är tillbaka och nu går hon och väntar på att de ska prata om det, men Frode ser tydligen inte riktigt poängen med det.«

»Gjort är gjort och ätet är ätet«, säger Yvonne.

Maiken och Hanna släpar efter och vi måste gå långsamt, långsamt. Yvonne och Kalle har bara Hanna tillsammans, men Kalle har en dotter från ett tidigare förhållande, han är tolv år äldre än Yvonne. Jag har ännu inte träffat den äldsta dottern, hon är inte där så ofta.

»Kalle har köpt en kaffemaskin för tretusen kronor«, säger Yvonne. »Det är nästan skilsmässogrundande, eller hur?« Hon har grön halsduk och en stor svart regnjacka, förmodligen Kalles. Det röda håret skär sig delikat mot halsdukens gröna. Hon återger Kalles argument för just den där kaffemaskinen.

Vi har kommit till baksidan av radhusen och Yvonne står och ser ut på trädgårdsfläcken.

»Nu ser jag den inte«, säger hon. »Skatan. Men jag såg den i morse.«

»Någon borde väl ta livet av den om den är skadad«, säger jag.

Anne Lovise ringde mig tre kvällar i rad i september och berättade att Frode hade träffat en ung kvinna och kanske skulle gå ifrån henne. Jag har nästan inte haft någon kontakt med henne de senaste åren. Sista kvällen hon ringde sa hon:

»Jag bara måste iväg. Får jag komma upp till dig? Bara en natt eller två?«

Jag hörde ljud från en match på teven i vardagsrummet. Geir hade lovat att vi skulle hänga upp några tavlor den kvällen, trots att han egentligen ville ha bildfria väggar, så jag kände att jag redan hade tänjt på hans välvilja.

»Ja, självklart«, sa jag. »Det är bara att komma.« Publiken på teven jublade.

»Redan i morgon?« sa hon.

»Ja!« sa jag. »Det blir bra. Geir jobbar hela helgen och jag har inga planer. Jag ska kolla tågtiderna.«

Men hon hade redan kollat.

»Frode har sagt att vi ska prata«, sa hon. »Om han vill det i helgen är jag inte hemma.«

»Nej. Det mår han bara bra av«, sa jag.

Radhuset, Maiken på förskola, förhållandet med Geir, den nya soffan, jobben för tidningarna, allt den här hösten har gett mig ett energiöverskott, fast jag hade mycket med jobbet, och fast vi just hade flyttat in och inte riktigt kommit i ordning än. Anne Lovise fick gärna komma, jag såg fram emot det. Det var en känsla av något slags kärleksfull makt, att om jag är lycklig har jag ett överskott att ösa ur som kommer att göra även dem omkring mig lyckliga. När lyckokänslan är tillräckligt stark är det otänkbart att den inte skulle påverka andra, och otänkbart att deras sinnesstämning skulle kunna försvaga den.

»Anne Lovise?« sa Geir, medan han följde med på teven. »Vem var det nu igen? Har jag träffat henne? Är det hon med underlivssvampen?«

»Barndomskompis«, svarade jag, »men vi har inte haft så mycket kontakt de sista åren. Nej, det var Nina som hade svamp. Men går det bra om hon kommer upp en sväng?«

Det spöregnar nu. Maiken har tömt ut det ena pusslet efter det andra utan att lägga något, och jag har plockat upp efter henne. Geir går ut med stövlar och regnjacka för att visa Jan Olav och Elise parkeringsplatsen. Lammfrikassén är klar, Maikens leksaker undanlagda.

Jan Olav har blanka skinnskor och beige byxor och regndroppar i pannan. När han kommer in krymper huset, hela bostadskonceptet, hela idén om Geir och mig som ett par med barn och hem och bil och jobb. Trots att det här huset har tre våningar och sammanlagt hundratrettiofyra kvadrat och vi nästan har kommit i ordning känns det som att ha bjudit hem Elise och Jan Olav till ett studentrum, eller en lekstuga. Att det egentligen inte är vårt och att jag inte vet hur vi ska ha det. Men det enda som fattas är det nya matbordet och att sätta upp spegeln på väggen.

»Så fint!«, säger Elise. »Hur många sovrum är det?«

»Tre«, säger jag, »plus källarrummet.«

»Jag undrar förstås om ni ska ha fler barn, men sådant frågar man ju inte om«, säger Elise och ler och fortsätter entusiastiskt att se sig omkring.

Sondre traskar efter Maiken ner till gillestugan. Jan Olav säger att vi har gjort ett bra köp.

»De här husen kommer att stiga i värde«, säger han. Geir säger att han inte tänker på det som en investering; vi trivs här och kommer att stanna.

Geir häller upp vin. Både Elise och Jan Olav berömmer maten i kör när de börjat äta.

»Allt blir så rätt när du lagar mat, Geir«, säger Elise. »Grönsakerna är perfekt kokta och allt är varmt och klart samtidigt. Och så smakar det helt otroligt gott, alltid.«

»Jag tycker inte om det«, säger Maiken.

»Men du är ju själv väldigt bra på att laga mat«, säger Geir till Elise, och till Maiken: »Det vet du inte än, du har inte smakat.«

»Åh, tack«, säger Elise, »jag tycker om att laga mat, men det kan inte mäta sig med det du lagar.«

Jag mosar ihop Maikens kött med potatis och sås, köttet är så mört att det faller isär. Maiken säger att hon inte vill äta, att hon bara vill ha efterrätt. Jag försöker behålla lugnet. Elise har skurit upp Sondres kött och potatis i tärningar, och han äter fint med gaffeln.

»Varför vill du inte äta då?« säger jag.

»Jo, för att«, säger Maiken. Hon drar gaffeln genom den mosade maten tills lite ramlar utanför tallriken och ner på bordet.

»Tyckte du inte middagen var god, är det inget av det du är sugen på?« säger jag.

Jan Olav ser på mig, sedan på Maiken, och sedan på mig igen.

Maiken skakar på huvudet. Hon sträcker ut handen och tar mig i ansiktet, jag ber henne låta bli, hon lyssnar inte. Jan Olavs gaffel skrapar mot hans tallrik. Geir vänder sig mot Elise, frågar hur det är med Jonas och Stian.

»Jo, du måste äta något«, säger jag.

»Jag vill inte«, säger Maiken segervisst.

»Varför inte?« säger jag.

»Vem är det som är chef här i huset, Maiken?« säger Jan Olav.

»Jag är lite chef, och mamma är lite chef och pappa är lite chef«, säger Maiken.

»Aha, total demokrati alltså«, säger Jan Olav.

»M-m«, säger Maiken.

Elise berättar att Stian är ensam hemma och att de är spända på hur det ska gå.

»Men man måste ju ge dem ansvar«, säger hon. »Fast han har gjort oss besvikna några gånger.«

»Stian är … sexton?« säger Geir.

»Sjutton«, säger Elise.

Nu står Maiken på knä i stolen.

Det finns inga sätt att tillmötesgå Jan Olav. Vad jag än gör eller inte gör är jag dömd att misslyckas. Jag kommer inte på några fyndigare repliker än: *Du ska inte komma in här i mitt hus och bestämma hur jag ska uppfostra min dotter.*

Allt skulle bara ytterligare förödmjuka mig.

»Sätt dig«, säger jag till Maiken.

»Hasta la vista«, säger hon och hasar ner från stolen och slinker ut i vardagsrummet.

Det väller upp en hetta inom mig, det sticker i ögonen och öronen. Inte skälla på Maiken, inte skälla på Jan Olav, inte börja gråta, inget av detta vore utlopp eller lättnad. Jag kan inte se på Geir för då börjar jag gråta. Jag tycker så mycket om honom, jag biter ihop, höjer glaset, och tar en liten klunk ur vinglaset.

»Vi ska äta lunch med Jonas i morgon«, säger Jan Olav. »Han bor i Sogn studentområde, men det är inget trevligt ställe att bjuda någon till, så det får bli på restaurang.«

»Vi kunde ju ha bjudit hit honom?«, säger Geir.

Jan Olav skrapar ihop sås och kött med kniven och skjuter över det på gaffeln.

»Jo«, säger han, »det får bli en annan gång.«

»Vi ska till några vänner som bor i Nordberg i morgon kväll«, säger Elise. »De brukar ha väldigt roliga middagar. Ett år spelade vi faktiskt klädpoker.«

»Jaså«, säger Geir. Jag ser på honom, jag kan inte utläsa någonting av hans min.

Jag tänker på en gång när vi spelade klädpoker i kollektivet, det var innan Tollef och jag blev ihop och han var som allra roligast, han kunde vara så tillknäppt och tvär, men plötsligt blev han allt annat än det, han förlorade och fjantade runt i rummet i bara kalsongerna och svängde med ena strumpan över huvudet medan vi låg och vred oss av skratt, det var strax efter att hans pappa hade dött, strax efter att Tollef slutade vara så måttlig med alkohol.

»Hur långt gick det?« säger jag.

»Ganska långt«, säger Jan Olav. »Britt satt i bh och trosor, det var väl det värsta.«

»Eller Hanne-Mari«, säger Elise, »hon tog av sig trosorna men behöll klänningen på. Det var så kul.«

Jag ser att Geir tuggar och ser på adamsäpplet att han sväljer. Han ser sig om efter vinglaset, lyfter det och dricker.

Sondre får gå från bordet så fort han är klar och iväg till Maiken. Jan Olav kommenterar min artikel om könsstympning, Elise visade den för honom och han har läst den – det är inte ofta jag läser damtidningar, säger han och skrattar – och han undrar om jag la ner mycket tid på att sätta mig in i de främmande kulturer jag skrev om. Bara det, om jag la ner mycket tid.

»Det är ingen typisk damtidning«, säger jag.

»Men kan du leva på det?« säger han.

»Hittills går det«, säger jag.

»Skulle du inte hellre ha ett fast jobb?« säger Jan Olav.

»Nej«, säger jag, alldeles för fort. »Jag vill ha friheten och oberoendet som frilansare. Och omväxlingen.«

Jan Olav nickar medan han torkar sig i mungipan med fingret. Det är en känsla av att något glappar, om och om igen, att bli inlurad i en fälla. Maiken och Sondre skrattar högt och affekterat åt något på teve.

Jag upplever inte Jan Olav som överlägsen mig, tvärtom, jag upplever honom som enkelspårig och enfaldig på ett sätt som gör mig upprörd, för det är inte så att han är omedveten om sina tillkortakommanden, men han bryr sig inte. Och hans förmåga att inte bry sig är trovärdig, och det är genom denna förmåga han får dessa helt oberättigade småsegrar över mig.

»Jag intervjuade en sushikock i dag«, säger jag. »Han har precis startat en liten sushirestaurang i Majorstua.«

»En japan?« säger Jan Olav.

»Ja«, säger jag. »Men han har bott i Norge i nästan tjugo år. Gillar ni sushi?«

Elise ryser.

»Jag har aldrig ätit det«, säger hon.

»Jag älskar det«, säger Geir.

»Sa han l i stället för r?« säger Jan Olav. »Det äl väl inga japanel som sägel äl?«

Jag ler, han har rätt, men jag tycker inte han är rolig.

»Har du kontakt med Anne Lovise fortfarande?« säger Elise.

»Ja, hon var faktiskt nyss och hälsade på«, säger jag.

Elise säger att hon träffade Anne Lovise i affären och att Anne Lovise då hade berättat för henne att Frode hade lämnat henne, för en yngre kvinna.

»Det var lite konstigt«, säger Elise, »det var nästan det första hon sa, och hon hade pojken med sig men brydde sig inte om att han hörde allt hon sa. Han var kanske sju, åtta år. Han höll på att fylla kundvagnen med en massa skräpmat, gick fram och tillbaka medan hon bara pratade och pratade, hon blev liksom aldrig klar, och hon bara lät pojken lägga i all den där maten.«

»Du är väl någon som det är lätt att anförtro sig åt«, säger Jan Olav och skrattar.

»Det har löst sig«, säger jag. »Han kom tillbaka till henne. Nu är det rena idyllen tror jag.«

»Men så bra då«, säger Elise.

Redan när tågdörrarna öppnades på Oslo central sjönk min entusiasm. Anne Lovise klev ner för de få trappstegen med blekt hår och en väska som gudskelov inte var för stor, och den första känslan som vällde upp inom mig var dåligt samvete. Den andra var irritation, och de där två känslorna blandades till något välbekant: Det är såhär jag har känt för henne sedan vi blev vuxna: dåligt samvete och irritation. Vi kramade om varandra.

»Det var otroligt skönt att komma hemifrån«, sa hon.

Men det här är min stad, brusade det upp inom mig som en varning. Det här är ett undantagstillstånd. Du ska återföras dit du hör hemma.

»Så fint att se dig«, sa jag.

»Men otroligt stressande att bara ha åkt ifrån allt också«, sa hon, »tror du att det var rätt att åka?«

»Ja«, sa jag, »men du behöver ju inte vara borta så länge.«

Hon sa att han behövde det här så jävla mycket. Hon berättade om allt med barnen som Frode måste ta hand om ensam i helgen; Andreas skulle på fest så Frode var tvungen att sitta uppe och vänta på honom, och Markus skulle på fotbollsmatch jättetidigt på Skogstrandplanen dagen efter, och senare samma dag på födelsedagskalas.

»Och jag har inte fixat present, och inte tagit fram det han ska ha med sig«, sa hon. Hon drog upp axlarna och log sorgset och glatt. Therese skulle köras till stallet både lördag och söndag och skulle fråga om en tjejkompis fick sova över.

När jag kom ner efter att Maiken hade somnat satt Anne Lovise i soffan och grät, utan att hålla för ansiktet.

»Åh, Anne Lovise«, sa jag.

Varenda sten skulle vändas. Vad hade han menat med det, och det, och det. När uppstod de olika känslorna, när avtog andra känslor. Hon kunde inte äta och inte sova.

»Jag rasar i vikt«, sa hon.

»Det får du inte«, sa jag, »du är redan smal.« Geir hade gjort fisksoppa åt oss innan han stack till jobbet, men Anne Lovise rörde den nästan inte. Jag såg på väggarna i mitt nya hem, de hade märken efter förra ägarens tavlor. Spikhål och fyrkanter i en annan nyans än resten av väggen.

Det kändes som om jag hade ett litet lager omvårdnad som snart var tömt.

»Vet du vad jag gjorde?« sa hon. »Jag hade sönder vårt bröllopsfoto.«

Då skrattade jag, och det lättade upp stämningen.

Men jag var redan trött, och trött på allt som skulle komma. Men jag kom ihåg entusiasmen och det gav mig en märklig, förvånad skam blandat med skuldkänslor och självmedlidande. En böld, en påminnelse om att slutföra.

Det knackade på terrassdörren.

»Och så måste jag göra placeringskorten till min kusins bröllop«, grät Anne Lovise. »Och det klarar jag inte. Inte nu.«

Anne Lovise la också märke till knackandet. Det var Yvonne. Jag hade sagt att hon gärna fick komma över en sväng, men jag hade inte trott att hon skulle göra det.

»Det är grannen«, sa jag till Anne Lovise. »Hon är väldigt bra.« Anne Lovise såg på mig med en blandning av rädsla och nyfikenhet.

Snart stod Yvonne vid köksbänken och åt kall fisksoppa ur en skål.

»Åh, jag har aldrig någonsin ätit så god fisksoppa«, sa hon, »det är det bästa med att ha er som grannar, att Geir är kock, en ovanligt bra kock.«

Hon satte sig, och hon drack vin.

Stämningen ryckte snabbt upp sig. Det var som att följa ett förinställt samtalsmönster som var bestämt av ålder och vars och ens livssituation, och de olika konstellationerna – Anne Lovise och jag som hade känt varandra väldigt väl för evigheter sedan, Yvonne och jag som just lärt känna varandra, men väldigt bra, och de två som var helt okända för varandra – och inte minst av mängden vin.

»Har du varit otrogen någon gång?« frågade Yvonne Anne Lovise.

»Ganska så privat fråga!« sa Anne Lovise, men hon skrattade.

»Här är inga frågor för privata«, sa Yvonne. »Se här, ta lite mer vin.«

Hon fyllde på Anne Lovises glas nästan ända upp. Geir står inte ut med när folk häller i för mycket, han tycker det är vulgärt.

»Har du?« sa Anne Lovise.

»Jag har aldrig varit otrogen mot Kalle, så mycket kan jag säga«, sa Yvonne.

En timme senare hade hon ändå det, men det betydde ingenting, det var med en dansk på en charterresa med tjejgänget.

»Svensk?« sa Anne Lovise.

»Dansk«, sa Yvonne. »En dansk hissmontör.«

Hon berättade om passionen.

»Och alltså, Kalle och jag har det väldigt bra sexuellt, det måste jag absolut säga. Men passionen jag upplevde med hissmontören var i en helt annan klass. Men jag vet inte om sådan passion över huvud taget kan kombineras med hus och barn? Byta blöjor och tvätta fönster?«

»Men var du så passionerad med Kalle när du träffade honom?« sa jag. »Innan Hanna föddes?«

»Alltså, jag minns inte, men jo«, sa hon. »Det känns så länge sedan.«

»Jag har faktiskt aldrig varit otrogen«, sa jag.

»Inte?« sa Anne Lovise, det såg ut som om hon inte trodde mig.

Anne Lovise kunde också berätta om otrohet, två gånger, medan hon var ihop med Frode.

»Jag var så ung när jag träffade Frode, jag visste knappt vad som var upp och ner på min egen kropp.«

När Anne Lovise kom tillbaka från toaletten lite senare var hon ledsen och skämdes över hur hon hade pratat om Frode, som om hennes sorg över Frodes svek hade förstörts eller förenklats, inget att ta på allvar längre.

»Jag älskar Frode väldigt mycket«, sa hon. »Det går ju inte att jämföra eller mäta mot något annat.«

Nej, tänkte jag. Sorg är sorg. När man är i sorgen.

»Jag tror inte jag kan leva utan Frode«, sa hon med ett så patetiskt allvar att det blev övertygande, eller att hennes förtvivlan, som var alldeles lugn, blev övertygande.

»Jo då, det kan du«, sa jag.

Men Yvonne hade fått en motsvarande glasaktig min.

»Jag tror inte jag kan leva utan Kalle heller«, sa hon.

De satt och hade något som jag inte hade, eller var något jag inte var: De hade förmåga att älska med hela sig och hela livet, eller de påstod att de hade det. Jag har inte samma automatik i mina känslor för Geir, men jag tror det ger bättre förutsättningar att stanna hos honom, kanske för alltid, än om jag hade haft samma naiva och bedrägliga inställning som Anne Lovise och Yvonne – att det bara finns en enda för dem. Det gör det ju inte.

Och vad tyckte de om mig och Geir? Jag som nu är lyckligare och mer på plats än någonsin i livet, men inte kan förmå mig att säga att jag inte kan leva utan honom? Naturligtvis kan jag leva utan Geir. Jag ville att de skulle förstå vad jag hade, att jag var lycklig.

Yvonne släckte ett ljus som höll på att brinna ut. Hon sa: »Kalle hatade stearinljus när jag träffade honom, men jag har fått honom att tycka om det. Jag klarar mig inte utan en romantisk kväll med jämna mellanrum, det behöver vårt förhållande.«

Jag ville berätta för Anne Lovise och Yvonne hur jag och Geir träffades. Det ödesmättade, hur jag visste, nästan innan vi hade sagt ett ord, att vi skulle bli tillsammans och flytta ihop och få barn, och detta under en period när jag egentligen hade gett upp att bli mamma, gett upp kärleken, nästan.

»När jag träffade dig«, brukar Geir säga, »var du en *skadskjuten fågel*. I den stora mörka lägenheten med den där galna konstkvinnan. Men med en stor överlevnadsvilja. Och en väldig kåthet!«

Ja, vi hade sex hela tiden. Flera gånger om dagen under en lång tid. Det får jag inte glömma, den där passionen. Han får inte heller glömma den.

»Det är bra att du äntligen har tagit dig in på bostadsmarknaden«, säger Jan Olav. Maiken är i säng men har stått i trappan två gånger, Geir och jag har följt med henne upp var sin gång, hon har protesterat våldsamt, grävt fram gnällmaterial från flera dagar tillbaka: Hon ville inte ha den lilla osten jag skickade med henne i matlådan i går. Hon ville inte ha den. Hon ville inte leka med Hanna efter förskolan. Ingen skulle få låna hennes leksaker mer, aldrig Sondre.

»Men varför ger du henne vatten?« säger Jan Olav. »Hon är ju inte törstig. Det är ju tio minuter sedan sist.«

Jag säger åt Maiken att det inte blir något lördagsgodis i morgon om hon inte uppför sig.

»Då är det viktigt att du håller på det«, säger Jan Olav.

Jag svarar inte.

»Så att det inte blir ett tomt hot«, säger Jan Olav.

Elise ser på Jan Olav.

»Jan Olav har alltid det enda rätta svaret på alla problem«, säger hon.

Jag ler, jag vet inte vad jag ska säga, Jan Olav mumlar, oberörd, det verkar nästan som om han uppfattar det som beröm. Geir reser sig och går upp till Maiken.

»Jag tänker fortfarande så fruktansvärt mycket på Halvors självmord«, säger Elise. Hon vippar på vinglaset, höjer ögonbrynen medan hon suckar, och sedan får hon tårar i ögonen som hon torkar bort, och jag ser rörelsen Jan Olav gör, en nästan omärklig rörelse med hela överkroppen: Han kommer att ha tråkigt. Han förbereder sig på det.

»Det finns ingenting ni kunde ha gjort som skulle ha förhindrat det«, säger han och signalerar att det inte finns mer att diskutera, samtalet är över. Jag säger att jag också tänker en del på det.

Geir kommer nerför trappan, han bär ut desserterna från köket och dukar fram dem på bordet, pannacotta med hallonsås.

»Åh, gud så tjusigt«, säger Elise. »Det ser helproffsigt ut.«

Men det är ju proffsigt, Geir är ju professionell kock.

Jag tänkte på när jag senast var hos Elise i Fredrikstad, Elise pekade på en chokladkaka på köksbordet när jag och Maiken kom in genom dörren. »Kakmix«, sa hon. »Det är förstås inte lika gott som hembakat, men faktiskt inte så långt ifrån, tror jag! Och så otroligt enkelt! Jag byter ut oljan mot smör och rör i ett extra ägg.« Det fanns ett stort allvar i hennes ansikte, som ett slags skam hon hade besegrat med förnuft. Jag visste ingenting om bakning och kakmix, eller jag hade ingen åsikt om det. Jag förstod inte hur hon skulle kunna ha behov av någon bekräftelse från mig. Ingen hade bättre koll än Elise, ingen fattade beslut lika snabbt och okomplicerat. Liksom alla andra beslut framstod detta som välövervägt och klokt, men bilden av Elise med en diffus skam i ansiktet har satt sig i minnet.

»Stackars moster Liv«, säger Elise. »Jag tycker så fruktansvärt synd om henne.«

»Vi pratar om Halvor«, förklarar jag för Geir.

Geir säger att moster Liv verkar vara en väldigt stark person. Jan Olav nickar.

»Men det finns gränser för vad en människa kan klara«, säger Elise.

Elise säger att moster Liv ringde henne tre veckor innan Halvor tog sitt liv, och sa att hon var orolig för honom.

»Jag var upptagen, stod mitt i någon av alla evinnerliga diskussioner med Stian om kvällstider och sa att jag skulle ringa tillbaka. Men det gjorde jag inte.«

Jag gör en konstig rörelse med nacken, något slags sned nick eller ett litet kast med huvudet. Elise ser på mig med tom blick.

»Det var allting med Sondre«, säger Elise.

Åh ja. Sondre. Han låg inlagd för något, något med tarmarna, i flera veckor. Det var en sjuksköterska som höll ett oanvänt pappbäcken mot bröstet medan hon sa: »Sondre sitter och ser på barnprogrammen med sin mamma, men han blir nog jätteglad för besök av sin moster och kusin.« Elise var där nästan hela tiden, hon sov där på nätterna. När Sondre låg på sjukhus drack sig Stian full och måste bli hämtad av Jan Olav, det minns jag. Och jag minns att Elise verkade så sårad av sin äldsta son, hon sa:

»Faan ta honom. Det var inte så att han drack sig full för att han hade det svårt med att jag var på sjukhuset hela tiden, nej, han såg sin chans när vi som minst hade ögonen på honom.«

Som om Stian var strategisk och hänsynslös, och det var då det liksom öppnade sig en ny möjlig aspekt i mitt liv, att jag kunde vara någon som tog Stians parti, eller som hade förståelse för hur det var att vara han och göra de val han gjorde, men det var för sent, jag skulle ha tänkt på det tidigare. För jag mindes hur det var att vara femton och ha sådana misstankar hängande över sig, hur det var att vakna med en fruktansvärd baksmälla och vaga minnen av att ha stått full och högljudd framför pappa som lugnt förklarade att mamma låg med migrän – du tar knäcken på henne – och ett minne från längre tillbaka samma kväll, jag hade legat med Aleks och ångrade det, ångrade allt. Det var en känsla som det nästan inte gick att stiga upp och leva vidare med, men jag var nästan inte betrodd med några andra känslor än likgiltighet och lust att förstöra.

»Det var en fruktansvärd tid«, säger Elise. »Jag försummade allt som fanns, Jonas och Stian, allt. Jobbet. Jag begrep inte att Halvor hade det så svårt, och hur som helst hade jag ingen möjlighet att ta mig an det.«

Hon tar ett djupt andetag, ser gråtfärdig ut, sedan andas hon lugnt ut igen. Då är det som om jag plötsligt kommer ihåg turordningen på allt som hände samtidigt, att Sondre låg inlagd i flera veckor för något de trodde var celiaki och att han fortfarande låg på sjukhus när Halvor tog sitt liv, det är som om jag hade glömt det. Att Jan Olav inte kom på Halvors begravning på grund av detta.

»Kan du fylla på vattenkannan, Elise, du som sitter närmast diskbänken«, säger Jan Olav.

Elise ser på honom som om hon inte förstår vad han menar, hon ser uppriktigt förvånad ut, sedan vänder hon sig mot mig och säger: »Så jag kände väl egentligen inte att jag tog så särskilt mycket hand om moster Liv efter att Halvor hade dött heller.«

Nu kommer Geir tillbaka till bordet med en kanna vatten. Jan Olav tackar, han sträcker sig efter vinflaskan och häller upp åt sig själv, sedan ser han på våra glas, om något är tomt.

»Hon har ju Bent«, säger jag.

»Det var ett gott vin«, säger Jan Olav, även detta som om han visste mer om ämnet än Geir.

Men jag då? Hur var det med mig. Vad hände med mig under den perioden, tog jag hand om moster Liv? Vi hade fått förskoleplats. Jag kunde tacka ja till alla uppdrag jag fick som frilansjournalist, det var helt rätt för mig just då. Och jag slapp använda moster Liv som barnvakt; det kändes som en stor befrielse. Jag var så trött på att vara hemma med Maiken så jag hade låtit moster Liv passa henne de dagar hon inte jobbade. Jag intervjuade en författardebutant tredje dagen Maiken var på förskolan, Geir hade hämtat Maiken och gjort saltimbocca när jag kom hem, jag var glad, uppsluppen, Geir korkade upp vinflaska nummer två, alla leksaker undanplockade från golvet, sex som när vi var nykära och såg ut mot en ny era, dagen därpå ringde pappa och berättade att Halvor hade hängt sig i sin flickväns föräldrars garage.

Jag minns att jag gick genom Sofienbergparken med ett par gummistövlar i storlek tjugo i handen, jag hade glömt skicka med dem till Maiken på förskolan. Tjugo är otroligt litet. Jag hade en enda tanke, jag måste *rensa skallen*, jag skulle renskriva intervjun och kunde inte tänka på något annat förrän jag hade gjort det, jag var livrädd för att informationen som låg lagrad i huvudet skulle gå förlorad.

Nästa sak var att jag hade fått bidrag till en reportageresa till Stockholm. Kristin hade hjälpt moster Liv med allt, möte med begravningsbyrån, skriva dödsannons, mamma och pappa åkte upp till Oslo och var med på mötet med prästen. Kristin hade dessutom hjälpt moster Liv med lokal och catering. Det var en känsla av att någon tog något ifrån mig som hade legat rakt framför näsan under lång tid. Att alla de andra hade något ihop som jag inte var involverad i. Jag kom hem från Stockholm dagen innan begravningen, det var som om känslorna låg i tydliga lager i kroppen, sorgen överst, tjock och trygg, och all glädje under, och allt jag måste komma ihåg hotade att bubbla upp genom den.

När jag kom ut ur kyrkan efter begravningen blev jag bländad av ljuset, det luktade vår, lera och tussilago. Geir gick två steg bakom, Elise och mamma och pappa och moster Liv och Bent kom ikapp oss och jag hörde Elise säga till moster Liv: »Halvor var som en bror för oss.« Jag tänkte att det var lätt för henne att säga som var sex år äldre än han och aldrig blev något annat än en avlägsen storasyster. Halvor och jag tvingades ihop veckor i sträck, och jag kanske behandlade honom som en bror, men hur behandlar man en bror? Jag vet inte hur det är att ha en bror. Men Halvor var ingen jag kände någon närhet till som vuxen. Varje gång jag hörde att det gick bra, eller bättre, för honom kände jag en vag lättnad som försvann efter en kort stund. Och varje gång jag hörde att det gick dåligt för honom, att han hade blivit av med jobbet eller var väldigt deppig för att en flickvän hade gjort slut, kände jag en vag oro, som lika fort gick över.

En gång när vi var barn eller tonåringar sa jag till Halvor: »Kan du inte bara försöka vara normal. Så jag slipper skämmas.« Det finns förstås en massa saker att ha dåligt samvete för. Amanda satt mellan sin mamma och moster Liv i kyrkan och grät högt, ibland såg prästen ut som om hon funderade på att pausa i sin predikan. Amanda var en knubbig tjej med lugg, peace-örhängen och hela livet framför sig. Svarta mascararänder nerför kinderna. Jag tänkte, i kyrkan: Den här skuldkänslan för Halvor blir jag aldrig kvitt. Men sedan tänkte jag: Jag kan ju bara leva med den. Ja. Att det bara var att leva vidare, med skuldkänslan. Gå genom dörrar, på gator, kliva upp på morgnarna och somna på kvällarna med den. En konstant skuldkänsla som inte blir större, inte heller mindre, men ändå försvagas med tiden. Dricka kaffe med den, prata med människor, gå till jobbet.

Första året på gymnasiet brukade Anne Lovise och jag träffas på lekplatsen, hon gick hälsa och social, vi rökte och drack allt möjligt vi snott ur barskåpen hemma. En gång kom Halvor dit. Jag hade för länge sedan genomskådat att han var kär i Anne Lovise och hade förstås sagt det till henne, Anne Lovise viskade något till mig. Sedan vände vi ansiktena mot varandra och kysstes framför Halvor. Han bara försvann, han var bara borta. Det var hisnande, jublande, livsbejakande: motsatsen till svartsjuka, eller glädjen över någon annans svartsjuka, förorsakad av mig. En komplicerad känsla av seger. För det fanns en oro också, en rest av en gammal rädsla för att han skulle tjalla för mamma och pappa. Men det skulle han inte. Och dessutom kanske något av en annan rädsla, för hur mycket Halvor skulle tåla, när raden av nederlag skulle bli för lång, eller kanske är det bara något jag får för mig i efterhand, eftersom han generellt hanterade livet dåligt. Men känslan av att gå för långt, att inte kunna sluta.

»Det är svårare med pojkar«, sa mamma en gång, »de säger inte ifrån om det är något som tynger dem. Ni däremot«, sa hon med hänvisning till Elise, Kristin och mig, »ni sa alltid ifrån om något inte var som ni ville ha det.«

Jag trodde egentligen det var tvärtom, att flickor var mer sårbara än pojkar. Men när jag tänkte på mina syskonbarn framstod de som ganska slutna, stängda. Och Ulrik. Nej, inte Ulrik. Han var så öppen. Han ville ge mig hela världen. Något slags skojig gångstil över lövtäckt slätmark, ena byxbenet på overallen hade glidit upp över stöveln, ett lönnblad, större än hans huvud, det skulle jag få. Han gav mig stenar, smågodis, teckningar, berättade vad läraren hade sagt, vad han hade lekt med sin kompis, vad han hade lärt sig om Pluto, Merkurius, att det kliade i rumpan.

Det gick flera år när Anne Lovise och jag nästan inte hade någon kontakt, men sedan träffades vi av en slump i Fredrikstad på sjuttonde maj efter Halvors självmord, Maiken var ett och ett halvt och satt i sittvagn, jag hade följt med Elise till skolgården för Sondres skull. Anne Lovise hade hand om äggstafetten och försåg nästa rundas deltagare med sked och ägg. En pojke hade oknutna skosnören och hon såg sig om med sked och ägg i handen och fick syn på mig. »Kan du hålla det här lite«, sa hon. Sedan kände hon igen mig och sa: »Oj. Monika!« Vi kramade snabbt om varandra och jag tog emot skeden och ägget. Ägget var trasigt på ena sidan, det var förstås kokt. Min första impuls var att berätta för Anne Lovise om Halvor, men det gjorde jag inte, det var värsta tänkbara tid och plats, jag var tvungen att behärska mig och verkligen koncentrera mig, för det kändes som om jag höll på att brista ut i en våldsam gråt. Bara att se henne, hela kroppen full av samband och kopplingar. Och jag tänkte också på det där med att mata en katt, att jag måste se till att inte lova saker jag inte kunde hålla. Jag såg på skeden och ägget, stirrade på ägget medan jag tryckte tillbaka gråten.

Sedan satte sig Anne Lovise på huk och knöt pojkens skosnören. Hon hade röd urringad klänning. Väldigt slank, otroligt att hon hade tre barn. Jag gav tillbaka skeden och ägget, tänkte på ett idiotiskt uttryck som inte hade något med situationen att göra: lägga sitt liv i någons händer. Soptippen är jämnad med marken, den har blivit bostadsområde, folk bor där på riktigt nu. Anne Lovise pekade på Maiken och sa: »Maiken! Herregud vad stor hon har blivit. Otroligt vacker flicka.«

Sedan var hon tvungen att vända uppmärksamheten mot

äggstafetten, »vi *måste* höras«, sa jag, hon nickade bestämt med huvudet och jag tog tag i handtaget på vagnen och gick därifrån. Jag hittade Elise vid en fiskdamm, Sondre stod och höll i en pinne med ett snöre som var nedsläppt på andra sidan om en skärm. När han hade dragit åt sig snöret satt det en hopvikt reklambadboll i klädnypan.

»Oj, titta vad du fick!«, sa Elise. Maiken satt i vagnen i hätta och såg klok och uttråkad ut, betraktade alla människorna och allt de gjorde med stängd mun. Jag tänkte om Maiken: Hon kommer att klara sig. Det kommer att gå bra. Mamma och pappa hade bjudit hem moster Liv och Bent, de hade kommit dagen innan och jag minns att jag tänkte att Bent var så otroligt fin mot moster Liv, han hade kostym, slips och sandaler, och jag var så glad att moster Liv hade honom så hon slapp behöva mamma och pappa.

Morgonen därpå har Geir dukat upp ett ordentligt frukostbord och Maiken vill ha macka med jordnötssmör, sedan vill hon ändå inte det, sedan vill hon ha mjölk med müsli. Geir häller upp kaffe åt Elise, mig och sig själv. Det var Jan Olav som bröt upp i går kväll, det gjorde han medan Geir satt i telefon med sin restaurangkompanjon om något som hade gått snett, något elektriskt. När Geir var klar hade Elise och jag dukat av bordet. Klockan var lite över tolv.

Jag hör Jan Olav harkla sig i badrummet, han sitter alltid så länge på toan, det är så många frukostar under årens lopp när vi har suttit och väntat på Jan Olav, det är ett icke-tema, ingen har någonsin kommenterat det. Så småningom kommer han, tackar ja till kaffe medan han sätter sig med en bryskt undvikande blick och börjar skåda ut över frukostbordets pålägg. Det går en rysning genom mig, den där lukten som alltid hänger kvar runt honom när han länge och väl har varit i badrummet. Rakvatten, lök, sura handdukar, tandkräm, en aning tarmgas. Alltsammans ångande av fukt.

Elise säger att hon tycker att Maiken och Sondre leker riktigt bra tillsammans. »Det är bra för Sondre med lite flickpåverkan.«

»Kan du skicka skinkan«, säger Jan Olav till Geir.

När vi la oss i går kände jag mig tacksam över att Geir lyckades övervinna sin frustration och irritation över Jan Olav och Elise. Geir viskade: »Bra jobbat!«, och vi skrattade, ljudlöst, och sedan låg vi med varandra, tyst, och det sitter kvar i kroppen nu under frukosten.

»Brukar Maiken få hål på knäna?« säger Elise. »Jag tror det är mer en killgrej, jag blir helt galen på det. Pojkar är mycket vildare och vårdslösare än flickor. Jag håller faktiskt på och lappar pojkarnas byxknän, hur mycket husmor kan man bli.«

Jan Olav ber Elise skicka äggröran.

»Maiken får absolut hål på knäna«, säger jag. »Jag använder sådana där lappar man stryker på.«

Elise blir engagerad.

»Får du dem att sitta?« säger hon. »De bara lossnar i tvätten för mig.«

Jag säger att de brukar sitta.

»Du måste berätta hur du gör«, säger hon, »hos mig ramlar de alltid av.«

Maiken lämnar bordet, hon har nästan inte ätit någonting. Sondre lägger ifrån sig mackan och tittar upp på Elise.

»Det måste du berätta«, säger Elise till mig.

»Sitt lite till«, säger Jan Olav. »Ät upp mackan.«

Elise är röd om kinderna, hon ser glad ut och det slår mig att jag har tagit fel när jag uppfattat en mild tillrättavisning bakom Elises ständiga pladder om familjeliv och barn och hem under årens lopp, om tvättprogram, om köttsoppa på hemkokt buljong, märkning av kläder, matlådor med lock som sluter dåligt. Då och då försökte hon höja husmorsstandarden: spaghettins koktid, al dente, försöket att få på Jan Olav en linnekostym, tvinga Stian att ta pianolektioner, göra pizza med mozzarellaost. »Han är musikalisk«, sa hon, det hade hon sagt sedan Stian knappt kunde prata, han tycker så mycket om att sjunga, men jag hade varken sett eller hört något som helst musikaliskt från den pojken, inte sjöng han mer än något annat barn heller, alla barn sjunger. Kanske har det verkligen varit viktigt för henne att delge mig alla dessa trivialiteter, att det varit hennes sätt att komma nära, en bön om att jag också skulle inlemma allt detta i min betydelsesfär.

Anne Lovise satt på terrassen i kappan och rökte när jag gick upp med Maiken morgonen efter kvällen med Yvonne. Det stod en skål havregryn med mjölk framför henne.

Hon hade gjort kaffe, jag satte Maiken framför teven, tog en kopp kaffe och gick ut till henne. »Jag har inte sovit på hela natten«, sa hon. »Eller, jag somnade, och sedan vaknade jag klockan fem och låg och vred på mig till klockan sex, då gick jag upp.«

Himlen var blå men större delen av trädgården låg fortfarande i skugga. Det lilla äppelträdet hade gula och brandgula blad, nu har det tappat alla.

»Geir har planer på att odla egna grönsaker längst ner i trädgården. Kan jag ta en cigg av dig«, sa jag, »jag tror mina tog slut i går.« Anne Lovise räckte fram sitt paket.

Träet i stolarna var fuktigt, dynorna låg inte i.

»Hur är det med dig?« sa jag. Anne Lovise log blekt och ryckte på axlarna.

»Han vill plantera fruktträd också«, sa jag. »Han säger att vi ska bli självförsörjande.« Borta hos Kalle och Yvonne såg det lugnt ut, inga tända lampor. Då sa Anne Lovise:

»Jag måste berätta en sak. Pappan till Thereses kompis är ganska snygg. Lång, smal, grått hår.«

Hon böjde sig ner och fimpade i terrakottakrukan.

»Han är skild«, sa hon. »Hans fru lämnade honom.«

Och sedan lät hon det hänga i luften, överlät det åt mig, satt där på terrassen och kisade mot morgonsolen med rufsigt hår, ville ha min välsignelse och acceptans, eller vad vet jag. Eller att jag liksom skulle dra ur henne något i förtroende. Ibland åt hon lite ur tallriken med havregryn och mjölk, så färglöst, lika färglöst som huden och hennes hår, och nattlinnet. Jag hade ingenting emot en skild man, inga invändningar. Kunde hon inte bara ta reda på det själv.

»Psykiatrisjuksköterska«, sa hon. »Vi pratade om det där med att bli bedragen och lämnad.«

»Vad sa han?« sa jag.

»Tja«, sa hon. »Att det gör ont.«

Jag kunde ju ha stöttat henne, uppmuntrat henne att gå in för det i stället för att sitta hemma och vänta på vad Frode skulle bestämma sig för. Men det verkade så omöjligt, tragiskt.

»Om allt går åt helvete«, sa hon. »Om Frode inte kommer tillbaka.«

»Han kommer säkert tillbaka«, sa jag. Och det gjorde han.

»Du är ju själv kvinna«, sa Elise en gång. »Vad menar du?« sa jag. »Ibland verkar det som om du inte tycker om andra kvinnor«, sa hon. »Bara dig själv.« Hon skrattade lätt som för att ta udden av det. Då var hon kanske fyrtio och jag trettiotre. Jag kunde inte minnas att hon hade sagt något så direkt till mig förut. Jag hade suttit och pratat i kanske en halvtimme i sträck medan Elise vek kläder. Jag blev paff, försökte komma ihåg vad jag hade pratat om. Det var när jag jobbade som lärare, och jag hade berättat om Helle, och Øystein. Helles förtvivlan och bitterhet när hon fattade att Øystein inte ville ha henne, och att han ville ha mig, och alla utbrott över det. »Men vad tror hon att hon vinner på det?« hade jag sagt till Elise, »fattar hon inte att hon bara gör bort sig?«

Men, åh, ja. Jag kunde bli förtvivlad om jag kände mig precis som andra kvinnor eller andra såg mig så. En gång satt jag på ett kafé i ett köpcentrum med en grupp mammor, fyra andra kvinnor i ungefär samma situation som jag. Ta mig an Maiken och ta mig an de där kvinnorna, de där samtalen, de medtagna kropparna i de påkastade kläderna och skallarna fulla av gröt. Eller, det var så de sa, amningsdimma, som att ha gröt i skallen. Jag hade skrivit upp mig på en lista, på vårdcentralen, det var helt frivilligt. Och jag hade inte läst en enda bok sedan jag gick på mammaledighet, knappt bläddrat i en tidning. En man i kostym tittade uppgivet på oss; han hade föredragit att äta sin baguette utan barnskrik, och jag skämdes. Jag skämdes framför allt över de andra, men även över Maiken som satt och hackade med sina blöta gommar rytmiskt mot min underarm medan hon gav ifrån sig stön och tjut.

Jag minns att Nina sa: »De första månaderna efter att Nora föddes var jag en fullständig zombie. Jag kände mig som om jag var på en främmande planet och att någon hade tvingat på mig ett helt omöjligt uppdrag som jag aldrig skulle kunna klara av, och som ingen kunde hjälpa mig med.«

Då var Maiken några månader gammal, och jag hade flyktigt men entusiastiskt pladdrat på med Nina om att få fler barn.

»Jag var bara rädd«, sa Nina. »Jag väntade på att någon skulle genomskåda mig och ta henne ifrån mig. Barnsjuksköterskan, Truls mamma, eller min egen mamma, eller kassabiträdet på Rema! Om hon skrek där. Jag var helt säker på att jag aldrig skulle våga göra det en gång till. Varken att vara gravid eller föda, men inte heller att ta på sig ett så gigantiskt ansvar för ett annat liv en gång till.«

Jag tänkte aldrig på det så. Tänker jag på det nu är det som om jag bara ville ha vad andra hade, utan att tänka på om det var något jag verkligen ville, men jag kan inte minnas att jag var rädd för att inte klara av det.

Elise sätter sig på huk och samlar håret i en hög hästsvans framför spegeln i hallen, som fortfarande inte är upphängd utan står på golvet. Sondre skriker något ilsket åt Maiken, som hon säkert har förtjänat. Ett välbekant lyckosvall vid tanken på att de där tre snart ska lämna huset, att huset återigen ska vara tomt på dem. Inta det på nytt, en mjukhet och värme och hemlighetsfullhet i väggar och möbler, mitt. Jag vill ligga med Geir i kväll igen.

Men Maiken blir ledsen när de åker. Hon ligger halvvägs under soffan och ylar. Ångern håller på att etablera sig i hennes känsloregister, än så länge tämligen egocentriskt, hon ångrar att hon förstörde för sig själv. Det blev mindre lektid med Sondre på grund av hennes egen dramatik. Jag ber henne vara tyst, fast jag vet att det inte hjälper. Men kan du inte bara stå ut med att lyssna på ylandet, säger jag åt mig själv, men det kan jag inte, jag måste få stopp på det. Jag drar fram henne i ena foten, hon tjuter ännu högre. Jag säger att hon inte får lördagsgodis om hon inte slutar skrika. Det blir ett litet hack i skrikandet, men sedan ökar det igen.

Då kommer Geir in.

»Jag har skrivit en handlingslista«, säger han. »Du kan gå och handla om du vill, så tar jag hand om pöbeln.«

En lycka sprutar fram i mig.

Jag går ifrån Geir och Maiken, som inte har slutat skrika. Solen lyser genom den kala blöta äppelträdskronan, den ser ut att vara täckt av spindelnät.

Vid soptunnorna står Yvonne med en gulsvart plastpåse i handen, hon rycker till när hon ser mig, en skuldmedveten min, sedan säger hon: »Skatan. Kalle krossade huvudet med en gatsten, det var så äckligt.« Hon öppnar locket på soptunnan och slänger ner påsen, den låter tung när den landar på resten av soporna, det skramlar när Yvonne släpper ner locket.

Jag går längs General Ruges väg, det rinner vatten vid trottoarkanten som det glittrar i. Elise och Jan Olav har åkt, det är över och det var helt okej. Jag får idéer till inledningen på artikeln jag ska skriva, längtar efter tid att få sätta mig. Jag har skrivit över trettio artiklar och gjort kanske femton intervjuer de sista två, tre åren, i flera olika tidningar och magasin. Om att kvinnor får barn allt senare, om fotbollsspelares relationer till sina mammor, om inredningstrender, om råttor i Oslos avlopp, om näringsinnehåll i skolbarns matlådor. Det känns som om hjärnan ständigt utvecklar förmågan att producera idéer om ämnen som till en början inte intresserar mig nämnvärt. Jag blir intresserad medan jag skriver.

Om Geir ger mig ett par arbetstimmar senare så älskar jag honom.

»Du hade sannerligen röstvolym som liten«, sa moster Liv till mig en gång. Det var när Maiken var bebis.

»Om du inte ville sova ensam när jag passade dig skrek du tills du fick din vilja igenom. Jag bara fick inte lämna rummet! Nähä, då stannade jag väl då! Som prinsessan befaller. Ända tills du somnade.«

Det ligger regnvått skräp på asfalten, ett glansigt chokladpapper lyser i solen under en ståltrappa, och under räcket hänger tunga glittrande vattendroppar. Bara jag kunde bevara detta! Använda det till något. Sedan tar ett nytt intryck över, hur vinden blåser, susar, genom trädkronorna över huvudet på mig. De små knäppljuden av saker som lossar från träden och faller ner på asfalten, knäpp, knäpp, knäpp i en ström. Tanken på sakerna jag ska köpa, peperoni, burktomater, öl, toapapper, paprika, mjölkchoklad. Livets rikedom är nästan outhärdlig.

En gång satt mamma vid köksbordet och skakade sorgset på huvudet. Som om allt i hennes liv var förlorat eller något hon ångrade. Maiken var ett år, håret tillräckligt långt för att jag skulle kunna sätta en snodd i det, hon drog ut alla slevarna ur mammas kökslåda, systematiskt, koncentrerat, det var ett projekt hon inte ville bli störd i. På den tiden var hon så gullig att det gjorde ont att titta på henne. Mamma sa:

»Ett gult björklöv, och att sätta på Bach. Sådana saker gjorde livet värt att leva. Och ni. Du som satt i barnstolen och åt en hoptryckt dubbelmacka med hallonsylt.« Hon la händerna över ansiktet och lät fingrarna glida neråt. »Med hela ansiktet«, sa hon. »Du gjorde livet värt att leva. Förstår du det?« Ja, jag nickar. Jag kunde inte prata, förnuftsmässigt tyckte jag att hon var sentimental och dramatisk, men känslomässigt blev jag otroligt glad och rörd över att jag haft förmågan att glädja mamma genom att vara en ettåring som gjorde som ettåringar gör, eller att mamma trots allt hade förmågan att bli glad över det.

»Vi har väl båda haft vårt att kämpa med, vi två«, sa mamma. »Jag tror det gör oss till bättre människor.«

Det var första gången jag kunde minnas att mamma jämförde sig med mig, hon som annars la tyngden på allt som var annorlunda med mig, som hon inte förstod, som förvånade henne, men jag ville inte identifiera mig med mammas depressioner och apati, jag kände inte att jag hade något av det i mig.

DELAD GLÄDJE ÄR DUBBEL GLÄDJE

Juli 2002

En gång tog jag med mig Kristins pojkar på en stadspromenad, det var några månader efter att jag hade träffat Geir, jag hade det där energiöverskottet man får när man är nykär. Jag hade tänkt dricka varm choklad med dem på Kirkeristen, men de ville ha *slush*.

»Slush alltså?« sa jag. Det var strax efter jul, flera minusgrader och snålblåst. »Vill ni inte ha varm choklad?«

»Nej, slush«, sa Gard, han var fem, sex.

»Jag vill helst också ha det«, sa Njål, som kanske var åtta eller nio.

Vi hittade ett hemskt ställe på Oslo City som sålde slush. Vi satt på plaststolar med öppna jackor.

»Vet du vad som hjälper om man får hjärnfrys?« sa Gard. »Fortsätta dricka. Men det tror man inte precis.«

Sedan gick vi ut på Karl Johan. Och när vi gick över Egertorget och såg slottet var det ett så fantastiskt vackert vinterljus, det kunde lika gärna ha varit tidig morgon som eftermiddag, brandgul horisont. Barnen hade blå, blå ögon, ansiktena omlindade av halsduk och mössa, Njål huvudet högre än Gard. Jag skulle träffa Geir samma kväll, det var en ömsesidig och trygg förälskelse. Då tänkte jag att jag vågade tro på lyckan, att allt gick bra, att allt skulle gå bra. Men vid Kirkegata stod det en clown som gjorde djurfigurer av långa, smala ballonger, och han fick Gards uppmärksamhet. Själv undvek jag ögonkontakt med clownen, men han följde efter oss och plötsligt hade Gard en ballonghund i handen.

»Moster Monika«, sa han med tunn röst.

»Ge tillbaka den, du«, sa jag. Och han försökte, men clownen ville inte ta emot. Vi fortsatte gå, jag ökade tempot. Nu dansade clownen runt oss från alla håll med sina långa ballonger, det var sminkat ett stort leende runt munnen, men munnen log inte, han sträckte fram sin lediga hand och signalerade att han ville ha pengar. Det var vitt smink runt ögonen, det vita i ögonen såg gult ut i jämförelse. Jag bad Gard en gång till att lämna tillbaka hunden, och Gard höll fram hunden mot clownen med båda händerna, men clownen ville inte ta emot, han ville ha pengar. Han var mer och mer påstridig, spärrade vägen för oss, folk som skulle förbi oss gjorde omvägar runt. Jag tittade mig omkring för att se om någon såg vad som hände, men alla hade nog med sitt, en kvinna i pälskappa följde oss med blicken när hon gick förbi. Till slut gav jag efter och frågade clownen vad han ville ha, och han sa med ljus röst: »Twentyfive.« Tänderna var gula. Jag pekade på ett annat ballongdjur, något blått, och gav honom en femtiolapp, fick det blå djuret och gav det till Njål. När clownen dansade iväg kände jag en lättnad, att jag nästan hade varit rädd, och sedan irritation. Vad kunde hända på Karl Johan med en massa människor runt oss? Njål höll ballongdjuret framför mig och sa: »Moster Monika, hallå, jag vill ju inte ha!« Han fräste, spottade ut orden och det värkte av en skam som jag visste alltid skulle sitta kvar; detta skulle Njål och Gard komma ihåg. Jag ville bara sätta mig på huk och hålla händerna för öronen.

»Vet du hur gammal jag är?« sa Njål.

»Förlåt«, sa jag. »Då får Gard båda.«

»Men vad ska jag få då?« sa Njål.

Yvonne ger flickorna var sin glasspinne. Markisen är helt neddragen så att bordet står i skugga, jag ser bort mot vår terrass som flimrar i solen.

»En sådan skulle vi haft«, säger jag till Geir och pekar på markisen över oss, och Geir nickar. Vi är klara med maten, det är fortfarande mycket spickeskinka kvar, flatbröd och burksparris, vita och blanka. Jag vet vad Geir kommer att säga när vi kommer hem: *Affärerna är proppfulla av färsk, mjäll sparris, och så köper de konserver!*

»Har ni märkt något med Hanna på sista tiden?« säger Yvonne. »Vi är lite oroliga för henne. Hon har varit sjuk så mycket, och så klagar hon på att det gör ont i benen.«

»Hon är inte riktigt sig själv«, säger Kalle, »men jag tror inte det är så farligt.«

»Nej, det vi är rädda för är ju leukemi«, säger Yvonne. Hon stannar till med munnen halvöppen, hon ser från mig till Geir och sedan på Kalle. »Hon är liksom lite ... *anemisk*«, säger hon och tar sig själv i ansiktet.

Jag säger att vi inte märkt något.

»Kan ni inte ta henne till doktorn då?« säger Geir medan han häller mer öl i sitt glas, och i Yvonnes.

»Jo, men vår läkare har semester«, säger Yvonne, »så vi tänkte vänta tills han är tillbaka.«

»Det är ju säkert ingenting«, säger Kalle.

»Säkert inte«, säger Geir. »Barn är ju sjuka så ofta, och mer vissa perioder. Jag tycker hon ser frisk ut.«

Yvonne lyfter på armstöden på sin stol och låter stolsryggen glida två hack bakåt.

Geir och jag köpte hardwoodstolar med gröna dynor på trädgårdscentret, det tog så lång tid för den unga killen att hitta stolarna vi skulle ha, Geir blev mer och mer barsk, vi blev ombedda att lämna lagret och vänta utanför, som om Geir hade uppfört sig hotfullt, och det gjorde honom bara ännu argare. Vi stod där på asfalten, det var juli, det var sol och sommar och vi var egentligen glada, men hela min kropp var i olag, jag kunde inte bestämma mig för om jag gillade Geirs ilska eller inte. Jag tyckte om att han blev arg, det fanns skäl, men jag gillade inte sättet han blev arg på.

»Men jag fattar att ni är oroliga, det blir man ju«, säger jag.

Kalle pekar på Hanna och Maiken som sitter på terrasstrappan med var sin glass, de är barfota, Maiken har huvudet på sned och äter glassen sidlänges, hennes hår i hästsvans och nästan helt blekt av solen, så obekymrad jag är, jag är nästan aldrig orolig för Maiken.

»Det är så lätt att göra barn lyckliga på sommaren«, säger Kalle. »Ge dem en glass. Bara ge dem en glass. Låt barnen få glass, sommaren är kort!«

Jag ler mot honom.

»De där två får i alla fall glass så det räcker«, säger Geir.

Yvonne häller upp mer öl åt sig och Geir.

»Selma åkte ju tillbaka till sin mamma i går«, säger hon, »och hon får visst inte se att det går att ha trevligt med alkohol, så vi har inte druckit en droppe på fem dagar.«

»Det är mitt ex som säger att det är så det ska vara«, säger Kalle. »Fatta logiken i det, den som kan. Men jag gör vad jag kan för att undvika konflikter.«

Ölen har gett mig en vakuumkänsla i munnen och låren domnar, den löser liksom inte upp som den brukar.

»Maiken vill också börja med fotboll i höst«, säger jag. »Eller, Geir vill åtminstone det.«

Kalle nickar medan han samlar ihop tallrikar och bestick.

»Vet ni vem man ska kontakta?« säger Geir.

»Jag ska ge dig numret till killen som leder flickfotbollen«, säger Kalle. »Vi får uppmuntra Hanna och Maiken att spela mycket i sommar så får Maiken en bättre start. Tjejer är ofta förvånansvärt obekanta med hur en fotboll uppför sig, i motsats till killar.«

Han lyfter upp tallrikstraven och går in med den genom

terrassdörren, och Yvonne vänder sig mot mig och viskar väsande: »Du skulle bara veta hur skönt det var när Selma åkte hem till sin mamma, jag var nästan beredd att ha ihjäl henne.«

Kalle dök upp på vår gemensamma uppfart i förmiddags, under överblommade syrener, han bar på något stort och vitt som visade sig vara en lufttorkad skinka. Ett dovt plopp från ett äppelkart som föll till marken bredvid honom.

»Den väger över fem kilo«, sa han. Han hade den under en bomullsduk, ett bit kött med hud stack ut, mumieaktigt. Ljuset mellan bladskuggorna flimrade och flimrade på gruset.

»Yvonne har sagt att jag ska bjuda er på lufttorkad skinka i kväll«, sa han, »vi kan äta på terrassen.«

Han höll om skinkan som ett spädbarn. Och jag såg upp i himlen. Äppelkarten på det lilla trädet rörde sig i vinden, stora moln drog över himlen, varifrån kom de.

»Tror du vädret håller i sig?« sa jag.

Det kom en kort skur en timme senare, allt blev blött, och sedan upplyst av solen igen, allt glittrade, buskar och träd och gräsmattan, rosorna nedanför terrassen.

Från att Kalle sa »två små eklektiker«, och tills vi stod och kysstes i hans och Yvonnes kök och därefter låg med varandra i deras säng, gick det ungefär ett år och åtta månader. Jag kunde inte tro det som hände, jag tyckte att jag var oskyldig, jag hade inte uppmuntrat till det, hade inte kunnat ana vad som skulle hända, jag hade gått över för att låna en bok av Yvonne.

Ligga på terrassen och läsa och njuta av ensamheten.

Geir var i Liverpool när det hände, Maiken var hos Elise och Jan Olav under helgen, Yvonne var hos sin pappa med Hanna. Vi var omgivna av Yvonnes och Kalles saker. Det här kan vi inte göra om, tänkte jag, och innebörden av det svällde ut, vi bor här, allihop, i den här lilla bostadsrättsföreningen. Jag tänkte på hur jobbigt Yvonne skulle tycka det var att jag såg köket så.

En rörig köksbänk, flaskor med olja och vinäger, kryddor, en öppen syltburk, muggar och glas och assietter, en påse med tre korvbröd, skärbräda med flera använda smörknivar, smulor på skärbrädan och på bänken. Och en rand av smulor och skräp längs golvlisten, som en tångvall på stranden. Flottiga köksluckor fulla av fläckar och fingeravtryck. I fönsterkarmen: en hårdplastbytta utan lock med gummiband som svämmade över. Röda, blå, gula, gröna. Ett läxschema med matfläckar. *Kom ihåg kritorna.* En taklampa i vitlackerad metall över bordet, den var dammig. Sedan flyttade vi oss till sovrummet, men vi drog aldrig av överkastet, det var mönstrat och från Tunisien.

Vi klädde av oss allt, vi var helt nakna på deras överkast. Kalle hade ränder efter shortsen. Jag var fruktansvärt koncentrerad, som om jag var tvungen att observera och lagra minsta detalj, både av rummet, av Kalles kropp, av hur han uppförde sig, och i mitt eget inre. Han hade hår på axlarna. Han kysste på ett huggande sätt. Jag drunknade helt i en förvånansvärd kåthet utan förmåga att fråga mig vad jag höll på med. Den ena garderobsdörren stod öppen och Yvonnes kläder syntes där inne, klänningar och kjolar i olika färger, svarta, raka byxor och ljusa blusar. Och det var som om jag inte visste om det var för att bevara något vackert och betydelsefullt, minnas varje detalj för att kunna återkalla känslorna igen, eller om det var för att vara förberedd om jag skulle behöva ljuga för Geir eller Yvonne om vad jag hade gjort, hålla det dolt, eller försvara mig om allt skulle komma fram en dag. Jag låg där, uppmärksam, koncentrerad, men jag var inte rädd. Det här kostade för mycket, eller risken jag tog var för stor för att jag skulle kunna förstöra upplevelsen med rädsla eller distans.

Kalle kommer ut med en flaska whisky och fyra glas. Yvonne har frågat Geir om han skulle lämna mig om jag blev handikappad. Det är en gul solskenshinna på allt det gröna, och ett ensamt glasspapper efter flickorna rullar långsamt över gräsmattan. Kalle pekar på fatet med skinkan som han har låtit stå kvar:

»Sluta inte, bara fortsätt äta«, säger han. »Vi kommer att få hålla på med den här skinkan ända till jul.«

»Hm«, säger Geir. »Klä på dig och mata dig och köra dig i rullstol?« Han betraktar mig med en tillgjort avsmak. Och sedan drabbas jag av en fånig tanke, som en gnällig bön till Geir: Vi älskar varandra, eller hur? En hårslinga han strukit bakåt faller ner i pannan. Eller hur?

Kalle häller upp whisky i de fyra glasen. Han pekar på skinkfatet igen och säger:

»Sluta inte.«

»Du då, Monika«, säger Yvonne. Det röda håret står som en lejonman runt huvudet på henne. »Skulle du fortsätta vara gift med Geir om han hamnade i rullstol?«

»Vi är inte gifta«, säger jag. Men sedan måste jag till slut svara på det.

»Ja«, säger jag, »ja då.« Det är som en kungörelse, hundra procent sanningsenlig, men frampressad, som en tonårskille som blir tillfrågad om han tycker om sin mamma eller syster. Ja. Lämna mig ifred nu.

Geir lutar sig fram och tar en skinkskiva från fatet och stoppar i munnen.

»Tills döden skiljer oss åt«, säger jag.

»Men tänk om ...«, säger Yvonne, och sedan brister hon ut i skratt.

»Du tänker inte på annat«, säger Kalle och ser på sin fru, ömsint och glatt. Han har lutat sig bakåt, dragit upp axlarna och stoppat händerna i shortsfickorna, och ser väldigt kärleksfullt på Yvonne.

Jag ser en fettslamsa som sitter fast mellan Geirs ena framtand och hörntand.

Kvällssolen lyser på gräsmattan, tallarna vid soptunnorna

kastar långa skuggor. Och jag tänker på när Geir och jag var nykära. Varje kväll låg jag i hans famn och det kändes som om vi var ett. Och sedan, från en stund till en annan var kontakten bruten. Han somnade och försvann, och jag slingrade mig ur och bort. Den första vaga snarkningen och jag visste att allt var förlorat, varje kväll. Och då började tankarna snurra, om hur gammal jag blivit, om allt som gått fel, om Roar. Jag hade egentligen tre månaders uppsägningstid hos Torunn, men hon gav så småningom med sig och lät mig slippa undan med att betala hyra för en och en halv månad.

»Det är som om vi bara måste vänta tills det går över«, säger Kalle. Han pratar om den äldsta dottern.

»Hon är lika jobbig hos sin mamma«, säger han.

»Är det så illa?« frågar jag.

»Hon är fullkomligt osmaklig«, säger Yvonne. »Fy fasiken alltså. Visste jag inte bättre hade jag inte trott att hon fått någon uppfostran alls.«

En kort stund är Kalles ansikte som en åttaårig pojkes, så sårbart, så i behov av tröst. Yvonne har ju själv barn, hon borde veta att det bara är han som får lov att prata illa om Selma.

»Plötsligt får vi in en främmande människa i huset«, säger Kalle, »och jag tror inte vi ska lägga så mycket tid på att försöka förstå eller lära känna henne, förhoppningsvis försvinner hon om några år och då kommer gamla goa Selma tillbaka.«

»Selma är världens mittpunkt, och alla andra är till för hennes behov«, säger Yvonne, och jag ser återigen det lätta draget av smärta eller irritation i Kalles ansikte.

»Det är inte det att hon liksom struntar i det eller vill vara egoistisk och elak, det är bara så som hennes världsbild ser ut just nu«, säger han, och sedan skrattar han och höjer whiskyglaset.

Det där året när jag var ihop med Roar var jag en gång i vår stuga med honom och hans dotter, och Roar lät Tyra sitta i framsätet och jag fick sitta där bak. När jag frågade om det efteråt sa han att han inte ville att hans dotter skulle känna att jag tog hennes plats. »Hon är van vid att få sitta där fram«, sa han. Efteråt tänkte jag: Vad menar du med det, hör du vad du säger? Men då försökte jag bara förstå. Eller min förståelse var given, allt var beroende av min förståelse, ingenting av allt som hänt hade hänt utan min förmåga till förståelse. Tyra satt i framsätet och tuggade tuggummi, med jämna mellanrum bytte hon ut det gamla tuggummit mot ett nytt. Hon satt kvar i bilen medan Roar och jag lyfte ut ryggsäckarna och matkassarna i den välbekanta lukten, blandningen av myr, fårspillning och avgaser från den nyss avstängda motorn.

På lördagen gick vi en vandringstur. Vi tog med kex och choklad och kaffe, på kvällen skulle vi steka biff, det var Tyras favoriträtt. Roar kisade mot solen. Vi hade äntligen fått varandra. Trotsat en massa svårigheter, härdat ut, och nu bredde lyckan och kärleken ut sig framför oss, för mig är det helt omöjligt, till och med nu, att se det på något annat sätt. Men när vi gick över ett myrområde och försökte hitta någonstans att komma över en älvliknande bäck, och Roar såg upp mot himlen och antagligen försökte komma på var solen befann sig bakom molntäcket, och jag var rädd att vi gått lite vilse, då tänkte jag, och jag visste, och kände i kroppen, att han skulle rädda Tyra många gånger om före mig, om han hamnade i någon situation där han var tvungen att välja, eftersom hon hade hans gener. Jag var en hona utan avkomma, jag var kastlös, ingen skulle gå genom eld och vatten för mig. Framför mig såg jag de fyra på vandring, Roar först, de båda flickorna efter, och så Ann längst bak, i vandrarkängor och barbent med myggbett.

Jag diskade ensam på söndagen medan Roar och Tyra låg skavfötters i soffan, Roar med en Philip Roth-roman och Tyra med en damtidning, jag ställde glödheta glas upp och ner på den rutiga handduken, skummet gled ner och brast, flugorna surrade i fönstren. Varje gång jag stoppade ner händerna i vattnet gick värmen som ett raseri genom kroppen. Små prickar av baconfett på rutan och sprucket fönsterkitt.

Tyra var sjutton, föräldrarna hade just flyttat isär, hon hade det jobbigt i skolan, jobbigt med kompisar, och var överviktig. Jag vibrerade av en äntligen uppfylld förälskelse, utkastad åt själva ödet och helt nedsänkt och genomsyrad av det.

Sommarnatten är så ljus, himlen nästan vit, matt. Kalle fyller på så fort någon har tomt i whiskyglaset. Geir pratar om restaurangen och efter en stund har han övergått till kocken i *Apocalypse Now!* som klagar på att de *kokar* kött och har en personlig kris efter mötet med tigern i djungeln. Geir imiterar kocken, jag har sett honom göra det säkert tio gånger förut:

»Jag kom hit för att laga mat.« Han drar ölglaset fram och tillbaka på bordet medan han pratar.

»I didn't come here for this! I don't fuckin' need it, I didn't want it! I don't get out of the goddamn eighth grade for this kinda shit! All I wanted to do was fuckin' cook! I just wanted to learn to fuckin' cook, man!« Det verkar som om Kalle har sett filmen men inte Yvonne, men båda skrattar. Jag skrattar jag också. Flickorna har somnat i soffan framför en film, det finns ingen känsla för tid när det är så ljust.

Det fanns en punkt när jag släppte allt och inte brydde mig om någonting annat än det som hände här och nu, när Kalle var på väg in i mig, medan han andades blött i mitt öra: Det ögonblicket satte jag mitt liv på spel för. Efteråt var den starkaste känslan sentimentalitet. Som att ligga på en strand och noggrant granska mitt liv: Allt jag hade. Kunde jag förlora det? Ja, det var möjligt. Men var jag rädd för det? Definitivt, men rädslan och passionen stod och stångades mot varandra.

Geir och Maiken var på plats igen när jag hade legat med Kalle: ett skred av ironisk lycka, Maiken satt och sjöng på puffen framför teven som inte var på. Jag var tvungen att ge uttryck för lyckan och sa att jag skulle skaffa mig ett fast jobb igen, att jag hade sett en platsannons som copywriter på en reklambyrå, för Geir hade, med en bedräglig lättsamhet, en vecka tidigare föreslagit att jag kanske kunde lägga frilanstillvaron på is ett tag och försöka skaffa ett fast jobb, för vi behövde mer pengar.

»Kanske titta lite på vad du tjänar i genomsnitt per månad.«

Behöver mer pengar, jag kan inte fatta att han kunde säga något sådant.

Men då var jag så glad att det smittade av sig på allt.

»Vill du ha fast jobb igen, i alla fall?« sa Geir.

»Ja, jag orkar inte med den ekonomiska osäkerheten«, sa jag.

Och snart var det sommar! Maiken hade tappat en tand. Det kände jag en glädje över. Allt gick sin gilla gång, allt var som det skulle, jag bredde leverpastej på mackor och la dem i lunchlådan, drog disktrasan över köksbänken, vinkade av Geir och Maiken på väg till skolan. Men allt var annorlunda, jag kunde inte komma hem på normalt sätt längre. Eller se på Geir och Maiken, prata med dem på normalt sätt. Det var en ny ömsinthet, ibland överväldigande, med ett inslag av irritation. Ett behov av att avbryta ömsintheten, spara den, skärma av mig. Minnen kom som små explosioner när jag hällde mjölk över Maikens müsli, samlade ihop handdukar och la i tvättmaskinen. Kalle som pressade in händerna under min rumpa för att trycka ihop oss ännu mer, trycka sig ännu längre in i mig. Jag slog igen tvättmaskinsluckan och hörde och kände det kraftiga knäppet när luckan efter ett visst motstånd stängdes. Vatten som forsade. Jag kände det i knäna när jag reste mig, kroppen en helt annan, trött och dödlig, eller, först och främst väldigt levande. Jag hade fått småtvålar i födelsedagspresent av Maiken som Geir hade köpt med henne, formade som olika frukter med tillhörande lukt: mandarin, äpple, citron. Dessa lukter blandades ihop med Kalle, hans sperma över min mage.

Han tog av sig glasögonen, och innan han tog på sig dem igen putsade han dem med t-shirten.

Och plötsligt en dag stod Geir och Kalle och pratade med varandra i köket när jag kom in från terrassen, jag blev så perplex, jag gick in i badrummet och där satt Maiken och kissade. Hon såg frånvarande på mig och reste sig, hon hade några röda fläckar på halsen, hon stod bredbent och torkade sig, släppte ner pappret i toan och drog upp underbyxorna, och sedan var det som om hon vaknade, piggnade till, rätade på sig, ögonen blixtrade: »Gå ut! Lämna mig ifred på toan!«

Solen har gått upp. Yvonne har gått och lagt sig för länge sedan, det sista hon sa var: »Åh, nu är det sex timmar tills jag ska börja jobba och hjälpa alkisar och ensamstående mammor att fylla i blanketter.«

Stackars Yvonne. Jag ryser vid tanken på att ha fast jobb igen. Maiken sover inne på soffan i deras vardagsrum. Jag letar med foten efter min ena sandal. Jag reser mig först, sedan Geir, vi är båda vingliga, på var sitt sätt. Det ligger kvar ganska mycket skinka på fatet. Kalle staplar glas, han vinglar också i början, på ett tredje sätt. Geir kommer ut genom terrassdörren med Maiken sovande över axeln, han tackar för sig och gränslar häcken och kliver upp på terrassen med Maiken, hennes bara arm hänger över hans rygg. Jag stapplar omkring med ett svagt vinande i kroppen. Jag går upp på vår terrass och står där och lyssnar genom den öppna dörren och hör Geir borsta tänderna. Jag går ner på gräsmattan igen och förbi Geirs köksträdgårdsprojekt, genom häcken och tillbaka till Kalles och Yvonnes terrass, sätter mig i korgstolen, andas. Nu viner det hela tiden i kroppen. Det är två saker kvar på bordet: en tom ölflaska och en kniv som glänser av smör. Där står Kalle i dörren.

Vad är det jag vill?

Bara prata lite?

Han kommer ut till mig med långsamma steg, krum rygg, som en väldigt gammal man. Solstrålarna spretar mellan tujagrenarna. En dörr smäller igen – hos dem eller oss? – det blåser i björken, han står där i de svaga solstrålarna och jag vet inte vilka som sover och vilka som inte sover.

Jag har ett slags leende i underkäken som gör hela hakan stel och domnad. Kalle sätter sig på andra sidan bordet. Han knuffar till kniven så att den snurrar runt i en halvcirkel, små flatbrödsflak passerar under knivbladet.

»Jag tror att jag ska ta mig i säng jag också«, säger Kalle.

Min tumnagel delar en brödsmula i två delar mot bordet, och genom denna pyttelilla rörelse känner jag hela den stora förtvivlan, att ge upp allt, att dra ner en rullgardin. Dag ut och dag in av samma saker, och sedan kommer Maiken att flytta hemifrån och jag kommer att gå runt i huset och torka av köksbänken och vattna krukväxter medan Geir springer eller cyklar eller odlar grönsaker. Jag kan inte ha ett sådant liv.

»Är du säker?« säger jag.

Bebistiden på Markveien. Geir hade lediga förmiddagar, vi låg på var sin sida om Maiken i dubbelsängen och betraktade henne, Geir på sidan med huvudet i ena handen, med den andra pillade han på Maiken, Maiken låg med armarna utåt sidorna, och bröstkorgen som höjdes och sänktes, handen halvöppen bredvid örat, fingrarna började vibrera och rycka när Geir stack in ett pekfinger i hålrummet, »som en köttätande växt«, sa han. Sedan åkte Geir till jobbet. Jag åt yoghurt med müsli flera gånger om dagen. Mjölken virvlande ner med det varma vattnet när jag duschade. Jag bar Maiken på ena armen när jag pratade med mamma eller Elise i den trådlösa telefonen, jag såg på mig själv i spegeln, ansiktet tycktes främmande och nytt, både äldre och yngre, Maiken hade en kal rand på bakhuvudet.

»Ja«, säger Kalle. »Det är för komplicerat.«

Sådan är Kalle. När pressen blir för stor släpper han, utan

förvarning, det är en känsla av att falla mot golvet med ett klatsch. Släppas från medelhöjd, klatsch.

»Kanske om vi inte var grannar«, säger han.

Lägg aldrig ett uns av ditt liv i denne mans händer! Men jag har redan lagt allt som är värt något i hans händer, vältrat över det. Nej, tänk inte så, det är en överdrift. Tänk inte så.

»Men jag har i vilket fall som helst ingen lust att riskera det jag har, jag tycker väldigt mycket om Yvonne«, säger han. »Och så är det det här med Hanna som vi måste undersöka. Vi håller på och försöker få ett barn till också. Men säg inte att jag har sagt det.«

Kalle ska gå in i radhuset till sin familj. Jag bryr mig så lite om Hanna just nu. Men det kommer att förändras, jag kommer att bry mig om henne. Stormen som rasar i mig, av besvikelse, kommer att gå över. Jag kommer att bli en riktigt människa igen. Och jag har mitt barn i behåll.

Innan jag går säger jag: »Men jag kan inte bo här bredvid dig och vara sugen på att ligga med dig varje dag!«

Jag ångrar att jag sa det, och sedan går jag.

Det är morgondagg på rosorna, en intensiv gråhet som matt silver, den gråheten eller det silvriga finns i de gröna bladen och de rosa kronbladen, de gula ståndarna, eller vattendropparna i olika storlekar som mer eller mindre täcker alla ytor och hela gräsmattan.

Jag klär av mig framför sängen, släpper sommarklänningen och bh:n rakt ner på golvet, det piper och surrar i huvudet. Geir är vaken, han sträcker ut armen och lägger den över min rygg och säger: »Skulle du ha sex med mig om jag var förlamad?«

»Åh«, säger jag. »Måste du skoja om allt?«

Han lyfter på huvudet. Han fattar ingenting.

»Är det så att absolut allt går att skoja om?« säger jag. »Eller måste skojas om?«

»Monika«, säger han och håller om mig.

Allvaret han nu avväpnar med det morbida skämtet är större

än jag tycker om, eller för stort jämfört med mitt samvete. Jag eftersträvar inte och känner inte lika mycket som han.

*

Sängen är tom, solen lyser in genom fönstret, jag är svettig. Sedan hör jag Geir ropa att det är telefon till mig. Strax därefter står han i dörren med den bärbara. Han signalerar att han inte vet vem det är.

»Vad är klockan?« viskar jag.

»Elva«, viskar han.

Jag tar telefonen och säger mitt namn. Det är en Fredrik någonting, det tar en stund innan jag fattar att han ringer från reklambyrån där jag varit på intervju.

»Du övertygade oss«, säger Fredrik någonting. »Vi är imponerade av din erfarenhet.«

Kopiator, sammanträdesrum, kaffebryggare och vattenautomat, mappar och papper. Kolleger, nya människor. After work. Först glädje, sedan missmod, och sedan glädje igen.

»Och så tyckte vi väldigt bra om dig, alla tre.«

Jag gnuggar bort sömnskräp ur ögonvrån och sätter mig upp i sängen.

Han undrar om jag kan börja redan i augusti, eftersom jag är frilansare.

Geir sitter på terrassen med kaffe när jag kommer ner, Maiken sitter i vardagsrummet och ser på teve.

Geir sträcker ut armen efter mig när jag går förbi bakom honom. Terrassdörren är öppen hos Kalle och Yvonne, men terrassen är tom, fast där ser jag Kalle, han backar ut ur boden med gräsklipparen. Att grannens barn får cancer ökar inte risken för att ditt barn ska få det. Riskerna blir inte heller mindre. Nej. Hur var det jag reagerade? Med ett lugn.

När jag var liten och pappa kom till mig på sjukhuset efter blindtarmsoperationen var hans ansikte alldeles utmattat av oro och lättnad, eller det var tomt, resignerat, hans liv som var över, drömmar krossade – det är ett intryck jag har korrigerat fram och tillbaka under årens lopp. Jag låg där med bandage på magen och försiktiga andetag och var ett förtrollande och oskyldigt barn som hade varit nära döden. Pappa klappade mig på kinden. Han hade varit borta i fem veckor. Den kraft han till slut hade uppbådat, mot något sedan länge uppdämt, gång efter gång uppskjutet, och så blev allt inställt på grund av min spruckna blindtarm. Den kraften kunde inte upprepas; det var den enda möjligheten pappa hade att lämna mamma. Jag tänker på lättnaden över att pappa kom tillbaka som något som inte var lättnad. Tänker på glädjen som det avtagande ljudet av applåder. Något ändligt, slutet och bedrägligt. Jag minns att pappa köpte en ny stege till båten men att jag inte kunde bada på grund av operationssåret och att det var uppenbart att han inte hade tänkt på det, han åkte ut med Kristin och Elise i båten medan jag låg hemma på soffan. Jag var tillräckligt frisk för att gå till skolan första dagen, tvåan.

I grannträdgården springer Hanna över gräsmattan på ett ben, hoppar, dansar; Kalle har satt igång gräsklipparen och hon utför en vanvettig dans bakom honom; var är bensmärtorna? Var är det blekt anemiska ansiktet, jag ser det inte. Då kan jag inte tänka annat än: Det där barnet är inte sjukt. Men oron hon gett sin mamma och pappa har ändå knutit samman dem för gott, ingen av dem kan någonsin släppa, oron har tagit ifrån Kalle alla andra känslor och begär än behovet av att vara tätt sammanbunden med sin fru och dotter. Även om Kalle går fram och tillbaka över gräsmattan med sin motorgräsklippare, och Yvonne sitter på socialkontoret och handlägger ärenden, närmare varandra än de är kan man inte vara. Och kanske är det en brist i Geirs och mitt liv, att allt har gått som på räls, att det inte har funnits några problem, aldrig något med Maiken, ingenting som gett anledning att klamra sig fast vid varandra i desperation efter ett löfte om att aldrig, aldrig lämna varandra. Eller kunna avge ett sådant löfte med en absolut lätthet och nödvändighet: Jag kommer aldrig att lämna dig. Jag *kan* inte lämna dig. Vi ska alltid vara tillsammans. Kalle och Yvonne kommer aldrig att gå ifrån varandra. Jag kan för ögonblicket inte föreställa mig att jag och Geir inte kommer att göra det, och denna julisöndag, med lukten av bensin och nyklippt gräs och Kalle som går fram och tillbaka över den lilla gräsplätten, är det den enda trösten. Att mitt liv åtminstone ska ta en ny vändning, en verklig vändning, inte bara en bluff, även om det är en vändning till det sämre.

»Vem var det som ringde?« säger Geir.

»Jag fick jobbet«, säger jag, »där jag var på intervju. Som copywriter.«

Det kommer ett glatt skratt från Geir.

»Vad bra«, säger han. »Då har jag lust att resa bort snart. Italien eller Frankrike.«

Maiken kommer ut på terrassen i underbyxor och t-shirt med en stor solros på magen, med sitt gummiansikte som hela tiden visar de känslor hon vill visa, hon kan genast ge uttryck för varje känslotillstånd. Påklistrade känslor. Strålande rar: *Mamma, jag älskar dig, jag älskar dig!* Dödligt förnärmad: *Mamma, du har slarvat bort min teckning!* Trotsig, sarkastisk: *Förlåt då! Okej då!* Det gnagande tjatet: *Mamma, jag vill ha läsk. Nej, jag vill inte ha vatten. Jag vill ha läsk. Jag är faktiskt väldigt törstig. Jamen, jag vill ha läsk. Jag vill ha läsk. Varför kan jag inte få läsk. Men varför.* Jag måste leva med detta känslokaos, jag måste lära mig att ignorera det.

Och jag vet att vad Kalle och jag har gjort också kan ses så:

Varför gjorde vi det? För att vi kunde. För att Yvonne, Hanna, Geir och Maiken var borta.

Jag känner ett lugn. Det blir bra med rutiner igen, en fast inkomst, en trygg framtid. Geirs uppskattning.

BARNET

Mars 2005

Nina ringer medan jag står i sovrummet och sorterar kläder, hon säger att Truls ångest inte har lagt sig, att den snarare ökar än minskar. Jag slänger en grön mohairaktig akryltröja i högen med sådant som ska till UFF.

»Jag börjar nästan bli orolig«, säger Nina.

»Men det är ju bra att han åtminstone vill prata om det, väl«, säger jag, »när han nu mår sådär. Många män skulle inte ha gjort det.«

Jag drar fram den grön- och vitmönstrade omlottklänningen ur UFF-högen, jag måste prova den en gång till innan jag gör mig av med den.

»Det är snart tre månader sedan«, säger hon. »När tror du det går över? Borde han prata med sin läkare eller en psykolog?«

»Det kan ju inte skada«, säger jag.

Jag behåller två par alldeles för trånga jeans, jag kan bli smalare.

»Flickorna har fått dubbla brandvarnare i sina rum«, säger Nina, »och han har köpt nya brandsläckare, så nu har vi två på varje våning. Han läser en massa om bränder på nätet. Han verkar lite besatt.«

Av någon anledning kommer jag att tänka på filmen *The burning bed* som Nina och jag såg ihop på Sorgenfrigata på åttiotalet. Tollef tyckte helt klart att vi var banala, men han sa ingenting. Vi såg mycket sämre filmer än den. Vi hävdade att vi var finkulturella när det gällde böcker men inte filmer, fast vi läste dåliga böcker också, till exempel läste vi båda två boken som filmen baserades på.

Jag håller på att ge bort nästan en tredjedel av mina kläder till UFF. Jag skäms över hur mycket jag har köpt, eller över så många felköp, en del har jag aldrig använt; vilket dåligt klädsinne jag har haft.

Jag erkände aldrig för Roar att jag såg dåliga filmer och läste dåliga böcker, jag brydde mig mindre om hur Tollef uppfattade mig, så borde det inte ha varit.

Det började brinna i Ninas och Truls hus under mellandagarna. Ett stearinljus de hade glömt släcka antände manschetten som satte eld på duken under. De vaknade av brandvarnaren, skadorna var inte stora. De fick parketten slipad och lackad och väggen och taket ommålade, och på Truls femtioårsdag i februari syntes inte ett spår av den lilla branden. Men trots att det var en ganska odramatisk händelse har Truls varit orolig sedan dess.

»Rädslan har satt sig, han blir inte blir av med den, han sover dåligt och vaknar och får för sig att han känner röklukt«, sa hon till två väninnor och mig på festen, medan hon nickade mot de tända stearinljusen i fönsterkarmen. Hon hade fått markerade linjer över kinderna, hade lite för mycket puder och rouge, jag undrade om vi hade glidit ifrån varandra, jag stod och tänkte på det.

Hon sa att hon var orolig för att döttrarna skulle smittas av det och bli oroliga de också; Nora ska flytta hemifrån till hösten. Eller att de ska tappa respekten för sin pappa.

»Truls ville helst inte ha några levande ljus över huvud taget nu i kväll«, sa hon, »men jag sa: Vi kan ju inte sluta med levande ljus! Vi får bara se till att alla är släckta när vi går och lägger oss.«

Geir var inte med på Truls femtioårsdag, flera gånger fick jag frågan: »Har du inte Geir med dig?«, och jag svarade omväxlande: »Nej, han är hemma med Maiken«, eller: »Nej, vi ska tyvärr separera.«

»Åh, jaså«, svarade de, eller: »Åh, nej, är det sant!« Tollef stod bredvid mig, han tog tag om min arm och kramade den.

Tollef sa på verandan när vi rökte tillsammans: »Jag önskar att ni inte skulle göra det. Jag önskar att ni skulle försöka reda ut det.« Och en kort stund i det milda, uppåtgående ruset ville jag göra som han sa.

Geir står på vardagsrumsgolvet mellan kartongerna med en sorgsen min som väcker mer irritation än ömhet. Det är långfredag, Maiken är rastlös, har ingen att leka med, Kalle och Yvonne åkte till stugan med barnen i går.

När jag berättade för Kalle att jag och Geir skulle gå isär såg han häpen ut, som om han tyckte att det var opassande, drastiskt, att han själv aldrig skulle ha gjort något så drastiskt. Och att han tyckte det var beklämmande att jag berättade det. Det var självklart att han redan visste; det var flera veckor efter att jag berättade för Yvonne.

»Jag har köpt en lägenhet i Grünerløkka«, sa jag. Kalle nickade.

»Det är ju synd för flickorna«, sa han.

»Men Geir bor kvar », sa jag, »åtminstone ett tag, Maiken ska fortsätta på Østensjø skola. Vi skiljs som vänner, vi vill gärna behålla kontakten med er.«

Deras katt kom smygande över gruset och strök sig mot Kalles smalben.

»Vi åker bort i påsk«, sa han. »Skulle ni kunna mata katten? Säg ifrån om det inte går. Säg ifrån om det blir för mycket.«

»Självklart«, säger jag. »Det gör vi gärna.«

I går morse, på skärtorsdagen, åkte Kalle, Yvonne, Hanna

och bebisen till fjällen med tre par löparskidor på taket och en pulka i bagageutrymmet. Maiken sa:

»Ska jag inte åka skidor på hela påsken? Jippi!«

Jag stod och såg bilen åka iväg och undrade över känslan, längtan efter något jag inte ville ha, alla skidparen, all mat packad i väskor, skidvalla, apelsiner.

Geir övertalade mig att köpa lägenheten på Helgesens gate. Han hade följt med på visningen dagen efter Truls femtioårsfest. Han hade byxor med fickor på benen och såg hantverkaraktig ut.

»Jag tror det är ett bra köp«, sa Geir. »Jag tror inte du får råd med någon trea i första taget, om du inte är beredd att flytta lite längre ut.«

»Det vill jag inte«, sa jag. Och Geir såg på mig med sin överseende min, som om han hade att göra med ett stort barn.

»Jag ska hjälpa dig att måla«, sa han. »Och ta bort den där glasfiberväven om den stör dig så väldigt.«

Den stör mig väldigt.

En vecka efter visningen köpte jag lägenheten, jag skulle inte få råd med någon trea trots att jag hade fått lite ekonomisk hjälp av mamma och pappa. Jag tänkte på alla mina tacksamhetsbevis när Geirs mamma hjälpte oss med trehundratusen så vi kunde köpa radhuset. När det väl kom till kritan var det bara Geir som fick de där pengarna. När han skulle köpa ut mig visade det sig att jag bara ägde en fjärdedel av huset, vilket inte motsvarade så mycket mer än min andel av lånet. »Jag trodde hon hjälpte *oss*«, sa jag. »Det var så hon sa, så ädelt, att hon ville hjälpa oss.« Geir blev så provocerad, han tyckte jag var otacksam, men hur skulle jag kunna vara tacksam när jag inte hade fått ett skit? Maiken stod i trappan och sa: »Men kan ni inte bara vara på era rum! Inte prata med varandra om ni bara måste gräla! Mamma, du kan gå till köket och pappa till vardagsrummet.« Och hon som var ensambarn och själv aldrig hade blivit tillrättavisad på det där sättet, och hon var bara åtta, dramatisk och lillgammal.

»Kan du ta hänsyn till barnet«, sa Geir, och sedan var diskussionen över. Maiken kan förstöra vartenda samtal. Och när hon äntligen är i säng eller i skolan har gnistan slocknat. Då vill vi bara prata tyst och sorgset om allt som varit och hur mycket vi har försökt, och hur mycket vi egentligen tycker om varandra. Om vi kanske skulle försöka en gång till. Och det är inte konstruktivt, då händer ingenting, då blir det på stället marsch. Vi har dykt ner i det smärtsammaste i grälen, Geir har sagt saker han aldrig kan ta tillbaka, och det har jag med. Det är så mycket jag är ledsen över, men det finns ingenstans att börja, och ingenting tycks mer fåfängt och destruktivt än att båda skulle lägga upp all ånger och allt dåligt samvete på bordet, ösa ur sig och ösa ur sig, gråta och blotta sig och se honom blotta sig, och sedan *nästan* komma i mål. Kanske så att man *precis* lyckas stappla vidare, men bara som en fördröjning.

Han kan också säga: Ta hänsyn till flickan! Då och då använder han »barnet« när han är extra melodramatisk. Det finns ett *barn* här mitt i allt. *Barnet* är det viktigaste. Kan du vara snäll och tänka på *barnet.* Jag mår illa av honom då, han blir en främling. Han placerar oss på olika moraliska nivåer. Vi pratade om att få barn och hur det var att ha barn, som något generellt, men vi har aldrig brukat prata om det här speciella barnet som barnet. Maiken.

»Får jag två påskägg?« sa Maiken när vi berättade att vi skulle flytta isär. Det är fem veckor sedan. »Två julaftnar?« sa hon. Hon sa att hon längtade efter att få berätta för Kristine, hennes bästis som också var *skilsmässobarn.* Och några dagar senare frågade hon: »Hur går det med skilsmässan?« Och när vi inte svarade genast: »Ska ni inte skilja er då? Men det sa ni ju?«

Det finns olika sorters te i skafferiet. Det finns kryddor och gryn från åratal tillbaka, vildris, korngryn, torkade tranbär. Geir vill att vi ska städa ur alla skåp och lådor innan jag flyttar, han vill inte bli sittande med allt jag inte vill ha. Medan jag håller på ringer pappa, mottagningen är bäst från kullen bakom stugan. En gång till frågar han om vi inte vill komma upp till stugan. Jag säger nej.

»Är allt bra med er?« säger han.

Jag säger att det är bra.

»Ja«, säger pappa. »Vi är här uppe med Kristin och gänget. Pojkarna har gjort en hoppbacke.«

Jag ska på middag hos Bobo, en copywriter på jobbet, och hans kille som är kirurg. Vi är flera från jobbet som ska dit.

Det ryckte till i Geirs kropp när jag sa att jag skulle på middag, han vill också gå ut, komma iväg. Jag förstår honom så väl.

»*Bobo?*« säger Geir. »Så finns det väl ingen som heter?« Men jag sa att det var flera på jobbet som skulle dit, och dessutom att hans kirurgsambo var man, och Geir blev mer avslappnad.

»Du kan väl gå ut i morgon?« sa jag, jag vill att han ska ha det bra, men nej, jag hoppades att han inte skulle det.

»Då är det ju påskafton«, sa han. »Jag tror Maiken blir besviken om vi inte är hemma båda två då.«

Inte göra Maiken besviken.

Maiken ser på teve. Hon är så oberörd! Så otålig, så full av förväntan på att hennes nya liv ska börja.

Geir står och ser ut genom fönstret, jag går bort till honom och säger att jag ska hälsa från pappa. Yvonnes romantiska trädgårdsbänk står på den vissna gula gräsmattan med snöfläckar och skrumpna rester av fjolårsfrukt, jag säger:

»Den där bänken passar ju inte till de här sextiotalshusen.«

Geir håller med.

»Jag måste mata katten«, säger jag. »Hänger du med?«

För plötsligt kan jag få det gamla barnsliga behovet av att vi ska göra allt tillsammans.

Geir skakar på huvudet.

Jag tar på mig stövlar och kliver över det låga staketet och låser upp. Därinne luktar det svagt av fuktiga träningskläder eller kattkiss. På köksbänken står en assiett med en halv macka med bitmärken i torkad ost. En vissen blombukett på vardagsrumsbordet, brunt vatten i en genomskinlig vas. Sokrates stryker sig mot mitt ben, jag hör att han spinner, jag böjer mig och lyfter upp honom, kroppen vibrerar under mina händer. Jag ser på fotot av Kalle och Yvonne i Tunisien på väggen, de sitter på var sin kamel, Sokrates gnider huvudet mot min hals. En gång på flygplatsen hade Geir och jag köpt frallor med ost och skinka, Geir började med sitt sedvanliga gnäll, vad var det den gången? Jo, det var margarin, inte smör på frallan. Jag försökte skrapa av med servetten åt honom, men det blev så klart inte bra. Maiken var två år, hon var hos Geirs syster. Jag ville ha ett barn till, en pojke, men jag minns också att jag kunde tycka att det var tillräckligt jobbigt med Maiken, i baksätet på bilen, vid middagsbordet, så mycket oväsen, och hon hade äntligen börjat i förskolan. Liv och lust – men framför allt styr och ställ. Vi hade varit i Rom, vid Spanska trappan och på kyrkogården där Sigrid Undsets Jenny begravdes i romanen, och vi hade köpt Lego till Maiken. Vi hade fantastiskt sex på hotellrummet, men på flygplatsen två dagar senare var det som om det aldrig hade hänt. Geir hängde upp sig på en fralla som inte var perfekt. Och där satt jag, åt min fralla ensam. Mörknade. Åren som låg framför oss såg mörka ut.

Jag fyller på skålen med illaluktande kattmat från en burk i kylen.

Kalle och Yvonne har en vägg full av barnfoton. Hanna med nyfödd Anton i knät. Yvonne berättade att hon var gravid en kväll när de var hos oss och åt lutfisk, men det var väldigt tidigt.

»Skulle du ha velat ha ett barn till?« frågade jag Geir när de hade gått hem. Och han svarade:

»Ja, det vet du ju. Det var väl därför vi köpte radhus.«

»Det är inte säkert att det är för sent«, sa jag. Jag var fyrtiotre då.

»Jo«, sa han. »Det skulle ha varit för några år sedan.« Han tänkte inte på min ålder. »Det är ju inte så bra mellan oss nu«, sa han. Yvonne fick missfall när hon var elva veckor gången, men hon blev gravid igen några månader senare och då kom Anton.

Susanne på jobbet, som ska på middagen i kväll, är fyrtioett och har inga barn. Hon har en kille, en filmregissör, och en gång frågade jag Susanne om hon trodde att hon ville ha barn, och hon svarade bara: »Nej. Det vet jag att jag inte vill.«

Mamma reagerade helt förutsägbart när jag berättade att Geir och jag skulle flytta isär. Några frågor om det var slutgiltigt, om vi inte borde göra ett försök till, upprört, besviket, men med något slags trygghet i botten; de skulle alltid finnas där för mig.

När jag berättade för Elise började hon gråta. Hon ringde mig igen nästa dag och ville att vi skulle åka upp till stugan. »De stora pojkarna kan stanna hemma«, sa hon, »vi kan åka upp med Sondre och Maiken. Så vi kan prata?«

Hon sa: »Jan Olav blev så ledsen.«

Jag pratade med moster Liv en gång strax efter att jag hade lämnat Øystein och bodde ihop med Roar på Grønnegate. Jag träffade henne på ett kafé på Oslo central, jag ville snabbt bli klar, ville inte lägga mer tid än nödvändigt. Lyckan låg som ett hav framför mig. Alla visste om graviditeten och missfallet. Jag var euforisk och sårbar, nästan aggressiv, jag tålde inga frågor om mitt liv, och jag kände att skillnaden mellan moster Liv och mig var så stor: Hon som hade förlorat ett spädbarn och jag som också hade gjort det, visserligen bara ett knappt påbörjat, utan att bry mig om det och utan att vilja ha några fler chanser. Men det första hon sa var: »Det viktigaste är att du är lycklig. Jag ser ju att du är det.« Sedan pratade vi om högt och lågt, hon berättade att hon och Halvor planerade en charterresa, de skulle ha Amanda med sig. Sedan kom hon in på Elise.

»Det är ett tufft liv«, sa moster Liv. »Tre barn. Det är lätt att tappa bort sig själv.«

Vi stod ute i den skarpa majsolen med blänkande bilar och bussar som körde in och ut ur de djupa skuggorna av husen.

»Tror du att hon har det bra med Jan Olav?« sa moster Liv. Hon skakade lite på huvudet.

»För jag har mina tvivel«, sa hon.

Och det var en varm och mjuk och jublande tacksamhet som bredde ut sig i kroppen, ut i händerna, en skuldkänsla och en hisnande glädje, allt var inte färdigstöpt och konstant och uttalat och vedertaget – Elises soliditet och suveränitet och perfekta familjeliv, och mitt instabila ombytliga liv, med förhållande efter förhållande. Elises lycka kunde tydligen visa sig vara skör och obeständig. Bara en yta. Jag hade valt rätt. På den tiden var jag helt galen av lycka. Jag sökte efter något att säga, för jag ville inte att stunden skulle ta slut, men jag var tvungen att behärska mig.

Men Elise levde vidare med sitt familjeliv i lugn och ro, och alltid full av energi, år efter år. Betade sig igenom allt som kom i hennes väg: julgransplundringar, tandställningar, konferenser, jobbkonflikter, lille Sondres magproblem och Jan Olavs magproblem.

Jag kliver ur duschen och öppnar badrumsdörren, påskljus från sovrummen. Varmt, gyllene, liksom trögflytande. Jag hör ljuden från Maiken som spelar nintendo nere i vardagsrummet. Jag har köpt ett extra stort påskägg till Maiken – som kompensation för att vi fortfarande bor ihop. De små kycklingarna på ägget har pastellfärgade kläder, en av dem sitter i barnvagn med en napp.

Maiken tittar upp från spelet.

»Vad ska vi göra på påsken egentligen, ska vi inte på *någon* semester?« Jag virar av handduken om det blöta håret och säger: »Nej. Vi kan åka på äventyrsbad, eller kanske gå på bio på söndag?« Maiken gäspar.

»Ja, för *det* är kul«, säger hon. Jag lägger grå skugga på ögonlocken.

»Jätterolig påsk!« säger Maiken.

Allt jag måste ta hand om. Sätten jag måste ta hand om det. Jag hör Geirs kniv i raska tag mot skärbrädan när han skär paprika, gurka. Jag bara räknar med att det går bra, att jag ska ta hand om allt på autopilot, och att det räcker.

Osten ligger på köksbänken. Jag packar in den i plast innan jag går, osten är mjuk och plasten är mjuk, jag lägger den i kylskåpet och dörren glider igen. Allt är mjukt. Maiken sitter i soffan och ser på tecknat på teve.

Sedan speglar jag mig i helkroppsspegeln i hallen och sätter på läppstift.

Geir lägger köttfärsen i stekpannan.

Det är milt, våt asfalt, det är lika förvånande varje vår när eftermiddagarna ljusnar. Jag längtar efter att det ska göra ont, göra mig uppriven. Göra Geir uppriven, och riva upp allt vi haft tillsammans och varit tillsammans, det känns inte rätt att avsluta på det här mjuka, smärtfria sättet.

Nina ringer mig alldeles innan jag kommit fram till t-banan.

»Jag måste få komma ut«, säger Nina, »kan vi inte ta en öl i kväll, säg ja.«

»Åh«, säger jag. »I morgon! Eller, nej, söndag! Jag ska på middag hos en kollega.«

»Jag blir galen«, säger hon. »Jag vill skiljas. Nej då.«

Det är tre minuter tills tunnelbanetåget kommer, ett skred av lycka genom kroppen, så glad över att jag inte är Nina och har hennes liv.

»Jag är ju ingen som måste ha en stor och stark och orädd man som skyddar mig mot faror«, säger hon. »Men han är så väldigt lite man just nu.«

»Jag tycker inte det är så konstigt att det sätter skräck i en«, säger jag, »nu kommer tåget.«

Men jag tycker det är konstigt, det var ju bara en pytteliten brand på en byrå, och det är mindre risk att det ska hända igen nu när hela familjen är medveten om det. Han är en vuxen man. Dörrarna går upp, en man med tvillingvagn går av.

»Ge honom lite tid«, säger jag, »och så lovar jag att vi ska gå ut ihop väldigt snart.«

Jag kommer dit samtidigt som Susanne, jag blir lättad, fick en känsla av hjälplöshet när jag gick under gatlamporna på Gabels gate, vi letar oss tillsammans fram till rätt ringklocka. Susanne går före mig uppför trapporna, hon har vita, nya läderstövlar och rött läppstift, hon är AD. Bobos sambo heter Henrik, han kramar oss fast det är första gången vi ses – åtminstone för mig.

»Vi har gjort paella, hoppas det inte finns några skaldjursallergiker här, Henrik har bakat bröd i två omgångar för den första jäste inte«, säger Bobo. Han ger oss var sitt glas mousserande. Jag säger att det luktar gott, och sedan säger jag att det är fint där. »Vi har renoverat och renoverat«, säger Bobo. »Henrik blir aldrig nöjd. Nu har vi bara sovrummet kvar, men när det är klart är jag rädd att han vill börja om från början igen.«

Jag hade velat ha med Geir. Det är så många saker jag inte har tänkt på som jag inte ska göra med Geir längre, allt som försvinner i utsuget. Jag tyckte ju verkligen om hans vänner. Det blev utan undantag trevliga kvällar de gånger vi var på middag eller gick ut med några av Geirs vänner eller de kom hem till oss. Men också med mina vänner; att ha Geir där. Jag kommer hela tiden på sidor hos Geir som jag hade glömt, egenskaper och talanger, till exempel förmågan att lugnt prata sig in i en trevlig och rolig kväll, den fladdriga och lösa kontroll han alltid hade.

Det är tre stora rum i fil i lägenheten; det tredje är ett kombinerat kök och vardagsrum. Det är säkert tre meter i tak. Det är mycket riktigt en massa böcker, en hel vägg täckt från golv till tak med inbyggda bokhyllor, helt fyllda. Jag blev så glad på lunchen för några veckor sedan, jag upptäckte att Bobo läste mycket skönlitteratur, men det var ändå inte glad jag blev; han har läst allt som kommit ut av intressanta romaner de senaste åren, jag har inte haft tid att läsa över huvud taget, eller har inte prioriterat det. Min iver fick honom att häpna, jag hade ju inte läst några av böckerna han hade läst. Sedan dess har jag läst två av de norska fjolårsböckerna som Bobo tyckte var särskilt läsvärda, den ena författaren är en vän till honom.

Vi är åtta runt bordet, det är Susanne och Britt, Bobo och Henrik, Ferdinand från jobbet och hans flickvän som jobbar på Utbildnings- och forskningsdepartementet och heter Hilde, och så är det en man i fyrtioårsåldern som jobbar på NRK, jag uppfattade inte namnet, inte heller vad han jobbade som, men något med kultur, projektledare?

Alla berömmer maten.

»Jag satte av min mamma på en busstation -87, det var sista gången jag såg henne«, säger Bobo. »Det var då jag bestämde mig för att bli författare. Och vem vet, kanske hade författardrömmen gått i uppfyllelse om jag inte hade brutit med henne? Allt motstånd, frustrationen, all ångest och allt självförakt försvann med henne.« Han ser på Henrik. »Jag blev nöjd, harmonisk, tyckte om mig själv«, säger han. »Och egentligen ganska dötrist.« Han skrattar högt.

»Ville du bli författare?« säger jag.

Bobo ser påtagligt längtansfullt ut i luften. »Ja, vem ville inte det?«

»Inte jag«, säger Henrik.

Bobo skrattar igen, högt och gällt.

»Går du och bär på några författardrömmar, Monika?« säger Henrik.

Jag ler och skakar på huvudet. »Nej, men jag kan inte säga att drömmen var att skriva reklamtexter heller«, säger jag.

Susanne och Britt pratar om en norsk film från i fjol. »Jag hatade den«, säger Susanne. »Kalla mig gärna okänslig, men scenen med det där barnet är det mest patetiska jag någonsin sett.«

»Jag kanske bär på en lite vingbruten journalistdröm?« säger jag till Henrik.

»Hennes kille är kock«, säger Bobo.

»Åh, vilken tur du har«, säger Henrik.

»Ja, eller, vi håller på att flytta isär«, säger jag.

»Nej!« säger han från NRK. »Du får aldrig flytta ifrån en kock.«

Jag skrattar.

»Jag har själv gjort det«, säger han. »Men hon var storkökskock, hon lagade världens tristaste mat.«

Han är snygg när han ler.

»Det är för att du inte har barn själv«, säger Britt till Susanne. »Då hade du inte kunnat vara oberörd. Jag grät så att bh:n blev blöt.«

Britt är singel. Hon har en dotter på tolv.

»Sådär kan du inte säga, och det vet du«, säger Susanne.

Jag frågar Bobo vilken färg de har på väggarna.

Han ser på väggen och säger: »Hm ... Vitt?«

»Helvitt?« säger jag.

»Det får du fråga Henrik om«, säger han.

»Nej, inte helvitt«, säger Henrik. »Antikvitt.«

Jag säger att Geir ska hjälpa mig göra iordning den nya lägenheten.

»Det är sådan där fiskbensmönstrad glasfiberväv«, säger jag, »och det är så fult. Jag vill ha släta, ljusa väggar.«

Jag har fått ett sms från Nina: *Jag är så himla trött på allt, kan vi inte bara lämna män och barn och dra till en grekisk ö?*

Men jag vet ju att hon inte menar det, inte på något sätt, på något plan.

»Det är otroligt bussigt av Geir«, säger Britt.

»Vi är ju fortfarande vänner«, säger jag.

Nina och Truls träffades när Nina gick på gymnasiet, de har varit ihop sedan dess, med undantag för ett par år när Nina var runt tjugo. Nina hade sagt åt Truls att de måste pröva med några andra innan de slog sig ihop med varandra för resten av livet. De kom överens om att träffas igen efter ett år, och att aktivt gå in för att träffa andra. Det gick enligt planerna och Nina bedyrar fortfarande att det där var något som fick dem att komma närmare varandra än om det bara hade varit de två hela tiden.

Truls hade tre korta förhållanden under året, Nina hade ett ganska seriöst förhållande med någon hon tagit studenten med. Men hon saknade Truls. Efter det där året var de helt säkra, men samtidigt vana vid att vara isär, så att de inte var lika beroende av varandra som många andra par. Det gick ytterligare tre år innan de flyttade ihop, Nina ville bo kvar i kollektivet med oss. Att Tollef och jag flyttade ut och några andra övertog våra rum gjorde det lättare för henne att bryta sig loss, men det var först när hon plötsligt blev gravid med Nora som hon flyttade därifrån.

Nina låg på rygg i soffan på Sorgenfrigata med händerna på magen och sa: »Herregud. Herregud.« Hon var osäker på allt, Truls, bebisen, den nya lägenheten. »Jag är bara tjugofem«, sa hon.

Jag försäkrade Nina om att det gick väldigt bra att bo ihop med bara Tollef.

»Det är ändå inte samma sak här när ni har flyttat«, sa Nina. »Janna och Jens sitter bara på var sitt rum, och Rickard har förändrats.«

Jag såg på de röda väggarna, de stora film- och konsertaffischerna som hade hängt där i flera år. Jag tänkte att det inte pågår någon utveckling i ett kollektiv, att de som bor där inte utvecklas, man kommer in i mönster som blir svårare och svårare att komma ur. Ett kollektiv förstärker negativa egenskaper; var du snål blir du ännu snålare, var du generös blir du ännu mer generös, till och med slösaktig. Hade du det ostädat förut blir du helt blind för röran, men om du hade låg tolerans för stök och smuts blir den ännu lägre. Var du en öppen person blir du gränslöst öppen, och omvänt. Rickard hade passat bra som fjärdeman: han kunde vara rolig, han gillade att festa, ibland lagade han stora grytor, men som individ var han ingen jag skulle ha valt att umgås med. Jag kunde mycket väl tänka mig att det inte var mycket kvar av honom när Tollef och jag hade flyttat.

»Det är i vilket fall som helst dags för dig att flytta härifrån nu«, sa jag. Jag tyckte så synd om henne, jag ville så väldigt gärna att hon skulle ha det bra och vara nöjd med sitt liv. Jag var samtidigt nästan missunnsam, det kändes lockande att plötsligt bli gravid på det där sättet, få livet avgjort i ett slag, släppa kontrollen, och jag minns att den tanken slog mig: Tänk om det skulle hända Tollef och mig? Varken Nina, Tollef eller jag var någonsin i lägenheten på Sorgenfrigata efter att Nina flyttade därifrån.

»Och Maiken?« säger Britt.

»Hon verkar ta det väldigt bra«, säger jag.

»Och Geir?«

»Jag vet inte«, säger jag.

»Hur länge har ni varit tillsammans?« säger Britt.

»Nästan tio år«, säger jag.

Henrik dukar av tallrikarna, Bobo häller upp mer vin.

I förra veckan var jag på Ikea och beställde en säng till Maiken och en bäddsoffa till mig, jag kunde inte vänta tills jag får lägenheten med att köpa en massa andra saker. Jag satt på Ikea-bussen, jag hade två papperskassar mellan fötterna, fulla med köksgeråd och handdukar, en toaborste och en uppsättning förvaringslådor, och det gick en våg av lycka genom mig. Lycka över nya skärbrädor, över nya, vita frottéhanddukar. Jag tänkte på att när jag var ung hade jag en dröm som jag nästan inte ville erkänna, att åka till Ikea tillsammans med en man jag var kär i, och handla till ett gemensamt hem. Bygga upp ett hem tillsammans, få barn. Det var ingen stor del av min person, men jag var inte fri från det.

»Jag var ihop med Maris pappa i nästan tolv år«, säger Britt.

»Jag är lite försiktig med alkohol«, säger Hilde, Ferdinands unga flickvän. »Vi försöker bli med barn.«

Jag försöker bestämma mig för en reaktion, le strålande, le nedlåtande, jag känner bara motvilja. Hon verkar ju inte försiktig med alkohol, verkar snarare ha druckit lite för mycket.

»Åh, vad roligt!« säger Henrik.

»Det är lite hemligt förstås«, säger Ferdinand.

»Vi har försökt så länge«, säger Hilde.

Hon är ung och säkert osäker i det här sällskapet. Men hon har fått allas uppmärksamhet och hon verkar egentligen ganska belåten. Alla ler mot henne, till och med Susanne.

»Jag måste runka i en sådan där plastkopp«, säger Ferdinand, och återigen tänker jag: Det här skulle Geir höra. Det här längtar jag efter att få berätta för Geir. Vi ser likadant på nästan allt. Vi delade en nyfikenhet och ett intresse för andra som kunde vara frejdigt och nästan glupskt, men ändå inte ovärdigt och verkligen inte elakt. Jag minns hur vänligt roligt vi hade när jag läste Elises julbrev högt. Geir låg på rygg i soffan och skrattade, men jag visste att han i grund och botten gillade Elise, eller åtminstone inte föraktade henne.

Henrik har gått och lagt sig; Ferdinand och Hilde och Britt har gått. Äntligen försöker han från NRK kyssa mig, på balkongen när vi är ute och röker. Det är ett märkligt jubel och en segerkänsla i kroppen, allt som fortfarande kan hända mig.

Jag trycker ner cigarettfimpen i den våta jorden i en blomsterlåda, en taxi med tänt ljus på taket glider förbi, en man på promenad med en svart hund glider förbi.

Men nej. Hans underarm trycker mot min axel. Balkongräcket i ryggen.

Stora, mjuka läppar, fel läppar, fel sätt att kyssa på, fel händer. Åh.

Något benigt i hans ansikte, hud helt utan elasticitet, i den råa nattluften. Det är som om något i min kropp inte är påskruvat, eller är avskruvat, ingenting av det han gör fungerar.

Någon har satt på Edith Piaf där inne och Bobo och Susanne dansar en vild och långsam tryckare. En flaska som stod på golvet snurrar runt och pekar som i sanning och konsekvens.

Vinet har gjort mig sentimental, sorgsen. Jag vänder bort ansiktet, för andra gången.

Bobo och Susanne välter den stora yuccapalmen där inne, jag kommer att tänka på krukväxterna i vardagsrumsfönstret där hemma, jag har inte vattnat dem på länge. Jag har glömt det, de behöver vatten, och sedan kommer jag på allt som Maiken behöver. Ny vattenflaska till fotbollsträningen. Bok nummer tre i serien hon läser. Inneskor till gympan. Plåster, sist hon skrubbade knät hade vi inga kvar.

Jag ler milt och beklagande och håller upp en hand, men jag får hålla upp två, inte ens då slutar han, jag måste lägga båda händerna mot den magra bröstkorgen och trycka bort honom.

»Ursäkta«, säger jag. »Jag är lite förvirrad nu för tiden.«

Jag är lite förvirrad nu för tiden.

Jag går före in i vardagsrummet, han går bakom och harklar sig för att säga något, men han säger ingenting.

»Nu blandar vi drinkar!« ropar Bobo. Men nej, jag måste hem, det är påskafton i morgon.

Min kappa.

»Tusen tack för en väldigt trevlig kväll«, säger jag.

»Gå inte«, säger han från NRK. »Jag vill att du ska stanna.«

I taxin hem tänker jag på Roar. Klockan är halv tre. Räknar ut hans ålder, åldern på hans barn, undrar om han har sex med Ann. Inte så långt efter att jag träffade Geir ringde Roar och ville ta en kaffe. Jag trodde han ville återuppta förhållandet och stålsatte mig, jag pratade med Kristin, och med Tollef, och sa att jag var rädd att jag skulle ge efter. Kristin sa: »Nej, det är inget aktuellt problem«, och Tollef: »Det är inte så säkert att du ska träffa honom, du kanske borde låta bli.«

Men Roar ville ha förlåtelse. Vi träffades på ett kafé vid Stortorget, drack en jättelik café-au-lait som var nästan vit av mjölk. Han hade sitt sedvanligt sorgtyngda ansikte. Rösten var hes och svag.

»Jag behöver tröst eller motstånd, men inte likgiltighet! Se inte på mig på det där sättet, Monika«, sa han. »Jag står inte ut med det. Jag har gjort så gott jag kan. Och jag har inte varit beräknande. Jag har följt mina känslor.«

Tröst. Han ville att jag skulle trösta honom. Det, eller skälla ut, läxa upp honom för hur han hade behandlat mig. Jag kände mig trött på ett ivrigt, energiskt sätt, jag skulle använda den energin till annat. Två månader senare blev jag gravid med Maiken.

Jag kommer hem till radhuset som inte längre är mitt. Taxin kör iväg med tänt ljus på taket. Det lilla fönstret vid dörren har fläckar efter Maikens mun, i fönsterkarmen ligger ett hopvirat skosnöre och en tablettask. Huset är mörkt. Lådorna. Som det inte går att göra något åt. Det nya livet som jag inte kan påbörja. Det är en vecka tills jag får överta den nya lägenheten. Ett väntande tillstånd, kan inte påskyndas, kan inte förbereda mig. Jag kan inte fatta att Geir väljer att bo kvar här, för mig framstår det som en deklaration om att han inte *vill* ta sig vidare.

»Det känns så rätt«, sa jag till Bobo och Susanne. »Så rätt att jag inte kan prata med Geir om det. Det är ju tråkigt också, men mest av allt härligt.«

Det är tyst.

Dörren till vårt sovrum står på glänt, jag skjuter upp den. Golvet är fullt av mina kläder. Geir ligger på magen och sover utan täcke, med boxershorts på, han har slutat sova naken. Vänster arm och ben ligger i rät vinkel vid sidan av kroppen, han liknar en kritteckning av ett offer på en olycksplats.

Jag klär av mig till trosorna och lägger mig, jag har också slutat sova naken.

I augusti sa Maiken: »När sommarlovet är slut försvinner all glädje inne i mig, det blir bara helt mörkt.« Jag tänker på hur hon kommer in i köket på morgnarna, trött. Länge ville hon ha en ostmacka och en macka med prickig korv i matlådan, men sedan ville hon plötsligt inte det längre, då skulle hon ha jordgubbssylt på båda, men då satte jag ner foten, fast Geir sa: »Låt henne få jordgubbssylt då, det skadar väl ingen, hon tröttnar säkert snart.« Ändå kunde jag inte ge mig, aldrig ge efter, måste alltid få igenom min åsikt eftersom jag ansåg att det var den enda rätta. »Det är femtiofyra procent socker i den där sylten«, var jag tvungen att säga.

Jag ligger och hör Maikens hosta genom väggen. Det här är vår lukt, i de här sängkläderna. Nu har vi hållit på så länge och gjort oss dummare än vi är, låtit som om det inte finns några skäl till all smärta och oförsonlighet, att det bara är vi som är besvärliga och hetsar upp oss för bagateller. Vi har skrattat åt oss själva, och kyssts, och legat med varandra. Men det gick ju inte på det sättet. Men så lika vi är.

Hela tiden nya hostattacker från Maikens rum. Syner och bilder glider långsamt genom mitt huvud, gröna ängar och kor som betar, röda målade lador, en stenig strand med en Sankt Hans-brasa, sovsäck i ett tält. En sparkstötting i full fart nerför en backe. Trygga och sagoaktiga barndomstablåer, verklighetsfrämmande, Astrid Lindgren-aktiga. Maiken har fortfarande några år kvar av sin barndom. Jag tänker på allt vi inte har gjort, som om vi inte riktigt har kommit igång med hennes barndom än, bara precis börjat sjunga och läsa barnböcker, gå ut, det har varit vardag och rutiner och det berusande lugnet varje kväll när hon kommit i säng, nu ska hon få två hem. Varje gång det regnade, ända sedan hon var bebis, försökte jag komma ihåg Obstfelder-regeln om regn, men jag mindes bara *regn, regn, ösande regn, pösande regn* och *det regnar i dag*, och varje gång tänkte jag att jag måste hitta det i en bok, och så småningom att jag ju bara kunde söka på nätet, men det fick jag aldrig gjort.

Jag drömmer om trädgårdsarbete, spaden i jorden och torv som luktar surt, och om att sitta ensam i en alldeles för liten båt ute på havet. Det är nästan så att jag inte riktigt vaknar av Geirs händer och andetag och att han drar av mig trosorna, och jag andas själv och håller om Geirs rygg. Salighet, eller sötma, helt motståndslöst. Det är över så fort, han håller mig hårt, jag somnar igen, och jag märker att han kliver ur sängen, och långt borta hör jag Maiken, och jag somnar igen.

Geir sitter vid köksbordet i pyjamasbyxor, han häller kaffe i en mugg. Maiken ropar:

»Mamma, jag har fått popcorn till frukost!« Geir lyfter muggen och dricker och ställer ner den på bordet och säger tyst:

»Hon är nog ganska förvirrad.«

»Maiken?«

Maiken sitter med spretande fingrar och ser på teve.

»Jag tror inte riktigt hon fattar vad som händer«, säger han. »Det är liksom ingen som har flyttat härifrån. Och plötsligt är vi där båda två. Och plötsligt ligger vi omslingrade i sängen när hon kommer in.«

Jag visste inte att hon hade kommit in.

»Ja, vi kanske borde sluta med det«, säger jag.

»Vill du det?« säger han.

Åh, vilken dum fråga. Jag tar en mugg ur skåpet.

»Det sker ju av sig självt«, säger jag. »När jag flyttar ut.«

Då reser han sig och håller om mig. Det är som om vem som helst håller om mig, eller ingen. Vi borde ha varit klara med det här för länge sedan. Varje gång vi ligger med varandra en gång till tror vi en kort stund att det är nödvändigt och oundvikligt; det vanemässiga med hans hud mot min hud blir nollställt, vi berör varandra som när vi var nykära. Matt och kraftlös, som att vara hängiven något större än sig själv, något jag inte har kontroll över. Eller känslan av att ha två uppsättningar känslor och därför inte kunna lyssna på eller göra val utifrån känslorna, för senare kommer den andra uppsättningen att träda in, och vilken uppsättning är den rätta. Jag vill att han ska hålla hårdare om mig, men när han sedan gör det är det verkligen inte det jag vill. Jag har haft tankar om att livet som riktigt vuxen skulle innebära ett större lugn, vara mer avklarnat. Jag hade inte trott att man skulle vackla så, inte klara av att ta beslut, eller kunna välja fel.

Det är en och en halv vecka kvar av livet med Geir.

Vi sätter oss på var sin köksstol.

»Vi måste fortsätta prata med varandra om det som är svårt«, säger Geir. »Vi ska samarbeta om det här barnet.« Nu säger han »barnet« igen, men med »det här« framför. Maiken är Maiken, en flicka på åtta. Hennes naglar blir långa och smutsiga om jag inte ser efter dem. Hon gillar att spela fotboll, göra pärlhalsband, leka med barbiedockor. Hon måste bli övertalad för att duscha. Han kan gott säga »ungen«, det skulle inte få mig att tvivla på hans faderskärlek.

»Har du träffat någon ny?« säger Geir.

»Nej«, säger jag, omedelbart. Jag vänder mig om och ser på honom och säger igen: »Nej, jag kommer inte att ha någon ny kille på länge.«

Jag lägger det ena benet tvärs över Geirs lår, och helt automatiskt tar han tag om foten och kramar den. Sedan är det som om han ändrar sig och greppet blir slappt.

»Har *du*?« säger jag.

Geir skakar på huvudet.

»Tycker du att nagellacket är fint?« frågar jag, och han lyfter upp foten och kisar och granskar tånaglarna, sedan släpper han foten. Som om det inte längre är hans mandat. Sedan nickar han, som förväntat. I fönsterkarmen i köket står Maikens påskkycklingar och äggdekorationer i långa rader, från tidig barndom till nu, en av kycklingarna har ett gulligt ansikte, den ligger på rygg med glasspinneskidor rakt upp i vädret.

Jag går över och matar Yvonnes och Kalles katt. När jag kommer tillbaka står Geir framför köksbänken och rör ihop en våffelsmet. Det är hans kokböcker, och tandpetarna är hans, och alla de hopskrynklade pappersnäsdukarna som ligger överallt efter honom. Han gillar att se på film, han gillar att dricka whisky, han älskar rakfisk! Och bland annat när jag har sett honom sitta och äta det har en tydlig tanke framträtt i mitt huvud: Jag älskar honom inte. Jag står inte ut med honom.

Jag går bort till honom, håller om honom bakifrån.

Det rycker i hans axel mot min kind medan han vispar ihop våffelsmeten.

Allt vi har lyckats gräla om. Kvalitet och pris på toapapper, sockermängden i Maikens gröt. Trädgårdsmöbler. Geir har stått med köksbänksbelysningen bakom sig, nästan skuggat ansikte, och ätit en melonyoghurt och sagt att han inte sätter sin fot i det där trädgårdscentret igen. Jag blev illamående av brist på förälskelse. Och jag tänkte: Det går inte, jag kan inte vara tillsammans med en man som är så låst. Han häller smet i våffeljärnet medan jag står här och håller om honom, men jag är inte säker på att järnet är tillräckligt varmt än.

Vi måste handla innan affären stänger.

Jag vill inte bli gammal ensam.

Jag gnuggar näsan mot hans nacke och hittar hans hand, stryker över stumpen till fingret som fattas, men han gör sig fri, lyfter armen för att slicka bort våffelsmet på handloven. Det är ett behov som kan växa sig över alla proportioner, behovet av att fråga honom: Hur många gånger har du egentligen städat toaletten, Geir? Medan jag sitter på jobbet, medan jag brer kaviar på en macka, försöker hänga med i en teveserie, jag har tänkt på det. Som om det är där mitt elände ligger, att jag har varit ensam om att städa toaletterna. Hängt över toaletterna och skurat och skurat.

I går frågade Britt varför Geir och jag egentligen skulle separera.

»Jag har inte riktigt fattat det«, sa hon. »Arrestera mig om jag är okänslig eller inte har lyssnat eller har svårt att fatta.«

»Det finns inte alltid tydliga svar«, sa Bobo och reste sig och hällde upp mer vin, och Susanne nickade.

Det var en dag när Maiken var fem eller sex, vi var på väg hem från Tusenfryd, det hade börjat regna, vindrutetorkarna fungerade inte. Maiken var utpumpad och full av socker, hon var i det typiska tillståndet när hon visste att det inte fanns något mer att tjata om, ingenting att uppnå: passiv, apatisk. Svår att få kontakt med, säga till, få henne att samarbeta när det inte fanns något för henne att tjäna på samarbetet. Sätt dig i bilen, Maiken. Sätt på dig säkerhetsbältet. Spill inte slush i bilen. Det fanns heller inget att vinna med alltför uppenbara protester och bojkotter, så hon samarbetade, men motsträvigt och långsamt. Jag var sur och Geir verkade också sur, eller likgiltig. Och jag satt i bilen och tänkte på hur det skulle bli att komma hem med Maiken. Och jag tänkte på hur det skulle vara när Maiken så småningom kom i säng, och det fanns inget positivt i den tanken. Sedan kom en snabb tanke om hur det skulle vara när Maiken flyttade hemifrån och det bara var Geir och jag, och sedan tänkte jag inte mer.

Maiken dukar med assietter, ställer fram jordgubbssylt och socker och römme på bordet, far fram och tillbaka, skedar, glas, det är inte annat att förvänta av en åttaåring som får nygräddade våfflor, men det ivriga och målinriktade i hennes rörelser får mig att tänka på ett barn som har en alldeles för tung börda på sina axlar, ett barn som har fått ansvar för att ordna till, rädda en familj, och som gör så gott hon kan, men Maiken är en tankspridd unge, i hennes huvud bubblar det, hon vill ha allt som är gott och kul, så mycket som möjligt och så snabbt som möjligt. Geir håller våffelfatet framför henne och Maiken tar emot och bär högtidligt fram det till bordet.

Och det är ett svek att vi låter henne vara så glad och harmonisk och oberörd, att vi inte berättar hur smärtsamt och tråkigt det som händer är, och hur stor betydelse det har för hennes uppväxt och framtid.

Då och då tänker jag på hur mitt liv hade varit om jag inte fått Maiken. Maiken är en börda på alla möjliga sätt, men jag kan inte längre föreställa mig ett liv utan den bördan, utan alla mina sätt att tackla denna börda, och alla försök att dämpa den eller kringgå den eller slippa ansvaret en stund; föreställningen om livet utan denna börda är som ett tomt hål.

Det händer onödigt trista saker, vi hinner inte till affären, den stängde tidigare eftersom det är påskafton. Jag var inställd på att vi skulle ha lamm, om inte en hel lammstek så åtminstone lammkotletter. Geir lagar nästan aldrig mat hemma längre.

Det ligger så mycket i frysen, jag har ingen koll. Inpackat i frostig plast och aluminiumfolie. Vad ska vi göra med allt det här? Allt i källarförrådet, allt i tvättrummet. En kort stund blir jag rädd och tänker mig ett halvår framåt i tiden, var är vi då. Då har jag bott in mig på Helgesens gate, Maiken har börjat fyran och jag kommer att hjälpa henne med läxorna. Problemen är bara bagateller. Föräldramöten på skolan som krockar med något socialt på jobbet. Hål på knät på Maikens nya jeans.

Jag tar upp en frusen klump fläskkotletter, skrapar av isen på det frusna köttet, de yttersta fibrerna är vitaktiga, hur länge har kotletterna legat? Täckta av is och snö.

Jag gömmer Maikens påskägg under soffan, bakom en korg med gamla stickningar – den måste jag också komma ihåg när jag packar. Kotletterna tinar fräsande i het panna och den där lukten av stekt gris är så otroligt trist, sommar och jul i ett, och alla år jag har varit med Geir. Vi skulle ha åkt till fjällen, vi skulle ha åkt till Sicilien eller Sardinien. När jag träffade Geir kom han brun och skäggig direkt från Sardinien med en enorm aptit på livet och allt, på mig, på färska råvaror, gott vin, goda såser, resor. Han berättade den dramatiska historien om fingret, när han gick som lärling på Kungaskeppet: Han hade ramlat när han gick nerför en lejdare och bar på ett fat; fingret klämdes mellan den vassa kanten på fatet och stålväggen. Absolut allt var enormt attraktivt.

Maiken hittar påskägget på två minuter.

»Det var lätt, jättelätt, jag såg det på en gång«, säger hon. Besviken över att letandet är slut, att jag inte ansträngde mig mer, att jag undervärderade henne, och Geir som halvligger i soffan med långa overksamma armar och ett ansiktsuttryck av ingenting. Ingen aktivitet, ingen vilja, ingen lust, inte ens sorg eller förtvivlan.

»Är det någon som vill smaka?« säger Maiken medan hon håller påskägget tätt mot magen, och Geir sträcker ut en av sina långa armar och tar oengagerat en godisbit och stoppar den i munnen.

Jag öppnar en flaska rödvin, Maiken äter smågodis, potatisen kokar. Geir ser på en video från när Maiken lärde sig cykla, han håller kameran mellan händerna och tittar på den lilla skärmen, Maiken vinglade över en grusgång och jag sprang efter, framåtlutad. Och Geirs röst: *En gång till. En gång till.*

Han kör inspelningen om och om igen, och varje gång hans röst: *En gång till. En gång till.* På ett ställe mitt skratt, och Maikens tjut. Delar av mitt bröst som hänger mot tröjtyget i urringningen, mitt stora leende ovanför, då var jag lycklig. Trädkronor drar över skärmen, solen fångas in och allt blir vitt. Då var Geir lycklig. Och Maiken, hon var alltid lycklig.

Släppa ut honom i världen med allt han vet om mig.

Maiken lutar sig över Geir och tittar in i videokameran.

»Jag kommer ihåg att jag ramlade«, säger hon.

Ja, fall efter fall, skrubbsår och fläskläpp, plåster och plåster och plåster.

Jag häller upp mer vin.

Potatisen kokar över, jag stänger av plattan med ett skarpt klick, och långsamt slutar vattnet bubbla. Jag dukar bordet och vi har köpt gula servetter så dem lägger jag ut.

Geir har somnat i soffan med videokameran i knät, jag ber Maiken väcka honom. »Jag blir kåt varje gång jag ser filmen med Maiken som lär sig cykla«, har han sagt, för tre år sedan, och jag blev kåt av att han sa så, det var en kåthet med trygghet och framtid och sammanhang och grundvalar i sig.

Geir fortsätter med öl i stället för rödvin till kotletterna, och bara det, bara den lilla bagatellen får mig att återigen tänka att det aldrig kan funka mellan oss. Eller min reaktion på den: irritation, sorg. En känsla av att inte ha kontakt, inte vilja samma sak, och att inte kunna prata om det. Och då minns jag fler saker omkring oss, hyllan jag ville ha på väggen, Geir har ett allmänt motstånd mot hyllor, mot tavlor också, han vill ha rena väggytor. Repan jag gjorde i parketten, som han flög i taket av och aldrig kunde släppa. Grälet om vi skulle till Grekland eller Italien förra sommaren. Sättet han sa: »Jag orkar inte med grekisk mat«, som något han bara inte kunde utsättas för, ett hänsynstagande som måste gå före allt annat.

Varje tanke jag har om oss nu känns som en bekräftelse på att uppbrottet är rätt.

För några dagar sedan försökte jag förklara för Geir att Maiken inte tyckte om baconost flera dagar i sträck i matlådan, att hon tröttnade och måste ha en paus. Ostskivor, kokt skinka, jordnötssmör. Jag stod vid bänken framför brödet, det var smulor överallt. Det var den där känslan av att prata inifrån mitt eget huvud och inte kunna kommunicera ändamålsenligt, det kunde röra sig om enkla saker, sängkläder som behövde bytas, ett öppnat kexpaket, jag pratade utan att tänka, intuitivt, och det gick upp för mig att det jag sagt inte betydde något för någon annan än mig själv, det väckte en loj, trög rädsla, och då tänkte jag med stor övertygelse: Det är rätt, det är oundvikligt, jag har inget att förlora, ingenting står på spel.

Kotletterna är torra, bleka, mer kokta än stekta. Men Geir äter, okritiskt, med god aptit. Och Maiken äter kotlett som bara den, till och med efter en massa smågodis, det förvånar oss, Geir kommenterar det flera gånger.

»Kolla som hon äter. Det kan man kalla köttaptit.« Han verkar så stolt! Stolt över att hon äter griskött! Maiken vill egentligen inte ha så mycket annat än korv, knäckebröd och banan.

Jag häller upp mer vin, jag har druckit över halva flaskan. Geir böjer sig fram varje gång han tar en bit, hugger kroppen framåt och gapar över gaffeln med kotlett och potatis och sky. Det är inga grönsaker till, jag glömde det, tänkte inte på det. Jag får nästan alltid orgasm när jag ligger med Geir. Ibland nästan utan att jag märker det, en serie vågor genom livmodern och den närmaste omgivningen, inte så mycket mer än det.

Jag kommer ihåg lägenheten på Markveien lika tydligt som om jag fortfarande bodde där. De öppna klädstativen i sovrummet, örtkrukorna på fönsterbrädan i köket och hur stålet i diskbänken liksom hade en smal kant som var fastskruvad i panelväggen. Skötdynan som låg på tvättmaskinen och zinksalvan som hela tiden ramlade ner bakom. Geir ställer ifrån sig ölglaset hårt.

»Nej«, säger han. Som en man som ska ut på åkern igen efter middagen. Han reser sig långsamt medan han ser sig omkring, på våra saker, på lådorna, jag reser mig också, hur ska det gå, hur ska jag härda ut så att detta blir allvar och genomfört. Ofta minns vi inte vem som äger vilka böcker, cd-skivor.

Geir tar tag i ramen till tavlan som bara är min och som han aldrig har gillat och ska just lyfta ner den från väggen, äntligen blir han av med den där tavlan och hans vägg blir ren, men han vänder sig om och ser på mig i en trött vilsenhet, och vänder sig mot tavlan igen. Behöver han hjälp, vill han att jag ska hjälpa honom, att vi ska vara två om något igen, ta ner den här tavlan från väggen, försiktigt bära den i takt? Det har blivit mörkt på terrassen utanför. Jag föreställer mig att jag säger: Geir, vi *måste* inte. Och att han skulle stanna till, stanna i rörelsen med tavlan ner från väggen och se på mig. Bedöma mig, och sedan skulle jag bli förvirrad i blicken, och tvivlet skulle skina igenom, och ångesten. Att ändra sig, ställa in. Eller bara fråga sig: Vad är det vi håller på med? Varför gör vi det här? Är det nödvändigt? Jag minns inte när och hur vi tog det slutgiltiga beslutet. Han lyfter ner tavlan, böjer på knäna och sänker kroppen, han placerar tavlan långsamt på golvet, lutad mot väggen. Alla lådorna är mina, märkta med tuschpenna. *Böcker. Böcker. Kök.* Och Maiken står på köksgolvet med Alessikorkskruven i handen och gäll röst:

»Vems är denna, ska den ner i mammas låda eller inte?«

ALLA LYCKLIGA BARNDOMAR LIKNAR VARANDRA

December 2006

Dösuga, säger Frøya för dammsuga, och *inniterande,* för irriterande. »Hon är så inniterande«, säger hon om Maiken när Maiken retas. Hon säger också *niv* och *ata* för kniv och prata. Klockan är kvart över sex, om jag går upp med en gång hinner jag ta en cigg i ladan när jag har matat hönsen. Att kliva upp ur den varma sängen med Trond Henrik är som att rycka av ett plåster varje morgon, men fullt av sötma, vissheten om upprepningen, rutinerna, mitt liv nu. Trond Henrik är halvvaken och håller fast mig, och jag ger efter med ett lidande njutningsljud, bara en liten stund. Det första jag tänkte på när jag vaknade var hönsen. Den vita blir hackad av de andra; varje morgon när jag kommer in i hönshuset är den tilltufsad och spretig, har ofta blod på ryggfjädrarna. Vit som snö, röd som blod, Frøya har gett henne namnet Snövit. Värphönan, Sigri, har de senaste två veckorna lagt sig för att ruva, fast äggen inte är befruktade. Hon blir rasande när jag försöker få tag i äggen, jag måste ha handskar när jag tar undan dem.

Adventsstjärnan lyser i fönstret. Jag har gjort mackor till matlådan, bryggt kaffe, jag häller filmjölk över müsli i gamla omaka skålar, Frøya har inga strumpor på sig, jag tar om hennes fot, den är kall. Maiken kommer långsamt nerför trappan. Frøya säger att de ska göra julklappar på förskolan i dag också, och att Simon gjorde sönder den hon hade gjort i går. Det var ett hus med en tomte i dörren.

»Tomten sa: *God jul, god jul*«, säger hon med pipig röst.

Hon står barfota på knä i stolen med röda yllebyxor, Maiken har mjukisbyxor med hål på knät, jag ser att hon inte har strumpbyxor under. Vi måste åka hemifrån senast kvart över sju på morgnarna för att hinna till skola, förskola, jobb. Det är sex år mellan flickorna; när vi träffades hade Frøya fortfarande blöja på natten. Denne man och flicka i den där lägenheten där det inte ens fanns en osthyvel eller några rena handdukar och köksbänken hade en fet beläggning och badrummet var skitigt, jag fick ett behov av att ta med mig dem, ge dem ett familjeliv, och Maiken, jag ville ge Maiken ett familjeliv. Spela Fia, se på film, middag med fyra runt bordet, åka på semester tillsammans.

Det är sju minusgrader ute. Jag sätter mig på huk och trär strumpor på Frøyas fötter.

»Du måste ta på dig strumpbyxor«, säger jag till Maiken. »Det är så kallt ute.«

Hon har pärlor i håret, en kompis hade gjort det hemma hos Geir i går, två rader på vardera sidan.

»Det tog tid!« sa Maiken glatt, för en gångs skull glad. Varje dag går hon hem till Geir efter skolan och väntar där tills jag slutar jobba.

En bil åker på riksvägen med bleka framlyktor, mörkret ligger kvar över åkrarna. Det har varit barfrost hela hösten; varje gång det kommit nederbörd har det sammanfallit med mildväder. Det står fortfarande kartonger längs väggen i vardagsrummet. Ett evighetsjobb att få undan dem. Trond Henrik har lådor han inte har öppnat sedan han flyttade från Frøyas mamma för tre år sedan. Nu ska allt ut. Studentmössan, en skinnjacka efter hans pappa, böcker från tidiga skolår. Saker från lumpen, plastbrudparet från tårtan när han gifte sig med Frøyas mamma, de första böckerna han skrev, med blyerts i anteckningshäften, på framsidan: *Föfatare: Trond Henrik Gulbrandsen*. Han har sagt att han lärde sig läsa som fyraåring. Han pratar om att köpa repgunga och hängmatta till allrummet på övervåningen.

Jag hör Trond Henrik spola på toan där uppe, cisternerna läcker, det rinner ner i en liten pöl varje gång någon spolar. Sedan går han och lägger sig igen.

»God jul, god jul, god jul«, piper Frøya, och Maiken ser hatiskt på henne. Jag ber dem att äta upp och borsta tänderna och göra sig klara, säger åt Maiken en gång till att hon måste ta på sig strumpbyxor.

»Spela nintendo?« säger Frøya och ser leende på mig med huvudet på sned.

»Tio minuter«, säger jag.

Jag tar min kaffekopp och Trond Henriks vinterjacka och går ut för att titta till hönsen och ta en cigg.

Det har precis börjat ljusna, tillräckligt för att urskilja byggnader, horisonten bortom fälten. Det är åkrar med halmstubb åt alla håll, en är plöjd, svarta fåror vitsprayade av frost.

Två hönor går ute och pickar och sprätter i den frusna marken. Jag går in i ladan och öppnar dörren som leder till den stängda delen av hönshuset. Det luktar kärvt, kärvare än vanligt inbillar jag mig, dålig stämning och aggressivitet. Snövit sitter på den lägsta pinnen, blod i fjädrarna på ryggen igen och smutsig skit runt rumpan. Kanske måste hon skärmas av från de andra.

Sigri ligger fortfarande i redet, på ett nytt ägg, hon flaxar och låter mycket när jag försöker ta bort det, hackar mot handen, jag låter det ligga. De ser så förorättade ut allihop, även de som det inte är något fel med, alla går runt med missbelåten min, som om de vill berätta att de själva inte anstränger sig för att ha ett bra liv, att det är mitt ansvar. Jag hittar tre ägg till i redena, lägger dem försiktigt i jackfickan.

Jag sätter mig i ladans dörröppning och tänder en cigarett,

tar det första blosset och känner den sköna stöten i lungorna. Trond Henrik har vuxit upp här, men huset hade inte varit bebott på tio år, efter att Trond Henriks bror flyttade till Sverige. Vi övertog det med en massa inredning. Det mesta i huset var från sjuttio- och åttiotalet, men på logen stod det en massa gamla möbler. Jag hittade hela tiden nya saker jag ville inreda med, jag har skrapat och målat kökssoffan och två olika sängbord. Det är en ursprunglig känsla av att bygga sig ett hem som påminner om att vara barn och inreda ett dockhem, och det påminner dessutom om mitt ställe på soptippen hemma i Fredrikstad. Ingen kunde hitta mig, det var berg och dalar av användbara och oanvändbara saker, en gränslös rikedom, alltid nya skatter att hitta, köksbord med laminatytan halvvägs bortriven, soffkuddar med stoppning ut genom hålen, vattenkannor, svampiga böcker, madrasser och sängbottnar och en rostig gräsklippare. Jag tog med mat från skafferiet där hemma. Mariekex, skrynkliga vinteräpplen, blockchoklad, en halv flaska avslagen apelsinläsk, en bunke med äppelkart och röda vinbär för svåra tider. Jag tog med Anne Lovise dit, och Halvor, och senare Gunnar.

Det är ett svagt brandgult sken i horisonten ovanför åkrarna. Jag ska träffa Geir på lunchen i dag, samarbetet går bättre nu, han har slutat motarbeta allt, Trond Henrik, småbruket, flytten, han ville att jag och Maiken skulle bo kvar i den lilla tvåan.

Elise och Jan Olav har haft jul hemma hos sig de sista åren, sedan strax efter att jag träffade Geir, mamma är glad över att slippa och Geir och jag har varit där vartannat år, de andra åren har vi varit hos hans mamma. I Elises julbrev stod det på ett självklart sätt »vi ser fram emot att träffa er här hemma i jul«, trots att jag har sagt att jag hade tänkt bjuda hit alla.

Halvvägs in på cigaretten kommer Maiken, i Trond Henriks gummistövlar, utan jacka, med fröström ur munnen. Hon sätter sig, säger ingenting. Glöden på cigaretten blossar upp när jag drar in.

»Det är för kallt för att vara här utan jacka«, säger jag.

Hon ser på mig med ett stråk av något förtvivlat eller aggressivt, som om jag försöker dra hennes uppmärksamhet mot trivialiteter när hennes huvud är fullt av livets allvar. Pärlorna dinglar på sidorna av huvudet.

»Det är inte så bra med Snövit«, säger jag. »De andra är inte snälla mot henne.«

»Kan hon inte få ett eget rum?« säger Maiken.

»Jag vet inte«, säger jag. »Då blir hon ju väldigt ensam. Och så har vi bara en enda värmelampa.«

Maiken går in genom den öppna dörren och försvinner in i hönshuset.

»Stackare«, hör jag henne säga.

»Jag ska ta en sväng till Annika i eftermiddag och höra med henne och få lite råd«, säger jag. »Du kan följa med om du vill.«

Hon står i den smala dörröppningen mellan hönshuset och ladan, fingrar på metallkroken till dörren.

»Jag har tänkt att jag helst skulle vilja vara hos pappa i jul«, säger hon. »Jag vill till farmor och farfar. Jag har nästan alltid firat jul där, det är tradition.« Sedan ser hon sig om i ladan, går runt lite, som om hon är här för första gången.

»Jag har alltid firat jul hemma hos farmor och farfar«, säger hon.

Men det är inte sant.

»Pappa sa att jag kanske fick det«, säger hon.

Jag fimpar och slänger fimpen i terrakottakrukan. Det är min tur, vill jag säga. Det är som det är, vi måste följa reglerna.

»Men vi ska ju fira jul här!« säger jag. »Alla kanske kommer hit! Det blir en jättefin jul, med gröt på logen åt tomten!« Maiken ser förvånat på mig. Gröt till tomten? Hur gammal tror jag att hon är?

Jag måste som vanligt dra Frøya från nintendospelet med lock och pock, och då blir hon trög och motvillig och jag måste klä på henne, dra fuskpolon och mössan över huvudet, trycka ner knäna så att fötterna hamnar rätt i vinterstövlarna.

Jag skickar ut Frøya och ber Maiken att ta på sig mössa och vantar och komma ihåg matlådan. Jag springer fullt påklädd uppför trappan och utsätter mig för den fruktansvärda, vidunderliga känslan, att känna värmen från Trond Henriks kropp i den varma sängen i tio sekunder innan jag måste springa nerför trapporna igen.

»Jag ska äta lunch med Geir i dag«, säger jag, »och nu säger Maiken att de har pratat om att Maiken ska vara hos honom den här julen också.«

Trond Henrik skakar på huvudet.

»Nej, Maiken ska vara hos oss«, säger han. Sömnsmaken från hans mun, han är fuktig på halsen och bröstkorgen, han tar ett djupt andetag genom näsan och säger: »Stanna här, bara stanna här.«

Alla de små idiotiska kärleksförklaringarna, att springa uppför trappan fast jag egentligen inte har tid, att han håller kvar mig fast det inte går, att vi inte kan få nog av varandra, att vi hela tiden är inställda på att ge och få så många tecken på kärlek som det bara går att trycka in under dygnets alla timmar. Den smärta vi söker som finns i det omöjliga, alla gränser för kärlekens utbredning, först och främst representerad av barnen.

Frøya står glad i hallen när jag kommer ner och säger att det snöar. »Det *snöar*!«

Hon har rätt, luften är full av små korn, helt plötsligt. Maiken kommer utan mössa och sätter sig i framsätet. Hon har samma håliga mjukisbyxor, men jag ser att hon har tagit på sig strumpbyxorna. Snön lägger sig som en tunn slöja över gårdsplanen och åkrarna och i träden, och på framrutan när vi kör, det snöar och snöar, och jag känner en glädje, tanken på en vit jul, som om denna glädje är så inprogrammerad i mig att jag inte kan undgå att känna den när det inträffar: snö på julen. Som en lättnad mest av allt. Ett lugn i själen.

Jag vet inte vad som händer, hur julen ska bli.

När jag berättade för Elise om Trond Henrik kom hon omedelbart med två av sina egna åsikter, presenterade som slutsatser utan att jag bett om vare sig åsikter eller slutsatser. »Det är väldigt tidigt«, sa hon. Och: »Ni bör inte involvera Maiken i det på länge.« Jag sa: »Det är ju bara för att ni tycker att det är någon naturlag att man ska vara deprimerad efter ett uppbrott.« Hon såg noga och nedlåtande på mig, skakade omärkligt på huvudet och sa ingenting.

Jag försökte förklara för Elise att även om det var åtta månader sedan jag och Geir officiellt separerade, och det bara gått fem månader sedan vi flyttade isär, var det mentalt mycket längre sedan vi bröt. I julas, sa jag, eller egentligen redan förra hösten. Elise skakade på huvudet, tydligare. »Jag menar bara att det kan vara vettigt att ta det lite lugnt«, sa hon. Hon såg på klockan på köksväggen och sa att hon hade en stressig eftermiddag framför sig, hon skulle hämta Sondre på fotbollsträningen och sedan baka en kaka till ett lotteri.

»Är det inte hemskt att vara utan Maiken en hel vecka, saknar du henne inte fruktansvärt?« sa hon. En gång tog Jan Olav ledigt från jobbet på höstlovet och åkte till stugan med Sondre och Stian; Jonas var i Sverige med en kompis. »Jag hade fyra dagar för mig själv«, berättade Elise, »och jag trodde jag skulle gå in i väggen.«

Jag tog med mig Trond Henrik till mamma och pappa och berättade om det gamla huset, eller småbruket, där Trond Henrik vuxit upp, de var skeptiska. Hur skulle vi klara av det, och hur kombinera det med jobb i Oslo och Maikens skola, och blev det inte mycket utgifter och långa resvägar. Barnen. Trond Henrik höll mig i handen när vi satt där, pappa blängde på våra händer. Trond Henrik log nervöst.

»Det är ju närmare er«, sa jag. »Det tar kanske fyrtio, femtio minuter att köra. Det är väl bra, då får ni träffa Maiken oftare. Och Frøya också, så klart«, la jag till.

Varken mamma eller pappa sa något om det.

»Så du ska pendla?« sa pappa. Jag nickade.

»Det är bara en dryg halvtimme från Oslo«, sa jag. »Maiken och Frøya ska fortsätta på skolan och förskolan i Oslo, vi har inte tänkt slita upp några rötter.« Det gick ett ryck genom pappas kropp, en ljudlös fnysning. Han reste sig men stod kvar vid stolen några sekunder, som om han ångrade sig, innan han traskade ut i köket. Detta var bara några månader efter att han hade fått besked om tjocktarmscancer med spridning, och jag tyckte det var bra att vara närmare under tiden som skulle komma, men det lyckades jag inte få fram, jag tror jag var jätterädd för att jag skulle säga det och att han skulle fnysa, eller tiga.

I bilen tillbaka mot Oslo sa Trond Henrik:

»Man undrar ju lite över hur gammal de tror du är, som om du inte själv kan ta beslut.«

»Ja«, sa jag. »Så har det alltid varit.«

Jag såg framför mig hur vi åt grönkålssoppa med ägg, allt från egen gård.

Kristin och Ivar kom och hälsade på bara några veckor efter att vi hade flyttat in. Det var så konstigt, och det var som om de hade skruvat upp positiviteten; det slog mig att det var så med dem, de kunde göra det om de bara bestämde sig. Här var allt fantastiskt: »Herregud, ni äger en lada! Ska ni ha höns! Åh, all vacker, målad pärlspont! Jag vill också bo i ett gammalt hus!«

Det är som vanligt kö in till Oslo, men jag har fortfarande inte riktigt lärt mig att planera för det. Maiken klickar loss sitt bilbälte och suckar tungt när jag stannar utanför Østensjø skola, det har ringt in. Frøya sparkar en gång med ena foten.

»Fort, fort, Maiken«, säger jag.

Jag ser henne småspringa över den tomma skolgården med daskande ryggsäck, jag avskydde att komma för sent när jag var i hennes ålder, men då var det alltid jag själv som hade förorsakat det. Jag råkade höra Maiken säga till Kristin en gång: »Jag kommer för sent till skolan nästan varje dag när jag är hos mamma.« Det var en rejäl överdrift. »Vad säger läraren när du kommer för sent då?« sa Kristin. »God morgon, Maiken«, sa Maiken.

»Jag hatar att gå upp på morgnarna«, fortsatte hon.

»När går du och lägger dig på kvällarna då?« sa Kristin.

Jag fortsätter köra till Frøyas förskola i Kampen och parkerar, jag håller Frøya i handen på väg in från bilen. Det är ingen i hallen, jag sätter henne i knät och klär av henne eftersom det går mycket snabbare och jag är sent ute, den lila mössan, vantarna, drar ner blixtlåset i jackan. Hon är en liten femåring med tunna, bleka armar. Men kinderna är mjuka och runda, öronen verkar stora mot det ljusa, fjuniga håret. Hon är kräsen, gillar nästan ingenting. Hon kunde äta honungspuffar flera gånger om dagen när jag träffade Trond Henrik, jag sa ifrån, vi måste ha några gemensamma regler, Trond Henrik verkade lättad över att jag tog tag i det, han sa att det hade halkat iväg, att det blivit för mycket för honom.

»Jag tycker lika mycket om pappa och mamma«, säger Frøya.

»Ja«, säger jag. Jag drar av henne vinterstövlarna och sätter på tofflorna. »Har någon sagt att du inte ska det?« säger jag. Hon skakar på huvudet, fingrar på knäppet på sin matlåda. Pyttesmå mjölktänder, nästan genomskinliga.

»Har mamma sagt det?« säger jag.

Hon skakar på huvudet.

»Tycker du om mig något då?« säger jag.

Det dröjer innan hon svarar.

»Du är inte min mamma«, säger hon.

»Nej«, säger jag. »Nej. Men du kan ju tycka om mig lite

grann ändå. Om du vill.« Jag lägger handen över hennes för att hejda henne från att öppna matlådan, stryker den lilla tummen.

Jag träffade Trond Henrik på en poesiuppläsning, han var uppläsare nummer tre: Trond Henrik Gulbrandsen. Han läste ur sin senaste diktsamling, om motorvägar, hav, frånvaro, kaffekopp med flisa och en liten grop efter ett huvud i en kudde. Han hade långt hår i hästsvans. Flera gånger gjorde det han läste upp intryck på mig på ett helt nytt sätt, liksom fysiskt, som en liten våg av ångest eller lycka, men flyktigt, så jag satt där medan jag frustrerat försökte fatta vad det var som hände, vad det han läste hade med mig att göra, och med en längtan efter mer, eller efter att hitta tillbaka. Det var något med en koppling mellan något abstrakt och något konkret, frånvaro och kaffekopp, utsikt och kleenex, och det uppstod något både nytt och mycket välbekant, extremt välbekant. Trond Henrik stirrade på mig när han klev av scenen, han höll boken uppslagen mot sitt lår, som om han skulle fortsätta läsa i den. Den kvällen hade jag på mig de höga, svarta läderstövlarna och kort kjol. Jag hade väldigt rött läppstift, jag fick påminna mig själv om att jag ryckte till när jag såg mig själv i spegeln första gångerna jag använde det, och att jag nu bara hade vant mig men att det var lika chockerande för andra som såg mig för första gången. Han satte sig vid ett bord alldeles nedanför scenen tillsammans med två män och två kvinnor, den ena med långt, lockigt mörkt hår. Hans redaktör, fick jag veta senare. Nina och jag satt vid bordet alldeles bakom. I programmet stod det född 1964, han är fyra år yngre än jag, med smala överarmar, han har gett ut två diktsamlingar. Nu håller han på att skriva en roman.

Det lilla fysiska växte inom mig medan nästa poet läste upp, en kvinna med flätor. Jag lyckades inte följa med i det hon sa, hon läste affekterat och dramatiskt. Trond Henrik hade sin blick rakt mot henne, ibland drack han av sin öl. Jag satt lite bedövad och såg på Nina, snopen över känslan av hur lite vi delade, hur lite vi egentligen visste om varandra, irriterad – på mig själv som hade varit nöjd med så lite, haft ett så tomt liv i så många år.

Trond Henrik såg på mig igen lite senare, på väg till toan, och när han kom tillbaka stannade han och såg på mig igen. Jag såg på honom och log mot honom. Det började tunnas ut i lokalen och han sa:

»Ni måste sätta er med oss.« Bara så, att det måste vi.

Jag såg på Nina. Nina skakade på huvudet.

»Jag måste hem«, sa hon.

Jag tyckte att hon var osolidarisk, nästan hänsynslös, hon kunde ju se på mig att något var på gång. Nina reste sig och klädde på sig, viskade i mitt öra: »Lycka till med poeten!«

»Nej, stanna«, viskade jag insisterande, men hon måste gå, Eirin skulle ha matteprov nästa dag. Men Nina visste att jag just hade träffat Roar igen och att jag verkligen skulle behöva att något annat hände.

Jag stannade, nästan på trots, gjorde som Trond Henrik sa och satte mig hos dem. Han presenterade mig för de andra runt bordet. Hans redaktör hette Karin, hon skrattade mycket. Hon och Trond Henrik hade varit på en litteraturfestival i Stavanger några veckor tidigare och hon kunde aldrig sluta prata om en fest, en efterfest, en kvinnlig, svensk romanförfattare hade blivit så full.

Det var något med hur Trond Henrik förhöll sig till människorna runt honom, på något sätt höjd över dem, inte medvetet, inte alls, ofrivilligt och utan att rå för det. Men med en generositet och vänlighet som till stor del kompenserade för arrogansen eller vad jag ska kalla det, dessutom gjorde det honom svårtillgänglig på ett lockande sätt; jag kände hur intensivt jag hade längtat efter att få anstränga mig lite.

Jag följde med Trond Henrik hem, han bodde i en lägenhet i Gamlebyen, han hade spillt kaffe på golvet samma morgon, utan att torka upp; det gjorde han nu, gnuggade på de torkade kaffekonturerna. Det var böcker överallt, bokhyllan var full och det låg böcker inklämda på tvären, dessutom i fönsterkarmarna och i högar på golvet och på stolar, ett av köksskåpen var fullt av böcker; han hade hakat av luckan. Han frågade om jag ville ha vin och fyllde två glas från en box på bänken. Jag såg ut genom fönstret, det var på tredje våningen, jag såg ut på en bakgård med ruttna löv och soptunnor, en snöskyffel lutad mot en trävägg. Och jag tänkte på att bo där och jämt se ut på den bakgården, och jag tänkte på alla möjligheter, alla lägenheter, alla rum, alla utsikter, och jag tänkte på en igelkott hemma i trädgården i Fredrikstad; jag ville ge den mjölk men fick inte för mamma, hon sa att den skulle få ont i magen. Jag undrade om Trond Henrik brukade ta hem kvinnor, jag undrade hur mycket han la in i det.

Han kunde inte ligga med mig, det fick mig att tänka att det inte var något han brukade göra. Han sa »puh« upp mot taket, vände sig om och såg på mig och log och sa »sorry«. Det gjorde mig ingenting, därifrån kunde det bara bli bättre, och det blev det. »Jag har varit långt nere«, sa han med en malplacerad munterhet som tillsammans med så många saker grävde fram den gryende förälskelsen. »*Långt* nere.«

Nästa morgon gick jag ut i badrummet, kissade och tvättade mig i ansiktet, huden var stel av hans saliv. Det låg en hög barnkläder på golvet, jag plockade upp ett av plaggen, en liten rosa mjukisbyxa med matfläckar. Hela dagen var jag elektrisk, bakfull och svävande, men orolig, en oro som växte; Trond Henrik hade verkat frånvarande och ledsen på morgonen. Bortvänt ansikte, handleden över ögonen. Jag hade klivit upp och gått därifrån utan frukost eftersom det verkade som om han ville ha ut mig, och jag hade inte hört av honom fast han hade mitt telefonnummer, jag var rädd att jag aldrig skulle träffa honom igen. Det kändes mer katastrofalt, avgrundslikt för varje timme som gick, som om natten med Trond Henrik betydde mer för mig ju mindre den betydde för honom. Jag övertog Maiken från Geir i Ulsrud på eftermiddagen, och Geir sa:

»Allt väl?« Jag fick ett behov av att förmedla något av allt jag kände, till Geir. Han var trots allt den som stod mig närmast, så jag sa att jag hade varit på en poesiuppläsning och att jag var lite bakis. Han brukade alltid trösta mig när jag var bakfull.

»Poesiuppläsning?« sa Geir. »Har du en fyrtioårskris?« Men jag var fyrtiofem, min fyrtioårskris hade gått honom helt förbi, det var då jag blev förälskad i Kalle och låg med honom i grannhuset medan Geir var på fotbollsmatch i Liverpool, och jag har alltid varit intresserad av poesi, fast jag mest har läst romaner. Medan jag stod där plingade det till i min mobil. Det var nästan omöjligt att vänta med att läsa sms:et, Maiken gick före mig på grusgången, Geir stängde dörren bakom mig, då öppnade jag sms:et, men det var bara Tollef. Besvikelsen var som en panikattack, jag gick förbi brevlådan där mitt namn var kvar jämte Geirs. Maiken var redan långt där framme på vägen och jag visste inte hur jag skulle ta mig igenom kvällen.

Men sent på kvällen, klockan var nästan tolv, plingade det till i mobilen igen, det var Trond Henrik. *Jag ångrar att jag lät dig gå. Nästa gång låter jag dig inte gå. När kommer du?* Knutar och hopklämda lager i kroppen löstes upp, jag låg som varm gelé i soffan. Nästa dag var det lördag och jag placerade Maiken hos Nina, jag låg på rygg på Trond Henriks divan medan han läste dikter för mig – inte sina egna. Allt gled in i förälskelsen och blev en del av den och utvidgade den, det lilla barnet och kronbladen och oändligheten, en askkopp på ett marmorbord och en lila resväska i regnet. Jag ville ha allt, gå in i allt med hela mig, allt verkade så långt borta från vad jag var van vid, och desto mer lockande. Vi drack rödvin. Han ställde frågor om sambanden mellan mig själv som barn och som vuxen, om mitt förhållande till mamma, om vad som utlöste lyckokänslor i mig, ångest, hämndlystnad, nostalgi, om mina gränser för mörkrädsla, klaustrofobi, höjdskräck. Mitt liv vecklades ut, eller blev upphöjt till hundra, det var omfattande, det tycktes gränslöst.

Han berättade brutalt ärligt om sig själv utan att lägga in några förmildrande omständigheter. Han var självupptagen, sa han, bunden till sin mamma – innan hon dog, han kämpade fortfarande med att hon var borta. Dålig på att laga mat, han hade i perioder varit slapp när det gällde personlig hygien, hade dålig koll på ekonomin. Initiativlös, mörkrädd, allmänt rädd.

Precis som Halvor.

Rädd för mörkret, rädd för åskan, rädd för att bli lämnad.

Detta var allvar, och att hans ansikte sprack upp i leenden gjorde bara allvaret större. Ett flerdimensionellt allvar, ett allvar som gick djupare, och högre, än något allvar jag varit nära.

»Jag var sängvätare tills jag kom i puberteten«, sa han, och log. »Hade jag inte blivit författare hade jag inte blivit någonting.«

Nästa morgon var han frånvarande igen och jag blev orolig igen, men jag tänkte att det var sådan han var och att jag skulle vänja mig vid det.

Två dagar innan jag träffade Trond Henrik ringde Roar och ville ta en kaffe. Han stirrade på mig, fascinerat och förälskat, en gammal man.

»Du har inte blivit en dag äldre«, sa han. Men det hade han.

»Har du fått en *dotter*«, sa han, med sprudlande entusiasm. Men sådär pratade han alltid, det var hans sätt.

»Är det sant? Vad heter hon?« Han smakade på namnet. »Maiken. Underbart.« Allt med mig var underbart, så hade det alltid varit, till och med namnet på min dotter. »Nio år gammal!« Då såg jag Maiken framför mig som en samlad och värdig nioåring, som vackrast, med håret i hästsvans, som satt på en mur med benen ihop. »Hon är väl inte min«, sa Roar, och sedan skrattade han. Hade jag kort på henne? Maiken liknar Geir och Geirs syster, det är väldigt få som säger att hon skulle likna mig.

Jag hittade ett kort i mobilen där Maiken låtsades hälla en hel påse chips i munnen, hon såg barnslig ut, teatralisk.

»Vart har alla år tagit vägen?« sa Roar.

Han visade kort på sina döttrar, de var vuxna nu; de satt bredvid varandra på en uteservering med glänsande pannor och vinglas framför sig.

»I Frankrike i somras«, sa Roar. »Pappa betalade resan. Det är två driftiga damer. Tyra är utbildad arkitekt, Sofia undervisar på sjuksköterskeskolan. Men några barnbarn har det inte blivit än. Jag tror du är ännu vackrare än för tio år sedan. Om det är möjligt. Men ja, det tycker jag absolut att du är.«

Sedan gav jag efter. Vi var trehundra meter från min lägenhet på Helgesens gate, jag föll in i hans famn på bäddsoffan i vardagsrummet, sovrummet var Maikens. Kyssa veck och fåror, tänka på löskokta ägg och ljummet te med mjölk från tiden när vi bodde ihop. »Så underbart härligt att älska med dig igen«, viskade han. Hans hud var lös och rynkig över höftkammarna, åldrandet hade gjort ett språng. Det var elva år sedan vi senast låg i en säng ihop. Han lyckades inte få utlösning, och sedan lyckades han, och det som kom ut var tjockt och klumpigt som strängen i ett ägg. Kärlek som aldrig kunde ta slut, som satt i mig, spikad, inte behövde näring, inte uppfriskning, bara var postulerad, alltid skulle finnas där, som ett handikapp. Hans hår som var lite för långt i nacken och väldigt tunt högst upp, den tjocka sperman över mitt lår. Det såg ut som om blodet låg stilla i hans larvliknande ådror på händerna. Jag hade trott att han hade stora händer, men de var små. Som en hustomtes.

Han övernattade. Han låg i fosterställning med djupa fåror i kinderna, gula tänder. Ann var hos en väninna i Røros.

Nästa dag hade han glömt kvar en t-shirt, den luktade surt. Hans mugg stod på köksbänken, han hade skalat ett äpple, skalet låg i diskhon. Det var en av de saker som vittnade om hans ålder, att han inte åt äpplena med skal. Att han gärna ville ha sockerbitar till kaffet; två sockerbitar som han doppade i kaffet och stoppade i munnen.

Roar skickade ett tack för senast-sms från Rom, det svarade jag inte på, det gjorde ingenting med mig.

Jag träffade Trond Henrik så ofta jag kunde. Mitt känsloregister utökades med en helt ny desperation när jag hade sett fel i almanackan eller när det blivit något missförstånd mellan Geir och mig och det visade sig att jag skulle ha Maiken när jag trodde att jag inte skulle, eller när något liknande hände Trond Henrik. Det innebar att falla ur lycka och mening och sitta och räkna minuterna tills jag kanske fick slinka in igen – allt var osäkert, jag hade ingen förmåga att slappna av. Det var därför jag var så angelägen om att flytta ihop med Trond Henrik, för att slippa att hela tiden vilja vara någon annanstans när jag var med Maiken, jag var tvungen att koppla ihop de två liven om jag skulle må bra, om jag skulle vara en bra mamma.

Och en dag satte vi de två flickorna mittemot varandra. Jag var nervös. Jag visste inte vad jag skulle förvänta mig av Maiken. Hon hade tappat tänder och fick nya som hade förändrat utseendet varje gång hon kom tillbaka efter en vecka hos Geir. Jag hoppades att Geir inte skulle få reda på att vi redan introducerat dem för varandra. Vi åt tacos, spelade Stegspelet, Maiken sov på en madrass i Frøyas rum. På morgonen åt båda flickorna honungspuffar, Trond Henrik åt mackor med skinka, jag var så uppvarvad att jag inte kunde äta, jag tog två gurkbitar, Trond Henrik la min hand i sitt skrev under bordet; han hade inte fått någon riktig erektion på natten, men nu var han styv. Att ligga timme efter timme i samma säng som han utan att kunna *göra det* gav på ett paradoxalt sätt en ännu större intensitet, en desperat kåthet, utan utlösning, avslutning, vi red på en våg och kom aldrig ner. På spårvagnen på väg hem sa Maiken: »Hon pratar som en bebis.«

»Hon är ju bara fyra«, sa jag.

»Så nu är det meningen att vi ska lära känna varandra och att jag ska vara snäll mot henne?« sa Maiken.

»Du vill väl vara snäll mot henne?« sa jag.

»Såg du vad hon hade på tacosen?« sa Maiken. »Bara majs och tacosås, inget mer.«

»Ja, jag såg«, sa jag.

»Men tänk om hon inte är snäll mot mig?«

»Men du är äldst«, sa jag.

»Jaha, vad har det med saken att göra?« sa Maiken. Men redan samma kväll började hon gå igenom sina leksaker; den kunde Frøya få, och den, och den.

Bobo lägger fram utkastet till planeringen av projektet Hälsa Sydost. Jonatan säger att de över huvud taget inte är klara med bilderna.

»Det är svårt att hitta språktonen«, säger Bobo, »jag kämpar på. Det ska läsas både av sjukvårdspersonal och politiker.«

Bobo visar mig en lista på intervjuobjekt.

»Jag har fått intervjutid med över hälften av mina«, säger han. »Det är ganska tidskrävande. Resten är Holgers, jag tror att han har koll. Du verkar trött, Monika. Är allt som det ska?«

Jag berättar för Bobo om hönorna.

Bobo skakar på huvudet och ler.

»Det är så fruktansvärt exotiskt«, säger han.

»Det för med sig lite mer bekymmer än jag hade räknat med«, säger jag.

Lene kommer in utan att knacka.

»Monika«, säger hon. »Kan vi ta ett kort möte om tio minuter? Vi måste titta på din text.«

»Åh, nej«, säger jag. »Jag kan inte, ska träffa Geir nu på lunchen, det är viktigt. Maiken.« Lene stirrar på mig, håller min blick länge, som om hon hoppas att jag ska ändra mig.

»Okej. Ett?«

»Halv två?« säger jag.

»Okej«, säger hon. Sedan går hon ut, dörren glider tyst igen bakom henne.

Jonatan himlar med ögonen och rycker på axlarna, men han är inte riktigt övertygande och jag får en känsla av att det är något som skaver med den där texten. Att det är något som skaver med mig. Jag skickar ett sms till Trond Henrik: *På väg till lunch med Geir, tänk på mig. Älskar dig.* Ganska snabbt får jag svar: *Allt det där är bara oviktiga störningar, jag älskar dig, kom hem snart.*

Geir och jag träffas på Egertorget och hittar ett kafé med stora glasrutor, det snöar fortfarande. Juldekorationerna hänger över gatorna och det är fullt av julbelysning. En överviktig ung man sitter och skriver på en bärbar dator med ett finger. Servitrisen ger oss menyerna, Geir bläddrar medan han tankspritt frågar mig:

»Jaha, hur är livet på landet då?«

Han tittar upp på servitrisen över läsglasögonen, som jag tycker gör honom konstig, gammal, och som ger honom ett attraktivt främlingskap, något slags auktoritet.

»Ostpajen«, säger Geir, »får man smör och bröd till den?«

»Ja, det kan du få«, säger servitrisen. Geir nickar, ser ner i menyn, tar sig tid. Sedan ser han på mig och säger:

»Jag är hungrig.« Sedan ser han på servitrisen och säger:

»Jag tar en ostpaj, då. Och en grön Farris.«

»Jag har bara blå«, säger hon.

»Hm«, säger han. Han ler mot henne och säger: »Ja, då får jag ta en blå då.«

Jag nickar och ler.

»Jag tar samma«, säger jag.

Jag känner en gammal ägandekänsla när jag hör honom prata med andra, till och med rent ytligt eller professionellt. Mannen i kiosken, Maikens lärare, en råvaruleverantör i telefonen medan jag irriterad står i hans hall och väntar på att han ska leta reda på Maikens vinterkläder. Till och med hans egen syster och mina systrar, nu servitrisen. Någon gång sa han: »Om vi någonsin har älskat varandra.«

Om vi någonsin har älskat varandra? Om han inte hade sagt så kunde jag ha varit säker på min kärlek och deklarerat den för honom igen, på sluttampen, men jag ville inte vara ensam i det.

Nej, kanske har vi aldrig älskat varandra.

Kanske var det bara begär och vänskap.

Sådana saker kunde vi säga till varandra, liksom reflekterande och konstruktivt, men i själva verket för att såra. Liksom storsint och med koll, nyktert och ärligt, men egentligen allt annat än nyktert; patetiskt i sin påklistrade känslolöshet.

En kvinna reser sig från bordet och drar jackans blixtlås ända upp i halsen, och sedan blir hon stående med lång hals och ser snett uppåt. Geir tittar snabbt på mig.

»Maiken«, säger han. »Maiken har uttryckt en önskan om att få vara hos mig över jul.«

Uttryckt en önskan.

»Det ska hon ju inte«, säger jag. »Hon ska ju vara hos mig i år. Hon var hos dig i fjol.«

»Huvudregeln är ju att man lyssnar på vad barnet vill«, säger han. Han häller upp Farris och ingen av oss säger något medan det svaga bruset stillnar. Jag hör ett glatt återseende mellan två kvinnor bakom mig. Geir pratar tyst och behärskat medan han lyfter glaset, dricker, och pratar vidare. Att barnet bör ha inflytande. Viktigt att lyssna på barnet. Jag får lust att säga »skitungen«. Jag får lust att säga »den där intrigerande, manipulativa flickan«. Det känns som om det är det han vill, att han försöker locka ut mig mot ett sådant utbrott, och att loppet är kört om han klarar det, då har han vunnit.

»Maiken har sagt att hon känner sig lite åsidosatt när det

gäller flytten till Askim och att få en styvpappa och styvsyster och allt det där«, säger Geir.

Jag drar efter andan.

»Men hon ville det! Det var något vi kom överens om.«

Det låter alldeles otroligt fattigt. Eller osant.

Geir nickar kort.

»Men hon är tio«, säger han. »Hon var nio då. Hon kunde inte se vad det innebar.«

Man kan få fram vad man vill ur en tioåring. Jag kan inte tänka mig Maiken förklara för Geir hur hon känner. Såvitt jag vet kan mycket med Maiken vara annorlunda hos Geir, egenskaper och preferenser, hon kanske gillar hel äggula på det stekta ägget, inte vändstekt, hon kanske inte insisterar på två täcken i sängen där, eller är på något helt annat humör på morgnarna, och kvällarna, reagerar med en helt annat ton på Geirs frågor än på mina, hon kanske inte har några raserianfall eller gråtattacker som hon egentligen är alldeles för stor för. Jag har alltid berättat allt för Geir och han har velat mig gott och gett mig goda råd. Men plötsligt befinner vi oss i en situation där han kan missbruka mina förtroenden så att jag måste hålla tyst. Jag kan aldrig mer säga till honom: *Åh, jag är en så dålig mamma. Åh, Maiken kommer att hata mig som vuxen.*

Servitrisen kommer med våra ostpajer, Geir håller på att säga något men tystnar, det är typiskt Geir, behärskning, diskretion.

»Om vi bara kunde prata normalt«, säger han så fort servitrisen är på väg bort. »Hålla oss till saken, vara konstruktiva. Det hade varit så outsägligt behagligt.«

Outsägligt behagligt, ingen annan än Geir kan säga sådana saker.

Men sedan lägger Geir ifrån sig gaffeln.

»Vi kan inte äta det här«, säger han.

Jag ser på det vi ska äta. Torra bitar brunbränd ostpaj med en blek tomatskiva och ett visset salladsblad.

Jag skakar på huvudet. Samhörigheten slår ner som en värme

och breder ut sig i kroppen. Geir lägger ifrån sig servetten och ser sig om i lokalen, sedan möter han min blick, irritation, men det finns en irritation i min blick också, irritationen är vänd mot något annat, vi är förenade igen.

Geir ser sig om efter servitrisen, men eftersom ingen av oss har tid att vänta på ny mat är det inte mycket att göra.

Så vi äter ostpajen.

Geir säger att han ska hälsa från Yvonne, att hon kommer att ringa mig, hon vill gärna ta en fika någon dag. Han berättar att han fått en känsla av att allt inte är så bra.

»Yvonne har flera gånger kommit hemkörande på morgonen«, säger han. »Och det är ju konstigt.«

»Men ska hon inte till jobbet då?« säger jag.

»Hon är visst sjukskriven för ryggen«, säger Geir.

»Så hon kan köra bil men inte sitta på en stol på socialkontoret?« säger jag.

»Tydligen«, säger Geir. »Men det är visst också en hel del psykisk belastning för socialkontoret ska slås ihop med andra verksamheter och det är inte klart vad som händer med hennes tjänst.«

Vi ser på varandra utan att säga något. En liten nick från mig, en antydan till leende från honom.

Efteråt står vi på Karl Johan utan Maiken i kall decemberblåst och allt är avklarat. Han håller om mig, en avskedskram. Jag har fått som jag ville, Maiken ska vara hos oss på julen. Jag tar två steg baklänges, ut ur hans famn. Jag har lust att säga: Det gör fortfarande ont att se barn tillsammans med båda sina föräldrar, minns du hur Maiken ville hålla i båda och att vi skulle svinga henne framåt?

Den första tiden efter att jag flyttat var vi tillsammans alla tre på söndagarna ibland. Vi träffades på kaféer eller skolgårdar, Maiken var i centrum. Maiken var yr av en upphetsning som tröttade ut henne, djupt koncentrerad i sitt gastande; hon växlade mellan att vara mitt emellan oss, och sedan dra sig undan så att vi fick vara ensamma; varje gång hon susade framåt på gungan med raka ben såg jag hennes blick på oss. Vi köpte dyra bullar i papperspåse och kaffe i pappmuggar och stod lutade mot en klätterställning och pratade, och Maiken bakom oss, som en ensam spindel på klätterställningen, vände ansiktet åt vårt håll med ett ben på vardera sidan.

Geir säger att han ska på möte, jag kommer ihåg mitt eget möte med Lene och tittar på klockan, jag måste springa. Geir går iväg på Øvre Slottsgate under girlanger och röda hjärtan. Hans rockskört fladdrar i blåsten. Han ser så fånig ut i rock och glasögon.

På Lenes skrivbord står en skål med tre twistbitar, två marsipan och en lakrits. En genomskinlig salladsförpackning med en plastgaffel ligger i papperskorgen. Jag ger efter på alla sätt och går med på alla ändringsförslag, men det räcker inte, Lene vill att jag ska vara konstruktiv och kreativ och komma med något helt nytt, här och nu, men hjärnan är blank, jag är inte mig själv nu för tiden och jag saknar frilanstillvaron. Pendlandet fram och tillbaka tröttar ut mig, Maikens fotbollsträning gör logistiken ännu hopplösare, och nu pratar hon dessutom om att börja med redskapsgymnastik.

Allt Lene säger passar som metaforer för mitt liv, och det vill jag berätta för henne, och att vi ska skratta, båda två.

»Det räcker inte att ta bort det som inte funkar«, säger Lene. »Något annat som funkar måste in i stället.«

Jag säger att det låter som om hon analyserar mitt liv.

Lene skrattar inte, hon ler och muttrar stressat och sedan fortsätter hon.

»Du måste skriva en ny text«, säger hon. »En helt ny. När kan den vara klar? I morgon? Klockan tolv?«

Jag ser på henne och tar ett djupt andetag och nickar överdrivet, jag har fortfarande liksom inte gett upp att det kan fladdra lite humor mellan oss, men jag känner mig som en tioåring, en skamsen snorunge som inte vill erkänna sitt nederlag.

Två månader efter att vi flyttade till det gamla huset kom mamma och pappa och Elise och Jan Olav och hälsade på, för första gången, fast det bara var en knapp timme att köra. Elise och Jan Olav hade med sig Sondre. Det var juli och varmt. Jag var förvånad över hur fort det hade gått utför med pappa, han gick långsamt, satte sig långsamt ner på en stol.

»Men«, sa mamma. »Det är ju nästan idylliskt här.«

»Ja, nästan«, sa pappa. Ett bilvrak praktiskt taget täckt av vegetation. Många ruttna bräder på ladan, men bredvid låg det nya, allt virke till hönshuset. Gräsmattan var uttorkad, himlen starkt blå med bara några enstaka långsträckta moln i horisonten. Vattenspridaren rörde sig i långsamma bågar, ett glittrande regn över det nästan bruna gräset.

»Så vackert det är, Monika«, sa mamma och slog ihop händerna så som hon alltid gjorde när hon ville visa förtjusning.

»Men ni måste rensa grönsakslanden«, sa pappa. Han såg på Trond Henrik men drog åt sig blicken, som om han kom på att han inte kände honom, att han var helt ny i familjen och ingen han kunde styra och ställa med.

»Det är inte så noga med hur det ser ut«, sa jag.

»Nej. Men ogräset tar näring från grönsakerna«, sa pappa.

Trond Henrik nickade kort. Han såg ut över den lilla åkerlappen.

»Ja, vi ska rensa«, sa han.

Vi satt på vita plaststolar i den pyttelilla björkdungen mellan huset och ladan, de var mörkprickiga av mögel och dynorna var blekta. Trond Henrik berättade om ett översättningsjobb, att det förmodligen skulle bli mer och mer. Han pillade på en björkstam.

»Kan du något om elektriska apparater då?« sa pappa.

»Kan du svenska?« sa mamma. Jag tog ett djupt andetag

men orkade inte säga något. Trond Henrik fingrade på den vita nävern och sa:

»Först och främst ska jag skriva en roman.«

Det var så varmt, så hett, solen sken, allt blev oätligt, odrickbart. Och pappa sa att det nog skulle bli fint här. Att det var ett spännande projekt. Men det var vårt hem och vi hade redan gjort massor. Och vant oss vid att bo här, haft en massa vardagsliv, middagar och frukostar. Det var som om mamma och pappa inte förstod att vi levde här och hade vår vardag här, dag ut och dag in. Hela tiden torkade pappa svetten ur pannan och mamma såg oroligt på honom, hon verkade irriterad, irriterad över att han svettades så mycket och pratade så långsamt. Vi hade en tvålitersbytta glass som smälte innan alla hann ta. Maiken, Sondre och Frøya lekte i ladan, tre gånger kom Frøya ut gråtande, Maiken och Sondre hade varit dumma mot henne. Det ryckte i Trond Henrik. Till slut reste sig Jan Olav och sa: »Nej, men nu får de lägga av«, och följde efter Frøya tillbaka till ladan.

Pappa brukade säga: Man måste fylla sin potential. Förverkliga sina möjligheter.

De ville inte övernatta.

»Nej«, sa Elise, »Jan Olav är så beroende av sitt morgonkaffe, han tycker inte att det går att brygga det på någon annan maskin än den vi har hemma.« Hon log ett försök till uppgivet leende, men det var något annat, hon såg nästan förälskad ut, eller hon vägrade att på något sätt ta parti för någon annan mot Jan Olav. Och då föreställde jag mig att jag bönföll Elise: Hjälp mig att stanna i det här förhållandet. Hjälp mig så att det inte går sönder igen.

De åkte hem när eftermiddagsljuset var som finast. En ljusslöja runt varje blomma, varje strå. Jag stod vid den lilla bron till ladan. Blommande hundkäx och några gula liknande, styvmorsviol, rödklöver. Det övervuxna bilvraket, kvarlämnat av Trond Henriks storebror för en massa år sedan. Maiken och

Frøya hade fått dricka resten av den smältande glassen direkt ur byttan som milkshake. Jag gick mot Trond Henrik, han stod i motljuset, jag lutade mig mot honom. Han sa:

»Det var två enkla själar.«

»Mamma och pappa?« sa jag. Jag fattade inte vad han menade; jag tyckte de hade varit nedlåtande, nästan fräcka i sin inblandning, men jag tänkte inte på dem som enkla.

»Nej, dina föräldrar är ju gamla«, sa han, »jag tänkte på din syster och den där killen. Så många banaliteter efter varandra har jag sällan hört.«

Trond Henrik höll om mig när han sa detta. Det kändes rättvist, ändå oförtjänt. Jag kände att livet är svårt och att det inte blir lättare med åren, hopplösa försök att foga ihop, känslan av att leva ett splittrat liv utan hopp om försoning. Jag ville att Trond Henrik skulle acceptera sidor hos Elise och Jan Olav som jag själv inte förmår acceptera. Och jag kände något som liknade ömsinthet gentemot Jan Olav, han gör så gott han kan, eller han kan inte göra annat. För att förakta honom så mycket som jag gör måste jag ha en acceptans och omtänksamhet i botten.

Jag klipper loss laxbitarna ur plasten och lägger dem i en ugnsfast form, det droppar fiskvätska på bänken. Trond Henrik har två vinglas i ena handen och rödvinsboxen hängande över pekfingret på den andra, och pussar mig i nacken. Jag fyller kastrullen med vatten till pasta och sätter på den, och skär snabbt broccoli i små buketter, sedan går jag efter Trond Henrik.

Vi försöker ta vara på de gyllene stunderna, det var vad vi kallade dem, och sedan skrattade vi åt oss själva, redan första veckan med båda flickorna här började vi med det. Varje dag, och helst flera gånger om dagen, skulle vi sno åt oss små ensamma stunder, och det har vi fortsatt med. Nu tar vi ett glas vin på glasverandan före middagen medan jag berättar för Trond Henrik om lunchen med Geir. Han sitter på pallen med ryggen mot glasrutorna, jag sitter på soffbänken, vi lutar oss framåt mot varandra, mun mot kind, näsa mot näsa, mun mot mun, genom den öppna dörren hör jag blipp-ljuden från ungarnas playstation. Alla konflikter med Geir och all frustration över Elise och de andra blir betydelselösa, blir något som hör hemma någon helt annanstans när jag pratar med Trond Henrik om det.

Vi tungkysser varandra som om vi var sjutton år och inte har setts på länge.

Sedan drar han tillbaka ansiktet och ser på mig.

»Men kan du tillaga revben?« säger han. Jag skrattar lågt och skakar på huvudet.

»Någon gång måste vara den första«, säger han. »Men jag hoppas att du inte räknar med hjälp från mig.«

»Bara jag vet att du stöttar mig hur det än går«, säger jag.

»Jag stöttar dig alltid«, säger han på sitt dubbelt försäkrande sätt medan han ler så stort att ögonen försvinner i smala springor.

Sedan kysser han mig igen och jag får aldrig starkare lust att ligga med honom än när vi hånglar i smyg och inte har tid, vi gnider oss mot varandra, han är styv och jag kan inte kontrollera min andning längre. *Bipp-bipp-bippbippbipp*, inifrån vardagsrummet. Jag tar ett djupt andetag och reser mig med en lyckokänsla darrande i hela kroppen, extasen är alltid bara en liten bit bort, vi bor ihop, vi delar säng, vi ska alltid vara tillsammans, i vått och torrt, tåla allt hos varandra eftersom vi båda alltid gör så gott vi kan, vi ska ligga med varandra igen om bara några timmar.

Trond Henrik häller upp mer vin, rödvin till lax, Geir skulle ha grämt sig, det var så mycket som inte gick för sig med Geir. Jag förklarar för Maiken att jag har pratat med Geir. Maiken blir rasande.

»Jag vill ju inte vara här«, säger hon. »Skolsyster säger att ni ska lyssna på vad jag vill.«

»Det passar bäst för pappa också«, säger jag. »Så är du hos honom igen nästa år.«

Jag ropar på Frøya. Maiken säger:

»Varför skulle du egentligen skilja dig från pappa?« Och jag svarar något om att saker och ting var komplicerade, att det inte alltid är så enkelt.

»Vad var det som inte var enkelt?« säger Maiken. »Ja, men vad var det, säg. Hallå, om du inte kan säga var det väl inget då? Mamma? Mamma? Hallå?«

Trond Henrik ropar på Frøya.

»Var tyst, Maiken«, säger jag.

Som väntat blir hon ännu mer högljudd.

»Men jag vill inte vara här, jag vill inte, hör du inte vad jag säger? Är du helt döv?«

Frøya kommer in och kravlar upp på tripptrappstolen. Hon tittar ut över bordet, kniper ihop läpparna och skakar på huvudet.

»Jag gillar inte fisk«, säger hon.

»Du måste smaka« säger Trond Henrik.

Maiken skjuter ifrån sig tallriken hårt så att den klirrar mot glaset.

»Jag vill inte heller ha den här skitfisken!«

»Maiken!« säger Trond Henrik skarpt. Det kommer ett ljud från Maiken, ett konstigt strupljud, ett läte som blir starkare och påminner om ett morrande, och sedan skriker hon igen:

»Skitfisk!« Bara det ordet. *Skitfisk*. Arg över fisk till middag. Jag hade tänkt göra julpynt och julklappar med dem i går. Eftermiddagarna är så korta och rinner iväg, och innan jag vet ordet av är veckan slut och flickorna ska tillbaka till sitt andra hem.

Då blir det tomt här. Tomt och underbart. Jag kan ta en sjukdag, vi kan ligga i sängen hela dagen.

Trond Henriks huvud är lutat över tallriken, Maikens huvud är bortvänt, hon stirrar in i väggen med kryddhyllan, den gamla bonaden med *Giv oss i dag vårt dagliga bröd*, jag vet inte om hennes ilska är riktad mot mig eller Trond Henrik, eller mot fisken, eller mot Geir. Sedan skrapar stolsbenen mot golvet, ryggstödet smäller i golvet och Maiken springer iväg uppför trappan.

När jag kom hem till mamma och pappa med Maiken på helgerna efter att jag och Geir hade flyttat isär blev pappa mer och mer likgiltig.

»Jo, det går väl bra«, kunde han säga när jag ringde och sa att vi skulle komma. Och en gång sa han: »Mamma är ganska trött. Det kanske är bäst att ni inte stannar så länge på söndag.«

Den söndagskvällen ringde Kristin och sa att hon trodde det var bra om jag begränsade mig lite.

»Pappa är visst inte riktigt i form«, sa hon.

»Sa de att jag skulle begränsa mig?« sa jag.

»Han sa att det blir lite mycket«, sa Kristin, »när ni kommer dit varannan helg.«

Jag trodde att det var jag som gjorde något fint för dem. Och Maiken, att det var två flugor i en smäll. Hon fick träffa sina morföräldrar och de fick träffa sitt barnbarn. Det var en känsla av att ge något som blev uppfattat som att jag tog.

Det var inte för att slippa gå upp tidigt på morgonen med Maiken, Maiken skötte sig själv, det var bara att sätta henne framför barn-teven. Det var faktiskt på många sätt lättare att vara kvar i Oslo med henne. Och varje gång jag satt i soffan i Fredrikstad efter att Maiken gått och lagt sig ångrade jag mig, för då var timmarna långa och längtan jag haft efter att prata med mamma och pappa förvandlades till irritation över deras frågor, eller bristen på dem, och över deras reaktioner på mina svar. Pappa fick mig att känna mig som en nyligen utflyttad student som kom hem i tid och otid för att sno åt sig några gratismiddagar och lite barnpassning.

Lite senare berättade Elise att mamma och moster Liv hade varit oroliga för mig efter ett spontanbesök på Helgesens gate.

»De diskuterade om du var deprimerad eller ej«, sa Elise.

»Deprimerad?« sa jag.

»Det var lite olika saker«, sa Elise. Hon berättade att mamma och moster Liv hade reagerat på att Maikens nya dockvagn fortfarande hade prislappen hängande från handtaget.

»Och att du saknade diverse köksredskap. Tesil. Och äggskärare. Och att det över huvud taget var stökigt och otrevligt. Lysrören över köksbänken funkade inte. Men«, sa Elise, »moster Liv kom med invändningen att du hade en assiett med knäckemackor på bordet när de kom, som du höll på att äta. Och att mackorna var dekorerade med paprika och gurka.« Elise sa detta med en viss entusiasm, som om hon stod på min sida.

Jag kom ihåg besöket. Jag retade mig på att de kom oanmälda, och väntade otåligt på att de skulle ge sig iväg. Jag tycker inte om överraskningsbesök. Jag var inte deprimerad, det där var till och med efter att jag hade träffat Trond Henrik, jag var nykär.

Jag saknade rivjärn också, och en sådan där som man mosar potatis med. Jag berättade för mamma någon gång efter att Trond Henrik och jag hade flyttat ihop, att jag hade kommit på att det inte var nödvändigt att skala potatis över huvud taget. Jag sa glatt att både Maiken och Frøya hade vant sig vid att äta med skalet på, och att det ju är där all näring sitter, men mamma tittade bara med trött blick förbi mitt ansikte, som om jag bara var ute efter att provocera.

»Nej, nej«, sa jag till Elise. »Jag har inte varit i närheten av någon depression.«

Jag ställer ihop tallrikarna och bär dem till bänken, Trond Henrik kommer bort till mig, håller om mig bakifrån och pussar mig i nacken.

»Jag sticker bara ut och tar en cigg«, säger han, »jag kan diska sedan.«

Jag säger att jag ska åka iväg en sväng och prata med Anette. Frøya ser på teve. Maiken är fortfarande uppe på sitt rum. Utelampan över trappan lyser upp gårdsplanen, det är mörkare längre bort, jag ser bara konturerna på uthuset och ladan och träden bakom. Det sitter inga fåglar i kärven.

Det hänger ett gipsavtryck av Frøyas hand på köksväggen. Hemma hos Elise hänger det saker som barnen har gjort överallt. Så lite jag har tagit vara på av Maiken. För att jag inte kunde föreställa mig att tiden skulle gå, eller att jag skulle vara vemodig över tiden som gått, den gick så långsamt, hon gjorde och sa samma saker så många dagar i rad, i långa perioder, ritade tio teckningar om dagen.

Jag skulle ha skrivit om texten jag ska in med till Lene i morgon, de första timmarna på jobbet har en tendens att fyllas av annat, men jag ska iväg till gården först, hönsproblemen plågar mig. Ingen av flickorna vill följa med. Det är bara fyra minuters bilväg, det har slutat snöa men det ligger kvar ett tunt lager, det lyser upp.

»Ville du prata med Anette?« säger Roy. Det är ljust och varmt bakom honom, det luktar kotletter, han har ylleundertröja med öppet blixtlås i halsen, schäfern försöker komma förbi honom och hälsa, men han håller den bakom sig.

»Du hittar henne i lagårn, det är kopulering på gång«, säger han.

Det låter mer än vanligt i lagårn, en massa bräkanden och dunk, en kärv lukt av får och höns, i foderrummet blandas båda lukterna. Hönslukten är kladdigare, mer kväljande, medan fårlukten har något friskt och skarpt i sig, fjäll och mossa och väder och vind. Anette har lovat mig ett dilamm till våren, det kan gå tillsammans med hönsen. Jag går in till höger, till fåren. Anette håller på att flytta in några av djuren i ett annat bås, det går ganska våldsamt till.

»Strax klar«, ropar hon. »Jag ska bara släppa in Karsten Bruse till ulltottarna.« Hon drar baggen i hornen och puttar in honom i det lilla båset. Han vänder och vill ut igen, men hon stänger grinden och kommer fram till mig.

»Karsten föredrar mogen frukt«, säger hon. »Stick i stäv med vad som gäller för de flesta män. Så jag blev tvungen att plocka ut ungflickorna och låta honom gå ensam med dem till slut. Har han inga vuxna damer att välja bland går han över dem också.«

Baggen sparkar lönlöst några gånger mot grinden. Sedan snurrar han runt ett varv, innan han halvintresserat börjar sniffa de unga tackorna i rumpan.

»Han har på sig en sele med krita mellan frambenen«, säger Anette, »så att vi har koll på vem han har betäckt. Man ser vem som har haft sig.« Hon pekar in i den andra fårflocken. Nästan alla fåren har blåfärgad ull på ryggen.

»Så förödmjukande!« säger jag.

Anette hejdar sig och tittar på mig. Sedan ler hon brett.

»Han går raka vägen från den ena till den andra, gärna fem, tio i rad innan han tar sig lite vatten eller en matbit«, säger hon. »Han brukar gå ner flera kilo efter en sådan räd.«

»Men gillar han det? säger jag. Anette skrattar.

»Om han gillar det? Tja, det ser ju så ut.«

»Det är inte bara ren drift?« säger jag. »Att han inte kan annat, inte har något val?«

Anette skrattar igen, ett grovt och samtidigt generat skratt. Hon välter en höboll från en stapel och skär av snöret runt.

»Naturen ställer inga sådana frågor«, säger hon.

Jag berättar om Sigri.

»Åh, hon har blivit liggsjuk«, säger hon. »Fackmässigt

uttryckt«, lägger hon till. »Det är när hönor insisterar på att ligga och ruva sina ägg fast de inte är befruktade. Rejäl modersinstinkt på gång där alltså.«

Hon säger att jag kan få med mig några befruktade ägg därifrån, att hönan kanske kan kläcka fram dem.

»Det händer att de där damerna protesterar mot att vara rena äggleverantörer och vill back to nature«, säger hon. »Att de plötsligt undrar vad det blir av all avkomma in spe. Att det inte har varit någon hane med i spelet funderar de tydligen inte över. De vill bli mamma!«

Anette är ett par år yngre än jag, barsk och manhaftig framtoning, inte ful, långt ifrån, men föga feminin. Hon har inga barn. Hon har gått två klasser över Trond Henrik i skolan, de har ingen kontakt nu.

Jag tänker på första gången jag träffade henne, Trond Henrik hade förklarat vägen för mig, jag hade kört dit ensam för att förhöra mig om hönsskötsel och dilamm. Anette skulle just äta sin matsäck och bad mig sitta, vi satt på de gamla trädgårdsstolarna utanför fårhuset. Hon hade lila fleecetröja och en lång fläta som hängde över ena axeln. Hon bjöd på termoskaffe i plastmuggar som hon sköljde av under utekranen. Anette öppnade matlådan, en macka med leverpastej och ättiksgurka, och en med ridderost. Hon bjöd på dem också, men jag tackade nej. Det kändes som om hon hade nytvättat hår. Lukterna liksom paralyserade mig, ridderosten och ättiksgurkan och schampot, och den torra fårlukten från den tomma lagårn bakom. Hon berättade att hon hade vuxit upp i granngården. »Kor och jordbruk«, sa hon. Hon var den enda som egentligen var intresserad av att ta över, men hennes far ville inte gå med på det. »Han kommer att lägga ännu några år på att försöka övertala mina bröder, men det kommer inte att hjälpa«, sa hon. »Så för närvarande jobbar jag här, medan jag väntar.« Det var oklart var hennes hårfäste gick, det växte hår förbi hennes öron och en bit ner i pannan, flätan var väldigt tjock.

Jag berättade om Snövit. »När hon går är hon väldigt vinglig och näbben är hela tiden vänd mot marken«, säger jag. »Hon har en del sår på ryggen och i nacken som inte ser vackra ut, det är blod på fjädrarna.«

Anette skakar på huvudet. »En del djur märker ut sig som naturliga mobboffer«, säger hon. »Ensamma turbohönor är kanske mer utsatta, jag tror inte att de andra hönsen gillar vitheten, att de ser så präktiga och oskyldiga ut.« Hon säger att det inte är någon bra idé att skärma av henne – om vi inte vill ha henne inne i vardagsrummet, då. »Höns trivs inte ensamma«, säger hon.

»Det är inte säkert hon överlever«, säger hon, som en varning, som om jag är en liten flicka som inte tål livets realiteter och måste förberedas varsamt. »Det är ju trist«, säger hon. »Men då gäller det att vara lite uppmärksam och slakta henne innan hon drar sin sista suck. Självdöda höns är värdelösa. Du kan göra en god gryta på henne, jag har ett recept du kan få. Höna med kefir.«

Jag skrattar, tror att hon skojar, men det gör hon inte. Hon har undervisat mig om slakt förut, det verkar inte så väldigt komplicerat. Ändå kan jag inte föreställa mig att vi skulle äta upp någon av hönorna, men det verkar dramatiskt att säga det till henne.

»Du kanske skulle sätta alla sovpinnarna på samma höjd, så slipper de åtminstone bråka om vem som ska sitta högst på stacken«, säger Anette. »Du kan hänga upp några halva limpor i snören så har de något att hålla på med. Sysslolöshet är som bekant roten till allt ont.«

Jag får med mig värpäggen inpackade i halm i en Remakasse.

»Det är kallt«, säger Anette. »Vänta inte för länge med att få in dem under hönan. Och när det gäller den vita –«, hon drar pekfingret över halsen.

Jag lägger äggpaketet i framsätet bredvid mig och kör genom

allén ut mot riksvägen. Vägen slingrar sig, inga bilar framför, en trailer kommer emot mig långt där fram. Jag ser ut över de svarta fälten och de kala träden i åkerkanterna och vägen framför mig, lagerbyggnader.

När jag kör in på gårdsplanen ringer Elise. Jag säger att jag sitter i bilen, att jag varit borta på gården och hämtat värpägg, jag berättar om hönsen, hon lyssnar.

»Vad kul, Monika«, säger hon. »Jag längtar efter att komma och titta på dem igen.«

Jag skäms över glättigheten. Det lyser i det vita huset och svagt från värmelampan i hönshuset.

»Men du, julen«, säger Elise. Hon har den mjuka, långsamma rösten, och hon säger med all tänkbar tydlighet att det inte är aktuellt med någon jul i Askim.

»Pappa är inte i form för det. Och mamma orkar inte med så många människor på liten yta.« Och när jag öppnar munnen för att försöka mig på en aldrig så liten invändning:

»Nej Monika.« Och jag ser framför mig hur hon skakar på huvudet med munnen som ett streck och stora ögon.

Det är jag som avslutar samtalet. »Nej«, säger jag, »jag måste ta mig in med de här äggen och se hur det går.«

»Lycka till!« säger Elise.

Sigri ligger och ruvar sitt livlösa ägg i redet närmast värmelampan, jag tar på mig handskar och byter försiktigt ut ägget mot de tre befruktade.

»Sådär« säger jag. »Ruva på.« Hon brer ut sin stora kropp och omsluter resolut äggen, ligger där och stirrar uppfordrande och ängsligt på mig med små, svarta ögon. Alla de andra hönorna sitter på pinnarna utom den vita turbohönan, den sitter på marken med huvudet hängande. Medan jag ser på den välter den framåt och runt sig själv med benen i vädret i en kullerbytta, sedan flaxar den med vingarna och tar sig upp till stående igen, vinglar. Fjädrarna är skitiga av blod och smuts.

Jag sätter mig på huk och sträcker ut handen mot henne, hon bryr sig inte om mig.

»Kära lilla Snövit, du som var så vacker«, säger jag mjukt och stryker över de kladdiga fjädrarna, på ryggen, och på bröstet, det är mycket fjädrar och luft och långt in till hud och kropp.

Maiken och Frøya sitter på golvet och spelar playstation, Frøya är röd på hakan och kinderna av kylan utomhus och värmen inne. Trond Henrik har diskat, han ligger i soffan med sin bok, vinglaset och boxen står på bordet bredvid. Han lyfter handen och vinkar:

»Kom kom kom, *kom kom kom kom*«, viskar han.

»En av hönorna är verkligen inte frisk«, säger jag. »Den som Frøya döpte till Snövit. De andra har snart tagit livet av den.«

»Men ska vi ta bort den från de andra då?« säger Trond Henrik.

Jag förklarar vad Anette har sagt. »Vi kan ju inte precis ha den här inne«, säger jag.

»Inte direkt«, säger han. Flickorna irriterar mig, empatilösa, trycker med tummarna för att få en figur att hoppa upp och ner.

»Men Sigri ligger och ruvar de nya äggen som om hon fick betalt för det«, säger jag. »Vi kanske får kycklingar till jul?«

»Kycklingar till jul, yeah!« säger Maiken.

»Kan vi få varm choklad«, säger Frøya med blicken på skärmen.

»Men Snövit verkar dålig«, säger jag. »Det ser ut som om hon håller på att dö. Hon ligger med halva huvudet under vingen och blundar.«

Trond Henrik börjar skratta.

»Nu var du söt«, säger han. Jag hade härmat hönan.

»Jag tror att vi måste slakta den«, säger jag, »om hon lider.«

»Slakta?« säger Trond Henrik.

»Ja, det bör vi ju«, säger jag, »i stället för att bara låta henne självdö.«

»Slakta, är du helt galen?« säger Maiken oengagerat, fortfarande uppslukad av tevespelet.

»Jag kommer att göra dig besviken som man«, säger Trond Henrik medan han stryker mig över rumpan. »Men mig får du inte att göra det. Jag dödar inte ens en geting.«

»Men om den lider«, säger jag.

»Inte jag heller«, säger Maiken. »Jag ska bli vegetarian.«

Trond Henrik ler och kysser mig på halsen.

»Jag hugger inte huvudet av någonting«, säger han.

»Anette använder inte yxa«, säger jag. »Hon håller i huvudet och skär av det med en vass kniv.«

»Mamma!« ropar Maiken, och nu har hon lagt ifrån sig playstationkontrollen. »Har du verkligen tänkt skära huvudet av Snövit?«

»Va?« säger Frøya. »Monika? Ska du skära av Növit huvud? Pappa, ska Monika skära av Növit huvud?

»Lugna er!« säger jag. »Ingen ska skära av några huvuden.«

Jag skrattar in mot Trond Henriks bröst, och jag känner att han också skrattar.

När flickorna har lagt sig berättar jag för Trond Henrik om Elise och julen. Vi ligger och hånglar och tar på varandra i soffan, det knastrar i kaminen.

»Jag har lite hemarbete från jobbet«, säger jag. »Jag måste ta ett litet arbetspass innan jag lägger mig.«

Trond Henrik sätter sig upp och häller mer vin i glasen ur boxen.

Sedan lägger han armarna om mig.

»Det är liksom en självklarhet att alla ska komma till Elise och Jan Olav«, säger jag.

»Det skulle ju ha blivit trångt«, säger han. »Och jag tror inte någon av oss riktigt vet vad det innebär att ordna jul för en stor släkt.«

Jag vet inte vad jag ska tycka, känna. Det är en blandning av svek och tröst. Att han går över till fiendens sida samtidigt som han står benhårt på min och så att säga är ett med mig. För de är ju inte fiender. Jag vill ju att vi alla ska tycka om varandra. Trond Henrik tar en klunk ur glaset, ställer ifrån sig det och håller om mig igen.

»Dessutom skulle det bli svårt att skriva roman med så många människor här«, säger han.

»Ska du skriva under julen, när barnen är här?« säger jag.

»Det måste jag«, säger han, »men jag ska försöka begränsa det.«

»Jag vill inte att du ska begränsa dig«, säger jag.

Allt som ligger och vaggar i tystnaden, Trond Henriks andhämtning. Han har förklarat att skrivandet är det som gör honom livsduglig.

Jag har tänkt att vi ska flytta undan den gamla gungstolen bredvid kaminen och ha julgranen där. Tomtar på sekretären. Julstjärnan gungar nästan omärkligt i fönstret. Trond Henrik kysser mig och sticker in handen under tröjan och säger att jag är härlig. Jag tänker på texten jag måste skriva om, måste jag verkligen börja från början, jag gillar att lämna den röda tråden och låta texten ta några språng, men det förutsätter att det inledningsvis finns en röd tråd, det fattar jag. Men det verkade inte som om det bara var strukturen utan hela idén med domherren och kexsmulorna som Lene inte gillade, hon gillade ingenting, Trond Henrik gnider tummen över min bröstvårta på det där sättet han har förstått påverkar mig väldigt.

Det var först vår fjärde natt ihop som Trond Henrik kunde ligga med mig. Den tredje gången grät han och då tänkte jag att det aldrig skulle gå. Men då, fjärde gången, han verkade sur och oengagerad men väldigt målmedveten. Det var inte särskilt skönt för mig, men inte obehagligt heller, och det var ju ändå löftesrikt, jag var lättad och glad och det var han också, glad och stolt på ett inåtvänt och lite nödbett sätt, han fick mig att tänka på Maiken när hon har gjort mål, och förälskelsen vibrerade i mig, det pirrade i läpparna, fingrarna var domnade.

Han lägger handen på min mage och låter den glida innanför linningen.

Då ropar Maiken. Trond Henriks hand ligger stilla mellan mina ben medan Maiken ropar en gång till. Då släpper han mig.

Jag går uppför trappan till Maiken i det rosa rummet, hon har tänt sänglampan, jag är yr av Trond Henriks händer. Det här rummet blir aldrig riktigt varmt. Skrivbordet är fullt av pastellfärgade figurer i konstiga positioner och konstellationer, hon vill inte städa undan dem för då måste hon göra om allt. Hon säger att hon inte kan sova. Jag sätter mig på sängkanten. Det är frostrosor mellan dubbelfönstren.

»Varför kan du inte sova?« säger jag.

»Jag tänker så mycket«, säger hon.

»Vad är det du tänker på då?« säger jag.

Hon ser på mig med ett ertappat uttryck i ansiktet och säger: »Jag fattar inte att spindelnät och snöflingor kan finnas.« Jag ser frågade på henne, hon ser frågande på mig.

»Jag menar«, säger hon, »att något så ...« Hon försöker visa något med fingrarna. »Något så ... krångligt, kan finnas, av sig självt. Bara finnas.«

Jag säger att det är mycket vi inte förstår, jag stryker henne över håret, det är smutsigt, jag måste få henne att duscha tidigt i morgon, badrummet är kallt och otrevligt med möglig plasttapet, och Maiken duschvägrar.

»Vad önskar du dig i julklapp?« säger jag.

»Jag vill så gärna hem till jul«, säger Maiken. »Det är den bästa julklappen jag kan få.« Min hud skrumpnar ihop i en rysning. Den meningen bär med sig så mycket, lidande, sentimentalitet, klassisk litteratur. Och jag är så kall. Jag skakar på huvudet.

»Det kan jag inte ge dig«, säger jag.

Då vrider hon långsamt in huvudet mot väggen och lägger handen över ögonen. Jag sträcker mig framåt och pussar henne på kinden.

»Nu måste jag se efter hur det går med hönsen«, säger jag.

Trond Henrik ligger på soffan och stirrar upp i taket, jag går bort till honom: »Tänker du på romanen?«

»Hade det varit så väl«, säger han. »Jag tänker bara på dig. På din kropp och dina bröst, och din rumpa.«

»Jag vill ha dig, vi måste lägga oss«, säger jag. »Men först måste jag ge hönsen mat. Sedan lägger vi oss.«

Termometern vid köksfönstret visar minus fyra. Det snöar igen, det är flera centimeter snö på gårdsplanen, om det fortsätter kan det bli svårt att komma ut med bilen i morgon bitti om inte plogbilen har varit här. Det hörs en dämpad kör av *bop bop bopp bo-o-op*, som blir tydligare allteftersom jag närmar mig hönshuset, jag gör fotspår i det tunna snötäcket.

I somras, i slutet av juli, båda flickorna var här, vi hade byggt stommen till hönshuset och jag hade gått in för att göra milkshake, solen sken in genom köksfönstret, jag rörde mig in och ut ur solljuset, tog ut mjölken ur kylen, lyfte upp mixern på bänken, jag hade på mig förklädet som Maiken har gjort till mig i slöjden. Jag såg ut på gårdsplanen bredvid den röda ladan, säden var grön på väg mot gult. Frøya ropade något, glad. Maiken räckte Trond Henrik något, en liten pappask, och Trond Henrik tog emot. Trond Henrik spikade fast hönsnätet i träramen. Och det var allt jag hörde, *bank, bank, bank, bank*. Jag skrapade loss vaniljglass ut byttan med en kniv. Plötsligt var Maiken inne i köket, hon släppte ut ett högt, djuriskt tjut när hon såg att jag gjorde milkshake. Sedan spärrades hennes ansikte upp framför mig, blankt och brett. »Jag *älskar* att bo här, mamma«, sa hon. Sedan var hon utomhus igen, full fart över gårdsplanen. Det slog ner över mig som en glaskupa, jag stod ensam och lycklig i kupan. Det var fullt av sommarblommor i sluttningen bakom ladan och i dikena vid infarten, rödklöver, ängsklockor, midsommarblomster, hundkäx. Viol, förgätmigej. Käringtand.

Jag kryper bort som ett barn till Trond Henrik i soffan, Trond Henrik håller om mig, och sedan ser han att jag gråter.

»Hönan är död«, viskar jag.

Han håller mig hårt och stryker mig över ryggen.

Det är bara lågorna i öppna spisen som rör sig och gör små knäpp- och sprakljud.

»Den låg på rygg på golvet«, säger jag. »Den var fortfarande varm.«

»Det var nog det bästa«, viskar han.

Jag sväljer salta tårar och snorar, jag rör tummen långsamt och mjukt fram och tillbaka över en sena i Trond Henriks hals. Jag är så ledsen. Nu gråter jag över alltihop. Stackars förtappade Snövit, Maiken, samtalet med Elise, lunchen med Geir, pappa som har cancer.

»Jag är säkert barnslig, men just julen är lite viktig för mig«, säger jag.

»Det är inte barnsligt«, viskar han. »Jag tycker om det. Jag tycker om dig. Men jag måste få den här romanen skriven nu.«

»Ja«, säger jag.

»Det är det som är viktigast för mig just nu«, säger han.

Jag nickar mot hans axel.

Han säger: »Andra saker får aldrig ta över, jag får inte låta betydelsen av alla möjliga vardagsgrejer ta över. Om jag tycker att det är viktigare att diska och göra mackor med jordnötssmör kommer jag aldrig att lyckas skriva den här romanen. Om jag ska gå på föräldramöten på Frøyas förskola kan jag bara glömma det. Förstår du vad jag menar?«

Jag säger att jag förstår vad han menar.

»Det är en skönhet och betydelse som aldrig kan konkurrera med något annat i livet«, säger han. »Alla känslor som ingen annan känner till. Det är som om jag lever delar av livet isolerad från de andra och världen.«

Jag nickar.

»Puh, det blev lite pompöst«, säger han. »Men så är det, det är verkligen så, du måste tro mina ord.«

Jag fortsätter att nicka mot hans bröst, jag tror honom. Hans hjärta dunkar mot min kind. Framför mig ser jag Elise skriva julbrev, det rullar en våg av gråt genom mig. Elise som vill skriva om sitt liv, om tiden som det finns alldeles för lite av, tid att se detaljerna i livet och glädjas över dem. Hon sitter vid sekretären, kökslampan är släckt men ljuset från adventsstjärnan i köksfönstret lyser ut i gången. Men det går inte att skriva om livet så som hon vill beskriva det, hon får inte till det. Och när brevet är klart liknar det alla andra julbrev. Jonas och Stian har flyttat hemifrån, det är en saknad! Men det är som livet är. Resorna till lägenheten på Gran Canaria, den lyckan. Den nya båten. Jobbet som sjuksköterska för människor i livets slutskede. Så meningsfullt. Hon går ut i köket, tänder lampan, gallret på köksbänken är fullt av klenäter, fetglansigt bruna, men hon kan inte skriva om dem. Hon lägger tio i varje påse för att frysa in. Sedan kommer Jan Olav och tigger en klenät. Han äter den stående med putande mage, bryter av bit för bit med de stora händerna, kuddarna på fingertopparna glänser av fett. Ett vattenglas står kvar på bordet efter middagen, det ligger fiskpudding i skivor på en assiett på köksbänken, hon ställer in den i kylen. Det är så mycket hon vill skriva om, så mycket hon vill att alla ska veta.

Jag har ett sugande behov av tröst, ett behov av att ringa Elise och berätta om Snövit, eller pappa, jag föreställer mig att han skulle säga: »Ja, ja, hon hade ett gott liv så länge det varade«, men det hade hon ju inte.

EN SMÄRTA FÖR DIN SMÄRTA

Februari 2009

Kjersti flyttar en bläckpenna på bordsskivan, rätar på ryggen. Hon drar handen genom håret. Hon säger att Maiken var en av de *drivande personerna*. Det var mobbning, av ett *allvarligt* slag. Vi sitter på ministolar på var sin sida om en skolbänk, katedern står där framme på en upphöjd avsats.

»Du ska veta att vi tar väl hand även om Maiken«, säger hon avslutningsvis. »Det är inget trevligt att vara den som mobbar. Det är aldrig bara en enda svag part i en mobbningssituation.«

»Tack«, säger jag.

»Då uppdaterar du Maikens pappa?« säger Kjersti. »Ja. Det är bra. Det var honom jag pratade med sist.«

Sedan skakar hon på huvudet.

»Åh«, säger hon. »Maiken är ju egentligen en härlig unge.«

Vi reser oss samtidigt, jag går före henne ut i korridoren.

Maiken sitter på bänken i hallen, hon säger: »Får Tuva följa med hem och sova över, hon väntar på skolgården, hon har fått lov för sin pappa, snälla?«

Där sitter hon framför mig, mobbaren. Med sina tolv år kapabel att förstöra dagen eller hela livet för en klasskamrat. Luggen för lång, byxorna fläckiga.

»Snälla?« säger hon.

»Nej«, säger jag, »inte i dag.« Hon har för tjocka lår. Jag har sett det på Geirs mamma och storasyster, Maiken har anlag för övervikt, hon kan få stora lår, stora bröst, stor rumpa. Jag känner en rädsla för att allt ska gå sönder, falla isär, en katastrofkänsla som omfattar hela mitt liv, att allt kan bli förstört.

»Snälla mamma, snälla, det finns ju inga andra att vara med där.« Jag vänder mig om och ser efter Kjersti, som om hon skulle kunna hjälpa mig, vägleda mig med blicken innan jag måste lämna skolans område med Maiken och vi är hänvisade till oss själva. Ibland har jag varit så arg på Maiken att jag hållit fast henne, och blivit skrämd av hur stark hon är, och tänkt att all min makt tar slut när hon blir starkare än jag, det är livsviktigt att jag bygger upp någon annan sorts makt före tonåren.

Jag går före henne nerför trapporna.

»Ska jag bara vara helt isolerad?« säger hon. »Som i ett fängelse?«

Hon kommer ikapp mig på väg över skolgården, hon säger: »Mamma? Mamma?« högre och högre.

»Jag tycker hon är ganska besvärlig«, sa jag till Geir sist vi pratade. »Ja«, sa han. »Det blir en del utmaningar med henne, det lönar sig att ge henne lite lugn och ro när det bygger upp sig. Då kan många orkaner undvikas.«

Geir är på en matkonferens i Bologna och kommer inte hem förrän om tre dagar.

Jag sitter i bilen och väntar medan Maiken står och pratar med Tuva vid gungställningen, jag får vänta länge och hjärtat dunkar som om jag saknar kontroll, är utlämnad åt Maikens nycker och infall. Kommer hon att sätta sig i bilen och följa med hem? Kanske kommer hon på att hon bara kan rymma sin väg med Tuva? Vad ska jag göra då?

Jag minns Maikens trotsanfall som två-, treåring, hon försökte vrida sig ur min famn, bort från mig, hon brydde sig inte om att hon kunde ramla i golvet. Jag höll henne och väntade på att hon skulle mjukna, smälta samman med mig och ta emot tröst och kroppskontakt, men så blev det inte. Hon var stel som en pinne och tjöt och jag försökte tänka: Jag måste stå ut med det, jag kan ju bara sitta här och hålla denna skrikande unge, ha tålamod, vänta tills det går över, men det kunde jag inte. Till slut gav jag upp, allt, hela barnet, jag lät henne hänga över soffans armstöd och skrika rytmiskt. Och då kom Geir. Inseglande med ett stort och evigt lugn, drog Maiken intill sig och viskade: *Så, så,* Geirs mjuka röst var hypnotiserande, gav en overklighetskänsla, något jag intuitivt ville streta emot, och då var det de två i en kokong medan jag gick ut på balkongen och rökte.

Så småningom kommer Maiken gående över asfalten och sätter sig i bilen utan ett ord, sur, med blicken ut genom fönstret. Frøya har varit sjuk och är hemma från skolan, Trond Henrik blir trilsk av att inte få skriva. Frøya är ett krävande barn, särskilt när hon är sjuk, hon lägger beslag på hela dagen. När vi kommit ut på E18 säger jag:

»Vad är det som har hänt i skolan, Maiken? Med dig och Jesper och Molly.«

Hon sitter med huvudet bestämt åt sidan, vänd från mig.

»Ingenting«, säger hon.

»Men Maiken, kom igen«, säger jag. »Kjersti berättade vad som hade hänt.«

Hon tar bort handen från ansiktet och vänder det mot mig i samma rörelse, munnen är öppen, och sedan säger hon, långsamt och eftertryckligt: »Om du hade vetat hur knäpp Jesper är. Hur jävla …«

Sedan skakar hon på huvudet och jag ser att hon har tårar i ögonen innan hon vänder sig bort, jag kör bil och måste hålla händerna på ratten. Och jag tänker att jag alltid kommer att minnas detta, också, länge, eller för alltid. De våta ögonen och bitterheten och sorgsenheten. Det bottenlös-aktiga. Att det bara är en bagatell, inget att ta på allvar, att det kommer att gå över, att det är en av tusentals saker som händer med en tolvåring, men att för henne är alltsammans allt annat än en bagatell och alltid på största allvar. Jag kommer ihåg känslorna i den åldern, minns hur allvarliga och tunga de är, och de går inte snabbt över, jag har dem fortfarande i mig.

Sedan vänder hon sig mot mig igen.

»Jag vill inte bo i Askim längre«, säger hon.

»Vad menar du med det?« säger jag.

»Pappa säger att jag kan bestämma själv«, säger hon. »Var jag vill bo.«

»Vad är det du har gjort mot Jesper?« säger jag.

Geir har sagt till Maiken att hon själv kan bestämma var hon vill bo.

»Kan du berätta vad du och Molly har gjort?« säger jag. Men jag hör ju på rösten att jag har gett upp, och jag förstår att det är uppenbart för Maiken också. Maiken kan göra vad hon vill, mot Jesper, tillsammans med Molly, utan att jag har det minsta inflytande.

Granarna far förbi bilrutan. Jag har gett upp och gett upp och gett upp. Hönsskötsel, sortering av Maikens kläder, syltning av mängder av röda vinbär och hallon, dörrmålning, att ha vänner på middag med mat lagad från grunden, och vaser med vilda blommor i sovrummen, att ligga med Trond Henrik, allt glider mig ur händerna, ur huvudet. Fåret Ulla med sin oändligt sorgsna blick, som bara ville vara med människor, inte hönor, och som nu vandrar omkring ensam i det tomma hönshuset och ladan och på gårdsplanen. Jag har gett upp samarbetet med Geir, jag ger upp det nu. Men det är fredag, Trond Henrik och jag har pratat om vad vi ska göra i helgen, med flickorna, men det var före grälet i går kväll. »Du bryr dig egentligen inte om något annat än ditt skrivande«, sa jag. »Och efter ditt skrivande kommer Frøya på andra plats, därefter kommer din bror. Först efter honom kommer jag«, sa jag. Och det värsta: »Och då är det synd att det inte är någon annan som bryr sig om ditt skrivande.« Det och ett par andra saker sa han senare att han upplevde som oförlåtligt.

»Jag vill inte bo här ute i tjottahejti längre«, säger Maiken,

»och jag vill inte bo med Trond Henrik och Frøya, jag hatar dem.«

Gran efter gran förbi rutan, färglös, mörknande himmel. Jag la mig på en madrass i Maikens rum i natt, och i morse var Frøyas säng tom, och när jag gick in till Trond Henrik låg Frøya med honom i vår säng och Trond Henrik sa att hon var sjuk och skulle stanna hemma från skolan. Då kunde Maiken och jag ha haft en trevlig frukost, bara vi två, men det hade vi inte. Eftersom ingen av oss har anlag för att ha det trevligt med andra på morgnarna.

Jag svänger av mot Askim.

»Och det verkar som om du också hatar dem«, säger Maiken.

»Nu får du sluta«, säger jag. Jag håller båda händerna lugnt om ratten.

»Finns det något jag kan göra för att det ska bli bättre att bo där?« säger jag.

»Nej«, säger Maiken.

»Studsmatta?« säger jag.

»Nej, herregud«, säger hon.

Hon ville bo i det gamla huset. Hon ville ha höns och får. Hon fick som hon ville, men hon blev aldrig nöjd.

»Det kan ju tänkas att det går att fundera på det där med häst också«, säger jag.

»Det hjälper inte«, säger Maiken. »Ingenting hjälper. Jag kommer att begå självmord om jag måste fortsätta bo där. Jag vill bo hos pappa hela tiden.«

Det lyser i husets alla fönster, även i sovrummen på andra våningen. Maiken går raka vägen in medan jag går till ladan för att utfodra Ulla. Hon dyker upp bakom den gamla rostiga skördetröskan när jag rasslar med kraftfodersäcken. Jag häller lite extra i bunken och lägger in två flak hö. Jag kliar henne bakom öronen och på bröstet, hon trycker huvudet mot mitt lår, ett får kan bli tio till tolv år gammalt.

Jag hör Frøyas gnäll när jag kommer innanför dörren. Sockerskålen har vält, en hög glitter på köksbordet, bänken full av smutsig disk. Frøya sitter på Trond Henriks arm. Maiken syns inte till, förmodligen redan uppe på sitt rum. När vi flyttade hit ville Maiken ha det rosa rummet. Det var det största, och dragigaste, men det visste jag inte då, det var i maj och hon fick det rosa rummet.

Trond Henrik sätter ner Frøya på golvet, men Frøya tjuter och han lyfter upp henne igen, allt i samma rörelse. Och Frøya ylar sitt utdragna och evigt upprepade *mamma*. Alltid när Maiken är hos Geir känner jag i hela mig att hon har det bra, men när Frøya är hos oss känner jag i hela kroppen hur moderlös hon är, en konstant livsviktig brist som Trond Henrik aldrig kan kompensera för, och inte jag heller. Hon kan i korta eller längre stunder glömma hur olycklig hon är, men hon kommer alltid på det igen.

»Är du sjuk, Frøya?« säger jag, men Frøya svarar inte och Trond Henrik gör det svårare genom att vända sig om med henne.

Jag sätter på ugnen för fryspizzan, tar fram pizzan ur frysen och river av kartongen. Jag tänker på vår första helg här uppe, utan barn. Trond Henrik och jag låg med varandra i ladan. Halmbalarna dammade så mycket att det obehagliga ett tag höll på att ta över. Men det var vackert, ljusstrimmorna genom springorna, över Trond Henriks ansikte. Hans väldigt täta långa ögonfransar. Vi två där tillsammans, panik och extas. Jag hade börjat förstå hur bräckligt Trond Henriks psyke var, det gav mig ett behov av att ta hand om honom och göra det bra för honom, och det gjorde mig rädd. Och känslan av att vara fången på den här platsen, fången i mina egna projekt och min egen naiva entusiasm. Om jag ger upp detta kommer jag att vara helt slut, en människa som har gett upp allt, förlorat allt, för alltid.

Men nästa morgon kände jag mig lycklig, jag vaknade och

väckte Trond Henrik och vi låg med varandra, och slumrade till och vaknade igen, och när klockan var elva tog jag på mig morgonrocken och gick ner till köket för att göra kokkaffe och servera Trond Henrik på sängen, och jag älskade köket så att jag höll på att sprängas: kryddhyllan och de gamla snedskåpen med skjutdörrar, konserveringsglas och kakburkar, och köksstolarna med hack och avskavd färg, ljuset ute var disigt, det lyste sagoaktigt i daggen på grästuvorna, jag hörde en ko råma långdraget från granngården.

Frøya spelar nintendo, Maiken är på sitt rum, Trond Henrik sitter i soffan med datorn i knät, det ligger tuggade pizzakanter på bordet och en på golvet. Det var en måltid i nästan total tystnad, Maiken åt nästan en hel pizza.

»Maiken vill inte bo här längre«, säger jag. »Hon vill ha mer tid med mig ensam. Hon vill ha kortare väg till skolan.« Trond Henrik blundar och vänder bort huvudet.

»Och det fungerar inte precis så bra mellan oss två heller«, säger jag. Han sitter där med munnen hopknipt och spända halssenor. Som om han hade ont någonstans. Jag har förstått att Trond Henrik aldrig kommer att säga »hör nu här« eller »se på mig« eller »nu tar vi det lite lugnt« eller »försök förklara« eller »jag vill försöka förstå«, och att Geir sa sådant hela tiden, jag har gått från något dåligt till något sämre.

Trond Henrik tittar upp på mig och säger med ett fruktansvärt lugnt tonfall: »Ja. Jag mår inte bra av att vara med dig. Jag har inte skrivit en enda bra mening sedan jag träffade dig.«

Då brister jag ut i en entusiastisk såradhet: »Det visar ju hur mycket viktigare skrivandet är än mig!«

Trond Henrik bara ser på mig. Han säger ingenting, han har lagt ifrån sig diktsamlingen på bordet, öppen, uppochner, nu tar han upp den igen. Hade jag trott något annat?

Jag tänker på all den empati och all emotionell klokhet och ömhet Trond Henrik använder i sina dikter och i romanförsöken, som om han inte har något kvar till människorna i det verkliga livet.

»Intet mänskligt är mig främmande«, sa han en gång när han såg upp från tangentbordet, men det är inte sant.

»Jag tycker egentligen själv att det är ganska jävligt att bo här«, säger jag.

Då ser jag att Maiken står där i trappan med alldeles för lång lugg.

Hon står med en hand på räcket och en tryckt mot väggen och ser på mig, obevekligt, i olycklig triumf, sedan tvärvänder hon och går uppför trappan. Nu rasar Maikens värld ihop, ett öronbedövande brak, nu har hon ingenstans att vara, bara hos Geir, nu har jag ingenting att förlora.

Och allt rinner ur mig i ett jämnt flöde, allt tvivel och all osäkerhet och allt velande för och emot under minst ett år, allt tippar över på ena sidan: jag står inte ut med detta. Jag står inte ut med honom, det liv han lever, hans tungsinne och depressioner, att han fullständigt saknar förmåga att tänka på andra än sig själv, sättet han uppfostrar sin dotter på, jag står inte ut med det. Jag vill ha ett sexliv och en samtalspartner. Jag vill känna att vi är två om det här, jag vill känna att jag har med en vuxen person att göra. Det känns som om det finns ett tydligt och kontrollerat samband mellan det som händer inom mig och det som kommer ut.

Det är ett blinkande sken över åkern eller bakom, jag vet inte om det är på vägen eller på himlen. Trond Henrik säger en enda mening:

»Då kan du bara sticka härifrån.« Det piper innanför mitt ena öra, käken är tung. Jag tar hårt i trappräcket för varje steg, går upp till badrummet och lägger saker i min necessär medan jag ser in i spegeln och mimfrågar: »Nu har jag inget val, eller hur? Eller hur?« Sedan går jag in till Maiken i det rosa rummet, golvet är fullt av kläder, plastfigurer, serietidningar, hon sitter vid skrivbordet och knådar ihop alla plastelinafärgerna till en enda färglös klump. Hon har fläckar på tröjan, hon har börjat få bröst. Jag säger: »Lilla vän, vännen min, vi ska åka.«

En barbiedocka, naken från midjan och ner står i spagat på golvet med armarna i vädret, leende. Barbiekläder och barbiesaker väller ut ur en påse, guldbyxor, något randigt, vinterkappa, tennisracket, en baby med rund mun och rosa klänning. Maiken har den där minen av förvirring som jag så väl känner igen, hon sitter där på skrivbordsstolen och klämmer och knådar klumpen. Tänk att den här flickan kunde vara elak mot någon. *Mobbning, av allvarligt slag.* Den klumpiga kelsjuka flickan som lägger huvudet i mitt knä och vill bli klappad, som gnäller: »Jag är inte för stor för att sitta i knät!« Som bar omkring det lilla lammet på gården i en mitella, och lammet älskade det. Men jag ser hur hon kan vara mot Frøya. Lammet har blivit ett stort får med grovt läte som nästan inte får någon uppmärksamhet av Maiken.

»Vi ska åka till mormor och morfar«, säger jag.

Först gör hon bara som jag säger. Hon rör sig sömngångaraktigt nerför trappan och förbi Trond Henrik som står i köket och ser ut genom fönstret, och ut i hallen. Jag räcker henne lusekoftan som mamma har stickat.

»Ta på dig den«, säger jag. Nu vaknar något till i Maikens ögon.

»Nej, inte den tröjan«, säger hon. »Inte den tröjan.«

»Bara ta på dig den. Det är kallt i bilen.«

Det finns något bönfallande i min röst. Barn luktar sig till oro, som hästar.

»Jag tar inte på mig den tröjan«, säger hon.

Jag lägger lusekoftan i en väska. Sedan skjuter jag över skorna mot Maiken med foten. Hon ser på dem.

»Men Frøya då«, säger hon.

»Frøya ska inte följa med«, säger jag.

»Men jag vill att hon ska följa med«, säger hon.

»Frøya ska vara kvar här med Trond Henrik«, säger jag.

»Jag åker inte utan Frøya«, säger Maiken. »Då stannar jag här.«

Jag skakar på huvudet.

»Ta på dig skorna«, säger jag. Rösten är låg och lugn, men har något gällt och hotfullt i sig.

»Jag stannar här«, säger Maiken. »Du får ta Frøya.«

»Men Frøya är Trond Henriks«, säger jag.

»Hon är som en syster för mig«, säger Maiken.

Hon stirrar på mig.

»Jag åker inte utan henne.«

Trond Henrik har tagit fram popcorn och olja och den stora kastrullen, han har fått idén att poppa popcorn. Det hörs svaga elektroniska ljud från Frøyas spel. Hon sitter på huk och trycker. När Kristin var här sa hon: »Monika, jag har inte med det att göra, men flickorna spelar från morgon till kväll ... ska ni inte försöka begränsa det lite?«

Sedan går Maiken ut i köket och slår armarna om Trond Henriks midja. Det rycker i Frøya som sitter på golvet med spelet, apparaten blir liggande efter henne, hon pilar bort till Trond Henrik och pressar sig in i Maikens kram. Det tar tid för Trond Henrik att samla sig, men efter en stund lägger han en hand på vardera flickas rygg och kramar dem intill sig, och båda glor på mig som om jag var en fiende.

Så jag åker utan Maiken. Jag går ut genom dörren, stänger den efter mig, över isvallarna som är täckta av nysnö, det är mörkt, det går nästan inte att se konturerna av ladan, träd, någonting alls, jag låser upp bilen och tänker: Tänk om jag inte får igång den? Jag kunde gå in i huset igen, mjuka sängar, mjuka kroppar, allt jag tycker om, jag har inget annat, jag sätter mig i bilen och startar den och lyser upp gårdsplanen framför mig.

En evighetslång plogad kant drar förbi som en snabbspolad film. När Maiken var nyfödd hade hon små tröjor som skulle knäppas i grenen. Hon sög på mina bröst så koncentrerat och ihärdigt att svetten bröt fram i hennes panna och på näsan i pyttesmå pärlor. Hon lyfte på huvudet när hon låg på magen. Sedan höll hon själv om ett äpple och bet i det, hon reste sig på alla fyra och kröp över golvet, satt med rak rygg och såg på barnteve, drog upp blixtlåset på jackan själv, sedan dök hon upp bakom ett hörn med ryggsäck på ryggen, hungrig, sur, ville ha varm choklad, kex, melonyoghurt före middagen. Hade egna åsikter, om mormors migrän, om kvaliteten på köttfärsbiffarna, om skilsmässan.

Nu längtar jag så fruktansvärt efter lägenheten på Helgesens gate, så starkt att jag tänker: Allt blir bra bara jag får flytta in i den igen. Men jag har hyrt ut den, det är två månaders uppsägningstid. Jag minns när jag bodde där ensam med Maiken, jag trodde inte att jag trivdes, och jag trodde att ingenting var i ordning, men när jag tänker på det nu var jag så mycket i ordning jag bara kunde på den tiden, jag var på plats, och jag borde ha slagit mig till ro med det ett tag. Maiken satt i soffan och såg på barnprogrammen med trinda, bara ben. Jag brukade gå ut på balkongen och ta en cigarett, solen nådde bara till ena balkonghörnet, den lyste på min arm. Senare gav ljuset över köksbordet en glöd i träet, hack och flisor och tusch och fettfläckar. Men känslan av välbehag kunde följas av nedstämdhet: Det var Maikenhelg och vi hade inget planerat. Tiden med Maiken gick långsamt. Vid ett visst klockslag varje förmiddag hoppade hon upp från soffan och hade sett klart på teven. »Vad ska vi göra? Vad händer i dag, mamma?«

Jag kunde få lust att gå tillbaka till Geir och aldrig överväga några andra möjligheter på grund av en påminnelse på en räkning eller att lägenheten var ostädad och full av disk, eller att jag inte stod ut med relationen jag hade med mamma, eller resten av familjen, och Geir var alltid den bästa bufferten mot allt sådant. Maiken satt i skräddarställning på golvet och ylade in i blockflöjten, som ett utlopp för långtråkighet, som ett rop på befrielse från barndomstillståndet, med tiden som går så oändligt långsamt och allt som upprepas dag efter dag, vecka efter vecka, år efter år. Ett tillstånd utan djupare mening, inte veta vad djupare mening skulle innebära, men trots det ett slags längtan efter just djupare mening, och jag sa: »Sluta! Sluta! Tänk på grannarna.«

»När ska jag till pappa?« sa hon. »Hos pappa får jag omelett med bacon till frukost på söndagarna.«

Och hennes kommentar en av de första gångerna jag skulle följa henne tillbaka till Geir och hon själv hade packat och satt färdigklädd utan att jag behövde tjata: »Tycker du att jag är duktig på att åka?«

Och när hon åkte hade jag sett fram emot det, men när jag kom tillbaka till den tomma lägenheten mötte jag en vägg av orimlighet, det kändes inte som mitt liv, det kändes inte som om det var där jag skulle vara, jag försökte skriva artiklar men ville bara ut, jag gick hela tiden ut, med folk från jobbet jag inte ens gillar.

Det finns inga sms eller röstmeddelanden från Trond Henrik när jag tar av mot Fredrikstad. Jag frågar mig: Varför hit, varför i hela världen åker jag hit? Varför inte till Nina, eller Tollef? Eller till Britt, eller Susanne, eller Bobo, eller Kim, eller Geir, vart som helst, bara inte hit.

Det lyser i mammas och pappas hus och jag ser att det lyser hos Elise och Jan Olav längre bort på gatan. Jag parkerar framför brevlådan. Det ligger en rå havsluft bakom frosten när jag öppnar bildörren. Och när mamma öppnar dörren en lukt av hela min barndom sammanflätad med insikten om att det bor två gamla människor här, och på bänken i hallen ligger mammas skrynkliga skinnhandskar med rutigt foder.

»Monika, är det du som kommer?« säger mamma. »Kommer du nu, kommer du ensam?«

»Jag försökte ringa«, säger jag. »Jag ville se hur det är med pappa.« Mamma skakar på huvudet. Inte så bra, säger hon.

Jag går bakom henne in i vardagsrummet. Pappa sitter med insjunkna kinder i fåtöljen.

»Det är Monika«, säger mamma till pappa.

»Monika«, säger pappa.

»Har du försökt ringa, Monika?« säger mamma. »På fasta telefonen eller mobilen? Har hon ringt din mobil, Peder?«

Sedan brister allt, en känsla av att inte kunna annat än att kasta sig ut i djupt, kallt vatten.

»Jag vet inte om det går«, hulkar jag. »Trond Henrik är så jobbig. Jag och Maiken kanske måste flytta tillbaka till Oslo.« Min kropp är inställd på en kram, en famn att gråta i, men det finns ingen, jag står ensam rakt upp och ner och gråter medan mamma säger: »Usch då. Det var tråkigt.«

En gång inte så långt efter att Geir och jag flyttade isär hade jag ett samtal med mamma, jag sa åt henne, med gnällig röst – jag hade varit förtvivlad och försökte komma i kontakt med min förtvivlan igen medan jag sa: »Jag klarar inte av att ta hand om Maiken ordentligt, jag skulle inte ha blivit mamma.« Pappa hade precis sagt att de skulle hjälpa mig med lite pengar för att köpa lägenhet, jag trodde jag hade deras välvilja. Jag tänkte mig att mamma skulle säga: Åh, Monika! Det finns så många sätt att vara mamma på. Maiken har tur som har dig till mamma. *Tur.* Det önskade jag att hon skulle säga. Men mamma såg på mig med ett ovänligt allvar, och det hon sa var korta, kyliga, motsägelsefulla meningar: »Du måste säga till om du behöver hjälp. Men du måste försöka klara ut det själv. Du måste vara försiktig.« Och sedan: »Det går nog bra, Monika. Du har en stark dotter. Ta väl hand om henne.«

Men jag minns att Elise en gång kommenterade att Maiken var så gullig när hon vaknade, att hennes söner inte var det, att de alltid behövde lite tid för att hämta sig efter sömnen. Hon hade lyft upp Maiken ur vagnen efter förmiddagsluren på grusplanen utanför köksfönstret hos mamma och pappa, och sagt: »Den här, hon strålar ju som en sol, hon«, medan hon lät Maiken klappa de små handflatorna mot hennes ansikte, »kan man vara mer harmonisk än du?«

Pappa ser så fruktansvärt sjuk ut. Mamma brer en kvällsmacka åt honom i köket, jag har ingen matlust. Huden i mitt ansikte är stel. Jag vet inte vad jag ska säga till honom, han sitter i skinnfåtöljen, han har en grå v-ringad tröja, han har inte rakat sig i dag, eller i går, rörelserna är långsamma, han rör sig nästan inte. Vi sitter till hälften bortvända från varandra. Pappa säger något om sommaren och båten och stugan.

»Jag kommer nog inte ut till havs eller till fjälls något mer.« Då rinner mina tårar igen. Pappa ser snett genom rummet, förbi mig, hans ögon får en starkt blå färg av lampskenet, min blick möter hastigt hans. Jag hör mamma skära två skivor med brödskärarmaskinen i köket.

»Ja, ja, Monika«, säger pappa. Jag hör att han suckar, samtidigt som jag drar ett andetag i en suck. Sedan kommer vi in i något slags samförstånd, tyst, det handlar om allt tungt i livet, alla mina misslyckanden, alla besvikelser, om Maiken, om att pappa snart ska dö, om att han kanske aldrig riktigt har gett mig det stöd jag behövt, det är förlåtelse och omtänksamhet kors och tvärs. Han är inte besviken längre. Han tar tillbaka all besvikelse. Han accepterar att jag har haft min egen standard och mina egna krav, på mig själv, på livet, nu förstår han det, mina böjelser och avvikande val upprör eller irriterar honom inte längre. Efter uppgivenheten över ännu ett uppbrott kommer lättnaden över att jag har dragit mig ur projektet med småbruk och författarsambo, och det blir en vänlig likgiltighet. Och jag bär ingen agg mot någonting. »Ja, ja«, säger pappa igen.

Farfarsklockan tickar, jag hör ljudet av mamma i köket, klirr, kylskåpsdörren som öppnas och sedan stängs.

Det piper till i min mobil, det är ett sms från Trond Henrik. *Vad händer nu?* skriver han.

Jag säger till mamma att jag går över och pratar med Elise. Mamma ser frågande på mig, som om hon undrar om hon gjort något fel.

Jag klär på mig och går de femtio meterna bort till Elise, det står en soppåse utanför dörren, Elise öppnar, hon har längre hår än vanligt, i hästsvans, en stor, rutig skjorta. Hon kramar om mig och granskar mig.

»Varför har du inte sagt att du skulle komma?«

Jag skakar på huvudet.

»Jag ville bara se hur det är med pappa«, säger jag.

»Sådär plötsligt? Är det bra med dig?« säger Elise. Jag bekräftar att det är bra och Elise avslutar det hon höll på med: att ställa in disk i diskmaskinen.

Hon ropar till Jan Olav: »Monika är här!« Sedan lyssnar hon, skakar på huvudet, ropar inte igen.

»Vi kanske kan ta en promenad?« säger hon.

Jag lånar halsduk och mössa; jag tog bara jackan och skorna när jag gick över från mamma och pappa. Elise tar soppåsen och slänger den i tunnan borta vid grinden.

Jag tänder en cigarett.

»Kan jag få en?« säger Elise, men när jag räcker fram paketet ändrar hon sig. »Nej, förresten.«

»Får jag berätta en sak?« säger hon.

Om hon får berätta något för mig.

»Jan Olav har varit otrogen«, säger hon.

»Va?« säger jag.

»Schhh«, säger hon, som om grannskapet vore fullt av gömda öron, illvilliga spanare.

»Han har legat med Gunilla, assistenten«, säger hon. »Tandsköterskan. Hon röstar på Fremskrittspartiet. Hon är ju inte särskilt ung.«

Hon gör något med sin halsduk, lossar och knyter den en gång till.

»Är du arg?« säger jag.

»Jag försöker hålla huvudet kallt«, säger hon.

»Huvudet kallt?« säger jag.

»Jag tycker fortfarande om honom«, säger hon.

»Men ledsen då?« säger jag.

»Jag försöker ta en dag i sänder«, säger hon. Och när hon säger detta »en dag i sänder« sugs denna händelse in i något allmänmänskligt, universellt, något som hänt så många på nästan samma sätt: en händelse med en medföljande uppsättning generella levnadsregler, råd och tips. *Prata med dem du har omkring dig. Lägg inte skulden på dig själv. Var inte rädd att be om hjälp*. Men hon måste ju vara utom sig, förtvivlad. Men hon bara fortsätter att säga plattityder.

»Vi tar oss igenom det«, säger hon.

Jag kommer inte att berätta för henne om problemen med Trond Henrik.

Elise säger: »Säg inget till mamma och pappa, jag har inte berättat, de har mer än tillräckligt med sig själva och pappas sjukdom nu. Du har väl förstått att han inte har lång tid kvar?«

Vad ska jag säga? Jag har inte förstått någonting.

»Men han vill stanna hos dig, han vill inte ha henne?« säger jag.

»Han vill inte ha henne, nej«, säger Elise. »Och ja, han vill stanna. Var det upp till honom skulle vi bara gå vidare som om ingenting har hänt. För honom är det helt odramatiskt.«

Vi går förbi ridskolan, Catos gård, båda hagarna är tomma. En fläkt av rutten lök genom frosten från åkern, jag kastas tillbaka till andra tider i livet, svarta kinaskor med små prickar av spyor, rödklöver i dikena i augusti, små minnesfragment, den första mensen: uppfyllelse och darrig självrespekt, känslan av en cykelbroms i metall, smaken av hemgjort vin som håller på att bli ättika.

Jag låg med Cato till slut, tre dagar innan skolan skulle börja efter sommarlovet i nian, jag var femton. Cato mätte upp kraftfoder i hinkar. Vi använde en grönvit fiskbulleburk. De flesta skulle ha en på kvällen och tre famnar hö. Han spelade country på den lilla kassettsbandpelaren och frågade om jag gillade musiken, fast han visste att jag inte gjorde det, och han spände blicken i mig och släppte den inte. Han sa: »Jag skulle aldrig säga att du tar lätt på livet. Det skulle aldrig falla mig in.« Jag stirrade dumt men visste inte vad jag skulle tro eller säga. Cato körde ner burkmåttet i säcken med kraftiga rörelser, det blev ett skarpt och högt skratschljud. Det växte i mig, en ställning i kroppen som kunde hålla den uppe vad som än hände.

»Men skulle du säga motsatsen?« sa jag. »Tycker du att jag tar *allvarligt* på livet?« Men han svarade inte, det var musik i stallgången under hela tiden när vi inte sa något. Volymknappen var spräckt, den brukade ramla av och måste försiktigt träs på den tunna stålpinnen igen.

Det var också då det gick upp för mig att Cato spelade musiken lika mycket för min skull som för sin egen. Till slut skakade Cato på huvudet och flinade sitt flin. Hans tänder var helt omöjliga, stora och gula och huller om buller.

Astrid och Johanne red förbi den öppna dörren på Jadore och Svarten.

»Allvarligt?« sa jag, nästan viskande. Cato svarade inte.

Kloppetiklopp-ljuden blev svagare och svagare, han kysste mig ända tills de dog ut. Sedan släppte han.

»Allvarligt och allvarligt«, sa han.

Han var klar med kraftfodret, drog ihop säcken och hängde hinkarna över armen. Jag stod och såg på medan han ställde in hinkarna, en efter en till hästarna, och sedan hördes de mjuka dunsarna från mularna mot plasten, och därefter la han handen på min rygg och sköt mig framför sig.

Det stod ett vattenglas på Catos sängbord, bredvid låg en

burk Klövervaselin och en bok om andra världskriget. Han hade en senig kropp, lång, blek kuk. Han var den första jag låg med. Han var tjugotre år äldre än jag. En laglöshet, nyponrosor i mängder, våt jord, allt var tillåtet och allt förstorades, men ingen fick veta om det, ingen fick veta. Omålad panel i väggar och tak. När det gick för honom vände han upp ansiktet mot taket och det kom ett hest långdraget ljud, som ett återhållet gnägg från en sjuk häst. Och hästlukten, jord och vanilj. Det stod konstgjorda påskliljor i en vas på fönsterbrädan, dammiga.

På väg hem efteråt: se andra människor i trädgårdar utföra sina ritualer, en väv av små, lätta och lyckliga handlingar och detaljer: lägga en duk över ett verandabord, lyfta ett barn ur en vagn och se nappen ramla i marken, dra en gräsklippare baklänges in i garaget. Ett sug av missunnsamhet, vara helt tom, eller en våg av igenkänning, känna igen samband och sammanhang, en tät samhörighet och tradition, men att inte längre vara i det, det var inte mitt. Han hade inte hållit mig kvar, hade inte bett mig sova över, han hade inte sagt att han måste ha mig eller att jag var vacker. Han hade suttit på sängkanten med ett snett leende när jag klädde på mig.

Elise säger att hon äntligen har pratat ordentligt med pappa. Ordentligt med honom.

»Han är ju en ständig optimist«, säger hon. »Okuvlig. Det var så skönt att se honom släppa det tappra och oövervinnerliga och visa sig lite svag.«

»Svag?« säger jag.

»För han är ju inte oövervinnerlig«, säger hon. »Ingen är det.«

Jag undrade om hon menade att han gråtit.

»Moster Liv är där nästan hela tiden och hjälper mamma«, säger Elise. »Det tar ju bort en del av bördan för mig. Men mamma verkar så sur, otacksam. Mamma hanterar rädslan för att pappa ska dö ganska dåligt. Och han ska ju dö. Det måste hon förhålla sig till.«

Jag vill berätta om stunden med pappa i vardagsrummet, kontakten som uppstod, hur nära honom jag kände mig, men lusten att berätta försvinner, kan hon inte säga något som inte är självklart?

»Är allt bra, Monika?« säger Elise.

Jag håller handen om mobilen i fickan och känner hur den vibrerar.

»Ja«, säger jag.

En gång när Maiken var liten gick det upp för mig att Elise inte var så klok som jag hade trott; då växte jag ifrån henne, hon förlorade sin auktoritet och säkerhet. Och då kunde försöken att prata med henne kännas som att slå huvudet i en vägg, eller dras åt ett bestämt håll. Som att bli lindad som en bebis, så hade det känts hela livet. Elise la huvudet lite på sned, ett vänligt leende, en aning himlande ögon. Och sedan fanns det ingenting att ta till sig och lära sig och bli klok av. Sedan var hon bara en sjuksköterska indränkt i vardagsliv.

»Mamma är väldigt gnällig, om jag får lov att säga det«, säger Elise med ilsken ton. »Allt hon pratar om när jag är där är hur hemskt hon har det, hur ensam hon är om allt. Allt annat är hon totalt ointresserad av. Jag tror inte hon har ställt en enda fråga om pojkarna på flera månader.«

Trond Henrik skriver: *Allt jag trodde du gett mig löser upp sig i ingenting.*

Jan Olav står leende, nonchalant i hallen när vi kommer tillbaka, sannolikt medveten om att jag är införlivad i de mörka familjehemligheterna, ställer frågor om småbruket och vedeldning, kliar sig på magen.

»Huset är ju från mellankrigstiden«, säger han, »det är nog dåligt isolerat, jag skulle tippa att det är svårt att hålla varmt på vintern.«

»Det går ganska bra«, säger jag. »Men vi använder ju tofflor.«

Jag undrar vad Jan Olav har varit med om, jag kommer aldrig att få veta något om det, som med en hemkommen katt, medtagen och självtillräcklig, som blänger och kisar och slickar sin blanka päls med en motbjudande stolthet.

Det är som om drivkraften bakom allt Elise gör är att ta sig igenom saker, ta sig ut på andra sidan, och känner hon glädje är det för att hon är klar med det. Att sätta igång med nya utmaningar, trista utmaningar: planera en skolavslutning som klassmamma, köpa ny ryggsäck till Sondre innan han börjar gymnasiet, köpa vin till vinlotteriet på jobbet, hämta medicin till pappa på apoteket. Och kanske var den där tillfredsställelsen, den domnade avverkat-känslan, som hon förväxlade med förväntningar, detta att glädjas; att det hon gladdes åt var att det var över. Barnens födelsedagar. Resorna till lägenheten på Gran Canaria. Att vara en riktig familj hopträngd i en bil, runt ett köksbord, framför teven en lördagskväll. Uppnått, genomfört. Alla dessa år hon fått barnen i säng. Barnen till skolan. Vad ska hon göra när även Sondre flyttar hemifrån? Vad ska hon och Jan Olav göra då?

Elise kramar om mig i dörren när jag ska gå och en tanke slår ner i mitt huvud: Vi har bara varandra. Elise står där med bleka läppar och vinkar. Men det är ju inte alls sant. Jag har många andra, hon har också andra.

Det lyser i mammas och pappas vardagsrum.

Mamma sitter i köket med en kopp te som det inte ryker om. Hon säger att pappa har lagt sig.

»Stod det bra till där borta, då?« säger hon. »Har ni druckit vin?«

Jag säger att vi bara tog en promenad.

Mamma säger att Jan Olav har tittat förbi och bytt glödlampan i gången där uppe, och batteriet i brandvarnaren, den hade pipit varje halvminut i två dygn.

På köksväggen hänger teckningar från barnbarnen, en prinsessa som Maiken ritade till mammas födelsedag en gång, så mycket gult på teckningen, gult hår, gul krona, gul sol och en gul hund bredvid som bara är färglagd till hälften. Hon satt vid köksbordet, hon skulle tillbaka till Geir samma dag och jag hade sagt: »Men har du inte gjort något kort till mormor som jag sa att du skulle, nu är det för sent, hon fyller år i övermorgon och då är du hos pappa.« Så hon ritade som en galning för att bli klar innan Geir kom och hämtade, höll blicken stint på pappret medan hon drog den gula färgpennan fram och tillbaka på hunden, jag var tvungen att ta ifrån henne teckningen när Geir ringde på, det var något vilt i ögonen på henne, eller hatiskt.

Mamma pratar och pratar med sin lugna, känslolösa röst. Hon berättar om ett handarbete och ett regnväder och en affär med utförsäljning av ramar.

Om att stryka sängkläder.

Om Kristin och Ivar som har sålt huset och köpt en lägenhet som kostade ännu mer än det de fick för det stora huset.

Om grannarna som har en dotter som har sabbatsår och bara sitter nere i gillestugan och tittar på teve. Dag ut och dag in.

Hon gnuggar sig på den rynkiga, leverfläckiga underarmen.

»Går det bra om du får lakanen efter moster Liv?« säger hon. »Hon har bara använt dem två nätter.«

»Det går fint«, säger jag.

Hon ser på mig och jag vet inte om hon är resignerad och nästan apatisk som ett resultat av långvarig förtvivlan och hopplöshet, eller om hon hanterar den kommande förlusten av pappa med en försvarlig del likgiltighet och försoning: sådant är livet. Eller om hon är osäker på om livet utan pappa är så mycket värre än livet med pappa, det vet hon inte än, det har hon inte haft möjlighet att ta reda på. Kanske är det så att hon i vilket fall som helst inte visar mig hur hon har det och hur hon mår, eftersom jag är den yngsta dottern; allt sådant lägger hon över på Elise.

Det kommer ännu ett sms från Trond Henrik när jag går och lägger mig: *Maiken undrar när du kommer tillbaka. Jag har sagt att jag inte vet ett skit.*

Jag svarar att jag kommer hem i morgon.

Klockan är nio när jag vaknar nästa morgon, jag kollar mobilen, fyra missade samtal och tre sms, alla från Trond Henrik. När jag kommer nerför trappan hör jag ett konstigt läte, som från ett djur, utdraget, klagande. Det är en skugga i vardagsrummet, pappa sitter ensam i soffan. I halvmörkret, lite ljus in över krukväxterna från grannens garagelampa. Knotiga, kala äppelträd. Det är ett hummande ur pappas hals, jag känner igen Chopin, en växling mellan höga och låga toner, korta toner, strupen är som ett märkligt instrument. Pappa tycker om Chopin, han tycker om Beethoven och Beatles. Han tycker om sina döttrar och sin fru och barnbarnen och trädgården och båten och fjällstugan. Han tycker om fårikål och stekt makrill och hjortrongrädde. Han sitter orörlig, förutom huvudet, bara huvudet rör sig, trögt, långsamt, med den stora kala fläcken, och han nynnar, hummar.

Mamma kramar om mig och säger med sin klanglösa röst att hon hoppas vi ska ses snart igen. Pappa höjer handen och vinkar från vardagsrummet. Jag hade förväntat mig ett »lycka till« eller »hoppas du reder ut det«, eventuellt »ta hand om dig«, men ingenting.

Jag ringer Trond Henrik medan jag kör.

»Kommer du tillbaka?« säger han.

»I varje fall nu«, säger jag.

»Flickorna har sovit länge«, säger han. »Jag håller på att steka pannkakor.«

Jag är nästan ensam på vägen, åkrar och träd i vintermörkret, en gård med julbelysning i en gran mellan husen fast det är februari.

Jag tänker på sommar och hallon i en korg. Jag som stod i dörröppningen till glasverandan och gnuggade en kryddört mellan fingrarna, lyfte på handen och luktade. »Körvel«, sa jag. Självsäker över gårdsplanen i blommig sommarklänning och gröna gummistövlar. En tomhet som ropar i mig om allt som inte blev. Eller allt som tog slut. Allt jag hade, eller att jag ändå inte hade det, allt jag skulle ha haft. Vi har kommit till en punkt där det inte längre är möjligt för Maiken att tycka om Trond Henrik, och det måste jag ta konsekvenserna av, trots att ilskan varje gång går över och Trond Henrik blir mild och mjuk och jag behöver honom igen, kurar ihop intill honom i soffan som en kattunge och gråter, det ser inte Maiken, då har Maiken åkt tillbaka till Geir. Och hon ser inte när jag kärleksfullt smeker Trond Henrik och förlåter honom och säger att jag älskar honom.

»Vi löser det här«, brukar jag säga, »det måste vi.« »Ja«, säger Trond Henrik då, »jag ska få tid hos en psykolog, det ska jag.« Maiken skulle ha sett även dessa situationer, inte bara grälen. En gång satt jag och pratade med Nina och Tollef och skrattade åt mig själv för att jag hade stått i ladan och skällt på Trond Henrik tills jag var alldeles hes. Jag skämdes inte då, eftersom jag berättade det; då slutade det vara pinsamt. Men för Maiken spelar det ingen roll om jag skäms eller är självironisk eller inte. Hon ser allt hon inte ska se och det är inte bra, det är oåterkalleligt. Jag minns det befriande i att ingen kunde höra mig, det var barnfri helg och nästan alltid efter ett sådant gräl låg vi med varandra.

Trond Henrik kommer nerför trappan och går mot mig, jag gråter mot hans bröstkorg utanför den öppna bildörren.

»Kom«, säger han. »Maiken och Frøya är ensamma där inne.« Som om något kunde hända om vi inte passade dem.

Det är varmt, Trond Henrik har tänt i öppna spisen. Maiken har jackan på sig, håller på att snöra kängorna.

»Nej, vi ska inte åka«, säger jag.

»Ska vi inte?« säger hon. »Jag trodde vi skulle flytta nu?«

Hon står där på trägolvet och det slår mig: hon ser ju ut som en mobbare. Hon har det där typiska utseendet, rufsigt hår, lätt uppnäsa, fräknar, valpfett. Ett barn som bara en mor kan älska. Vad har du gjort, tänker jag, vad har du blivit. Hennes händer är märkligt små i förhållande till den kraftiga kroppen.

»Nej«, säger jag. »Vi ska inte åka nu.«

Frøya sitter framför teven med halvöppen mun, hon har rosa strumpbyxor på sig och inget på överkroppen.

»De höll egentligen på att se Ronja Rövardotter«, säger Trond Henrik.

Jag nickar. Jag pekar lätt på Frøya och säger:

»Ska hon inte ha lite mer kläder på sig?« Trond Henrik nickar.

»Jo«, säger han. »Hon spillde ett glas juice över sig.« Det står ett fat med en trave små, tjocka pannkakor på köksbänken. Flaskan med lönnsirap bredvid. Och tallrikarna, på bänken. När jag var elva tog jag ensam tåget upp till Oslo och hälsade på moster Liv och Halvor. Vi gick på bio, var i Frognerparken, åt glass på Akers Brygge. Mamma hade skickat med mig tjugo kronor för att jag skulle bjuda moster Liv och Halvor på glass, men jag använde dem inte, det kändes inte nödvändigt, moster Liv köpte glass åt oss varje dag. Varje morgon stekte hon amerikanska pannkakor med blåbärssylt och sirap. Men sista morgonen sa jag: »Jag tycker egentligen inte så mycket om amerikanska pannkakor, jag gillar egentligen vanliga pannkakor bäst.« Livet är fullt av små missförstånd, av ofrivilliga skymfer. Jag hade ingen självcensur, jag ville bara dela allt med moster Liv i absolut förtroende. Jag gillar glass, pizza, spaghetti med köttfärssås. Jag kan inte med lungmos och lever och kokt torsk. Jag gillar att skriva berättelser. Jag är ganska bra på matte. Jag älskar att spela Monopol; Fia tycker jag är dödstråkigt. *Jag tycker egentligen inte så mycket om amerikanska pannkakor, jag gillar egentligen vanliga pannkakor bäst.* Moster Liv rörde inte en min. När jag kom hem till Fredrikstad köpte Anne Lovise och jag en enorm mängd smågodis för de två tiokronorssedlarna, som vi åt på soptippen, munhålan var marinerad i socker och syra och det isade i tänderna i flera dagar.

Moster Liv och Halvor och jag var på kyrkogården och tittade till Benediktes grav på hennes födelsedag, kyrkogården var så stor att det verkade som om moster Liv var osäker på vägen till Benediktes grav. På gravstenen satt det en vit ängel med händerna samlade under ena kinden, blundande ögon, och på bröstet stod det *Saknar dig.* Det var smuts i ansiktslinjerna och hårlockarna och armvecken. På stenen en stjärna vid födelsedagen och ett kors framför datumet när hon dog: andra juli 1966 och tolfte oktober 1966, och texten *Sov sött.* Moster Liv hade med sig en krukväxt, blå blommor och blad som liksom var håriga, hon lät den stå i den blekrosa krukan, tryckte och skruvade ner den i marken så att den stod stadigt.

»Lilla gullet mitt, gratulerar på femårsdagen som du skulle ha haft i dag«, sa moster Liv. »Nu ska vi köpa glass, det skulle du ha varit med på.«

Förtvivlan i hela huset, framför öppen kylskåpsdörr, förtvivlan i trappan, och på glasverandan med utsikt över gårdsplanen och de snötäckta åkrarna. Från vardagsrummet hör jag Mattis ropa med hes röst: *Jag har inget barn. Jag har inget barn.* Jag lägger över två pannkakor på en assiett och häller lönnsirap över, skär stora bitar av pannkakorna och stoppar i munnen, drar upp en blåbärsfläck från bordsskivan med fingret.

ETT BRA LIV

Oktober 2010

»Skulle inte du sluta röka?« säger Maiken. Jag lägger limpan med Marlboro Light i kassen tillsammans med solkräm och två flaskor Chablis, en stor påse M&M och Maikens eyeliner.

Mamma går långsamt mot gaten, Maiken går alldeles bakom henne, hon har nyborstat hår i en lång hästsvans, tröja med vid halslinning så att bh-bandet syns på ena axeln. Hon vänder sig om och ser på mig och frågar: »Kan vi köpa något att dricka?«

De stora ytorna är fulla av människor, med handbagage, pappmuggar och mobiltelefoner. Det finns par som slingrar sig om varandra, och par som har ett rejält avstånd mellan sig. Det är högt till tak, all denna luft över oss. Det finns barn som inte ser ut att höra ihop med någon. Jag har ansvar för mig själv och min dotter och min mamma, jag har tre boardingcard och tre pass, det ger mig en sträng känsla som känns bra.

En gång när jag och Trond Henrik var på väg till Paris träffade vi Geir på flygplatsen, i säkerhetskontrollen. Första känslan var självbelåtenhet och ett slags rikedom; Geir och jag samarbetade plötsligt så bra, och förälskelsen i Trond Henrik var på topp; nu samlades allt i ett sug av lycka under Gardemoens höga tak. Jag pratade snabbt och glatt. Mitt armband pep till när jag gick igenom, guldarmbandet jag fått av Geir i fyrtioårspresent, det var som en övertydlig symbol. Så många som hade älskat mig. Jag tog om armbandet med andra handen och klämde och drog det av mig och la det i en av de stora, platta plastlådorna. »Det där armbandet piper alltid«, sa jag, »och ändå glömmer jag alltid att ta av det.« Framför mitt ex och min nuvarande stod jag med särade ben och armarna utåt, full i skratt och röd om kinderna, och blev tagen på över hela kroppen av en man i uniform. Det var inte obehagligt, jag mådde så bra. Där stod Trond Henrik med tiodagarsskägg, hade klippt håret, konverserade lätt med Geir om vart vi skulle – Paris – som om världen och livet inte innehöll annat än förälskelse och kärleksresor, och att verkligheten aldrig skulle hinna ifatt oss. Sedan kom jag att tänka på Maiken; var höll Maiken till? Och Geir såg på mig, lätt uppgiven, han hade givetvis full kontroll, han hade informerat mig om detta; Maiken var hos hans syster, hon hade det bra. Sedan småsprang jag efter Trond Henrik mot utrikes; den ena av de två männen, och jag kunde liksom lika gärna ha följt med den andra. Vart skulle Geir? Det sa han inte. Det frågade ingen av oss.

Mamma trasslar med bältet och när jag har klickat fast det sitter hon och ser stint framför sig. Jag berättar att jag har köpt en ny lägenhet. I Bislett.

»Hur mycket kostade den?« frågar mamma.

»Två komma fyra miljoner«, säger jag. Då vänder hon bort huvudet.

Maiken tittar i flygplansmenyn.

»Den har både badkar och balkong«, säger jag, men mamma är inte intresserad.

»Får jag loftsäng?« säger Maiken. Jag nickar.

»Om du vill«, säger jag. »Men det kommer förmodligen att bli väldigt dammigt på skrivbordet under. Och rummet är så stort att det finns gott om plats för både säng och skrivbord på golvet.«

Mamma kliar sig på sin magra hand, hon ser bekymrad ut.

Det är något osympatiskt över hela mammas karaktär som jag inte kan sätta fingret på: en förvirring och hjälplöshet, men samtidigt något medvetet, något kravfyllt, en kylig kontroll, ett slags förakt. Som om hon plötsligt ångrar alla beslut hon fattat, alla chanser hon inte tagit. Som om hon plötsligt kan se sina döttrar på håll och inte är säker på att hon gillar dem. Mindre omsorg om pappa än förväntat den sista tiden innan han dog. Hennes liv snävas in och hon nämner det som försvinner med en självömkande saklighet: »Nej, det är inte ofta jag lagar en riktig middag åt mig själv.« »Jag kommer inte iväg till Elise och Jan Olav på Gran Canaria längre, jag har blivit för gammal och orkar inte ta mig dit ensam.« »Min mage tål inte vin längre.«

Hon har gett bort dukar, serviser. »Nej, jag orkar inte ha så mycket besök nu. Det finns inte så många att bjuda längre heller, det är nästan bara jag kvar.«

Jag åkte tillbaka till huset på landet för att hämta de sista sakerna: en stor, grön bakbunke, Maikens gummistövlar, några böcker, diverse plagg som Trond Henrik hade lagt i en påse. Frøya pekade på mig när jag kom in i hallen och sa: »Monika«, och vände sig mot Trond Henrik som för att få det intygat, och Trond Henrik sa, kall som is: »Ja, där kom Monika.« Båda hade längre hår, utslaget, tovigt. Jag antog att de hade levt i Trond Henriks djupa sorg under sommaren, jag hoppades att Frøya hade varit mycket hos sin mamma, det var Frøyas åttonde sommar, hon fyllde år ett par veckor senare. Jag trodde på hans sorg och hjälplöshet, men inte på att han någonsin försökte skärpa sig. Frøya återgick till det hon hållit på med när jag kom; en ensam playstationkontroll låg i den gröna soffan. Ett styng av smärta vid tanken på en bestämd bok jag åtskilliga gånger hade läst för henne, om en mask som letade efter vägen hem. Inte där, inte där. Vi hade gjort smådjur i modellera tillsammans. Men Frøya visade inga tecken på att sakna mig eller något av det vi haft tillsammans. Jag ville krama Trond Henrik när jag skulle åka med mina saker, men han var alldeles stel. Jag höll stövlarna i handen, såg på dem, på storleken under, och sa:

»Jag tror egentligen att Maiken har vuxit ur de här. Du kanske vill ha dem tills de passar Frøya?«

Trond Henrik skakade på huvudet.

»Nej tack«, sa han, »bara ta dem.«

Vid två tillfällen hade han gråtit och sagt: »Jag har bara dig. Du är allt jag har.« Jag visste att han inte hade inkomster som räckte för att flytta tillbaka till Oslo.

Jag stod flera minuter på gårdsplanen och kliade Ulla innan jag satte mig i bilen, då luktade det får om mina händer, säter, blåmögelost. Äpplena höll på att mogna, allt jag gav avkall på. Jag hade sett årstidernas gång på åkrarna. Det första lysande ljusgröna som sticker igenom det svarta, först utspritt innan det växer tätare och högre och gradvis byter färg mot gult under sommaren, och sedan halmstubben, och sedan plöjningen, svarta valkar av våt jord.

»*Me-he-e-he-he*«, sa Ulla innan jag startade motorn, och jag kände en sorg och grät ohämmat hulkande i bilen där ingen kunde höra mig medan jag körde därifrån, över ett får, men inte så mycket över Ulla som över Maikens brist på saknad, hon verkade så oberörd av allt som försvann ur hennes liv. Hon hade gått runt med Ulla i koppel, borstat och borstat ullen tills hon såg ut som ett fluffigt serietidningsfår, ett bomullsmoln med fyra ben och ett huvud.

»Ska du inte säga hej då till Ulla?« sa jag sista gången jag körde därifrån med Maiken i maj; då hade jag fortfarande inte flyttat mina saker, det skulle jag göra helgen därpå.

»Men kommer jag aldrig tillbaka hit?« sa Maiken. Halvöppen mun, jag såg tuggummit mellan hennes kindtänder. »Åh. Det hade jag inte förstått.»

Vi blir omslutna av fuktig och varm luft när vi kliver av planet i Las Palmas. Elise och Jan Olav väntar i ankomsthallen.

»Maiken!« säger Elise. «Jag kände nästan inte igen dig! Du har blivit så lång och så snygg!« Jan Olav nickar instämmande. Maiken ler kyligt med glänsande läppglans.

Jag är sugen på en cigarett, och eftersom Jan Olav har befriat både mamma och mig från väskorna tänder jag en. Vi går mot bilen, långsamt, i mammas tempo, jag ser att Maiken är längre än Elise och att hon har blivit slankare, nästan allt valpfett är borta. Jag ser på hennes lår och kinder och händer, hon har fått en helt ny fysik.

Det tar fyrtio minuter att köra till lägenhetskomplexet i Meloneras. Jan Olav sitter där med händerna på ratten, den tjocka vigselringen och minen som är en blandning av självbelåtenhet och motsatsen – något lite skamset. Allt han ville med livet, allt han hade lyckats med och inte lyckats med. Hur lite han bryr sig om allt han misslyckas med, och hur mycket han bryr sig om allt han lyckas med. Att måla den där väggen. Att köpa den där bilen. Eller den här lägenheten: ett paradis i deras ögon. Maiken sitter med nakna lår intill mig, hon utstrålar den där blandningen av positiva förväntningar och inåtvändhet som är så typisk för henne. Hon har sett fram emot den här resan, men det sitter hårt åt för henne att erkänna det, hon har inte träffat Sondre på över ett år.

Elise pekar på en byggarbetsplats på vänster sida om vägen och säger något till Jan Olav. Han vänder sig och tittar, men säger ingenting.

»Vi har ett slags bostadsförening«, säger Elise. »Och jag har visst blivit ordförande.« Hon säger det med stel hals och ett litet torrt skratt.

»Elise är bra på att ta människor och bra på att organisera«, säger Jan Olav, och jag ser att det liksom rycker i Elise.

»Det var ingen av de fastboende som anmälde sig«, säger Elise.

Elise behöver inte Jan Olavs bekräftelse längre, det är för sent. Hans komplimanger blir hängande i luften, lite hjälplösa och komiska. Det spelar inte längre någon roll om han tycker att hon är snygg i sommarklänning eller bakar underbart bröd eller har social talang. Hon måste vara så ensam, så fruktansvärt ensam i sin behärskningsförmåga, alla som tar för givet att hon alltid klarar av allt. Jag minns när Jonas var bebis och Elise hade buntar med blöjor och bomullstrasor i badrummet och ny dammsugare, och fårikål på spisen i köket, att mamma berömde henne och sa att hon var duktig och hade så stor kapacitet.

»Jag vet inte, Maiken«, säger Elise. »Är det okej att dela rum med Sondre eller har ni blivit för stora för det? Annars kan du dela med mamma och mormor, men det blir ju väldigt trångt förstås.»

Maiken är tyst en stund. Sedan säger hon:

»Det är säkert okej.«

Mamma vill vila så fort vi kommer fram till lägenheten. Elise skär en sallad i det vita köket, Jan Olav och Sondre och Maiken är ute vid poolen. Jag får en skärbräda och en kniv och sätter igång med tomaterna. Jag räknar ner till Elises *Hur är det med dig, Monika*, men det kommer inte. Elise säger:

»Vad snygg Maiken har blivit, hon har genomgått rena förvandlingen.«

Jag känner mig glad och orolig. Som om ett uppdrag nästan är utfört, men att jag är osäker på om jag har gjort det på rätt sätt. En gång för kanske ett år sedan frågade jag Elise rakt ut vad hon tyckte om mig som mamma, och då såg jag att hon tänkte sig för ett ögonblick – skulle hon vara ärlig eller var det bästa att bara stötta mig som mamma – och sedan sa hon: »Maiken är strålande, och du gör ett strålande jobb med henne.«

»Jan Olav pensionerar sig snart«, säger Elise. »När Sondre flyttar hemifrån kan det nog tänkas att vi börjar vara här större delen av vintern.«

Jag tänker på ghetton med norska pensionärer som äter mesost och går på norsk pub och röstar på Fremskrittspartiet. Men Elise är ju inte sådan, och inte Jan Olav heller.

»Men jag inser att vi bör ha med oss mamma då«, säger Elise. »Om hon har hälsan för det, om hon över huvud taget lever så länge, det har gått snabbt utför efter att pappa dog. För du har väl inte tänkt flytta till Fredrikstad? Det finns reklambyråer i Fredrikstad också, du kanske kunde få jobb på någon av dem.«

»Åh», säger jag. Jag skakar på huvudet. »Nej.«

»Och det har knappast Kristin och Ivar tänkt sig heller«, säger Elise. »Men det borde åtminstone vara lättare för Kristin att hälsa på hos mamma nu när båda pojkarna har flyttat hemifrån.«

Hon säger inte det uppenbara, att jag är barnfri varannan vecka och har varit det i fem år. Hon ställer in salladen i kylen.

»Det är ju nästan norsk standard på läkare och sjukhus här nu«, säger hon.

»Jag tror jag ska byta jobb«, säger jag. »Jag är ganska trött på reklam. Jag har sökt lite andra saker. Det kan hända att jag försöker som frilansare ett tag om jag inte får något av dem, och då får jag ju större möjligheter att hälsa på hos mamma.«

Elise betraktar mig, bedömer vad det är jag berättar och vad hon bör ta fasta på.

»Det låter osäkert«, säger hon. »Är det inte säkrare med fast inkomst?»

»Jag saknar att skriva«, säger jag.

»Vad är det för jobb du har sökt?« säger hon.

»Det ena är som kommunikationschef för Munchmuseet«, säger jag.

»Så spännande! Hoppas du får det då«, säger hon.

Hon torkar av köksbänken.

»Vi sätter oss ute på terrassen«, säger hon. »Du kanske också vill ta dig ett dopp?«

Maiken hoppar och Sondre dyker från trampolinen. De verkar ha kul ihop, de skrattar och ropar till varandra, tonårsaffekterat, egentligen inte naturligt. Glasdörren står öppen och Jan Olav kommer ut på terrassen med en bricka med tre höga smala vitvinsglas som han dukar fram medan han pratar om lokala skillnader i vädret.

»Det är många fler soltimmar här än i Playa del Inglés, till exempel.« Han ser på Elise. »Mariann och Roger, några vänner till oss från Fredrikstad, har lägenhet där, och de kommer *väldigt* ofta hit på besök.«

Han häller upp vitt vin. »Vet du hur mycket det här kostar i Oslo?« säger han. »Dubbelt så mycket.«

Elise frågar vad vi vill göra de här dagarna, om vi vill åka omkring eller mest vara här vid poolen.

»Vi kan gå en tur i bergen«, säger hon. »Det är fint. Jan Olav har cyklat mycket, men det är mer för specialintresserade. Eller också kan vi åka på havsfiske, fiska vår egen middag. Och så är det marknad i Arguineguín varje tisdag och torsdag.«

Vi blir avbrutna av att mamma ropar. Jag går in, hon ber mig ge henne en hjälpande hand. Mammas fysik, något hårt och skört, benigt. Hela den magra underarmen stadigt i min hand när jag hjälper henne upp från sängen och stöder henne ut till terrassen.

»Usch, så varmt det är«, säger hon.

Elise justerar parasollet så att mamma sitter i skuggan. Jag berättar om lägenheten, säger att jag får tillträde i slutet av november.

»Då får jag lite mer plats igen«, säger jag.

»Den såg fin ut«, säger Elise.

Sondre springer ut på trampolinen där Maiken står och puttar i henne, hon galltjuter. Jan Olav ropar till Sondre och ger tecken om att han ska ta det lugnt.

»Vi delar pool med tre andra lägenheter«, säger Jan Olav, »men just nu är det till exempel bara folk i en av dem.«

Jan Olav är blank i pannan, han är lite för ivrig och samtidigt tillbakadragen i sina utläggningar om hur fantastiskt här är, aldrig uttalat med större förtjusning än: »Jo, vi är väldigt nöjda.« Och den karaktäristiska nicken med huvudet. Och för första gången begriper jag att jag trots allt är någon han vill imponera på, och då ställs jag inför valet: Vill jag ge Jan Olav det erkännande han önskar?

Ja, lite.

»Det kommer en man och rensar den åt oss«, säger han. »En alltiallo som klipper gräsmattan och spolar poolområdet också. Duktig kille. Tony. Jag har bara en sak att anmärka på och det är att han sjunger. Konstant. Han tror visst att han är Julio Iglesias.«

»Jag tycker han är mysig«, säger Elise. »Och så är han så snygg. Han liknar faktiskt Julio Iglesias som ung. Det gör mig ingenting att han sjunger. Och så ger han mig faktiskt komplimanger.«

»Han gillar kvinnor i bikini«, säger Jan Olav.

»Otroligt skönt här«, säger jag. »Är det inte skönt här, mamma?»

Mamma nickar, men sedan får hon ett lidande uttryck i ansiktet, och säger: »Det är ju fruktansvärt varmt.«

»Mamma«, säger Elise. »Nu måste du försöka ha det lite skönt.«

Och mamma suckar och ler blekt.

»Det är inte mycket som gör mig glad, men jag vill gärna titta lite på de där korgarna vi såg på marknaden sist jag var här.«

Och det där är mamma i ett nötskal. Självuppoffrande och krävande på en och samma gång, utan några åsikter om tillvaron utöver det mest triviala.

När mamma har gått och lagt sig sitter vi med våra vinglas; Jan Olav dricker konjak.

»Det var inte kattpiss det här«, säger han, liksom fundersamt för sig själv efter en klunk.

Vi har ätit grillad argentinsk oxfilé med bakpotatis och grönsallad. Maiken och Sondre vill gå ut ensamma, Elise tycker att det är okej.

»I morgon vill jag till stranden«, säger Maiken.

»Det börjar bli kallt i vattnet«, säger Jan Olav. »Vilket betyder att det börjar närma sig norsk sommar. Temperaturen har gått ner märkbart under veckan vi har varit här. Vattnet i poolen håller tjugosex grader året om.«

»Se till att ni håller ihop då«, säger Elise till Sondre.

Jan Olav ser på Maiken. »Vet du att sanden på stranden har blåst hit från Sahara?«

Maiken ler. »Nej«, säger hon. »Över havet?« Hon skakar på huvudet och gör ett insisterande protestljud.

»Jo«, säger Jan Olav. »Under sandstormar lyfts sanden så högt att den kommer ända hit.«

Maiken skakar hårt på huvudet. Jag minns när hon sa om sin lärare: »Han vet ingenting om andra världskriget!«

»Det tror jag inte på«, säger hon nu. Hon sitter med ena benet uppdraget i stolen så att insidan av låret syns nästan ända upp till trosorna, hon håller på att växa ifrån sin oskuld och okunnighet medan hon fortfarande spelar på just oskulden och okunnigheten. Kroppen växer ifrån huvudet, eller omvänt. Jag kan inte se henne utifrån, jag förstår henne inte alls längre, kan inte se om hon är vulgär eller oförarglig, eller charmerande och söt eller sexig, jag vet inte hur hon ser ut i Jan Olavs ögon.

»Jo, det är fakta«, säger Jan Olav. Han tittar på mig som för att få mig att prata förnuft med min dotter. Hon sitter där med bröst och smink och kortkort kjol och vill vara kvinna, och han ser bara ett trotsigt barn.

»Ska vi sticka?« säger Sondre.

»Det är så tryggt här, du anar inte«, säger Elise. Maiken reser sig, kliar sig på armen, stryker håret bakom örat och går efter

Sondre. Det är inte naturligt för mig att oroa mig för något som Elise inte tycker det finns någon anledning att oroa sig för. De får pengar av Jan Olav, för att köpa läsk i någon bar.

Elise häller upp mer vin i våra glas, kastar en blick mot terrassdörren och säger sedan: »Var det inte konstigt hur vi alla tre tog mammas parti varje gång det var bråk mellan henne och pappa?«

Hon har tagit på sig en ullkavaj med mönster över bröstet.

»Mamma var extremt svår att leva med«, säger hon. »Hon drev honom till vansinne. Minns du när pappa flyttade ifrån mamma? Jag var femton då och kommer ihåg att jag tyckte att det var rätt.«

»Rätt?« säger jag. Elise ser mot terrassdörren igen och sänker rösten: »Ja, men, tänk dig att *leva* med henne? Så mycket som han gav, och så lite han fick tillbaka.« Himlen är helt svart.

Jan Olav harklar sig, sniffar i sitt konjaksglas.

»Men jag var arg på honom också«, säger Elise. »Mest för det han gjorde mot oss. Jag var femton och kände mig ju jättevuxen och trodde att jag fattade allt om hur världen hängde ihop. Det gör ju femtonåringar, eller hur?«

Det är något irriterande över Elises sätt att prata, att hon överdriver, och att hon vill ha respons på överdrifterna.

»Men det gjorde jag ju inte, jag förstod ingenting om vilka skäl han hade att lämna oss allihop«, säger hon, »eller hur svårt det var för honom. Och helt säkert nödvändigt«, lägger hon till. »För det är jag alldeles, alldeles säker på att det var, svårt och nödvändigt«, säger hon menande och med det lite gälla tonfallet hon får när hon har druckit en hel del vin.

Utelampan lyser på hennes ansikte från sidan, huden är blank.

»Det ligger en nakenstrand bortanför öknen«, säger Jan Olav. Han ser på mig och flinar: »Du kanske gillar nudiststränder?«

Jag ler, rycker på axlarna och skakar samtidigt på huvudet.

Jag tänker på Maiken och kollar min mobil. Hennes ben som liksom över en natt blev långa, slanka, kjolen som knappt räcker ner över rumpan.

Elise lutar sig fram mot mig.

»Helt ärligt, såg du någonsin mamma glad?« säger hon.

»Jag har aldrig begripit mig på behovet av att spankulera omkring näck, offentligt«, säger Jan Olav. »Naken kan man vara i duschen och sovrummet.«

»Du kan inte ha tre barn och gå omkring och vara så deprimerad«, säger Elise med en märklig skärpa.

Jag ligger länge utan att kunna somna, hör mammas långsamma, raspiga andetag. Jag har försökt skriva artiklar igen. Jag är femtio år och känner mig oförmögen att tänka en enda originell och sammanhängande tanke som kan vara av intresse för andra. Det må ha med motivation eller inspiration att göra, men det hjälper inte, självföraktet växer framför datorn och hotar att bli något som inte är bra för mig. Jag har fast jobb med bra kolleger, människor som är motiverade och engagerade och som kan prata om jobbet över ett glas, men jag känner mig inte som någon av dem.

Jag flyttade ifrån Trond Henrik två månader efter min fyrtioårsdag, och jag hade en oro i kroppen vid tanken på att fira min femtioårsdag som singel. Så ensamt, så förödmjukande. På min fyrtioårsdag hade Geir och jag trettio gäster och Geir gjorde bouillabaisse, han och Nina höll tal. Allt han visste om mig då, och vad hände med all den kunskapen när vi gick isär? Efter en kort tid, kanske bara några månader, var det som om han inte kände mig längre, för även om jag inte förändrades radikalt när jag blev ihop med Geir var det som om alla mina drag och egenskaper fick en liten vridning åt hans håll, eller vårt, alltid måste ses i ljuset av förhållandet, och att hela min personlighet vände sig bort från honom och vårt förhållande efteråt. I talet till mig sa han: »Det är fem och ett halvt år sedan jag träffade dig, men jag kan liksom inte minnas något liv före dig. Att inte leva med dig är otänkbart.« Jag blev rörd, jag hade druckit vin, alla mina vänner fanns omkring mig, och kolleger, till och med mina systrar. Sent på kvällen gjorde Tollef och jag något slags dockteater inspirerad av *Vildanden*, med blåmusselskal som vi klämde ihop mellan fingertopparna medan vi pratade för dem. »Min bästa och enda vän«, pep jag. »Sumplukt, sumplukt«, pep Tollef.

Geir var inte med och firade min femtioårsdag. Då var relationen mellan oss inte så bra, nu är det bättre igen. Tollef och Nina lagade middag med Kajsa och Truls och en kollega till Tollef, det kändes som om vi skulle fösas ihop. Han var lång, över en och nittio tror jag, skallig, med moderna glasögon. Han var vänlig, uppmärksam, intresserad, men det var så tungt att berätta om mig själv, och jag var inte attraherad av honom. Han var så fascinerad av allt jag sa, hönsen och dilammet som växte så fort, om jobbet, mitt ambivalenta förhållande till reklam. Han hade stora, kraftiga händer, han var bioingenjör, men han läste mycket och älskade att gå på teater. Jag föreställde mig att gå på teater med honom. Jag kände en sorg och oro för att mitt kärleksliv hade parkerats för gott. Jag vill ju inte vara ensam. Tollef satt vid änden av bordet, han hade gjort lammstek, han hade inte tagit av sig förklädet, det var randigt och det såg ut som om han hade snickarbyxor utanpå skjortan.

Senare den kvällen sa jag till Tollef: »Det finns ingen bättre människa än du.«

»Åjo«, sa Tollef. »Jag dricker för mycket. Och så ser jag på porr.«

Kajsa hejdade sig i samtalet hon var i, hon hade hört vad han sa, hon log ömt och räckte ut en hand över bordet och strök honom över håret. Nästa dag vaknade jag i ångest, en fruktansvärd ensamhet.

Elise och Jan Olav och mamma har gått upp när jag vaknar, de sitter på terrassen och dricker kaffe, himlen är vid och blå över oss, en av grannarna, en kvinna, simmar långsamt i poolen. Jan Olav ska spela golf och vi andra ska ta bussen till marknaden i Arguineguín. Elise säger åt mig att ta en handduk i deras sovrum.

Tonåringarna sover fortfarande.

Elise och Jan Olav har samma kaffemaskin som på jobbet, att stoppa små kapslar i. I deras sovrum ligger en bunt vita och grå handdukar i garderoben, och på en av hyllorna en Cupido-tidning.

Så bra, tänker jag.

Det står »kom!« med stora bokstäver över nästan hela framsidan.

Men det är som om alla små förändringar som har uppstått i Elises och Jan Olavs förhållande; inställningen till alkohol, Elises avståndstagande till vissa sidor och aspekter hos Jan Olav, Jan Olav som å sin sida närmat sig Elise med ny respekt och nytt intresse – att allt är framtvingat, konstlat, och egentligen inte kan förändra någonting. Det finns dessutom något oroväckande, som jag inte kan sätta fingret på, en kollaps, att maktförhållanden inte utan vidare kan förändras efter så många år, jag tror inte att det kommer något gott av det.

Jan Olav reser sig och tar med sig kaffekoppen in, han har ljusblå skjorta och keps på sig, han bär golfbagen över axeln.

Det är svalt på bussen till marknaden. Jag tänker på flytten, ny lägenhet. En öppen lastbil, lukten av fuktig papp, att tömma kyl och frys. Mamma och Elise sitter framför mig, jag lutar mig framåt och frågar Elise:

»Spelar du också golf?« Hon skakar på huvudet. Maiken och Sondre sitter bakom mig och dummar sig och tjafsar och närmar sig gränsen när de måste få en tillsägelse fast de är fjorton och sexton, jag vänder mig mot Maiken och ser på henne med förvånad blick.

Elise ser på mig med en underlig krasshet:

»Jag har aldrig spelat golf, inte ens provat, det skulle faktiskt aldrig falla mig in.«

Bara två månader innan Geir och jag berättade om uppbrottet sa jag »växt in i varandra« till Elise. Jag tror att jag hade satt på mig skygglappar och så gärna ville få det att fungera. Vi satt i köket i Ulsrud och drack kaffe medan Maiken och Sondre byggde en snöigloo ute i trädgården, Geir hade fyllt trädgården med snö från parkeringsplatsen. Elise och jag hade pratat om vilken bra relation Maiken och Sondre hade, att de tillät sig leka mer än de gjorde med andra jämnåriga. Sedan sa jag att det kunde kännas som om Geir och jag hade vuxit in i varandra. Då hade vi varit ihop i nio år.

»Ja«, sa Elise. Och sedan tystnad. »Jan Olav och jag har ju inte gjort det.«

»Inte?« sa jag.

»Nej«, sa hon, hon drog på det. »Vi har ju egna saker och intressen och sådant, var sina hobbies, var sina vänner.«

Hon sa *hobbies*. Jag hade inte hört någon använda det ordet på länge. Jag undrade vilka hobbies Elise hade, men jag kunde inte fråga, det skulle låta som om jag drev med henne.

Att vi hade »vuxit in i varandra«, det var både sant och inte sant. När jag sa det trodde jag att det var sant. Sättet vi grälade på och att det nästan alltid slutade med att vi låg med varandra, det var en känsla av att hänga ihop och aldrig kunna slita sig loss, men i de stunderna kändes allt som motvilliga och hårda kompromisser, ingen enighet, ingen samstämmighet, en likhet mellan oss som bara var en grogrund för gräl eftersom vi alltid ville ha samma sak av sådant som inte lät sig delas, vi ville samtidigt ha tröst av den andra, vi ville ha ledigt från Maiken samma kvällar, vi ville duscha samtidigt på morgnarna och båda ville ha den sista slatten apelsinjuice eller den sista sushibiten. Vi utvecklade en gemensam förmåga att låta trivialiteter lägga grunden för uppfattningar om den andra som människa, uppfattningar som kunde verka så absoluta, och så fatala. Som om allt handlade om livssyn, moral. Om du verkligen *menar* det, kunde vi säga. Det kunde gälla huruvida det var okej att vänta till eftermiddagen med att dammsuga kaffepulvret man spillt ut på morgonen, eller om Maiken skulle få äta kalaspuffar till kvällsmat. Tycker du det är okej? Gillar du den där mattan, skojar du? Osams om hur fort vi skulle gå på promenaden, eller vilket knäckebröd vi skulle köpa, om vi skulle öppna en flaska vin till, blottade allt större klyftor mellan oss, men så var det inte, även om det kändes så i stunden – vi kunde byta åsikt om samma sak från situation till situation. Vem som var ansvarsfull och saklig och vem som fick böja sig i sin livsuppfattning växlade. Det var alltså inte så att vi växte ifrån varandra, att skillnaderna mellan oss blev starkare, det var nästan tvärtom, det var som om vi blev mer och mer lika och inte stod ut med att se oss själva i den andra, och vi kämpade med att inta motsatt position för att slippa att om och om igen möta den andra som en spegelbild, som en sjukdom, en allt starkare förtvivlan.

Maiken stod en gång i diket på väg hem från stugan, i ylletröja och mössa och bar rumpa och skakade medan jag tvättade henne med våtservetter. Jag sa: »Jag sa ju att du skulle säga till, Maiken. Jag frågade om du behövde gå på toa!« Hon grät, men inte för att hon hade bajsat på sig, utan för att hon frös. Och sedan i bilen, när vi hade kört en lång stund och hon började sjunga *Hjulen på bussen* som om ingenting hade hänt, då sa jag: »Maiken, om du inte kan säga till när du måste bajsa, då får du börja med blöjor igen.« Och lite senare: »De där Hello Kitty-underbyxorna får vi bara kasta, Maiken.« Då vände sig Geir och såg på mig och sa: »Nu får du lägga av.«

Han rammade mig så hårt. Han mejade ner hela min karaktär, min personlighet.

Men det kunde lika gärna ha varit omvänt! Jag inser absolut att det lika gärna kunde ha varit han som var den hemska och jag den snälla som försökte hejda honom, men att jag skulle ha gjort det på ett vänligare sätt.

Maiken somnade i baksätet, vi grälade, lugnt och långsamt, med paus mellan varje replik. En domnad känsla, resignation, som om vi gett upp flera år i förväg men inte hade någon brådska.

Värmen slår emot oss när vi går av bussen, det rycker i mamma, hon ser bekymrat tillbaka på den kyliga bussen. Elise gör upp med Sondre och Maiken om att vi ska träffa dem senare, och jag säger: »Ska de gå ensamma?«

Elise skrattar och säger: »När blev du en sådan hönsmamma?« Och tanken som slår mig då är: Men du har tre, jag har bara ett.

Vi rör oss mellan stånden med uppspänt tyg mellan sig. Mamma får den tid hon behöver, hon granskar de där korgarna och funderar länge och väl och det slutar med att hon köper två. För handskar och halsdukar i hallen.

Den smutsvita trottoaren badar i sol, det finns ingen skugga och vi går långsamt, långsamt mot restaurangen där vi ska träffa Maiken och Sondre. Mamma berättar för oss att en dag blev namnen på barnen hon fött plötsligt främmande i munnen på henne. Monika? Elise? Kristin? Hon säger att hon stod i affären och undrade om det var så vi hette. Hade hon fött dessa barn, gett dem dessa namn, uppfostrat dem? Ja. Hon nickar med huvudet som en fågel.

»Du har ju haft ett långt liv«, säger Elise. Vi går förbi pubar med skyltar på norska och svenska och bilder på hamburgare och pizzor och glassdesserter.

»Är det inte skönt att vara här?« säger jag.

»Jo, men inte bara skönt. Det är fruktansvärt varmt«, säger hon. Hon sträcker på halsen och tittar bortåt. »Men när går bussen tillbaka? Jag skulle gärna vilja hinna vila lite före maten«, säger hon.

Jag minns från somrarna som barn att mamma gick och la sig mitt på dagen med migrän. Ett privilegium som utökades för varje år, hon blev på sätt och vis sjukare och sjukare, men liksom hela tiden bättre till mods. Ju sjukare hon var, desto muntrare. »Jag lägger mig en stund«, sa hon. »Nu värker huvudet så infernaliskt.« Då var som regel moster Liv där och tog hand om allt. Dessförinnan hade mamma ofta varit extra sur eller sträng, men sedan, när hon tagit beslutet att dra sig undan, försvann allt lidande och butterhet ur hennes ansikte. Hon var så snäll och vänlig strax innan hon försvann, nästan salig. Pratade om att gå och lägga sig som något löftesrikt för oss allesammans, som om vi alla skulle glädjas å hennes vägnar, nästan som om det var något vi hade gemensamt. Eller också var hon glad att slippa allt, slippa alla, att hon kunde ge lite extra innan hon försvann, så hon visade sin lättnad och glädje.

Vi blir för mätta, och ändå ligger det rester på nästan alla tallrikarna. Vi har utsikt mot kajen och något som ser ut som fiskebåtar.

»Åh, nu längtar jag efter att bada«, säger Maiken. »Mamma, har du sett att jag har lärt mig dyka? Det är Sondre som har lärt mig.«

»Elise«, säger mamma.

»Har du?« säger jag. »Har han lärt dig det?«

»Vad kul!« säger Elise.

»Jag skulle behöva köpa mig en ny baddräkt«, säger mamma. »Det är ingen fin färg på den jag har.«

»Ja, men det ska vi se om vi inte kan hitta«, säger Elise.

Mamma har nästan inte rört sin helstekta fisk, hon är svettig i tinningarna. Maiken säger att det är ett ställe vi måste gå till, att hon har sett några saker. Vi kommer överens om att träffa de andra vid bussen, vi har nästan en timme på oss.

Maiken drar med mig till ett komplex med klädaffärer, hon vill ha Adidasskor och en röd huvtröja. Det är kyligt där inne, ljust kakel, stora golvytor, inga fönster men ett överflöd av konstgjort ljus. Maikens blick glider över klädställningar och skohyllor.

Vi grälade så mycket veckan innan vi åkte, vi blev alldeles vana vid att vara i ett grälmodus som stegrades varje gång något nytt dök upp: kvällstider, pengar, städning, hushållsplikter. Grälen började varje morgon när Maiken kom in i köket, eller redan när jag väckte henne.

»Det är väl mina pengar, eller?« sa Maiken. »Vad är det du tror skulle hända om jag fick vara ute en timme längre än du har bestämt? Att jag blir gruppvåldtagen i Sofienbergparken eller?« Hon hade lånat min jeansjacka utan att fråga och glömt den hemma hos en kompis. »Jag har inte sett dig ha den jackan på evigheter, men nu var den tydligen plötsligt så väldigt viktig«, sa Maiken, så renons på skamkänslor och samvete att jag såg rött, jag hotade dra in veckopengen, hålla henne hemma. »Okej, jaha, så du ger mig husarrest och stjäl mina pengar för att jag har lånat en jacka som du aldrig använder? Hur normalt är det? Du har inte funderat på att kolla upp psyket?«

Jag borde ha berättat för Geir om mina och Maikens gräl. Han kunde ha hjälpt oss, eller det kunde ha hjälpt att prata med någon om det. Jag har tänkt så mycket på vilken framtid min och Maikens relation har, om vi någonsin kan få något vänskapligt mellan oss, om Maikens smak och referenser kommer att närma sig mina och jag kunna förstå henne bättre, men på senare tid har det varit så svårt att det känns som avlägsna drömmar, något jag bara måste lägga på is, så får vi ta det som det kommer. Bara ta oss igenom de närmaste åren.

»Det viktigaste är att du är intresserad av henne och det hon håller på med«, sa Geir en gång. Då låste han allt, det var något jag måste gömma, hålla för mig själv: jag var inte särskilt intresserad. Inte av skolarbetet, inte av kompisarna eller fotbollen, eller alla andra intressen hon haft under årens lopp, och hon var inte heller särskilt intresserad av att förmedla något om allt det där till mig. Vad jag intresserade mig för och höll på med var hon ju inte heller ett dugg intresserad av, men det var något annat. Om jag varit mer intresserad hade vi tålt grälen bättre. Maiken kan säga: »Du är inte frisk. Kan du inte vara en mer normal mamma? Snälla?« Misstron, försöken att få mig att känna mig galen, utanför normen, utan kontroll.

»Please, mamma, please. Det här är inte rätt.« Och den liksom vuxna huvudskakningen, besinningen, behärskningen.

»Seriöst, du kan inte tycka så, mamma, jag vägrar tro att du verkligen tycker så.« Att jag drev henne till vansinne, att jag gjorde henne sjuk: »Mamma ... mamma ... *nej!* Mamma.« Och när hon till slut tappade kontrollen – lättnaden då: »Du är en jävla skitmorsa, en helvetes fucking *fittmorsa*. Jag blir överlycklig varje gång jag ska tillbaka till pappa!«

Maiken får joggingskor och jacka och en urringad topp.

Vi skrattar åt samma sak – en liten pojke, två år kanske, som drar en stor väska på hjul efter sig.

»Ser du fram emot att flytta till den nya lägenheten«, säger jag.

»Kanske«, säger hon.

De finaste stunderna Maiken och jag har haft var när vi gjorde något tillsammans med djuren på småbruket. En gång satt vi på huk jämte varandra och såg en kyckling kläckas, långsamt och klaustrofobiskt, kall och våt, sedan låg den på rygg och vred sig på skalbitarna med gaffelfötterna i luften innan den tumlade runt och reste sig och höjde och sänkte de små, trubbiga, våta vingarna med gapande näbb och halm fastklibbad på kroppen.

»Åh, herregud, stackars liten, åh«, sa Maiken.

»Ja«, sa jag. »Jag hoppas den får komma under Sigris vinge.«

Jag höll andan, var så rädd att Sigri skulle avvisa sitt adoptivbarn, men Sigri lyfte på vingen och bredde ut den över kycklingen och det hördes ett långt och lågt nöjt ljud från Maiken.

Maiken gör det inte lätt för mig. Jag kan ge henne komplimanger, för ett par nya byxor hon fått av Geir eller hur hon har satt upp håret, men hon visar med all önskvärd tydlighet att min åsikt inte betyder något över huvud taget.

»Jag behöver en ny väska också«, säger hon.

»Saknar du Askim och Trond Henrik?« säger jag.

Hon stryker lillfingret fram och tillbaka över sin blanka läpp.

»Nej!« säger hon. »Inte en millimeter.«

Hon har pärlörhängen, synligt smink, rouge, mascara, hon har två finnar i pannan och en under näsan.

Vi går mot busshållplatsen för att träffa de andra. Lättklädda skandinaver med enorma lår och magar rör sig tungt över stenläggning och asfalt, småpojkar med fotbollsdräkter och stubbat hår, en inhemsk katt.

»Om det är upp till mig skaffar du ingen ny kille i första taget«, säger Maiken.

»Jag har inga planer på det«, säger jag.

»Nähä, bra«, säger Maiken, »ska vi säga att det är ett bindande avtal?«

Nu är det som varmast. Jag ser Elise och Sondre och mamma; mamma sitter på en bänk med ansiktet dolt under solhatten. Men det här kommer att ta slut. Vi ska ta planet hem och jag ska flytta in i lägenheten i Bislett, jag ser fram emot det.

Maiken och Sondre dyker från poolkanten. Elise har ställt en skål uppskuren frukt på terrassbordet, ananas, äpple, brandgul melon. Mamma klagar, över att hon känner att hon är till besvär och över sin förstoppning – hon kan inte gå på toa ordentligt, över blåsten, solen. Elise smörjer in hennes rygg med solskydd, under de slappa bh-banden. Elise har bikini under solklänningen, hon är väldigt brun fast hon aldrig har haft särskilt lätt för att bli det. Mamma är liten och tunn, Elise ruvar över henne.

»Ät frukt, mamma«, säger hon. »Ananas är det en massa fibrer i.«

Nu är Tony här, och han sjunger mycket riktigt större delen av tiden, bortsett från när han kommer med uppmuntrande tillrop till ungdomarna på trampolinen. Inte precis någon ung Julio Iglesias, men kanske en gammal en.

»Asombroso! Väldigt bra!« I vita byxor.

»Det finns inte så mycket att ta sig för, jag skulle haft något handarbete«, säger mamma.

Jag orkar inte svara henne.

»Jag tycker inte om att vara overksam«, säger hon, men det är en liten livslögn, ingen har varit overksam så stora delar av sitt liv som mamma, och jag blir plötsligt ilsket uppgiven och säger: »Är det ingenting som är bra, mamma?«

Och hon tystnar. Pillar med fingertoppen på hörnet av veckotidningen hon har i knät. Det går en stund. Två plums efter varandra: Maiken och Sondre på huvudet ner i poolen. Maiken i blå- och vitrandig baddräkt. Hon har uppenbarligen lärt sig att dyka. Tony står med det långa redskapet i handen och ser på henne när hon häver sig upp på poolkanten.

»Jag är mycket ensam«, säger mamma. Hon ser blek och mager ut. En fågelunge.

»Du hade ju så många väninnor«, säger Elise.

»Ja, men de är döda«, säger mamma, en aning glatt. »Och de som är kvar är bara en skugga av sig själva. Inga andra intressen än sig själva och sina smärtor.«

»Jag gillar inte hur Tony stirrar på Maiken«, säger Jan Olav.

»Men varför är du inte mer med moster Liv?« säger Elise.

»Nej, vi har glidit ifrån varandra efter att pappa dog«, säger mamma. »Det var ju egentligen pappa som band ihop oss.«

»Ser ni inte hur han glor på henne?« säger Jan Olav.

»Vad menar du med att ni har glidit ifrån varandra«, säger Elise i en märklig ton, liksom strängt, som vad är nu detta för dumheter? Hon lägger mammas bh-band på plats och sätter på korken på solkrämsflaskan. »Ni är ju systrar«, säger hon, »ni har alltid varit viktiga för varandra. Ni behöver varandra.«

När jag var barn eller tonåring kunde till synes oskyldiga meningar stå och vibrera i mitt medvetande: Trots att mamma är storasyster och den som har make och tre döttrar och stort hus och fritidsstuga och båt är det moster Liv som pratar med pappa om viktiga saker och nyheter.

Det var en mild och konstant förödmjukelse av mamma som ingen kunde göra något åt. Hon hade mest sig själv att skylla genom att röra sig som hon gjorde, ursäkta att jag finns till, jag förstör alla samtal, det är bäst jag håller tyst, och hur hon ställde fram kaffekoppar på bordet medan pappa och moster Liv diskuterade Vietnamkriget, eller bara satt stelt på en stol med slutna ögon och tog sig för pannan och huvudvärken.

»Nej«, säger Jan Olav och reser sig. Han går med långa kliv mot Tony, åh, nej. Jag orkar inte med det som kommer nu. Jag vill avvärja en katastrof, men det finns inget jag kan göra. Jan Olav får Tonys uppmärksamhet och säger något medan han pekar på Maiken precis när Maiken dyker upp ur vattnet och stryker händerna över huvudet och det långa håret.

Jan Olav kommer och sätter sig igen, stel och andfådd och lätt darrande.

»Det blev lite väl långa blickar«, säger han.

Maiken står droppande vid poolkanten tillsammans med Sondre, Sondre rycker på axlarna och Maiken slår ut med armarna. I går kväll sa hon med lycka i ögonen: »Det bästa är att poolen inte stänger klockan sex som på hotell, att man kan bada hela kvällen.«

Stämningen efteråt är svår att sätta fingret på, den är tryckt, det var ett misstag eller en överdrift, men jag vet inte om Jan Olav känns vid det eller förstår att vi tänker så, nu reser han sig och går in för att börja med köttet. Det är ingen som verkligen tycker att Tony har gått över någon gräns, och vem som helst kan se att Maiken älskar att få långa blickar på sin perfekta tonårskropp, men utan att det är något hon ska behöva tvingas erkänna. Jag får en ny och plötslig beskyddarinstinkt mot min dotter, trots att det inte finns något Maiken behöver skyddas mot, annat än sig själv och Jan Olavs idiotiska heroism.

Elise lutar huvudet bakåt och säger: »Åh, jag vet inte vad jag skulle ha gjort utan det här stället. Jag hade inte tagit mig igenom dagarna där hemma utan tanken på att få komma tillbaka hit.« Hon vrider på huvudet och ser på mig. »Det är ju inte särskilt utmanande eller sofistikerat, men det är så himla avkopplande! Jag älskar det, fast det är smaklöst och simpelt. Fattar du, eller är det svårt för dig att förstå dig på?«

Jan Olav kommer ut med köttet och ställer det på bordet bredvid grillen.

»Jag förstår mycket väl om det är svårt att förstå«, säger hon. Jag ler mot henne, ömt.

»Jo, jag förstår faktiskt«, säger jag. »Även om Gran Canaria inte riktigt är min grej.«

»Hur då?« säger Elise.

»Om han inte själv fattar när det räcker måste han få en tillsägelse«, säger Jan Olav.

Tony har packat ihop och åkt.

Elise ser på Jan Olav, men säger ingenting. Kanske väntar de sig en reaktion från mig, beröm eller protest, men jag har knappast några reaktioner att lägga fram. Jag är dåsig av vinet och alla timmarna i solen.

»Jag tycker det är väldigt skönt att vara här«, säger jag.

Det är mörkt, alla hotell och lägenheter lyser i ett brett bälte, där bakom är det svarta berg. Sondre och Maiken sitter på andra sidan poolen i var sin solstol och spelar på mobilen, skärmarna lyser. Jan Olav reser sig och tar med sig den tomma vinflaskan och den tomma jordnötsskålen in, och kommer ut med en ny vinflaska.

Mamma har lagt sig, det sista hon sa var att hon inte kunnat gå på toa på hela dagen.

Elise tar den sista slatten ut sitt vinglas och vänder sig och ser mot terrassdörren. Sedan berättar hon att pappa och moster Liv hade ett förhållande en gång i tiden. Som om det vore något odramatiskt som jag borde ha fattat, att det en gång »varit något« mellan pappa och moster Liv, och att mamma aldrig riktigt kommit över det.

»Men det var innan de gifte sig«, säger Elise. »Moster Liv har berättat att han hade svårt att välja mellan dem.«

Han hade varit så kär i båda, trots olikheterna. Det har moster Liv berättat för Elise, »vid flera tillfällen«.

»Jag tror hon behövde prata om det«, sa Elise, »och när hon väl hade släppt ut katten ur säcken kom hon hela tiden tillbaka till det.«

När pappa låg för döden var moster Liv mycket hemma hos mamma och pappa för att hjälpa till att sköta om honom. Det var en period när jag var arg på mamma för att jag kände att hon aldrig hade accepterat mitt sätt att leva. Nu begriper jag inte längre att det kunde betyda så mycket för mig. Jag sa åt moster Liv att det verkade som om hon gjorde mer för pappas livsglädje än mamma. Det var ju sant.

Moster Liv stod högst upp i trappan med ett juiceglas i handen med läppmärken längs kanten. Hennes min då, ett spontant behov av vänlig tillrättavisning som vek undan för stolthet; jag såg på henne att det jag sagt hade betydelse; hon blev glad. Tidigare den dagen hade moster Liv sagt åt mig att jag höll mig så ung, både till kropp och själ.

»Jag har köpt en hel kyckling i dag och tänkte göra kycklingsoppa«, sa moster Liv på väg nerför trappan, »hoppas jag får i din far lite buljong åtminstone.«

Men jag skulle tillbaka till Oslo den dagen och fick aldrig smaka på moster Livs kycklingsoppa.

Det är så länge sedan jag över huvud taget tänkte på moster Liv. Vad gör de nu, moster Liv och Bent? Denna mörka oktoberkväll? Ser på teve. Jag undrar om de ligger med varandra, gör det bra för varandra, en vilja som aldrig upphör.

Jag har kommit att tänka på moster Liv efter att ha glömt henne under lång tid. Jag glömmer att hon faktiskt finns hela tiden och lever sitt liv dag efter dag. Hon har fortfarande Bent och bor fortfarande i lägenheten på Carl Berner. Efter att jag själv varit med om hur det är att ha och hålla ett spädbarn dygnet runt, vecka efter vecka, som klamrar sig intill och suger sig fast; ens viktigaste uppgift är att hålla denna kropp vid liv – ett medlidande som är omöjligt att bära, och helt oanvändbart, alldeles för försenat. Denna ståndaktiga kvinna, hon tog sig igenom allt på egen hand.

Mamma vaknar i gryningen nästa morgon och säger: »Åh nej, usch, usch, nu får jag de där hemska tankarna igen.«

»Vilka hemska tankar?« säger jag.

»Det är outhärdligt«, säger hon, och nu har hon båda fötterna på golvet.

Då har jag tålamod. Vi klär på oss, och när mamma försökt gå på toaletten igen, och bara fått ut »en liten lort«, går vi genom köket med kaffemaskinen och det vita matbordet och ut. Jag tar hand om henne. Vi går i hennes tempo. Vi går längs strandpromenaden, det är mörkt, sedan plötsligt ljust, en dallrande himmel. Som ett ljus som går på med dimmer. Det är en och annan joggare, en löshund, en ung man med barnvagn. Mamma har bermudashorts på sig och fryser, det är fortfarande kyligt, men solen stiger så att vi nästan kan se det. Mamma säger att hon vill köpa färska frallor till frukost, men hon är lite orolig att Elise ska ta illa upp.

»Självklart inte«, säger jag.

Hon går så långsamt och jag måste gå lika långsamt.

Sedan stannar hon och säger: »Stå ut med mig.«

Jag förstår inte vad hon menar, vad hon vill. Det är små gula blemmor på det vita i hennes ögon.

»Min kära Monika«, säger hon, »stå ut med din gamla hemska mor.«

Jag ler förvirrat, vi ser på varandra och ett ögonblick vet vi båda samtidigt att jag också ska bli gammal någon gång i livet. Mamma blir oklanderlig, med återverkande kraft så att alla mina klagomål och all irritation som var befogade, slutar vara det. Och jag måste ta tillbaka allt, eller ångra det.

»Naturligtvis står jag ut med dig«, säger jag.

Inne i affären säger hon:

»Livet har trots allt gett mig mycket gott.« Vi står vid juicen, turistpriser, hon lyfter upp en äppeljuice, ställer tillbaka den. Riktar uppmärksamheten mot frallor i alla storlekar och former och grovlekar fast hon anser att den så kallade grovheten mest måste handla om färgämnen.

Det var en eftermiddag för ett par veckor sedan, jag sprang en runda med musik i öronen. Jag sprang till Sankthanshaugen och ner förbi den nya lägenheten och bort till Bislett och vidare till Majorstua och in i Frognerparken. Sena rosor i rabatterna. Två trädgårdsarbetare i gula västar hade rast och kastade en pinne till en hund – en dobermann – upprepade gånger. Och strax före trapporna mot Monoliten: en grupp människor, fem, sex stycken, som satt runt en person med vadderad hjälm som låg på marken, uppenbarligen någon med funktionsnedsättning som fått ett anfall av något slag, en av männen hade tagit av honom skor och strumpor och satt och gnuggade hans fötter, han hade en cigarett i munnen medan han gnuggade. Det verkade odramatiskt, en kvinna hällde upp kaffe ur en termos i plastmuggar medan hon log och sa något till en av de andra. En bit till vänster om dem samarbetade ett ungt par med att stoppa en kudde bakom en bebis i en vagn.

Musiken brakade in i mitt huvud medan jag såg detta, det var en överväldigande känsla av intensiv lycka och djup sorg, och det gick inte att skilja lyckan från sorgen, det var mest av allt en kraftfull känsla av liv, som jag var utestängd från men fick lov att betrakta. Det var en hunger, ett starkt behov av utlopp och utbrott, av att ta för mig, ge mig i kast, men jag lyckades inte spåra det eller knyta det till mitt liv, allt detta som gjorde mig så utom mig var trivialt, meningslöst, ingenting jag ville ha i mitt liv, men då kom frågan: Vad är det jag vill ha? Jag visste inte hur jag skulle göra mig själv lycklig eller ge mig själv ett så bra liv som möjligt, jag kände att jag hade missat något verkligt stort i livet, eller att jag oavbrutet missade något, att jag inom mig hade förmåga till mycket starkare känslor än jag hade gått genom livet och känt.

DRAMAQUEEN

Juni 2012

Femtio år gammal är det mamma jag ser i spegeln över grönsaksdisken i mataffären på Thereses gate. Ovanför en hög gröna paprikor och en hög röda paprikor, och citroner. Allt finns i det där ansiktet: upphängningen vid obetydliga detaljer; den matta glädjen över att handla matvaror: buljongtärningar, keso. En förvirring, världen som passerar utan att hon förstår, döttrar som växte upp och blev klokare än hon. Och hela havet av smärtsam saknad efter något hon aldrig fick, eller förlorade, något aldrig uppfyllt. Men också tillfredsställelsen i sitt eget lidande.

Himlen är stor och vit och det blåser, kassarna är tunga, spårvagnen drar förbi nära parkerade bilar. Maiken kommer till mig i dag efter en vecka hos Geir. Jag har inte hört från Terje på två dagar. Maikens önskan om flexibilitet går inte ihop med Terjes oförutsägbarhet. Jag lägger köttfärs i korgen, römme, Maiken tycker fortfarande om tacos, Cocopops, Nutella, fast hon har kommit hem full och jag har hittat kondomer i hennes ficka, hon har flugit ensam, söker sommarjobb, beställer själv tid hos frissan och doktorn när hon behöver, men hon ber mig eller Geir om pengar för att betala. Hon har en outgrundlig min på köksstolen med lätt sminkat ansikte efter ett pling i mobilen, fylld av framtidsdrömmar och kåthet – livet som sådär allteftersom breder ut sig – bakom masken av oberördhet, framför henne en assiett med en fiberknäckemacka med hushållsost och gurka.

Terje tycker om gott vin och att Maiken är ute ur huset.

»Men det är väl bra«, sa jag till Geir när jag berättade för honom om kondomerna. »Det är ju det vi vill, att hon ska skydda sig. Även om tanken är främmande.«

»Ja, jag jobbar på att vänja mig«, sa Geir.

Någon gång sa jag till honom att jag var sexton första gången jag låg med någon, men i själva verket var jag femton. I beskrivningen Geir fått var den första jag låg med Gunnar; Cato är utsuddad ur min historia. Själv var Geir nästan nitton första gången. »Late bloomer«, sa han.

Jag frågade Maiken: »Har du legat med någon?« Hon smätte med tungan mot gommen och himlade med ögonen. Det var dagen före sjuttonde maj och hon provade en kortkort kjol framför spegeln.

»Du är väldigt ung«, sa jag. »Men det viktigaste är att du inte gör något du egentligen inte har lust att göra.« Hon smätte återigen med tungan och bad mig sluta.

Hon vände sig bort med hopknipta ögon och mun, kokett, dramatiskt, eller i ett faktiskt obehag eller nästan ett slags lidande.

»Sluta, snälla, bara sluta, genast.«

»Jag måste väl kunna få ge dig några råd?«

»Jag ber dig *sluta*!«

Jag ville övertyga Maiken om att hon kunde komma till mig med vad som helst. Jag sa något fånigt, något klichéartat som jag hoppades kunde betyda något, om att jag alltid skulle finnas där för henne och att hon kunde prata med mig om allt, jag använde ordet klippa. Och plötsligt var Maiken varken skamsen eller generad längre utan provocerad, rasande, hon vände sig mot mig med en knyck och sa med svarta ögon: »Klippa? Du är så långt ifrån någon klippakategori det bara går att komma, finns det någonting som är klippaktigt med dig?«

Halv sex har jag fortfarande inte hört något från Terje och skickar ett sms och frågar om vi ska gå ut och ta ett glas i kväll. Balkongdörren står på glänt, det är kyligt ute. Jag tittar in till Maiken, hon ligger i hängmattan och ser på teve, det är ostädat, kläder på golvet, två tomma läskflaskor, ett chokladmjölksglas på fönsterbrädan bredvid en ljusblå tampongask.

Jag minns när jag skruvade ner den där hängmattan från taket i allrummet i huset i Askim. Jag var tvungen att göra något konkret, visa att jag menade allvar.

»Jag trodde du köpte den till bägge två«, sa Trond Henrik.

»Ja, vill du behålla den?« sa jag.

Han såg ut som ett stort och försummat barn, i pyjamasbyxor och rufsigt hår. Då släppte jag hela hängmattan i golvet så att ringar och krokar skramlade. Jag orkade inte bråka med honom, nästan allt vi köpt hade vi köpt för mina pengar.

»Kan jag ta med den eller inte?« sa jag.

»Bara ta den«, sa han.

»Har du några planer för i kväll?« säger jag till Maiken.

Hon säger att hon ska till Isabell med Lone, att hon inte vet riktigt när.

»Men ska du äta hemma eller där?« säger jag.

»Vet inte«, säger hon.

»Nej, för jag har köpt tacos till middag«, säger jag.

»Vet inte«, säger hon. »Det skulle egentligen bli trädgårdsfest med grillning, men det är inte säkert det är väder för det.«

Det piper till i min mobil. Jag går ut i vardagsrummet och hittar den. Terje har svarat: *Är hos Sandra, det är något tjafs med skilsmässopappren och jag har halvlovat åka till mamma. För mig passar det egentligen bättre i morgon.* Sedan piper det till igen, och jag läser: *Jag är dock tvungen att hålla det öppet.*

Maiken kommer in i vardagsrummet.

»Men jag är egentligen lite hungrig nu«, säger hon.

»Har Isabell trädgård?« säger jag.

»Bakgård«, säger Maiken.

Jag svarar: *Okej, lördag är bra. Vad vill du göra? Hur är det med din mamma?*

»Ta dig en yoghurt«, säger jag.

Maiken nyper sig i underläppen och jag får en minnesblixt om hur hon som liten åt yoghurt med fingrarna. Det var yoghurt överallt, i hela ansiktet, håret, på plastnappen, bordet, golvet, i lägenheten på Markveien.

»Fest«, säger jag. »Blir det alkohol då?«

Hon vänder långsamt huvudet från sida till sida, demonstrativt icke-pålitligt.

Det plingar till i Maikens mobil, hon öppnar och läser.

»Lone vill plötsligt ändå inte åka.«

»Nähä?« säger jag. »Men kan inte du åka då?«

»Nej«, säger Maiken. »Jag känner inte Isabell så bra. Isabell och jag är vänner sådär lite genom Lone, om du fattar.«

»Vi kanske skulle se en film i kväll, då«, säger jag.

Maiken svarar inte, hon sträcker på sig och gäspar, tröjan glider upp så att magen syns. Sedan säger hon: »Vi vill ju ändå aldrig se samma filmer. Filmerna du väljer går ju nästan inte att titta på.«

Det är så orättvist för det är nästan alltid hon som väljer film, lättviktiga romantiska komedier eller skräckfilmer.

Det piper till i min mobil.

»Mamma? Hallå? Kan vi prata klart?« säger Maiken.

Men det pep till! *Inte så illa, men hon är ganska orolig. Så hon känner sig trygg nu när hon är inlagd. Jag bara hoppas de behåller henne.*

Jag skriver: *Skönt att höra! Vad vill du göra på lördag, ska vi gå ut och äta,* men ångrar mig, skickar det inte. Sedan skickar jag det ändå, och får hjärtklappning. Maiken ser på mig.

»Vad är det?« säger hon.

»Ingenting«, säger jag.

Första gången jag var hos Terje tog han med mig på en rundtur i huset. Han bor i Nordberg. Där hade han själv fixat och renoverat. Och här: ett praktiskt gästrum. Sandra hade flyttat ut veckan innan och det var en del tomrum efter flyttade möbler, men det mesta såg ut att ha blivit kvar. Det var mörka sammetsgardiner och en stor, murad öppen spis, persiska mattor. Soffan var krämfärgad och fläckfri. Och i köket, med skåpluckor i fransk ek, han hade ett skämt som jag fick känslan av att han dragit en hel massa gånger: »Och här är det sjuttioelva franska öppningar.« Det fanns golv av stora terrakottaplattor, och en taklampa över matbordet som kunde justeras. Jag räknade till fyra sovrum. Jag förstod inte huset, förstod inte att de kunde ha bott där så många år utan barn. Det låg en oro i mig som växte medan Terje gick runt med mig, en känsla av att vara på fel plats, med fel man, en känsla av att aldrig ha befunnit mig på rätt plats i livet och ändå vara upprörande, bedrägligt nöjd, som hjärntvättad eller dopad, och med en känsla av att ha vunnit en tävling och vara helt ointresserad av högsta vinsten.

Det plingar till i Maikens mobil. Hon öppnar och läser, rynkar på näsan.

»Nu vill hon i alla fall«, säger hon. Hon suckar.

»Jag borde egentligen inte åka nu när hon håller på och velar«, säger hon.

»Va?« säger jag.

»Det är ju lite härskarteknik«, säger Maiken. »Jag borde inte låta henne köra med mig.«

»Är det vad hon håller på med då?« sa jag. »Lone? Är hon medveten om det?«

»Nej, det tror jag inte, men i alla fall«, säger hon.

Jag rycker till när det piper i min mobil, och det är Terje. *Ut och äta låter bra! Men kan vi hålla det lite öppet? En kompis till mig ska antagligen ha sillbord. I så fall är söndag eller måndag bra dagar!*

Men ta med mig då! Varför kan han inte ta med mig? Till sina vänner, varför inte?

I går kväll kunde jag inte somna. Jag försökte lugna mig med tanken om att ta hand om mina vänner, vårda vänskaperna jag har med de fina människorna, men jag blev mer och mer orolig ju mer jag tänkte på det, och det är ingen av dem som behöver mig på samma sätt som jag behöver dem. Jag försökte tänka igenom vad jag hade att ge dem, vad jag kan ge, jag vill vara viktig i deras liv. Jag tänkte på människor jag kan återuppta kontakten med för att bygga ett större nätverk, Kim, Bobo, Susanne, Yvonne.

Strax efter jul året efter att vi hade flyttat från Askim bjöd jag Nina och Tollef på en försenad julmiddag. Det var den femte januari, jag hade flyttat tillbaka till lägenheten på Helgesens gate igen i maj, men fortfarande inte fått upp något på väggarna. Jag hade ett paket pinnekött som jag aldrig fått användning för under julen, jag skulle ha ätit det med Maiken, men hon övertalade mig att beställa pizza i stället. Dagen innan ringde Nina och sa att hon inte kunde komma, hon hade glömt att hon och Truls hade lovat hjälpa Nora och hennes kille att lägga parkett i deras lägenhet, och jag sa: »Och du måste följa med?«

Nina skrattade.

»Det är jag som kan lägga parkett«, sa Nina, »Truls är helt hjälplös.«

Deras dotter hade köpt en trerummare, jag var över femtio och bodde i en tvåa med min tonårsdotter. Hade inte pappa dött skulle jag kanske fortfarande ha bott kvar i tvåan på Helgesens gate.

Den julen hade varit den allra tristaste i hela mitt liv. Maiken var hos Geir och kom hem till mig dagen efter annandagen. Pappa var på sjukhuset, mamma var hos Elise, och jag var där på julafton. Hela december var Maiken missnöjd, med att bo på Helgesens gate och med mina julförberedelser.

»Alla mina kompisar har fortfarande adventskalender«, sa

hon. Men hon var tretton år. Sedan köpte jag en chokladkalender i alla fall, det var den sjunde december, och Maiken stod framför kalendern och öppnade sju luckor efter varandra och åt upp chokladen som låg inuti.

»Hoppsan«, sa hon när hon öppnade den åttonde.

När vi bodde i Askim hade jag köpt ett krumkakejärn, och nu frågade jag Maiken: »Vill du att jag ska göra krumkakor i år?«

»För mig spelar det ingen roll«, sa Maiken.

»Men gillar du krumkakor?« frågade jag.

»Sådär«, svarade hon. »Men pappa frågar ju inte om sådant«, la hon till, »han liksom bara gör julgrejer och fixar julstämning.«

Medan pinneköttet ångkokade och juldoften bredde ut sig den femte januari fick jag ett sms från Tollef: *Jag har fått maginfluensa och måste kasta in handduken*, jag hade köpt akvavit, jag hade skalat och skurit upp kålrot. Två timmar senare satt jag vid köksbordet och åt, ensam. Och när smaken spred sig i munnen kände jag allt det andra som julstämningen innehöll, och jag fick glanspappershjärtan i två färger och granbarr och blanka julgranskulor på näthinnan. Och jag förstod inte varför jag utsatte mig för det, att fylla munnen med fårsmaken, det var så väldigt gott, och gjorde så väldigt ont. Smaken fyllde munnen och huvudet och hela kroppen och drog med sig allt som hörde till, och den där känslan, av att vara mitt i kärnan av allt, precis där, och sedan var jag ju inte det, jag var någon helt annanstans. Jag var i januari, i min gamla tvåa, och jag var ensam. Jag längtade så jag höll på att sprängas, längtade efter allt som var för sent, det var något jag måste ut ur, något jag måste växa ifrån, bli kvitt, och jag längtade intensivt och konkret efter Geir. Jag tänkte: Nu får jag ett sammanbrott, vem ska jag ringa? Men det fick jag inte.

»Neurotisk«, sa Terje om Sandra. »Hysterisk och neurotisk.«

Jag tänker på Cato som berättade att hans exfru red dressyr, tävlade. Hon var så nervös, inför varje lopp. Hon hette Susan. »Det gick inte att stå ut med det«, sa Cato. Bara så, som om det var allt, skäl nog. Hon var så nervös! Stod inte ut med att leva med någon som var så nervös! Men senare sa Ragnhild att det var Susanne som hade lämnat honom, inte omvänt. Och att han hade varit förstörd, en lång tid. Cato förstörd.

Jag fyller på vin i glaset från boxen i kylen. I fönsterkarmen ligger böcker jag skulle ha läst, snart är det en ny bokhöst. Jag skulle ha lärt mig franska. Jag skulle ha gjort något mer med litteraturen. Jag skulle ha haft en bättre relation med pappa. Jag kommer ihåg hur Kalle uttalade Buenos Aires. Både klumpigt, bonnigt, och exotiskt och världsvant. Och jag tänkte: Vad lite jag har sett, vad lite jag har gjort. Och vad mycket jag har gjort avkall på, men för vadå? Kalles muskulösa håriga ben, den sommaren var varm. Tändvätska på grillkol i solen. Bara sättet han uttalade namnet på fick mig att vilja åka vart som helst med honom, göra avkall på allt. Men varje gång jag tänkte på historien med Kalle, åren efter, verkade allt så futtigt. Jag skämdes, ingen stor och genomgripande skam, men en liten en, en vänlig skam som innehöll en omtanke om mig själv. Det var betydelselöst, och jag uppförde mig som om det hade betydelse. Det gjorde mig skamsen. Men det finns så mycket att vara skamsen över.

»Kalle och Yvonne har köpt en gasolgrill«, sa Geir ett par år efter att jag hade flyttat ut. »Jag gillar inte gasolgrillar«, sa han. »Ska jag grilla ska det vara med kol.«

Jag la upp en profil på en dejtingsida, men varför gjorde jag det? Det tog all min tid. Jag kunde känna, liksom mätbart, hur mycket starkare känslor som väcktes när jag fick ett sms från någon lärare i Ammerud eller civilingenjör i Grefsen, än när det hände något med Maiken. Maiken som fick högsta betyg på norskaprovet, som var olyckligt kär, som mer än allt annat i hela världen ville ha en särskild jacka. Jag tog ett glas vin med läraren, en kaffe med civilingenjören. Jag sa att jag inte kände att den nödvändiga kontakten uppstod. »Den berömda kemin«, sa civilingenjören. När jag träffade Terje tyckte jag att han var så snygg att jag tänkte att det var bortkastat på mig, jag har aldrig varit så intresserad av den sortens utseende. Att se på honom var som att se en bild i en veckotidning, reklam för dyra klockor eller aftershave. På kaféet första gången satt han en aning bortvänd, som om han egentligen inte hade tid, eller intresse, eller han kanske kände sig för snygg för mig. Ställde frågor om jobb, utbildning, barn.

»Maiken är femton«, sa jag, »en hemsk ålder.«

En skiftning drog över hans ansikte, en motvilja, som om jag överskridit den privata gränsen. Eller avslöjat en faktor som fick mig att sjunka på attraktionsskalan.

Själv har han inga barn. Han betraktade mig.

»Känner du dig okej i bikini?« sa han.

Andra gången vi möttes sa han: »Du är en attraktiv kvinna.« Och jag tänkte på när Roar föreläste i litteraturteori, hur han övertygade oss om att »han var en stor man«. Jag tänkte på Roar, skälvande av åtrå: »Du är så fruktansvärt attraktiv. Du är så extremt, utomjordiskt vacker och underbar.«

Först tredje gången vi träffades, efter att vi hade legat med varandra hos mig, använde Terje begreppet söndagsflickvän.

»Vad är det?« sa jag.

»Min fru och jag har med tiden fått ett rent platoniskt förhållande«, sa han. Han såg på mig med ljusblå ögon.

»Jag har stark sexdrift«, sa han. »Jag har ingen lust att parkera mitt sexliv vid sextiotre års ålder.«

Jag var inte förälskad. Jag hade haft stor behållning av sexet, det var som att få tillbaka en viktig aspekt av livet som jag trodde jag hade förlorat. Jag tänkte att vi kunde ha ett distanserat förhållande där vi inte involverade oss så särskilt i varandra, ett förhållande med en älskare, det var det jag ville ha, det var perfekt. Jag bestämde mig för att inte berätta om honom för någon, inte för Kristin, och inte för Elise. Jag skulle leva mitt liv med jobbet och Maiken och vänner och allt som det var fyllt av, och så skulle jag ha förhållandet med Terje helt och hållet vid sidan av, som något som i så liten utsträckning som möjligt påverkade mitt liv, men det var inte så det blev.

Jag läser igenom sms:en igen, älskar, älskar inte. En gång för några veckor sedan skrev han: *Jag måste träffa dig i kväll.* Då ställde jag in vinkvällen med Nina, det borde jag inte ha gjort.

Jag bläddrar igenom fotona i telefonen tills jag hittar det jag tog på Maiken vid köksbordet, med skeden ner i en skål glass och ett pillemariskt leende, armarna märkligt i kors, håret svallande, brösten som vuxit till sig under linnet. Jag skickar det till Geir och skriver: *Är det möjligt att vi har gjort den här?* Och sedan väntar jag på svar.

Det piper till i mobilen och jag blir besviken igen, det är från Elise, det är skickat både till Kristin och mig: Senaste rapporten från Fjeldberg: *Mamma är ovanligt glad, åt en ansenlig portion av den urtrista middagen, säger att hon har det bra här och att hon inte har så ont. Kram, Elise.* Och så den vanliga smileyn på slutet. Det förra sms:et hon skickade till oss båda var i april, det var när jag och Kristin var i fjällstugan tillsammans: *Inte för att ge er dåligt samvete, och jag förstår att livet i Oslo är stressigt, men mamma frågar efter er, och det är ännu mindre motiverande för mig att hälsa på när hon bara tjatar om er.* Tre prickar och en smiley, och sedan: *Hon har blivit diagnostiserad med lunginflammation, men det skrev jag väl i förra messet.* Det pep och plingade samtidigt medan jag och Kristin satt och drack rödvin, och vi öppnade var sin mobil, och sedan såg vi på varandra och började skratta, konstellationen var en rockad, något helt nytt.

Det där var strax efter jag hade träffat Terje; Kristin och jag hade kommit överens om fjällresan innan jag träffade honom. Det var frustrerande att vara bortrest en barnledig helg, men jag ville inte ställa in helgen med Kristin, och i efterhand, när jag ser tillbaka på händelseförloppet, tror jag att det där att jag var lite mindre tillgänglig de första veckorna förbättrade chanserna att väcka Terjes intresse ordentligt.

Vi drack rödvin och eldade i spisen på kvällen, himlen var orange vid horisonten när solen gått ner. Kristin retade sig på stugorna som byggts runt vår, särskilt dem ovanför.

»Man måste liksom åka igenom ett bostadsområde innan man kommer till trädgränsen«, sa hon. Jag klagade på Maiken, och Kristin sa att innan jag visste ordet av skulle hon ha flyttat hemifrån och jag bara minnas de bra sakerna.

»Nu har jag blivit en sådan där mamma som tjatar om att killarna ska komma hem på middag«, säger hon. »Det är ingen bra känsla att veta att de kommer av plikt.«

Vi hade ätit biff med den goda balsamicosåsen jag lärt mig av Geir som Kristin tycker så mycket om. När jag var yngre, när jag var ihop med Geir, uppfattade jag de andras uppskattning av Geirs mat som en pedagogiskt grundad acceptans av mig. Varje gång familjen skulle träffas sa Kristin: »Geir måste laga middagen! Han lagar så fantastisk mat. Vi måste utnyttja varje tillfälle att få äta hans mat.« Som om hon visste att hans tid i familjen var begränsad. Jag tänkte på Maiken som gjorde kakor i sandlådan och jag som sa: »Åh, vad härligt. Får jag smaka? Åh, vilken god chokladkaka!«

»Moster Liv ställer upp och ställer upp«, sa Kristin.

Jag nickade, varm och glad av vinet. »Otacksamma mamma. Stackars moster Liv.«

Vi pratade om den där sommaren när pappa lämnade mamma, och oss, och jag fick blindtarmsinflammationen, och hur bra moster Liv var, och hur sur och otacksam mamma var.

»Elise har sagt att mamma var arg på moster Liv för att hon inte ville försöka prata förnuft med pappa«, sa Kristin, »och moster Liv var uppgiven över mamma som inte gjorde något för att få tillbaka honom. Det var så dålig stämning, till slut gav sig moster Liv bara av.«

Hon reste sig för att lägga på en ny vedklabb.

»Det var ändå på sätt och vis din förtjänst att han kom tillbaka«, sa Kristin medan hon satt på huk framför spisen.

Ja, det var det.

Kristin tog ett djupt andetag, och skrattade. Det sprakade väldigt i spisen, gnistor från det nya vedträet.

»Jag spelade Alice i *Alice i Underlandet* på skolavslutningen«, sa hon, »och det var två dagar efter att pappa hade stuckit.« Hon lutade sig fram och fick tag i vinflaskan och fyllde på mitt glas medan hon skrattade tyst.

»Och jag trodde att pappa skulle komma och se på mig«, sa hon, »och ju mer jag tänkte på det desto säkrare blev jag på att han skulle komma, jag trodde inte han kunde tänka sig att låta bli, han kunde inte missa mig som Alice!«

Jag mindes Kristin i flätperuk och gul klänning, och sedan kom jag ihåg ett stort kakbord. Jag kan inte minnas att jag just då brydde mig så värst mycket om att pappa hade åkt.

»Det blev som en besatthet«, sa hon. »Alla barn tror ju att de är världens centrum. Jag trodde pappa skulle vakna den morgonen, var han nu befann sig, och tänka: Det är i dag. Jag måste se Kristin spela teater i dag.«

Hon kisade och log.

»Jag saknade honom nästan sjukligt hela den sommaren«, sa hon. »Och sedan blev du sjuk. Herregud vad du blev sjuk. Antagligen var jag lite avundsjuk på dig som låg på sjukhus och fick allt du ville ha. Och så vips kom pappa.«

Mitt glas var tomt och Kristin hällde i mer vin. På den tiden var det främmande för mig att Kristin kunde vara avundsjuk på mig, och det är det fortfarande.

»Jag undrar så var han var«, sa Kristin. »Tror du mamma vet? Törs du fråga henne?« Jag höjde på ögonbrynen.

»Nej«, sa jag.

»Det var nog tvunget att vara på liv och död för att han skulle ge upp och komma tillbaka«, sa Kristin. »En huvudroll i *Alice i Underlandet* räckte inte riktigt.« Hon skrattade. Sedan fick hon något drömmande över sig, hon log. »Men jag var också helt otroligt orolig för dig«, sa hon. »Då och då förstod jag allvaret, och då var jag jätteledsen och det fanns ingen som kunde trösta mig.«

Geir kom till pappas begravning, han och jag och Maiken satt tillsammans som en liten familj. Geir visste hela tiden vart vi skulle och vad vi skulle göra, var vi skulle sitta i kyrkan, när vi skulle resa oss, öppna psalmhäftet. Han la armen om min rygg och kramade mig intill sig när jag grät.

Att tänka på hur Geir brukade trösta Maiken, med en stor handflata mot vardera Maikens tårvåta kinder, Maikens blanka ögon som stirrade in i hans, en kontakt som var obrytbar, han kunde ta henne på allvar på den nivå hon befann sig, när som helst, på ett självklart sätt. Det fanns en stor kärlek till Geir då, men en distanserad kärlek, en beundran, jag stod utanför. Han tryckte ner mig i skorna. Maiken tryckte ner mig i skorna. Jag var hela tiden tvungen att göra mig förtjänt av Geirs kärlek, det behövde inte Maiken. Hon kunde uppföra sig hemskt.

På väggen i radhuset i Ulsrud sitter ett foto av Maiken och mig i köket på Markveien. Jag ser så *lycklig* ut. I shorts och linne. Min kropp så tillfredsställande fin igen efter förlossningen. Och Maiken i barnstolen med mat runt munnen. Geir hade tagit det. Det var en varm sommar, vi åkte hela tiden och badade, med parasoll över barnvagnen. I Østmarka och på Leirvikstranden i Fredrikstad. Klipporna var nästan vita i solen, måsarna skrek.

På Leirvikstranden sa Elise:

»Det syns ju nästan inte att du har varit gravid.«

»Åjo«, sa jag och drog ut magskinnet.

Vinden blåste genom gräset som växte i sanden och flyttade på en plastpåse, varv efter varv i ett allt snabbare rullande.

»Näe«, sa Elise. »Har du gjort mycket situps?«

Att komma till radhuset är som att komma till sitt eget liv, fast jag inte längre finns i det livet. Som att stå som en främling i hallen och vänta på att jag ska komma nerför trappan från andra våningen, eller upp från källartrappan med öl eller vin, eller ut från toan eller in genom terrassdörren. Framför mig ser jag i synnerhet hur jag kommer nerför trappan medan jag håller på att sätta i ett örhänge, fast det antagligen bara har hänt en enda gång. Jag minns bara harmoni, ett gott liv, men jag vet att minnen om känslor och stämningar alltid lurar mig.

Det piper till i mobilen och det är Terje. *Förresten*, skriver han. *Är du fortfarande ledig?* Han vill ta med mig på restaurang för att fira att Sandra har skrivit på skilsmässopappren. Nu i kväll. Om jag fortfarande är ledig. Då går jag tre varv i vardagsrummet, trög, domnad. Lyckan dunkar långsamt bakom öronen, i käkarna, tänderna skallrar. Men så ledsen Sandra måste vara, hon måste vara alldeles ifrån sig av sorg. Jag är så lycklig. Jag är så lycklig, men samtidigt som jag just nu fick näsan över vattnet; att det är nu jag har det bra, bättre än såhär kan det inte bli, det kan bara bli sämre.

Men så fint det hade varit om det var sol.

Det piper igen, och nu har han ändrat sig, men det är Geir. *Inte så illa av två förtappade själar som vi*, skriver han.

Jag vill bara prata och prata med Geir, i timmar, berätta om allt. Innan det där hade jag skrivit till honom: *Kommer du ihåg att fråga om vi kan få tillbaka halva Maikens träningsavgift?* På det svarade han: *Men jag tycker ju inte hon ska sluta*. Och jag: *Men det måste hon ju bestämma själv*. Och Geir: *Ja, men jag vill snacka med henne först.* Sedan det där kortet på Maiken i linne med glassen. När hon kom hem från senaste fotbollsträningen jublade hon teatraliskt och dunkade i dörrkarmen och sa med falsettröst: »Åh, det här har jag längtat efter så *länge*!«

Jag går ut på balkongen och tänder en cigarett, har en fladdrande tillfredsställelse inom mig som jag försöker motbevisa, motarbeta, säga åt mig själv att känslan inte kommer att hålla. Och jag säger åt mig att jag är femtio och måste låta den ha den betydelse den har, liten. Det har slutat regna, sol mellan molnen och den våta asfalten blänker löftesrikt, det är juni. Kanske kan vi sitta på en uteservering. Jag vill vara barfota i sandaler, och vilken klänning? Jag måste ge Maiken pengar till korv och cola, vi kan äta tacos i morgon. Mitt i denna lycka ser jag fram emot tacos med Maiken i morgon.

Jag berättade för Elise om Terje när vi hälsade på hos mamma på sjukhuset när hon var inlagd för lunginflammation. Utsatt för Elises närvaro i en ömtålig omgivning kändes det naturvidrigt att låta bli att berätta om något som trots allt påverkade mig väldigt mycket. Det där var innan Terje slutligen brutit med Sandra, och Elise sa, tämligen förutsägbart: »Men Monika, har inte livet lärt dig att gifta, otrogna män inte lämnar sina fruar?«

»En enda man är inte mycket till statistik«, sa jag. Efteråt kom jag på att även Jan Olav bidrog till den statistiken numera.

Elise fuktade mammas läppar med en skumgummipinne. Jag hade varit rädd för att hon aldrig skulle vakna mer, men Elise hade lugnat mig: »Hon dör inte nu. Hon har inte långt kvar, men hon dör inte nu.«

Mamma stönade svagt. Jag såg henne framför mig, stående framför spegeln, fixa håret med fön och rundborste, och läpparna var utspända när hon satte på läppstiftet. Det var som om läpparna blev tunnare för varje år och att hon ville få plats med samma mängd läppstift på en mindre läppareal.

»Vill du verkligen gå igenom det där igen?« sa Elise.

Jag visste inte vad jag skulle säga. Det var något med hur mitt liv var, att det var annorlunda än hennes. Att jag faktiskt hade möjlighet att vänta och se. Det stod inte mycket på spel. Om han inte lämnade henne, än sen? Vad skulle jag bli sittande med? Inte mindre än jag redan hade. Några fler erfarenheter. En kort period av sorg och förtvivlan. Lite mer förfluten livstid. Och om han gick ifrån henne? Jag hade bara allt att vinna, så såg jag det. Men Elise förväntade sig inget svar, frågade inte mer.

När Terje gick ifrån Sandra, för det gjorde han, var det helt utan dramatik, utan sentimentalitet. Han berättade det när vi hade druckit vin tillsammans i en timme, och det var som om han inte brydde sig om min reaktion. Det var som om detta var något som hände oavsett honom och mig, att jag inte skulle ge mig själv för stor betydelse. Han snurrade glaset medan han berättade. Som om han sagt att han skulle byta jobb till en annan firma men på samma nivå. Och min reaktion på att han kysste mig; jag visste inte om jag kunde ta hand om mig själv och min dotter, stå stadigt på båda fötterna i denna värld, fatta vettiga beslut. Jag tycker inte om hans inredningsstil, tänkte jag. Vi har inga gemensamma intressen.

»Varför vill du ha mig?« viskade jag till Terje senare samma kväll.

»För att du har en underbar kropp«, sa han.

Och återigen explosionen av ambivalens, avsky och begär, starka känslor som jag var tvungen att kontrollera.

Och sedan en spann kallt vatten: »Vi tar en dag i taget.«

Jag stod naken framför spegeln och studerade min kropp och försökte se den med hans ögon.

Jag ringde Elise dagen därpå. Jag kom på ett annat skäl att ringa henne, och så ringde jag. Mammas hus. Om vi kunde komma överens om en helg med Kristin och börja gå igenom; Elise hade pratat om det.

Hon tyckte uppenbarligen att det var bra att jag tog det initiativet.

»Och du«, sa jag. Orden skvätte upp ur strupen, halsen var utom kontroll, som en blandning av kväljningar och ofrivilliga sväljningar.

Elise verkade så glad! Min hals blev ännu tjockare.

»Gick han ifrån sin fru för att han ville vara med dig?« sa hon.

En vecka senare ringde Sandra Terje mitt i natten, hon bodde kvar i huset men skulle snart flytta; huset var Terjes. Hans mobil låg på mitt sängbord och vibrerade, det drog in kall luft genom fönstret, men det var varmt under täckena, nu hade han börjat sova över hos mig nästan varje natt när Maiken var hos Geir. Han sa:

»Gå och lägg dig, Sandra.« Han var tyst en stund. Han blundade på ett sätt jag kände igen som uppgivet, som om han behärskade sig. Att han hade all världens rätt och skäl på sin sida.

»Det är inte det att jag inte kan säga var jag är, men jag tror inte du mår bättre om jag gör det«, sa han. Jag hörde ett svagt ljud, långt bortifrån, ur telefonen mot Terjes öra, det var ett tjut eller kvidande från Sandra.

»Det är slut«, sa han igen. »Ja. Ja. Okej. I Bislett. Nej. Nej, nu får du sluta. Ja, jag ska hjälpa dig flytta. Ja. Ja. Nej, jag vill inte säga vad hon heter. Sov gott då, vännen min.«

Och i kontrast mot resten blev detta »Sov gott då, vännen min« så vänligt att jag blev tagen där jag låg, och genomborrad av en innerlig önskan, ett fysiskt behov: av att Terje någon gång skulle säga de orden till mig. Och sedan avbröt han samtalet och la mobilen på sängbordet, och Terje fanns där för mig, kärleksfull och passionerad; han hade plötsligt på något märkligt sätt blivit kåt.

Jag får inte kontakt med Maiken, hon har flyttat över till soffan och tittar på något på teven. Mobilen ligger på hennes mage. Det hörs ett brak av skratt från en skrattmaskin.

»Maiken!« säger jag. Hon tittar upp, men sedan in i teven igen, hennes ansikte är så öppet och mottagligt för det som händer i rutan, ena mungipan dras uppåt. De ohjälpliga, själlösa skrattmaskinskaskaderna väcker en ömsinthet i mig, eller ett kaos av försonlighet och förlåtelse, eller försvar. Av generositet. Varma ord, politiska ord rinner genom hjärnan, godkännande, godtagande, tolerans. Jag accepterar Maikens upptagenhet av hjärnbefriade aktiviteter, i timtal. Tidsfördriv. Det är som om skrattet, hur konstgjort och mekaniskt det än är, rymmer något djupt mänskligt.

Maiken säger att hon inte vill att jag ska gå ut.

»Jag trodde vi skulle ha en hemmakväll och se den där filmen«, säger hon. Hon reser sig och går ut i köket.

»Vilken film?« säger jag.

Hon står framför köksbänken och öppnar en chipspåse och häller över i en skål, ett gyllene ras, mjukt skrammel.

»Vilken film!« säger jag.

»*Du* pratade om att vi skulle se en film«, säger hon.

Sedan går hon in till soffan igen.

Hon har börjat raka benen. De halmgula fjunen är borta. Hon har ögonen på teven medan hon för upp handen med potatischips mot munnen.

Och jag frågar igen, på ett tjatigt, bönfallande sätt. Kunde vi kanske hitta på något kul ihop i morgon? Göra tacos, äta glass med nonstop och jordnötter?

»Du kan inte be mig bestämma åt dig, mamma« säger hon. »Jag har sagt att jag inte vill att du ska gå, och jag säger det inte en gång till.«

Men det är ju precis det du gör, vill jag invända.

»Men varför vill du inte det?« säger jag. »Du kan få pengar till pizza och godis. Du kan ta hit en kompis om du vill.«

Hon skakar på huvudet.

»Du fattar inte«, säger hon.

Okej, då är det väl något jag inte fattar. Men hur skulle jag kunna fatta om hon inte vill försöka prata med mig om det?

»Kan du inte bara åka till Isabell med Lone?« sa jag. »Var inte så envis!«

»Men jag kan inte!« skriker hon plötsligt, obegripligt upprörd. »Hon har ändrat sig igen!«

»Lone?« säger jag.

»Ja«, säger Maiken.

»Ska hon inte till Isabell?« säger jag.

»Nej, fattar du inte vad jag säger?« säger hon. Sedan dämpar hon sig och säger med tillkämpat och dramatiskt lugn: »Isabell har hånglat med Lones ex, det är därför.«

Det är omöjligt att hålla jämna steg med henne, barn växer så fort i huvudet, omöjligt att förstå kriser och humor. En gång när hon var tolv missade hon en straffspark på en fotbollsmatch. Det regnade. Jag frös och var trött, jag var glad att matchen var slut. Maiken uppförde sig som om det hade inträffat en katastrof. *Hon hade missat en straff.* Åh. Jaha. Jag trodde fortfarande att allt kunde repareras med varm choklad. Jag var så fullkomligt fel ute där jag gick bland sportklädda föräldrar, jag kunde inte prata med dem, vi var i precis samma situation på den där stora gräsplanen, men detta var i princip det enda vi hade gemensamt här i livet.

På Brasserie France. Jag hade hoppats att vi skulle sitta ute. Terje sticker gaffeln i andbröstet, de slätrakade kinderna, de ständigt välborstade tänderna. Jag träffade honom här, han väntade utanför och öppnade dörren för mig, jag har aldrig varit med en man som gör sådant. Han höjer rödvinsglaset och dricker. Jag ser på honom med hat, jag ser på honom med kärlek, jag ser på honom med medlidande, med ångest, med hat, med kärlek. Jag har en sådan lust att ta med honom och hälsa på hos Kristin och Ivar, och jag vet att det bara är för att de skulle bli golvade av hans utseende, och han av deras yrke.

Terje säger att andköttet är gott och att han gillar mitt läppstift. Han säger att jag har vackra händer. Terjes komplimanger väcker dubbla känslor, vågor av tillfredsställelse och samtidigt av förödmjukelse, bubblande huvud, en försenad reaktionsförmåga, en överblick som luckras upp. Jag vill alltid vara och kunna mer än det han ser, vill också ofta vara något annat, det motsatta. Så jag måste korrigera, lägga till och vidga hans intryck av mig. Inte minst vill jag förmedla den här ambivalensen. Men med Terje kan jag bara glömma det, han fattar ändå inte vad jag menar, eller är inte intresserad, det är något enkelriktat över vår kommunikation. Jag tror inte han kan föreställa sig att jag inte skulle gilla hans komplimanger.

Och jag gillar dem ju.

Men skulle han kunna få Ivar att skratta? tänker jag. Det tror jag inte.

Han ser sig om efter servitören och gör den klassiska och arroganta vinkande gesten. Sedan ser han på mig.

Hur otroligt otillgängliga hans känslor är för mig, och hur otroligt tillgängliga mina är för honom. Och hur intresserad jag är av hans otillgängliga känslor, och hur ointresserad han är av mina blottade.

Sedan skickar jag Maiken ett sms, om det är okej att jag sover över hos Terje.

Maiken skriver: *Jag vill helst att du kommer hem.*

Men kan hon inte bara erkänna att hon har bråkat med Lone, och varför kan inte Lone bara komma hem till henne om ingen av dem vill till Isabell? Det är inte logiskt.

Jag skriver: *Går det inte bra om jag kommer tidigt i morgon bitti?*

Hon skriver: *Jag fattar inte varför du frågar mig.*

Jag ser bönfallande på Terje. Visa nåd. Han höjer ögonbrynen.

Jag förklarar situationen. Jag säger »sårbar ålder« och »konflikt med kompisen«.

Jag ser mig själv utifrån, ser mig sitta vid ett restaurangbord och titta på Terje som tagit upp mobilen för att ringa efter en taxi. Valet är ju så enkelt. Nej, det är så omöjligt. Jag har kort klänning, har funderat på om jag är för gammal för det. Terje såg på mig med den bestämda blicken, en påtaglig misstänksamhet som skyler en tafatt uppskattning. Det finns fallgropar överallt. Jag vill att han ska känna begär efter mig och respektera mig. Kanske kan han följa med och sova över hos mig?

Jag frågar honom.

Han skakar på huvudet, han ska till sin mamma på sjukhuset i morgon så det går inte. Men hur illa blir det då om jag gör det rätta, avslutar kvällen och på egen hand åker hem till mig? Illa.

»En femtonåring som inte kan vara ensam en enda natt?« säger Terje. »En femtonåring som behöver mamma?«

Han tar min hand, kastar en blick åt sidan och säger: »Vad snygg du är. Jag vill ha dig.«

Hemma hos Terje luktar det instängt på ett sterilt sätt. Blanka herrskor står sida vid sida på skohyllan, uppe på garderoben ligger två resväskor i olika storlekar. Man måste öppna garderoben för att hänga av sig ytterkläderna.

Jag sjunker ner på soffan med det märkliga velouraktiga tyget som byter nyans om det stryks åt andra hållet. De randiga gardinerna och de persiska mattorna. Jag brukar påminna mig om Terjes röst när han sa: »Jag måste säga att du håller dig fräsch, du har ju en kropp som en trettiofemåring.« Och så detta, som jag har så svårt att förstå och begripa, det så självklara: Ja, Terje, naturligtvis behöver en femtonåring sin mamma. Varför kunde jag inte säga det till honom?

Jag skickar ett sms till Maiken där jag säger att jag är en tiominuters taxiresa bort – det är nästan sant – och att det bara är att ringa om det skulle vara något, så kommer jag. Terje ser irriterat på min mobil och frågar vilken bh jag har på mig. Jag drar ner klänningens axelband och visar.

»Ja, den gillar jag«, säger han. Han stryker handen snabbt över mitt bröst för att understryka, på ett lite neutralt, konstaterande sätt, och den beröringen tar bort alla tvivel, det är här jag måste vara, jag kan inte låta bli att vara här.

Och det är ljus sommarnatt utanför. Terje går ut i köket.

Jag minns hur Elise antydde att jag var rigid i mitt motstånd mot traditionella könsrollsmönster när Geir och jag fick Maiken.

»Män och kvinnor kommer aldrig att bli helt lika«, sa hon. »Jag tror män måste få lov att vara lite män.« Terje står lutad över diskhon och fyller ett glas med vatten. Han har skjortärmarna knäppta om handlederna och är omgiven av ekluckor. Han ställer glaset i diskhon och ser mot dörren. Sedan säger han:

»Nej, men då går vi väl och lägger oss«, och lättnaden forsar genom mig, och det helt mörka begäret, och jag förstår hur ofta jag är vettskrämd för vad som ska komma från honom, att jag inte kan leva med den rädslan. Han har två böcker på sängbordet, Gert Nygårdshaug och boken om Jens Stoltenberg, de har inte bytts ut sedan första gången jag var i sovrummet.

Terje kysser mig, sedan slutar han kyssas, han behöver två händer för att knäppa upp bh:n.

»Jag har stark sexdrift«, säger han och ser på mig medan han håller handen runt erektionen, »väldigt stark sexdrift, jag har onanerat varje kväll sedan vi sågs sist.«

Det är som om min roll i det här är av mindre betydelse, först kommer kåtheten, och den finns där oavsett mig. Han liksom mäter min kropp uppifrån och ner medan han sträcker sig efter en kondom.

»Jag litar inte på att du inte är fruktsam längre«, säger han, »du har ju fortfarande mens.« Sedan river han upp folien, och med ryggen till hälften mot mig trär han på kondomen.

Om han hade sagt det på ett lite annat sätt. Han kunde ha sagt det lite annorlunda och det kunde ha funnits en kärleksfull flört och komplimang i det. »Du är så fast i fittan«, har han sagt, och jag blev så tacksam, som om jag fick en present av honom.

Nu smälter oron och kåtheten ihop till en konstgjord, liksom kemisk, animerad version av själva meningen med livet. Det kan inte bli starkare eller bättre, jag är vid kulmen. Det är en känsla av att det är såhär det egentligen ska vara, såhär världen ska hänga ihop för att alla ska få som mest möjligheter till lycka och harmoni och sexuell tillfredsställelse, och att jag borde ha förstått det tidigare; men samtidigt en känsla av att det är fel, men att det inte spelar någon roll, att det är världen som har rätt, att världen alltid har rätt.

Terje ligger tungt över mig och andas och vältrar sig av mig och andas fortfarande. Jag drar hans slappa arm över mig, men det är ingen omfamning. Och då vet jag inte längre vem jag är, och vad han gör med mig, och vad jag är. Förtvivlad, jag är förtvivlad nästan varje dag, nästan hela tiden.

Maikens lärare på föräldramötet i början av sista året på högstadiet: »Prata med era barn – de är fortfarande barn! Prata med dem även om de inte vill bli pratade med. Leta upp de fina stunderna, fråga om deras liv.«

En gång sa Trond Henrik att han var rädd. Han sa: »Prata med mig, bara prata, bara säg något, få mig att tänka på något annat.«

»Men vad ska jag säga?« sa jag. Och det var ungefär det enda jag sa. Och än en gång försökte han: »Säg *vad som helst*. Bara säg något.« Men jag sa ingenting. Jag kom inte på något. Jag kom inte på något! Jag kunde ha pratat om gråsparvar eller julpynt eller tömningen av ladan, jag kunde ha sagt vad Frøya ätit till frukost den dagen eller rabblat upp färgerna på sakerna omkring oss, men jag sa ingenting, jag höll andan, och det lilla ljudet när jag släppte ut andetaget var allt jag lyckades frambringa.

Innan jag somnar tänker jag på Sandra, en kvinna på nästan sextio, i långt nattlinne och ett ansikte vått av tårar, barnlös. Vännen min. Sov så gott, vännen min.

Jag vaknar i gryningen och är väldigt törstig, kliver upp och dricker ur tandborstglaset i badrummet, vattnet smakar metall. Terjes gröna tandborste, hans rakhyvel. Jag lägger mig igen men kan inte somna, kudden är för mjuk. Jag ligger här med det dåliga samvetet som en tydlig och ihållande smärta, i huvudet, i bröstet, i magen, och det värsta av allt är att det känns som om jag inte hade något val, att jag var tvungen att göra som jag gjorde för att hålla undan något värre, något som kan vara en avgrund, något som det bara inte går att stå ut med, leva med: att vara avvisad, lämnad, oälskad. Jag rör mig fram och tillbaka, mot Terje som snarkar nästan omärkligt, en glänsande blemma i ögonvrån, och sedan ansiktet mot fönstret, och sedan vänder jag mig igen, mot Terjes ansikte. En låg rossling ur hans strupe, som att långsamt dra en istapp över wellpapp.

Jag flyttar på mig i sängen och min förflyttning får Terjes kropp att vända sig mot mig. Nu lägger Terje armen över mig och munnen mot mitt bakhuvud och inger mig en känsla av tröst och trygghet och förlåtelse som jag vet är fullkomligt felaktig, men det där lugnet, hans andetag, mina andetag, han som håller om mig nästan i sömnen, tar bort allt det onda.

Jag vaknar av sms-ljudet. Det är ett meddelande från Geir: *Maiken är här hos mig, hon tog en taxi i natt, var rädd och ensam*. Jag ser på klockan, 08.32.

Jag reser mig och står naken på Terjes sovrumsgolv. Mina kläder på stolen, kortkort kjol och nästan genomskinlig blus, ett par trosor som är alldeles för små för en kvinna på femtiotvå, jag tar med mig plaggen till badrummet. Terjes raklödder och rakhyvel och den släta, prydliga traven av beige och vita handdukar. Jag minns en gång när jag lät Maiken plocka hundra saker i en godisaffär i Sverige. Hon såg på mig mellan åttio och åttioen, fortfarande osäker på om jag menade allvar.

Maiken fick mobiltelefonen av Geir i födelsedagspresent när hon fyllde elva. Det var då hans restaurang på Thorvald Meyers gate hade börjat gå riktigt bra, och jag uppfattade presenten som en framgångsmanifestation, för vad skulle en elvaåring med en mobil till. Maiken fick snabbt ett slags makt genom att hon kunde ringa till Geir när vi hade grälat och få tröst. Jag tog upp det med honom. Han sa:

»Andra barn har ju i stort sett båda föräldrarna tillgängliga, så om Maikens mobil kan föra henne lite närmare den andra av oss när hon är hos den ena är det väl bara bra?«

Som vanligt var hans argument omöjliga att invända mot. Och plötsligt rörde det sig om Maikens och min relation:

»Och det är inte så att jag spelar med i Maikens snack«, säger han. »Jag vet ju att hon kan vara jobbig. Men jag tror kanske att ni har målat in er i ett hörn.«

Och sedan blev Maiken sjuk, bara en liten influensa, trettionio i feber, blanka ögon. Hon grät och sa att hon ville till akuten eller till pappa. Men varför pappa? *Varför pappa?* Trond Henrik hade haft möte med sin förläggare och var deppig. Förläggaren hade sagt att han inte var säker på att Trond Henrik verkligen var en romanförfattare, han kanske skulle försöka skriva lite fler dikter? Då ringde Geir. Han sa att han hade pratat med en förtvivlad Maiken. »Hon verkade helt förvirrad. Babblade om att hon var dödssjuk och att du inte tog hand om henne.«

Det var egentligen uppenbart att han inte tog henne riktigt på allvar, men det låg ändå liksom en anklagelse i det. Jag orkade inte försvara mig.

»Det går bra, Geir«, sa jag. »*Så* sjuk är hon inte.«

Trond Henrik slutade inte dricka, han berättade om sin mamma och jag hörde Maiken gråta högt på övervåningen. När jag kom upp gömde hon mobilen under täcket. Jag drog undan täcket och vred mobilen, som hade kontakt med Geir, ur handen på henne. Fyrtio minuter senare rullade Geirs Opel in på gårdsplanen, då låg det sju obesvarade samtal på min mobil, så hysteriskt, jag hade aldrig trott att han skulle komma.

Jag stod som paralyserad när Maiken gick förbi mig i hallen med kvävda snyftningar, hon gick hulkande och hukande över gårdsplanen mot Geir som stod med utsträckta armar, som en scen i en film, och även om hon överdrev så var febern verklig och mätbar, trettionio komma två, berättade Geir en timme senare. Jag skakade av raseri, och av en djup rädsla. Jag ville hugga tag i Maiken och hålla kvar henne med våld. Jag var rädd att Trond Henrik skulle komma ut och att det skulle visa sig att han var full. Geir gick mot mig för att prata, men jag bara vinkade bort honom och gick in. Jag lät dem åka. Det var inledningen till en svart period i Geirs och min relation. Jag gick in till Trond Henrik och det var den kvällen det började gå upp för mig hur mycket jag hade övervärderat honom. Hans emotionella klokhet, förmåga att förstå och trösta och visa omtanke. Han stöttade mig, han fördömde allt Geir sa och gjorde, oavsett, det var ren automatik. Han var någon att dricka vin med, och det var bättre än att vara ensam, det stod klart för mig: Jag skulle aldrig ha stått ut med att vara ensam. Maiken var inte allvarligt sjuk, det gick över på ett par dagar, jag hade gjort helt rätt bedömning, men vad spelade det för roll, ingen som helst.

I dag är det riktig sommar, solen skiner in på parketten genom fönstren, ingen borde sitta inne i en lägenhet nu. Jag har inte hämtat Maiken hos Geir, Maiken tog t-banan och spårvagnen. Hon kom hem och har gått omkring med en så oberörd min att den påminner om förvåning, de väldigt öppna ögonen, brynen som är plockade och upphöjda. Nu ligger hon i hängmattan på sitt rum och läser en tidning, i randig tröja och jeansshorts. Jag står i dörröppningen och säger: »Vad var det som hände, Maiken?«

Persiennljuset dallrar över de bara, redan solbrända låren, och över alla kläderna, röran, läskflaskorna, ryggsäcken med skolböcker ut i en solfjäder på golvet. Maiken vänder blad i tidningen.

»Vi måste ju kunna prata med varandra«, säger jag. Det rycker lite i hängmattan så att den vaggar lätt. Det jag har behov av att säga är: Varför gjorde du så mot mig? Varför ställer du oss mot varandra på det där sättet?

»Jag sa ju att du skulle ringa om du ville att jag skulle komma hem«, sa jag.

»Och jag sa att jag ville att du skulle komma«, säger Maiken.

Jag ser inte ansiktet, men ett ben kommer ut ur hängmattan, och sedan ett till, och hon sätter sig upp, gränsle, med hängmattan mellan benen.

»Jag har pratat med pappa«, säger hon. »Om en grej.«

De har sagt att det ska vara soligt nästan en vecka till nu. Om två veckor börjar Maikens sommarlov, jag har semester om tre veckor. I går satt jag och letade efter en billig storstadsresa åt oss på nätet, men sedan blev jag så matt.

»Vad var det ni pratade om?« säger jag.

Maiken säger att hon vill bo mesta tiden hos Geir, att hon inte orkar med allt flyttande. Det är som om det som har hållit borta all rädsla, missmod och resignation, det försvinner. En hinna som brister. Maiken andas ut och ser ner i knät innan hon fortsätter. Som om detta är något som är svårt att säga. Som om hon inte vill såra mig.

»Det blir för mycket flyttande fram och tillbaka«, säger hon, »och för mycket att komma ihåg och hålla koll på med alla saker hit och dit.«

Hon lyfter upp handen om och om igen och drar i en hårslinga som hänger för ansiktet.

»Och mina kompisar«, säger hon. »De tycker också det är jobbigt.«

Jag tänker på Kristine och Lone och Tuva som tycker det är jobbigt att Maiken bor på två ställen, svårt att hela tiden hålla reda på vad hon är!

»Och. Det är lättare att prata med pappa«, säger Maiken, »det är som att han förstår mig bättre.«

Jag kan få den mest hjälplösa känsla av att inte orka ha mer med Maiken att göra, aldrig mer, bryta med henne, få bort henne ur mitt liv. Jag klarar inte av det här, det är inte värt det, jag tycker inte om henne; nu ger jag upp. Geir kan få ha henne på egen hand. Men jag har ju bara henne, jag fick ju bara ett barn. Varför blev det så? Två gånger ville Geir prata om fler barn, första gången när Maiken var två och just hade börjat i förskolan, andra gången när vi precis hade flyttat till radhuset, direkt efter att Kalle hade sagt »två små eklektiker«, då ville jag inte fylla min kropp med en graviditet, det var inte aktuellt, jag trodde dessutom att det var för sent, att jag var för gammal.

»Det är lite mer rutiner hos pappa«, säger Maiken. »Jag tror det är bra för mig.« Hon drar och drar i hårslingan. »Jag tror att jag behöver mer rutiner«, säger hon. »Och gränser. I den ålder jag är nu.«

»Är jag inte tillräckligt sträng?« säger jag. »Borde jag kontrollera dig mer?«

Hon sträcker på nacken och vänder bort huvudet med det typiskt självupptagna och självmedlidande uttrycket och säger: »Det är okej.«

Det är okej! Jag skulle ha gett min högra arm för en friare ungdom.

Åh. Maiken som stod och grät med öppen mun, ylade mot taket en gång när jag lämnade henne hos Geir. Som inte ville sova borta, jag var tvungen att hämta henne hos en kompis mitt i natten. Som ville hålla handen, som pratade hål i huvudet på mig. Höll mig i handen och hoppade på ett ben, eller balanserade på en kant och pratade. En gång såg hon envist på mig och sa: »Det är hos dig jag vill vara, fattar du inte det? Ingen annanstans. Skicka inte bort mig.« Jag genomskådade det melodramatiska, idéer hämtade ur filmer och serietidningar, men jag var ändå smickrad, kunde inte stå emot.

»Och så gillar jag inte han den där Terje«, säger Maiken.

Nej, Terje. Han kan se på mig med kisande ögon och sedan bara sluta se på mig.

»Om jag inte är ihop med honom längre då?« säger jag innan jag hinner tänka.

Hon rycker på axlarna.

»Du måste ju göra det som är bäst för dig«, säger hon.

»Men han är ju nästan aldrig här när du är här«, säger jag.

»Nej«, säger hon. »Om jag bor mer hos pappa kan han ju vara här hur mycket du vill.«

»Vill du inte att jag ska ha någon kille?« säger jag.

Det plingar till i Maikens mobil.

Maiken rycker på axlarna igen. »Du har ju sagt att du inte skulle ha någon kille mer på länge«, sa hon. »Att du inte var intresserad av det.«

Det piper i min mobil ute i vardagsrummet. Jag tänker mig att det är Geir som sitter beredd i Ulsrud, att de har kommit överens om att Maiken ska ha det här samtalet med mig, att Maiken har sagt att hon är orolig men att Geir har lugnat henne och sagt att det skulle gå bra. Jag föreställer mig att det i ett sms till mig står: Har du hunnit prata med Maiken? och i Maikens: Har du hunnit prata med mamma?

»Jag säger bara som du har sagt«, säger hon.

Hon ser på mig.

»Jag kan väl få välja själv?« säger hon. »Jag är ju femton. Det betyder ju inte att jag tycker mer om den ena av er.«

»Har du någon aning om hur jobbigt det är att bo på två

ställen?« sa Maiken hösten efter att vi hade flyttat ifrån Geir. Vi satt i soffan på Helgesens gate och åt ostmackor till middag. Och sedan, som ett barn som var ännu yngre än hon: »Tänk om jag hade varit en snigel, då skulle jag vara tvungen att krypa runt med två hus på ryggen.«

Det är som om allt är bortkastat, fåfängt. Som om jag inte har något kvar och ångrar allt. Från förväntningarna när jag var gravid, inköpen av pyttesmå tröjor och byxor, till inredningen i Maikens rum här på Sofies gate, knallgult skrivbord, stålpersienner. Ångra ett skrivbord från Ikea, och en dunjacka.

Maiken läser på sin mobil och säger: »Jag sticker till Lone. Blir det någon middag i dag?«

Det där behovet av att straffa, eller att inte förlåta. Sur smak i munnen. Maiken går in i badrummet, hon står med öppen dörr och sprejar håret. Sedan blir det tyst och jag antar att hon lägger på mer mascara. Innan hon går säger hon att vi absolut kan äta tacos, men att hon kanske sticker ut igen efter det.

»Okej«, säger jag.

Jag har skrivit meningar jag skäms över: *Tron på den goda människan. Om du vill låta de vackra stunderna bli vardag. Tänk inte på vad du kan göra för ditt hem, tänk i stället på vad ditt hem kan göra för dig. Ditt liv ska inte fyllas av prylar.* Ibland kan det fruktansvärt meningslösa och samtidigt uppenbart enormt meningsfulla göra mig rädd långt in i ryggmärgen. Dörren slår igen efter Maiken, det är bara parfymlukten som är kvar. Jag får ett välbekant behov av att prata med Roar, trots att jag för flera år sedan insåg att Roar aldrig var rätt person att ge mig råd i frågor som gällde mitt liv.

Jag ser Maiken genom fönstret nere på gatan, solbrända ben som slänger iväg.

INTET MÄNSKLIGT ÄR MIG FRÄMMANDE

Augusti 2015

Jag minns att Anette stod i lagårn i overall, hon körde in handen i fårets slida medan hon vände sig mot mig: »Huvudet i felläge«, sa hon, »men det går bra, här finns gott om plats, det är inte första gången den här föder.«

Hon hade ringt mig när lamningen började, det var barnfri vecka och jag körde ensam dit så fort jag kunde. Trond Henrik hade en dålig romanperiod och jag var glad att få komma ut. Åkrarna var täckta av en grön slöja av pyttesmå skott, och björkarna i allén upp till Roys gård hade knoppar.

Anettes underarm rörde sig i en halvcirkel under fårsvansen, sedan drog hon ut handen och vippade med sig lammhuvudet.

Och jag tänkte bara på Maiken, på att föda henne.

Sedan, svupp, så var lammet ute, det låg i halmen med långsamma rörelser, grågult med några markerade blodstrimmor.

Jag stod en meter bakom med tjock hals. Känslan när Maiken till slut gled ut ur mig, som en säl, då gick det så fort. Efter att ha burit runt på henne och känt henne röra sig inuti så länge jobbade min kropp i timmar med att stöta ut henne, och den kraften, känslan av att jag använde mer kraft än nödvändigt, tryckte på för hårt och att hon rutschade ut ur mig, slank iväg, jag ville sätta mig upp och se vart hon tog vägen, hon var min och jag ville ha henne med en gång.

Tackan hade kommit på fötter, sniffade och slickade på

lammhuvudet, jag släppte ur mig en hulkning och Anette vände sig mot mig med ett skratt.

»Jag fattar att det gör intryck«, sa hon. »Men jag har kanske sett det här hundra gånger.«

»Se«, säger hon, »nu knyter de banden. Då är det viktigt att inte störa. Mor och barn ska känna igen varandra när hela flocken är samlad.«

Det kan hända att jag, när jag väl hade fött Maiken och fått upp henne på bröstet, var mest intresserad av Geir, att han förstod vad som hade hänt, att han var med mig i min upplevelse. Jag kan se mig sträcka på halsen, vinka med ena armen, vad har vi gjort, se vad vi har fått!

»Nu kommer det en till«, sa Anette, och tackan hade knappt hunnit lägga sig ner förrän ytterligare ett lamm gled ur henne, med likadant grågult slemlager; bristen på blod fick det paradoxalt nog att se sjukligt ut.

Det kom bara två. Vi skulle få ett dilamm från ett av dem som fick tre, det hände två dagar senare, men den lamningen såg jag inte. Ulla var ett och ett halvt dygn gammal, med magen full av råmjölk när vi hämtade henne. Hon var liten och mager och den första tiden fick vi ge henne flaskan varannan timme dygnet runt. Maiken sköljde flaskor och kokade vatten som en liten gumma. När vi flyttade från småbruket var Ulla nästan två år, kelsjuk och tam, senare fick jag höra att Trond Henrik lämnade tillbaka henne till Anette framåt hösten, och vad som hände henne sedan vet jag inte.

Jag har precis hällt hett vatten över en påse chai-te när det ringer på. Geir och Maiken pratar på väg uppför trapporna, högljutt. Maiken är först in genom dörren, hon ser sur ut, håret är borstat så stramt från ansiktet att det ser obekvämt ut. Jag tar i hennes axel, på ryggen, hon vrider sig undan.

»Förlåt att vi är lite sena, det var en prestation att hitta parkering för en bil med släp här«, säger Geir. »Vi höll på i över tjugo minuter, och det blir en bit att bära. Och somligt var inte så färdigpackat som jag hade trott.«

Maiken blundar och stönar: »Ja, ja, jag har sagt förlåt. Förlåt, förlåt, förlåt.«

Geir har v-ringad t-shirt, jeans, Nikeskor. Lite fett hår, men det har han så ofta.

»Finns det ingen frukt här?« säger Maiken medan hon plockar upp ett lite skrynkligt äpple ur fruktskålen och vrider på det.

»Jag har det du ser«, säger jag. »Och så finns det morötter och sockerärter i kylen.«

»Men jag sa ju frukt«, säger Maiken, på sitt påtagligt överlägsna sätt.

»Kaffe? Te?« säger jag, men Geir skakar på huvudet, säger att han bara vill komma iväg så fort som möjligt. Och jag tänker att jag borde granska vår relation och mitt psyke för att försöka begripa hur hans dåliga humör, som inte har något med mig att göra, kan sänka mig så mycket, ge mig en så stark känsla av misströstan.

»Åh«, säger Geir i dörren till Maikens rum. »Skrivbordet är ju inte nedmonterat.«

Jag vet inte vad jag ska säga. Jag borde förstås ha sett till att allt skulle gå så effektivt som möjligt. Jag tänkte inte på det.

»Ja, ledsen«, säger jag. »Men det går väl fort, eller hur?«

Geir suckar.

»Har du en skruvmejsel?« säger han. »Och en insexnyckel?«

Han pekar på bokhyllan och fönsterkarmen. »Det är inte riktigt färdigpackat här heller ser det ut som«, säger han, och ropar på Maiken.

»Det där är hopplöst«, säger han och pekar på en hög hopknutna plastpåsar, plus en massa kläder i en hög. »Du får stoppa det i en sopsäck eller något.« Sedan skakar han på huvudet och säger: »Herregud, du har ju mer kläder här än hemma.«

»Det fanns inga fler sopsäckar, och mamma har inte köpt«, säger Maiken.

Mitt fel igen, och jag är ledsen för det, ledsen för allt. Jag ger Maiken mitt kort och ber henne köpa en rulle sopsäckar och några äpplen. Jag tar fram verktygslådan ur skrubben, »se här«, säger jag och räcker skruvmejseln till Geir, och Geir sätter igång med skrivbordet.

»Hur går det med rökstoppet?« säger han.

»Det är två veckor sedan jag tog en cigg«, säger jag, »eller tretton dagar.«

»Det är bra, du är duktig«, säger Geir frånvarande och släpper ner en skruv i en påse. Jag suger åt mig all ömhet jag kan, av alla de slag. Jag sätter mig vid köksbordet framför den öppna balkongdörren med tekoppen. Det är fortfarande sommar, inget kyligt drag av höst. Trädens lövverk är genomgröna, tjugoettan kör förbi nedanför. Jag trycker vattnet ur tepåsen, bränner mig på fingrarna. Jag saknar cigaretterna så jag blir gråtfärdig, merparten av tiden har jag glömt alla argument för att sluta och minns bara argumenten för att fortsätta.

Nina sa: »När Eirin flyttade hemifrån blev det så tomt. Vi visste inte vad vi skulle göra längre, Truls verkade nästan deprimerad. Det var som om det inte fanns någon anledning att laga middag längre, eller göra det trevligt hemma, och plötsligt blev vi tvungna att börja prata med varandra.«

Kristin däremot kan jag minnas säga »ah, skönt!« om att Njål och Gard hade flyttat hemifrån, »Ivar och jag myser!« men jag minns också att Ivar påstod att hon tyckte det var svårare än hon gav uttryck för.

Nina ska bli mormor, Nora får en son i oktober, två dagar innan Maikens födelsedag. När Maiken är trettio är jag sextiosex. När Maiken är trettiosex är jag sjuttio.

Så mycket tid jag har gjort av med under årens lopp, med all min intellektuella och emotionella insikt, all kunskap och erfarenhet, på att tänka mig fram till exakta sanningar om mig själv: mig själv i världen, mig själv i det livsstadium jag är i nu, mig själv i förhållande till min dotter, min mamma, mina systrar, min pojkvän och tidigare pojkvänner, kolleger, grannar. Jag har sökt mig fram, hittat eller följt ett intrikat mönster, men i samma stund som tankarna faller på plats, rationella och lättbegripliga, är det bara banala, generella sanningar som alla känner till och som kan gälla nästan vem som helst. Som: *Jag längtar efter att bli sedd, efter uppmärksamhet, men när jag till slut får den vill jag ändå inte ha den.* Och: *Det var först när jag såg mina föräldrar bli sjuka och dö som jag förstod att det även skulle hända mig.* Eller om mig själv som mamma: *Jag har pratat och reagerat på alla sätt som jag lovade mig själv att aldrig göra.*

Jag var ute och tog en öl med Tollef i juni när jag fick ett sms från ett okänt nummer: *Min älskade Roar somnade in i tisdags kväll efter en kort tids sjukdom. Jag tänkte att du ville veta. Begravningen är kommande onsdag kl. 13.00 i Vestre Aker kyrka. Mvh Ann.*

Tollef var där. Han såg avvaktande ut, beredd att lyssna och förstå. Men det var en helt ny ensamhet, alla slumrande tankar väcktes till liv med ett ryck, allt jag hade velat fråga Roar om, fått utrett, en massa situationer och samtal som legat och balanserat mellan något banalt och något väsentligt, och ingen annan än han och jag, tillsammans, kunde rädda det, alla känslor som inte tålde andras blickar och aldrig skulle kunna åstadkomma annat än oengagerat medlidande.

»Jag har det bra ensam, och det har jag egentligen alltid haft«, sa jag till mina systrar i går. I dag har jag en lätt baksmälla av allt vin vi drack. Vi var hos Kristin, vi drack vin till halv ett – då kom Jan Olav, han hade varit ute på någon årlig middag med kurskamraterna från tandläkarhögskolan. »Är ni på sniskan?« sa han när han kom hem till Kristin. »Kom ihåg att vi ska upp i ottan i morgon, Elise.« Jan Olav och Elise sov över hos Kristin och Ivar, de skulle ut till Gardemoen tidigt på morgonen för att åka till Gran Canaria. »Monika har slutat röka!« sa Elise, och Jan Olav nickade berömmande mot mig. Jan Olav hade bitit i det sura äpplet och insett att hans hår inte skulle komma tillbaka, och med millimeterkort snagg såg han bättre ut än innan. Nu sitter Elise och Jan Olav på planet.

»Det förstår jag inte riktigt«, sa Kristin. »Du har väl inte varit så mycket ensam?«

Och jag svarade: »Nej, det är först nu jag fattar hur bra jag trivs ensam. Allt hade varit så enkelt om jag hade begripit det tidigare!«

Kristin hade gjort ceviche på lax och torsk.

»Jag har ju ätit sushi tidigare«, sa Elise.

»Den här fisken är egentligen inte rå«, sa Kristin, »den är liksom kokt i lime och citron.«

»Jan Olav och jag skulle egentligen ha skilt oss för flera år sedan«, sa Elise. »För en herrans massa år sedan.« Hon reste sig halvvägs och sträckte sig över bordet och gjorde något med Kristins persienner, som för att hindra insyn.

»Men nu är det för sent«, sa hon.

»Varför det?« sa Kristin. Och jag:

»Varför är det för sent?« Och sedan Kristin, snabbt:

»Men varför ville du skilja dig?«

»Har jag stått ut i det här äktenskapet så länge kan jag stå ut resten av livet också, jag har ingen lust att bli gammal ensam«, sa Elise. »Jag har väninnor som skilde sig när barnen flyttade hemifrån, och de är ... ensamma. Jag tror de ångrar sig.« Och efter ännu mer vin sa hon:

»Jan Olav och jag har ju inte sex«, hon stirrade intensivt på mig, och sedan på Kristin.

»Vi har nästan inte haft sex alls de sista fem, sex åren. Har ni sex?« sa hon vänd mot Kristin, och då förstod jag att hon var ganska berusad och det verkade hon förstå själv också för hon väntade inte på svar.

»Om jag skilde mig«, fortsatte hon. »Tror ni att jag skulle ha någon chans att träffa en ny då?«

Hon drog ner blusen över magen, lutade sig lite framåt, drog i blusen igen. Hon rynkade på näsan och såg på mig, och tvingade mig nicka med huvudet för att understryka, bekräfta att jag menade det, ja; ja, det kunde hon väl prova, hon kunde satsa på det, och Kristin nickade.

Det fanns ingenting hos Elise som gjorde henne yngre än hennes snart sextiotvå år. Några få tecken på att hon försökte se yngre ut: färgat hår, en ungdomlig blus med öppen knäppning i halsen ner till en ospänstig klyfta. Formlösa knän under byxtyget. Hon såg ut som en stickande tant, en snart pensionerad sjuksköterska, en kvinna med tre vuxna barn, någon som tyckte om att baka, byta gardiner, och dricka glas efter glas med boxvin, men bara någon gång ibland. Hon såg inte gammal ut, hon såg bara inte ut som en som någon skulle tycka var särskilt attraktiv.

Och Kristin satt där slank och ungdomlig i den nya lägenheten som hon och Ivar köpt när Njål och Gard flyttat hemifrån, stort sovrum med en hundraåttiosäng, fläkt i taket och stavparkett. Köksö och gasspis. Motionscykel, Ivar med tredagarsstubb och gråstänk och breda axlar. Hon såg inte märkbart mycket yngre ut än Elise, men mer fylld av liv kanske, eller av en annan sorts liv, strävande efter en annan sorts livsglädje som även den var en annan än den jag strävade efter.

Hennes hår var smakfullare, mer diskret färgat än Elises.

Hon hade dyrare kläder. Och hon var slankare. En smal guldklocka runt handleden, nagellack.

Elise tippade glaset, tog den sista lilla skvätten och ställde det ifrån sig. Sedan verkade det som om hon ångrade eller sansade sig.

»Vi är inte så mycket på Gran Canaria som vi hade tänkt«, sa hon. »Man tröttnar snabbt på livet där; och efter att Jan Olav gick i pension träffas vi väldigt mycket. Tidigare hade jag oftast en timme eller två för mig själv när jag kom hem från jobbet, och efter att Sondre flyttade har jag njutit så väldigt av den stunden.«

Jag fick en bild i huvudet av Elise som brud. Och nu: en berusad kvinna på sextiotvå som fantiserade om att skiljas. Men det rådde liksom inga missförhållanden mellan bilderna, hon hade inte misslyckats, det kunde ses som en naturlig rörelse, livscykel. Resignerad och uppgiven på väg mot sin ålderdom, absolut, men med en viss otålighet, orealistiska förväntningar om något annat och mer, som emellanåt kunde visa sig som en aning desperation. Hon verkade präglad av en nyförvärvad frihet efter att mamma dog, en sista chans att få ut något mer av livet. Hon ville ha mer vin, hon bad om mer innan Kristin hann hälla upp.

»När jag var sjukskriven för ryggen förra vintern gick jag tillbaka till jobbet så snabbt för att komma bort från Jan Olav«, sa Elise, »och vad har jag att se fram emot när jag själv går i pension?«

»Tror du inte att det bara är något du får vänja dig vid?« sa Kristin. »Att det kan bli lite övermäktigt när man har gått och längtat efter det? För det minns jag att du gjorde. Längtade efter pensionärstillvaron med Jan Olav.«

»Gjorde jag det?« sa Elise.

Geir knuffar vänligt till Maiken på axeln och ber henne hjälpa honom att bära. Hon är lång, längre än jag, jag tror hon är närmare en och sjuttiofem. Hon har inte ett gram överflödigt fett någonstans, långa ben, hon är snygg. Jag har inte tänkt på det förrän Kristin sa: »Maiken har verkligen blivit vacker.«

Jag bär hennes skrivbordsstol nerför trapporna. Nu får jag ett eget arbetsrum. Jag ska köpa en bordsskiva i massivt trä och lägga den på Ikea-bockar. Jag har lust att börja skriva något igen, något annat än reklamtexter.

Vi måste gå två kvarter till bilen. Släpet är litet, redan nästan fullt, särskilt sängen från Ulsrud tar upp mycket plats.

Dessutom står där en fåtölj, ett lågt bord, en lampa, och en isärplockad garderob, och några lådor och sopsäckar.

Maiken håller på att sätta sig i framsätet, men Geir ber henne att sätta sig där bak. Geir och jag sätter oss från var sin sida. Geir vrider om tändningen och vrickar varsamt ut bil och släp från parkeringen.

»Den här damen har kläder så det räcker åt en skolklass«, säger han.

Maiken säger att en massa av kläderna är fula och att det var jättelänge sedan hon köpte nya, hon blir säkert tvungen att slänga hälften.

»Det hade inte varit en god idé att gå igenom kläderna *innan* du flyttade?« säger Geir.

»Jo, det hade varit en bra idé«, säger Maiken. »Varför tänkte jag inte på det?« och jag får en glädjerusch av tanken på lördagskvällen ensam i soffan med ett gott vin och Ian McEwans senaste roman; det är inte det att jag känner mig gammal eller trött, eller har tappat lusten för det jag hade lust med förr. Jag gillar fortfarande att gå ut och dricka vin eller öl, och tanken på att träffa en ny man är inte oangenäm, det är mer att det är tillräckligt bra utan.

Jag blir matt av tanken på att ha ett förhållande och känner inte till något förhållande jag skulle vilja vara en del av, inte ett enda. Att aldrig vara ensam, och ännu värre: aldrig vilja vara ensam. Det är väsentligt, jag får inte glömma det.

Geirs bruna, håriga hand ligger runt växelspaken och han skjuter den framåt.

Maiken och jag har en bra relation nu, den behöver inte vara bättre än den är.

Vi var i fjällstugan, bara Maiken och jag, på hösten för två år sedan strax före hennes sjuttonårsdag, stämningen var lättsam och bra, Maiken berättade vad hon tyckte om för musik och vad hon ville läsa efter gymnasiet: juridik som morfar och moster Kristin. Jag kände en gryende och fram till dess ovan trygghet i mitt liv, över de val jag gjort och vad jag hade fått ut av dem, och jag berättade för Maiken att jag själv en gång i tiden hade velat läsa juridik, men att jag inte hade klarat första delkursen och bytt till litteraturhistoria, som nu heter litteraturvetenskap. Vi pratade inte hela tiden, det var tysta stunder också, Maiken hade med sig en iPod och lyssnade på musik, jag hade tre cd-skivor liggande i bilen. Vi tankade och åt en glass i Åmot. Rädslan för att ha tagit med mig Maiken på något hon inte fått tid att tacka nej till avtog. För även om jag inte uppfattade Maiken som en person som i särskilt hög utsträckning tog hänsyn och ansträngde sig för att tillmötesgå andras behov hade det tillkommit ett slags artighet mellan oss, en distans jag trodde var ofrånkomlig, något främmande, eftersom hon höll på att bli vuxen. Och jag var rädd att det hade medfört att hon sagt ja för att inte såra mig.

Det började mörkna när vi körde vidare från Åmot. Jag längtade efter att komma fram till stugan, men var också orolig.

Det där var några månader efter att jag hade träffat Hauk. Jag hade inte berättat om honom för Maiken.

»Något av det jag ångrar mest i livet är tiden med Terje«, sa jag till Maiken i bilen. »Terje tyckte inte om någon annan än sig själv. Han hade ju inga barn. Jag tror tonåringar var ett totalt okänt fenomen för honom.«

Vi körde mellan åkrar med halmstubb och långa fält som glödde i kvällssolen mellan träden i backarna bakom, allt var gult och orange och rött.

»Jag tänkte att jag skulle berätta för dig att jag har träffat en ny man«, sa jag. »Han heter Hauk. Men jag förväntar mig inte att du ska bli glad över det eller vilja lära känna honom med en gång, jag vill bara berätta, så att du vet. Så att du inte får höra det av någon annan.« Jag kände hjärtat dunka. »Vi kommer att gå långsamt fram«, sa jag. Jag anade Maikens profil, men jag vände mig inte mot henne.

»Jag har det väldigt bra med honom, det har jag«, sa jag.

Jag ville säga mer.

»När man är sjutton tror man kanske att pojkvänner är något man bara vill ha när man är ung. Eller så småningom för att få barn. Men jag tror nog att man längtar efter och behöver någon hela livet. Att det är naturligt för människan att söka någon att bli gammal tillsammans med.«

Jag pratade och pratade, långsamt och genomtänkt. Asfalten låg grå och bred och felfri framför oss.

»Men Terje var inte bra för mig«, sa jag. »Eller för dig. Kände du någonsin att du lärde känna Terje?«

Maiken stirrade ut genom framrutan.

»Att han var intresserad av att lära känna dig?« sa jag.

Då fick jag syn på den vita plastgrejen i hennes öra och den tunna sladden vid hakan och halsen, allt nästan dolt av håret. Hon hade på sig hörlurarna.

Och jag sa: »Maiken? Maiken?« Högre och högre. Till slut såg hon på mig och drog ur öronproppen.

»Sa du något?« sa hon.

»Har du inte hört någonting?« sa jag. »Av det jag berättat? Om Terje, och Hauk?«

Hon såg på mig och skakade på huvudet.

»Vem är Hauk?« sa hon.

Jag sa ingenting på en lång stund. Nu körde vi uppför den gropiga skogsvägen. Maiken tog ur den andra hörluren och la händerna i knät. »Okej«, sa hon. »Nu lyssnar jag.«

Men då ville jag inte säga något. »Nej«, sa jag. »Det var inte så viktigt.«

Två månader senare, strax före jul, gick Hauk tillbaka till ett ex – någon annan än den han hade barn med. Jag tog det absurt tungt.

Geir stannar framför ett övergångsställe där tre kvinnor går över med var sin barnvagn. Alla barnvagnsöppningarna är täckta med täcken. Alla mammorna är överviktiga.

»Herregud, jag kommer att sakna att ha dig hemma«, säger Geir. »Hur känns det att flytta hemifrån? Säg att det är lite jobbigt.«

»Skönt«, säger Maiken. »Och lite sorgligt.«

»Sorgligt?« säger jag.

»Jag kommer att sakna biljardkvällarna«, säger Maiken.

Just det. För några år sedan köpte Geir ett biljardbord till källaren.

»Pizzafredagarna«, säger Geir.

»Din kaffe latte«, säger Maiken till Geir. »Jag kommer aldrig att kunna göra så god själv.«

»Jag var två år yngre än du när jag flyttade hemifrån«, säger Geir, »när jag hade tjänst på Kungaskeppet som kock och servitör. Då när jag blev av med fingret.«

»Jag flyttade till ett rum i Tåsen«, sa jag, »raka vägen från Fredrikstad till Tåsen, jag hyrde rum hos en familj. Jag längtade hem.«

Jag kom ihåg känslan när jag satt i mitt hyresrum och kände lukten av köttfärspaj från familjen intill, vagt. En liten del av mig ville sitta där inne med dem, jag var nästan alltid hungrig; men merparten av mig ville för allt i världen slippa. När jag klev upp på morgnarna trampade jag på parkett. Morgonsolen sken in snett genom fönstret, den försvann efter en kort stund; om jag sov länge missade jag den. Mamma ringde då och då, men väldigt sällan. Jag hörde det när telefonen ringde inne hos dem jag hyrde av, och när det någon enstaka gång var till mig knackade det på dörren.

»Men sedan blev jag kär«, säger jag. »I Frank.«

Geir och Maiken åt pannkakor varje tisdag, de brukade spela Alfapet med stort engagemang, de åkte skidor i Østmarka på helgerna. Geir tränade Maikens fotbollslag och var med på turneringar och träningsläger. Geir som fortfarande inte haft någon flickvän på allvar, vad jag visste, hängiven rollen som pappa och uppslukad av alla restaurangprojekt. Geir och

Maiken på Disneyland i Paris, Geir och Maiken och Geirs mamma i London. Madame Tussaud. Han knöt henne till sig med tid och pengar och överdriven uppmärksamhet. Nej då. Han var bara en bra pappa. Det har alltid varit så, redan långt innan vi flyttade isär, pappas flicka.

Jag har sett henne spela en massa fotbollsmatcher. Jag kommer ihåg de brandgula konerna och regnet. Tröjan som klistrade sig mot Maikens små bröst. Konerna som glänste, och Maikens panna. Men efteråt var hon sur och sa:

»Det är typiskt att när du för en gångs skull kommer och tittar så spelar jag helt pissdåligt.« Jag hade inte ens sett det, jag trodde hon spelade bra. Jag tyckte att det var otroligt vad hon lyckades göra med den där bollen, och det sa jag till henne.

Geir säger att vi måste lasta av rakt utanför ingången, så får han hitta en parkering efteråt.

»Hade du många killar före pappa?« säger Maiken.

»En del«, säger jag.

»En del, ja«, säger Geir.

»Och en del efter«, säger Maiken.

»Åh, hallå där!« säger jag, men jag är så lättad och lycklig att jag kan sprängas. Jag känner mig omsluten av en betryggande mängd kärlek och respekt där jag sitter i framsätet i Geirs folkvagn med min på sätt och vis vuxna dotter och mannen jag fått denna dotter med.

Elise berättade i går hos Kristin att moster Liv är på sjukhem nu, det blev för tungt för Bent att ha henne hemma. »Han berättade att hon kunde få för sig att baka en äppelkaka«, sa Elise, »och då blev hon som besatt, det gick inte att prata henne ur det. Han kunde inte gå på toa; när han kom ut stod hon och knäckte ägg i en bunke. Om det låg några äpplen i en skål började moster Liv skära dem i småbitar så fort han gick ur rummet. Och om han lät henne göra det var det samma sak igen två timmar senare, och när hon vaknade nästa morgon.

»Jag såg Amanda på Ikea«, sa Kristin.

»Åh«, sa jag, »hur var det med henne?«

»Tja«, sa Kristin. »Hon var ganska stor. Piercad i ögonbrynet, svarta kläder.«

»Pratade du med henne?« sa jag.

»Nej«, sa Kristin. »Jag skulle, men det blev så konstigt, jag tror inte hon kände igen mig.« Kristin lutade sig fram och tog tre salta pinnar och tuggade i sig dem centimeter för centimeter.

»Men du kände igen henne«, sa Elise.

»Ja, jag försökte få ögonkontakt«, sa Kristin.

Jag skulle egentligen ha varit i Fredrikstad den dagen mamma dog, men jag sköt på det för att jag var så trött, jag hade precis blivit klar med en text på jobbet, jag bestämde mig för att åka ner nästa dag, fast Elise sa att hon inte trodde att det var långt kvar. Telefonen ringde när jag satt i morgonrocken och åt takeawaykyckling, det var Kristin som ringde.

Jag tänkte på meddelandena mamma kunde prata in på telefonsvararen, och hur de fick mig att känna, att de aldrig fick mig att sakna henne, tvärtom. Jag kom hem och såg att det blinkade, och det gick alltid en liten glad våg genom mig. Och så var det bara mammas röst. Alltid när jag var full och trött. En märkligt förtvivlad ilska. Eftersom hon gav mig skuldkänslor av att ringa med den där mjuka rösten och undra var jag höll hus, eftersom jag inte var hemma.

Jag tog tåget till Fredrikstad nästa morgon, det regnade. Jag hade inte sagt det till Maiken än, hon var hos Geir. Jag tog taxi från stationen till sjukhemmet, det hade varit minusgrader på natten, det var underkylt regn. Både Elise, Kristin och moster Liv var i mammas rum; alla hade gråtit men nu grät ingen, det var en känsla av att den första fasen var över utan mig, och att jag antingen var tvungen att gå igenom den på egen hand medan de såg på, eller hoppa över den. Jag var tvungen att se länge på mamma för att känna igen henne som mamma, det var nästan inget kvar av hennes läppar. Det var en fläck på kudden av något som liknade hallonsylt, jag såg fröna, och det gjorde det svårare att inse att mamma var död. Moster Liv sa, helt malplacerat just då: »Alla lyckliga barndomar liknar varandra, varje olycklig barndom är olycklig på sitt eget sätt«, jag visste att jag hade hört henne säga samma sak en gång förut, men jag mindes inte när eller i vilket sammanhang, men jag mindes att det var hemma hos mamma och pappa och att hon precis hade läst *Anna Karenina*, läst den på samma sätt som hon läste kiosklitteratur, uppslukad och tagen.

Strax efter kom Bent in i mammas rum och sa till moster Liv att Elses döttrar måste få en stund med henne ensam, och han tog med sig moster Liv ut.

Elise stod mellan sängbordet och fönstret med en främmande min, myndig och skuldtyngd, och sa: »Jag ringde Bent och bad honom hämta henne.«

Jag gick till den öppna dörren och såg ut i korridoren.

Där gick Bent med moster Liv som plötsligt blivit urgammal och förlorat allt, spänsten, klokheten, värdigheten; hon kunde inte göra något för mig längre, och att förlora moster Liv tog mig hårdare än att förlora mamma, tydligare än någonsin fick jag känslan av att det var saker jag borde tackat för och saker jag borde bett om ursäkt för, men att det var för sent. Det luktade sjukhus, men bakom sjukhuslukten något med kål och smutstvätt, eller en blandning av en massa gamla, sjuka människors kroppar och bostad. Jag önskade mig så innerligt något vitt och sterilt, men allt var krämfärgat, slitet, gammal målad glasfiberväv, nötta hörn och kanter på dörrar och karmar och möbler, synlig spånplatta, smutsränder mellan vinyl och golvlist, gamla människor som apatiska satt i sina egna kläder. Jag stängde dörren efter moster Liv och Bent och vände mig mot Kristin och Elise, jag skulle just säga att jag blev sentimental, att jag plötsligt blev så ledsen, men jag kunde inte, allt brast och jag hulkade. Kristin höll om mig, men jag ville att Elise skulle hålla om mig. En undersköterska kom in och log matt och la ifrån sig ett hopvikt lakan på en stol med stålrörsben. Hon gick barfota i Birkenstocktofflor och hälarna var grå och spruckna fast hon var ganska ung.

Moster Liv diagnostiserades med alzheimer en kort tid efter mammas död, vi var inte förvånade. Sista gången jag träffade henne innan mamma dog var moster Liv som någon som är medveten om att hon druckit för mycket, som kände sig lite för full; någon som förstod att folk omkring henne noterade det, och som skulle vara kvar i det tillståndet väldigt länge. Det var som om hennes hjärna arbetade för att dölja att hon tagit ett par glas för mycket. Komma ihåg om hon redan sagt något eller inte, hon fick anstränga sig för att hänga med i samtalen, hålla tungan rätt i mun. Att vara i sin egen familj var inte tryggt, ingenstans var hon säker, för henne fanns ingen trygghet längre. Bent satt halvt framåtlutad på spänn och följde henne vänligt och bekymrat, hjälpte henne när det gick att hjälpa, ängsligt.

»Vi är lättade«, sa Bent när hon fått diagnosen, »det är en lättnad.« »Jag vill ha henne hemma så länge som möjligt, hon är min tös. Jag har inget bättre att lägga min tid på.«

Moster Liv hade suttit mycket vid mammas dödsbädd, hon satt på en stol bredvid sängen en gång när jag var på besök, hon såg ut att ha suttit där länge. Moster Liv verkade gladare än mamma över att jag kom.

»Det var en så rar sköterska här«, sa hon, »hon gav oss kaffe och kaka.«

Mamma nickade.

»Men jag orkade inte«, sa hon. »Ingenting.«

»Har du inte Maiken med dig?« sa moster Liv.

»Maiken är i Oslo«, sa jag.

»Ja, du får säga ifrån om du behöver barnvakt!«, sa moster Liv, och då var Maiken sjutton.

»Det var en så rar sköterska här«, sa hon igen, »hon gav oss kaffe och en underbar kaka.«

»Det är inte alla som är rara«, sa mamma.

»Monika, Monika«, sa moster Liv. »Du klängde på mig som en apekatt när du var lite över ett år. Du ville inte släppa mig ur synhåll, jag var tvungen att ta med barnvagnen in i affärerna när jag handlade! Om jag gick ifrån dig skrek du som en stucken gris. Jag var din surrogatmamma när din mamma var sjuk. Jag tror du trodde att jag var din mamma.«

Apa, gris, det var bara moster Liv som kunde jämföra barn med djur. Huden på mammas armar och hals var så tunn, och full av blå och gula märken, som om hon blivit slagen. Mamma vände sin stela nacke och såg på moster Liv. Hon hade nattlinne på sig, hade inte haft sina egna kläder på flera veckor.

»Jag var så fruktansvärt mycket sjuk«, sa mamma. Hon pratade med stor möda, spände överkroppen som om hon ville sätta sig upp.

»Du«, sa hon.

Moster Liv tog hennes hand.

»Du var till stor hjälp«, sa mamma. Så långsamt. Jag ville dra orden ur henne. »Du fick allt att gå runt.«

Det var pastellfärgade geometriska figurer på gardinerna, ett ljussken över det gröna vinylgolvet.

»Det var en fröjd«, sa moster Liv. »En ren fröjd.«

Lägenheten på Christian Michelsens gate är ljus med stora fönster, lackat trägolv. Fem av Maikens vänner är där, jag känner bara två av dem sedan tidigare – Kristine, som ska ha det andra rummet i lägenheten, och Lone, båda har höga hästsvansar. De andra två är killar – män, det märks att Geir har träffat dem förut. De tog mig i hand, Max, Thomas, nere vid bilen, och sedan bar de upp allt som stod i släpet.

Geir kommer in genom dörren när han har parkerat. Maiken har den konstant nonchalant, världsvana minen i ansiktet, det är något tillgjort över hur hon pratar med sina kompisar, och något ännu mer tillgjort när hon pratar med mig och Geir. En kille kommer in, går rakt över golvet och kysser henne länge på munnen. När han släpper taget skrattar hon högt, rakt ut i rummet, och påminner ett ögonblick om sig själv som fyraåring. Teatralisk, självsäker, glad.

Geir lyfter upp hennes skrivbordsskiva och frågar var hon ska ha den. »Ska jag montera ihop det med en gång?« säger han.

»Nee-ej, det tror jag inte du behöver, jag får nog hjälp av Fabian«, säger hon. »Eller hur, Fabian? Eller du kan nog lika gärna göra det. Gör det du, pappa.«

Som någon som generöst fördelar uppgifter åt överdrivet välvilliga medhjälpare.

»Maiken är precis som hon ska«, sa Tollef när Maiken var femton. »Hade hon varit som du vill ha henne skulle man inte ha stått ut.«

Jag tänker på Terje som med entonig nasal röst kunde säga: »Jag tror att du måste sätta ner foten emellanåt. Att du kanske gör henne en björntjänst genom att acceptera hennes uppförande. Hon ska ju gå att ha i möblerade rum, eller hur?«

Maiken gick omkring i lägenheten och utövade den personlighet hon insisterade på var hennes – hennes i sin innersta stenhårda kärna – men som gudskelov bara var någon tillfällig tonårspersonlighet. Hon kunde inte svara vanligt eller prata på vanligt sätt. Vänliga eller neutrala kommentarer och frågor uppfattades som kränkningar. Hon gjorde sin frukost enligt fixa idéer, hälsofil med müsli, pumpakärnor och torkade gojibär. Gick med ansiktsmask mot fet hy, hårinpackningar mot torra toppar, medan hon oavbrutet skickade och tog emot sms från kompisar, och väntade sig att bli tagen på allvar.

När Maiken deklarerade att hon ville bo hos Geir blev jag först upprörd och ringde Kristin, och Kristin sa: »Maiken är femton, Monika. Jag tror inte det är så mycket du kan göra om hon vill bo hos Geir. Men är det så farligt, då?«

»Tänk om han har manipulerat henne?« sa jag. »Tänk om han har försatt henne i en lojalitetskonflikt?«

»Men tror du att han har det, då?«, sa hon. Det var andra meningen i rad hon började med men och slutade med då.

Geir ställer bordsskivan på högkant mot väggen, armmusklerna är spända. Jag går fram och hälsar på Fabian, han håller kvar min blick när han tar i hand.

Geir hjälpte mig att flytta in på Helgesens gate när jag lämnade Ulsrud, givetvis, han hjälpte mig ju med allt, innan det plötsligt tog tvärstopp och han inte ville hjälpa mig med någonting längre. Han hade sett mig föda barn, han hade sett mig krampgråta, kräkas. Han hade sett mig smörja ansiktet med antirynkkräm och klippa tånaglarna. Spilla socker över bordet. Solsken genom oputsade fönster. Plocka undan glas och whiskyflaskor efter besök av Yvonne och Kalle, och vara bara vi igen. Memory med Maiken. Pussel med Maiken. Geir byggde en stor båt av Lego, ritade en apa som åt en banan. Välte ut en burk plastpärlor över golvet. Maiken stod i hallen på morgonen och skrek oavbrutet, en hel höst gjorde hon det. På något sätt gick det, hela tiden den där känslan av att det på något sätt gick. Det var ingen dålig känsla, ingen bra heller.

När Geir och jag flyttade isär försökte jag få minnena av de nästan tio gemensamma åren att handla om passion, från semestrar tillsammans, idylliska vardagsfrukostar ansikte mot ansikte, men de stunder jag mindes som mest kärleksfulla handlade om att se honom på avstånd, betrakta honom och gilla vad jag såg. Sammanfatta med att tycka om honom, landa i det. Det räckte att tycka om, det var lika med ett slags lycka på den tiden, att jag hade valt rätt, kunde slå mig till ro, slappna av. Geir som pappa, vid Alfapetspelet eller med Maiken på axlarna, och, faktiskt: Geir som dammsög. Långa, långsamma tag när han rörde sig i våra rum, bland våra möbler och saker, en del från Ikea, en del från loppisar, ryggen lite böjd, koncentrationen i ansiktet – eller kanske hellre tomheten, oväsendet omkring honom och hur ostörd han var. Som om han njöt av det. Som om han hade det bra då.

Fönstret i Maikens rum står öppet, det vetter mot en lång, öppen bakgård med ett stort träd och en tvättställning. Geir har skruvat ihop Maikens skrivbord, nu sätter han upp en hylla på väggen. Sängen är en resårbotten på en och tjugo, den står delvis under fönstret. Täcke och kudde ligger i en sopsäck ovanpå. Någon ropar på Maiken, jag hör att hon svarar.

Jag bäddar hennes säng, det har jag gjort så många gånger, från att hon var bebis och i alla åldrar, stoppa om henne och sitta på sängkanten, alltid så ivrig efter timmarna utan henne. Byten av nedspydda lakan mitt i natten. Jag tänkte inte på hur fort hon växte och att hon bara är en enda. Geir sätter upp konsolerna på väggen med skruvdragaren.

Det var så mycket tid för bara mig och Maiken när hon var liten, Geir jobbade varje kväll med att få igång restaurangen, han fick aldrig gjort tillräckligt, och trots att restaurangen hade gäster och allt såg ut att gå bra, var det omöjligt att veta i vilken utsträckning den lönade sig, Geir var alltid stressad. De ensamma dagarna med Maiken gick långsamt, det fanns ingenting att göra. Maiken kröp runt i badrummet när jag duschade, smackade handflatorna mot den immiga duschkabinen och gav ifrån sig långdragna klagande läten. Jag gav henne halva mackor med messmör eller leverpastej, mjölk i en rosa mugg med två öron. När hon var mätt började hon spotta ut. Hon slog långsamt och eftertänksamt en kloss mot en tygapa. Håret var fjunigt och klibbade fast i snor och matrester i ansiktet. Jag skar äpplen i klyftor och strödde över russin i en liten plastbytta och gav henne i hopp om att det skulle dröja länge innan hon krävde något av mig igen. Emellanåt protesterade hon mot allt, äta, sova, byta blöja, sitta i vagnen. Hon kunde skrika tills hon kollapsade, somna halvsittande med spänd sele, darrningar efter gråten långt in i sömnen, jag kände mig som en usel mamma och tänkte: Nu förstör jag henne, det här kommer hon att minnas. Men då och då kunde hon sitta på golvet en lång stund och leka, ensam, försvinna in i något och låta mig vara ifred. Jag vågade nästan inte andas då, var tvungen att samla mig för att utnyttja tiden, jag kunde bli sittande som på nålar och betrakta henne där hon satt i den märkligt ansträngande ställningen med både knän och rumpa i golvet och plockade upp och ställde ner småsaker, dockor, djur, ett hus, och jag satte försiktigt på datorn eller bläddrade i en bok. Men sedan, när hon släppte det hon hade för händer, sträckte på halsen, började röra på sig och släppa ifrån sig klagande läten, då visste jag att det var över.

En gång gick jag en promenad med Tollef när han var hemma med sin dotter och Kajsa skrev sin magisteruppsats, han lyckades kombinera Ingrid med forskningen, hon lekte mycket ensam. Tollef var aldrig ute med barnvagnen när Ingrid sov; då var han tvungen att jobba, han hade en utomjordisk arbetsdisciplin. Ingrid hade den blå overallen hon ärvt efter sin bror, gummeringen på knäna var trasig.

»Hon har tråkigt hemma med mig«, sa Tollef.

»Jag ska faktiskt åka rutschkana och gunga«, sa Ingrid med nästan perfekt diktion och blicken på mig. Hon hade stora ögon, stor näsa och mun, som sin pappa.

Jag rätade upp ryggstödet i Maikens vagn så att hon kunde komma upp i sittställning, hon hade sovit.

Tollef sa om forskningen: »Det är skrattretande spännande. Jag blir nästan besatt. Vilket medför lite krångel.«

»Vadå för krångel?« sa jag.

»Jag tycker ju att det är bra att vara hemma med Ingrid«, sa han, »men ska jag vara ärlig så längtar jag alltid efter att hon ska somna och att Kajsa ska ta över, så att jag kan fortsätta jobba.«

Tollef tog ett djupt andetag, bröstkorgen höjde sig, och sedan släppte han ut luften och log obekymrat. Alla de kala träden hade fått gröna blad. Tollef sträckte på halsen för att se på något Ingrid gjorde; hon klättrade upp på ett gungande djur. En värld som öppnade sig lite till, möjligheter och samband, så lika vi var. Så lika vi tänkte och kände. *Han är min bästa vän. Han är min enda riktiga vän.*

»Jag saknar förmåga att liksom vara närvarande i nuet«, sa han. »Med Ingrid och Sigurd, kanske till viss del även med Kajsa. Det finns alltid något annat som är bättre, och det är att vara ensam och göra mina egna grejer.«

»Ja«, sa jag. »Ja.«

Maiken står i dörröppningen till vardagsrummet, som hon och Kristine har gemensamt. Ena armen upp längs karmen, halvöppen mun, som i djupa tankar, lyfter ena foten och står på ett ben, vuxen med så stor självsäkerhet att hon kan tillåta sig barnsliga rörelser och miner. Sedan liksom hämtar hon sig och säger till Kristine:

»Jag kommer att älska att bo här.«

Hon ler och jag ser en smula Elise i hennes ansikte, Elise som ung sjuksköterskestudent, nyförälskad i Jan Olav. Jag kom på Elise en gång i sovrummet i stugan, hon såg sig i spegeln, kände på sina kindben, käkben, hakan. Vart hade hennes ansikte tagit vägen? Var fanns den vackra kvinna som hade kunnat få vem hon ville, men som tog första bästa? Hon hade gjort våffelsmet som stod och svällde på köksbänken. Det var mjöl på tröjan och hon stod och såg sig i spegeln bredvid garderoben i sovrummet. Hon la pekfingret mot överläppen och drog upp den och såg på sina tänder. Jag tänker på Ulrik som satt med fingret på läppen i randig pyjamas framför teven en lördagsmorgon, med äppelklyftor i en plastbytta, hur han med ett underbart allvar förklarade för mig att han tyckte bättre om röda äpplen än gröna. Han stoppade in fingret i munnen så att det blev blött av saliv; de gröna äpplena gjorde ont på tungan.

Geir och jag tittar på varandra.

»Ska vi gå?« säger Geir. Jag nickar.

Maiken höjer ögonbrynen och nickar kort.

»Tusen tack för hjälpen, jag är jättetacksam«, säger hon.

Hon följer oss ut i trappuppgången.

Sedan säger hon, till min stora förvåning, och jag tror att även Geir blir förvånad: »Eller, men ni kan ju stanna om ni vill, ta en öl kanske, och vi ska beställa pizza om ett tag?«

Geir skakar på huvudet och säger: »Tack, men du ska få ha det bra på egen hand med dina vänner nu.«

Men jag tror att hon menade det, ville det. Hon nickar med ett leende jag känner igen, hon är lite avvisad, eller hon ville ge oss något som avvisades.

»Du får det bra här«, säger Geir. Maiken nickar. Det vita i hennes ögon går mot blått, som hos ett barn, huden på näsvingarna är blank. Jag frågar om hon är ihop med den där killen som kysste henne, men då ler hon uppgivet, eller skamset, eller överlägset, och säger: »Nej. Vi är inte ihop.«

Hon stryker fingret över ögonbrynet och den ena framtanden trycker ner lite av underläppen.

Ögonen är noggrant sminkade.

Hon är så lång, luktar inte längre bekant som när hon var liten, utan främmande. Jag tittar efter något. En massa korta strån är inte med i hästsvansen, en sky av dem över hela huvudet.

Jag tar hennes huvud mellan båda händerna, drar henne mot mig och kramar henne i trappuppgångsakustiken; ett gnisslande ljud från Geirs skinnjacka och en dörr som slår igen medan jag håller Maikens kind mot min, och fotsteg med luftig klang längre ner, det är inget motstånd i Maiken, det är nästan som en besvikelse och protest i hennes kropp när jag släpper, en magnetkänsla när jag skjuter hennes kropp ifrån mig.

Jag har ryggen till när Geir kramar henne, jag går i förväg nerför trappan.

När jag öppnar ytterdörren och Geir kommer ikapp sätter de på musik där uppe.

»Ja«, säger Geir när han ser att jag har tårar i ögonen, »jag är själv ganska rörd.«

Vi går nerför Toftes gate mot Grünerløkka. Jag kommer ihåg när jag drog loss två år gamla Maiken från min kropp medan hon tjöt, och gav henne till en förskoleanställd som höll fast henne tills jag hade kommit ut, och vad hände sedan? »Hon slutar gråta så fort du är utanför dörren«, sa hon som jobbade på förskolan, jag kan inte minnas vad hon hette.

Geir ser på klockan.

Rikke hette hon.

»Ska vi ta en öl?« säger han.

»Men bilen?« säger jag.

»Jag kan låta den stå«, säger han. »Till i morgon.«

»Med släpet?«

Geir rycker på axlarna.

Så vi går nerför Toftes gate, det är spänt men tryggt, det är Geir, det finns en lång rad utdragna stunder i vår gemensamma historia som vi aldrig kan göra oss av med, som för alltid knyter ihop oss på flera sätt, inte alltid önskvärda, minnena kan vara överdrivet intensiva och intima och få mig att känna lättnad över att vi inte hade ännu fler år tillsammans. Maiken har varit den punkt allt har rört sig runt, särskilt de senaste tio åren har det varit som om knappt en tanke kunde tänkas eller en känsla kännas eller en replik uttalas mellan oss utan att det handlade om Maiken. Maiken, ofta som en räddning när grälen tog fart och vi ogillade varandra för mycket. Hur litet och ynkligt allt såg ut jämfört med det vi hade skapat som upptog oss; nu var vi tvungna att fokusera på det som var vår gemensamma uppgift. Hur utvecklades Maiken? Var Maiken lycklig? Hur var Maikens sociala liv? Åh, det var bra, det var bra med Maiken, alltid.

»Tror du att det var hennes kille?« säger jag.

Geir skakar på huvudet.

»Jag ser ingen anledning till att hon inte skulle säga om det hade varit hennes kille«, säger han.

Hon hade en kille när hon var sexton, han hette Filip och hade ett ärr på vänstra kinden. »Vad har du fått det av?« frågade jag en gång när jag träffade honom; han och Maiken stod vid köksbänken och blandade chokladmjölk. »Jag hamnade i slagsmål«, sa Filip. »Men jag brukar inte slåss.«

Och jag tänkte: Så kan en människa sammanfattas. Jag hamnade i slagsmål, men jag brukar inte slåss. Och jag tänkte på min första kille, Gunnar, när jag var sexton. En gång tappade Gunnar behärskningen och slog nästan ner en man. Gunnar var en stillsam typ. Han skulle senare visa sig vara vapenvägrare. Han var kortare än mannen han slog, och dessutom stod han ett steg längre ner i en trappa, han var tvungen att skjuta upp handen i en brant rörelse när han slog. Med stor kraft. Och sedan kom Aleks, bästa kompisen, och tog hand om Gunnar, väldigt omsorgsfullt. Till och med när de hade kommit ut på gatan – jag följde efter – fortsatte han klappa Gunnar, myndigt och försäkrande och tröstande, över ryggen, nacken, axeln, under gatlyktornas sken, ut ur skenet och in i nästa, och jag efter, ut och in i skenet, och sedan vände sig Aleks och såg på mig, och blicken sa: Fattade du inte vad du sysslade med, fattade du inte att det skulle slå slint för honom? Jo, det gjorde jag. Jag skulle ha tappat respekten för Gunnar om han inte hade reagerat, och jag tappade respekten när han reagerade. Senare föreställde jag mig Gunnar säga med stort patos: »Det var för att jag älskade dig så högt. Du är min, och han försökte ta dig ifrån mig.« Om han hade varit lite mer verbal. Att höra honom skrika »jävla kuk« tömde mig på romantiska känslor. Ändå kunde minnet av Gunnar, stående i den där trappan med handen som for uppåt mot en annan mans käke, fylla mig med en obegriplig värme.

»Jag funderar på om jag skulle köpa ett paket cigaretter«, säger jag. »Jag blir så himla röksugen när jag dricker öl.«

»Gör inte det«, säger Geir. »Då åker du tillbaka till ruta ett.«

»Jag vet, jag släpper det«, säger jag.

Det är fullt av sommarklädda människor i Grünerløkka, det är sista helgen innan skolorna börjar igen. Klockan är sex, många dricker öl eller vin.

»Hur går det med restaurangen?« säger jag.

»Stressigt«, säger Geir. »Glömmer alltid hur mycket det är i uppstarten, all jävla byråkrati. Min kompanjon Pål är knappt närvarande heller. Hans barn har problem, plågade katten till döds.«

Jag ser på honom, Geir nickar.

»Fruktansvärd historia«, säger han.

»Minns du första restaurangen«, säger jag, »när du tog med handdukarna och servetterna hem för tvätt?«

Vi går bort till Noahs Ark. Geir säger:

»Här hade vi en av våra första dejter.«

Nej, jag tror han har fel. Det var på Café 33.

»Nej«, säger Geir, »här.«

Jag ger mig.

»Åh, hon har blivit vuxen«, säger Geir medan han sätter sig ner inne på Noahs Ark, »vårt barn.«

Jag går fram till baren för att köpa öl. När jag ser inredningen kommer jag ihåg att det var här vi träffades, för över tjugo år sedan, och vilken explosion av igenkänning när jag såg honom mot det mörklackade träet. Vi hade haft en natt tillsammans, efter Kims och Helenas fest, hemma hos honom på Markveien. Han hade satt på en cd och plötsligt sjöng Tom Waits *Somewhere* från *West Side Story,* och då tänkte jag snabbt som ett skott på Roar, men sedan inte mer.

Barbra Streisand sjöng *Somewhere* på den tiden när Roars och mitt förhållande var som mest intensivt, och nu har jag haft den gungande i huvudet sedan juni. Roar kunde vara romantisk på gränsen till enfaldig, som genom att ständigt citera texten, med dyster stämma, med ett inslag av humor eller självironi, men Roars självironi gick aldrig djupt. *There's a place for us. A time and a place for us.*

Ja, var då, när då? Jag utmanade honom för lite, krävde för lite. Det är som om något i mig, besläktat med det naivromantiska hos Roar, har trott att någon gång, någon gång. Bara vänta, bara ha tålamod, omständigheterna kan förändras.

Ja. Ann kunde lämna honom på riktigt. Ann kunde få bröstcancer och dö. Ett plan hon satt i kunde störta.

Sådant har jag emellanåt gått omkring och fantiserat om.

Jag tar en kall öl i vardera handen, Geir sitter och ser ut genom fönstret, jag bär över ölen dit. Vi höjer glasen mot varandra och tar en klunk. Geir frågar vad jag tycker om att Maiken ska läsa juridik.

»Jag vet inte«, säger jag. »Jag har åtminstone förstått att det inte skulle gå att prata henne ur det.«

»Hon ska jobba lite i baren hos oss«, säger Geir. »Det får nog fötterna att hålla sig på jorden.«

»Hon är ambitiös«, säger jag.

»Hon ville bli kock ett tag, visste du det?« säger han.

»Ville hon?« säger jag. »När då?«

»Men det tog jag ur henne«, säger han. »Hon är för smart för att bli kock.«

»Men du är ju kock?« säger jag.

Geir rycker på axlarna. Vi dricker samtidigt av ölen.

»Jag älskar mitt jobb«, säger han.

»Jag tänker ju inte på dig som någon som inte är smart«, säger jag.

Jag tar ett andetag och släpper lugnt ut det.

Jag säger att jag är trött på hela reklambranschen och människorna i den, och på att skriva de där dumma och fördummande texterna.

»Ja, det förstår jag«, säger Geir. »Du är för smart för att kasta bort livet på reklam. Det är dig Maiken har sin intelligens från.«

»Och det säger du nu! När jag är femtiofem«, säger jag. »Men det var ju du som ville att jag skulle sluta frilansa och skaffa ett fast jobb igen.«

Geir ser på mig, och sedan ler han. Han är som han är; när jag ser på honom fattar jag att om vi skulle ha lärt känna varandra igen skulle bara mer och mer av det jag kände blottas, lager efter lager.

»Så det är mitt fel?« säger han.

Jag tjänade inte tillräckligt. Jag var inte tillräckligt driftig, inte tillräckligt hungrig. Jag älskade frilanslivet, men mest friheten, fritiden. Geir började sent på sitt jobb, och jag älskade faktiskt timmarna från när någon av oss hade följt Maiken till förskolan och det bara var Geir och jag i lägenheten. Vi kunde sitta i köket och dricka te eller kaffe, och det hände till och med att vi hade förmiddagssex. Jag läste upp avsnitt jag hade skrivit, och han sa att det var bra.

Och jag minns Geir som satte upp persiennerna i köket medan han sjöng *Even educated fleas do it. Let's do it, let's fall in love.*

Och att Geir sa åt mig, mitt under första sommaren i Askim, en gång när han kom dit med Maiken:

»Vet du att Maiken går och sjunger *Let's do it*?«

Jag hade frågat om han ville ha kaffe, men han tackade nej. Trond Henrik körde in på gårdsplanen med hönsnät och plank och såg ut som en flitig man.

»Gör hon?« sa jag.

»Jag förstod att ni spelar Cole Porter?« sa han.

»Ja?« sa jag.

»Ja, det gjorde ju vi också. Eller jag«, sa han.

»Ja«, sa jag. Jag hade inte tänkt på det. Jag hade tagit med cd:n när jag flyttade, fast det var hans.

»Åh«, säger jag. »Vad ska jag göra nu då?« Stelnat skum i tre våningar på insidan av mitt glas.

Jag ser att han vill hjälpa mig, att han försöker komma

på ett svar, men vad kan jag göra? Jag är femtiofem, med ofullbordade studier, daterad erfarenhet som lärare, och jobb inom reklambranschen och lite frilansjournalistik. Jag borde haft tydligare planer, satt upp långsiktiga mål.

»Jag kanske kan få jobb som lärare igen«, säger jag.

Geir börjar skratta.

»Jag har aldrig kunnat se dig som lärare«, säger han.

»Men varför inte?« säger jag.

»För otålig«, säger Geir. »För självupptagen. För okänslig. För ointresserad. För oflexibel.«

Han ler när han säger allt detta, och jag höjer hetsigt och leende handen i protest och säger: »Stopp«, men jag blir gråtfärdig, på ett bra och varmt sätt, för jag vet att det finns någon som kan ta emot gnället och klagandet; Geir är här. Men när jag föreställer mig att jag lägger ut texten om hur jag har det och inte har det efter meddelandet om Roars död för två månader sedan, känner jag tydligt gränsen för hans omtanke och förståelse, eller för min egen anständighet. Nog nu.

»Men nu är du orättvis«, säger jag, »nu är du ganska elak, och jag trodde att du kände mig bättre, jag har fler sidor än du vet om, uppenbarligen. Jag var faktiskt ingen dålig lärare.«

Han ler. Sedan reser han sig för att gå på toa.

Jag är så röksugen.

Jag tar fram mobilen, har fått ett mms från Elise med ett kort på henne och Jan Olav. *Nya fönsterluckorna på plats! Nu kopplar vi av med vin på terrassen. Tack för en riktigt trevlig kväll med underbar mat, måste upprepas snarast. Jan Olav hälsar. Kram.*

På gatan utanför sätter sig en kvinna på knä framför en schäfer och kramar om den. Mannen som håller i kopplet vinkar och går iväg med hunden, kvinnan reser sig och går åt andra hållet. Geir och jag pratade ett tag om att skaffa hund. Jag ville ha en vorsteh, Geir ville ha en engelsk setter. Vi var inte särskilt osams, men det rann ut i sanden. Vi pratade om semesterbostad i Italien också. Jag tänker på allt som inte blev av i mitt liv, uppsatsen, att bo utomlands, Maiken i bråk med en lillebror, Geir som säger: Gå in på era rum om ni inte kan hålla sams! Øystein som lutar sig över mig i sängen på BB och kysser mig och ger mig en present. Ulrik och jag som sitter på en pub och pratar om livet. Jag kunde ha doktorerat. Roar som håller tal på min femtioårsdag. Pappa och jag som går i fjällen tillsammans. Åka till Berlin med Maiken. En kort period var hon så väldigt intresserad av judeförföljelsen och koncentrationslägren, eller det kanske bara var en kväll, hon rörde sig runt mig och växlade mellan att berätta saker och fråga om det hon inte visste: »Vet du att Holocaust betyder 'helt nedbränt'?« »Vad tror du skulle hänt med Hitler om han inte hade tagit självmord?«

Jag var så stressad av en deadline på jobbet, jag skulle renskriva en text om kosttillskott, jag sa: »Du måste låta mig vara ifred, vi får prata senare.« Terje hade sagt att han måste ha en vecka att »hämta sig« på, och det gjorde det omöjligt för mig att utföra mitt jobb, ta hand om min dotter, hålla ordning i huset och handla mat och laga middag. Jag skulle ha åkt till Berlin med henne. »Måste man inte hata sig själv väldigt mycket för att begå självmord?« sa hon.

Sedan är det de mer mardrömslika tankarna om allt som kunde ha hänt och en känsla av att ha sluppit undan i sista sekunden. Bredvid Bob i en långtradare på riksvägen i Østerdalen, mil efter mil. Komma in i Catos hus efter att ha tagit in hästarna, Cato som står med grytlappar i händerna efter att ha tagit ut en lasagne ur ugnen, gjord på ett paket Knorr, och säger: Jag har öppnat en flaska billigt rödvin. Men det skulle förstås inte Cato ha sagt. Jag öppnade en flaska rödvin. Eller ha bott kvar i Askim, som tvåbarnsmor, eller trebarnsmor, Trond Henrik var som ett barn, han krävde mer av mig än flickorna, och han hade mindre och mindre att ge.

Jag var ute och åt med Nina och Tollef i Majorstua en gång

i somras, och då pratade Nina och Tollef om sina livslånga äktenskap och hur de hade fått dem att hålla. Det var jag som frågade. De var sympatiska och självironiska, det var underhållande, jag skrattade hela tiden, vi drack mycket vin, det var så länge sedan vi hade varit ute vi tre. «Truls har hakat upp sig så på att förhållanden handlar om att ge och få«, sa Nina, och jag sa:

»För mig har det varit lite så att i en del förhållanden får jag hela tiden, medan jag bara ger i andra.«

Tollef och Nina skrattade.

»Men med Geir var det väl mer balans?« sa Nina.

»Ja«, sa jag. Sedan tänkte jag en stund och sedan sa jag: »Eller att båda gav och gav, och sedan slutade vi med det och ville bara ha, båda två. Och då tog det slut.«

Det kommer in ett sällskap på fem, sex, de sätter sig vid ett runt bord, ser ut att vara i studentåldern. Geirs mobil lyser upp och jag måste titta, det är ett sms från Trine. Jag tror han har en anställd som heter Trine.

Geir kommer tillbaka från toan. Han sätter sig, dricker upp den sista klunken öl och ser på min där det är två centimeter kvar. Han reser sig.

»Nu dricker vi oss fulla«, säger Geir.

Jag brukade gilla att han var bra på att ta initiativ, ta kommandot.

Han kunde vara känslig när han ville, privat när han ville, nästan intim när han ville, men i stort sett var han ingenting av detta.

Jag skakar på huvudet, reser mig.

Det känns som om Geir lägger händerna på mina axlar och trycker ner mig på stolen och håller fast tills han är säker på att jag sitter kvar. Jag ler och börjar nästan skratta. Han backar bort mot baren medan han håller ut en hand i luften. Jag skakar på huvudet medan jag fortsätter le, vibrerande. Inte full, jag vill inte dricka mig full. Så som han ser på mig nu, det påminner mig om festen hos Helena och Kim för nästan tjugo år sedan, hela kvällen visste vi var den andra var, hela tiden såg vi på varandra, lugnt, glatt, införstått, och till slut möttes vi i hallen vid det enda paraplyet i paraplystället och den rosa regnjackan, och Geir sa: »Ska vi gå?« Väntade på att jag skulle klä på mig, väntade på resten av sitt liv.

Jag ser honom stå framme vid baren, t-shirtryggen, de slitna jeansen med en ring på bakfickan efter snusdosan. Så mycket ömhet jag haft för den mannen. Det är mörkt här inne, där ute går människor fortfarande i solsken. Två män längre in i lokalen får var sin tallrik mat av en servitör.

Geir kommer mellan borden med en öl i vardera handen, ärret på långfingret lyser vitt, han ställer den ena ölen på bordet framför mig och jag dricker.

TRÖST OCH MOTSTÅND

Januari 2018

Jag drömde om ett tapetmönster, eller en duk, rött och grönt mot blå bakgrund, julduken hemma hos mamma och pappa under hela barndomen. Jag drömde att Elise stod på torget i Fredrikstad och ropade att jag var skyldig henne en massa råd och tröst och hjälp. Med gula diskhandskar på sig. Hon stod vid kung Fredrik den andres staty, människor passerade, de gjorde en omväg runt henne och blängde. Jag hade somnat ifrån *Jan van Huysums blomsterstykke* och brottstycken ur den hade nästlat sig in i drömmen: ett brinnande hus, en sörjande far, en kritvit klänning, en förtappad dotter, ett hav av blommor, och aska, och dessutom: Frøyas tomte som pep *God jul, god jul, god jul.*

Det är fortfarande mörkt men horisonten är orange; hustaken är snötäckta. Jag sätter på vattenkokaren och häller kaffe i presskannan, jag har norska de första två timmarna, romantiken, Welhaven och Wergeland.

En gång höll Elise en slinga av sitt hår framför ögonen och sa att det var slitet, och att jag skulle klippa topparna åt henne. Det var när Maiken var bebis. Jag sa att jag inte hade tid eftersom jag skulle träffa Anne Lovise och visa henne Maiken. Jan Olav målade listerna i hallen, det regnade.

Det är inte ofta jag har gett Elise råd om något, att hon har bett mig om råd eller hjälp och fått det. Jag minns att jag någon gång sa något om fårikål, koktiden, men jag hade väl en känsla av att hon redan visste. Jag vet inte hur det är med Kristin, men jag har sett Kristin hjälpa Elise med en ansökan, och en annan gång lärde hon henne något om hennes nya telefon.

Elise ringde mig på måndagskvällen och berättade att det hade hänt något fruktansvärt. Jag hade bara sex procents batteritid kvar på mobilen när hon ringde; Lars har sagt att det är bra att låta mobilen ladda ur helt någon gång i månaden, därför hade jag inte satt den på laddning. Elise berättade att Jan Olav hade fått en fotboll i magen under en oldboysmatch, och då hade hjärtat stannat, och han är död. Ett halvår efter sjuttioårsdagen. En motspelare hade försökt med återupplivning utan att lyckas. Ambulansen var där efter fjorton minuter, men de klarade inte heller av det. Elise grät medan hon berättade, men utan att gråten hindrade henne att prata så att jag förstod vad hon sa, hon formade gråten till ord och meningar: »*Så laah deh ett lah-hakanh över kropph-en.*« Min syster. Ingen att bli gammal med efter så mycket slit. Slutligen åtskilda, efter alla dessa år.

»Men fotbollsmatch i januari?« sa jag.

»Ja, de är helt galna«, sa Elise, »de spelar fotboll i alla väder året om, i regn och rusk och snö och allt.«

»Men hur mår du?« sa jag till Elise. »Ska jag komma?«

Hon sa nej. Inte nödvändigt. Hon skulle ringa igen när hon visste mer om begravning och minnesstund. Två gånger till erbjöd jag mig att komma: »Är du säker på att du inte vill att jag ska komma?« Och till slut: »Men säg ifrån om du ändrar dig!« Hon sa att hon behövde vänja sig vid tanken på att vara ensam. »Vi har ju delat allt i nästan fyrtio år.«

Efter det ringde jag Maiken. Maiken kippade efter andan.

»Jag kan inte säga att Jan Olav betydde så mycket för mig«, sa hon. »Men jag är ju ledsen för moster Elises skull.«

Hon är tjugoett, har ett igenvuxet hål efter en piercing i näsan, en grå prick. Hon klarade första kursen på juridiken med bravur, men sedan dess har hon blivit osäker på vad hon tycker om utbildningen och kurskamraterna, nu läser hon grundkursen i psykologi parallellt. Hennes lilla kokvrå i Majorstua ser ut som hämtad ur ett inredningsmagasin. Jag vet inte om hon lagar mat där. Hon har aldrig bjudit mig på middag. Geir har sagt att han tror hon har en kille, åtminstone att hon »har något på gång med någon«, att han läser psykologi och heter Amir.

Jag slänger en sjal om halsen och tar med mig kaffet och cigaretten ut på balkongen. Kvinnan med balkongen mittemot är på plats, varje gång tänker jag att jag ska höja handen i en lite igenkännande vinkning, men det gör jag aldrig.

Mitt sista minne av Jan Olav är från hemma i deras trädgård i Fredrikstad i somras, att han sa till Elise: »Har du magrat? Har du gått ner i vikt?«

Elise fick ett uttryck i ansiktet som hos en liten flicka. Stolthet och blygsel, förtäckt stolthet, förtäckt blygsel. Hon skakade på huvudet, förnekade det kokett. »Nej. Nej, det tror jag inte. Gått ner, nej ...«

»Men har du vägt dig då?«, sa Jan Olav, liksom lite strängt. Och jag såg att han hade rätt, och jag såg att min syster hade blivit en gammal tant. Hon hade fått slapp och rynkig hud på undersidan av armarna och på halsen, under hakan. Hon hade tappat kroppsmassa, men på fel ställen: på rumpan, inte på magen, och huden hade inte längre tillräcklig elasticitet för att följa med.

Jan Olav nickade. »Du måste äta«, sa han. En kärleksförklaring från en hjälplös man; oro och komplimang i ett, så gott han kunde. Elise som känt sig för tjock de senaste tjugo åren och äntligen fått höra av Jan Olav att hon blivit smal. Den där sötman i att bli förödmjukad som jag så väl kände igen.

Det börjar snöa igen, stora flingor. Min rökande granne tvärs över har gått in. En bil kör långsamt längs Sofies gate med ett stort släp med nätkanter och en dubbelsäng i, uppochnervänd, snön dalar ner på träbottnen. Någon som flyttar ut och tar med sig sin säng. Eller flyttar in. Det är extra svårt att parkera på grund av all snön, jag är glad att jag inte har bil.

Elise ringde igen i onsdags kväll, hon var saklig och praktisk och redogjorde för begravning och minnesstund och ville veta när vi skulle komma. »Det värsta är att jag plötsligt blir osäker på om han var religiös«, sa hon. »Men jag vet åtminstone att han ville kremeras. Kommer Knut, är ni fortfarande tillsammans?«

»Lars«, säger jag.

»Åh, förlåt!« säger Elise.

»Nej, nej«, säger jag.

Jag sa att vi fortfarande är tillsammans men att han är i Kambodja på ett jobb och kommer hem först på fredag. »Maiken och jag kommer«, sa jag.

Maiken och jag har kommit överens om att köra ihop till Fredrikstad i en bil som Maiken lånat av en kompis.

»Du tar inte med dig Geir?« sa Elise.

»Nej, jag tror inte jag tycker det känns naturligt«, sa jag. »Tycker du att han skulle vara där?«

»Nej, det vet du bäst själv«, sa Elise. »Men de hade ju ganska bra kontakt.«

»Vi fick väl egentligen en varning«, sa hon. »Sist vi var på Gran Canaria. Vi satt vid poolen, Jan Olav skulle hämta en öl, och då föll han ihop. Han var blek, sa att armen hade domnat. Men fem minuter senare satt han under parasollet igen med en öppnad öl. Sondre började fråga Jan Olav om en hamburgerdressing han bett Jan Olav köpa, men jag tror faktiskt att det var bra, det fick alla att tänka på något annat. Jan Olav var hos den norska läkaren nästa dag och fick konstaterat stroke, men efter det verkade han helt frisk.«

Lars har varit borta med jobbet i över en vecka och kommer hem först på fredag kväll. Han kan ringa, men det är opraktiskt på grund av tidsskillnaden; det är inte heller särskilt tillfredsställande att prata med honom i telefon. Jag har känt en svag längtan efter honom de här dagarna, som jag är rädd om, ännu mer efter att jag fick höra om Jan Olav. När jag pratade med Kristin fick jag ett vagt behov av att förmedla denna längtan till henne, men då darrade den i sin ynkedom och jag var tvungen att hålla den för mig själv, värna den tills den blir starkare, om den blir starkare. Jag fick veta att Elise hade tackat ja till att Kristin skulle komma, men Kristin kan också vara tämligen insisterande.

Jag fimpar och reser mig, ser ner på den snötäckta gatan, parkerade bilar mellan snövallar, bildörrar som smäller, motorer som startar. Bilen med släpet har stannat på andra sidan gatan med hälften av hjulen på trottoaren. En kvinna står utanför och tittar upp mot huset.

Tale säger mitt namn i korridoren när jag är på väg till lärarrummet. Hennes hår är så vitblekt att det nästan är grått, silverfärgat, hon har kammat bort det från pannan och satt en gummisnodd bak på huvudet. Läppglans på läpparna. Bredvid henne står Hadiya i rosa hijab, lång, svart tröja och grå mjukisbrallor. Hon har kommit över hjärtesorgen som knäckte henne helt för ett halvår sedan och tagit igen allt hon missat.

»Jag vill absolut skriva uppsatsen om *Bestialitetens historie*«, säger Tale, »men tror du den är för hemsk, att jag kommer att bli helt psyko om jag ska sätta mig in i de där böckerna på riktigt?«

Jag skakar på huvudet.

»Nej«, säger jag. »Det kommer du inte att bli.«

»Jag har bestämt mig för Vigdis Hjort«, säger Hadiya. »Om du inte tycker det är dumt, eller för svårt.«

»Vigdis Hjort är ett superbra val«, säger jag. »Men vi kanske kan prata om det på måndag? Jag har ett möte nu och i morgon kommer jag inte, jag ska på begravning i Fredrikstad.«

»Åh«, säger Hadiya. »Är det jobbigt?«

Så stora ögon båda har. Så utstuderade, empatiska, självmedvetna, naiva och intelligenta de är.

Jag ler mot dem.

»Lite sorgligt«, säger jag. »Inte så farligt.«

Hadiya blev kär i en icke-muslimsk kille och trotsade sin pappa, men blev dumpad av killen några veckor senare. Hela hennes värld låg sönderslagen, hon såg inga ljuspunkter, så är det i den åldern.

»Jag älskar honom så«, grät hon hos mig inne på arbetsrummet. »Och pappa bara tittar på mig med *den* blicken. Och jag orkar inte berätta att det är slut, jag vägrar ge honom den segern.« Och så slog hon näven i armstödet på stolen och grät högt.

»Jag lovar att det går över«, sa jag. »Det betyder inte att jag inte till hundra procent tror på hur fruktansvärt du har det nu, men det kan bara bli bättre.«

Det var Felix i C-klassen, en ocharmig kille. Så bortkastat! Bortkastade känslor, bortkastat uppror, eller kanske inte. Förhoppningsvis har hon lagt grunden för framtida upproriska förälskelser; Hadiyas relation till sin pappa är vad jag förstår oskadd.

Jag träffar Tollef vid Majorstukrysset tillsammans med boxern med det slemmiga munpartiet, Brutus. Vägarna är täckta av tjock is. Tollef har precis gett ut en bok om vit slavhandel på 1700-talet som han vill ge mig. I boken står det: »Kära Monika, efter nästan fyrtio års vänskap – en viktig vänskap. Kram, Tollef«, och redan strax innan jag hinner förstå betydelsen av orden svullnar halsen och ögonen tåras. Tollef har blivit en mogen och trygg man, han har alltid varit mogen och trygg. Men förut skulle han antingen ha blivit betryckt av mina känslor, eller tagit dem på större allvar än nödvändigt, nu tar han tag i mig med ett kärleksfullt skratt och kramar om mig.

Det är snö på träden, det är minusgrader och snålblåst, vi går in i Frognerparken.

»Kajsa är mer inne i sitt arbete än någonsin«, säger Tollef. »När ungarna flyttade hemifrån trodde jag att vi skulle få mer tid ihop, men hon är helt uppslukad.«

Tollef vänder sig om och ser på mig. I hans ansikte råder en brist på överensstämmelse mellan uttryck och röst, han klagar inte, han är stolt, glad, han strålar. Och jag ser Kajsa framför mig med läsglasögonen vilande på näsryggens knöl, slank, nästan mager, nästan helt grått hår sist jag såg henne, och med oformliga bomullsrockar, men ändå på något helt eget märkligt sätt attraktiv, sexig.

Tollef släpper Brutus och Brutus traskar iväg i snön med svansen mot marken. Jag ser tre hundägare samtidigt sitta på huk och plocka upp bajs efter sina hundar. En liten mops hoppar omkring med en lysande grön boll i munnen. Åh, denna längtan, denna avund, men mest en stark glädje å Tollefs vägnar: *Han* har någon att åldras med. Så bra, skönt att veta.

»Jag är så glad att vi äntligen fick en riktig vinter«, säger Tollef. »I fjol åkte jag inte skidor en enda gång. Hur går det på jobbet? Känns det fortfarande som ett bra beslut?«

»Det var det bästa jag kunde ha gjort«, säger jag. »Jag passar väldigt mycket bättre som lärare nu än för tjugofem år sedan. Mindre självupptagen. Mindre bitter över bristande ambitioner.«

Tollef skrattar. Hans ögon är mindre än förr, eller det är mer hud runt dem, de försvinner helt när han ler. Han har nästan lika tjockt hår som när han var ung, det är gulaktigt men numera spetsat med vitt.

Han tar fram en halvt söndertuggad frisbee ur axelremsväskan och kastar iväg den, Brutus sätter iväg med ett språng.

»Jag har redan gjort två skidrundor«, säger Tollef. »Jag tog ledigt. Det är så tomt och skönt i Østmarka på vardagarna. Men Monika.«

Nu ser han att jag gråter.

Tollef drar mig intill sig och kramar mig och gnuggar mig på ryggen. Brutus släpper ner frisbeen vid Tollefs fötter, stänger munnen och stirrar.

»Elise förlorade sin man i måndags«, gråter jag.

»Jan Olav«, säger Tollef.

Vindkast får snö att dala från träden över oss. Oavsett hur mycket jag känner finns det inte så mycket att säga om det. Tollef frågar hur Elise mår, och jag säger att jag tror det går bra. Ett svar som ger sig självt.

Men jag känner så mycket. Jag känner så mycket att jag inte vet var jag ska göra av mig.

»Han var väl egentligen en bra make och pappa, eller hur?« säger Tollef efter en paus.

Jo, egentligen var han det.

Tollefs pappa drack och slog sin fru, han dog när han precis hade fyllt femtio. Jag kommer ihåg hjulspåren i gruset på uppfarten när jag skulle träffa Tollefs mamma första gången, i Meråker. Någon hade slirat, kasat, det var Tollefs lillebror. Mamman var så tunn och darrig och leende. Hon rökte hela tiden.

Det är något livsbejakande med Tollef. Någon gång när vi dricker vin ihop ska jag berätta det för honom, förtydliga det.

»Hur gammal är den?« frågar en tant Tollef. »Är det en tik?«

»Nej, en hanhund«, säger Tollef, »åtta år.«

Jag vill att Tollef ska tycka om mig, jag är mer angelägen om hur jag framstår som människa med honom än med andra. Eller mer än att tycka om mig vill jag att han inte ska döma mig eller vara skeptisk mot mig och de val jag gör. Inför Tollef pratar jag om mig själv på ett mer nedtonat sätt än jag gör i andra sammanhang, och jag pratar mer uppskattande om andra. Det finns så många sätt att göra andra besvikna, och sätten jag kan göra honom besviken på är de allra värsta.

»Det är väl ganska uppenbart att Brutus är en hane?« säger

han till mig. »Hon kunde väl bara ta en titt under magen på honom.«

En gång satt jag med Tollef på en pub strax efter att jag hade träffat Geir. Kajsa var höggravid med Ingrid, jag var ivrig och fladdrande kär samtidigt som det bara var några månader sedan Roar hade gått tillbaka till Ann, det var mycket jag var tvungen att hålla ihop, hålla på plats, allt kunde falla sönder, jag kunde nästan inte möta Tollefs blick, trots att jag bara ville bre ut mig och få tröst och råd och allt han kunde ge. Jag borde inte dricka, men jag drack. Jag var i starkt behov av uppskattning och godkännande. Jag ville att Tollef skulle bekräfta det enastående i den nya förälskelsen i Geir. Tollef kunde inte dricka alkohol, han sa att han var tvungen att hålla sig körbar om det skulle hända något med Kajsa, och jag blev sårad av det, kände mig åsidosatt. Jag visste att det var orimligt. Hemma i lägenheten i Risløkka låg Kajsa med den stora magen och lille Sigurd och sov, Tollef hade ansvar för dem. Han hade ringt Kajsa och gett henne telefonnumret till puben vi satt på. Jag hade inte ansvar för någon, jag visste inte vad det innebar att ha ansvar för någon på den tiden. Tollef väckte min avvisningsångest, och jag var rädd att förälskelsen i Geir bara var det, avvisningsångest. Jag hade dessutom fortfarande ett stort behov av att prata om Roar, analysera och rannsaka, och Tollef hade en ängels tålamod, han drack kaffe, te, till slut äppeljuice. Så småningom var det tydligt att en av oss drack och den andra inte. Någonstans längst in måste jag fortfarande ha trott att han velat ha mig om han haft chansen, något annat går det inte att stå ut med.

Tollef pekar på en bänk, föser undan snön i tunna flak och borstar av med skinnhandsken, vi sätter oss. Brutus har fyrkantig mun, klotrunda ögon, blinkar inte.

»Och Maiken?« frågar Tollef.

»Plikttrogen student«, säger jag. »Hon läser dubbelt, juridik och psykologi parallellt. Kille med ett namn som låter muslimskt.«

»Är du orolig?« säger Tollef.

Jag ser på Tollef och ler, han ler tillbaka med små ögon bakom all hud.

»Nej, det är du inte«, säger han.

Jag skakar på huvudet.

Jag lyfter upp händerna inne i fickorna och visar upp yllekappan.

»Se«, säger jag, »jag har letat efter exakt en sådan här kappa jättelänge. Gillar du den?«

»Ja«, säger Tollef. »Den är väldigt du.«

Jag känner att jag snabbt blir kall. Himlen är enfärgat vit, marken omkring är också vit. Tollef ser att jag huttrar.

Vi reser oss.

»Ååh, höften«, säger Tollef och haltar några steg, sedan går han normalt. Jag tror aldrig att jag har sett Kajsa med smink, förutom läppstift vid särskilda tillfällen. Då är de färgade läpparna så framträdande, som ett barn som har hittat sin mammas läppstift.

»När jag tänker på mitt liv ser det så ... *tragiskt* ut«, säger jag, med dramatisk, enfaldig röst, som om det var upplagt vad jag vill och väntar mig att han ska säga. »Ett misslyckat liv, ett tragiskt liv«, säger jag, lika enfaldigt.

»Vad är det som är misslyckat och tragiskt?« säger Tollef.

Jag tar ett djupt andetag, gråtfärdig igen.

Tollef skakar på huvudet.

»Det fattar jag inte«, säger han. »Du har Maiken. Och du måste ju se värdet i allt du har haft, även om du inte har haft det så länge. Och du har mig, och Nina, och dina systrar, och många fler. Och nu har du väl ... Lars?«

Jag nickar. Jag har Lars.

Jag tar upp mobilen för att se om jag fått något sms från honom, men det har jag inte.

När jag var yngre hade jag en massa föreställningar om mannen jag skulle träffa och bli kär i. Och som skulle bli kär i mig. Han skulle se bra ut, ha bra utbildning, tycka om att vara i naturen, och vara lätt att tycka om – för familjen och mina vänner. Allt detta är Lars. Han skulle också vara relativt, men inte överdrivet, karriärmedveten – ungefär som Lars.

»Jag tror bara inte att det är något du känt under tiden«, säger Tollef. »Jag tror att du hela vägen har haft ett rikt och meningsfullt liv.«

»Tagit för mig«, säger jag.

»Så till den milda grad«, säger Tollef. »Men jag tror inte att det du känner nu säger något om hur ditt liv har varit. Och vad du har kvar. Och man lever ju inte sitt liv för att sitta där med någon vinst.«

Men jag är orolig för att Tollef försöker övertyga mig om något han själv inte tror på. Han tänker på vad han själv har, och vad han själv uträttat.

»Du är speciell«, säger Tollef.

Jag stoppar ner mobilen i kappfickan och ser upp på Tollef, tiggande blick för att han ska säga mer om hur speciell jag är.

»Jag måste få träffa Lars snart«, säger Tollef.

Jag nickar.

Jag fick Maiken. Jag fick åtminstone henne. Jag borde inte klaga, Maiken var mer än jag förtjänade. Jag tror bara det var slump och tur som gjorde att jag fick barn innan det var för sent. Bara tur.

Moster Liv sa att jag var speciell som barn. Jag sa till mamma och moster Liv på terrassen att Merete hade sagt att jag var så duktig med Pål Martin, att Merete hade sagt att hon inte såg några problem med att lämna över ansvaret för honom till mig, fast jag bara var fjorton.

»Det var verkligen en gullig bebis«, sa moster Liv.

»Det är ett stort ansvar«, sa mamma.

»Vad ska du bli när du blir stor?« sa moster Liv.

»Något med barn eller djur«, sa jag. »Kanske veterinär.«

»Jag ska läsa juridik«, sa Kristin.

»Jag har alltid undrat vad det ska bli av Monika«, sa moster Liv.

Då hade Kristin rest sig och gått in.

»Varför det?« sa mamma.

»Den flickan är speciell«, sa moster Liv.

Jag har funderat och försökt minnas och letat efter anledningar till det där uttalandet, men jag hittar inga, och kanske sa hon det inte med mer allvar än när hon sa att Pål Martin var en söt bebis. Jag kände mig ju speciell, det gör alla barn.

Det har blivit mörkt. Jag frågar Tollef om Ingrid och han berättar att hon blir kvar i London, att hon träffat en irländsk kille.

»Kajsa och jag var hos henne under mellandagarna, då fick vi träffa honom«, säger han.

»Verkar han bra?« säger jag. Tollef nickar, tänker, nickar sedan mer eftertryckligt. »Ja«, säger han. »Ja.«

Vi går över bron förbi alla statyerna, snölagret på vägarna är tunt och knottrigt.

»Lite fladdrig studiegång hittills, men det är okej. Han har en underfundig brittisk humor som jag tror jag kommer att lära mig uppskatta mycket«, säger Tollef.

Tollef kramar mig länge innan vi skiljs. Jag får hela tiden lust att hålla om honom längre, säga något mer. Det är som om hela livet, eller åtminstone den sista halvan, har varit en trög och långsam öppning för insikter, öppning efter öppning, en förberedelse för försoning, hopp om det och tro på det, men utan att någon försoning ägt rum, och här står jag nu.

Tollef går lång och bred mot Kirkveien med Brutus bredvid sig, i grå rock, fantastiska Tollef.

Fredag morgon kommer Maiken springande uppför trappan.

»Kan vi åka direkt, jag är väldigt osäker på parkeringen.«

När träffade jag henne senast? Jag sätter på mig den nya

yllekappan, rosa sjal, tar min ryggsäck och låser dörren bakom oss. Maiken har mörkbrun kappa med skärp i midjan.

Det är minusgrader, gnistrande vita snötäckta träd, tegelbyggnaderna glöder, det ligger snö på alla tak. Det är en svart bil, en Opel, den ser ganska ny ut för att vara ägd av en student. Maiken verkar vara en säker förare, men för mig är det väldigt ovant att se henne köra, jag har aldrig åkt med henne förut.

»Jag hade inte förstått att Statoilmackarna har försvunnit«, säger Maiken på väg ut ur Oslo.

»Försvunnit och försvunnit«, säger jag, »de har ju bara bytt namn.«

Jag undrar om hon, och jag, är medvetna om det allvar vi rör oss mot. Nu känns det som om jag har en så fruktansvärd brist på relevant erfarenhet, att jag har upplevt så lite här i livet, jag vet ingenting om vad Elise går igenom. Det vet inte Maiken heller, men hon är bara tjugoett.

Maiken säger att hon har skaffat en Mac, fast hon egentligen inte hade råd, eftersom alla säger att Mac är bäst och håller mycket längre än en pc.

»Pappa sponsrade med fem tusen.«

»Det är bra. Har kurserna börjat igen?« säger jag.

Hon säger att föreläsningarna inte börjar förrän nästa vecka, men att hon har läst mycket på egen hand.

»Jag ska jobba fast på förskolan på Blindern varje onsdag fram till sommaren«, säger hon. »Vikariera för förskolepedagogen.«

»Ska du vara förskolepedagog?« säger jag.

»Nej, då får väl barnskötaren fungera som förskolepedagog«, säger hon, »jag är assistent.«

»Blir inte det stressigt?« säger jag.

Hon skakar på huvudet, flyttar ner handen till växelspaken, hennes hand är slank, långa fingrar, vinterblek med tydliga blodådror.

Vid Moss frågar jag om det är så att hon har en kille nu.

»Nej. Eller jo. Eller nej.«

»Vem är det då?« säger jag.

»Vem? Vem är vem då?« säger hon.

»Den där som kanske, kanske inte är din kille?«

»Han heter Tobias«, säger hon.

»Tobias?« säger jag. »Pappa sa att han hette Amir.«

»Nej, han heter Tobias.«

»Läser han psykologi?« säger jag.

»Nej«, säger Maiken. »Han pluggar inte. Fråga inte mer. Det är så nytt. Det är han som äger bilen.«

Maiken ligger strax över hastighetsgränsen, hon tar ett tuggummipaket ur det lilla facket framför växelspaken medan hon håller vänsterhanden på ratten, hon frågar om jag vill ha. Klämmer ut ett tuggummi och stoppar det i munnen och tuggar.

»Jag hade inte riktigt begripit att du fått körkort«, säger jag och skrattar, »eller också hade jag glömt det. När var det?«

»Jag tror att det var medan du var sjukskriven«, säger Maiken. »Efter att du och pappa hade gjort det där hopplösa försöket att vara ihop igen. Pappa betalade hela körkortet, på ett villkor.«

»Så var det inte«, säger jag.

»Jag övningskörde en del med pappa«, säger hon. »Så jag klarade det på tolv körskolelektioner. Vet du hur många Kristine fick ta?«

Det var så mycket på en gång, allt blev alldeles mörkt på ett par veckor. Gabriella, som varit min kollega för många år sedan, dog av akut leukemi bara tre månader efter diagnosen, och så var det det där med Geir, det var ett av mina största nederlag, fast vi hade bestämt oss för att ha så låga förväntningar och ambitioner som möjligt, det var en skam som övergick i ångest, en skam som omfattade hela mig och hela mitt liv.

Maiken säger att Kristine hade tagit över trettio körskolelektioner.

»Hon missade på första uppkörningen för att hon körde mot rött ljus.«

»Oj, gjorde hon?« säger jag.

Jag gick hos en psykolog som Ninas syster hade rekommenderat, hon hette Sunniva och kostade tusen kronor i timmen och höll till i en lägenhet i Frogner.

»Det var inte på grund av pappa«, säger jag. »Det var en massa saker. Min kollega som dog. Det hjälpte att byta jobb! Jag har det väldigt bra nu.«

»Vad bra«, säger Maiken.

Jag hade verkligen mått dåligt. Jag såg inga ljuspunkter i livet. När jag hade det som värst tiggde jag om antidepressiva, men Sunniva avrådde, hon sa: »Det tar bottnarna, men det tar även topparna, all entusiasm, all kreativitet, allt sökande efter sanning och mening.«

Jag hade mardrömmar, otydliga, de handlade för det mesta om Maiken, om att se henne på avstånd gå bort på en väg med vinden i håret, eller sitta på en kaffebar i solsken på en barstol med nylonstrumpor och halvhöga klackar och dricka kaffe latte, suverän, självsäker, utan brister eller behov, och att själv vara som i en bubbla. Jag kunde inte prata, inte vara närvarande i världen, som om jag var död och betraktade henne från en annan sfär, känslan av att Maiken kunde vara vem som helst, hon var en vuxen kvinna som rörde sig i världen och gjorde vuxna saker. Det hände inget hemskt i drömmarna, men jag vaknade våt av svett eller gråtande.

Jag pratade och pratade med Sunniva om min relation till mamma, till pappa, mina systrar, min dotter, och Geir, och mitt jobb, men ju mer jag pratade, desto mer allmänt och banalt kändes det jag sa, men likväl viktigt att sätta ord på. Nej, det är kanske ingen som någonsin har sett och förstått mig ordentligt, men så har de kanske inte sett eller förstått varandra ordentligt heller, och jag har kanske aldrig heller sett någon, ordentligt, och förstått dem.

»Jag springer en massa«, säger Maiken. »Minst tre gånger i veckan.«

»Det gör jag med«, säger jag. »Vi kanske kan springa ihop någon dag?«

Maiken nickar, ivrigt.

»Jag springer rätt tidigt på morgnarna«, säger hon.

»Det går bra«, säger jag. »Men jag springer nog mycket långsammare än du.«

»Det gör inget«, säger Maiken.

Hon tuggar tuggummit långsamt, håller en hand på ratten.

Jag minns hennes reaktion när jag berättade om Geir och mig, fortfarande i barnets egocentricitet, ställd inför detta: »Ska ni liksom vara ihop *nu*? Men nu har ju jag flyttat hemifrån!«

»Jag gillar faktiskt att jobba på förskolan«, säger hon. »Det finns särskilt en flicka där, ett och ett halvt år, som är så otroligt mysig. Hon heter Hanna. Hon lyfter upp armarna mot mig när jag kommer, hon kan inte gå än.«

»Minns du Hanna i Ulsrud?« säger jag.

»Det är klart«, säger Maiken. »Vi var kompisar tills hon flyttade, men hon var ju ett år äldre än jag. Så jag blev ofta dumpad för någon som var coolare. Hon var ganska taskig mot mig.«

Jag minns att mamma hälsade på oss i Ulsrud när Maiken var liten, och var riktigt negativ till den där kompisrelationen. »Den där grannflickan har lindat Maiken om lillfingret«, sa hon. »Ser du inte hur Maiken lyder minsta vink? Blir du inte orolig för vad som pågår när ingen ser?« Det hände att hon var klok, att hon såg saker.

Känslan när jag inte besöker mammas grav, det händer ingenting, och förvissningen om att inget skulle ha hänt om jag hade besökt den heller. Och sådär var det den sista tiden hon levde: Jag sköt upp och sköt upp att åka och hälsa på, och när jag väl tog mig till Fredrikstad och sjukhuset, gick genom glasdörrarna och korridoren och hittade henne i stålrörssängen, då var det som om jag hade varit där dagen innan, och dagen dessförinnan, eller som om jag aldrig varit där.

Att besöka henne var som att ta disken, eller dammsuga hela huset som tonåring, precis så. Avklarad plikt, något jag försökte smita ifrån utan att det skulle få konsekvenser. Jag skulle ha putsat hennes glasögon när jag såg att de nästan inte gick att se igenom, även om det var undersköterskornas ansvar. Känt efter om fötterna var kalla. Hon avskydde att vara kall om fötterna! Hållit henne i handen tio minuter till.

»Är du orolig?« säger Maiken.

»Orolig?«

»Du är så tyst«, säger hon.

Jag ler och skakar på huvudet.

»Jag hoppas att det går bra för Elise«, säger jag.

»Ja, herregud«, säger Maiken.

Det är så vackert med solen och frosten, den vita snön överallt.

»Herregud, tänk att förlora sin pappa«, säger Maiken. Då tänker jag för första gången på de tre unga, faderlösa männen. »Det är konstigt«, sa Elise en gång, »jag har alltid trott att pojkarna stod mycket närmare mig än Jan Olav, men nu när de har flyttat är det nästan tvärtom, nu är det honom de vill träffa och berätta för och fråga till råds om allt möjligt.«

»Vad var det för villkor?« säger jag, »för att pappa skulle betala för körkortet?«

»Att jag aldrig någonsin skulle ta något starkare än hasch«, säger Maiken. »För pappa har en helt otroligt jobbig upplevelse av att ha provat LSD en gång när han var ung, säg inte att jag har sagt det.«

»Jag visste om det«, säger jag. Och det jagar upp mig en smula, bara en akut sorg över att inte vara den exklusivt enda han sagt det till.

»Pappa berättade det strax efter att vi blev ihop«, säger jag, »jag tror det var en helt avgörande upplevelse för honom.«

Vi är framme i Fredrikstad halv elva, vi kör hem till Elise, det står två bilar på uppfarten, Maiken parkerar utanför, halvvägs upp på trottoaren. Hon verkar nervös, nästan rädd på väg fram till ytterdörren, och jag känner mig också orolig.

Kristin och Elise står i köket och gör pajer. Det luktar nybakat.

»Men en lycka i all olycka«, säger Elise med tårade ögon. »Stian och Marie ska ha barn. Det är egentligen alldeles för tidigt att berätta det, men de tyckte jag kunde behöva en glad nyhet.«

Jag kramar om henne.

»Så fantastiskt, Elise. Du ska bli farmor.«

Sondre och Stian och Marie kommer in från vardagsrummet, och Maiken och jag kramar om dem en efter en, och sedan kommer Njål och Gard, och efter en stund känns det som om det värsta redan är över.

»Farmor«, säger Elise. »Så konstigt att vara farmor, jag har liksom tänkt att jag ska vara mormor, som mamma.«

»Vad blir jag då?« säger Maiken.

»Syssling!« säger Elise. »Är ni hungriga? Behöver ni något att äta innan vi åker till kyrkan?«

Jag känner en rysning av olust eller obehag när jag ser gula diskhandskar i Elises kök, jag kommer ihåg drömmen jag hade natten till onsdag om Elise på torget. Det står formar med utklämd pajdeg på köksbänken. Kristin står och vispar något i en bunke.

»Det går så bra«, säger Elise. »Vi hade så trevligt här i går kväll, med vin och god mat, alla pojkarna var hemma och Kristin och Njål var här. Ivar och Gard kom i dag, bara en halvtimme före er. Livet går vidare, det känner jag.«

Kristin mal peppar över bunken.

»Det är stopp i toan i källaren«, säger Elise, »ingen får använda den. Ivar är ute och köper Mr Muscle.«

»Tanken på att det faktiskt kan hända mig också snart, att

jag kan bli farmor, är väldigt konstig«, säger Kristin. »Men varken Njål eller Gard har flickvänner för tillfället, de är väldigt kräsna.«

»Det *kan* hända dig också snart, Monika«, säger Elise.

»Nej, det kan det faktiskt inte«, säger Maiken, och Maiken och Elise och Kristin skrattar.

»Bara så fruktansvärt synd att Jan Olav inte hann få veta att han skulle bli farfar«, säger Elise.

Sedan ser hon på mig, nästan undrande.

»Men egentligen skulle det ju inte ha spelat någon roll?«

Kristin stannar upp med vispen i handen.

»Jag har nog ett lite sakligt förhållande till döden«, säger Elise. Kristin häller över äggblandningen i pajskalen.

För många år sedan på en julmiddag hos Elise och Jan Olav sa pappa: »Åh, denna kontrast mellan det muntra, lustiga, och den iskalla, ödsliga sanning den förmedlar.« Han menade en julsång på stereon, *Hej tomtegubbar slå i glasen*.

»En liten tid vi leva här«, sa pappa. »Det varar så kort. Och allt detta besvär. All denna möda.«

Pappa log, men det var något annat än glädje. Elise dukade av kakbordet, ville ha hans konjaksglas men han behöll det. Och jag tänkte på en rad småtomtar som försöker övertyga sig själva och varandra om att livet är bra och meningsfullt, fast de vet att det är tvärtom. Låt oss lustiga vara, snälla låt oss vara lustiga, för snart är det över. Maiken satt på golvet i röd klänning och strumpbyxor med vridna knän och knäckte nötter. Jag frågade pappa om det blev lättare att förhålla sig till döden när man blev äldre. Och han såg på mig och skakade på huvudet och log.

»Nej, tvärtom. Tiden accelererar«, sa han. »Livet är alldeles för kort.«

Han tömde de sista konjaksdropparna i munnen.

Så självklart mogen jag alltid har känt mig i vilket stadium jag än har varit, med en självskriven överblick och förståelse för människorna runt mig, bara inte när jag har tittat tillbaka, aldrig då. Alltid omogen vad gäller omtanke, att sätta mig in i andras situation, inkompetent. Förmodligen var pappa rädd för att dö. Jag blev orolig när han pratade om döden, men det var nästan en oro jag njöt av. Hans oro var mig ganska ovidkommande, jag tänkte mest på min egen.

Mammas piano står i Elises vardagsrum nu, Maiken trycker ner den ena tangenten efter den andra så att det blir något som påminner om *Hej, sa Petronella*. Jag tänker på mamma som alltid måste övertalas till att spela piano fast hon älskade det, det gjorde mig orolig redan när jag var liten. Och pappas ängsligt överseende ansikte när vi hade gäster och han kände att hon gick för långt i sitt koketteri, att hon gjorde bort sig.

En gång sa mamma till pappa: »Jag kanske hade talang?« Men pappa skakade nästan omärkligt på huvudet, och sedan började mamma också skaka på huvudet, hon trodde inte på det själv. Men: »Kanske det, du är åtminstone duktig«, sa pappa. Ett år innan jag flyttade hemifrån slutade hon arbeta som musiklärare, det behövdes inte mer än att pappa lättsamt sa vid middagsbordet: »Du *måste* ju inte jobba.« Jag vet inte vad som hade föregått detta, men det gick en lättnadens suck genom mamma, och sedan var det bestämt. Det var sent på våren, körsbärsträden blommade och det var bara några veckor kvar på terminen, och därefter satte hon aldrig sin fot på skolan igen.

Hege och Jonas kommer nerför trappan och hälsar, Jonas är stor, kraftig men inte tjock, jag kramar om honom. Han är kortast av de tre bröderna och hans flickvän är lika lång som han.

»Tänk att det inte är någon av oss som kan spela«, säger Elise, »och inget av våra barn heller, men Hege kan faktiskt spela.«

»Det är en överdrift«, säger Hege.

»Inte alls«, säger Elise.

»Påstår du alltså att jag inte kan spela?« säger Maiken. »Hörde du inte hur vackert och felfritt jag spelade *Hej, sa Petronella*?«

Ivar kommer in och kramar mig med Mr Muscle i handen. All närhet är bra nu, all kroppskontakt.

Han håller upp flaskan mot Elise.

»Jag är osäker på om det kan användas i toan«, säger han, »det är inte så lätt att förstå utifrån vad som står på.« Elise tar den och läser med rynkade ögonbryn.

»Det står ingenting om det«, säger Elise. »Men det kan väl åtminstone inte skada?«

Ivar är skeptisk. Han tror inte den kommer att ha någon särskild effekt, att det är svårt att få medlet dit där det är stopp.

»Jonas!« ropar Elise med skarp röst. »Kan du googla Mr Muscle? Om det kan användas i toan?« Jonas går iväg för att hämta sin mobil.

»Vad gjorde man före internet?« säger Elise. »Jag hade inte klarat mig utan. Jag googlar allt möjligt.«

Det låter lika konstigt andra gången hon säger ordet »googla«.

Jag tänker på Trond Henrik som trodde jag googlade för att sätta honom på plats, han kallade mig för snålgooglaren. Han sa: »När andra googlar för att vidga sina horisonter gör du det för att snäva in dem.« Han sa det på skoj, kärleksfullt.

På spisen fräser skivad squash i stekpannan. Elise säger att det mesta är beställt från en cateringfirma. »Utom de här pajerna, och frallorna«, säger hon. »Och diverse kakor, det var den enklaste sak i världen att få folk att baka kakor. Du måste ta med dig hem i morgon, det kommer att finnas så mycket rester.«

Jag tänker på i morgon, och på resterna, och på alla Jan Olavs saker. Posten som fortsätter att komma till honom. Prenumerationen på Tidende, tandläkarnas egen tidning. Hans mobil kommer att ringa. Och båten, och bilen, som det bara var han som körde. Och lägenheten i Arguineguín. Att tvätta hans smutstvätt för sista gången.

»Det står på flera ställen att det inte ska användas i toaletten«, säger Jonas. »Men jag får inte riktigt fram varför.«

»Okej«, säger Elise. »Då får jag sätta en lapp på dörren.«

Jag lägger de stekta squashskivorna så tätt som möjligt över äggsmeten i pajskalet.

»Trond Henrik ska ge ut en roman, visste du det, mamma?« säger Maiken, »jag läste det i Aftenposten.« Hege frågar vem Trond Henrik är.

»Det är en pojkvän jag hade«, säger jag. »Vi bodde ihop ett tag.«

»Och så jag, då«, sa Maiken. »Jag bodde också med honom. Och hans dotter. Hon var en mardröm. Hela stället var egentligen en mardröm. Eller hur, mamma?«

»Nej«, säger jag. »Inte mardröm. Nej, det skulle jag inte säga.«

Jonas lägger in vattenflaskor i kylen. Jag ser en öppnad burk fiskpastej i kylskåpsdörren, Jan Olavs favoritpålägg.

»Åh, vad jag var hemsk mot Frøya!« säger Maiken till Jonas och lägger händerna mot kinderna. »Jag brukade stänga in henne i ladan så hon blev rädd och kissade på sig.«

»Du har alltid varit en utpräglat ondskefull kusin«, säger Jonas till Maiken.

»Åh, säg inte så!« säger Maiken. »Och när hon hade kissat på sig retade jag henne. Hur hemsk får man bli?«

Nu ställer Elise in de två pajformarna i ugnen, de får plats bredvid varandra, den ena är rektangulär, den andra oval. Spisen är så skinande blank och ren. Jag ser hennes nacke, örat, och kinden, och hela ansiktet är hopdraget och skrynkligt, äntligen gråter hon, med händerna för ansiktet.

»Åh, Elise«, säger jag. Kristin öppnar sin famn och Elise lägger huvudet mot hennes axel och gråter en liten stund, men sedan rätar hon på sig och lägger ifrån sig grytlapparna på bänken och torkar sig under ögonen.

»Åh, det ska bli lite skönt att komma igenom begravningen«, säger hon.

Sondre kommer in i köket i kostym. Maiken är glad, pratsam, skrattar mycket, det verkar som om hon vill göra intryck på Jonas och Hege, och nu slår hon teatraliskt ihop händerna.

»Sondre! Jag har aldrig sett dig i slips, och inte trodde jag att jag skulle få se det heller!« säger hon. Jag tror att hon ska krama honom, men hon börjar rätta till slipsen medan hon skrattar lågt.

»Sådär«, säger hon, »nu ser du ordentlig ut.«

»Ska vi redan byta om, mamma?« säger Jonas.

»Det är inte så bråttom«, säger Elise.

Sondres slips har diagonala ränder, han har båda händerna uppe vid halsen, knuten ser ut att sitta hårt. Jag sa till Frøya: »Men du är en stor flicka, du måste komma ihåg att gå på toa, om du inte kommer ihåg att gå på toa när du ska kissa kan du inte leka med Maiken i ladan.«

»Men hur har du det, Maiken?« säger Kristin. »Jag hörde att det går bra med juridiken?«

Maiken släpper Sondres slips och vänder sig mot Kristin och nickar. »Ja, men jag vill inte satsa allt på en häst, så nu läser jag psykologi parallellt.«

»Det låter orimligt tufft«, säger Kristin.

»Får se hur länge det går«, säger Maiken.

Jag har ett minne av att putta på Frøya i gungan på gården alldeles efter beslutet om att flytta därifrån. Nu lämnar jag dig. Nu ger jag upp. Och varför gjorde jag det? Eller hur kunde jag? Jag hade lovat Trond Henrik att vara med honom resten av livet. Han hade sagt att han var rädd att förlora mig, att han inte visste vad han skulle göra om han förlorade mig.

»Men du förlorar mig inte«, sa jag då.

Jag puttade på Frøya om och om igen på gungan, med båda händerna mot gummidäcket. Frøya satt med rak rygg och gav ifrån sig små hämmade eller ohämmade tjut när farten blev för hög. Nu ger jag nog din barndom en knäck. Jag hade så småningom förstått att Frøyas barndom hade fått sig en del törnar.

Länge trodde jag att det jag ville ha och behövde mest i ett förhållande var likhet, samstämmighet i uppfattningar om livet och världen och meningen med allt. »Jag är kär i ditt huvud«, kunde Trond Henrik muttra. Men vad gjorde den med honom, den förälskelsen? Vad skulle vi ha den där huvudförälskelsen till? Två hårda, stängda skallar, mjuka kroppar och så många behov. Han kunde bli sorgsen när han tog av locket på en yoghurt, eller drog upp Frøyas vinterjacka ur en väska, och jag förstod honom, förstod sorgen, men den var hans. Han stod framför bokhyllorna och suckade och såg ut som om all världens elände fanns i de där böckerna, och att han, lite i taget, var tvungen att lägga det på sina axlar.

Den enda gången jag såg pappa gråta var vid Halvors stängda kista med alla blommor. Jag förstod inte varifrån alla kom, kände alla dessa människor Halvor? Vilka var de? Pappa sa att Halvors sorgsenhet inte var något vi kunde göra något åt, och det var ovanligt att han sa sådant, det verkade vara något han hade funderat över och en slutsats han kommit fram till. Han sa att Halvors sorgsenhet var av en annan sort, den hängde inte ihop med hur världen eller saker och ting var eller inte var, eller vad de omkring honom gjorde eller inte gjorde. »En kontrollpanel i hjärnan«, sa pappa, och det var allt pappa sa om Halvors självmord.

Tystnaden i kyrkan vibrerar runt alla harklingar och dunsar mot bänkraderna och prassel med programmet. Vi sitter bakom Elise och sönerna med sina flickvänner, Marie med handen konstant över sin mage, jag har Maiken till vänster och Kristin på höger sida. På programmets framsida är det ett foto på Jan

Olav i bar överkropp i båten, leende, den håriga bröstkorgen. En barnarm bredvid honom; ett barn är bortklippt. Den första orgeltonen får något att brista i bröstet, jag är inte förvånad över det och nu gråter jag. Elise vänder sig om, och när hon får syn på mig verkar hon så *nöjd* över att jag gråter. Elises ansikte, så samlat, men inte som om det är något hon måste anstränga sig för. Något medfött, orubbligt. Kristin ser på mig och ler som om jag var ett litet barn.

Jag tyckte alltid att Elise förtjänade någon bättre än Jan Olav. Men på Stians och Maries bröllop, efter desserten, medan vi fortfarande satt till bords, talen var lyckligtvis slut, gick jag in på toaletten och såg Jan Olav sitta bakom Elise och hålla hennes hår medan hon kräktes. Elise framåtböjd på knä och med skrevande lår framför toan, i strumpbyxor som hade en maska på vaden. Hon hade fortfarande på sig de högklackade skorna, anklarna vridna i konstiga vinklar, slitsen i kjolen uttänjd, sömmen höll antagligen på att brista. Jan Olav höll hennes hår. Och väntade. Inte otålig, inte irriterad, inte äcklad. Höll håret och plockade upp en lock som föll ner i pannan. Som om det var hans uppgift nu. Det hände, och då tog han hand om det – det var med Elise det hände. Hennes rygg kröktes i kväljningar. Hans skjortärmar var uppkavlade.

Vi reser oss och sjunger *Så tag nu mina händer och led du mig, att saligt hem jag länder, o Gud till dig. Ditt barn i nåd ledsaga, min väg är svår. Jag vill ett steg ej taga där du ej går.* Jag gråter med händerna på ryggstödet till bänkraden framför mig. Det var enstaka kontaktpunkter och ett otal gnissel och förlösningar, och de mest banala meningar far genom mitt huvud: Du kan inte bara dö på det där sättet. Jag fick inte säga hej då. Kristin tar mig om armen och kramar den. Psalmsången och orgelmusiken borrar sig djupt in i min kropp, ett brus när människorna reser sig, det höga välvda taket och min syster i altargången, de tre sönerna med sina slutna ansikten, Jonas,

Stian, Sondre. Hulkningarna vrider sig ut ur min kropp och Maiken står lång och rakryggad bredvid mig och vet inte sin arma råd, och jag vet inte vad jag ska säga, hur jag ska förklara mig, och om jag vetat hade jag ändå inte kunnat prata. Vi följer efter mellan bänkraderna och ut i ljuset.

Det har börjat snöa igen. På andra sidan kyrkogårdsmuren står en lastbil på tomgång, så smutsig av avgaser att firmanamnet inte syns. Jag har fått ett sms från Lars om att han har landat på Gardemoen, och jag kan se honom framför mig, gå genom taxfree, plocka åt sig vinflaskor och snus. Lars är femtiosju, lika gammal som jag. Han är kraftig, inte tjock. Specialrådgivare åt Röda Korset för utvecklingsarbeten. Saklig, han skiljer på jobb och fritid, nästan cyniskt, hjärtlöst. Han tar aldrig med sig jobbet hem. Jag träffade honom i affären vid några paket oxfilé för halva priset som höll på att gå över datumet, Lars sa: »Det är nu köttet är som bäst.«

Det står grupper av människor vid bilarna och runt om. Maiken står några meter ifrån mig med ansiktet bortvänt från alla, halsen sträckt, blek. Hon är min. Och jag har under många år sett henne bli sig själv, hela tiden plötsligt en annan person för mig, samtidigt faktiskt i färd med att bli en egen person, en plikttrogen, ansvarsfull, och en aning neurotisk? Allt jag inte har snappat upp och allt jag inte förstår. Allt som inte liknar mig, och allt som liknar. Allt som liknar Geir, och Geirs mamma, och Geirs syster.

Sedan går jag fram till Maiken och ler och säger: »Puh«, och hennes ansikte förvrängs precis som det gjorde när hon var yngre än tolv, vinden blåser håret för hennes ansikte, så jag drar henne emot mig och kramar henne, och det kommer hulkningar ur henne i en lång oregelbunden rad, jag kramar henne hårdare. Elise står på den snötäckta parkeringsplatsen, avsked och sorgsna lyckönskningar, omfamning efter omfamning, hur alla ser ut som om de dukar under när de sätter sig i en bil, och Maiken bara gråter.

»Lilla vän«, viskar jag i hennes öra. Med den vänliga, lugna känslan i bröstet, att känna denna närhet, bli behövd. Alla sätt hon sagt *mamma* på under årens lopp. Jag släpper dig inte förrän du förstår att du behöver mig.

Det finns snittar med räkor och rostbiff och kyckling, tunnbrödsrullar med lax, pajer med olika fyllningar, kanske femtio eller sextio petit chouxer med pudrat florsocker, diverse mjuka kakor med glasyr. Maten känns överdrivet uppstyltad för att vara för en begravning. Elise rör sig mycket, pratar med många, men långsamt, eftertänksamt, hon får mig att tänka på någon som bevittnat en olycka och nu har ett starkt behov av att prata om det, mycket, men känner att det inte passar sig. Så hon hejdar sig hela tiden, behärskar sig, väger orden. Men prata på bara, tänker jag, nu kan du säga vad du vill, prata hur mycket du vill. Jag hör henne för andra gången säga att det hade gått bättre än väntat hittills, men att hon räknar med att det kanske kommer tyngre dagar senare.

Elise kommer fram till mig och viskar: »Gunilla är här.«

Hon kastar en blick in i vardagsrummet och säger: »Hon som står med han den där rödhårige, det är Jan Olavs kompanjon, Georg, som Jan Olav fick in när Per gick i pension.«

Framför det stora vardagsrumsfönstret står Jan Olavs assistent, Gunilla, jag känner igen henne, hon har svart kjol och svart kavaj och blekt lockigt hår.

»Jag stod inte ut med tanken på att jag skulle ångra mig efteråt«, säger Elise. »Dessutom skulle ju folk undra varför hon inte var här, hon har varit Jan Olavs assistent i nästan tjugo år. Och jag är inte arg på henne, det har jag aldrig varit. Det är säkert bra för henne att vara här.«

En generositet som nästan är självutplånande, men kanske är det lika mycket en subtil utsuddning av Gunilla eller Gunillas roll.

Jag tänker på sms:et jag fick när Roar dog.

»Var det inte storsint av hans fru?« sa jag till Tollef över en öl och chilinötter. Och dagen efter i telefon med Kristin:

»Var det inte storsint av Ann?«

»Jo«, sa Kristin, »det var det. Är det inte lite skönt?« sa hon. »Ett hemskt kapitel av ditt liv definitivt avslutat?«

Eller återuppväckt, hela sommaren i den stämningen.

Roar är död.

Death of Roar.

Jag gick inte på begravningen, men jag skickade Ann ett översvallande ödmjukt och tacksamt svar som jag ångrade efteråt.

»Jag kommer nog att känna mycket sorg över saker som inte blir av«, hör jag Elise säga till Jan Olavs brors fru.

»Min mamma sa alltid att det inte fanns någon stabilare man än Jan Olav«, säger hon till Ivar strax efter.

Maiken står i ett allvarligt samtal med Kristin, så vuxen, så lång. Jag hör henne säga:

»Jag har tänkt att det finns så många sätt att leva sitt liv på med utgångspunkt i juridiken, och att både du och morfar är ganska bra exempel för mig.«

»Det blir jag jätteglad av att höra«, säger Kristin. »Men det är inte allt jag är stolt över, det är lätt att bli för fokuserad på mindre ädla motiv.«

»Jag är ju väldigt intresserad av psykologi också«, säger Maiken.

När Maiken var elva grät hon och sa: »Vad är egentligen meningen med allt? Varför lever vi här på den här jorden?« Men jag kunde inte föreställa mig Maiken som fjorton, femton, arton säga något sådant, eller tänka något sådant. Men nu kanske, Maiken tjugoett.

Maiken får syn på mig och kommer fram och frågar om jag tror att det är okej om hon åker snart. Hon har satt på nytt läppstift, nästan plommonfärgat, men blekare.

»Jag har bestämt träff«, säger hon. »Med honom.«

»Jonatan«, säger jag. »Nej. Tobias?«

»Tobias«, säger hon.

Jag får den helt främmande tanken att hon inte får åka ifrån mig, inte lämna mig här i Fredrikstad med detta muntra begravningssällskap, för nu känner jag mig som den sorgsnaste av alla, eller den som har mest att vara ledsen över.

När Maiken var tretton stukade hon foten, hon ramlade ner från ett träd på skolan, jag blev uppringd fast det var Geirs vecka, de ringer alltid mamman först. Det var strax efter att vi hade flyttat tillbaka till Oslo och jag hade ingen bil, jag hämtade henne i taxi och vi åkte till akuten. Hon ville till Geir när hon hade fått stödbandage och kryckor.

»Det är ju pappavecka, jag ska till pappa i dag«, och jag lät henne, bad taxichauffören köra oss till Ulsrud. Det låg snörester på den lilla gräsmattan, trädgårdsmöblerna var täckta av en presenning. Jag var inte ofta där, i stort sett tog sig Maiken mellan hemmen själv. Hon ville inte ha hjälp uppför trappan, hon ville klara sig själv med kryckorna, sjuksköterskan hade gett henne instruktioner. Hon stod där på översta trappsteget på ett ben och fumlade med nycklarna, och när jag såg att dörren gick upp bad jag taxin köra. Jag skickade ett kort sms till Geir, på den tiden var vi kortfattade.

Först efter en stund kom jag på att jag hade skon och strumpan till hennes vänstra fot i min väska, vit Nikestrumpa med grå fotsula, gympaskor, också Nike, och det fick mig att tänka på när Knerten måste avlivas när jag var femton. När jag och pappa åkte från veterinären hade jag hans halsband i handen, jag trädde det över handleden som ett för stort armband, förvånad över hur tunn hans hals hade varit, och jag tänkte på nacken på fåglarna vi begravde. Vi gick över parkeringsplatsen i regnväder, jag snyftade och hulkade, pappa med mörk blick, pappa låste upp bilen och jag ville att han skulle säga något tröstande eller förmildrande, som: Ja, ja, han har haft ett bra hundliv, men han sa ingenting.

»Jag tror att du kan åka snart«, säger jag till Maiken. »Men du kan ju vänta tills de första gästerna går.«

»Men tänk om alla tänker så?« säger Maiken.

Nu sitter Kristin i soffan och pratar med Jan Olavs bror. Till skillnad från Jan Olav har Tor Arne en massa hår, ett grått svall. Han har som sin bror tre vuxna barn, men två av dem är döttrar. De har båda en anonym skönhet och konventionell klädstil, obestämbara i ålder, jag tror båda är födda mellan Stian och Sondre, jag har ett minne av dem i blårandiga klänningar på Sondres dop.

»Vänta en halvtimme då«, säger jag till Maiken.

Hon går bort till Sondre som står med sina kusiner med en petit choux mellan tumme och pekfinger. Varför har inte jag bakat några av de här kakorna? Varför har inte jag bett om att få bidra, hjälpa till?

Elise kommer framstörtande till mig och ser hemlighetsfull och upprörd ut.

»Glöm det jag sa om att bli farmor«, viskar hon. »Marie blöder.«

Maiken öppnar munnen med det plommonröda läppstiftet och säger något till Sondre när han tar ett bett av petit chouxen, hans kusin ler åt det Maiken säger.

Jag ville hejda Elise, åtminstone hålla henne på avstånd. Det är inte säkert att jag behöver veta detta, jag skulle ju inte ha fört vidare den första informationen till någon. »Det har gått fel«, säger hon. »Men de tar det bra. Det är ju väldigt vanligt. Hon var bara nio veckor gången och hon är bara tjugoåtta. Och nu vet de i alla fall att de kan bli gravida. Det är ju helt enkelt sådant som händer«, säger hon, och kanske är det något Elise skulle kunna säga om allt. Det är vanligt att ett embryo inte utvecklas utan stöts bort. Det är vanligt att en sjuttio år gammal man får en hjärtinfarkt och dör. När mamma dog sa hon: »Ju äldre man blir desto lättare är det att försonas med att bli föräldralös.«

»Hur mår Marie då?« frågar jag.

»Hon är vid gott mod«, säger Elise. »Hon har lagt sig en stund där nere.«

»Åh, Elise. Jag vet inte vad jag ska säga«, säger jag.

Elise skakar på huvudet.

»Det var lite otäckt«, säger hon, »för Marie hade låst in sig på toaletten i källaren, och jag blev så stressad och började knacka på och sa: 'Hallå! Det är stopp i toaletten! Den *får* inte användas!' Och så satt hon där och fick missfall.«

Jag får en skymt av Stian ute på verandan, han står ute med några andra och röker. Elises smink slutar i en rand längs käkbenet och upp förbi örat och hårfästet.

»Jag är lite ledsen över att moster Liv inte är här«, säger hon, »hon och Jan Olav hade en speciell kontakt. Men jag tror bara det skulle bli besvärligt och förvirrande för henne.«

Jag får den där barnaggressionen igen, ser nästan rött, jag tycker hon diktar ihop relationer och kontakter, jag tror inte alls på det där. Jag har aldrig sett något som liknar en speciell kontakt mellan moster Liv och Jan Olav, jag kan inte ens minnas att jag sett dem prata. Jag kommer ihåg att mormors begravning var samma dag som en klassfest, jag var femton. Jag bönföll mamma att få gå på festen efter minnesstunden, men mamma sa nej och visade upp sin lidande min. Jag sa: »Men jag kände ju inte mormor över huvud taget!«

»Åjo, det gjorde du«, sa mamma.

Jag fortsatte tjata och pappa sa: »Monika, nu låter du din mamma vara. Vad är du för slags människa? Din mormor är död och du tjatar om en fest!«

Och sedan kom Elise nerför trappan och sa: »Klart du kände mormor, Monika!«

*

Sist jag hälsade på moster Liv på hemmet blev jag förvånad över hur klar hon verkade.

»Ja, här har jag det bra«, sa hon, »och maten är härlig och personalen är så trevlig.«

En afrikansk man svepte en mopp i en evighetsåtta längs korridoren, varje åtta började i den förra, som borden vi hade i skolan i första klass, det klickade i moppen varje gång han vred till och bytte vinkel. Vi pratade om mamma och pappa, och Halvor, och det mesta av det moster Liv sa var adekvat, förutom att hon upprepade en del meningar flera gånger.

»Nej, men det att han kunde välja att lämna livet, det framstår fortfarande som obegripligt för mig.«

Moster Liv kom aldrig in på Benedikte. Men hon ville gärna prata om när pappa dog, han blev inlagd på sjukhus två veckor innan han dog.

»Else var ju åtta år äldre än jag«, sa moster Liv. Hon tänkte efter lite och sa: »Så det är inget konstigt alls att jag var lite vackrare.« Sedan blev blicken frånvarande och så sa hon: »Jag höll honom i handen när han dog, det hände plötsligt, men inte *så* plötsligt.« Hon verkade hemlighetsfull, konspiratorisk, som en liten flicka, hopkrupen, och hon såg sig blixtsnabbt åt vänster och höger, håret stod ut i vita fjun från hårbottnen, hon liknade Skalle-Per i *Ronja Rövardotter*, en knubbig variant.

»Jag ville inte att Else skulle vara där«, viskade hon. »Jag ville ha honom för mig själv den sista stunden.« Hon log, drömmande och påtagligt skamsen, hon drog upp axlarna och knep ihop ögonen. »Han höll min hand som om han aldrig ville släppa«, sa hon. »Jag förstod att det var de sista minuterna han hade här på jorden. Det var nästan inga andetag längre.« Moster Liv demonstrerade, andades lätt och kort, som en kanin.

»Else hade suttit där i många timmar och var så hungrig, hon var nere i kaféet och åt ett wienerbröd och jag hämtade henne inte.«

En vitklädd kom in genom glasdörrarna med middagsvagnen. Solen sken i matbehållarna av metall, som något man utfodrar hundar med.

»Nej, det gjorde jag inte. Säg det inte till någon«, sa moster Liv.

Undersköterskorna gled en efter en in i köket, tog av locken och släppte ut matlukten, öste upp på vita tallrikar. »Else var ju åtta år äldre, så det var inget konstigt att jag var lite vackrare«, sa moster Liv.

När jag sa hej då till henne sa hon:

»Åh, Else, jag skulle köpa kotletter till söndagsmiddagen, men jag tror att jag köpte alldeles för få. Kommer Kristin hem till middag?«

»Det går bra«, sa jag. »Tänk inte på det, jag ska ordna det där.«

»Men det var ju jag som skulle göra det«, sa moster Liv. »Du ser trött ut, Else, jag tycker du ska vila dig.«

Det var ju hon som var trött, hon som var över åttio med en hjärna som långsamt förstördes. Men hon såg ju inte trött ut, hon såg pigg och nyfiken ut, glad. Och jag kände mig trött. Innan jag gick sa jag:

»Det var din förtjänst att jag hade en lycklig barndom.«

»Åh, var det?« sa hon, och kroppen knöt sig av stolthet och lycka.

»Du är en helt fantastisk människa, moster Liv«, sa jag. Och så fick jag den där känslan av att världen låg öppen runt henne, att hon kunde skörda allt hon hade sått, att hon hade många möjligheter och människor som tyckte om henne och behövde henne och kände djup tacksamhet mot henne, och att hon visste allt detta och kunde vila i det och njuta av det, och sedan kom Bent in genom dörren.

Moster Liv tog ett djupt andetag och suckade, darrande:

»Min älskling«, sa hon. »Så bra att du kom.« Hon vände sig mot mig och sa: »Jag är så förälskad«, nästan med ett drag av förtvivlan.

Bent följde mig ut i korridoren. Han var så nyrakad att jag inte kunde ana någon skäggväxt, han hade jeansskjorta under en tröja jag kunde tänka mig att moster Liv hade stickat. Han sa: »Hon är i ett ras, det går så fort, jag förlorar henne i ett ras, jag vet inte var jag ska ta mig till.«

Jag gick genom de dubbla glasdörrarna och nerför trappan och ut i majsolen. Jag var röksugen och letade efter en kiosk. Det var små knoppar på björkarna, det låg ett hårt och ilsket ljus mot kioskfasaden och det luktade varmt och bekant och tryggt där inne. Ljudet av kassaapparaten, gnisslet av plastförpackningar, så skönt efter hur moster Livs röst fyllt öronen och huvudet.

Maiken bytte från kjol och blus innan hon körde hem, hon gick över grusplanen i snäva jeans och kort skinnjacka och tryckte på bilnyckeln så att låset gick upp med ett pip. Hennes rumpa ser helt fantastisk ut i de där byxorna. Hon fick trassla lite med att backa förbi Ivars och Kristins bil innan hon kom ut.

När Maiken var liten var det som om hennes uppfostran handlade om att knäcka hennes vilja. Att jag lyckades gång på gång när hon förstod att hon inte hade någon makt eller något inflytande. Känslan av seger då. Och sedan kunde hon stanna till, se undrande på mig, på min matta triumf; var jag inte hennes mamma, klippan, den eviga stöttepelaren som alltid var trygghet, som alltid, oavsett vad, skulle vara starkare än hon, och inte behövde bevisa det om och om igen, för mig själv och för henne, genom att konstant knäcka och förödmjuka henne på det där sättet?

Alla gäster har gått. Sondre sitter i vardagsrummet med fjärrkontrollen i handen. Stian och Marie har också kört hem till Oslo. Kristin, Elise och jag slingrar oss förbi varandra i köket, lägger folie över uppläggningsfat, ställer in assietter och koppar i diskmaskinen, och sedan hörs klara pianotoner genom klirret av koppar och glas.

»Jan Olav tyckte inte om plastfolie«, säger Elise. »Den bara klibbade ihop sig för honom. Han sa att det var djävulens påfund.«

Hege spelar piano i vardagsrummet. Jag känner igen melodin, klassiskt, det är Bach.

Elise lägger en diskmedelstablett i facket på luckans insida.

Hur är det att förlora en livskamrat?

Jag trodde att förlora sin mamma i rätt ålder skulle gå mer obemärkt förbi, men det var som om allt jag hade gjort, alla mina ansträngningar, hade varit för henne. Förlora underlag och utgångspunkt. Förlora orsak, bevekelsegrund. Vara prisgiven åt slumpen och sina egna infall.

Kristin häller tillbaka sylt ur en skål till en liten plastspann.

»Ivar och jag stannar till i morgon«, säger hon. »Om du inte vill slippa oss förstås.«

»O nej«, säger Elise. »Det är trevligt om ni stannar. Men jag vill inte att ni ska känna någon som helst plikt.«

»Vi vill gärna stanna«, säger Kristin.

Kristin sätter på locket på syltspannen och trycker fast det. Hon torkar av köksbänken, sköljer trasan och hänger den över kranen. Elise kommer in från vardagsrummet med tre vinglas, hon tar ner en box rödvin från skåpet över kylen. Hon räcker Kristin och mig var sitt glas. Jag får en känsla av något rituellt, något besvärjande: systrar, nu ska vi dricka tillsammans.

Vi sätter oss runt köksön.

»Jag tycker det var en väldigt fin begravning«, säger Kristin.

Jag nickar. Elise häller rödvin i glasen.

»Ja«, säger Elise. »Jag hade kanske hoppats att någon skulle säga några ord om Jan Olav. Jag kan ju inte sådant. Men det är ju jag som känner honom bäst.«

Sedan höjer vi glasen, Kristin luktar på sitt och tar en klunk.

»Samtidigt tänker jag väl att Jan Olav är någon som det skulle vara ganska lätt att säga något om«, säger Elise.

»Elise, du borde ha sagt till om du ville att någon skulle säga något«, säger Kristin.

Sedan lyssnar hon in mot vardagsrummet och säger: »Hon är ju bra?«

Elise nickar. Hon har nästan tömt sitt glas. Hon ser med längtan på vinboxen, i den finns en lindring som inte är tillgänglig för henne, inte i kväll, hon måste se upp. Precis när vinet håller på att göra allt lättare.

»Stannar du till i morgon?« säger hon till mig. Hon har bättrat på sminket, fransarna är svarta och täta.

»Jag hade tänkt det«, säger jag. »Men det blir kanske fullt? Kanske ska jag dra mig hemåt?«

»Det gör du precis som du vill«, säger Elise. »Du är varmt välkommen att stanna.«

Vi sitter på barstolar runt en köksö, Elise och Jan Olav fick köksön när de renoverade i fjol, Elise hade önskat sig det, men jag har alltid tyckt att det är dumt. Dumt att sitta på barstolar i ett privat hem.

»Jag ska ta och gå igenom alla foton«, säger Elise, »det har jag tänkt länge att jag skulle göra i vilket fall som helst. Det är nackdelen med digitalkamera, man tar så in i norden mycket kort, foto efter foto som nästan är likadana, och så måste man lägga en massa tid på att välja ut de bästa. Det var lättare förr när man inte hade något val.«

Ett sugande brummande ljud från diskmaskinen, och sedan en kaskad.

Jag tar cigarettpaketet och går ut för att röka.

Kylan är vass mot slemhinnorna i näsan. Innanför den öppna garageporten ser jag bilen som jag knappt sett Elise köra, snöskyffeln står lutad mot väggen där inne bredvid spadar i två storlekar. Trädgårdsstolar staplade på varandra, en gul plastback. Jag skickar ett sms till Lars med ena handen medan jag röker med den andra, och jag skriver att jag har lust att komma hem i kväll. *Är du säker?* svarar Lars. *Ja*, svarar jag.

Din syster behöver dig inte? skriver han. *Nej, det är förvånansvärt bra med henne. Och jag saknar dig*, skriver jag. Jag får tre röda hjärtan tillbaka.

Elise har hällt upp mer vin i mitt glas. Det går ett tåg om en kvart, och ett en timme senare. Då är jag i Oslo före elva. Då kan jag träffa Lars i kväll.

»Jag har det bra, Monika«, säger Elise. »Jag förstår mycket väl om du vill komma hem, verkligen. Och Kristin och Ivar stannar ju till i morgon. Jag kan ringa efter en taxi åt dig.«

Den rena köksbänken bakom henne, pajformarna på tork i diskstället, örterna i fönsterkarmen, jag är så utanför allt. En lättnad och befrielse, men också: Vill de inte ha mig här, är det inte viktigt att jag är här, ska vi inte vara samlade allihop?

»Men du säger till om det är något du behöver?« säger jag.

»Det gör jag!« säger Elise.

Jag samlar ihop mina saker, orkar inte byta från den svarta klänningen. Jag skickar ett sms till Lars och säger att jag tar nästa tåg och är på Oslo central tio i elva. Jag är så ledsen, men jag vet inte vad jag är ledsen för.

Tåget sätter igång med ett mjukt ryck, perrongen glider iväg. Rytmiska ljud från hörlurarna på en ung man på andra sidan mittgången, det jämna tågsuset, allt som far förbi utanför fönstret. Den darrande sätesryggen framför mig.

En man sitter mot körriktningen och läser gårdagens tidning. Två tonårstjejer tuggar tuggummi, nästan i takt. En svart labrador ligger med parallella framtassar och flämtar med halvöppen mun. Jag tänker på att gå upp på morgonen i lägenheten på Sofies gate och dricka kaffe tillsammans med Lars. Tidningar, böcker, och lugn. Handla tillsammans och laga middag tillsammans. Jag trodde att min sexdrift eller sexlust hade dämpats och nästan försvunnit, men de första månaderna efter att jag träffade Lars hade vi sex lika ofta som jag hade med Roar, Øystein, Geir, Trond Henrik. Och jag tycker om sättet jag och Lars har sex på, det är inget han måste, inget som tar över, han går inte in i ett annat tillstånd. Han vet vad han gör, och han genomför alltid. Han tycker om det och han väljer det om och om igen, och han är bra på det. Han gör det lite på samma sätt som han gör hemlagad pizza eller sätter upp en hylla.

Snöklädda åkrar och skogar och möbelvaruhus och handelsträdgårdar far förbi i mörkret. Jag tänker på moster Liv och Bent i lägenheten vid Carl Berner. Jag minns vad synen av de två halvgamla människorna en gång i tiden fick mig att tänka, något om att om alla mina drömmar gick i kras så skulle jag vara nöjd och tacksam över ett sådant liv, med en sådan man. En sådan vardag, att kliva upp tillsammans på morgnarna. Och om en av dem sa något fel eller dumt, blev för högröstad eller glömde något, eller helt föll ur samtalet och in i sig själv, och allt detta gjorde de: acceptans och stöd i stället för irritation. En kärlek som uthärdar allt och tål allt.

Lägga samman våra liv.

Jag önskar att jag hade träffat dig som ung.

Allt vi hade kunnat göra tillsammans.

Jag har sett foton på Lars med döttrarna och exfrun, Lars med barn i bärsele och en bunke blåbär i handen, Lars och den ena dottern i profil, ansikte mot ansikte, i allvarligt samtal, en porträttbild av Lars mamma som jag nästan hann träffa innan hon dog.

I förra veckan tittade Lars förvånat på när jag fönade håret. »Det har jag aldrig sett förut«, sa han.

»Nej, du har inte sett mig raka benen heller«, sa jag.

»Sant«, sa han. »Gör du det?« och sedan såg han på mig med det där leendet och guldtanden.

»*Alla* gör det« sa jag. Han skakade på huvudet som för att se mig i ett nytt ljus eller mer innerligt.

»Men du är inte som alla andra«, sa han.

Jag hittade två kort som ruskade om hela min bild av mamma när det var för sent, i en kartong på vinden när Elise och jag gjorde en första röjning efter mammas flytt till sjukhemmet. Det ena var på mamma naken på en nudiststrand i Grekland tillsammans med två väninnor. Tre kvinnor som, om jag skulle gissa, var en bra bit över fyrtio, med stora, bleka rumpor. Mamma i halvprofil, ena bröstet syns, det liknar mitt eget, och hon ler. Det andra kortet är från stugan, eller naturen runt, alldeles vid trädgränsen, smala fjällbjörkar, hon har den grå anoraken och sol i ansiktet, och det finns ingenting av det kränkta, självömkande där, ansiktet är fyllt av njutning och tillfredsställelse, och jag har aldrig sett en sådan njutning och tillfredsställelse hos mamma. Allt hon hade, oberoende av mig, och jag känner att jag unnar henne det av hela mitt hjärta.

På Moss station går ett par med barnvagn av tåget en vagn framför den jag sitter i. Kvinnan får mannen att stanna, hon lutar sig över vagnen och gör något med barnets mössa.

Jag tänker på den där gången när jag hade lovat mamma att köpa stickgarn, hon satt och glodde i Elises och Jan Olavs vardagsrum hela nyårshelgen.

Jag skulle ha berömt Tollefs och Kajsas lägenhet mer när jag hälsade på hos dem i Risløkka för att se deras första barn, Sigurd, fullständigt skallig. Tollef hade spacklat och putsat väggarna, Kajsa hade målat, de var samkörda och förälskade på ett sympatiskt, inte påträngande sätt.

Skulle ha skippat personalfesten och sett Maiken spela polismästarens fru i Kamomilla stad!

Låtit Roar sitta ensam med ett tomrum i almanackan och åkt på stughelgen med Nina.

Varit mer positiv till Geirs resbehov.

Dörrarna går igen, tåget sätter igång.

Jag passar som lärare, jag gillar att komma in i det där klassrummet. Det här är min uppgift nu, kan jag tänka, mitt ansvar, min mening i livet. Återseendets glädje över *Jan van Huysums blomsterstykke* övertrumfar elevernas modlöshet. Det här är vackert, försöker jag enträget övertyga dem om, *det här är meningsfullt*. Första gången jag läste den var när jag gick grundkursen i litteraturhistoria med Tollef, jag minns så väl scenen där gamle Adrian känner igen hela sin familj i blommorna i askan efter det nedbrända huset. På andra raden i klassrummet sitter Hadiya, Adrians Klara. Gamle Adrian har glömt *Klara*, dottern som gjorde honom så förfärligt besviken genom att förälska sig i fel man, men sedan ser han den vita rosen. *Ve mitt ravnefaderhjertes sløve mosbegrodde sten! Jeg har kunnet glemme en, av mitt eget kjøtt og ben: stackars Klaras dødningsmertes bleke billede i denne hvite Rose, som er henne, henne selv.*

Näst sista gången jag var hos pappa på sjukhuset innan han dog var Maiken med. När vi gick därifrån var Maiken tyst, hon hade öppen dunjacka och händerna i fickorna, vi passerade blanka sängar och vitklädda människor, då och då tittade hon på mig, som om hon väntade på att jag skulle säga något, som om hon ansåg att det krävdes av mig som mamma att säga något i situationer som denna. Pappa hade inte kunnat prata, det hade runnit slem ur mungipan på honom, huvudet vridet åt sidan. Maiken såg ner i golvet medan hon gick. Jag var rädd att jag skulle börja storgråta om jag försökte säga något; jag kände mig inte kapabel att bedöma Maikens ålder och vad hon skulle klara av att jag sa.

Nästa gång jag var där, var pappa medvetslös.

Vinterljuset in genom fönstret på fjärde våningen på sjukhuset påminde mig om barndomsvintrarna, klassrum, tefat, skridskor och apelsiner. Två dygn senare var det solsken, snö som smälte, allt glittrade, och han dog medan moster Liv var hos honom.

Jag ser Lars mellan människorna på perrongen på Oslo central, en överväldigande känsla av något lugnt och välbekant som jag vill göra uppror mot, som om det är något jag glömt men inte orkar anstränga mig tillräckligt för att minnas. Jag lägger huvudet mot hans rockaxel. Inget uppror. En blandning av resignation och välbehag, hela jag försätts i dvala. Mellan oss ska ingenting hända, ingen oro eller frustration, ingen eufori, ingen utveckling av någonting i något avseende. Lars lägger handflatan mot min rygg och andas i mitt öra. Han säger: »Fint att se dig.«

Vi tar oss nästan inte fram för alla människor och väskor, en flicka med ett djur i bur med handtag.

Medan vi går genom stationen försöker jag förklara för Lars hur viktigt det kändes att ta mig hem.

»Men begravningen var fin!« säger jag, »och jag fick pratat med Elise.«

»Bra«, säger Lars. »Det låter som om hon hade nog med familj omkring sig.«

»Ja«, säger jag.

Vi går på en spårvagn, sätter oss i ett dubbelsäte, Lars håller handen över min, ljuset är skarpt, blåaktigt, utanför är det mörkt.

»Gick det bra i Kambodja?«, säger jag.

»Ja«, säger han, »men Solveig ringde mig andra dagen, Mina har hoppat av skolan. Hon har bara ett halvår kvar på gymnasiet. Ett bortkastat halvår, eller två och ett halvt i värsta fall. Så då blev det en massa telefonsamtal med båda två.«

»Blev du upprörd?« säger jag. »Arg?«

Lars skakar på huvudet. »Det kunde jag inte, hon är själv så förtvivlad.« Han kramar min hand. Jag kramar tillbaka, lutar huvudet mot hans axel. Lars säger att han hoppas att hon ska komma på andra tankar, att han inte tror att det är någon idé att tvinga eller tjata på henne.

En gång berättade jag för Lars att pappa brukade säga: »Jag fick aldrig någon son.«

»Var inte det sårande?« sa Lars då.

»Nej, inte sårande«, sa jag.

»Det fick ju inte jag heller«, sa Lars.

Inte sårande. Ett märkligt minne av triumf, att vara precis det som pappa inte velat att jag skulle vara, bli född som en krossad dröm. Och föreställningen om att pappa blev sårad, av mig, som redan från första stund var så självsvåldig; sårad och full av vördnad. Men det var också liksom en gnagande känsla av att ha gett avkall på något stort – jag kunde ha varit allt det Elise och Kristin inte var – nästan som en ånger, som om jag valde bort att bli en pojke. Ett övermod, att jag trott att jag skulle kunna hävda mig som flicka nummer tre.

»Men din kusin som du nästan växte upp med. Blev inte han ett slags substitutson för din pappa?« sa Lars.

»Nej, det tror jag inte«, sa jag. »Men pappa fick ju så småningom fem barnbarnspojkar.«

När Elise hälsade på mig på sjukhuset när Maiken var född sa hon: »Vilken tur du har som fick en dotter.«

Hemma häller jag upp vin till Lars och kryper upp i soffan igen. Han blev nästan andäktig när han såg min enkla, svarta klänning, och tar på mig hela tiden.

Jag vet alltid att Lars kommer när han har sagt, och jag vet vad han känner. Det är inte mycket, och det är inte avancerat; det är stabilt och lättbegripligt. Inga strategier eller undanflykter, han är inte omtänksam eller uppmärksam för att uppnå något, han är det för att det känns bra, eller för att han tycker att det är en plikt, en del av att vara-i-ett-förhållande. Han kommer in i rummet med ett självklart lugn, och lämnar rummet med samma lugn. Aldrig förnärmad, aldrig resignerad. En guldtand, ett ärr på smalbenet. Han har tre döttrar, jag har inte träffat någon av dem, han har en bra relation med alla tre. Jag är inte rädd för att han ska lämna mig, det är otänkbart att han skulle göra det. Jag kan inte föreställa mig att jag skulle lämna honom heller, varför skulle jag det.

Jag fortsätter att berätta om begravningen, om minnesstunden och om Maries missfall. Det bubblar i bröstet och halsen när jag berättar det, och jag vet inte om det är gråt eller skratt som tränger sig på. Jag har hur som helst ett stort behov av att berätta, och jag berättar om allt, kyrkan, graven, alla mina systersöner, så stoiska, de fina kakorna, hur jag tror att det kommer att gå för Elise, hur kommer det att gå för Elise?

Jag tog med Halvor till soptippen någon gång emellanåt när jag förbarmade mig över honom, eller inte hade någon annan att vara med, men sanningen var att det inte fanns någon jag hade det så bra med på tippen som Halvor. Det var att träda in i en annan värld, vi var fria, och jämlika. Det var ett eget rike som vi härskade över tillsammans, ett fult och värdelöst land, fullt av möjligheter och äventyr, det fanns inga rutiner, inga gräl och inget tjat, inga läxor, inget duschande, ingen fluorsköljning, ingen torsk med kokta morötter, ingen Kristin. Halvor gjorde allt till en magisk värld där vad som helst kunde hända, han kunde vara sårad, rasande, lycklig, det var omöjligt att inte ta honom på allvar, han vidgade möjligheterna för vad vi kunde känna och vad som kunde hända oss, och han gav även mig roller att spela, som jag spelade. Allt utanför tappade betydelse, den grå asfalten vid soptippens ände, mina vänner, familjen, skolan. En känsla av att allt var möjligt, allt kunde hända, jag kunde vara i en så djup sorg och förtvivlan att jag nästan trodde det var på riktigt, ögonen tårades på mig. Då kunde han vara ridderlig, rasande, omtänksam, allteftersom, kisade mot solen med fräknar på näsryggen och stora framtänder. Eller jag kunde fyllas av en skimrande lycka som gjorde det övriga livet grått och betydelselöst. Allt det där förlorade vi när vi började högstadiet, från och med då var det bara Catos hästar och tjejkompisar. Jag hade ansvar för att städa mitt rum varje fredag, duka bordet och diska när mamma bad mig, och gå ut med Knerten efter skolan. Då och då släppte jag ut honom i trädgården och sa att jag hade gått en promenad med honom, men han bajsade inte på gräsmattan om han inte verkligen måste. Det fanns en tydlig känsla av att även Halvor var mitt ansvar, utan att någon påpekade det. Ingen grep in när jag inte tog det ansvaret. Jag kunde stanna till i klassrummet eller när jag cyklade hem efter att ett nytt skolår hade börjat, det högg till i framhjulet när jag klämde åt handbromsen, och nästan tappa andan vid tanken på detta ansvar. Halvor tillbaka i Oslo efter sommarlovet, på Sinsens skola, i ett klassrum med grått vinylgolv och en stor grön tavla. Mådde han dåligt, hade han vänner, visade läraren förståelse? Var han alldeles tom inom sig? Var han tvungen att gå fram och göra räknetal på tavlan? Jag låg i sängen och tänkte: Låt honom slippa. Men då var vi så långt ifrån varandra, och dagarna och veckorna gick, och nästa gång han kom till Fredrikstad kunde jag vara snäll och engagerad, eller kall och hånfull, jag visste aldrig i förväg, och inte han heller.

Lars ligger med handen över min kind, två fingertoppar mot tinningen. Hans skägg är grått med svart och rödbrunt insprängt.

Det blänker i guldtanden och i hans ögon.

Glödlampan lyser genom ett vattenglas på sängbordet, det är luftbubblor i det.

Lars är ett harmoniskt väsen. Det är inte min förtjänst, det skulle säkert inte vara lätt att få honom ur balans, om jag skulle vilja utmana den balansen. Han röker pipa på min balkong, dricker kaffe med mjölk, glömmer av att ställa muggen i diskmaskinen efter sig. Det är enkelt, och bra, och skönt.

Vi har planerat en resa tillsammans i påsk, till Alghero på Sardinien, det är en längtan som är lagom stor för att få mig i säng på kvällarna och upp på morgnarna, att ha med mig till jobbet och dra fram då och då medan jag håller mina elever uppe, dämpar modlösheten, letar efter allt upplyftande och övertygar dem om att livet i huvudsak är bra och fullt av möjligheter, för det är det.

Lars tar ett andetag, öppnar munnen mot min tinning, andas mot mitt hår.

»Det kan hända att jag får lust att vakna med dig varje morgon«, säger han.

När jag ler känner jag min kind tryckas mot hans hand.

»Okej«, viskar jag.

Nu faller ljuset från sänglampan vackert över täckena och Lars kropp, skuggorna från varje ojämnhet längs sidan, och jag tycker om hur han smeker mig över ryggen och rumpan, och hur handen stannar upp, och sedan viskar han: »Nu somnar jag.«

Då släcker jag ljuset.

Knerten sprang skällande efter Halvor, djur väljer alltid ut de svagaste, och Halvor satte av mot altandörren. Jag skrattade. Knerten la sig ner i solen, tungan hängde över tänderna, han flåsade. Mamma och moster Liv satt i skuggan under markisen, mamma med Allers. Varför la sig inte Knerten i skuggan? Altandörren gick upp på glänt och Halvor tittade ut, Knerten var snabbt där, reste sig på två ben med sin magra kropp, dörren gled igen. Knerten kom sprättande mot oss. Moster Liv klappade honom. Hon tog kopplet som låg i en hög på altangolvet och satte fast det i räcket.

»Halvor är ju rädd för *allt*«, sa jag till moster Liv. »Åskan, hästar, spindlar, bilar. Och maskar, han är faktiskt rädd för maskar, visste du det?«

Moster Liv höll på med Knerten och kopplet, att få fast kopplet i den lilla ringen. Jag sträckte fram handen mot honom.

»Tänk att vara rädd för den här lilla dumstruten«, sa jag.

»Halvor är en ängslig pojk, visst är han?« sa mamma.

»Han var med om en sak med en hund en gång«, sa moster Liv.

Jag lyfte upp Knerten, han var solvarm i den gråsvarta pälsen, jag stoppade näsan i den, lukt av varm sol och en svag lukt av grus och avgaser och fågellik. Halvor och jag hade begravt en fågel på begravningsplatsen på soptippen samma morgon, den flög in i köksfönstret och ramlade ner på marken, död. Det var den tredje på två dagar, moster Liv hade tvättat våra fönster. Innanför det luftiga lagret av fjädrar var nacken så osannolikt tunn, jag pillade med en spik, kikade in i något rött och glänsande, vitt ben. Vi begravde den i en målarburk under en grön presenning, mellan svällande påsar och mjölkpaket och kaffesump. Jag hörde vågorna slå mot lerstranden där nere, och jag såg vassen böjas i vinden. Vattnet var gråare och tyngre i augusti, till och med när solen lyste på det. Tången låg i en fastgrodd rand längs stranden. Måsar skrek svagt. Halvor förrättade begravningen och imponerade stort på mig genom att ordagrant minnas: *Av jord är du kommen, jord skall du åter varda*. Han var åtta, jag var sju. Sedan sjöng vi *Kärlek från vår Gud*, och jag grät och grät.

Bokcirkelfrågor till *Jag hade så mycket*

1. Hur uppfattar du Monika, huvudpersonen i *Jag hade så mycket*? Vilka drivkrafter ligger bakom hennes agerande? Vad är det hos henne som du gillar/ogillar? Ändrar du uppfattning om henne under läsningen?

2. Familjen, vännerna och männen är alltid närvarande i boken. Fanns det någon person som du fäste dig särskilt vid och varför? Eller någon som irriterade dig?

3. En stor del av Monikas liv kretsar kring männen hon har relationer med. Vad tycker du om det? Varför tror du att Trude Marstein har valt att berätta på det viset?

4. Lika viktig som berättelsen är, lika viktigt är sättet den skrivs på. Hur uppfattar du Trude Marsteins berättarstil? Vad driver storyn framåt?

5. Varje kapitel gör nedslag i olika tidsperioder. Finns det någon scen eller händelse i boken som fastnade mer än andra? Något du reagerade särskilt positivt eller negativt på?

6. Vad är ditt slutbetyg? Blir du sugen på att läsa mer av Trude Marstein?